花颜二一

公子王孙，贵裔门第
鲜衣怒马，少年风流

红颜花鼓，微雨折丫
美酒金樽，懒懒桃花

京都荣华，锦绣作堆
春意多情，云纱袖手共一醉

红粉香笺，子贵权谋
兵将善用，兰台志难休
风吹画暖，女儿情，碎地成荒

落英花颜在
春起意迟迟

浓浓风花，情不归，雪月无声
风难平，雨难静，窗前洒月光，恐照了山河，不照夜色

西子情

作品

2

北京联合出版公司

Beijing United Publishing Co.,Ltd.

图书在版编目（CIP）数据

粉妆夺谋. 2 / 西子情著. —北京：北京联合出版
公司，2018.2
ISBN 978-7-5596-1423-0

Ⅰ. ①粉… Ⅱ. ①西… Ⅲ. ①言情小说—中国—当代
Ⅳ. ①I247.5

中国版本图书馆CIP数据核字（2018）第003755号

粉妆夺谋. 2

作　　者：西子情
选题策划：北京磨铁图书有限公司
责任编辑：李　红　徐　樟
封面设计：VIOLET
内文排版：刘珍珍

北京联合出版公司出版
（北京市西城区德外大街83号楼9层　100088）
北京嘉业印刷厂印刷　新华书店经销
字数375千字　700毫米×980毫米　1/16　印张23.5
2018年5月第1版　2018年5月第1次印刷
ISBN 978-7-5596-1423-0
定价：42.00元

目录

第一章
敲山震虎

叶裳睡了半日，午时醒来，恢复了几分精气神。

吃过饭后，他带着千寒和易容的苏风暖出了容安王府，驱车前往刑部。途经南齐京城最繁华的主街，正巧陈述从红粉楼出来，与容安王府的马车碰了个正着。

陈述挥手拦住马车，千寒见到陈述，立即勒住了马缰绳，跟他打招呼："二公子。"

陈述侧着身子，手搭在车辕上，打量着千寒身边坐着的苏风暖，问："这个人是谁？我以前怎么没见过？"

千寒道："世子新提拔的护卫。"

"哦？"陈述疑惑地看着苏风暖，打量半晌，也没看出个究竟，只是普普通通的样貌，清瘦清瘦的。他问，"你家世子这些年不是一直把你当作小心肝吗？身边除了你，不近外人，如今怎么新提拔了个护卫？"

千寒一时不知该如何接话，回头看向马车。

叶裳从里面挑开帘幕，探头向外看了一眼，懒洋洋地对陈述挑眉："你昨夜没回府，当真住在红粉楼了？"

陈述点头："是啊，不是你说让我睡不着来红粉楼的吗？"

叶裳笑看着他，意味颇深地说："看来昨日睡得很好了？"

陈述"呸"了一声："你脑子里想什么歪的邪的呢？对美人小爷是那种唐突的人吗？昨夜与瑟瑟聊了会儿天，雨下得太大，妈妈另外给我找了一个房间歇了。"

叶裳瞅着他："我说别的了吗？只问你睡得好不好，到底是谁脑子里想歪的邪的了？"

陈述一噎。

叶裳大笑："真是此地无银三百两。"话落，他落下了帘幕。

陈述吃瘪，心里暗骂叶裳这个混蛋心眼儿转得也太快了，他刚刚话虽然没说出来，眼神可不就是那个意思吗？他气恼地挑开车帘，问："你怎么突然新提拔了个护卫？"

叶裳靠着车壁，一腿平伸，一腿支着车壁懒洋洋地坐着，闻言问："你听说今日皇上下的圣旨了吗？"

陈述一直待在红粉楼，睡醒了就出来了，自然没听说，立即问："什么圣旨？"

叶裳看着他说："圣旨命我大力彻查东湖画舫沉船和灵云大师谋杀案，着刑部和大理寺配合我。"

陈述惊异，瞪大眼睛："竟有这事？"

叶裳点头，瞅着他说："你素来消息最灵通，可是如今刚在红粉楼住了一晚上，就如此闭目塞听。看来红粉楼的红袖香粉把你迷得晕头转向，不知东南西北了。"

陈述猛地咳嗽了一声，瞪眼："少扯有的没的，我刚刚问你提拔这个新护卫的事呢。"

叶裳看了苏风暖一眼，见她微低着头，板正着脸，神色木讷，真如一名合格的护卫，他笑着说："这两件大案交到了我手中，如今，朝野上下，人心惶惶，轰动不已。我为了小命着想，提拔一个护卫不该？"顿了顿，又说，"不只提拔他一个，只是今日带出了他一个而已，他——听话乖巧。"

陈述闻言不再深究这个新护卫，问他："你藏着的那女子呢？"

叶裳道："走了。"

"走了？"陈述扬眉，"怎么会走了？"

叶裳嗤笑："怎么就不能走？我容安王府又不是什么风水宝地，她待不惯，我退了热没事了，她自然走了。"

陈述感叹道："你不是喜欢她吗？怎么不留下她？"

叶裳瞅着他："你问得也太多了。我要去刑部，是为公务，你的好奇心先收起来。回头洗洗你满脑子的香粉味，我还需要你帮我呢，晚上来容安王府再谈。"

陈述闻言打住话，正了神色："咱们这些人，本来以为齐舒金秋会考先入朝，没想到你却抢先了。"话落，放下帘幕，他退开身子，说，"行，晚上我去容安王府找你。"

千寒见他退开，一挥马鞭，向前走去。

马车走了不远，陈述扬声又问："喂，你那个新护卫，叫什么名字？"

苏风暖没言声。

千寒立即回道："二公子，他叫千夜，子夜的夜。"

陈述品了品，觉得这名字也稀松寻常，便不再理会，向自己府里走去。

马车走得远了，苏风暖才开口，对车里问："你身边这些与你有着亲近交情的兄弟，都这么难缠吗？"

叶裳轻笑："你觉得他难缠？"

苏风暖说道："好奇心太重。"

叶裳笑道："安国公夫人死得早，独留他自己，连个能帮衬的兄弟姐妹也没有。安国公新夫人却是个能生养的，嫁给安国公后，至今接连生了三四个子女，他的身份在安国公府虽然是嫡长子，但无母亲照料，身份实属不尴不尬。尤其是新夫人所生的子嗣也是嫡子嫡女，他自小在安国公府长大，可想而知，何其不易？但凡有走近他身边的人，自然都要仔细排查，便渐渐地养成了多疑的性情。"

苏风暖也隐约知道些安国公府的事，点了点头，对他说："他人还是很不错的，昨日，我打马回城，正逢城门要关，我迫于无奈，闯了城门。无论是向你府里求救，还是向外公府里求救，都惹人注意，不太妥当，我便向他求救了。这位二公子倒是够意思，记着灵云镇他打马闯入城差点儿踩了买药的老婆婆的人情，解救了我。"

"嗯？"叶裳听闻立即挑开帘子，看着她，"有这事？怎么昨日没听你说？"

"忘了，今天见了他才想起来。"苏风暖道。

叶裳闻言轻哼了一声："你有多少事瞒着我？我在你心里愈发没地位了。"话落，郁郁地放下了帘子。

苏风暖又是无语又是好笑："你可真不讲道理，鸡毛蒜皮点事，我难道都告诉你不成？"

叶裳不再言声。

苏风暖也懒得理他，淅淅沥沥的小雨渐渐停了，大雨过后，街道上依旧冷清。

过了一会儿，叶裳说："陈述喜欢瑟瑟，瑟瑟对他未必没几分心思。"

苏风暖心思一动，说："瑟瑟比我大一岁，确实也该考虑这事了。"顿了顿，她又道，"不过安国公府是世袭公卿，即便瑟瑟有意，安国公会允许陈述迎娶瑟瑟进门？瑟瑟可不给人做妾的。"

叶裳失笑："你想得倒远。"

苏风暖不满地道："瑟瑟虽然被我安置在红粉楼，但人家可不是没有身份的人。虽然和安国公府不能比，但也不是能给人做妾的，首先我这里就不同意。"

叶裳笑着说："再说吧，八字还没一撇呢，陈述到底想不想娶，瑟瑟到底想不想嫁，窗户纸都没捅透，说别的太早了。更何况，我娶妻不容易，陈述娶妻，也别想容易。"

苏风暖喷笑，什么人啊这是？

马车来到刑部门口，千寒和苏风暖下了马车，叶裳挑开帘幕，也下了车，对门口的侍卫道："我要见沈大人。"

那人连忙说："叶世子稍等，我去里面通报。"说完，向里面跑去。

不多时，里面有两位身着官袍的男子走出，一位是中年男子，五十多岁，中等个子，微胖，但人却十分精神；一位则比较年轻，三十多岁，清瘦，官袍穿在他身上，虽然合体，但还是有些空荡的感觉，他面容板正，未留胡须，神色肃然。

那个微胖的官员——刑部尚书沈明河，率先对着叶裳拱手："叶世子这么快就来了，本官有失远迎，见谅见谅。"

那清瘦的人是刑部侍郎陆云千，也不承让，紧跟着对叶裳拱手，笑容内敛："听说叶世子昨日大病了一场，今日皇上便交办了这么重的案子。本以为世子会歇上一日，没想到世子这么快就来了。"

叶裳也对二人拱手，笑着打招呼："沈尚书、陆侍郎亲自出来迎，真是让本世子受宠若惊。皇命加身，已经接连两起案子，唯恐不快些彻查出来，再出第三起，实在不敢耽误。"

二人连连点头："最近灵云镇实在乱得很，的确该好好查查。"

叶裳笑了笑："乱的何止灵云镇？不过先从灵云镇开始罢了。"

二人面容齐齐一肃，沈尚书道："叶世子请里面说话。"

叶裳点点头。

千寒和苏风暖跟着叶裳来到刑部会堂门口，那三人走了进去关上了门，二人只能就此止步。

刑部会堂内隔音做得很好，苏风暖即便有十步之内听音入耳的武功，也丝毫听不见。

叶裳在里面大约待了半个时辰，门打开，他当先走出来，对那二人道："两位大人不必送了。"

苏风暖抬眼看去，只见沈尚书的脸有些凝重，气色没叶裳来时显得好，估计叶裳言语间对刑部施加了压力。陆侍郎面色倒与叶裳来时无二，看不出什么。

虽然叶裳说二人不必送了，但二人还是坚持将他送出了刑部。

叶裳上了马车，离开刑部，前往大理寺。

容安王府的马车离开，沈尚书和陆侍郎都未立即回去，而是站在门口，目送着他的马车，明显是前往大理寺。

沈尚书见马车走没了踪影，他抬头看了一眼天，道："这天说变就变啊。"

陆侍郎也抬头看了一眼天，收回视线，看着沈尚书，道："叶世子的意思我没听太明白，还望大人提点。"

沈尚书也收回视线，看着他，笑着拍了拍他的肩膀，道："待我告老，这尚书的位置就是你的了。你虽为人有些板正，但心里却如明镜一般，在刑部多年，不会不明白，还需要我提点什么？"

陆侍郎摇头："刑部这些事，自然不需要大人提点了。只是这叶世子，让人不明白。"

沈尚书看着他："哦？说说你的不明白在哪里。"

陆侍郎道："叶世子说了这样一句话。他手中拿着剑，不可能一个人不死。也许死一个，也许死两个，也许死无数个。让我们帮他收着点儿剑。下官愚钝，真是不明白，这剑该怎么帮他收着点儿？"

沈尚书"哈"地笑了一声，感慨道："叶世子啊，传言误人。"

陆侍郎等着他解惑。

沈尚书收了笑，对他道："今日一番谈话，你觉得，叶世子给你什么样的感觉？"

陆侍郎想了想，说："叶世子看着散漫随意，没半丝颐指气使的架子。但说出的话，却丝毫不随意。说不上什么感觉。"

沈尚书点点头："你这话倒是中肯，无大错。"话落，他看了一眼四周，见无人，压低声音道，"我来说吧，他啊，能在京中活了这么多年，可不只是靠皇上宠着。有一句古话说得好，古来君恩如毒药。叶世子承君恩这么久，却没被毒药毒死，怎么能只是不通世务的纨绔？"

陆侍郎看着沈尚书："那叶世子……"

沈尚书直起身子，道："叶世子是告诉我们，刑部自他接了这两桩大案起，就是一条线上的人了。他势必要查清这案子背后的凶手。剑出得狠了，伤着谁，都是不可预知之事。但凡有个不该伤的和伤不起的，他却因公受过的话，受了责难，我们也躲不了。"

陆侍郎恍然。

沈尚书又拍拍他："所以，好好办案，这件案子是叶世子踏入朝局的第一宗案子，不能办砸了。否则，不必别人拿我们开刀，叶世子便会先斩了你我的脑袋交给皇上出气。"

陆侍郎倒抽了一口冷气，压低声音道："大人，这不会吧？叶世子不过是查案，手里如何有这么大的权力？您是正三品，卑职是正四品，也算是朝中大员。"

叶世子这不是摆明着威胁吗？"

沈尚书看着他道："你心里明白是一回事，脑子不转弯又是另外一回事了。皇上既然将如此大案交给叶世子，那么，就是铁了心要整顿朝纲了。什么人敢拿东湖画舫沉船的手段来刺杀王孙公子，祸引东宫？什么人敢谋杀灵云大师，打断灵云寺大做法事？灵云寺的法事可是受朝堂扶持的。"

陆侍郎心底惊了惊，没了话。

马车上，苏风暖问叶裳："你对那两位大人说了什么，沈尚书的脸都变了？"

叶裳笑了笑，道："这京城内外，官官相护，谁是谁的人，明面是谁的人，背后又是谁的人，比月老牵的红线还乱。我却不管这些线如何牵着，总要都挑了，才能站稳脚。所以，不给他们施点儿压力，应付我怎么成？这案子若是办砸了，我以后就别想染指朝局了。"

苏风暖点头，说："沈尚书也忒不经吓唬了些。"

叶裳道："能坐上刑部尚书的位子，他可不是这点儿能耐，看得开着呢。六部尚书，没一个好吓唬的。只是如今时势摆在这儿，都怕引火烧身罢了，不敢得罪我。"

苏风暖叹了口气，嘀咕："京城真不好。"

叶裳默了下，道："京城是不好，但有我在，你就将就待着吧。"

苏风暖彻底没了话。

来到大理寺，叶裳下了马车，着人去通报。

不多时，有三人从里面走了出来。一人五十多岁，国字脸，面相和善，手中拿了一串佛珠，是大理寺卿彭卓；一人四十多岁，脸形偏方长，一字眉，脸色较为肃然，是大理寺少卿张烨；还有一人十分年轻，二十多岁，面相清秀，行止书卷气极浓，是大理寺少卿朱越。

三人都是疾步走出。

叶裳站在门口，对着三人笑着拱手："劳烦三位大人出迎，叶裳受宠若惊。"

彭卓笑呵呵地说："叶世子哪里话？听闻世子昨日大病了一场，今日一早便接到了皇上的圣旨，可是上午并没有来，本官以为世子今日歇上一日，明日再办差事，没想到叶世子今日就来了。有失远迎，有失远迎。"

"世子的病可好了？"相较于彭卓说了一大番话，张烨却是言语简洁。

朱越则一言未发，只拱了拱手，连言语也省了。

叶裳笑着说："不敢耽搁查案，歇了半日，身子好些了，便赶紧来了。"

一句话，回了两个人，同时对朱越笑了笑，以示打招呼。

三人连忙请他入内。

千寒和苏风暖依旧止步在了门口。

大理寺位于重阶重职，同样隔音极好。

叶裳同样待了半个时辰，便出了大理寺。

苏风暖打量了三人一眼，彭卓的面色不是太好，早先眸到眼底的笑如今有些僵。其余二人倒是面色如常。尤其是苏风暖抬眼轻轻飘飘地只打量了一眼，那最年轻的朱越却似有所觉，转头对她看了过来。

苏风暖装作没发现他打量的视线，跟在千寒身旁，随着叶裳往外走。

叶裳与三人告辞，上了马车，千寒和苏风暖并排坐在了车前，离开了大理寺，并没有回容安王府，而是直奔皇宫而去。

三人目送叶裳马车走远，彭卓看着皇宫的方向，脸色有些僵地说："叶世子接了圣旨，没先去皇宫见皇上，歇了半日，反而去了刑部又来了大理寺，如今才去皇宫，你们可知道，这说明什么？"

张烨摇摇头。

朱越道："叶世子这是在敲山震虎。"

彭卓点点头，对二人摆摆手，折回了院中。

马车上，苏风暖小声问叶裳："那个最年轻的大理寺少卿叫什么？"

"你是说朱越？"叶裳挑眉。

"他叫朱越吗？年纪如此之轻，就已经是大理寺少卿了。这个位子不是靠出身就能坐上的吧？"苏风暖道。

叶裳"嗯"了一声："他是湘郡王的外孙，湘郡王的女儿嫁了一个寒门学子，姓朱，生有一子，就是朱越。湘郡王的女儿生下他后大出血死了，过了两年，他的父亲也病死了。他自小在湘郡王府长大。不过他能成为如今的大理寺少卿，却不是依靠湘郡王的关系。他是南齐一百二十九年的状元，六年的时间，一步步坐到了大理寺少卿的位子。"

苏风暖了然："怪不得呢，有那样一双聪明识人的眼睛，再加之有才学，官途自然一帆风顺了。"

叶裳点头："他的父亲是寒门学子，他的外祖家是勋贵。御史清流们都对他颇为照拂，勋贵们碍着湘郡王的面子自然也不会为难他。"

苏风暖颔首，问："他娶妻了吗？"

叶裳扬眉："你问这个做什么？"

"就是问问。京城里掉一块砖瓦，砸到十个人，九个是官，剩下一个就是官的亲戚。尤其是姻亲盘根错节。"

叶裳摇头："他还没娶亲。他府中只他一人，一无公婆可侍奉，二来他年纪轻轻前途无量。不过他至今没定下。"

苏风暖不再问了。

叶裳却说："他长得不太好，你别打他的主意。"

苏风暖一时失语，她看着很像饥不择"嫁"吗？

马车来到宫门前，叶裳下了马车，苏风暖和千寒解了佩剑，跟在他身后，进了皇宫。

以前来的时候，大概是由于身份是苏府小姐，苏风暖总感觉不舒服，再好的晴天，头顶都像是罩着阴云。如今扮作叶裳的护卫进宫，全然没那种阴云了。

进了宫门，听闻皇上昨夜一夜未睡，熬到下了早朝，便回寝宫去休息了，如今还在寝宫。叶裳转路去了皇上寝宫。

来到宫门口，还未着人禀告，恰巧太后的凤驾也来到了皇上的寝宫外。

苏风暖看了一眼天，太后偏偏这时候来到皇上寝宫，这是找皇上，还是为了堵叶裳？她收回视线，瞅了叶裳一眼，见他面色如常，她眼观鼻，鼻观心，与千寒一起，站在他身后。

太后下了凤辇后，叶裳给太后见礼，声音一如既往懒洋洋的，嘴角噙着笑："太后千岁。"

太后由宫女扶着，脚落到地面后，瞅着叶裳，面带微笑："叶世子身子骨可好了？"

叶裳笑道："托太后的福，又活蹦乱跳了。"

太后笑着打量他："哀家听说叶世子今早接了皇上的旨意，主持彻查东湖画舫沉船案和灵云大师被刺案？以前皇上传十次，你有八次推托不进宫，今日哀家不曾听闻皇上传你，叶世子倒自己来了。看来皇上给你找了事情做，就不一样了。"

叶裳向寝宫内看了一眼，里面没人出来，他笑着说："我如今也依旧不想进宫，宫里规矩太多，进一趟宫就扒了我一层皮。只是东湖画舫沉船案和灵云大师被刺案连在了一起。皇上下了命令，交给了我，圣旨都下了，我总不能抗旨。抗旨可是要诛九族的，虽然容安王府就我一个人，可是九族也包括太后您啊。我这不是舍不得您受牵累吗？"

太后喷笑："就你这张嘴，哀家说不过你，不过皇上既然将如此大案交给了你，你就好好办案，切莫叫皇上失望。你再怎么混不吝，身体里也流着容安王的血，不能一直荒唐下去。你父王像你这么大时，早就带兵打仗，威震北周了。"

叶裳弯了弯嘴角："谨遵太后教诲。"

太后摆手："哀家能教诲你什么？哀家老了，既然你有公务找皇上，哀家就不进去打扰皇上了。"话落，她搭着宫女的手转身，重新上了凤辇。

凤辇起驾，她又折回了慈安宫，自始至终，没注意到叶裳带的两名护卫。

苏风暖看着太后凤辇离开，抬起头，眨了眨眼睛，想着太后果然是听到了叶裳进宫，单独来堵叶裳的，表达完自己支持他查案的意思，连皇上寝宫的门也不进，便折回去了。

她此举是为了表态她和东湖画舫沉船案与灵云大师被刺案没关系吗?

不过圣旨已下，她再一味阻挠，也于事无补了。

太后能在后宫呼风唤雨，制衡南齐朝堂这么多年，自然不是个没脑子的。皇上起用叶裳，若是叶裳办好此案，那么，他在朝堂站稳了，以他为向心力的宗室一定会借势而起，再加上皇上扶持，到了足够与国丈府抗衡的地步，皇室强盛，外戚就会势弱。太后掌控了皇上大半辈子，皇帝积攒的不满爆发后，国丈府的未来可想而知，她以后的日子可想而知。

所以，不管东湖画舫沉船案、灵云大师被刺案与太后有没有关系，太后都不会让叶裳查案太顺了。国丈府应该也不会。太后如今这样表态估计也是做给皇上和朝臣看的，私底下就不好说了。

这时，寝宫的门打开，一个小太监跑了出来，对叶裳见礼："叶世子，皇上请您进去叙话。"

叶裳拢了拢衣袖，进了皇帝寝宫。

第二章
纵马横街

皇帝寝宫内，叶裳与皇帝又谈了什么，苏风暖不知道，但叶裳出来的时候，嘴角是挂着笑的，显然心情很好。每次苏风暖点头答应了他什么事情时，叶裳就会露出这种满意的笑，像是一只狐狸。

苏风暖忍着出了宫坐上马车后，才压低声音问他："你让皇上答应了你什么？"

叶裳"嗯"了一声，笑吟吟地说："答应将你嫁给我。"

苏风暖啐了他一口："滚。"

叶裳的好心情一下子被她这一个字打击得没了，没了声音。

苏风暖想着东湖画舫沉船案、太子被下毒案、灵云大师遭刺杀案，以及易疯子自尽而死，发生了这许多事情，皇上怎么还有空关心她的婚事？自然是不可能的。

她等了叶裳一会儿，忍不住挑开帘子，见他郁郁着一张脸，靠着车壁坐着，好心情荡然无存，她咳嗽了一声："我与你说正经的呢，你没个正经的，做你的护卫着实辛苦，跟着你跑了半日了，一口水都没喝，渴死我了。你若是不理我，我走了啊。"

叶裳转头看向她，脸色依旧郁郁："嫁给我就让你这么不愿意？"

苏风暖一噎，反驳说："不是愿不愿意的事。"

叶裳盯着她："那是什么事？"

苏风暖受不了他的眼神，放下帘幕，干脆放弃问他得了皇上什么好处这么高兴，小声说："你不说拉倒，我不问了还不成吗？跑这半天你不累？还有力气跟我扯这个。"

叶裳冷哼一声："你昨日答应一直陪着我的。"

苏风暖额头青筋突突地跳了跳，没好气地说："陪，陪，陪，小祖宗。"

叶裳听她话语无奈，心底的郁闷顿时散去了大半，不再纠缠嫁不嫁愿不愿的事，转了话，轻笑着说："皇上拨给了我一队轻武卫。"

"什么？"苏风暖彻底惊了。

千寒面色也有些激动。

叶裳得意地笑着说："容安王府只有一千府卫。办这么大的案子，涉及江湖，府卫根本就不抵多少用处。轻武卫就不同了，是皇上的锦衣卫。他想要我站得稳，查得顺畅，自然要舍得下本钱。"

苏风暖感叹："皇上的确太舍得下本钱了，一直以来，轻武卫是皇上专用吧？"

叶裳"嗯"了一声。

苏风暖又转回头掀开车帘子瞅着他道："你昨日半夜已经与皇上谈妥，今日先去了刑部和大理寺，之后又去了皇宫。难道就是奔着皇上的轻武卫去的？你掐准了太后会去皇上那里堵你？然后，借由太后不甘心善罢甘休的气势，皇上不满太后，下狠心拨了一队轻武卫给你？"

叶裳点头，懒洋洋地说："太后明面上虽然不反对，背后一定坐不住。我初入朝局，便接了这么大的两桩案子，若是手里没有硬货，怎么与牛鬼蛇神抗衡？皇上被太后压制了这么多年，太子如今又是半个残废之身，其余皇子均年幼，皇上身体一直孱弱，昨夜熬了一夜，今早就病倒了。这样的身体能支撑多久？若是不想太后和外戚继续坐大，他焉能不舍？"

苏风暖想起接触了两日的太子，对他道："太子与我想象的不同。"

叶裳看着她："嗯？怎么不同？"

苏风暖道："不像是个真弱不禁风的，也不像是个愚蠢的，更不像是个被月贵妃养娇的。"

叶裳失笑："在皇宫长大，太后压制，皇后想方设法要弄死他，他却活了多年，岂能真是一无是处？"

苏风暖压低声音道："那日，灵云大师与我一起去府衙给他诊治，他中了无伤花，后来用有情草解了毒。皇上下令，着他前往灵云寺沐斋，灵云大师被刺杀前一个时辰，他肠胃不适，与凤阳离开了达摩院，不在现场。我医治好灵云大师后，又给他诊过脉，他确实受了无伤花之伤，当真残废了。"

叶裳瞅着她："你又给他二次诊了脉？"

苏风暖点头。

叶裳道："你对太子倒是很关心。"

苏风暖瞪了他一眼："我只是觉得哪里不对劲，他给我的感觉，不该是轻易就会中了无伤花的，不过后来诊了脉，确实中了无伤花，我只是觉得可惜了。"

叶裳笑了一声，不再说话。

苏风暖放下帘子。

马车回到容安王府，叶裳下了马车后，对苏风暖说："你既累了半日，就进屋歇着吧，我去书房，皇上的轻武卫到的话，我得见见他们。"

苏风暖点头，直接去了叶裳的房间。

叶裳来到书房后，千寒守在外面。

不多时，有百名轻武卫跃进了容安王府的高墙，来到了叶裳的书房外，齐齐恭敬地隔着书房的房门对里面见礼："叶世子。"

叶裳打开房门，身子倚着门框，目光扫了一圈，最后定在当前两人身上，道："风雨？雷电？"

"是，叶世子。"二人齐齐垂首。

叶裳笑了笑："以后要仰仗二位和众人了。"

二人齐齐拱手："奉皇上之命，即日起，叶世子即是我等之主，但有吩咐，莫敢不从。"

叶裳点头："二十人前去接应我派去带回风美人的人马，二十人去灵云镇，密切监视灵云镇动静，二十人去刑部和大理寺周围，密切注意刑部和大理寺动静来往，二十人去查易疯子原籍以及与他牵扯的所有事，剩余二十人留在我身边。什么人擅长什么，我便不过问了，你们安排吧。"

"是！"风雨、雷电齐齐垂首道。

叶裳转身回了书房。

风雨、雷电快速地点了人做了安排，风雨亲自带着人去接应叶裳派去带回风美人的人马了。雷电则亲自带着人留在了容安王府。

安置妥当后，书房门口静了下来。

天色将晚时，陈述来到容安王府，听闻叶裳在书房，便直接到了叶裳的书房。

叶裳正在作画。

听闻陈述来了，直接让他进来。陈述进来之后，见叶裳竟然在悠闲地作画，挑眉道："外面因你接了两件大案，刑部和大理寺都要配合你，都轰动得翻天了，你还有闲心作画？"他凑近，瞅了一眼，没看懂，皱眉道，"这画的是什么东西？"

叶裳慢条斯理地拿着画笔，继续画未完的画："一会儿你就知道了。"

陈述闻言站在他身边等着他画完。

过了大约两盏茶工夫，叶裳落下最后一笔，抬眼看陈述："如今可看懂了？"

陈述惊讶地说："你画的是南齐的……势力图？"

叶裳笑道："势力图吗？这样说倒是贴切。"

陈述看着他的这张画，一时间叹为观止："这样各州各郡各县以及知州、郡守、县守所管辖的地方以及人员一目了然。你可真是……"

叶裳将笔递给他，重新拿过一张画纸，对他说："京城盘根错节的关系网，你最擅长。你也来作一幅。"

陈述挑眉看着他。

叶裳坐在了椅子上，对外面喊："千寒，沏一壶茶来。"

"是！"千寒立即应声道。

陈述道："你确定我来？"

"自然。"叶裳道，"就以国丈府、丞相府、苏府这三府做线，将其余各府串起来。"

陈述看着他："为什么要这三府？那你容安王府呢？"

"国丈府是外戚，丞相府是朝中的中流砥柱，苏府是兵权。容安王府什么也不是，只是一个宗室勋贵而已，没到举足轻重的分量。做不得主线，做支线好了。"

陈述沉默了片刻："你作那一幅画，作了多久？"

叶裳道："一个半时辰。"

陈述接过画笔："我可能要久一些，有想不到的地方，你提点我。"

叶裳点头。

陈述拿着画笔，以三角的位置，写上了国丈府、丞相府、苏府，以三府为点，开始做关系网。叶裳坐在一旁看着他。

虽然二人皆知晓南齐京城遍地皆是复杂的关系网，但到底没真正细究过，如今细究起来，当真是复杂得很。根根线弯弯绕绕，牵牵扯扯，错综复杂，待画到一多半后，如乱麻一般。陈述即便擅长于此，额头也冒汗了。

千寒端来茶水后，小声问叶裳："世子，晚膳何时用？"

叶裳摆手："晚些再用，你们先用吧。"

千寒点头，退了出去。

两个半时辰后，夜已经深了，陈述画完最后一笔，一屁股坐在了椅子上，用袖子擦了擦汗，对叶裳说："我的脑袋已经不会转了，只能到这里了，眼睛也快瞎了。你看看还有没有需要补充的。"

叶裳拿起笔，在苏府和兵部尚书府之间抹去了缠绕的线，直接画了一条直线。

陈述见了，疑惑道："没听说兵部尚书府与苏府关系紧密啊。"

叶裳道："若是没有兵部在背后支持，你以为苏大将军在边境能打赢北周？"

兵部尚书虽然是苏大将军告老还乡后换的，在兵部坐了十二年，但他却与苏大将军交情甚笃。"

"啊？我听说当年兵部尚书是由国丈举荐的啊。"陈述更纳闷了，"怎么会与苏大将军交情甚笃？"

叶裳笑了笑："当年我父王、母妃以及南齐一众将士用鲜血英魂保住的江山，即便苏大将军对我父王、母妃之死心存愧疚，但又怎么能不顾南齐，直接甩手辞官？兵部尚书只不过是他一早就安排到国丈阵营，借由国丈之手，推举到了兵部尚书的位置的。"

陈述惊异地说："苏大将军不只会打仗，原来还会谋术？"

叶裳不置可否，提笔又在国丈府和户部之间抹去了缠绕的线，画了一条直线。

陈述瞅着他："户部尚书不是与丞相相交甚好吗？怎么倒与国丈府关系紧密成直系了？"

叶裳道："许家真正的鼎盛，也就是太后和皇后这两代，才真正盛极一时。但盛极的起源，却不是后宫那两个女人，她们不过是锦上添花，让许家荣耀加重而已。真正让许家坐大的根源，在于户部。先皇时期，户部尚书与国丈府交情紧密，先皇在位期间，户部尚书调换了两任，都是国丈府的人。先皇驾崩新皇登基，户部尚书也调换了两任，看着与国丈府都没什么关系，但想想日渐壮大的国丈府，怎么能没关系？户部掌管南齐疆土、田地、户籍、赋税、俸饷及一切财源。许家若没有户部尚书，焉能势大至此？"

陈述感叹道："然也，还是你比我看得明白。"

叶裳扔了笔，对外面吩咐："在前厅备膳，我与二公子这就过去。"

千寒连忙应声。

陈述站起身，立即说："我已经饿得前胸贴后背了，快走。"

叶裳将桌子上的两张画纸收了起来，与他一起出了书房。

夜已经深了，陈述捶捶肩膀，问叶裳："你准备怎么查？晋王如今还在灵云镇吧？太子和许云初如今还在灵云寺吧？你若是只在京城，估计查不出什么来，毕竟事情是发生在灵云镇，难道你还要再去灵云镇？"

叶裳道："查案不一定自己身体力行。灵云寺不一定能查出什么来，但京中不一定查不出什么来。"

陈述眨眨眼睛，忽然看到一团火红从院中"嗖"地跑去了正院，他一怔，问："那是什么东西？"

"猫。"叶裳瞥了一眼道。

"你不是只有一只大白吗？怎么又收了一只猫？还是红的？我没听说有红色

的猫。"陈述纳闷。

"穿的红衣服而已。"叶裳道，"野猫，估计是大白招来的。"

陈述闻言顿时歇了好奇。

用过饭后，陈述实在太累了，懒得动了，叶裳吩咐千寒给他收拾了客房，他便在容安王府歇下了。

叶裳回了正院，正院黑漆漆一片，没亮灯。他进了房门，掌了灯后，只见他的床铺整齐空荡，并无一人。他不由得皱眉，对外面问："她哪里去了？"

千寒摇摇头："我也以为苏姑娘已经睡下了。"

叶裳皱眉，对他道："你出去查查，看看她去了哪里。"

千寒应声退出。

叶裳净了面，坐在桌前，看着窗外。

过了片刻，千寒回来，低声说："回世子，苏姑娘不知去了哪里，查不出来。府中的护卫不曾见到她出去。"

叶裳失笑，揉揉眉心："我竟忘了，容安王府的高墙困不住她，府中护卫的眼睛也盯不住她。"话落，他站起身，脱了外衣，挥手熄了灯，走回床上躺下，说，"算了，不必找了。"

千寒退了出去。

叶裳躺在床上，脸色有些郁郁，心里想着，她不在，这屋里真是冷得很。

一夜无话。

苏风暖一夜未归。

叶裳过了三更才睡着，天明便醒了，因未曾好眠，精神有些不济。

陈述一夜好眠，起床后来找他，见到他一副没精神的样子，纳闷："昨日你与我差不多时间睡下的吧？怎么气色这么差？好像没睡好？难道你昨夜一夜未睡？"

叶裳脸色不好看："睡了两个时辰。"

陈述瞅着他，伸手拍拍他肩膀，宽慰道："兄弟，我知道你如今肩上突然扛了这么重的包袱压力大得很，不过你放心，我会不遗余力地助你的。若是我自己不够，就将齐舒、沈琪都叫过来帮你。"

叶裳拂开他的手："齐舒要准备金秋会考，沈琪的景阳侯府这些年在朝中处境微妙，别将他们掺和进来吧。"

陈述瞅着他："你的意思，也只有我能掺和你的事了？"

叶裳看着他："安国公对你几乎是放养，继夫人巴不得你不盯着安国公府的爵位，你也算闲来无事，帮帮我也未尝不可。"

陈述一噎，问他："那今日做什么？"

叶裳没精神地说："什么也不做。"

"啊？"陈述看着他，"你脑子没事吧？皇上交给了你这么大的案子，你今天什么都不做？难道就在府里待着不成？"

叶裳"嗯"了一声。

陈述彻底无言："明日呢？"

叶裳道："明日也待着。"

陈述伸手去碰他额头："你没发热吧？皇上交给你这么大的案子，你不动手执行去查，待上两日的话，御史台那帮子人弹劾你的折子就能把皇上的御书房堆成山，唾沫星子估计就能淹死你。"

叶裳不等他碰到，便打开他的手，不以为然道："这么多年，他们弹劾的折子没少把御书房堆成山，唾沫星子也没淹死我。"顿了下，他又道，"我虽然什么都不做，但你可以帮我做一件事。"

"说。"陈述撤回手。

叶裳道："我府中的冰不够，你去找些冰来，不过要隐秘些，不能让人发现你往我府中运冰，找个由头。"

"你要冰干吗？今儿这天虽然晴朗，但也不炎热呀。"陈述看着他。

"用来冰镇死人，这么热的天，我可不想我府中的死人臭尸了。"叶裳看了一眼天色。

陈述一惊："你府中谁死了？"

"易疯子。"叶裳道。

陈述更是惊了："就是那个……易疯子？他不是关键人物吗，怎么居然死了？你……"

叶裳挥手打断他："咬舌自尽，反正是死了。不过即便他死了，也不是没有用处。我还指着他给我破案呢。别多问了，你只管去做。"

陈述站起身："行，我这就去，我隔三岔五往你府中送东西，找个由头瞒着送一车冰，也容易。"话落，转身去了。

叶裳见他走了，站起身，回了里屋，又躺回了床上。

傍晚时分，陈述运送一批给容安王府下人制作衣服的布匹来了容安王府，里面藏了几大箱子的冰。

千寒带着人将冰卸了，将易疯子的尸体用冰封存了起来。

陈述忙了一日，他询问了千寒世子今日都做了什么，千寒说世子睡了一日觉。当他见到叶裳的时候，他气色依旧极差，像是极其缺觉的样子，不由得惊道："你这是怎么了？睡了一日，怎么还这副样子？难道又病了？"

叶裳郁郁地说："是病了。"

陈述道："快请孟太医啊。"

叶裳道："孟太医也治不了的病，相思病。"

陈述彻底惊了，瞅着他，片刻后，爆笑，伸手指着他："我说兄弟啊，你可真是……什么时候学起女子做春闺怨妇了？我早先没细看，如今这一看你，可不是像那十足十的春闺怨妇。你相思谁呢？既然相思，就把她抓来留在容安王府不就得了。什么女人你还舍不得下手？"

"舍不得？"叶裳嗤笑，郁气不散，却积聚得更浓，"即便舍得，也得有本事。"

陈述更惊了，忽然想起瑟瑟也识得那个女子，而且瑟瑟就是受了那个女子所托留在红粉楼照看叶裳的。他清楚瑟瑟骨子里的傲气，能让她心甘情愿留在红粉楼，想必真是极其厉害的女子。他看着叶裳依旧郁郁的脸，感叹道："兄弟，即便你喜欢她，以前也没这样离不开吧？怎么近来性情大变了？"

叶裳伸手扶额，哑然失笑，片刻后，又怅然地看着窗外："是啊，以前倒也能忍受，近来愈发不能忍了，想时时刻刻见到她。"话落，他道，"走，去江湖茶馆，喝一壶茶去。"

陈述苦下脸："哪里喝茶不行，非要去喝江湖茶馆那破茶？"

叶裳只问："你去不去？"

"去去。"陈述点头，"暑日里，家家户户都需要用冰，你还偏偏需要大量冰，需要隐秘地弄，我忙了一日，才隐秘地给你弄回来，连口水都没喝上。破茶就破茶吧，总比没有强。"

二人一起出了容安王府。

天色已晚，街道上却熙熙攘攘，行人不息，夜晚灯火通明，京城十分繁华，一路过来，临街的红粉香楼的栏杆上尽是手帕轻纱红袖飘飘，姑娘们身段婀娜好不风情。

马车的帘子没遮着，挑开了一面，叶裳和陈述坐在马车里，便这样沿街一边赏着景，一边往江湖茶馆走。

楼上的姑娘们看到容安王府的马车以及车里面坐着的人，都纷纷松了手中的绣帕，绣帕从楼上飘了下来，好不幽香。

陈述伸手接了一块，刚捏到手里，就被叶裳劈手打掉，脸色不好看："什么脏东西都往我的马车里收。"话落，挥手落下了帘幕。

陈述看着落下的帘幕，一时无言："脏吗？这不是很好玩吗？"

叶裳哼了一声："瑟瑟若是知道你如此不忌讳，你还想得到她的芳心？等着你的襄王心喂狗吧。"

陈述彻底一噎，使劲地搓了搓手："你说得对，以后我也离这些脏东西远点儿。"

二人话落，一阵急促的马蹄声从城门处奔来，细听之下，两匹马的蹄踏在地面上发出一致的响声，只听声音，马是上了铁掌的好马，骑马的人也是一身好骑术。

陈述好奇，伸手推开车帘，又向外看去。

叶裳这时也向外看去，只看一眼，他的脸就有些沉了。

只见南城门方向人人避开，有两匹马一同冲街而来，一男一女，那男子俊逸出众，雅致夺目，丰神俊朗。那女子娇颜如花，纤细瑰丽，明艳绝色。男子身后还驮了一个人，是个瘦小的男人，披头散发，看不清长相，驮在他身后，就跟驮了一个口袋一样。

陈述看清那女子，睁大了眼睛："怎么又是她？"

叶裳眯了眯眼睛，对千寒沉沉地吩咐："将车横在路中间。"

千寒自然也看到了那两匹马上的两个人，那男子他不认识，但那女子他却认识，不但认识，还熟得不行，正是苏风暖。他想着怪不得在城内打探不出苏姑娘的消息，原来昨日又出京城了。

不知道她身边那男子是谁。不是风少主，却也不曾见过这个与自家世子样貌相差不多的男子，更不知晓他的身份。

他暗暗想着：这回世子又要发脾气了。

千寒依照叶裳的吩咐，将马车横在了路中间。

陈述转头，瞪着叶裳："你疯了？那可是两匹快马！若是他们勒不住马缰绳，踩了我们怎么办？"

叶裳没言声，眼睛沉沉地看着骑马奔来的苏风暖。

马车刚横到路中间，那两匹马已经到了近前，苏风暖自然看清楚了容安王府的马车，伸手猛地勒住了马缰绳，与她一起的男子，也同一时间勒住了马缰绳，两匹马不约而同步调一致地抬起前蹄，顿了片刻，又"砰"地驻足，堪堪止步。

第三章
以 身 抵 债

陈述忍不住大赞："好骑术！"

叶裳沉着一张脸，没言语。

苏风暖勒住马缰后也看清了叶裳那张死沉如水的脸，她头疼了一下，便装作不认识他，对陈述笑道："陈二公子，好巧，我们又碰面了。"

陈述探出头，笑着打招呼："苏姑娘，看来我们真是跟纵马有缘。第一次是我纵马，第二次跟第三次都是你纵马。你这是刚入城？纵马这么急，可是有极其要紧的事？"

苏风暖笑着点头："确实有些缘分。"话落，她扫了一眼容安王府车牌的马车，露出就像是第一次见到叶裳的表情。

陈述见此，立即对她介绍身边的叶裳："这位是我兄弟，容安王府世子叶裳。"

苏风暖看着叶裳沉到黑的脸，道："原来是叶世子，果然是容冠天下，久仰大名。"话落，转头对身边男子松了一口气似的说，"师兄，听说容安王府的叶世子奉皇命彻查大案，咱们手中这个人正巧与案件有关，咱们也不必费力送去府衙了，就将这个人交给叶世子好了。"

师兄？

叶裳眼底涌上黑沉沉的风暴，看着那男子。

那男子听到苏风暖如此一说，顿时看了叶裳一眼，他一张脸比暗夜还黑，目光死死地锁住他，像是要吃人。他扬了扬眉，不惧地浅浅一笑，对苏风暖点点头，声音清朗好听："听师妹的。"

苏风暖见男子同意，转回头对叶裳道："劳烦叶世子派个人来从马上解下他，他可是东湖画舫沉船失踪的那个撑船人。叶世子要查案，他至关重要。"

叶裳眼底神色不变，脸沉如水，没言声，没表态。

陈述发现了叶裳不对劲，转头看他，见到他如此表情，惊了一跳，这么些年，他可没从叶裳脸上见到过如此表情。即便有人将他惹恼了，他顶多面无表情或者凉凉地冷笑一声，如今这像是大雨前天雷轰轰、昏天暗地的模样，还是第一次见。他讷讷了半晌，用手肘碰了碰他："喂，你怎么了？"

叶裳眼底的风暴慢慢地归于沉寂，放在腿上的手却轻轻抬起，极轻的动作，陈述忽然从心里感应到他要打人，顿时惊异地看着他，却见他抬起手后只是慢慢地拢回，轻轻地弹了弹衣袖，声音淡而温凉："本世子虽然负责查案，但也不会随意地收不认识的人贸然送上门的人或者东西。"

苏风暖自然是极其了解叶裳的，知道她一声不响地离开，没跟他打招呼，一日一夜未归，如今正好撞到他，估计是真的怒极了。可是她也是因为突然收到师兄传信，而他那时又在见皇上给他的轻武卫，所以没来得及打招呼。她轻轻地拢了一下缰绳，笑着说："小女子苏风暖。"话落，替身边的男子介绍，"我师兄叶昔，算起来也是叶世子的表兄。"

"什么？"陈述腾地站了起来，本来坐在车内，因为太震惊，起得太猛，一时忘了，脑袋撞到了车棚顶，"砰"的一声，他眼前顿时冒起了金星，身子晃了晃，捂住了脑袋，尽管疼得要死，但依旧难掩他脸上和心里的震惊。

她是苏风暖？

她竟然是苏风暖？

苏府小姐？苏大将军的女儿？太后和皇上争相要赐婚的苏风暖？第一次进宫就在太后面前和宫里的侍卫打成一片的苏风暖？

陈述实在是太震惊了，捂着脑袋，因为撞得太疼，俊脸有些扭曲，但让他整个人看起来十分滑稽又呆愣。

怎么也无法与传言中的苏风暖和他几次见面所见的人联系起来。

苏风暖看着陈述，若非叶裳那张死沉如水的脸，她实在想笑，她是苏风暖，就让他震惊成这副样子吗？脑袋怕是撞起了一个大包，没个三五天是下不去了。

叶裳没理会陈述，即便被他撞得马车晃了几晃，他依旧纹丝不动，只是本来沉寂的眸光在听到苏风暖介绍他身边男子时眯了眯，挑眉，声音听不出情绪："苏府小姐？表兄？叶家嫡子？"

陈述本来稍微有些回过神来，闻言又惊了，睁大眼睛："江南叶家？"话落，他捂着脑袋转头看向叶裳，"那不是你外祖父家吗？难道他是……"

叶裳不答陈述的话，目光将叶昔洗礼了一遍，淡淡地道："原来是表兄，真是大水冲了龙王庙，一家人不认一家人了。多年来，叶家人不踏入京城，不知表兄此次来京城，为的是什么？"

叶昔看着叶裳，比起他风起云涌却压制到极致的情绪，他则清风朗月，笑容浅浅，闻言回道："我今次来京主要是到师妹府中做客，顺带受祖父所托，去容安王府看看你可安好，顺便给你送涉案人。"顿了顿，他笑道，"没想到刚入城，便碰上你了，真是巧得很。"

叶裳眼底又有风暴积聚，声音却沉沉静静："我竟不曾听闻表兄与苏府小姐原来是师兄妹，叶家规矩极多，据我所知，最重的一条就是叶家子女不涉朝堂不涉江湖。怎么，何时规矩改了？外祖父由得表兄不怎么规矩地与乡野江湖之气的女子牵来扯去？"

苏风暖顿时一气，什么叫作与乡野江湖之气的女子牵来扯去？她看着叶裳，想着若不是看在她走前没告知他一声理亏的分上，一脚就对他踹过去了，去他的牵来扯去。

叶昔闻言，看了苏风暖一眼，见她气到无语，他轻轻一笑："叶家秉持规矩几百年，陈旧烦冗，也该改改了。由我起，以后就改了。"

叶裳又眯了眯眼睛，道："论亲疏，我与表兄才亲些，表兄既然来京，就随我去容安王府入住吧。"顿了顿，瞥了苏风暖一眼，凉凉地说，"毕竟男女授受不亲，苏小姐云英未嫁，带你一个男子去苏府住，于声名有毁。"

苏风暖翻翻白眼，她什么时候怕过毁名声？便立即道："我名声一直也未曾好过，倒是不怕，更何况身正不怕影子斜，师兄与我同出师一门，论亲疏，与叶世子倒也相当。这个考量倒不必。"

叶裳猛地盯住她，冷冷地道："你不同意？"

陈述在叶裳身边，被他一下子爆发出的寒气惊得一哆嗦。

苏风暖皱眉看着他：叶裳眼底除了冷意、压制的怒气，还有她若是不答应他，就让她好看的决绝之色。额头突突地跳了两下，她知道不能惹急了这倔脾气的人，不由得放软口气："师兄是我请来的客人，半路由你劫走，算什么事啊？"

叶裳盯着她，眼神如冰："你若是找他，可以来容安王府找。"

苏风暖眸光动了动，妥协了，她转头看叶昔。

叶昔旁观着二人的交锋，而此时显然胜负已分，他洒脱地一笑，伸手摸摸苏风暖的脑袋，温和道："既然表弟诚恳相邀，我就住去容安王府吧，听说苏夫人还未回京，如今我去住苏府确实不大合适。"

苏风暖只能点头："也好，明日我再去容安王府找师兄。"话落，她对着叶裳故意道，"叶世子可别拦着容安王府的门不让我进。"

叶裳挥手落下了帘幕，声音似乎从牙缝中挤出："我容安王府的门槛不高，只要苏小姐别带着脏东西入门，本世子自然不拦着。"

苏风暖立即问："什么是脏东西？"

叶裳冷冷地道："你通体的风尘之气，还是回去好好洗洗。"

苏风暖气得一噎。

叶裳又道："京中大家闺秀，都端庄秀丽、温柔贤淑、礼数周全、规矩极好，哪像苏小姐这般当街纵马、一身风尘，可与京中诸闺秀差得远了。还是好生学学规矩，再踏入我容安王府的门为好。"

苏风暖气得七窍生烟，瞪着一双眸子，终于忍不住，袖中的软剑出手，一道白光，斩断了他落下的马车帘幕。帘幕随着她收剑的手落在了地上。

她发泄了郁气，总算不憋闷了，看着再次露出的叶裳的脸，轻哼出声："我偏不学规矩，到时候你容安王府的大门若是不让我进，我就劈了它。"

陈述看着无声飘落的帘幕以及苏风暖收剑的漂亮姿势，顿时抽了一口凉气，想着她刚刚砍的若是他和叶裳的脑袋，怕是此时也如那帘子一般，斩断滚到地上了。

见着苏风暖的所作所为，叶裳非但没了恼意和怒意，还眉目绽开，缓缓地笑了，声音难得地清越好听，扣人心弦："你敢劈容安王府的门，我就敢去找苏夫人，让你给我容安王府修门，修不好，自此就以身抵债。"

苏风暖一噎，彻底失言。

陈述睁大了眼睛，张大了嘴巴，以身抵债？他没听错吧？还是说，叶裳气糊涂了？

叶裳不再看苏风暖，似乎突然心情变好，对叶昔也露出笑意："本来我们要去喝茶，但既然现在表哥来了，还带来了重要的涉案人，那就随我折转回府吧。"

叶昔微笑着点头，偏头看了看苏风暖，说："好。"

苏风暖没好气地瞪了一眼叶裳，对叶昔说："明日我去容安王府找你。"

叶昔对苏风暖笑着点了点头。

苏风暖又看向叶裳，没好脸色地道："叶世子马车挡着路，如今该让开路了吧？这样横行霸道地拦着路，就不怕别人纵马踩了你？"

"不怕。"叶裳懒洋洋地吩咐千寒，"让开路，让苏小姐过去。"

千寒一直提着心，想着今天可真是惊心动魄，连他都为世子和苏姑娘捏了一把汗，总算阴转晴了，他连忙让开了路。

苏风暖不再耽搁，双腿一夹马腹，纵马绕过马车，不多时，便转过了街道，不见了踪影。

叶裳收回视线，伸手够到了地面，捡起了地上被苏风暖斩断的帘子，捏在手里，坐直身子，对叶昔说："表哥身后驮着的这个人，你确定还活着？"

"自然。"叶昔点头。

叶裳道:"既然活着,就先带回府里,待我审过之后,再酌情送去刑部。"

叶昔没意见。

叶裳吩咐千寒:"回府。"

千寒连忙一挥马鞭,马车回转容安王府。

叶昔骑马跟在马车旁。

陈述捂着脑袋,依旧保持着原姿势,呆呆地半蹲在马车内,直到马车快走回容安王府,他才回过神来,拿开手,对叶裳说:"快给我看看,我的脑袋撞破了没有?"

叶裳瞥了一眼,道:"没有。"

陈述伸手摸了摸,"咝"地抽了一口气:"疼死我了,真没破?"

叶裳道:"起个大包,跟包子差不多。"

陈述顿时垮下脸:"小爷我破相了啊。"

叶裳哼了一声。

陈述道:"不行,稍后我要去找孟太医看看,给我消消肿,可别落下什么症。"

这时,叶昔在车外道:"二公子不必担心,我正好有消肿的药膏,不必去找太医,稍后我给你一瓶药膏,你抹了之后,两三日就可以消下去。"

陈述看着他:"当真?"

叶昔含笑点头:"当真,师妹医术极好,她自制的消肿膏也是极好用的。"

陈述顿时信了,看着外面骑在马上的叶昔,此时好奇起来:"叶兄,刚刚那个姑娘,她……当真是苏府小姐?"

叶昔见陈述称呼他叶兄,他也不好再生疏,笑着点头:"陈兄早先不是称呼她为苏姑娘吗?怎么不知道她是苏府小姐?"

陈述感叹道:"算上这次,我见过她三面,第一次她没告知名姓,第二次我帮了她,她只告知我她姓苏,我却没想到她竟然是苏府小姐,也是今日才知道。"

叶昔笑笑:"师妹大多时候确实不愿告知她的真实名姓,免得麻烦。"

陈述郑重地点头:"她的姓名如雷贯耳,被人知道确实很麻烦。"他脑袋上的大包就是拜麻烦所赐。话落,他看着叶昔,"叶兄的名号也是响彻天下,江南望族叶家的嫡子嫡孙,久仰久仰。"

叶昔依旧微笑:"陈兄在京城一众子弟中也是鼎鼎有名,在下亦久仰了。"

陈述也笑了:"我这名号是纨绔的名号,比不得叶兄。"又好奇道,"叶兄真的是苏小姐的师兄?不知叶兄是怎么和苏小姐同入一个师门的?"

叶昔看了叶裳一眼,见他的好心情此时在听闻此事后似乎又没了,知晓苏风暖并没有让他知道这事，笑着说："我外出游历期间，与师妹机缘巧合拜了同一人为师。"

这话说得简单，却也不好让陈述去刨根问底细究了。

陈述感叹道："真没想到啊。"

叶昔看着他，不知道他说的是没想到他和苏风暖是同一个师父的师兄妹，还是没想到苏风暖与他想象的不一样。他笑了笑，不再接话。

陈述转头看向叶裳，见他的脸隐在一片阴影里，沉沉郁郁，他实在猜不透今日叶裳怎么会有如此大的情绪波动。以前谈到苏风暖的时候，他就嫌恶至极。难道他真是不喜欢苏风暖已经到厌恶的地步了，今日见到她就恨不得劈了她？或者是因为他心里还在怪苏大将军当年没能救了他父母，所以，对苏府人都恶极？

他咳嗽了一声，小声说："兄弟，苏小姐和传言中不一样，你发现了没？"

叶裳抬眼看了他一眼，凉凉地嗤笑："怎么不一样了？当街纵马，一身风尘气，言语粗恶，行止粗俗，动不动就喜欢挥刀挥剑，如个母夜叉一般厉害，半丝礼数没有，寻常小姐见到你我，早就下马见礼了，她却一直没下马，不但如此，还斩断了我车厢的帘幕，扬言劈我府门，如此嚣张，哪里与传言不一样了？"

陈述一噎，看着叶裳，这话虽然听着没什么不对，跟苏风暖都能对上边，可他就是觉得哪里不对。他讷讷了半晌，说："虽然你说得也对，可是，苏姑娘行止洒脱随意，言语爽利，不矫揉造作，虽然礼数不周全，但也没你说的这么不堪吧？"

叶裳冷冷地哼了一声。

陈述又道："我倒是觉得苏小姐很好，京中大家闺秀都跟一个模子里刻出来的一样，看久了，委实无趣，倒不如这苏小姐了。"

叶裳冷笑一声，瞅着陈述："她没纵马踩爆了你的头，没拿剑砍了你的脑袋，你就觉得她很好了？非要脑袋被踩了被砍了，你才知道她不好？"

陈述一噎，看着叶裳，张了张嘴，没了声。

"你脑袋上的大包还没退呢，这就忘了拜谁所赐了。你可真有出息。"叶裳冷冷地嗤笑。

陈述听闻他如此说，脑袋上的大包顿时疼了起来，但还是觉得不该怪苏风暖："是我没想到她就是苏府小姐，实在是太吃惊了，才撞了脑袋，这也不怪人家。"

叶裳瞅着他，凉凉地说："你才见她几面，就觉得她好了？正所谓知人知面不知心，别忘了你的瑟瑟。"

陈述瞪着他："跟瑟瑟有什么关系？"

叶裳凉凉地道："早先接了红袖香粉的女子扔下来的帕子,如今又口口声声说苏府小姐好。你确定跟瑟瑟没关系?"

陈述彻底噎住,没了声。

叶裳随手将那一截帘子扔给他,恰恰盖在了他脑袋上,说:"以后见人,不只要长眼睛,还要长脑子。别看什么人都觉得是好人。"

陈述眼前一黑,伸手拿掉了帘子,无语地看着叶裳:"你今天怎么这么……"他想说什么,忽然话音一转,恍然大悟,"啊,我给忘了,你还在害相思病中,且病得不轻,不能纾解,我不跟你一般见识。"

这回换叶裳彻底噎住。

叶昔走在一旁,听着二人说话,不言语一声,嘴角隐隐含笑。相思病?病得不轻?

马车回到容安王府,千寒停下马车,叶昔也拢住了马缰绳。

叶裳下了马车,吩咐千寒:"将表兄马后驮着的人解下来。"

千寒应声,连忙走上前,解下了叶昔马后驮着的人,将披散的头发拨开,露出了那人的脸,小鼻子小眼睛,除了这个特征,扔在人堆里就找不到这样一个瘦小的人。

叶裳瞅了那人一眼,认出确实是画舫沉船失踪的那个撑船人,他眼神冷了冷,对叶昔问:"你是如何找到他的?"

叶昔道:"灵云镇东湖画舫沉船刺杀案传得天下皆知,祖父本来要进京,后来听说你无事,他知晓失踪了一名撑船人,便着人打探这名撑船人。虽然叶家多年无人进京看你,但这些年,你安然无恙,也未曾出大事,如今出了这么大的事,自然不能不管。最近,打探出这人的落脚之处十分棘手,里面机关暗器颇多,我一个人应付不过来,便给师妹传了信。合我二人之力,将他带了出来。本来打算送去刑部,正巧碰到了你。"

叶裳点头:"他何时能醒来?"

叶昔道:"师妹给他下了蒙汗药,泼一盆凉水就能醒来。"

叶裳吩咐千寒:"先将他带回大厅,派人去请刑部和大理寺的人来府里,一同审理。"

千寒立即应是,先将那人带了进去,同时对一名护卫吩咐了一声,那护卫连忙去了刑部和大理寺请人。

陈述立即道:"这是你的容安王府,你不会是要把你府当作刑堂吧?"

叶裳挑眉:"有何不可?"

陈述没了声,虽然不符合惯例,但也不是不可,毕竟是叶裳全权处理此案,刑部和大理寺只是无条件配合。

叶裳抬脚踏进门，对闻讯来的管家吩咐："将兰苑收拾出来给表兄住。"

管家连忙对叶昔拱手："这府中各个院落，一直都有人收拾打扫，兰苑换洗一下干净的被褥就能住。叶公子随老奴来吧。"

叶昔含笑点头，温和有礼："劳烦管家了。"

管家连忙前头带路。

叶昔对叶裳问："审讯之事，表弟不需要我在一旁相助吧？"

"不需要，表兄一路奔波，想必累了，只管去休息。"叶裳摇头。

叶昔点点头，随着管家去了。

第四章
三 堂 会 审

叶裳抬步向前厅走去，陈述亦步亦趋跟在他身后。

待叶昔走远，陈述悄声对叶裳说："你这表兄不愧是出身江南望族叶家，不说通体的气度，就是这容貌，也不输你多少，不愧是你娘的侄子。"

叶裳脚步一顿，偏头看着陈述，眼神凉凉地说："你不是口渴了吗？怎么还这么多话？要不要我把你的嘴封死？"

陈述顿时挪开些身子，没好气地说："你害了相思病，也不能逮着谁就冲谁发火啊，先是苏府小姐，如今又冲我来了。人家苏小姐好歹是和你表哥一起帮你带回了涉案失踪的撑船人，我累死累活为你的事跑了一天了。我们俩没有功劳，也有苦劳吧？"

叶裳冷哼一声："你倒是会把自己与她排在一处。"

陈述无语。

二人来到前厅，陈述挥手吩咐一名下人："快去给小爷倒水来，多倒两壶，渴死了。"

那下人立即诺诺应声去了。

待陈述一盏接一盏地喝了三壶茶水后，刑部和大理寺的几位大人被匆匆请来了容安王府。

几人来到，叶裳和陈述迎出了大厅的门，叶裳对几人拱手，淡淡道："事急从权，只能劳烦几位大人过府了，还望见谅。"

几人看了二人一眼，连连道："叶世子哪里话？既然是事急从权，我等当不劳烦。"

叶裳请几人进了大厅。

地上躺着叶昔带来的人，昏迷未醒。

几人步入大厅后，一眼就看到了那涉案人，对看一眼，都没说话，逐一入座。

叶裳当先开口："这人是东湖画舫沉船案失踪的那名撑船人，外祖父听闻后，费了好一番力气，找到了他的下落，表兄叶昔进京做客，顺带看我，听闻我处理此案，便将他带来交给我了。"

几人闻言暗暗心惊，齐齐想着江南望族叶家多少年没人来京城了。还是容安王和王妃死在边境出事时，来了京城一回，叶家主见了皇上一面，与皇上交谈一番，便离京回了叶家，自此，对叶世子之事再不过问。

如今十二年过去，朝野上下虽然始终没人会遗忘叶家，但也没人对江南叶家的事多注意，毕竟叶家不在京城走动，久而久之，便淡出了京中人的脑海。

如今是因为叶世子牵扯在灵云镇东湖画舫沉船谋杀案中，叶家终于坐不住了吗？

论情理来说，叶世子毕竟是叶家的外孙，出了这么大的事，叶家坐不住也是应当。

叶家主虽然没来，来的人是叶昔。据说叶昔是叶家嫡系唯一的嫡子嫡孙，如今他来京，自然是代表叶家主和整个叶家。这是不是表示，叶家终于要插手叶世子的事了？

叶家若是当真插手，那么叶世子背靠着的江南叶家这座大山，可实在是太大了。

叶裳不理会众人变幻的神色，又道："虽然皇上命我全权彻查此案，但我也不便暗中审理，还是请几位大人与我共审，做个见证才妥当。一会儿，他口中之言，属实的话，就可以作为呈堂证供。"

几人收回思绪，齐齐点头，又不由暗想，叶世子不第一时间将人送去刑部大牢，而是在自己的容安王府设了刑堂会审，这极其不合规矩，但既然请了他们来，他们也说不出什么规矩不规矩，毕竟这案子是大案，皇上交给他，让他们配合，自然要按他的规矩来。

叶裳见几人没异议，吩咐千寒："将他泼醒。"

千寒顿时端了一盆水，泼在了那人身上。

那人激灵灵打了个寒战，不多时，幽幽醒了过来，厅内所有人的目光都落在了他身上。

千寒放下水盆子，站在那人身边，盯着他。

那人醒来之后，眼神迷茫，过了好一会儿，才看清自己所在的地方和屋中的众人。一眼就认出了坐在主位的叶裳，他眼睛蓦地睁大，露出不可置信的神色。

叶裳笑了一声，懒洋洋地说："你还认识我就好。"

"叶……叶世子……"那人惶恐地看着叶裳，他脸上的笑容对他来说就像是催命符。

"千寒，审吧。"叶裳吩咐。

千寒蹲下身，对他冰冷地说："这里是容安王府，没有人会救你，你把你知道的事情如实招来，别想着自杀，否则，我有的是办法让你求生不得求死不能。"

那人脸上的惶恐变成了恐惧，身子猛地哆嗦起来。

千寒从怀中抽出匕首，在他眼前晃了晃："我只说一遍，你若是不开口，或者不说实话，我就一刀一刀，像削生鱼片一样，把你身上的肉都削掉。你知道的，我们世子因东湖画舫沉船谋杀案，遭了挖骨剔肉的罪，你也尝尝。"

那人看着眼前明晃晃泛着寒光的匕首，身子颤得更厉害了。

千寒道："即便将你的肉都削掉，也不会让你轻易地死。你明白吗？"

那人脸色蓦地成灰。

千寒举着匕首说："说吧。"

那人哆嗦着嘴，好半晌，才对着首座的叶裳开口："小人……若是如实招来，叶……叶世子能不能留小人一命？"

叶裳看着他道："易疯子亲手杀我，我都能将他收在府中做奴仆，那要看你所说的事值不值得本世子留你一条小命了。"

那人闻言似乎升起了希望，立即道："小人……小人是凤阳镖局的人。"

千寒一怔。

叶裳眯了眯眼睛。

几位大人齐齐一惊。

那人看着几人神色，生怕叶裳不信，立即道："小人真的是凤阳镖局的人，小人在七年前入的凤阳镖局，在七十三分舵舵主手下办事。三年前，分舵主安排小人去卿华坊做撑船人，数日前，小人接到分舵主的命令，令小人暗中动手给另外的撑船人和叶世子的护卫下毒，下完毒，小人就不必待在卿华坊了，撤回了七十三分舵。"

"嗯？"叶裳眯着眼睛挑眉，"凤阳镖局七十三分舵舵主的命令？给你的命令是杀本世子？"

那人摇头："小人只是负责对撑船人和叶世子的护卫下毒，没接到命令让小人杀世子。"

"你办完七十三分舵主吩咐的命令之后，便回了七十三分舵？"叶裳问。

那人连连点头："分舵主择了一处安全之地，让小人避避风头，小人在里面待了数日，没想到冲进来两个人，一男一女，将小人带了出来……小人知道的就这么多了。"

"一男一女？"刑部尚书沈明河看着他问，"那二人是何人？"

那人摇头："小人不知，分舵主给小人安排的地方十分隐秘，机关重重，那一男一女十分擅长破解机关之术，将小人打晕了，小人就什么都不知道了，醒来后，就在这里了……"

沈明河看向叶裳。

叶裳道："我表兄叶昔与苏府小姐是同出一门的师兄妹，外祖父让人查这名东湖画舫沉船案失踪的涉案人，表兄约了苏府小姐，一同带出了这人。刚刚二人进京，将此人交给了我。他口中的一男一女，应该是表兄和苏府小姐。"

几人齐齐惊异："苏府小姐？"

叶裳淡淡地点了点头。

陈述此时开口道："是苏府小姐，我和叶裳兄今儿晚上本来打算去茶楼喝茶，当街碰到了叶兄和苏府小姐进城。那二人见到叶裳兄后，便将人交给叶裳兄了。"

"怎么不见叶公子和苏小姐在此？"大理寺少卿朱越开口问。

叶裳看了他一眼，道："苏小姐回苏府了，毕竟是一个女子，人家帮着找到了人带回来，总不能让人家来受审，表哥奔波累了，去休息了。"

陈述讶异地看了叶裳一眼，他如今提到苏小姐怎么跟早先见苏小姐的态度天差地别？这时候知道人家是个女子了，是帮着找到了人带回来，懂得搭人交情了？早怎么不是那么回事？不过这话这会儿他不会说出来。

朱越点点头。

大理寺卿彭卓缓缓开口："这个人说的话不知道是否可信，难道真是凤阳镖局暗中谋害叶世子？"

那跪在地上的人立即说："小人说的千真万确，小人不想死……"

刑部侍郎陆云千开口道："照你这么说，是凤阳镖局七十三分舵的舵主指使你干的？"

那人点头："小人听命于分舵主。"

"为何你办完此事，那分舵主没将你灭口？"陆云千又道。

那人立即道："小人得他器重，办好了差事，他自然不会对小人灭口……"

陆云千闻言又道："你们分舵主姓甚名谁？为何要刺杀叶世子？他如今在哪里？"

那人摇头："分舵主叫冯超，其余的小人就不知道了，小人也不知为何分舵主要刺杀叶世子，小人在三年前就在卿华坊撑船了，这三年来，只接到过这一个命令，好久没见到分舵主了……"

"你不是说你们分舵主给你择了一个地方安置吗？如今怎么又说没见过你们分舵主？"朱越问。

那人道："是分舵主命人给小人安置的地方，小人没见到他本人，也不知他在哪里。"

朱越不再言语。

沈明河转头看向叶裳："叶世子，没想到他是凤阳镖局的人，本官听说你遇难，当时是凤阳镖局的凤少主救的你，将你送回了京。如今这……"后面的话顿住，事情不明，不好说了。

众人此时也是跟他一样的猜测，想着这个人竟然是凤阳镖局的人，那么凤阳到底是不知情，还是一手策划，到底有什么阴谋？

叶裳闻言没答话，只对千寒摆摆手："将他带下去，再仔细审问，看看他还有什么可说的。"话落，又补充，"仔细看好了，不准让人死了。"

千寒应是，将地上那瘦小的男子拖了下去。

叶裳转头，对窗外道："轻武卫，来一人。"

有一人立即出现在门外应声："叶世子。"

屋内几人齐齐一惊，轻武卫不是皇上的人吗？皇上竟然将轻武卫给叶世子了？一时间，众人心里都莫名惊异。

叶裳却不理会屋内几人的神色，对外面吩咐道："立即去灵云寺，请凤少主速速回京，就说灵云镇东湖画舫沉船案失踪的撑船人是他凤阳镖局七十三分舵的人，供出指使人是七十三分舵的舵主冯超，让他来京时，最好押着冯超此人来受审。"

"是。"那人应声道，立即去了。

叶裳回转身，看向几人："今日暂且到这里，劳烦几位大人了，待凤少主来京，我再派人请几位大人一同听审。"

几人对看一眼，暗暗想着看来今日审讯之地不在刑部大堂，反而设在这容安王府，那撑船人也不移交刑部大牢，而是叶世子亲自命人看管起来，开了这个先例，后面供出的冯超以及即将进京的凤阳大约也是一样要在这容安王府审了。不过皇上连轻武卫都交给了叶世子，他们更不能说什么了。

于是，齐齐点头，站起身，一起告辞。

叶裳也不留人，将几人送出了容安王府。

陈述站在叶裳身边，跟他一起目送刑部和大理寺的人离开，凑近他耳边，笑着说："往日见刑部和大理寺的人鼻子眼睛都长在天上，如今你对他们呼之则来挥之则去，他们却是屁也不敢吭一声，真爽快。"

叶裳偏头，瞥了他一眼，哼道："这案子若是办好了，也就罢了，若是办不好，如今被捧得高，以后就会被人踩在脚底下，呼之则来挥之则去算什么。能坐到刑部和大理寺位置上的人，都不是好惹的。如今我要的不过就是这个效果。先踩刑部和大理寺，威慑其余朝臣，才能站稳脚跟。"

陈述拍拍叶裳肩膀："站稳脚跟还不容易？如今这案子不就迈出第一步了吗？没想到是凤阳镖局七十三分舵舵主害你，妈的，等见着他，老子劈了他。"

叶裳眯了眯眼睛："牵扯出凤阳镖局，这倒有意思了，但也麻烦了。"顿了下，他又道，"你以为站稳脚跟很容易？如今风平浪静，不过是开始，等着瞧吧，总有人拦路要把我踩下去的。"

陈述压低声音说："你是说太后和国丈府？"

叶裳不接话。

陈述转头吐了一口气，恨恨地道："外戚祸国，还有没有脸了？江山可是姓刘。"话落，又道，"如今叶家不再对你不管不问了，叶家插手相助，就是你的后盾，还怕国丈府不成？再说了，皇上把轻武卫都给你了，太后不过是个老姑婆，蹦跶不了多久了。"

叶裳转身往回走，道："瘦死的骆驼比马大，何况国丈府还没瘦死，太后也没老得动不了。"话落，又道，"不过倒不是担心这个，我想的是，会是什么人背后动的手。牵扯了凤阳镖局，七十三分舵的舵主定然不是最终主使人，否则没这么容易被供出来，如今是朝廷江湖一锅粥了，背后之人打的是什么算盘？"

陈述道："没准就是国丈府背后动的手。"

叶裳看了他一眼："事实没查明，话不可乱说，不见得。"

陈述纳闷道："你觉得不是国丈府？可既然不是国丈府，为何国丈府要拦你破案的路？"

叶裳冷笑："我得势，便会带动宗室整体得势，也就是皇族得势，那么，有强就有弱，外戚必会势弱。皇上被压制了多年，国丈府一旦势弱，太后、皇后和国丈府的日子可想而知。国丈府荣华鼎盛两朝了，会乐意？"

陈述恍然。

苏风暖纵马回了苏府，还没进苏府的大门，王府的小厮已经来到，请她去王府。

苏风暖想着外公这只老狐狸消息可真灵通，她对那小厮道："我是不是得梳洗换换衣裳再过去？否则外公又要说我没有半点儿女儿家的样子，不知礼数，教训我了。"

那小厮连忙道："老爷交代了，让小的见到您，请您立马过府，没说让您整理仪容。"

苏风暖闻言放心了，点点头，也不下马了，直接打马去了王府。

来到王府门前，苏青等在门口，见苏风暖来到，俊秀的眉毛扬得高高的："小丫头，听说你是与叶家嫡子一起进京的，还带回了东湖画舫沉船案的涉案人？"

苏风暖看了苏青一眼，翻身下马，将马缰绳交给小厮，拍拍身上的土，点头："是啊，他是我师兄。"

苏青本来要凑近她，还没凑近，就被她拍了一股土气，顿时后退了两步避开，瞪着她："你这是从土里滚了一圈滚回来的？"

苏风暖又使劲地拍了拍："差不多。"

苏青无语地看着她："你这样子，灰头土脸的，也敢来见外公，不怕被训？"

苏风暖无奈："不是说外公叫我立即过来吗？没顾上。"

苏青立即道："外公在书房等着你呢，赶紧跟我去吧。"

苏风暖点点头，一边拍着身上的土，一边与苏青往里走，想着即便没工夫梳洗换衣服，也要把土拍干净了再见那老头。

苏青与她隔得远了些，一边嫌弃地瞅着她，一边问："我怎么不知道他是你师兄，你这些年怎么没跟家里说你还有个姓叶的师兄？人家还是江南望族叶家的嫡子？"

苏风暖偏头看着他："我没说吗？"

苏青肯定地说："你绝对没说。"

苏风暖道："估计是我以为我说了，原来其实是没说，含糊了。"

苏青哼了一声："少给我来这套，你什么事含糊过？除非是故意隐瞒的事，才打死都不说。"

苏风暖默认："知道你还问？"

苏青一噎。

二人说话的工夫，来到了书房，苏风暖觉得土也拍得差不多了，便收整了神色，深吸了一口气，在外面喊："外公，我来了。"

书房内传出王禄严肃的声音："进来。"

苏风暖瞅苏青，苏青对她翻白眼："瞅我做什么？外公让你进去。"话落，伸手推开门，一把将她推了进去，自己为了看好戏，也跟了进去。

苏风暖回头踹了苏青一脚，便立即规规矩矩地向坐在书案前的王禄走了过去，面上挂着讨喜的笑："外公，您急急地喊我来，什么事啊？我都没顾上梳洗整理仪容……"

王禄扔了笔，抬眼瞅她，哼了一声："你一个女儿家，当街纵马，还有仪容？"

苏风暖嘿嘿一笑："月前，我娘带我进宫见皇上时，皇上说了，我是将军府小姐，可以不必太注重规矩礼数，过得去就行，否则白担了我的出身呢。"

王禄又哼了一声："那是皇上对你宽厚，但你也不能从此就拿着这令箭把仪容礼数不当回事。"话落，便放过了她，又问，"我问你，你是怎么与叶昔一起带着涉案人进京的？"

苏风暖见他放过她，立即说："师兄给我传信，说源城十里外一座农庄里，藏了东湖画舫沉船案失踪的那名撑船人，机关暗器布置得十分厉害，他一人破机关暗器闯入的话恐怕失手，便喊了我去与他一起，破了机关暗器，带出了那人，便一起送回京了。"

"源城？"王禄挑眉，"距离灵云镇百里外的源城？"

苏风暖点头："就是源城。"

"那里的农庄布置了什么样的机关暗器？除了关着那涉案人，还有什么人？"王禄又问。

苏风暖道："十分厉害的机关暗器，从暗器的布置手法上看，像是出自以机关暗器著称的林家。我与师兄曾经为了斗法，精心地研究过林家的机关暗器，否则就算我二人合力，也难破解。那处农庄，没有别的什么人，是一座空庄子，只有一个聋哑的老婆婆负责每日给那人送饭，其余的人再没有了，那老婆婆还是临时雇用的，七十多了，我们带回来那人后，那处庄子启动了自火，地下埋着药引，已经毁成平地了。"

王禄皱眉："可盘问了什么吗？那人怎么说？"

苏风暖道："问了几句，那人说是受凤阳镖局七十三分舵舵主冯超的指使，我已经给凤阳去信了。"

王禄闻言眉心笼上凝重："凤阳镖局掺和进来，如今机关暗器是林家手法，林家也掺和进来，这朝堂江湖一锅粥，可真是要乱了。"

苏风暖闻言断然地摇头。

王禄看着她问："怎么？"

苏风暖肯定地道："不可能是凤阳要害叶裳，对于凤阳镖局来说，他害叶裳完全没好处。这些年，凤阳镖局做的是生意。尤其凤阳的亲叔叔十二年前与叶裳父母一样也战死在沙场，就凭这个，他不会害容安王府遗孤。"

王禄点头："凤阳镖局安泰这么多年，到底是树大招风。是什么人背后做这连环谋杀案，牵扯朝堂江湖，搅得血雨腥风，怕是冲着朝纲来的，于社稷不利。"

苏风暖不置可否，于朝纲社稷什么的，她不关心，只要叶裳没事、她的家人平安就好。

王禄又问："你与叶昔是同门师兄妹的事，怎么没听你说起过？"

苏风暖眨眨眼睛，立即真诚地说："以前师兄隐着身份，我不知道他是叶家嫡子，也是最近才知道。"

王禄看着她，哼了一声，也不继续追究，对她道："叶昔去住了容安王府？"

苏风暖点点头："是叶裳将人劫去的。"

"明日一早你去容安王府请他午时来府里用饭。"王禄说完，又道，"别回苏府了，你还住在这府里吧。"话落，板着脸补充，"规矩礼数不能废，别不当回事。"

苏风暖乖觉地点头："听外公的。"

王禄脸色稍霁，对她摆摆手，吩咐苏青："你去吩咐厨房，给你妹妹做些可口的饭菜，她应该还没吃饭。"

苏青本来想看外公训妹妹的戏码，没看上，不由得有些失望，如今闻言点点头嘀咕："臭丫头。"

苏风暖对苏青吐了吐舌头，甜甜地对她外公说："谢谢外公。"说完，转身溜出了书房。

苏青只能认命地去了厨房。

苏风暖回了自己的院子，脱了外衣，有人立即抬来了一桶水，她沐浴之后，换了衣服，厨房已经做好了饭菜，端上了桌。她饿得很，拿起筷子，狼吞虎咽。

苏青坐在一旁睃着她，直翻白眼："吃饭比个老爷们儿还不斯文，当心嫁不出去。"

苏风暖立即说："失节事小，饿死事大。"

苏青嗤笑了一声："外公面前，你敢这么吃吗？饿死也得一口口地吃。"

苏风暖白了他一眼："外公不是不在这儿吗？"

苏青睃着她，十分无语。

苏风暖吃饱喝足，推了筷子碗，舒舒服服地靠在椅子上，问他："这段时间，你跟在外公身边，学得如何了？"

苏青说："我以前以为跟在外公这样的人身边，日日钻在书堆里，一定无聊死了，没想到跟我想象的不一样。"

苏风暖看着他："怎么不一样了？"

苏青道："除了钻研学问外，外公时常说一些朝局上的事，以及朝中各位大人的喜好和府邸的私事，有趣得紧。"

苏风暖失笑："外公是一只老狐狸，宫闱秘闻，府宅私事，耳目灵通着呢，否则怎么得皇上器重，多年来屹立不倒？国丈府受皇上忌惮，王府却不声不响地受着皇上器重，虽然没荣华到受人瞩目，但也没人敢小看。"

苏青点头："前些日子，我听了叶裳的话，给丞相府下了拜帖，求丞相指点藩属小国的译文，丞相待我十分尽心，也指点了不少。"

苏风暖笑看着他："内有外公指点，外有丞相指点，有这两个人指点，火候差不多时，外公就会安排你入翰林院。翰林院内，素来刮的都是清流之风，官途极好。从翰林院出来的人，入朝拜相者，比比皆是。"话落，她伸手拍拍苏青的手，"三哥，咱们将军府的门楣有望改武从文啊。"

苏青拂掉她的手，笑骂："臭丫头，你想得倒远。哪有那么容易？"

"你年轻得很，一步一步地来呗。"苏风暖喝了一口茶，"官场也就那么回事，你吃透了，就能玩得转。你玩得转，父兄战场上生出入死，就能有一半的后方保障，不怕奸佞小人在后方使绊子。数月前，父亲临危受命奔赴战场，后方粮草供应顺畅，一半有外公的功劳，一半有兵部尚书的功劳。若没有他们二人，这仗打得也不会顺利。可见后方根基也十分重要。"

苏青点头："这倒说得有理。"

苏风暖打了个哈欠，对苏青挥手："昨晚我一夜没合眼，困死我了，你若是再没别的事，赶紧走，我要睡了。"

苏青本来还想再与她聊—会儿，见她眼底确实有青影了，便作罢，站起身，不满地说："你把外婆和娘扔在灵云寺，可真放心。"

"有凤阳在呢，他不照顾别人，也会照顾外婆和娘。有什么不放心的？"苏风暖也站起身。

苏青瞅着他："你倒是信任凤阳，你喜欢他？"

苏风暖翻白眼："我信任的人多了，喜欢的人也多了。"话落，伸手将他推出了门外，关上了门。

苏青站在门外对里面瞪眼，见她很快就熄了灯，又骂了一句"臭丫头"，出了院子。

一夜无话。

苏风暖这一夜睡得极好，第二日早早就醒来，她梳洗之后，王禄身边的小厮来传话，对她说："小姐，老爷吩咐，您从这府里走出去，代表的不仅是苏府的脸面，还有王府的脸面，让您务必仪容端庄，免得被叶世子拒之门外，丢了脸。"

苏风暖无语，叶裳敢把她拒之门外？他要是敢，她就挥剑劈了容安王府的大门。想起昨日他阴沉的脸，她就一阵气闷，郁郁地说："知道了，让外公放心，不给他丢脸。"

小厮回去回话了。

苏风暖低头看了一眼自己穿好的衣服，过于素净简单，这样的衣裙在外公的眼里自然不过关，属于丢脸那种。她认命地走到衣橱前，从一大堆衣服里选出一件红粉色羽纱水袖香罗裙，穿在了身上，繁复得她几乎迈不开脚。

穿好之后，她从外面喊了一名婢女，这婢女叫兰雨，是负责这院子的大丫鬟。苏风暖记得是上次外公留下她学规矩，外婆选给她的。她问兰雨："会梳头吗？"兰雨连连点头。她坐在了镜前。

兰雨很快地就给苏风暖梳了一个时下最流行的云髻。梳好之后，小声建议："小姐，您的妆容素淡了些，还需要再精致一下妆容。"

苏风暖点点头，懒得动手，对她说："那你继续帮我吧。"

兰雨小心地帮她重新打理了一下妆容，描画了眉，扑了淡粉，本就如画娇美的眉眼一下子又明亮精致了许多，做好后，她笑着说："小姐，您这样子真美，端庄娴静，一点儿也不输京中闺阁里那些小姐呢。"

苏风暖瞅着镜中的自己，有点陌生，笑了笑，站起身，对她说："京中闺阁小姐出门，都是要带婢女的吧？你去收拾一下，也跟着我出门吧。"

兰雨点点头，有几分欢喜，从她被王夫人派过来，小姐基本不用她侍候，她成了摆设。如今终于派上了用场，连忙去了。

不多时，兰雨就收拾好了，跟随苏风暖出了房门。

二人走到门口，正碰上苏青过来找她，苏青见了她，顿时睁大了眼睛，愣了好半晌，才不敢相信地夸张地说："这是我妹妹吧？一夜不见，回娘肚子里重新改造了？"

苏风暖瞪了他一眼："外公特意派人来嘱咐了，让我别丢苏府和王府的脸。"

苏青看着她，默了半晌，对她说："其实，你还是丢人些好，这样子去容安王府，叶裳那小子指不定怎么看你呢。"

苏风暖轻嗤："他那副皮囊，还用得着看我？看自己就好了。"

苏青闻言大乐，凑近她，小声说："妹妹，你不会喜欢叶裳吧？"

苏风暖瞥他："问这个做什么？"

苏青道："我听外面有人在传，说叶裳对你一通乱贬低，嫌弃你嫌弃得不得了，说什么丑八怪、母夜叉、母老虎，粗鄙不堪、野丫头。啧啧，他这嘴毒得真够可以的，你若是喜欢上他，一准没好。"

苏风暖翻白眼："他当自己是什么好人吗？"

苏青大乐，对她摆手："那你快去容安王府吧，你这样子，应该不至于被他拦在门外。我等着你顺利把叶昔请来府里。"

苏风暖转头问他："你不跟我去？我以为你来找我，是要跟我去。"

苏青摇头："我稍后还要去丞相府一趟，否则还真想跟着你去看好戏。"

苏风暖不再理他，出了院门，去找王禄，在他那里过了眼，得了他赞许点头，才出了府门。

管家已经备好车，苏风暖由兰雨扶着，上了马车，车夫待她和兰雨坐好后，离开了王府，前往容安王府。

王府距离容安王府不远，很快就到了。

容安王府大门紧闭着，苏风暖挑开帘幕向外看了一眼，对车夫说："去叫门，就说我来找叶公子。"

车夫立即去叫门。

守门的人从角门探出头，向外看了一眼，连忙对苏风暖说："苏小姐，您稍等一下，奴才去通禀我家世子。"

苏风暖皱眉："我来找叶昔叶公子，不是找叶裳叶世子，你通禀也不该通禀他。"

那人顿时有些犯难地道："今日一早，我家世子吩咐了，说若是苏府小姐来，让奴才去通禀，没他的允许，不得放您进来……脏了地方……"

苏风暖顿时被气笑了："那你去吧。"

第五章
相思成狂

守门人向里面去禀告，苏风暖等在外面。

这还是这么多年她第一次正大光明地站在容安王府大门前。

以前那些年，每逢进京时，都是偷偷地翻墙而入，哪怕在府内住上十天半个月，容安王府的内院每一处她都转悠得无比熟悉，也只不过是偷偷摸摸，从未如此堂而皇之过。

师兄住在容安王府，倒是比住去苏府好处多得多，也免得她再偷偷摸摸来容安王府了。

她足足等了两盏茶工夫，依然没见到叶裳出来。

兰雨悄声说："小姐，叶世子不会真将您挡在门外吧？"

苏风暖轻哼了一声，想着一晚上过去了，难道他的气还没消吗？

兰雨瞅着里面没动静，又小声说："叶世子受伤时，曾在王府住过两日，据侍候的人说，他脾气没传言中说的那么差，很好侍候，很多事情都亲力亲为，不劳侍候的人动手。就算不喜欢您，看在老爷亲善待他的面子上，应该也不至于太过分吧？"

苏风暖笑了一声。

兰雨瞅着她，立即垂下头："小姐恕罪，奴婢多嘴了。"

苏风暖摇摇头，笑着说："没事。"

这时，内院传来动静，似有人走来，苏风暖凝神细听下，有三人，其中一人步履轻缓，脚步摩擦地面的声音非常小，另一人脚步微重，还有一人似是跟在二人后面，走得小心翼翼。

不多时，那三人来到，角门打开。

苏风暖抬眼看去，正是叶裳、陈述以及那去通禀的守门人。

叶裳一身轻便衣裳，轻袍缓带，步履轻慢闲适，日光打在他清俊无双的脸上，淡淡清华，当看到站在门前的苏风暖，脚步一顿，眸光顿时凝滞。

陈述看到苏风暖，也猛地顿住了脚步，睁大了眼睛，张大了嘴巴，满脸的惊异加不可思议，脱口问："苏小姐？"

苏风暖没看到叶昔，又见陈述一副受打击了的样子，觉得好笑，笑着开口打招呼："二公子不认识我了？"

陈述听到熟悉的声音，上上下下、仔仔细细地将苏风暖打量了一遍，一拍脑门，惊叹道："老天，每次见苏小姐都给我惊吓。"

苏风暖失笑："二公子以为我只会纵马当野丫头，不会当大家闺秀吗？"

陈述一噎，讷讷不知如何接话，传言中的苏风暖和现实所见的苏风暖实在是天差地别，让他太……意外了。若不是亲眼所见，谁也没办法将当街纵马、挥剑斩断叶裳马车帘幕、一身江湖气的女子，和如今这个着锦绣绫罗裙、妆容精致、眉目如画、明丽秀美、端庄娴静的人儿联系起来。

他转头看向叶裳，见他一副静止了的样子，立即用胳膊肘碰碰他。

叶裳回过神，凝定的眸光动了一下，眼底闪过的一丝情绪很快被眼睫盖住，转瞬间冷了脸。

苏风暖暗中翻白眼，看这副样子，这气是还没消呢！臭脾气！

陈述瞅着叶裳，他脸上的寒气如此明显，让站在旁边的他觉得凉飕飕的。他暗想这个家伙和苏小姐有什么天大的仇怨，见着她就一副恨不得吃了她的模样。若说他对苏大将军当初没救下他父母恼恨在心，但见到苏夫人和王夫人可不是这样，温和有礼得很，对苏青也不这样。

他生怕叶裳嘴里说不出好话，再过分地将人赶走，连忙小声说："人家苏小姐是来找叶兄的，你就别为难人家了。"

这句话不说还好，他一开口，叶裳周身的气息瞬间又寒了几分，都快寒成冰了。

陈述忍不住打了个哆嗦，连忙又小声说："人家苏小姐好好的，没惹你，况且，还帮着叶兄带回了那涉案人，这也是在帮你的忙。俗话说，男子汉大丈夫，咱可不能让人觉得你心眼儿太小啊，关于苏小姐的那些传言，我倒觉得不太可信。明明她很好嘛。唉，传言误人。"

叶裳闻言不但面容没缓和，反而周身更冷，一张脸又变得沉如水。

陈述见劝不住他，只能住了嘴，对他干瞪眼。想着他被心里的那个女子迷了心窍，觉得天下女子都不如那人了。

苏风暖不是没见过叶裳冷脸的样子，自然没觉得他这副样子能唬住她，对他挑了挑眉，故意说："昨天叶世子让我学规矩，洗洗风尘之气，我深以为然。今儿来你容安王府之前，外公的目都过了，叶世子不会还觉得我脏了你的地方吧？论规矩，我外公府里的规矩可比容安王府的规矩大得多。"

意思说得明明白白，京城谁不知道王府的规矩不次于皇宫和国丈府，连恪守礼数的老古板王大人都通过了，你还通过不了了？

陈述深以为然地点点头，这样子的苏风暖，谁敢说她不是大家闺秀？他觉得比国丈府的许灵依都要像大家闺秀。

叶裳却不买账，看着苏风暖，眯了眼睛，语调一如昨日一般沉冷，周身气息低寒："若我说在我眼里，今日看你，还是与昨日的你没什么两样呢？"

"嗯？"苏风暖挑眉，"叶世子觉得我依旧不堪，不配踏入你容安王府的地面了？"

叶裳冷声道："谁知道穿了金装的里面是不是一样脏兮不堪？毕竟，看人不能看表面，还要看内里。"

苏风暖顿时恼怒地瞪着叶裳，他这是说的什么话？故意要气死她吗？什么叫作谁知道穿了金装的里面是不是一样脏兮不堪？看人不能看表，还要看里？难道她要扒了衣服给他检查不成？

这个混蛋！

陈述又惊了，也转头瞪着叶裳，小声不满地提醒："喂，你说什么呢？你这话说得也太不像话了，你要怎么看人家内里？难道人家扒了衣服给你看不成？人家可是苏府小姐，别太过分了，传出去就是辱没人。"

叶裳转头瞥他："你少多话。"

陈述一噎，干瞪眼，半响，转头对苏风暖和气至极地说："他病了，且病得不轻，害的是相思病，这两日一直在犯病，逮着谁咬谁，跟疯狗差不多，苏小姐别和他一般见识。他想女人快想疯了。"

苏风暖本来想一脚踹死叶裳，闻言顿时忍住了，挑眉，相思病？他什么时候得了相思病？

叶裳郁郁地看着她，凉凉地说："有人扔下我一声不响地就走了，我是害了相思病，他也没说错。"顿了顿，道，"听表兄说苏小姐懂得医术，不如为我治治？"

苏风暖听到他意有所指的话，好半响噎得喘不过气来，他……他……果真疯了！

陈述咳嗽了一声，想着叶裳说这话原也没错，可是他听在耳里，怎么觉得有点不对味，但也不知道不对味在哪里，只能顺着叶裳的话缓和二人的关系，连忙对苏风暖问："苏小姐，你……你既然懂得医术，会……会治这种相思病吗？"

苏风暖闻言险些背过气去,手放到后背,使劲地捶了自己一下,才觉得心口顺畅了点儿,没好气地说:"不会。"

陈述也觉得他不该问,这问的叫什么话啊?人家苏小姐就算会医术,怎么能治得了相思病?据说相思病是解铃还需系铃人。多说多错,他一时不敢言声了。

叶裳却冷哼一声,挑眉看着她:"苏小姐当真不会?"

苏风暖狠狠地剜了叶裳一眼,眼含警告:"我说不会就不会,我今日是受外公吩咐来邀请师兄去王府做客的,叶世子别太过分地刁难人了。否则我不客气。"

"哦?王大人吩咐你来邀请表兄的?"叶裳扬眉。

苏风暖哼了一声。

叶裳眯了眯眼睛:"本世子今日就想刁难人,苏小姐怎样对我不客气?你穿了这身衣服,难道还带着宝剑了不成?在我容安王府的门口,砍了我?"

苏风暖觉得再跟他掰扯下去,她会被他气死。她恼怒地沉沉地喊他的名字:"叶裳!"

叶裳眉目动了动,看着她,不说话。

苏风暖看他这副强硬的样子,心里揣测他是因为她不声不响地去帮表兄没给他留话,还是因为她这么多年来没告诉他她的师兄是叶家的叶昔?一晚上过去,竟然还怒意未消,且怒意看起来还很大,怎么才能让他消了怒?

这样想着,她的气势不由得有点弱了,心里也有点发虚——关于叶家叶昔是她师兄的事,她确实是有意瞒着他的。毕竟,叶家是他外祖家,这么多年,叶家离京城远,对他可谓是不管不问。若是知道叶昔是她师兄,他这个脾气,指不定如何呢。

见他只盯着她不语,她揉揉眉心,有几分无奈:"我今日没带宝剑,就算带了宝剑,也不敢砍王孙公子,我今日是来请人的,叶世子到底想怎样?"

陈述闻言也看着叶裳,碰碰他:"是啊,你到底想怎样?"

叶裳忽然笑了,凉凉地嘲讽:"我想怎样?"话落,他冷笑,"我能怎样?"

陈述一怔。

苏风暖心里顿时像打翻了油瓶,顺着她心里窝着的火苗着了起来,看着叶裳的脸,也只能烧在心里,火辣辣地疼,却发作不出来。

叶裳见她只看着他一语不发,他收了嘲讽和冷笑,抿了一下嘴角,上前两步,绷着脸将手递到她面前,僵硬地说:"我就是病了,你既然会医术,给我看看,除了相思病,估计还有别的病。"话落,他又强调,"病得不轻。"

陈述顿时呆了。

苏风暖看着站在她面前的人和递到她面前的手，心里火辣辣的感觉被一盆清水浇了个干净。她有再大的火气和郁气也被他泄了个干净。瞅着他倔强的脸，心里暗骂，这个无赖，这个祖宗！

她真是欠了他八十辈子。

她额头突突地跳了两下，伸手按在了他手腕的脉搏上。

陈述睁大了眼睛。

苏风暖认真地给叶裳把了把脉，放下手，对他说："心血虚弱，体疲力乏，不寐多梦，急躁易怒，口干而苦，不思饮食。"

"严重？"叶裳看着她挑眉。

苏风暖道："说严重也有点严重，说不严重倒也不严重。是因为你身体的伤一直未好好将养，尚未痊愈，再加之忧思过甚，神思劳累，才造成肝火旺盛，脾肾失衡。好好用药，调理一阵子就会好了。"

叶裳"嗯"了一声，面容和缓了下来，声音也不那么冷了："那你给我开个药方。"

苏风暖点头："好。"

陈述下巴几乎掉到地上，上前一步，敬佩地看着苏风暖："苏小姐，你真会医术啊？"

苏风暖对陈述微笑："是啊，二公子以后有什么头疼脑热，可以找我。"

陈述刚要点头，叶裳却转过身道："进府里来写药方子吧。"

苏风暖提着裙摆，跟在他身后，进了容安王府。

兰雨早先大气儿都不敢喘一下，想着叶世子果然如传言一般确实脾气不好，想来早先在王府是板着脾气了。她刚刚都快吓死了，连忙小心翼翼地跟在苏风暖身旁，随着她进了容安王府。

来到会客厅，叶裳吩咐人取来纸笔，交给苏风暖。

苏风暖提笔，"唰唰"几笔，便写好了一张药方。

陈述先一步伸手拿过来，赞叹道："好字！真不像是出自女子之手。"

苏风暖笑道："我常年喜好舞刀弄剑，写出来的字也是龙飞凤舞，不登大雅之堂。二公子切莫夸我。"

陈述刚要说什么，叶裳却一把夺过药方子，对外面喊："千寒。"

"公子。"千寒连忙走了进来。

叶裳将药方子递给千寒，吩咐道："按照这个去抓药。"

"是。"千寒拿着药方子去了。

叶裳转身坐在椅子上，对苏风暖道："将你与表兄如何带出那东湖画舫沉船案的涉案人经过仔细与我说一遍。"

苏风暖看着他："你没问我师兄？"

叶裳摇头："他累了，昨日回来便去歇下了，至今还没见着他。"

苏风暖想着这些日子师兄遵从叶家主吩咐彻查东湖画舫沉船的涉案人，又与她一起耗费一番心力将他带回京，确实累得很。点了点头，说了一遍，比外公问起时说得还要仔细。

叶裳听罢，挑眉："距离灵云镇百里外的源城？"

苏风暖点头。

叶裳又挑眉："从暗器的布置手法上看，像是出自以机关暗器著称的林家？"

苏风暖依然点头。

叶裳眯了眯眼，道："不知道灵云大师被刺杀时，机关暗器是否也出自林家？"话落，他又问，"你当时在灵云寺可知道？"

苏风暖一怔，当时她只想着照顾老和尚的伤了，交给了许云初，倒是没去案发现场跟着彻查，忽略了这一点儿，后来得知叶裳高热，便匆匆回京了。她摇摇头："不知道，我没去案发现场看过，不知道什么样。"

叶裳偏头对陈述道："派个人给许云初传信，就说将当时害灵云大师的机关暗器带回京来查。"

陈述立即道："许云初会听话？"

叶裳嗤笑："我是在查案，他手里有证物，为何不给？自然会听。"

陈述点头，站起身："我这就吩咐人去给他传信。"话落，立即出了大厅。

陈述一走，厅中只剩苏风暖和叶裳了。

叶裳瞅着苏风暖，找到了独处的机会，便开始发难："你即便收到表兄的传信，也该告诉我一声，你这两日离开，我寝食难安。"

苏风暖无语地看着他："当时你正在对轻武卫训话，我怎么与你说？再说，我不过离开两日，你寝食难安什么？我又不是小孩子，还日日被你看着不成？"

叶裳绷起脸："你就不会给我留个纸条？说白了，还是没拿我当回事，不知道我担心你。"

苏风暖一噎："你用不着担心我啊，我的武功你又不是不知道，谁能害了我？"

叶裳沉了脸："就算我不担心你，也该知道你突然离开去哪里了。以前也就罢了，如今你回京了，和以前不同了，你有没有自觉？"

苏风暖瞅着他，点头服软："好，以后我会自觉的。"

044

叶裳看着她，要求道："以后你若是离京，或者干什么去，必须告诉我。"

苏风暖见他正经极了，眼底还有青影，可见这两日因为她真没睡好，她确实应该告诉他一声，尤其是一去两日夜。她点头："行，答应你，以后再因为什么事离京一定告诉你。"

叶裳闻言暂且放过此事，又继续发难让他最生气也是最在意的事，板着脸说："你倒是好得很，叶昔是你师兄，你这么多年，都没与我透露一字。"

苏风暖想着果然他最气的是这个，见他又要发怒，她立即软了口气说："起初小时候我也不知道他是叶家嫡子，更不知道他是你表兄，是后来才知道的。我想着叶家人多少年不在你面前出现，你嘴里不说，但心里在意，怕你知道了心里不舒服，便隐瞒了。"

叶裳冷哼一声："这么说，还是为了我好了？"

"废话！"苏风暖没好气地看着他，"否则他是我师兄又不是什么见不得人的事，我干吗瞒你？还不是为了你吗？你的小心肝脆弱得跟什么似的。"

叶裳一噎，被气笑："我的小心肝何时脆弱得连这个也听不得了？"

苏风暖眨眨眼睛，也笑了，软声软语地说："好，你的小心肝不脆弱，是我太脆弱不敢跟你说。你大人有大量，我错了。"

叶裳收了笑，又绷起脸，接受她认错："下不为例。"

苏风暖无语地点点头。

她本来以为这事就揭过去了，刚要松一口气，叶裳却看着她问："在你心里，是我好还是你师兄好？"

苏风暖翻白眼："你问的这是什么话？"

叶裳却盯着她不依不饶："不好回答？"

苏风暖这时听到外面有脚步声传来，她偏头看了一眼，不是陈述回来了，而是叶昔来了，显然叶裳是见他来了故意这么问的，她觉得脑瓜仁都疼了，索性不语。

叶裳却不放过她，依旧问："在你心里，是我好还是你师兄好？你若是不答，今天我就扣你在我府里，不让你回府了。"

苏风暖瞪眼，佯怒："你敢扣我？我如今来容安王府请表兄去做客，这可是青天白日，马车从王府出来一路到容安王府，多少人看见了。你扣了我，像什么话？"

叶裳道："敢，不像话也扣。"

苏风暖依旧瞪着他。

叶裳挑眉："你不信？"

苏风暖伸手扶额，有些恼火地站起身，向外走。

叶裳快速地站起身，一把拽住她胳膊，向门外看了一眼，见叶昔在门外不远处停住了脚步，没进来。他强硬地说："我扣你就扣了，多少人看见你来了又如何？你若是不想让别人知道我们的关系，就告诉我实话，若是不怕别人知道不对劲，有本事就别说。"

苏风暖恼怒："叶裳！"

叶裳盯着她："你说不说？"

苏风暖见他眼底神色十分执着，一点儿也不像是在开玩笑。她觉得脑袋疼得快要裂开了。暗骂一声无赖混蛋，跟个三岁孩子没两样，向门外看了一眼，隔着珠帘，看不到师兄做何表情，没进来，估计是知道他们闹作一团了，不好进来，她觉得丢脸死了。没好气地道："你，行了吧？"

"当真？"叶裳扬眉。

"废话！"苏风暖瞪着他，"还不放开！"

叶裳慢慢地笑了，伸手拢了拢苏风暖发丝，声音忽然柔得能滴出水："就知道在暖暖心里，我是天下最好的。"话落，他伸手拔掉了她头上一支用作装饰的发钗，拿在手里，反手拉了她来到门口，挑开珠帘，对站在外面的叶昔笑吟吟地说，"表兄，你听到暖暖的话了吧？在她心里，我比你好。当然，在我心里，谁也不及她。你今日去王大人府里喝酒，可别把这话当酒喝了，可要记住了。"

苏风暖觉得他确实病得不轻。

叶裳似乎读懂了她眼中的含义，对她道："我何止病得不轻？我是相思成狂。"

什么叫作相思成狂？

苏风暖失语半晌，红着脸羞愤地甩开他的手，没好气地道："你够了啊。"

叶裳顺势放开她的手："我对我的病清楚得很，半丝都没说错。"话落，他挑眉，眉梢微沉，"难道你刚刚说的不是真话？"

这副神色，这副语气，摆明了如果她敢摇头，他就要她好看，随时可以变脸。

苏风暖撇开头，妥协道："真话，真话。"

叶裳扬眉看向叶昔，眉眼露出得逞的笑意。

苏风暖觉得他这么多年都白活了，时光倒回去十二年，稚龄的他都比现在像大人的样子。

叶昔负手而立，清贵的世家公子底蕴在他身上一览无余，此时他面带微笑，看着苏风暖和叶裳，眼底有那么一丝不明的意味。对上叶裳斜睨挑衅过来的眼神，明显地昭示自己主权的态度，也未曾改了他笑容里别致的意味，他笑着说："表弟放心，我不擅饮酒。"

叶裳眯了眯眼睛，同样意味不明地道："那就好。"

苏风暖懒得再理他，觉得再待一会儿，她一准受不住拿剑捅他，对叶昔说："师兄，外公知道你来京，请你去府中做客。"

叶昔笑着点头，顺着她的话说："外公太客气了，不用他请，我也是要去拜见的。走吧。"

苏风暖点点头，转身向外走去。

叶裳倚着门框，听见叶昔的那声外公，脸沉了沉，凉凉地说："表兄还是要注意对王大人的称呼才是，免得有心人揣测，生出事端，毕竟这里是京城。王大人只有三个外孙子，可不曾又多出了谁。"

叶昔失笑："师妹与我是同出一门的师兄妹，她的外公，我称呼一声外公原也没错。"

苏风暖深以为然。

叶裳刚要再发难，陈述已经折转了回来，大声问："苏小姐要走了？"

苏风暖收起了一肚子的愤懑，对陈述笑着点头："叶世子和二公子还有正事要忙，我便不多打扰了。"

陈述点点头，见叶裳站在门口，视线凉凉的，没有送客的打算，便自己送她和叶昔出府。

来到容安王府门口，苏风暖谢了陈述相送，和叶昔上了马车，离开了容安王府。

陈述见王府的马车离开，转回身，快步折了回去，见叶裳还站在门口，明媚的阳光也不能让他洗去面上身上的阴霾，他看着他，不满地嚷："喂，人家苏小姐不计较你百般刁难，给你看了病，开了药方，你怎么还这副冷冰冰好像她欠了你多少银子的样子？"

叶裳冷哼了一声："她本来就是欠了，八百辈子都还不完。"

陈述一呆。

叶裳看了一眼天色，转身回了屋。

陈述也看了一眼天色，觉得这太阳一直挂在天上啊，东出西落的，没变过，这叶裳怎么就这么……不对劲呢？

离开容安王府，上了马车回王府的路上，苏风暖没了叶裳的搅乱，总算觉得心里舒坦了些。

叶昔靠着车壁，看着苏风暖一下一下地揉着眉头，随着她手轻揉的动作，蹙着的眉心渐渐舒展，脸上的神情也渐渐地舒展开了。他微笑着看了她半晌，才开口："师妹这些年可真不容易。"

苏风暖手一顿，抬眼看叶昔，明白他指的是什么，无奈地道："越活越回去了，跟三岁的孩子没两样。胡搅蛮缠，无赖至极。"

叶昔轻笑，看着她无奈郁郁的模样，笑着说："总归是被你惯的，怨不得他。"

苏风暖彻底无语，她什么时候想惯出这么一个无赖混蛋了啊，那无赖混蛋拧巴倔强的破性子，能不能把他塞回去重新改造？

叶昔似乎能看透她心里所想，摇头，打破她的美好愿望："不能了。"

苏风暖咂咂嘴，深深地叹了口气，郁郁地说："倒了八辈子血霉了。"

叶昔大乐。

苏风暖一心郁闷，对面坐着的这人却开心乐呵，她抬眼瞪他："师兄，幸灾乐祸可不是什么好事，会遭报应的。"

叶昔瞅着她，更是开心："这天底下，你这小丫头就从来没怕过谁，连师父的胡子都敢扯，气急了连师父都敢打，活脱脱一个小魔王。我本以为，你认第二，没人敢认第一。如今可算是见识了这个第一。正所谓东风压倒西风，别说我以后遭不遭报应了，如今你可不是正在遭报应？"

苏风暖闻言几乎被噎断气。

叶昔似乎心情很好，瞅着她半晌没言语，一副愤恨至极却又无可奈何快被他噎死了的模样，着实好笑，他笑了一会儿，对她说："表弟在意你，又没什么不好。青梅竹马，两小无猜，正是一段大好良缘啊，姑姑在天之灵，当欣慰了。"

苏风暖所有情绪在他说出这句话后，一下子如潮水一般退了去，低下头，垂下眼睫，盖住眼底的神色，小声说："什么大好良缘？孽缘还差不多。"

叶昔瞅着她，挑眉："容安王府的叶世子与将军府小姐门楣相当，你与他又自小相识相知，你对他又娇惯爱护至此，怎么不是大好良缘？"

苏风暖摇头。

叶昔蹙眉："可有什么为难之事？"

苏风暖抬起头，看着他，眼底清澈，无波无澜，摇头，认真地说："师兄，没有什么为难之事，不过我是不会嫁给他的。"

叶昔眉头紧蹙，看着她半晌，也认真地道："师妹，我们也认识七八年了吧？我还记得，当年，你对师父说，要学把江湖攥在手心里的武功，为了护一个人，终此一生。师父说没有，你一生气就说不拜他为师了，另外去找天底下武功最厉害的人。他不依，你就撒泼打滚，揪了他胡子，把师父下巴揪得红肿一片。"

苏风暖想起当年，忍不住笑了："师兄记性真好。"

叶昔看着她："后来师父说要将江湖攥在手中，不是武功有多厉害就能办到，而是要懂得抓住人心，学谋心之术。"

苏风暖点点头。

"于是，师父倾毕生所学，不只教了你武功，还教了你谋心之术和其他的。"叶昔又道，"后来，你青出于蓝而胜于蓝。这几年，果然将江湖攥在了手中。"

苏风暖又点点头。

叶昔看着她："师妹，你对谋心之术，可谓炉火纯青，能看透别人的心，不可能看不透自己的心。表弟的心明摆着放在你面前，你当看得透。而你自幼便天资聪颖，异于常人，自己的心也当看得透，他对你的心与你对他的心，未必不一样。"

苏风暖静静地听着，没说话，也没反驳。

叶昔瞅着她："如今你这样说，我却不懂了，到底为何不是良缘却是孽缘？"顿了顿，他又道，"自师父去了后，师兄这些年恁是无聊，没什么事时，闲心和好奇心最多。你若是不告诉我，我也忍不住想一探究竟，给你挖出来。"

苏风暖失笑，看着他："师兄，你真是太闲了，至今叶家主还没押你回去接手叶家吗？"

叶昔道："祖父是想押我回去，恨不得我立马接手叶家，不过你知道的，跟师父和你待久了，我这心肠啊，也坏得快死了，我若不是自愿，他押不回去，几百年的世家基业我也不看在眼里，束缚不住我。"

苏风暖默了默，瞪着他："我心肠好着呢。"

叶昔挑眉："没看出来。"

苏风暖道："那是你没长一双能看出来的眼睛。"

叶昔失笑："你说不说？我这好奇心可是不容易打发的，今日你外公请我喝酒，我不擅饮酒，但又不能推托，一旦喝醉了，胡言乱语几句，也不是不可能的。"

苏风暖翻白眼："师兄，这威胁人的伎俩，我从小就用惯了的，你又不是不知道。"

叶昔一默："那这样说吧，师父临终前，嘱咐我照顾你，你的终身大事，我更该上心。表弟待你极好，而你对他也舍不得伤半分，我就把你们这两根麻花往一块儿拧拧？做一回月老，牵一回红线。"

苏风暖看着叶昔，眨巴了两下眼睛，忽然说："师兄，师父临终前，你赶回去，只听到他说了一句话，可是没听到前面那些话，他就挺不住去了，你可知道，前面他都跟我说了什么话？"

叶昔瞅着她："我当时问你，你没告诉我，我怎么知道？"

苏风暖也瞅着他，笑吟吟地说："你只听到师父让你好好照顾我，却不知道，师父前面与我说，让我以后嫁给你，由你好好照顾我。"

叶昔一怔，顿时呆了。

苏风暖看着他这副鲜少见的呆怔模样，顿时一腔郁气全没了，心情大好，十分开心地看着他："师兄，这是真的，我可没骗你，如今你知道了，这是师父临终遗言，你难道还想帮我去牵别处的红线？那你头上可就戴了一顶大绿帽子了啊。"

第六章
情深意厚

　　叶昔呆愣了半晌，才瞅着她说："不可能，你这小丫头胡诌，师父怕你在外面胡闹，挨揍挨人欺负，才让我照顾你。在这以前的话，估计是嘱咐你少作点儿孽，免得遭报应。"

　　苏风暖叹了口气："你不信就算了，地底下去问师父好了。"

　　叶昔顿时伸手狠狠地敲了一下苏风暖的脑袋："小丫头，你这是咒我呢，师父好不容易摆脱你我这俩麻烦，肯定不待见我再下去烦他。"

　　苏风暖被敲了一下，揉着脑袋，也不恼，想着她寻常惯于胡闹，她这个师兄也不是什么良善之辈，也十分喜欢胡闹，他那个疯道士师父以前总喜欢以折磨人为乐，后来收了他们为徒，自己遭了报应，被他们两个折磨得苦不堪言，死的时候笑得可开心了，口口声声说总算摆脱他们了，让他们活久点儿，别去地底下找他，他想清静些年。

　　她看着叶昔，想起以前的事，忍不住"扑哧"一声笑了。

　　叶昔似乎也想到以前的事，也忍不住笑了。

　　苏风暖还是不想他太欢乐，对他说："师父临终前，确实说了这样的话，师兄若是不信，我这里有听音铃，你知道，听音铃能记忆声音的。我把师父临终前的话记忆下来了。"

　　叶昔扬眉："信你才怪。"

　　苏风暖瞅着他，笑得不能再开心："你还别不相信我，这就给你听。"话落，她伸手入怀，捣鼓半天，拿出了一个小盒子，打开，里面躺着一个小风铃，她将风铃递给叶昔。

　　叶昔伸手接过，在风铃上轻轻弹了弹，风铃没动静，他抬眼看苏风暖。

　　苏风暖瞅着他说："哦，为了怕它在我身上总乱响，我用了点儿内力将它给禁锢了，你用师父教的破春风指法，破了禁锢，自然就听见了。"

叶昔闻言指尖凝聚了指法，又弹了弹风铃。

须臾，风铃响起了一串悦耳的响声，响声之后，便是一个苍老虚弱的声音从里面传来，虽然断断续续，但还是叫人听得清楚。

的确……

的确是临终遗言……

叶昔手一抖，风铃掉在了他腿上，他抬眼瞅着苏风暖。

苏风暖听着风铃内传出的声音，一字不差地听了一会儿，看着叶昔的模样，更开心了，感慨说："果然独乐乐不如众乐乐啊，我自己独自听了三年，还是与师兄一起听最开心了。"

叶昔看着她，瞪眼半晌，伸手拿起风铃，又听了一遍，果然是真的。他用破春风弹了弹风铃，重新锁了禁锢，它顿时没了音。他拿着风铃问苏风暖："你竟然真用它记忆了师父的临终遗言，你……你可真是……你记忆它做什么？"

苏风暖眨巴了眨巴眼睛，无辜地说："师父只有我们两个弟子，我当时以为你赶不去见他最后一面了，想给你留点儿念想，我也想自己以后时常能听到这疯老道声音，所以，就记忆了它，本来不想这么早告诉你，谁知道，你今天非要逼我。"

她说得太无辜，语气无辜，表情无辜，整个人都在诉说着她的无辜。

叶昔看她这副样子却觉得她才是最不无辜的人，她一定是故意的，这小丫头从小到大，做什么事都不是没道理的。他瞪着她半晌，清贵雅致名门世家底蕴的良好风度荡然无存，声音从牙缝挤出，恶狠狠地说："臭丫头，你做得好得很，真是好极了。"

苏风暖点点头，笑成了花一样："我也觉得我做得不错，师兄好久没夸我了。"

叶昔猛地挥手挑开了车厢帘幕，看向外面，恼怒地说："停车。"

这时，马车正走在街上，车夫闻言立即停下了车。

叶昔顿时跳下了马车。

苏风暖伸手拽了他一把，没拽住，也随着他跳下了马车，烦琐的衣摆拉出长长的弧度，但因为她动作利索，倒也没刮到哪里，她看着叶昔："师兄生什么气啊？说起来，你我也是青梅竹马，两小无猜呢。"

叶昔额头青筋跳了跳，回头剜了她一眼，抬步就走。

苏风暖立即拽住了他的衣袖，用了力，生生地将他拉得止住脚步："只要你不再牵红线，我也不对你逼婚。"话落，她道，"你若是乱牵红线，我也少不了要拿着音铃去找叶家主ang婚了。所谓一日为师终身为父，你祖父十分敬重师父，一旦听了他临终遗言，这婚事，便是板上钉钉的事。"

叶昔额头冒起了青筋，扭头瞅着她。

苏风暖仰着笑脸，阳光打在她脸上，丝毫不畏惧，威胁起人来，也一副阳光明媚的样子。但她这样开心至极的明媚笑脸，在叶昔看来，里面却住了一只大恶魔，实在可恶至极。

叶昔瞅了她半晌，见她始终开心着，笑意丝毫不减，他额头的青筋慢慢地退去，忽然笑了。

苏风暖眨巴了两下眼睛。

叶昔笑看着她："小丫头，心眼子真弯，威胁起人来，果然最拿手。你既然这样威胁我，我也不深究了。但是……"他顿了顿，一字一句地说，"那小子可禁不住你这样，到时候伤了他，你可别心疼。"

苏风暖顿了那么一瞬，放开他的袖子，轻轻扁嘴："心疼什么，又不能当饭吃。"

叶昔哼了一声，拂了拂被她拽得皱巴的衣袖，抬步走向不远处一家墨宝阁。

苏风暖跟在他身后："师兄去墨宝阁做什么？这是你叶家的产业吧？"话落，她"嗯"了一声，说，"去外公府里做客，是要给外公送见面礼的，彰显你世家良好的脾性和教养，外公最喜欢泰安的香浅墨砚，就送这个吧。"

叶昔脚步一顿，回头瞅了她一眼："师妹这洞悉人心的本事愈发炉火纯青了。"

苏风暖笑着说："师兄其实也不差的，总归咱们俩是一个师父教的。"

叶昔转回身，有些恼地进了墨宝阁。

苏风暖收了笑，抿了一下嘴角，又笑了，跟了进去。

二人一前一后进了墨宝阁，彼此说着话自然牵扯了心思，都没注意街上一辆马车驶过，车帘子挑起，正露出许云初的脸，向这边看来。

马车内，除了许云初，还坐着他的妹妹许灵依。

许云初将车帘子挑起时，许灵依自然也看到进了墨宝阁那一男一女的身影，她看了一眼，又偏头看许云初，问："哥哥，那二人是谁？不曾见过。"

许云初往别处扫了一眼，看到了王府车牌的马车，他若有所思："听说昨日苏府小姐和叶家公子一起回了京城。那二人莫不是苏府小姐与叶家公子？"

许灵依闻言愣了一下："那人是苏风暖？"

虽然刚刚匆匆一瞥，她就进了墨宝阁，但她还是看清了她的背影，一身锦绣绫罗，端庄娴静，高高的云髻，朱钗环绕，腰背笔直，行止优雅。与在太后面前失礼放肆，从皇宫里传出粗俗无礼如乡野丫头名声的苏风暖天差地别。

她怎么会是苏风暖？

许灵依没听到许云初说话，也觉得不可能是她，便自我否决："哥哥，不会是她吧？那王府的马车也许不是那二人乘坐的。"

许云初道："我也好久没去墨宝阁了，不知道可有什么新鲜物事，你先回府，我去看看。"

许灵依立即说："我与你一起去，我也想去看看。"

许云初闻言也不反对，点点头，吩咐车夫将马车赶到了墨宝阁门前，二人下了马车。

苏风暖听到外面的动静，隔着墨宝阁的雕花窗子，便看到了许云初和许灵依，她目光动了动，对叶昔悄声说："师兄，我进里面躲躲。"说完，便轻轻一跃，跳过人家展示的柜台，闪身进了里面。

掌柜的和小伙计都愣了愣，叶昔也愣了愣，转头向外瞅了一眼，了然，没作声。

见自家公子不作声，掌柜的和小伙计自然也当没看到，更不作声了，该干什么干什么。

许云初和许灵依迈进墨宝阁的门槛，便见除了墨宝阁内的掌柜和小伙计，只有叶昔一人，他站在柜台前，他的面前摆着上好的文房四宝，笔墨纸砚。没看到苏风暖的影子。

许灵依纳闷，四下扫了一圈，里面的人该做什么做什么，没什么异常。

掌柜的见到二人，立即笑着上前："小国舅和许小姐光临，府中可是又缺什么物事了？"

许云初对掌柜的笑了笑："只是路过，想看看墨宝阁近日可有什么新鲜物事。"话落，他看向叶昔，温和有礼，"这位难道就是叶公子？在下许云初，久仰了。"

叶昔慢慢转过身，看了许云初一眼，世家公子底蕴风度被他诠释得淋漓尽致，含笑打招呼："原来是小国舅，在下对小国舅才是久仰大名。"

"叶公子过奖了，云初今日刚回京，没想到就碰到了叶公子，甚幸。"许云初微笑，状似无意地问，"只叶公子独自一人来逛墨宝阁？叶公子多年不进京，这京中怕是都不熟悉了吧？怎么没个引路人？"

叶昔微笑地说："我师妹陪我一起来的。"

许云初好奇地看着叶昔："哦？叶公子师妹？"

"苏府小姐，是我师妹，她做疯丫头在外面疯跑时，机缘巧合下与我拜了同一个师父。"叶昔也不隐瞒，笑着说。

"既然是她陪你来，怎么不见她？"许云初露出纳闷的神色。

叶昔笑着说："她内急，去里面方便了。"

许云初愣了那么一下，有些尴尬，自然不好再多言，转头对那掌柜的说："最近墨宝阁可有什么新鲜物事？"

掌柜的看了叶昔一眼，摇头："最近没什么新鲜物事，过两日会有一批好东西，到时候小老儿差人知会小国舅。"

许云初笑着点头："有劳了。"

叶昔笑看着许云初："我听闻灵云大师遭遇刺杀，事情十分棘手，小国舅是在灵云寺处理此事，不该这么快就回京才是。难道是另有别事，急于回来？"

许云初点头："灵云寺之案与东湖画舫沉船一案有着牵扯联系，皇上下旨，这两桩案子都交由叶世子全权彻查。云初自然不能再插手，便带着查出的些许证物，回京交由叶世子。早一日回京，也好使叶世子早一日查清。"

叶昔笑着点头，不再多问。

许灵依此时走上前来，给叶昔见礼。

叶昔含笑看着她："国丈府小姐，倾国倾城，果然名不虚传。"

许灵依温婉端庄，闻言笑着摇头："灵依当不上倾国倾城，叶公子如此夸奖，实在是让灵依脸红。"

叶昔看着她，温润浅笑："许小姐不必自谦。"

许灵依依旧摇头，看着叶昔，试探地问："叶公子住在容安王府？"

叶昔点头："本来我是打算随师妹去苏府做客，不过苏夫人不在京，恐有不便，便住在容安王府了。"

许灵依闻言道："听说叶世子几日前病了一场，叶公子定然知晓，他的病可否好了？"

叶昔眉目微动，笑着说："近两日，表弟为了办案之事，忧思多些，也不算大好。"

许灵依闻言秀眉染上一丝轻愁，轻声说："叶世子素来不知爱惜自己，如今皇上将这么重的案子压在他身上，且他一直又是荒唐胡闹的性子，灵依真怕他受不住。"

叶昔笑了笑："我师妹虽然一直以来混闹胡玩，不过她的医术却是学得不错。今日已经给他看过了，也开了药方子，仔细用药调养，想来不会有大碍的。"

许灵依一怔："苏小姐会医术？且今日给叶世子……看过诊了？"

叶昔点头，笑着说："师妹请我去王府做客，顺便给表弟看了看诊。"

许灵依咬唇，脸色有些许僵硬："苏小姐的医术，难道比京中太医院的孟太医还好，比灵云寺的灵云大师还好？"

叶昔笑着说："这倒是不知，没有比过。"

许灵依闻言不说话了。

许云初轻咳了一声，对许灵依道："妹妹，我们回府吧。"

许灵依站着不动，看向里面："苏小姐怎么还没出来？"

叶昔眸光又动了一下："她吃坏了肚子吧。"

许灵依对许云初说："哥哥，我还没见过苏小姐，不如咱们再等等。"

许云初闻言没意见，点了点头。

叶昔也没意见，随意地坐在一旁的椅子上，对掌柜的说："将这一套香浅墨砚给我包起来，放王府的马车上去。"

"是。"掌柜的连忙将叶昔选中的东西包了起来。

许云初看了一眼，笑着问："叶公子，这是送给王大人的礼物？"

叶昔笑着点头："师妹的外公，我也要尊称一声外公，今日去王府做客，自然不能失了礼数。"

许云初点头。

许灵依看着叶昔说："一套香浅墨砚，价值不菲，叶公子这礼备得可真是不薄，算得上极厚了。想必许公子和苏小姐的师兄妹感情极好了。"

叶昔浅浅一笑，温润柔和，点头："嗯，自然是极好的，师父去世后，有一段时间，我和师妹守着师父的坟头，相依为命了好些日子。若非我们都有着家里的身份牵扯，守着师父坟头一辈子也不是不可能。"

这话可真真是别具意味了。

许云初眉头一动，仔细地看了叶昔一眼，没说话。

许灵依则是看了许云初一眼，又看了叶昔一眼，笑着说："苏小姐回京后，被皇上召进了皇宫，哥哥因为有事情耽搁，并没有见过苏小姐，叶世子那日也没进京，不过如今既然叶世子见过苏小姐了，哥哥稍后也会见到的。我也想知道，苏小姐是何模样，十分好奇。"

这话说得也是别有意思。

叶昔轻轻地笑了一声，一瞬间，似乎心情极好："太后和皇上有意给师妹赐婚，这事都传遍天下了，我也知晓，不过我倒是不担心师妹被谁抢走，毕竟，我与师妹青梅竹马，两小无猜。感情可真算得上是山无棱天地合乃敢与君绝的那种。"

许灵依闻言愣了愣，似乎没料到叶昔竟然将话说得这么直白，一时竟不知道该说什么了。

许云初也愣了愣。按理说，叶昔是江南望族叶家人，叶家几百年的世家底蕴，是当今世上立世最长久的世家大族了，历经几朝，比如今一门出两后的国丈府底蕴还要深个二三百年。诗礼传书的规矩礼数教养品行自然都是顶好的，这样的儿女情话，不该如此直白地说出来才是。可是叶昔竟然一点儿也不顾忌，说得理所当然且顺畅之极，偏偏从风度上，还丝毫不让人觉得丢叶家的脸。

墨宝阁内一时静静的，内外不闻声音。

苏风暖躲在里间，自然将外面的谈话都听了个清楚，不由得大翻白眼。他这个师兄，玩起人来，也是不要命的。不过嘛，正合她心意。

太后中意许云初，皇上中意叶裳，而若是大家得知她和叶昔师兄妹感情非比寻常的话，无论是太后还是皇上，都不敢轻易再论断她的婚事了。毕竟是牵扯了叶家嫡子，无疑，对她来说又是一重保障。

外间静寂了好半晌。

许灵依回过神来，看着叶昔，试探地又开口："叶公子这话，灵依听不懂，你和苏小姐……可是已经私订终身？"

许云初闻言，此时也看着叶昔。

叶昔笑了笑，心情依旧不错，随意地摇头："未曾私订终身。"

许灵依又是一怔："既然未曾私订终身，那苏小姐的终身大事便没有定准，叶公子不担心她被谁抢走，这个说法，却是让人费解。"

叶昔轻笑，看着许灵依为她解惑："我与师妹，用不着私订终身，我便知晓她不会被谁从我身边抢走。这并不矛盾。许小姐养在春闺，不懂世间情趣，自然难以理解我与师妹之间的乐趣。若你以后多去外面开开眼界，也许就懂了。"

苏风暖闻言在里间险些笑出声，师兄这是拐着弯地说许灵依目光短浅，如井底之蛙呢。

许灵依聪慧，自然听得懂叶昔意有所指的话，心底顿时升起一股恼怒，她好好在与他说话，这叶公子却骂人，着实可恨。她刚要发作，便看到他满面笑容地看着她，目光清润柔和，似只是在说事实，没有真看低她的意思，尤其是他眉目与叶裳有几分相似。

她忽然想起，叶昔的姑姑是已故的容安王妃，也就是叶裳的母亲，他们是表兄弟。从他这番言谈神态语气来推断，可见与苏风暖有着极其深厚的关系，估计只差捅破窗户纸订终身了。那么，叶昔若是和苏风暖如此的话，无论是叶裳还是哥哥，不出意外，怕是都与她不太可能了。

对于叶裳，她自然不想他娶苏风暖，对于许云初，她自然也不想哥哥娶苏风暖，虽然她还没见过苏风暖，但想着在太后面前那般放肆无礼至极的人，定然不是个好的，让她嫁进许家？她自然不喜也不愿。

许灵依心思转了好几个圈，便转没了恼怒，对叶昔笑着说："太后和皇上有意给苏小姐赐婚，只不过因为灵云镇出事搁置了。但早晚应该也会提起，既然叶公子与许小姐情分非比寻常，还是要早些打算才是。毕竟苏小姐身份实在太受人关注。"

叶昔眨了眨眼睛，笑着说："许小姐说得极是。"

许灵依见他不否认，这才转头看向许云初。苏风暖进宫那日太后召见，哥哥本没事，故意没进宫，自然是不想娶苏风暖，更不想被人左右了婚事，太后也不行。如今他连苏风暖的面都没见，再加之这叶公子明显将苏风暖据为己有了，哥哥别说根本就看不上苏风暖，就算看上，以他的骄傲，也不会横刀夺爱去抢。

所以，苏风暖和哥哥是没戏的。

许云初听了二人你来我往一番言谈，面上没什么多余表情，事不关己地没插话。

许灵依忽然觉得，今日见不见苏风暖都没有必要了，就算她给叶裳看过诊又如何？早就听闻他十分嫌弃苏风暖像个野丫头一样舞刀弄剑、粗俗无礼，若他知道叶昔和苏风暖的关系，自然更不会娶她。

叶裳那样的人，连皇上的旨意都敢违抗，更别说谁能左右他的婚事了。她放心得很。

第七章
锦 盒 传 信

　　许灵依想清楚这些之后，便觉得不见苏风暖也罢。

　　她笑了笑，对许云初说："哥哥，看来苏小姐真是吃坏了肚子，一时半会儿出不来，既然都在京中，早晚会碰见，你不是要去给叶世子送案件的证物吗？我们去容安王府吧。"

　　许云初点头，对叶昔拱手："叶兄，改日再会。"

　　"再会再会。"叶昔也笑着拱手。

　　许灵依也对叶昔行了个告辞礼，兄妹二人转身出了墨宝阁。

　　叶昔看着那二人上了马车，向容安王府而去，他似笑非笑地转回头，看向里面，问："你拉肚子完事了吗？再拉下去的话，快晌午了。"

　　苏风暖从里面走出，向外看了一眼，撇撇嘴，冷哼："这个许灵依，一肚子弯弯肠子，早晚肠子打结，把自己缠死。"

　　叶昔笑着摸下巴："她倒是挺有意思的。"

　　苏风暖挑眉："师兄对她有兴趣？"顿了顿，对他懒洋洋地说，"若是没有师父的临终遗言，你倒是可以幻想一下，如今趁早给我打住。"

　　叶昔看着苏风暖，瞪眼："你还真拿临终遗言当回事了是不？"

　　苏风暖十分实诚地点头："是啊，否则我费尽心思用听音铃记忆它做什么？"

　　叶昔一噎："你还真打算跟我绑一块儿一辈子？"

　　苏风暖眨眨眼睛，笑吟吟地看着他："师兄说的这是什么话？绑一块儿，真难听。你应该这样说，叶裳娶妻后，咱们再考虑绑不绑一块儿的事，如今考虑这些，太早了，可以先放着。"

　　叶昔眯起眼睛："叶裳娶妻？娶谁？"

　　苏风暖摇头："我也不知道，本来觉得，许灵依喜欢他，情之深切，排除她国丈府小姐的身份，倒是可以接受，可是这个女人我前段时间发现，她根本就不是叶裳的良人，自然不可娶。只能以后再慢慢选了。"

叶昔嗤笑，伸手拍她脑袋："许灵依心眼儿是多了些，看着聪明，可是道行还是太浅了，心思都摆在明面上，倒是显得有点愚蠢。她那个哥哥，比她可强多了。"顿了顿，道，"不过你怎么就肯定，她不是表弟的良人？"

苏风暖冷笑："他不顾叶裳意愿，以身为他试毒，情深至此，倒也令人敬佩，但她错就错在，不该决定叶裳如何活法。她让灵云老道制的解药，会让叶裳终身残废她不会不知道。这样的事，叶裳给别人用过。对他来说，世间最重的惩罚，莫过于此。所以，他如何想自己没尊严地活着？吃人肉与这个不相同。"

叶昔郑重地点头，摸着下巴说："这许灵依原来是一株自以为是的毒草。"

苏风暖扬眉，伸手搭在了叶昔肩膀，秀眉要挑不挑地看着他："师兄，世间所有的故事，都是以最初的那一丝兴趣为起点，你别告诉我，你如今找到许灵依这个起点了。"

叶昔"哈"地笑了一声，伸手轻轻地拍了一下苏风暖的脸："小丫头不可爱，你知道的，我可不喜欢一切有毒的东西。"

苏风暖放心地放下手："她虽然是个心思狠能折腾的，但却不是个能玩的主，躲得远点儿好，我如今不就躲着吗？"

叶昔失笑，站起身子："你不只躲着她，还躲着她哥哥吧。"话落，他又笑道，"你护着表弟的命，又护着他的脾气秉性要有尊严地活着，可真是……"他感慨，"让我从小嫉妒到大啊。"

苏风暖翻了个白眼，理了理裙摆："走了，回府了，外公还等着我请你回去呢。"

叶昔点点头。

二人一起出了墨宝阁。

外面早已经没了国丈府马车的影子，苏风暖和叶昔一起上了马车，前往王府。

许灵依和许云初上了马车后，许灵依见许云初半晌没说话，似在思索什么，她开口道："哥哥，没想到苏小姐和叶公子真是师兄妹，且关系非比寻常，一个是叶家嫡子，一个是苏府小姐，你说，若是太后和皇上从你和叶裳之间争不出个所以然来，会不会让一步，许了他们的婚事？"

许云初抬眼看了许灵依一眼，淡淡道："妹妹，今日你对叶昔说的那一番话，不是什么大家闺秀该问该说的话。"

许灵依闻言咬了一下唇："哥哥说得是，但我当时没忍住想对叶公子和苏小姐的关系探寻一二。"话落，她垂下头，低声说，"我一是为了我自己，不想叶裳娶她；二是为了哥哥，苏风暖若是喜欢叶昔，哥哥便不用受太后为难，周旋着婚事了。"

许云初看着许灵依，叹了口气，温声说："我也不是责备你，只是，叶裳对你，别说没有心思，就算有心思，太后和皇上以及父亲都不会同意你嫁给他的。你还是死了心吧。"

许灵依摇头，脸色有些发白："我知道，可是我忍不住，我也拿自己没办法。"

许云初又叹了口气，不再说她，她为叶裳以身试毒都做得出来，这样执拗，自然劝不住。

马车来到容安王府这条街道，距离容安王府不远时，迎面一名小太监骑着一匹马奔来，拦住了国丈府的马车。

那小太监显然是急急赶来，气喘吁吁："小国舅。"

许云初挑开马车帘幕，抬眼看向那小太监，立即问："公公何事这么急？"

小太监立即说："太后知道您回京了，命您立马进宫去见她。"话落，他探身，压低声音，"太后说了，不准您去容安王府，也不准将任何东西交给叶世子，一切事情，待见了太后再说。"

许云初蹙眉，不过一瞬，便平静地点头："好，你先回去复懿旨，我这就进宫。"

那小太监摇头："太后吩咐了，让奴才见了您之后，与您一起进宫。"

许云初面容动了一下，点点头："也好，你稍等一下。"话落，他放下了马车帘幕。

许灵依压低声音说："哥哥，太后怎么这么急着让你进宫？是不是不让你……"

许云初抬手，拦住她下面的话，用只有两个人能听到的声音附耳说："妹妹，太后说不准我去容安王府，没有说不准你去。你现在就去容安王府，将这个交给叶世子。"话落，他从怀里拿出一个锦盒。

锦盒巴掌大小。

许灵依伸手接过，咬唇，低声说："叶世子他……会不会见我？"

许云初摇头："你是去给他送东西，他自然会见你。"

许灵依点头。

许云初刚要下马车，这时，又有一个小太监骑了一匹马奔来，来到近前，同样气喘吁吁满头大汗地说："小国舅，太后懿旨，好些日子没见许小姐了，让许小姐与小国舅一起进宫。"

许云初手一顿。

许灵依一惊，顿时看向许云初。

许云初笑了笑，面色寻常，温和地看着那名小太监说："我和妹妹刚刚进京，未洗风尘，我是男子，倒不怕，至于妹妹，是否该让她回府收整一番，再进宫？"

那小太监摇头，对许云初道："太后说了，让小国舅和许小姐立即进宫，不必收整。"

许云初闻言不再多言，笑着点头："好，既然如此，那便赶紧进宫吧，免得让太后久等。"话落，他放下了帘幕。

两名小太监一左一右，跟在马车旁。

许灵依伸手拽住许云初袖子，低声说："哥哥，怎么办？太后一定是怕我去见叶世子，如今这是拦着不让咱们见他了，那那东西……可怎么办？"

许云初伸手从她手里将锦盒拿过来，对她道："没事，我自有办法。"

许灵依见许云初不急，只能打住了话。

国丈府的马车路过容安王府门口时，许云初挑开马车帘幕一角，向外看了看，随意地挥手，一缕风刮过，容安王府内院传来细微的"砰"的一声东西砸地的声响，他又若无其事地随手放下了帘幕。

马车左右跟随的小太监被声响吸引了过去，看向容安王府，只见府门紧紧地关着，声响从里面传来，估计是什么人掉了东西砸到了地上，便不再理会。

许灵依悄声说："哥哥，你……就这样给扔进去了？万一到不了叶世子手中，被府中的仆从给捡到了私自瞒下怎么办？"

许云初摇头："不会，容安王府叶裳一人当家，府中的任何人都没长了能瞒住他的眼睛。"

许灵依闻言顿时安定下了心。

容安王府内，有护卫捡起了摔在地上的锦盒，锦盒十分结实，落在地上，并没有被摔破。他拿起来看了一眼，立即快步走到门口，打开角门，向外看了一眼，国丈府的马车刚刚走过，他立即关上了角门，快步向内院走去。

叶裳与陈述正在用午膳。

护卫来到画堂外，对里面急声说："世子，有人往咱们府内扔了一个锦盒。"

叶裳筷子一顿："什么锦盒？拿过来看看。"

护卫立即进了画堂，将锦盒交给叶裳。

叶裳伸手接过，拿在手里摆弄了一下，没立即打开，而是问："什么人扔进来的？"

护卫对叶裳摇头。

叶裳蹙眉。

护卫道："没看到是什么人扔的，属下听到动静，查看时，正看到国丈府的马车从门前经过，左右跟着宫里的两名小公公。"

叶裳眯了眯眼睛，伸手打开锦盒，里面只放着一张纸条，他打开纸条，看了一眼，嗤笑："许云初倒是看得明白，识时务不阻我的路。"

"嗯？"陈述立即问，"是许云初扔进来的东西？拿给我看看。"

叶裳将纸条给了陈述。

陈述拿过纸条，看了一眼，道："这是许云初的字迹没错。"话落，他笑道，"你早先说太后和国丈府定然想方设法阻止你查案，如今这许云初是什么意思？是在帮你？"

叶裳重新拿起筷子吃饭："所以我说他是明白人，皇上将轻武卫都给我了，刑部和大理寺协助我彻查，表兄代表叶家，亲自送来了东湖画舫沉船案的涉案人，他是与苏府小姐一起进京的，苏府也就顺带被牵扯了，牵扯了苏府，就会牵扯王府。这些人，如今都算是站在我的立场上。若是明面上拿着些证据阻止，岂不是陷国丈府于不义？许云初不傻，知道如何做有利。"

陈述点头："许云初从来就不是个傻子。"

叶裳又道："今早你刚派人去给许云初传话，他却没等着传话之人带到话，一早就带着东西回京了，显然昨日京城发生的事他都知道了。"话落，他嘲笑，"太后定然知道他要来容安王府，派人来截他进宫，他这才面也不露，将东西偷偷扔进来。太后真是越活越回去了。"

陈述撇嘴："太后那个老精婆，如今该叫老傻婆才是。"

叶裳忍不住喷笑，对外面喊："千寒。"

"世子。"千寒应声走了进来。

叶裳将纸条递给他："按照这个地址，去将许云初带进京郊的东西接手过来。"话落，补充，"别你自己去，去刑部和大理寺叫几个人，与你一起。"

"是。"千寒接过纸条，看了一眼，转身去了。

许云初和许灵依进了宫门，来到太后的慈安宫，太后正等着二人，老嬷嬷将二人请了进去，二人给太后见礼，太后脸色不好地看着他们，僵硬地说："免礼吧。"

许灵依看了一眼许云初，见他面色寻常，没半丝紧张，自己也就尽量镇定。

太后目光定在许云初面上，看着他开口便质问："云初，你进京后，不回国丈府，不来皇宫见我，直奔容安王府，意欲何为？是想帮叶裳查案不成？"

许云初摇头："只是将在灵云寺查出来的东西交给叶世子转接一下。"

太后冷哼一声，怒道："皇上本来将东湖画舫沉船案交给了晋王，太子在灵云寺将灵云大师被刺案交给了你。可是皇上倒好，没等你们查出个所以然来，便将这样的两件大案都直接转手交给了叶裳。你可知道皇上打的这是什么算盘？"

许云初平和地道："皇上想扶持容安王府，令叶裳踏足朝堂。"

太后看着他："你既然明白，就该知道，叶裳这两件大案若是办成了，办好了，那么，自此朝中立足的话，宗室的腰杆子就硬了。他是宗室的向心之力。一旦他和宗室得了势，皇上自然就得了势，国丈府到时势必失势，定会成为他们板子上的肉，恨不得剁了国丈府才好。"

许云初沉默不接话。

太后面色难看："你是国丈府最有出息的嫡系子孙，国丈府的门庭将来要交给你继承，国丈府若是毁了，你将来如何立足，你可有想过？你怎么会做出主动将东西交给叶裳这样愚蠢的行为？"

许云初叹了口气，对太后道："皇上将轻武卫给了叶世子，命刑部和大理寺配合他查案，昨日夜晚，江南望族叶家嫡子叶昔和苏府小姐找到了东湖画舫沉船案失踪的那名涉案人，进了京。这说明，叶家自此后不会再对叶世子置之不理了。而叶昔和苏府小姐是同门师兄妹。苏府既然被牵扯了，王府也就被牵扯了，王大人也会相助叶世子。如今，满朝文武，除了依附国丈府的人外，朝中中立的清流也都隐隐倾向叶世子能查出此案。这样一来，叶世子查此案，是人心所向，如果我们国丈府不助叶世子查案，反而阻挠的话，怕是都会认为这两件大案的背后主使是您和国丈府。天下悠悠众口，届时国丈府名声会一落千丈，一旦众口铄金，国丈府又何谈立足？"

太后闻言一噎，随即更是怒道："皇上竟然将轻武卫给了叶裳，真是想不到了，这么多年，即便月贵妃宠太子，他也护着太子，可是也没给过轻武卫。皇上如今可真是好得很，看重叶裳竟然比看重太子还更甚了，这是铁了心要把哀家和国丈府挖出眼了。"

许云初不语。

太后继续道："叶昔怎么会和苏风暖是同门师兄妹？这个事昨日我也听说了，这是怎么回事？"

许云初道："今日回京后，我和妹妹在墨宝阁碰到了叶公子。据他所说，多年前，机缘巧合，他在外游历，与苏府小姐同拜了一个师父，确实是同门师兄妹。只不过多年来，叶家无人来京，距离京城又远，无人关注叶家消息，而苏府也是不久前才进京，所以，不曾听闻罢了。"

太后脸色更寒了几分："这个苏风暖！没想到一个野丫头竟然与叶家嫡子是师兄妹关系！"话落，又问，"你既然看到了叶昔，他行止做派如何？可是跟苏风暖一样作风的人？"

许云初想了想，保守地道："我未曾见过苏府小姐，不知苏府小姐是何作风，不好评说。不过叶公子不愧是出身江南望族叶家，浑身尽是世家底蕴和清贵之气，看着不像是胡闹之人。"

太后皱眉："既然如此有差别，他们怎么会拜了一个师父？"

一直没开口的许灵依此时道："叶公子说和苏小姐情意深厚，言谈间，似乎感情非同寻常。我特意提了叶世子和哥哥，那叶公子竟然不避讳地说不担心苏小姐被谁从他身边抢走。想来，十分喜欢苏小姐。"

"嗯？竟有这事？"太后愣了一下。

许灵依肯定地点头，看了一眼许云初："哥哥当时也在身边，叶公子的确这样说的。"

太后看向许云初。

许云初没作声，没反驳，显然是默认了。

太后见许云初没反对，显然这事是真的了，她冷哼一下不屑地道："这苏风暖果然不只是个野丫头，不只不通世务，粗鄙不堪，竟然还与人私订终身，不知廉耻。这样的女子，果然不能娶进国丈府。"话落，她又对许云初道，"幸好你还不曾见过她。哀家见了她之后，虽然觉得不好，但碍于苏大将军府，想着若是结这门亲，于国丈府有利。本来还想你见见她，再考察一番，如今看来，倒是没有必要了。"

许云初依旧不语。

太后见他半晌没言语，想着他也是为了国丈府考量，考量得也有道理，她不是鼻子不是脸地训斥，有些过了。便缓和了面色和语气，对他软声说："哀家老了，活不了多久了，但宫里还有你姑姑，国丈府还有你，哀家总不能让国丈府就这么倒下，总要支撑着国丈府，直到闭眼那天，管不了时，也就不管了。如今哀家既然还在，就不能坐视不理皇上欺负国丈府。"

许云初闻言也缓了面无表情的容色，温声说："国丈府不会这么容易倒下，但目前很多人都对国丈府有揣测，以为是国丈府暗中做的这两桩事，害叶世子拉东宫落马，以求与皇上抗衡。国丈府才不能坐实此事，毕竟太后和国丈府是真不曾做这两桩事。不知背后是何人祸乱，一定要查出来。不仅不能阻止叶世子彻查，还要帮助他查案，让真相大白，也还国丈府清白。"

太后闻言也叹了口气："国丈府如今在风口浪尖，哀家也明白案子是要查，可是偏偏是叶裳来查。叶裳本就是宗室的向心力，如今皇上一心扶持他。哀家怕将来不可收拾，不如现在就掐断，让他永远踏不进朝堂，立不稳脚，如今只做个荒唐世子，将来做个闲散王爷，让人省心。"

许云初闻言温声道："太后无须多虑，叶裳入朝堂，我也会入的，未必保不了国丈府。"

第八章
西坡赛马

　　苏风暖带着叶昔回到王府，王府厨房早已经准备好了午膳。

　　王禄见了叶昔，将他上上下下打量了一番，笑着上前拍了拍他的肩膀，夸赞道："叶家几百年的底蕴，果然养出的子孙钟灵毓秀，非比寻常。"

　　叶昔温润至极十分有礼地微笑："外公过奖了。"

　　王禄见他称呼外公，又是这样一副彬彬有礼的模样，一连说了好几个"好"字，哈哈大笑，十分欢畅地请他入席。

　　叶昔眼角余光看了苏风暖一眼，见她似乎有些郁郁，他笑着随着王禄去了前厅入席。

　　苏风暖自然是十分郁闷的，她什么时候见过外公高兴得这样开怀大笑过？从她有记忆以来，面对他的时候，一直是板着一张老脸唬她，对她笑的时候少之又少。她三个哥哥也没得过如此待遇，比她好不到哪里去。刚见叶昔一面，怎么就让他这么高兴？她实在想不明白，师兄那张皮相虽好，但骨子里是跟她差不多的劣性，老狐狸的识人慧眼呢？丢哪儿去了？

　　苏青从丞相府回来，进了内院，一眼便看到苏风暖郁郁着一张脸望天。他走到近前，胳膊搭在她肩上："小丫头，怎么这副谁欠了你钱的样子？今儿去容安王府，叶裳欺负你了？"

　　苏风暖收回视线，厌快快地拂掉他的手："何止他，谁都能欺负我了。"

　　苏青眨眨眼睛，瞅着她："真是够不对劲的啊，跟三哥说说，谁欺负你了，我教训他去。"

　　苏风暖伸手往前厅一指，说："就在那屋里呢。"

　　苏青恍然："你说的是叶昔啊，我还没见过他。"话落，向屋里走去。

　　他刚走几步，苏风暖在他身后说："笑得最开怀那个欺负我了，三哥帮我欺负回来吧。"

苏青仔细听了一下，笑得最开怀那人声音十分耳熟，他讷了一下，转回头瞅她："你说外公？"

苏风暖肯定地点头："就是他。"

苏青一时无语，半晌说："那你还是认命吧。"话落，他觉得不对劲了，"不对啊，外公怎么笑得这么……开心？叶昔讲笑话给他听了吗？"

苏风暖郁郁地说："你进里面看看，不就知道了？"

苏青已经到了门口，挑开帘子，走了进去。

叶昔当然没在讲什么笑话，只是与王禄在闲谈，二人你一言，我一语，虽然说的是寻常的话，但让王禄却是笑开了怀。

苏青眼睛瞪了瞪，一时间也如苏风暖一般，想不明白，这有什么好笑的？他外公竟然笑成了花一样。

王禄见到苏青，立即对他招手，笑着说："青儿，过来见见，这是叶昔，他是暖儿的师兄，又年长你两岁，你称呼他为兄长吧。"

苏青进来时，已经将叶昔上上下下地打量了一遍，暗想果然不愧是叶家嫡子，这份毓秀风度，清贵底蕴，的确难有人出其右。闻言走上前，对叶昔拱手："叶兄，幸会幸会。"

叶昔站起身来，对他笑着还礼："时常听师妹提起苏三弟，今日总算是见着了。"

苏青回头瞅了一眼，见苏风暖已经跟进来了，他笑着问："小丫头是不是时常提起跟我打架的事？"

叶昔也看了苏风暖一眼，笑着点头："她爱打架，我们这些生活在她身边的人，没人能摆脱得了被她荼毒。"

苏风暖闻言翻了个白眼。这话说的。

苏青顿时找到了知己，对叶昔大有好感，手勾在了叶昔的肩膀上，深以为然地说："是啊，我们都是受她荼毒之人，我与叶兄一见如故，干脆你别去住容安王府了，从今儿起，就住在这里吧，我们好好切磋切磋，一起找小丫头报这么多年的仇。"

苏风暖轻哼了一声，报仇？她这个三哥最爱做梦。

叶昔大笑："昨日本来是要随师妹前来府里客居，但叶家这么多年无人进京，表弟实在想念我，便受他大力邀请，住去了容安王府。我若是搬来这里，表弟估计会不高兴。"

苏青闻言眨眨眼睛，大力邀请啊，他看了苏风暖一眼，挑眉欢乐道："原来是小丫头没抢得过人家，那就算了，反正你如今就在京城，容安王府和王府不远，只隔了一条街，你我来往走交情，也方便至极。"

叶昔笑着说："正是。"

苏风暖不否认，她昨天确实没抢得过叶裳，那就是个无赖的强盗。

这一顿饭，因王禄和苏青对叶昔都极其顺眼喜欢，尽管苏风暖有些小情绪，但也碍不着他们三人饮酒畅快，是以，吃了个宾主尽欢。

吃完饭后，王禄给苏青放了假，苏青拉着叶昔邀他去赛马。

叶昔欣然应允。

苏青问也不问苏风暖的意见，拉着叶昔对她招手："小丫头，走了，咱们去西坡马场，那里赛马畅快。"

苏风暖恶声恶气地说："不去。"

苏青对她瞪眼："外公都准了假了，你没事待在府里做什么？听说今天上午许云初和许灵依回京了，估计灵云寺已经解禁了山门，晚上外婆和娘、刘嬷嬷就从灵云镇回来了。难道你想在府里等着学规矩？"

苏风暖自然不想学规矩，没好气地哼了一声。

"上次你使诈，才赢了我，这次不去，是不是怕输给我？"苏青瞅着她。

苏风暖不屑地翻白眼，不理他，打算回院子里睡觉。

王禄却开口道："暖儿，你去换一身骑装，跟着去吧，你回京这么久，京中的子弟小姐们都还未识得几人。西坡马场每日都会有人在那里玩耍，男女骑射的场地皆有。你也去认识些人，毕竟以后要久居京城，也要跟人打交道，免得下个月太后的百花宴，你不识得人，受孤立，毕竟王府和苏府都没有你的姐妹能照应你。"

苏风暖不以为然，摇头："我不怕受孤立，再说京中大部分府邸的夫人小姐们都还在灵云寺没回来呢，估计马场内也没什么女子。"

王禄板起脸："你师兄初来京城，你左右无事，就算不为别的，也该好生陪同才是，怎么能只想着睡觉？"

苏风暖一噎，实在无语，见苏青大乐，叶昔看着她好笑，她只能回去换了一身女子的骑装，暗自腹诽，她这个外公怎么对师兄这么好？好像他才是他亲外孙似的。

她换了骑装出来，叶昔和苏青已经骑着马等在了门口，见她来到，叶昔扬眉，笑道："师妹去边境打仗时，可惜我未曾脱开身，这骑装穿在身上，真是说不出地英气，倒是看着更顺眼了些。"

苏风暖挑眉瞅了叶昔一眼："师兄是被什么事情耽搁了？三月的春风四月的桃花吗？"

叶昔失笑："那些都绊不住我。"

苏风暖撇嘴，有侍卫牵来马，她也翻身上了马。

三人纵马离开了王府门前，向城门而去。

齐舒、沈琪二人本来要去容安王府找叶裳，迎面正碰到了三人，顿时止了步跟苏青打招呼。

苏青回京后，与齐舒、沈琪等人吃了两顿酒，这些年虽然没自小与京中子弟们培养什么交情，但苏青这个人文武皆通，拿得了文墨，使得了文腔，也耍得了刀剑，玩得了纨绔。所以，京中子弟们，虽然不见他与谁特别交好，却是都能说得上话，都能玩得到一起，都能吃得开。

所以，如今见了齐舒和沈琪，他自然开口相邀："齐兄，沈兄，赛马去吗？"

齐舒和沈琪正在打量苏风暖和叶昔，京中这么大的地方，说能藏得住秘密，有本事有手腕的人自然能藏得住；说不能藏住秘密，或者不需要藏的秘密，转眼间就如雪花一般能在京城传开。昨日苏风暖和叶昔带着东湖画舫沉船案的涉案人进京，叶家嫡子与苏府小姐是师兄妹这一层关系，在不掩盖的情况下，真是在各大府邸都第一时间传扬开了。

这是苏风暖回京这么久，二人听够了关于她的传言后，第一次见到她。

只见她一身骑装，眉目精致，容貌端丽，纤细的身子骑在马上，坐得笔直，双手随意地拢着马缰，眼眸清澈无波闲闲散散地看着他们。这副姿态，着实英气洒意得过分，反而让人一见之下，忽视了她姣好柔美的容貌，只记住她周身的英气。

二人心里不约而同地想，不愧是将军府小姐，这气度仿佛是个能打仗的女将军。心里生起讶异愕然，苏风暖原来真实的样子是这样吗？一点儿也看不出是野丫头啊。

二人因太过惊愕，所以，一时没回答苏青的话。

苏青顺着二人的目光，转头瞥了苏风暖一眼，眨了眨眼睛，乐呵呵地说："忘了给齐兄和沈兄介绍了，这是我小妹风暖。"

二人虽然心里猜了个八九不离十，但真正得到苏青的证实，还是惊了又惊，半晌后，才发觉这样子盯着人家姑娘一个劲儿地看，委实不礼貌。二人齐齐地咳嗽了一声，讷讷地说："原……原来这位就是苏小姐……与传言实在是……"

苏风暖看着齐舒和沈琪，觉得这两个人也是有意思，不由得笑着问："两位公子是想说我与传言不符吗？"

二人连连点头。

苏风暖笑着问："传言什么样？我也想听听。"

二人一想到关于她的传言，都是不堪之言，怎么好跟她当面说，一时间不知如何说，齐齐摇头。

苏青看着二人的模样大乐："齐兄、沈兄，你们不是一直好奇我小妹什么样吗？今日见了，怎么你二人看起来比我小妹还害羞怕被人看了？"

二人脸顿时憋得通红，有些尴尬，连忙转移话题，看向叶昔："这位可是叶家的叶昔兄？"

叶昔含笑，眼波流转地扫了苏风暖一眼："正是。两位兄台，我借了师妹的光，是否也与传言不符啊？"

二人连忙摇头："不曾听说叶兄有何传言。"

叶昔转头笑着看了苏风暖一眼，说："我刚进京而已，如今还没有，很快就有了。"

苏风暖对他扬了扬眉，没说话。

齐舒和沈琪这才问苏青："刚刚苏三兄是说要去赛马？"

苏青点头："是啊，一起去？"

二人对看一眼，齐舒道："我们本来是要去容安王府，不过也只是去看看，没别的事，不如就不去容安王府了，去赛马也好，有一阵子没去马场了。"

沈琪没意见，点了点头，招来小厮吩咐："你去容安王府知会一声，就说我们不过去了，与苏三兄、叶兄、苏小姐一起去西坡马场赛马。明儿再去容安王府找他。"

小厮应声，连忙去了。

齐舒和沈琪与三人一起，前往城门。舒畅地出了城，前往西坡马场。

叶昔和苏风暖并排走在前面，苏青与齐舒、沈琪二人说着闲话，落后一步。齐舒和沈琪暗暗打量着苏风暖的背影，暗暗琢磨着传言误人。

来到西坡马场，五人顺利地走了进去。

苏风暖是第一次来西坡马场，这里是皇家的御用之地，地方十分宽广，只作为京城里王孙贵裔们的赛马玩耍之地。除了有赛马场，还有蹴鞠、马球、射箭场地等。

大约是最近接连出的事情太多，让贵裔子弟们都失了玩的兴致，抑或是因为一大半的人都被吸引去了灵云镇的乞巧会和法事，所以，这里没什么人，十分清静。

苏青十分满意没什么人，转头对几人道："今儿来的时候正好，没什么人凑热闹，我们也能玩得尽兴。"

苏风暖想着原来外公那只老狐狸也不是什么事都能料得准的，这里除了驻守的人，哪里有什么人？一个女人的皮毛都看不到。

"先赛一场？"苏青已经按捺不住了。

叶昔笑着说："赛马不设赌局，岂有意思？"

苏青郑重地点头："我手里有一枚上好玉璧。"说着，他伸手入怀，拿了出来，"就拿这个做赌了，今儿谁第一，这个就是谁的。"

苏风暖挑了挑眉，没想到她三哥手里还有这样的好东西，玉璧洁白无瑕，是难得的好玉。

叶昔看了一眼，笑道："这玉璧可贵重了，你拿这么贵重的，我们看来都不能拿轻了。"

沈琪伸手入怀，拿出一枚佩玉，说："我这个虽然比苏三兄的差了些色泽，但也还不错，我就拿这个了。"

苏青眨眨眼睛："你那个色泽虽然比我这个差些，但胜在上面的雕花，这般精致的雕刻功夫，可是难得。算起来，不相上下。"

齐舒从怀里拿出了一枚玉剑饰，说："我这个也还勉强和苏三兄、沈兄相当。"

苏青见了立即说："这个好，这样色泽均匀清透的玉剑饰少见，我喜欢。"

苏风暖喷他："三哥且把你的眼睛往回收一收，你喜欢也不一定能被你赢去。"

"不被我赢来难道被你赢去吗？"苏青瞅着她，"小丫头，你有什么好东西拿出来做赌？"话落，他贼着眼说，"不如就拿你那块寒玉佩好了。"

苏风暖道："我若是拿出寒玉佩，你的玉璧就不够看了，还得补上一百个，你还能拿出九十九个吗？"

苏青一噎。他拿不出来，唯一拿出来的，就是千年雪莲，不过他可不敢轻易拿出来了，上次没被她算计去，这次保不准。他立即说："那你拿什么？"

苏风暖道："大家都拿玉，我就不拿了，我身上如今带着的玉就是玉镯子、玉簪子这等女子的事物，和几位兄长下赌注，被赢去不太合适。"顿了顿，她从怀中拿出一个玉瓶，说，"这里是三颗百毒丸，服用了，可以解百毒，除了世间有名的奇毒之外，都能解。"

苏青立即说："这个倒也值钱。"

齐舒、沈琪也齐齐点头，这个自然值钱，京中贵裔府邸里的糟心事多了，明刀暗箭，阴谋诡计，防不胜防，最让人闹心的就是时常听闻某某中毒了，比起他们把玩的玉来说，倒是实用之处更大些。

苏青转头看向叶昔："叶兄呢？叶家是几百年的世家底蕴，叶兄身上一定有很多好东西。"

叶昔笑着说："我前不久偶然得了一对双刃剑，就拿这个做赌注吧。"话落，他从腰侧的玉带里将其抽了出来，是一柄极薄的软剑，他打开剑鞘，扣动机关，一柄剑变成了两柄。

苏青立即大赞："好一对双刃剑，难得一见。"

苏风暖的眼睛也亮了亮，立即问："师兄从哪里淘弄了这样的好东西？"

叶昔笑着摇头："不告诉你。"

苏风暖抬脚踹了他一脚。

叶昔躲得利索，苏风暖没踹到他腿上，却踹到了马身上，马吃痛，顿时要跑，叶昔拢着马缰绳转了个圈，让马稳稳地站住，笑看着苏风暖，逗弄她说："赢了就是你的。"

苏风暖本来没想赢，如今见了这对双刃剑，着实喜欢，轻哼："若是被我赢来，你别后悔了往回要。"

叶昔笑着说："不会，愿赌服输，不过你要是输了，我不要你那一瓶百毒丸，百毒丸于我没用，另外你再给个赌注。"

苏风暖扬眉："什么赌注？"

叶昔眨了眨眼睛："你那柄雪玉剑。"

苏风暖立即摇头："不给。"

叶昔失笑："护得可真紧。"

苏风暖轻哼了一声，转而又笑吟吟地说："若是我输了，就把听音铃给师兄，如何？"

叶昔抬头望天，片刻后，咬着牙说："行。"

苏青听着二人说话，好奇地问："什么听音铃？是个好东西？"

苏风暖点头："好得不能再好的东西。"

苏青立即说："那换掉你的百毒丸，就拿听音铃做赌注。"

苏风暖瞅着苏青，一本正经地说："三哥，听音铃可是我和师兄牵在一起的红线，只能跟他做赌注。拿出来跟你们赌，可就不合适了。"

苏青一怔，顿时瞅着苏风暖，睁大眼睛："红线？"

苏风暖不再理他。

苏青又看向叶昔，再问："红线？牵在一起的？"

叶昔扯了扯嘴角，溢出一抹深幽幽的笑，瞥了苏风暖一眼，对苏青郑重地点头："可以这么说，这个东西的确只能我和师妹做赌。"

苏青呆了呆，看着二人："不会吧？你们私订终身？"

苏风暖白了他一眼。

叶昔笑着说："不算是私订。"

苏青更呆了。

齐舒和沈琪也惊了个够呛，看看苏风暖，又看看叶昔，暗暗想着，他们言语亲近，不同寻常，竟然牵扯出了红线，那……太后和皇上的赐婚呢？不看在眼里吗？不过想想一个是将军府小姐，一个是叶家嫡子，若叶家和将军府都有此意愿，皇上和太后也不敢强硬给改了吧？毕竟都举足轻重。

二人没想到今儿见着苏风暖和叶昔，跟着前来赛马，竟然还知晓了这样一桩事。

苏风暖不理会苏青变作了呆头鹅，也不理会齐舒和沈琪脸上惊异的神色，问："开始吗？"

苏青回过神，见苏风暖和叶昔一副没事人的模样，仿佛这是小事一桩，他深吸了一口气："开始吧。"

五人骑马并排站定，由着苏青安排，齐舒和沈琪各占据一边，苏风暖的马被他刻意地安排在了中间，他和叶昔靠在她一左一右。

苏风暖知道她这个三哥今儿是不想让她赢，不过她没意见。

齐舒和沈琪觉得在边上有点占优势，不太好意思，但见苏青二话不说地这样安排，明摆着欺负苏风暖，而苏风暖没什么话反对，二人倒也不好说什么了。

有马场的武士官前来挥旗指挥，那人一扬手，高呼一声"开始"，五匹马齐齐地冲了出去。

南齐虽然崇尚以文治国，但京中的一众纨绔子弟，以叶裳打头，都是十分好骑射。齐舒和沈琪是跟着叶裳从小玩到大的，赛马之术，除了赢不过叶裳外，自认还是不错的。二人觉得虽然不见得能赢，但也不会输得难看。

可是刚赛了一段路后，二人便被远远地甩在后面了。

苏青、苏风暖、叶昔三匹马并排，赛马期间，那三人似乎不知怎的动起了手，让二人在三人之后，看了一番精彩，也暗暗惭愧自己技不如人。

二人铆足了劲儿往前冲，但怎么也追不上了，又跑了一段路，目力能及处，只见得苏青不知怎的败下阵来，苏风暖和叶昔二人一边骑着马，一边打着，马匹并排而跑，二人谁也不让谁，招式翻转间，身形都立在了马上打，十分精彩，让人看得眼花缭乱。

二人反正已经输了，索性就勒住了马缰绳，站在场地中间看。

苏青眼看自己也败了，心里顿时郁郁了一股气，也勒住了马缰绳，暗骂那二人不是人，欺负他武功差。

围绕着马场，一圈又一圈，三圈下来，那二人未分出胜负，招式踢打间，着实可见真功夫。

齐舒赞叹："没想到苏小姐武功当真如此好，怪不得能在宫里和皇宫护卫以一对数十。"

沈琪点头，也目露赞叹："不愧是苏大将军府的小姐，这般的骑射功夫，女子中，怕是天下难有出其右者。"

齐舒道："何止女子，叶裳作为男子，恐怕也做不到如此。叶昔与她是师兄妹，不知他们师承何人？"

沈琪道："定然是了不得的人。"

齐舒敬佩道："不知道他们今日谁赢谁输。"

沈琪道："如今看来，不相上下，怕是难论输赢。"

齐舒道："女子的体力到底不如男子，时间长了，兴许是苏小姐败。"

沈琪想反驳，但想想他说得有道理，点了点头，看得目不转睛："真是精彩，可惜今日这里没什么人在，只我们有幸一饱眼福了。叶裳若是在就好了，听说他昨日和今日都见过苏小姐了，对人家态度十分不善。若如今他见了，估计也要敬佩人家了。"

齐舒点点头。

这时，忽然马场门口传来动静，似有人来，二人闻声，齐齐转头看过去，顿时一怔，对看一眼，沈琪笑道："真是不禁念叨，刚说到他，他倒来了，今日无事，不用办案吗？"

齐舒道："估计是知道这里我们几人有热闹可看，是以忍不住丢下了案子，来凑热闹的。"

沈琪点头，对叶裳扬声高喊："叶裳、陈述，这里！"

他这一声极大，清亮，几乎响彻了整个马场。

苏风暖和叶昔闻声，打架的手齐齐一顿，一起转头看去，果然见叶裳来了，齐齐扭回头，对看一眼，便又继续打了起来。

苏风暖一边打着却一边想，叶裳可真有闲心，不办案，竟然还来这里玩耍。叶昔则眉梢挑了挑，笑了又笑，唇角的弧度变大了几分。

叶裳来到西坡马场，入了门口，一眼便看到了极远处那一边赛马一边打在一起的二人。虽然距离远，但他目力极好，还是认出了那二人是苏风暖和叶昔。

二人的骑术和武功即便是外行不懂的人看，也能看出是顶好的，尤其是站在马背上，任骏马疾驰，二人却稳而不动，你来我往，拳脚相加，让人看得眼花缭乱。

衣袂纷飞，男子俊逸毓秀，女子英气柔美，任谁看来，打得不只精彩，还赏心悦目。

叶裳眯了眯眼睛，眼底很快便浮上一层冰，脸色蓦地沉了下来，纵马向齐舒和沈琪走去。

陈述不止一次见苏风暖纵马，前三次，都给了他极大的冲击，本以为以后再见她不至于再让他吃惊了，没想到今儿又来了一次。这样的花式马术，武功本领，估计满京城也找不出第二个女子了。

他本来想对叶裳说一句什么，忽然感觉身边骤然冷气聚集，他愣了一下，转身，便见叶裳周身寒森森的，纵马而去，想起他对苏风暖看不顺眼，无言地也连忙跟了上去。

叶裳来到齐舒和沈琪身边，勒住马缰绳，寒着一张脸看着那依旧斗在一起难分难解的二人。

齐舒见他来到，感觉他面色不太对，立即问："兄弟，办案子不顺利？出来散心？"

叶裳没说话。

齐舒暗想，估计是被他给猜着了，笑着说："你看见没有？那是苏小姐和叶昔兄，你已经见过苏小姐了吧？她跟传言不太一样，让人感觉不到粗俗无礼，就是随性了些。"

叶裳依旧没说话。

沈琪也觉得齐舒猜准了，那两桩大案自然难办，想暗中谋杀容安王府世子和灵云大师的人，定然不是简单之人，不会轻易被人查出来，皇上委以重任的背后，也是提拔他凝聚宗室向心之力对付国丈府这个外戚坐大的势力，可见他压力很大。便接过话笑着说："听说苏小姐和叶昔兄是同门师兄妹，本来还让人觉得不可思议，如今这般见了他们，由不得不信了。"

叶裳沉着脸沉着眼，半声不吭。

齐舒想让他开心些，笑着又与他搭话："叶昔是你表兄，你可知道他与苏小姐师承何人？"

叶裳仿佛没听见，不言语半句。

齐舒和沈琪对看一眼，觉得今儿他的怒气可真大，以前他也不是没恼怒过，但这样的姿态少之又少，几乎没怎么见过，便一起转头用询问的眼神看着陈述。

陈述实在是无奈又无语极了，对齐舒和沈琪摇头，叶裳本来来这里的路上还好好的，刚踏入这个门，见到了苏风暖就变成了这副样子。似乎只要他见到苏风暖，脸就阴，眼睛就寒，周身就跟进入了冰窟一般。专门跟人家作对，看人家不顺眼，就跟是天敌似的。他怎么也想不透，人家苏小姐哪里得罪他了。

齐舒和沈琪说了半天话，没得了叶裳一句话，见陈述也摇头，二人只能住了嘴。

苏青见叶裳来了，打马回来，没注意他脸上的神色，开口第一句话就问："叶裳，你可知道你表兄和我妹妹，什么时候被月老牵了红线了？"

叶裳本来盯着苏风暖和叶昔，闻言猛地转头，盯住了苏青。

苏青只觉得叶裳眼眸转过来，看向他的那一瞬，似乎射出了一道寒冰，将他整个人都给冻得寒了。他愣了一下："喂，你怎么了？眼睛竟然跟下刀子似的。"

叶裳眼底寒冰迭起，凉凉地开口问："你刚刚说什么？"

苏青不答他的话，看向陈述："他怎么了？谁惹他了，这副样子？"

陈述无奈又无语地摇头："他一见了你妹妹就是这副样子，看她不顺眼，不对盘，就跟你妹妹欠了他钱似的。"

苏青纳闷，立即问："我妹妹惹你了？真欠你钱了？"

叶裳冷着脸说："我问你刚刚说什么。"

苏青皱眉，看着他，见他十分执着地盯着自己，让他几乎受不了，只能开口说："我想问你，你可知道你表兄和我妹妹什么时候被月老牵了红线了？"

叶裳眼底一沉，如冰封千里："什么意思？"

苏青道："我怎么知道什么意思？看他们两人言语行止，好像是订了终身吧？"

叶裳面色倏地一变。

苏青发现，他的脸似乎要被冰雪封住了，一瞬间，"唰"地白成了冰雪。他呆了呆，连忙问："喂，你怎么了？不会是生病了吧？"

叶裳声音冷到了极致，手拢着马缰绳，连骨节都泛起白色的冰意，问："你怎么看出来的？"

苏青立即说："看？"他摇摇头，"没有，是他们两个自己说的。"话落，他觉得叶裳十分不对劲，转头拖了齐舒和沈琪下水，"是吧？刚刚他们俩好像是这种意思吧？"

齐舒和沈琪点点头："好像是。"

苏青瞅着叶裳："我也不明白，以为你表兄的事你该知道。"

叶裳的脸又沉又冷，慢慢地转过头，看着那二人，忽然伸手从马前拿出一枚箭羽，对着那二人随手掷了过去。

虽然没有拉弓搭箭，但叶裳手臂的力道却丝毫不次于拉弓搭箭，如一阵疾风，箭羽"嗖"地向那二人中间飞去，带着一股寒意冷意凉意怒意杀意。

苏风暖和叶昔正打斗得如火如荼，突然感觉一支箭羽飞来，力道极其凌厉，正奔着二人交打在一起的手，二人对看一眼，谁也不想避开，谁一旦避开，就铁定输了。于是，只一个眼神，便齐齐出手，一起攥住了飞来的箭羽。

箭羽被攥住之后，二人停止了打斗，看向箭羽飞来的方向。

距离得远，但叶裳周身的冷气几乎要把整个马场冰封住，那一脸的沉暗寒气，看了让人从心底直打寒战。

苏风暖蹙了蹙眉。

叶昔挑了挑眉。

第九章
叶裳之怒

叶裳冷冷地看着二人，眼底寒意溢出，如下冰刀子一般。

苏风暖低声嘟囔："他又发什么疯？我又惹了他了？"

叶昔笑着低声说："怕是不只你惹他了，貌似我也惹了。"

苏风暖扔了箭羽："甭理他，他最近总是发疯，病得不轻。"

叶昔瞅着她，问："你确定不理他？"

苏风暖刚要点头，叶裳忽然打马转身，给了身下的马一鞭子，马吃痛，他纵马向马场外而去，这一鞭子打得响，打得狠，所以，马跑得也极快。

陈述顿时惊了，连忙问："你去哪里？"

叶裳没回头，没说话，如一阵寒风一般，很快就打马冲出了马场。

陈述惊道："我去追他，他最近总是不对劲。"话落，打马连忙追去。

苏青不解，也道："他怎么跑得这么急？我也去看看。"话落，也打马，追了去。

齐舒和沈琪对看一眼，也不放心，连忙打马一起追了去。

叶昔叹了口气："这便受不住了？"话落，对苏风暖询问，"我们也去看看？"

苏风暖站着不动。

叶昔看着她道："他看起来气得狠了，伤势还未痊愈吧？若是出了什么事……"

他话音未落，苏风暖也打马追了出去。

叶昔笑笑，也连忙打马，跟着追了出去。

一行人陆续冲出了马场。

苏风暖和叶昔出了马场时，叶裳已经跑得不见了踪影，他们只能顺着其他人离开的方向一路追去。叶裳似乎是奔着皇家猎场而去。二人便打马，也向猎场而去。

皇家猎场距离西坡马场不远，但也不近，跑了一段路后，苏风暖和叶昔追上了沈琪和齐舒，又超过了苏青，看到前面陈述的影子，便追着陈述，一路奔了过去。

大约跑了五里地，来到了皇家猎场门口，追上了陈述。

三人前后进了猎场，发现已经没了叶裳的影子。

陈述喊了一声："叶裳！"

喊声落，草木深深，里面没声音。

陈述气喘吁吁地道："这么大的猎场，哪里去找他？"

苏风暖和叶昔齐齐勒住了马缰绳，苏风暖凝神静听片刻，便打马冲去了西南方。

叶昔身下的马动了动，但他想了想，勒住马缰绳，还是没跟去，见陈述焦急地要跟去，他开口道："师妹骑术厉害，且有听声辨位的本事，她既然去了，一定能平安找到表弟，咱们就在这里等着吧，多去人也无用。"

陈述闻言勒住了马缰绳，回头看着叶昔。

叶昔对他笑笑："不会出事的。"

陈述叹了口气，道："我就奇怪纳闷了，没见着苏小姐的时候，他就横竖觉得人家不好，如今见着了，她与传言不太一样，挺好的一个人，他偏偏还看不顺眼，甚至总想着跟人家作对。难道这就是所谓的天敌？"

叶昔失笑，看着里面深深草木，道："应该算是吧。"

陈述见叶昔对他的说法认同，彻底无语了。

苏青、齐舒、沈琪三人前后来到猎场门口，苏青气喘吁吁地向二人问道："叶裳呢？进了猎场？你们怎么没跟去？我妹妹呢？哪里去了？"

叶昔道："师妹有听音辨位的本事，能找到他，我们就在这里等着吧，猎场这么大，多去人也无用。"

苏青点头，纳闷道："叶裳发什么疯？他时常这样？"

陈述摇头："以前他还好，虽然任性而为，但也不会太过。最近这两日不知道怎么了，时常阴晴不定，跟换了个人一样。"

"这两日怎么了？发生了什么事？"齐舒立即问。

陈述叹了口气："你们还记得他有个藏着掖着的心仪女子吗？几日前，他发了高热，太医院的孟太医都治不好，却是那女子来了，给他退了热，退热之后，那女子就走了。他没留住人，害了相思病，便这样阴晴不定的。"

"啊？"沈琪惊道，"那女子几日前去容安王府了？什么样的女子？你既然知道这事，可见着人了？"

陈述摇头，郁闷地说："那日大雨，我去容安王府时，正赶上那女子给他退热，可是千寒拦着，死活不让我见人。后来叶裳醒了，也一样不让我见。之后，据说那女子就走了，他就开始害相思病了。"

齐舒感叹道："他这是掉进了美人的陷阱里了啊。"

陈述点头："可不是美人陷阱吗？"

苏青立即道："既然他有心仪的女子，那关我妹妹什么事？他为何看她不顺眼？"

陈述又涌起无奈的情绪，摊手说："他以前没见着苏小姐时，就心里不喜，如今见着人了，却加了个更字，简直是不喜极了。这两次见了她，不是沉着脸就是阴着眼。刚刚我还在和叶昔兄说，他们二人估计是天敌。"

苏青眨巴眨巴眼睛，半晌说："这事倒不新鲜，我也不喜欢臭丫头。"

陈述看着苏青，一时无语。

叶昔失笑，对苏青道："你的此不喜，非表弟的彼不喜。不能比较。"

苏青道："反正都是不喜，什么此啊彼啊。"话落，他看向猎场内，树木深深，担忧地道，"既然如此，你们怎么任由我妹妹自己追去了啊？他们两个若是打起来，怎么办？小丫头有时候下手狠着呢，气急了的话，叶裳一准没好果子吃。"

陈述立即提起了心："那我们赶紧再追去找？"

叶昔道："师妹不是没有分寸之人。"话落，他又道，"既然他无缘无故总是找师妹麻烦，若是让师妹揍他一顿，没准就解开这个结了，也不一定是坏事。"

陈述闻言虽然觉得哪里不太对劲，但也觉得有点道理，遂点了点头："那我们就在这里等着吧。"

苏青却好奇地道："我们就在这里等着吗？我觉得，我们不如追去看看，我最喜欢看戏了。"

叶昔瞅着他："耽搁了这么久，别说不好找到人。就算找到了，你以为师妹和表弟的戏是那么好看的？别引火烧身。"

苏青本来跃跃欲试要跟去，闻言立即打消了念头："有道理，那还是不去了，小丫头越来越不尊长了。"

叶昔看着苏青好笑，不再言语。

几人意见达成一致，便等在了猎场门口。

苏风暖顺着奔跑的马蹄声追去，穿过灌木深林，直追了七八里地，才追上了叶裳。见他即便知道她追来，竟然还穿过林木往前跑，丝毫不理会树木枝杈刮破了衣裳。她心里升起一股怒气，袖中的丝缎出手，瞬间缠住了他身下的马腿。

马被束缚住，顿时停止了奔跑。

叶裳头也不回，丝毫不理会马腿被缠住，又打了马一鞭子，马吃痛，前蹄前奔，后蹄被缚，挣脱不开时，一个不稳，向地上的灌木丛倒去。

叶裳也不动作，也不下马，任由他的人跟着马一起倒去。

苏风暖见此，想着他刚刚养好七八分的伤，还未彻底痊愈，若是这样一摔，后果不堪设想，不死也会摔断腿。她恼怒，立即飞身而起，在马砸到地上的一瞬间，挟起叶裳的身子，躲离了当地。

因出手太急，气息不稳，她挟着叶裳的身子落地后，后退了好几步，后背靠在了一棵大树上，后背心一痛，才勉强站稳了脚。

她想后背定然是擦破皮了，因为火辣辣地疼。

她有多久没受过伤了？一时间气血上涌，瞪着叶裳怒道："你发什么疯？不拿自己当回事吗？想纵马跑死，还是落马摔死？活够了不成？"

叶裳此时阴寒着一张脸，一双眸子死死地瞪着她，同样气怒道："你管我死活吗？"

苏风暖怒道："我何时不管你死活了？"

叶裳一双眸子怒得发红，盯着她，她的眸中映出他气怒至极的脸，他一字一句地道："你把我的心都挖了，这样就是管我死活？"

苏风暖怒道："说什么混账话？我何时挖你心了？"

叶裳伸手猛地拽起她的手，放在自己的心口上："你自己摸摸，我的心可是还在？"

苏风暖猝不及防，被他拽了个正着，手隔着单薄的衣料，放在了他心口上，那里火辣辣地热。比她后背擦破的伤感觉还要火辣辣的。她手一颤，就要缩回去。

叶裳死死地抓住她不松手，怒道："你摸到了吗？这么一下，就不敢摸了吗？"

苏风暖杏眼圆瞪："你做什么？心何时不在了？不是好好的吗？"

叶裳死死地盯着她："苏风暖，你是真不明白，还是装不明白？我的心早就不在我身上了，早就被你挖走了。你挖了我的心，这种不负责任的话也好意思说出来吗？"

苏风暖一噎，怒道："我不明白你在说什么。"

叶裳咬着牙："好，你好得很，你不明白是不是？那我今日就让你明白。"话落，他猛地钳住她的手，低下头，吻在了她的唇上。

眼前阴影罩下，唇上蓦地一片温热的软，熟悉的呼吸，瞬间包围了她。她大脑瞬间放空，整个人僵硬在了原地。

叶裳的唇在覆上苏风暖的唇时，身子也同样一僵，不过须臾之间，他便撬开她的贝齿，狠狠地压住她温凉娇软的唇瓣，夺走她口中的呼吸。

苏风暖感觉唇上传来强烈的触感，强烈的灼痛，强烈地夺走了她的呼吸她的感官，她脑中一片空白的同时，却感觉到眼前这人强烈的触感。她僵了片刻，身子颤了片刻，忽然在吃痛中惊醒，猛地伸手去推他。

叶裳狠狠地压住她，任由她推却，却纹丝不动。

苏风暖往后要退，才发觉她背靠的是树干，又一次她觉得这棵树真该死。

叶裳的吻带着浓浓的怒火，铺天盖地碾压而来，苏风暖承受不住，身子不由得颤了起来，手脚似乎在这时丢失了力气，周身的气流似乎都被他这股气势凝滞禁锢住。

眼前一片天昏地暗。

苏风暖的身子不由自主地软了软。

叶裳的手在这时扯开了她单薄的衣衫，温热的手滑到了她的身上，贴上了她的肌肤。

苏风暖温凉的身子似乎一下子就被烫着了，她惊惶地抬眼，看着叶裳，还没等做何反应，叶裳的另一只手也覆上了她的身子。唇依旧碾压着她的唇，一双眸子冰凉清寒地看着她惊惶的神色。

苏风暖张了张口，被他的唇压着，却一点声音也发不出来。

叶裳的手在她身上滑走了一圈，一只手折回来，扯掉了她腰间的丝带，苏风暖面色一变，猛地抬起手，似乎力气一瞬间就回来了，扬手就要打上叶裳的脸。

叶裳一双眸子冷冷地盯着她，不躲不避。

苏风暖看着他，手堪堪在靠近他的脸时顿住，轻轻地颤抖着，身子不停地哆嗦着。

二人对视，她从他的眼底看到了一片冰寒，盛怒之下如千里冰封，他从她的眼底看到了惊慌气怒之下掺杂的浓浓情绪。

四周无风，没有丝毫动静，山林树木深深，这等荒野之地，无人打扰，连一只兔子都不见。

过了片刻，叶裳忽然冷笑一声，盯着她道："如今你还有什么话说？"

苏风暖气急，当真一句话也说不出来了。

叶裳看着她："你天赋早智，十二年前与你父亲一起找到我，尚且年幼，自此便记下要护我一生，以此为誓。多年来，你学武功，习谋术，费尽心思将江湖攥在手里，不想我清苦，将容安王府的金银堆得比国库还满，任由我挥霍一辈子也挥霍不完。北周兴兵，你奔赴战场，三步一计，十步一杀，将楚含重伤，从他手中夺了寒玉佩，大败北周。论心机谋算，看世事观心，谁有你透彻？我的心早就被你夺去了，攥在了你手里，如今我没有你，心就空如荒芜，你感觉不到？还不明白吗？"

苏风暖抖了抖嘴角，脸上忽然蒙上了一层灰白。

叶裳清楚地看着她的神色，又勃然升起怒意："你如今可是觉得自己失败？这么多年，事事成功，都按照你的预想，可是偏偏对我被你夺了心一事，觉得失败了？觉得早应该避着我，不该亲近我、不该明白地护着我，让我在你这里失了心，你又不能将心补给我，是不是？"

苏风暖心血翻涌，更是哑口无言。

叶裳怒道："你说话啊！当真无话可说了？"

苏风暖闭了闭眼睛，气极怒极恼极，对于他的咄咄相逼，她好半晌才哑声开口："你……谁说我无话？你这样压着我，我怎么说？"

叶裳闻言气极而笑："这样就不能说了吗？我如今又没吻你，又没堵着你的嘴。"

苏风暖顿时觉得天雷轰轰，砸得她喘不上气来，她一双眸子蒙上了水雾，气怒道："你……你敢再欺负我，我……"

叶裳看着她："你怎样？又不理我？又一走了之？又打算多久不见我？"

苏风暖险些被他噎死，咬牙怒道："你以为我拿你没辙吗？"

叶裳冷笑："我哪敢以为你拿我没辙？你若是想我死，如今就尽管动手，一巴掌就能劈死我。"

苏风暖气得心肝脾肺肾都觉得疼了起来，气骂道："你个无赖。"

叶裳倏地笑了，声音却依旧恼怒冰冷："你早就知道我是无赖，不是吗？我本来就是无赖，这都是你教给我的。当年我不理你，你非要往我跟前凑。如今你夺了我的心，让我为你发疯，你却想置身事外，跟别人去牵红线，做风月之好，将我甩在一旁，你做梦。"

苏风暖气急失语，彻底一句话也说不出来了。

叶裳冷冷地看着她："说，你和叶昔是怎么回事？"

苏风暖额头青筋突突地跳，怒道："什么怎么回事？"

"你少装蒜！"叶裳盯着她，发狠地道，"若是不说明白，我们就这样耗着，耗死算了。兴许一会儿就有人来找，看到你我的样子，你知道后果。兴许没人能找到这破地方，我们就饿死在这里，成了两具白骨。总之都是你与我在一起。活在一起，死在一起。"

苏风暖额头泛起青筋，心胆俱颤，气道："叶裳！"

"很好，你还清醒，知道欺负你的人是我，不是别人。"叶裳看着她，不理会她几近崩溃的模样，半丝不松动，"说还是不说？"

苏风暖抖了抖嘴角，忽然觉得，对于叶裳，她何止失败，简直是败到家了。偏偏她从小护到大的人，对她了解到了骨子里，心底生起无尽的无力感，咬了咬唇，气恼地说："你想知道，我就告诉你，我师父临终前，将我许给叶昔了。让我们师兄妹承他衣钵，永结风月之好。"

苏风暖话落，叶裳整个人又阴沉了。

他死死地瞪着苏风暖，似是怒极，放在她身上的手猛地收紧，听她痛得"唑"了一声，他依旧不放松，冷着眉目，嗜血一般地似乎要吞了她，出口的话泛着冷冽冽的寒："就为了这个，你就弃我于不顾？"

苏风暖瞪着他："我何时弃你于不顾？我嫁人与护你根本就……"

叶裳暴怒地打断她的话，咬着牙说："在你心里，是两码事吗？你敢再说一句，信不信我掐死你？"

苏风暖火气腾腾上涌，仰着脖子，气道："你掐死我好了。"

叶裳冷冷地看着她，眸中冰封裂开，眼底火苗噌噌往外蹿。他怒极地低下头，声音从牙缝里挤出："即便要掐死你，我也要先欺负死你，不让你好过。"

苏风暖一噎。

叶裳的唇又覆了下来。

她猛地偏头，叶裳却抽回一只手，死死地扣住她的脸，准确无误地吻在了她的唇上，让她躲无可躲，避无可避。怒气席卷，带着狂风骤雨，也带着泼天恼火。

苏风暖这次有了力气，空白不过须臾，便抬手死死地推他。

叶裳却钳住了她的手，声音断续："有本事你就出手杀了我，否则……"

后面的话他没说，意思不言而喻。

骑装的衣带本来已经被解开，如今在他手下，很快就扯开掉落，露出她内里的肚兜胸衣，他轻轻抬手，也要将之扯去。

苏风暖这一刻才深切地感受到，叶裳是真的疯了，她不能再任由他疯下去，她咬着牙，攒了力气，用内力震开了他的钳制，然后快速地攥住了他的手，迫使他停下。

叶裳手被钳制住，冷冷地看了她一眼，唇下的动作却不停止，依旧贴着苏风暖的唇，将她娇软的唇瓣，口中的甘甜，毫不犹豫地吞噬了一遍又一遍。

苏风暖感觉心魂俱失，攥着他的手死死地扣住，又有那么一瞬间的无力之后，便猛地积攒起力气，将他推了出去。

叶裳的身子被推出了三步远，晃了两晃，才勉强站稳。

苏风暖伸手拢住了自己的衣服，狼狈地靠在树上，看着叶裳，伸手指着他，气得哆嗦："你……你就仗着我对你狠不下心，才这般发疯地欺负我是不是？"

叶裳看着她，这时的她，如被风雨摧残的一株娇花，何等堪怜娇弱。尤其是那双眼睛，那张脸，那两片唇瓣，如新枝滴露，柔艳到了极致。

四周没有人，只有他能看见。

这个突然从脑子里冒出的认知，让他的怒火倏地撤去了大半，他抬步走近她。

苏风暖顿时怒喝："站住，你再敢上前一步……"

叶裳拦住她的话，脚步走上前："你后背受伤了，我看看。"

苏风暖愕然，尚且不明白他态度为何突然转变时，他已经来到了近前，将她的身子带离了那棵大树，一把扯掉了她刚刚拢好的衣服，在她又要发恼时，将她身子转了过去，便看到了她后背被擦破的一片伤。他立即说："后背擦伤了一大片，你身上带着药了吧？拿来，我给你上药。"

苏风暖后知后觉地又羞又恼，又气又怒，伸手打他："不用你猫哭耗子假慈悲。"

叶裳怒笑："不知好歹，我的心若不是在你身上，你当我会管你？"

苏风暖一噎。

叶裳问："药在哪里？"

苏风暖伸手拢上衣服，推他："不用上药，不用你管。"

叶裳抱着她不松手："我偏要管。"

苏风暖气急："你偏与我作对是不是？"

"是。"叶裳直认不讳。

苏风暖气得失语。

"药在哪里？"叶裳又问。

苏风暖看着他的架势，是不达目的不罢休了，气得骂："你混蛋。"

"我是混蛋，你也不是好人。"叶裳反唇相讥，"药呢？"

苏风暖彻底拿他没辙，从小到大，她从来就拿他没辙。她深深地无力之后，气焰顿时蔫了蔫，郁郁地说："在我身上，你放开我，我自己找。"

叶裳不理她，伸手入她怀去摸。

苏风暖被他摸得身子颤了两颤，咬着牙说："你到底是想给我上药，还是想继续占便宜欺负我？"

叶裳冷哼："都有。"

苏风暖又无力地失语了。

叶裳倒也不耽误，很快就从她怀里摸出了一堆瓶瓶罐罐，拿到她近前，问："哪个？"

苏风暖看了一眼："墨色瓶子那个，是跌打的创伤膏。"

叶裳拿出那个墨色的瓶子，将其余瓶子又一股脑地给她放了回去，将她按在怀里，拧开瓶塞，口中训道："老实些，别动。"

苏风暖立即说："这样不舒服。"

"你还想舒服地待着？"叶裳冷冷地瞥了她一眼，"没良心的女人就该被喂狗。"

苏风暖被气笑："是啊，我没良心，这不是刚喂完狗吗？"

叶裳也被气笑："喂狗应该喂饱，你也没给喂饱不是吗？"

苏风暖又哽住，气得想砸地："快点儿上药，废话这么多。"

叶裳哼了一声，到底是给她换了个舒服的姿势，让她偎在自己的怀里，倒出了药膏，轻轻地往她后背擦伤的地方抹。

即便他的动作已经很轻很轻了，但苏风暖还是直抽冷气，不满地说："你轻点儿。"

叶裳没好气地说："已经很轻了，这么点儿的伤，你就受不住吗？"

苏风暖气道："就是受不住，我都很久没受过伤了。"

叶裳手又放轻了些，口中却道："既然受不住，谁给你的胆子有本事惹我？"

苏风暖恼道："我们在好好地赛马，谁惹你了？"

叶裳手下一顿，怒道："你那是在赛马？调情还差不多。再让我看到有下次，我就欺负死你。"

这欺负是什么意思，苏风暖已经领教过了。

苏风暖心里又涌起羞愤："你个无赖混蛋。"

叶裳嗤笑："左右都是骂这两个词，从来就没个新鲜的。我本来就是无赖混蛋。你能把我怎样？"话落，他自顾自地冷嘲，"是啊，你没怎样，就有本事快把我给气死了。"话落，他重重地落下手，怒道，"告诉你，再没有下次。"

苏风暖痛呼一声，气急道："疼死了。"

叶裳又放轻动作，警告道："告诉你，我不管你那个师父临终说了什么话，都给我当屁放了。若是再敢说你和叶昔有婚事，我欺负死你不说，也能让他滚出京城，一辈子别想再来。"

苏风暖气恼："什么叫作当屁放了？叶裳，你粗俗不粗俗？"

"跟你学的。"叶裳哼了一声。

苏风暖无语，气恼地哼哼："师兄可不是阿猫阿狗，你以为你想让他滚出京城他就听话滚出京城？"

叶裳冷着脸威胁道："你可以试试，看看再惹我的话，我能不能让他滚出京城。"话落，又补充，"这么多年，你当你护着我，我便真是懦弱无能吗？"

苏风暖彻底噎住，气焰顿失，没了反驳之言。她心里确实清楚得很，叶裳这些年，混迹京城，靠的可不止皇上和她护着。她觉得头又疼了起来，似要裂开，后背上了药的地方凉飕飕的。

叶裳见她不再言语，厌快快地趴在他身上，娇娇弱弱，这才怒火都消了去，给她上完药，又动手帮她拢好衣衫，见她依旧没精神地不动，便抱着她也不再动，静静待着。

怀中的人是他的至宝，是上天在拿走他父母的宠爱及一切时，补偿给他的人儿。他疼爱到了心坎里心肝里，恼火时却也能可着劲儿地任他欺负。

怎么可能让她从他手里溜走？

怎么可能将她让给别人？

哪怕那个人是与他有着几分血缘关系的表兄也不成，哪怕是他们师父的临终遗言也不成，哪怕他们同门师兄妹情意非比寻常、脾气秉性相符也不成。

她只能是他的。

必须是他的。

过了一会儿，苏风暖动了动身子，伸手推他，嘟囔："你抱够了没有？"

"没有。"叶裳果断地说。

苏风暖又噎了噎："早晚有一天，我会被你噎死。"

叶裳轻轻哼了一声，依旧抱着她不松手。

苏风暖又伸手推他："我们总不能一直在这里待着，我三哥他们若是在猎场门口等久了，不耐烦了，一定会四处找的。"

"让他们找。"叶裳哼道。

苏风暖瞪眼："别闹了。"

叶裳低头瞅着她，见她虽然眉目的春色已经褪去，但唇瓣却明显地红肿，他抿了抿嘴角，问："你身上有消肿的药膏吗？"

苏风暖立即问："我后背红肿了？"

叶裳摇头，看着她："不是。"

苏风暖挑眉："那你要药膏做什么？你身上也弄伤了？"

叶裳看着她，目光带着几分赤裸地落在了她的唇上，如实说："你的唇肿着呢。"

苏风暖一怔，触到他眼底的神色，脸顿时腾地又红了，又羞又怒，咬着牙："你干的好事。"

叶裳一本正经地点头："是我干的，极好的事。"

苏风暖又噎住，猛地推开他，从他怀里出来，背转过身，敏感地觉得唇上火辣辣的，早先的那一幕两幕蹿出她的脑海，放映在她眼前，她觉得自己又快要烧着了，恨不得挖个坟把自己埋了。

这都什么事啊！

真是养虎的被虎给吃了！

叶裳此时脑中也蹿出了早先欺负人时的一幕两幕场景，当时是真的气疯了气狠了，如今冷静下来，才后知后觉地察觉到自己到底做了什么，耳根子连带着那张清俊无双的脸蓦地染上了一层浅浅的红晕。

日也思，夜也想，到底是今日得手了。

他丝毫不后悔唐突她欺负她，虽然没欺负得彻底，但已经迈出第一步了，就是要这样，让她彻彻底底地意识到，哪怕天塌地陷，山崩地裂，她也休要躲开他。

他非她不可。

见苏风暖背着身子站了半天没动静，他好心地开口："你的唇不消肿的话，没法出去见人。"

苏风暖气恼地转过身，一双水眸瞪着他："叶裳，你的脸呢？"

叶裳低低地笑了一声："早在遇到你时就没脸了。"

苏风暖气得跺了一下脚："我身上没有神丹妙药能让它快点儿消肿。"

叶裳不以为意："那就在这里等着，什么时候消肿了，什么时候出去。"话落，见她更气恼，他懒洋洋地补充，"或者，你很喜欢就这样出去被人看见揣测？陈述、沈琪、齐舒，包括我表兄、你三哥，他们可都不是不通世务的人，多少会明白我们之间发生过什么。"

苏风暖更气恼了："被蚊子给咬了不行吗？"

叶裳嘲笑地看着她："红肿得不成样子，这种天真的话你信？蚊子别处不咬，单咬你嘴？"

苏风暖抬脚踢他，恨恨地骂："你去死。"

叶裳不躲不闪，任她狠狠踹了一脚，眉头都不皱一下地说："有你陪着我，现在就死，也没什么关系。"

苏风暖又转过身，不看他，深吸了一口气："早晚被你气死。"

叶裳看着她："彼此彼此。"

苏风暖猛地抬手，对准不远处那棵大树，就要劈去。

叶裳快步上前，一把拽住了她的手，皱眉："你干什么？"

苏风暖斜眼瞅着他："你说呢？"

叶裳心领神会，霸道地说："不准劈。"

苏风暖气道："不能劈你，我还不能劈一棵树了？"

叶裳摇头："不能，若非它太粗壮，我还想着挪回容安王府将它供起来呢，怎么能由得你劈它？它可是我欺负你的见证。"

苏风暖挣了挣，没挣开他的手，怒骂："混蛋！"

叶裳伸手从身后抱住她，头埋在她颈窝，吻了吻她脖颈，低低地笑："你被我染指了，这辈子休想再嫁给别人。它便是我让你看明白的见证，回头我就在它身上刻上你我的名字，有一天，我们都老了死了，它也要活着，长长久久下去。"

第十章
宠上心尖

苏风暖用胳膊用力地撞了他身子一下，没好气地说："少做点儿白日梦。"

叶裳抬起头，将她身子扳正，看着她气恼未消的眉眼，一字一句地说："就算是白日梦，我也会一直做下去，还会拉着你做下去。是火坑，是天井，你都逃不开，避不了。所以，乖乖的。听到没有？否则我真不介意，在我想办法娶到你之前，就先将你欺负个彻底。"

苏风暖早先已经真切地感受到了这个无赖混蛋的不管不顾了，若非她武功比他高，早先可不就被他给欺负个彻底了吗？她张了张嘴，看着他深黑的眸子，那里面有着一股破釜沉舟的决然，容不得她再说不。她闭上嘴，转过头，哼哼："你可真是我的祖宗。"

叶裳放开她，理了理衣襟："我倒期待有一天你喊我一声夫君，也能喊得这般顺口。"

苏风暖一时又失了声。

叶裳拿出匕首，走到那棵大树前，果真动手在那棵大树的树干上开始刻字。

苏风暖瞅着他，无语望天。

叶裳攥着匕首，一笔一画，刻得极深、极慢、极认真，似乎是在完成一件了不得的大事。

天空中飘着几朵白云，飘飘悠悠，看着那几朵白云，苏风暖的心也跟着飘飘悠悠。片刻后，她收回视线，去看叶裳。

容安王府的叶世子，容冠天下，清俊无双。这些年，若非他把自己的名声糟蹋得不像样子，怕是满京城女儿趋之若鹜的夫婿人选该是他了。

她看着护着与她一起长大的人，这样静静地看过去，他长身玉立，风度翩然，浑身散发着那种倾世的风华和极致的美好。

她目光凝定片刻，慢慢地收回视线，垂下眼眸，低头看着地面。

两个人的名字，叶裳用了足足小半个时辰才刻好。最后一笔刻好后，他收了匕首，回头看苏风暖，见她低着头，站在那里，不知道想些什么，对她温声开口："过来看看。"

苏风暖抬起头，瞅了他一眼，不买账："有什么可看的。"

"过来。"叶裳沉了声。

苏风暖不情愿地走到他近前，往树干上瞅了一眼，不客气地点评："字迹龙飞凤舞，狷狂潦草，谁认识啊？"

叶裳道："你认识我认识就行。"

苏风暖轻轻哼了一声："你刻得这么深，这棵树受得了吗？别过不了两日就死掉。"

叶裳摇头："不会，没伤到它筋骨，刻两个字而已，它自然承受得了。"他顿了顿，轻狂骄傲地道，"能在它身上刻着你我的名字，是它的荣幸。"

苏风暖翻白眼，喷笑："是是是，你叶世子的名字，可不是什么人都有幸沾染的。"

叶裳露出笑意，眉梢眼角都染了得意，对她扬眉，心情一瞬间好极了，点头："那是自然。"

苏风暖又哼了一声，对他说："走了，回去了。"

叶裳看了她已经消肿了的唇一眼，点了点头。

两匹马在地上吃草，并未走远，二人牵了马缰绳，翻身上马，往回赶。

沿途看见了山鸡，苏风暖问叶裳："小狐狸还在你府里吧？"

叶裳点头："嗯，跟大白、小狮每日玩耍，甚是愉快欢腾。"

苏风暖道："你马前不是挎着弓箭吗？打几只山鸡给它带回去吃。"

叶裳拉弓搭箭，打了几只山鸡，绑在了马前。

半个时辰后，二人回到了猎场门口。

苏青、叶昔、陈述、沈琪、齐舒五人依旧等在猎场门口。见二人回来，苏青大声说："你们总算是回来了，再不回来，我们就忍不住进去找你们了。"

叶裳没说话。

苏风暖也没言语。

苏青瞅着二人，看看叶裳，又看看苏风暖，从二人面上没看出什么来，只看到叶裳衣服刮了好几道口子，苏风暖衣服也划破了几处，叶裳的马身上有一道口子，像是被什么划破的，苏风暖的马倒是没受伤。他问叶裳："喂，你没事了吧？"

叶裳依旧没言语。

苏青看向苏风暖。

苏风暖瞥了他一眼，又看了叶昔等人一眼，道："劳大家久等了，天色晚了，回去吧。"

苏青见二人什么也不说，于是不再问了，点了点头。

陈述、沈琪、齐舒瞅见叶裳马前绑着的山鸡，对看一眼，也没言语。

叶昔却问苏风暖："后背受伤了？"

叶裳闻言猛地转头看向叶昔，那一瞬间的眼神无以言说。

苏风暖点点头："小伤，擦破了，不碍事。"

叶昔仿佛没看到叶裳的眼神，对苏风暖蹙眉："怎么让自己伤着了？"

叶裳此时冷冷地说："我落马时，她救我伤的。"

叶昔看向叶裳，眉目淡了淡，道："师妹几年不曾受伤了，表弟以后莫要任性了，累人又伤己。"话落，又道，"师妹性子好，但也禁不住一再磋磨。她也不是没脾气的人。"

叶裳眯了一下眼，倏地笑了，看着叶昔道："表兄说得是，受教了。"

叶昔不再言语。

苏青此时经由叶昔指出，才发现苏风暖后背有血印，他顿时道："小丫头，你武功退步了吗？救个人而已，怎么把自己弄伤了？"

苏风暖瞪了苏青一眼："救个发疯的马和发疯的人，你试试？"

苏青看向叶裳。

叶裳面无愧色地迎上苏青的目光，道："累她受伤，是我之过，明日我便去府上向苏夫人请罪。"

苏青顿时摆手，十分大度地摇头："不用，不用，小丫头皮糙肉厚，伤一点儿不怕的。我早就想揍她了，奈何打不过她，如今你这样，也算是间接地为我报仇了。"

叶裳一时没了话。

苏风暖被气笑，阴阴地瞅着苏青："三哥是嫌日子过得太舒坦了吗？我虽然受了点儿小伤，但也能将你打得十天半个月下不来床。"

苏青顿时不言语了。

一行人离开了猎场，打马回城。

到城门时，天色已经晚了。

叶裳从马前解下两只山鸡，十分自然地递给苏风暖："这两只你拿回去炖了。"

苏风暖看了他一眼，伸手接过，挂在了马前。

叶裳转头对苏青、陈述等人道："今日是我不对，累了大家没玩好，去我府里吃酒吧，权当我给大家赔罪。"

苏青摇头："听说我娘回来了，今儿不去了，改日吧。"

沈琪也道："在灵云寺沐斋的各府家眷们今日下午都回了京，我娘也回来了，若是知道她回来，我还在外面吃酒，一准挨骂，改日吧。"

齐舒也点头："改日。"

叶裳看向陈述。

陈述笑道："我没娘，想挨骂也挨不着，还去你府里。"

叶裳点头，又看向叶昔，提前堵住他的话："表兄即便要去苏府拜见苏夫人，也该明日再去，今日天色已晚，还是回府吧。"

叶昔眸光动了动，与他对视一眼，点了点头，转眸对苏风暖说："虽已经过了酷暑，但天气尚炎热，容易出汗，伤口擦破不易好，你别不当回事，仔细照看着些。"

苏风暖点头："师兄放心。"

叶裳眼底深了深，又对苏风暖道："明日我与表兄一起去苏府。"

苏风暖立即道："你有案子要办，今儿已经消磨了半日，还是办案要紧。你跟我道歉了就行了，不用跟我娘赔罪。"

叶裳强硬地道："你是你，你娘是你娘。"说完，招呼陈述、叶昔，"走了。"

三匹马离开，向容安王府而去。

三人离开后，沈琪、齐舒也与苏青和苏风暖告辞。

人都走了之后，苏青贼着眼瞅着苏风暖："小丫头，你与我说说，你跟叶裳到底怎么回事？"

苏风暖不理他，打马也向苏府而去。

苏青纵马在她身后道："你觉得你不说我就看不出来了？叶裳今儿那副样子，显然就是戏本子里说的吃叶昔的醋了。若说你们什么都没发生，我才不信。"

苏风暖回头甩了苏青一鞭子。

苏青即便躲得快，还是被她甩到了头上的簪子，簪子脱落，掉在了地上，一碎两段，他的头发松散开，顿时大恼："臭丫头，我说对了是不是？让你恼羞成怒了？对我下这么狠的手。"

苏风暖勒住马缰绳，回头瞅着他，怒道："胡诌什么？这里是大街上，你有半点儿当兄长的样子吗？回去我就到娘跟前告你的状。"

苏青一噎，四下看了一眼，住了嘴。

苏风暖见他消停了，掉转马头，继续向苏府方向而去。

二人回到苏府时，果然苏夫人已经回府了。

苏风暖将马交给门童，同时也将两只山鸡解下，递给门童，吩咐："拿去让厨房炖了。"

门童应声，拴了马，连忙拎着山鸡去了厨房。

苏风暖向正院走去。

苏青亦步亦趋地跟在她身后："你这样子去正院？不回自己的院子换换衣服？娘要问起来，你怎么说？"

苏风暖回头瞥了他一眼，"收起你满肚子的坏水，我若是回去换衣服，你指不定先跑到娘跟前胡说一通。我这样子怎么了？不就受伤了吗？我受伤，若是娘见了，才更疼我。总之在娘跟前，你靠边站。"

苏青一噎，气得跳脚："臭丫头，这么可恶，怎么就没人收拾你？"

苏风暖哼了一声，继续向前走。

苏青又跟上她，咂咂嘴道："我说错了，也不是没人收拾你，叶裳今儿就收拾了你吧？还把你收拾成了这副样子，啧啧。"

苏风暖脚步一顿，瞪着苏青："你再不闭嘴，我要你好看。"

苏青指着她："你照照镜子，你这副样子，就是恼羞成怒。"话落，他道，"你从小是个什么德行，我一清二楚。论好心，你没几两。今儿若是换作别人，你管他发疯不发疯，与你何干？可是你偏偏去追叶裳了，这显然是心里有鬼。还不让我说？"

苏风暖气恼地挥手，一掌对着苏青拍了过去。

她这掌风极其凌厉霸道，苏青即便做好了准备，也还是被她打了一个趔趄，捂着胸口痛苦地说："臭丫头，竟然下狠手……我是你三哥……咳咳……"

苏风暖警告他："你再说一句，我就真打得你十天半个月下不来床，不信你试试。"

苏青瞪着她，见她一点儿说笑的意思都没有，顿时老实了："不说就不说。"

苏风暖不再理他，转身继续向正院走去，暗暗气恼，她三哥不像大哥和二哥那般朴实，精得跟猴子似的。

来到正院，苏夫人正在院中指挥着人打理花草，见她回来了，愣了愣："脸色怎么这么差？衣服都破了，你这是干什么去了？"

苏风暖上前抱住了苏夫人的胳膊，恶人先告状："娘，三哥欺负我。"

苏夫人瞪眼："你这副样子，是又跟你三哥打架了？"

苏风暖点头。

苏夫人瞅着她，怀疑地问："你武功不是比他好吗？怎么这回没打过他？"

苏风暖道："打过了，我给了他一掌，够他疼上三五天了。"

苏夫人伸手点她脑门："你们两个从小到大，跟对冤家似的，天天掐架。这回又因为什么？"

苏风暖自然不想说是因为什么，抱着苏夫人胳膊撒娇："娘，我后背擦伤了，浑身疼，一点儿也不想见三哥，一会儿他若是敢来，你就给我赶走他。"

苏夫人顿时紧张："后背竟然擦伤了？"话落，她拽过苏风暖的身子，往她后背看了一眼，"哎哟"了一声，"这么多血迹，一定很严重，快进屋，我看看。"

苏风暖听到外面来的脚步声，依旧不放弃，苦着脸说："别让那讨人厌的人进来。"

苏夫人疼女儿是出了名的，宠上心尖，尤其是她如今后背受伤了，自然有求必应，连连点头："你不乐意见他，娘就不让那臭东西进来。"话落，她摆手，吩咐院中的小厮婢女，"去拦着他，不准他来我院子，让他回去抄十遍《孝书》，抄不完别来见我。"

婢女小厮齐齐应声，连忙去门口拦着。

苏风暖顿时觉得舒服了，甜甜地抱着苏夫人胳膊继续撒娇："娘这样罚他，我就觉得舒服多了，还是娘疼我。"

苏夫人拖着她往里屋走："快点儿进屋，我看看伤成了什么样。"

苏风暖跟着她进屋。

苏青来到门口，正好听到里面的对话，顿时气得脑门直冒青烟，瞪着里面道："娘，您偏心眼偏得也太厉害了吧？也不问问原因，就罚我？罚我也就罢了，为什么是让我抄《孝书》？"

苏夫人正走到门口，闻言回头瞅了他一眼，不高兴地说："你当哥哥的，本来就该让着妹妹，疼爱妹妹，怎么把她后背给伤了？你伤了妹妹，让娘心疼，就是不孝，自然要抄《孝书》了。"

苏青气道："她说是我伤的她？"

苏夫人立即说："不是你还能是谁？凭着你妹妹的武功，若不是这些年她每次都让着你，真要动起手来，她能打得你一个月下不来床。你竟然还好意思伤她？脸红不脸红？"话落，不耐烦地对他挥手，如赶苍蝇一般，"赶紧滚回去抄《孝书》，再多嘴狡辩，就抄一百遍。"

苏青一噎，气冲脑门，但也只能干瞪眼看着房门从里面关上了。他恨恨地跺了跺脚，怒骂："臭丫头，恶人先告状！"

苏风暖听得清楚，心中舒坦极了，就是恶人先告状了，又如何？谁让他惹她了？活该！

　　苏青气得转身，向自己的院子里走去，暗骂苏风暖好命，托生到喜欢女儿如命根子的娘肚子里，怎么就那么会托生？这世上多少人家的女儿是贱养的，可是她就好命地被捧到手心里疼在心尖上，别说娘，爹也疼她如珠似宝。

　　真是同人不同命。

　　苏夫人将苏青关在外面之后，理都不理，便拉扯着苏风暖往炕上拽："快去躺炕上，将外衣脱了，我看看。"

　　苏风暖摇头："小伤，没事，娘不用看，我已经抹了药了。"

　　"后背印出了这么多血迹，怎么能是小伤？"苏夫人瞪着她，催促，"快点儿，不让娘看看，娘不放心。"

　　苏风暖只能解了衣服趴在炕上让她看。

　　苏夫人见她后面果然擦伤了一大片，有的地方连皮都擦没了，虽然抹了药，但看着还是血污一片，她顿时"哎哟哎哟"地心疼起来："这还是小伤？你三哥这个浑小子，怎么下了这么狠的手？把你伤成了这样，让他抄十遍《孝书》都是少的，应该抄一百遍。"

　　苏风暖抽了抽嘴角，心里暗笑活该三哥背黑锅，嘴上却哼哼唧唧地说："娘一会儿派人告诉他，限他明天把《孝书》抄完，否则不准吃饭。"

　　苏夫人郑重地点头："嗯，一会儿我就派人去告诉他，这个浑小子，真欠收拾。"

　　苏风暖又说："我给娘带回了两只山鸡，交给厨房了。"

　　苏夫人摸摸她脑袋："都伤成这样了，怎么还惦记着吃山鸡？"话落，道，"你躺好，你这伤不能沾水，我用绢帕蘸了酒给你擦擦血污。"

　　苏风暖乖巧地点头。

　　苏夫人吩咐人搬来酒坛，蘸了酒，轻轻地帮苏风暖擦了擦。

　　苏风暖哼哼唧唧地喊痛，苏夫人愈发小心，擦了一会儿，额头都冒汗了，更是一边心疼一边嘴上不停地骂苏青混账。

　　苏风暖听着她娘骂苏青，心里觉得无比舒畅。

　　苏夫人给她擦完了，又找了药膏给她重新抹了药，忙活完后，吩咐人将她染了血的衣服拿出去处理，然后给她找了一套干净宽松的衣裙换了，之后才抹了抹汗，问："是回你自己的院子里休息，还是在我这里休息？"

　　苏风暖趴在炕上不想起来，懒洋洋地说："就在娘这儿待着。"

　　苏夫人点头，坐在她身边，担忧地说："可别落下什么疤才好，万一落下了疤，多难看啊。"

苏风暖摇头："这么点儿的小擦伤，不会落疤的。"

苏夫人看着她，嗔道："你三哥素来不是个没深浅的，你做了什么惹急他了？把自己给弄成了这副样子？"

"他讨人厌呗。"苏风暖又哼唧两声，撒娇，"娘，不说他了好不好？小池呢？"

苏夫人见她不想说，也不问了，闻言道："被你外婆带去王府了，你外婆喜欢那孩子，你若是想他，明儿去王府看他就是了。"

苏风暖点点头，又说："师兄明天会来府里拜见您。"

苏夫人看着她，伸手点她额头，训道："外面都传开了，说苏府小姐和叶家嫡子是师兄妹。臭丫头，这么些年在外面跑了一肚子主意，你怎么一直没跟家里说你还有个师兄是叶家的嫡子？"

苏风暖眨巴眨巴眼睛："我好像说过吧？提过师兄的，娘是不是当时没仔细听忘记了？"

苏夫人瞪眼："什么时候说过？"

苏风暖想了想："就是有一年，我给您带回了两盒茗香茶，不次于天香锦的。你问我哪里淘弄的，我告诉过您是我师兄给的啊。"

苏夫人本来觉得苏风暖睁着眼睛说瞎话，她压根儿没提过有个师兄，可是如今见她一本正经地说起这码事，她想了想，好像是有这码事，顿时含糊了："是吗？难道当时我只注意好茶了，没仔细听你说话？"

苏风暖肯定地点头："您见着好茶，哪儿还有心思管别的啊。"

苏夫人敲了敲自己脑袋，算是相信了："那这事可就真怪我了。他喜欢吃什么？你快告诉娘，我早点儿让厨房去采买，做些他爱吃的菜才是。"

苏风暖想了想，报了一大堆菜名。

苏夫人听罢之后，笑着说："这一大半不都是你爱吃的吗？"

苏风暖无辜地看着她："师兄也爱吃啊，那些年我们跟在师父身边，一起吃饭，一起学武，口味没什么差别也正常啊。"

苏夫人觉得有理，连忙拿笔记了叶昔爱吃的菜，列成了单子，起身去喊婢女，吩咐让厨房赶紧准备。

苏风暖看着苏夫人忙活的身影，想了想，没提叶裳会来请罪的事。

即便苏夫人忙着准备明日的宴席，但还是没忘了派人去给苏青传话，让他明儿一早就将十遍的《孝书》抄完，抄不完不许吃饭。

苏青听完传话后，气得七窍生烟，但也无可奈何，一边抄着《孝书》，一边将苏风暖骂了百八十遍。

苏风暖却躺在软软香香的炕褥上，在苏夫人的忙活中睡着了。

晚饭时，她睡得依旧香甜，苏夫人也没舍得喊醒她，便任由她一直睡着。

苏风暖一直睡到了第二日天蒙蒙亮，睁开眼睛，摸摸肚子，院中静静的，一旁苏夫人依旧在睡着，她悄悄地起身，出了房门。

天刚泛白，清雾还没散去，有些许清凉。

苏风暖出了正院的门，打算去厨房找点儿吃的，正碰上苏青捧着一大叠抄好的《孝书》来到。她眨了眨眼睛，笑吟吟地打招呼："三哥都抄完了吗？这么早啊。"

苏青自然也看到她了，立即走上前，咬牙切齿地要揍她："死丫头，让你害我。"

苏风暖不躲不闪，看着他说："你若是敢打我一下，我喊娘了啊。"

苏青手一顿，气得瞪眼："臭丫头，你就仗着娘疼你，为非作歹是不是？"

苏风暖耸耸肩："娘就是疼我，我有什么办法，谁让你惹我了呢，大哥二哥从来不惹我，就你学不乖。"

苏青咬着牙："你这个恶人。"

苏风暖承认她是恶人，且从来就不是好人，点点头，自认为很有良心地警告他："以后你别惹我了，再惹我，就不是抄十遍《孝书》的事了。若是抄一百遍，手都能给你抄废了。"

苏青气得直抽，看着她，哼道："就算我给你背了这个黑锅，不将昨天的事捅给娘，但叶裳可不是吃素的，他今天不是要来跟娘请罪吗？到时候就露馅了。你等着娘收拾你吧。"

苏风暖"嘁"了一声，不以为意地轻哼："你当谁都跟你一样呢。"

苏青顿时不干了："你什么意思？在说我傻叶裳聪明吗？"

苏风暖不置可否。

苏青顿时气乐了："你不是说以后不嫁聪明人吗？叶裳这么聪明，且你们有不可告人之事，你难道……"说着，凑近她，"被他心折了？"

苏风暖翻了个白眼："三哥，你还没学乖啊，还想惹我发火是不是？"话落，夺过他手里的《孝书》，掂了掂，"只抄了五遍，也敢拿来糊弄娘，你当娘好糊弄，我也好糊弄吗？"

苏青顿时瞪着她："你靠掂重量就能知道我只抄了五遍？"

苏风暖郑重地看着他："怎样？服不服？"

苏青顿时无言了，心里暗骂小丫头精得要死，小声说："若是真听娘的，抄十遍《孝书》，我一晚上都不用睡觉了，今儿还要去丞相府呢，耽误了正事怎么行？"

苏风暖用他抄书的纸张打了打他肩膀："我帮你把这些给娘，就说你抄够了十遍，你不用见娘了，回去收拾收拾吃过饭后去丞相府吧。"

苏青怀疑地看着她："你有这等好心？"

苏风暖轻哼："你当我是你？你没个哥哥样，我总该有个妹妹样吧？你以后只要不惹我，就能舒舒服服地过日子，你要是惹我，抄《孝书》是轻的。知道了吗？"

苏青眼皮翻了翻，不得不承认，他斗不过她。哼道："一物降一物，总有人能收拾得了你，有你这个小恶魔哭的时候。"话落，他转身走了。

苏风暖拿着厚厚的一沓《孝书》，看着苏青折回自己的院子，她默默地想，可不就是一物降一物吗？不用等到什么时候，从昨天开始就知道，她真是连哭都没地方哭去了。

清晨本是清凉凉的，但是想起昨日，唇上又袭来火辣辣的感觉，让她从心坎里直抽冷气。

叶裳那个无赖加混蛋！

拿着厚厚的一摞《孝书》去了厨房，有厨娘已经起来了，见苏风暖来了，立即问："小姐是饿了吗？"

苏风暖点头："昨晚上没吃饭。"

厨娘连忙说："昨儿夫人吩咐给小姐留着饭菜了，可是您半夜没醒，我这就给您热热？"

苏风暖点点头。

厨娘连忙去热饭菜。

苏风暖填饱了肚子，又回了正院，苏夫人已经起来了，见她从外面回来，立即问："大清早醒来就不见你的影，去哪儿了？"

"饿了，去厨房了。"苏风暖将手里厚厚一摞《孝书》在苏夫人面前晃了晃，"娘，这是三哥抄的《孝书》。"

苏夫人瞅了一眼，问："够十遍吗？"

苏风暖摇头："不够，五遍。"

"臭小子，偷工减料，拿我的话不当回事。"苏夫人不满地说。

苏风暖笑着将《孝书》放下："他今天有事，要去丞相府译学，受丞相指教，的确不能晚上只抄经书不睡觉。五遍已经不少了，我本来觉得他也就抄两遍的事，如今他竟然抄了五遍。这么看来，他对娘还是十分有孝心的，就饶过他吧。"

苏夫人闻言"扑哧"一声乐了，伸手点点苏风暖脑门，问："后背还疼不疼？"

苏风暖抱住苏夫人胳膊撒娇："昨儿娘给我抹了药后就不疼了。"

苏夫人被她软软香香的身子和撒娇的模样熨烫得心里十分舒坦，柔声说："女儿家的皮相最为珍贵，以后要时刻注意，不准伤了碰了，免得落疤，会丑得很。"

苏风暖点头："就算不为皮相，我也怕疼啊，一定会注意的。"

苏夫人失笑，拍拍她："你和衣睡了这一夜，衣服皱皱巴巴的，竟然穿着往厨房跑，还不快去换一身衣服，好好收拾一番。让人看见，像什么话，京城可不是乡野之地。"

苏风暖点头，松开了苏夫人的胳膊。

苏夫人吃过早饭，带着人将花园静心湖的凉亭仔细地收拾了一番，命人摆了瓜果、茶点，等着叶昔上门。

苏风暖则找了一本市井小说，窝在凉亭内摆放的软榻上，一边嗑着瓜子，一边读着。

苏夫人刚收拾妥当，有门童来报："夫人，叶世子和叶公子来了。"

苏夫人一怔："叶世子也来了？"

门童点头。

苏夫人连忙说："快请。"话落，也跟着人往外走，走了两步，见苏风暖跟没听见似的，依旧窝在凉亭里的软榻上看书，瞋目，"客人上门，你怎么还窝着不动？跟娘一起出去迎接。"

苏风暖正看得有滋有味，闻言头也不抬软软地说："娘，我后背伤着呢，您忘了吗？"

苏夫人闻言立即说："那你躺着吧。"话落，转身出了花园。

府中的仆从们暗想夫人可真是疼小姐。

苏夫人来到门口，叶昔和叶裳正在府门前等候，见她来了，二人齐齐见礼。

一个清俊无双，容冠天下；一个清贵出众，丰神俊朗。

苏夫人连忙摆手："免礼，免礼。"话落，将叶昔仔仔细细地打量了一遍，笑得很开心，"叶公子是暖儿的师兄，来了苏府就当是回了自己家，不必太多礼。"

叶昔微笑："不会跟伯母客气，伯母喊我叶昔就好。"

苏夫人笑着点点头，说了一声"好"，又看向叶裳："皇上将两件大案都交给你全权彻查，你该是忙得很，今日怎么有空一起过来了？"

叶裳面色一动："她昨日回来没说我今日要来？"

苏夫人愣了一下："谁？暖儿吗？她知道你要来？"

叶裳面色微微一沉，点了点头："我昨日与她说过。"

苏夫人见他脸色不好，笑着伸手拍拍他，十分亲切地笑着说："她和苏青那个臭小子打架，伤了后背，回来只顾着找我告苏青的状了，估计是忘了与我说你也要来的事了。"

叶裳面色又一动，扬眉："她和苏青打架，伤了后背？"

苏夫人点头，埋汰苏青："可不是嘛，苏青那个臭小子，一点儿也没作为兄长的自觉，暖儿的后背擦伤了一大片，估计要十天半个月才能好利索。我昨晚罚他抄十遍《孝书》……"

叶裳闭了嘴。

叶昔似笑非笑地瞥了叶裳一眼，对苏夫人笑问："苏三弟呢？"

苏夫人一边请二人入府，一边说："去丞相府了。"

叶昔又笑着问："师妹在屋里睡觉吗？"

苏夫人摇头："她在花园的凉亭里窝着看书呢，静心湖的凉亭凉快，我带你们去那里。"

叶昔点点头。

三人来到苏府内院的静心湖，叶裳和叶昔一眼便看到了窝在软榻上捧书而读的苏风暖，似乎看到了什么有意思的地方，她眉眼浅浅地笑着，嘴角轻轻地翘着，让人看起来好不愉悦。

叶裳的眸光微凝，脚步顿住。

第十一章
收买人心

苏夫人偏头瞅了叶裳一眼，压低声音说："我没与她说在灵云寺佛堂那件事。"

叶裳点头，轻声说："她若是不问起，您不必刻意与她说，我会让她明白的。"

苏夫人笑着点了点头，看着叶裳，面上露出十足的喜爱："我知晓你凡事有分寸。"话落，招呼叶昔进凉亭。

叶昔看了苏夫人和叶裳一眼，若有所思，笑着进了凉亭。

苏风暖听到动静，抬头瞅了一眼，见叶裳在她娘面前有礼有样，撇撇嘴，又看向叶昔，见他含笑看着她，她拿书盖在了脸上，没理二人。

"这孩子！"苏夫人瞪了苏风暖一眼，"没礼数，你身上有伤，躺着也就罢了，怎么一句话也不说？"

苏风暖嘟囔："又不是外人。"

叶裳低低地笑了一声，点头，声音极其清润好听："的确不是外人。"话落，走到苏风暖所躺的软榻上，自然地坐在了她身侧空出的一片地方，笑着问，"在看什么书？"

苏风暖身子僵了那么一下，不给面子地说："你管呢。"

叶裳伸手去拿她盖在脸上的书。

苏风暖死死地拽住："别乱动。"

叶裳挑眉："一定不是什么好书。"

苏风暖轻轻地哼了一声。

叶裳伸手点了点她肋下，苏风暖顿时痒得受不住，叶裳趁机抽走了她盖在脸上的书，拿起来，看了一眼，嗤笑："果然不是什么好书。"

苏风暖瞪眼，伸手去抢："给我。"

叶裳将书扔远："不给。"

苏风暖瞪着他："你凭什么抢我书扔我书，还这么霸道？"

叶裳看着她："就凭你拿那本破书挡着，见我来了也不理我。"

苏风暖一噎。

苏夫人看着二人，忍不住笑出声："不理人就是不对，小裳做得对。"

苏风暖翻白眼。

苏夫人转身招呼叶昔坐，叶昔也笑着看了二人一眼，坐在了桌前的椅子上，苏夫人将两盘西瓜分别挪到叶昔和叶裳面前："叶昔，小裳，来，吃西瓜。"

叶昔点点头。

叶裳拈起一块西瓜，自己没吃，转头塞进了苏风暖的嘴里，见她气鼓鼓的脸，笑吟吟地说："别气了，我还有事情，坐一会儿就走，今日是抽空来看你伤的。"

苏风暖吞掉了西瓜，暗恼，猫哭耗子，她后背的伤还不是因为他才伤的？她刚要回他，眼角余光瞥见苏夫人看着他们笑成了花一样的脸，才后知后觉地反应了过来。

她娘喊叶裳叫小裳，她娘看到叶裳这样与她亲近，竟然丝毫不反对，不但不反对，竟然好像还乐见其成？她顿时觉得吃进去的西瓜在肚子里滋啦啦地冒凉气。

她娘看叶裳的眼神，怎么跟丈母娘看女婿的眼神那么……相似？

苏风暖实在想不明白，叶裳什么时候得了她娘的欢心了？

若说他如何得了外公欢心，苏风暖是知道的。那是他被皇上送去王府养伤时，外公提点他，他一点就通，得了外公赞赏，她当时就在房顶上，听得清楚。他得了外婆欢心，是因为深夜带伤去灵云寺请她陪他去找云山老道给太子求有情草，外婆怜他通晓事理、明晓大义、有理有据，让她瞅着都心花儿开遍，她当时也见了，自然知道。她三哥除了因为他提点他去丞相府寻丞相指教，明白外公对他的栽培苦心外，还有单纯地看她不顺眼，希望有人能收拾她，是以，对叶裳大有好感，也说得过去。

可是她娘呢，什么时候在她眼皮子底下就被叶裳给收买了？

看着苏夫人对着叶裳那张脸满是喜爱、慈爱之情，一点儿都不掩饰，她无语极了。

叶裳又捏了一块西瓜，含笑问她："还吃吗？"

苏风暖觉得自己的心要凉透了，恶狠狠地瞪着他："要吃你吃，别给我了。你吃完赶紧滚蛋。"

叶裳"嗯"了一声，转过头，默默地吃西瓜，神色似乎有些受伤。

苏夫人顿时瞋目："暖儿，你这是什么态度？小裳好心与你说话，给你西瓜吃，你不吃就算了，怎么还赶人？"

苏风暖这时忽然明白了她三哥对她恨得牙痒痒的感觉了，在她娘面前，她三哥从来就居她下风，如今风水轮流转，她在叶裳面前竟也居下风了。

她斜眼瞅叶裳，心里暗骂，他一定是故意摆出这副神情的，就是做给她娘看的。

对于这个认知，她顿时肝疼得不行，眼看苏夫人还要训她，她顿时蹙着眉哼唧："西瓜太凉了，凉得我后背的伤都快疼死了，刚刚他明明问都没问我，就给我塞了一块西瓜，吃进去难受着呢。"

叶裳吃西瓜的动作一顿。

苏夫人下面要训斥的话顿时噎了回去。

叶裳偏过头，露出心疼歉意的神色，诚恳地对苏风暖道歉："真对不住，我以为你后背擦伤不影响胃口的。"话落，他伸出手，"我帮你暖暖吧。"

苏风暖见他的手就要放在她小腹上，光天化日之下，如此明目张胆，如此冠冕堂皇，她顿时僵了，连忙推挡："用不着，你……你离我远点儿就行了。"

叶裳撤回手，又受伤地说："你以前不曾这么不待见我，今日这般做派，是因为看到伯母对我极其慈爱和善，你吃醋了吗？"

苏风暖闻言差点儿背过气去，无语地看着叶裳，这叫什么话，亏他脸不红地说出来。

苏夫人顿时大乐，眉梢眼角都溢满了笑，瞋了苏风暖一眼："你这孩子，都多大的人了，还调皮。"

苏风暖无语极了。

苏夫人开心地对叶裳说："小裳别理她，她不吃西瓜就算了，你自己吃。"话落，又招呼叶昔，"这么多年，身为她师兄，想必你十分不易吧？这孩子从小到大就调皮得紧，素来喜欢欺负人。"

叶裳看了叶昔一眼。

叶昔微笑，神色带了两分宠溺地看了苏风暖一眼，笑着点头："的确不易，师妹让人操神得紧，不过她倒不曾欺负过我，以前我们两个一起欺负师父，后来师父去了，师妹和我便一起欺负别人……"

叶裳眼底蓦地一沉。

苏风暖抬头望天，只看到了凉亭的棚顶，没欺负过他？今儿没风，师兄果然不怕闪了舌头。

苏夫人闻言更是大乐："你们师兄妹处得好，大多时候，定然是你让着她。她的大哥和二哥就时常让着她，所以，她不欺负大哥和二哥。她三哥比她只大那么一点儿，时常不服气，不让着她，所以，总是打架。"

叶昔微笑："师父临终前，嘱咐我好生照看师妹，我不能辜负师父遗训，让着些是应该的。"

苏夫人拍拍叶昔肩膀："好孩子，这小丫头不让人省心我是知道的，辛苦你了。"

叶昔笑着摇头："不辛苦，我只这么一个师妹，自然要多疼宠着些。"

苏夫人又拍拍他肩膀："以后苏府就是你的家，多来走动，住在这里最好。"话落，又道，"我去厨房看看，昨儿问小丫头你喜欢吃什么菜，她报了一堆菜名，我看了发现都是她喜欢吃的。我就问她，她说你们以前一起学武，跟着师父一起吃，时间长了，口味变得一样了。"

叶昔笑着点头："正是。"话落，又道，"劳烦伯母操劳了。"

"都跟你说了以后就当这里是自己家，别客气。"苏夫人说着，便往外走，走了两步，又回头看着叶裳，笑着说，"小裳，这天色也不早了，要不然你再挤出些时间，留下来吃过午饭再走吧，反正也是耽搁半日，皇上交给你的案子虽重，但也要仔细照看好身体，你现在赶回去，也处理不了多少事情，就到吃午饭的时辰了。"

叶裳压住眼底的沉涌，偏头看苏风暖。

苏夫人失笑："你看她做什么？她还能赶你不成？你们一个个的，就是太惯着她了，才让她可着劲儿地调皮。就这么定了，我去厨房加几个你爱吃的菜。告诉伯母，你喜欢吃什么？"

叶裳没说话，依旧看着苏风暖，似乎要将她盯出一个窟窿。

苏风暖受不住，转头对苏大人报了几个菜名，自然是叶裳爱吃的菜。

叶裳嘴角微勾，这才满意了。

苏夫人好笑地点头，扭着腰离开凉亭，去了厨房。

苏夫人刚一离开，叶裳便对叶昔发难："表兄是忘了我昨晚对你说过的话了吗？"

叶昔笑看着他："没忘。"话落，扬眉，"以前若是在师妹面前，我都是挨着她坐的，大多时候，我们背靠背研讨武功招式心法，如今你不是坐她最近，我都躲远了吗？表弟还想如何？"

叶裳眯了眯眼睛。

叶昔又道："我以前从没在师妹口中听说过表弟性子霸道，如今来京见了你，也算是开了眼界了。"顿了顿，他看了苏风暖一眼，意有所指地说，"人情就如手中的细沙，要适度，别攥得太紧，否则，攥得越紧，从手中滑出掉落得越快。表弟若是不明白这个道理，早晚要吃亏。"

叶裳眸光缩了缩，恢复神色，平静地道："表兄说得是，又受教了。"

叶昔看着他，忽然笑了："能屈能伸、能听得进忠言，也算是表弟的一大优点了。"话落，一声长叹，"也不枉我从小嫉妒到大啊。"

叶裳扬眉："表兄说这话是什么意思？"

叶昔拿起一块西瓜，塞进嘴里，跷着腿靠着椅背，望天说："没什么意思。"

他这副随意悠闲的姿态，跟苏风暖对某种事情无语极了时的姿态简直如出一辙。

叶裳见了，十分看不顺眼，有些恼怒地将两脚搭在椅子上，身子顺势靠在了苏风暖的身上，哼道："谁不嫉妒！"

叶昔忽然喷笑。

苏风暖伸手推他，没好气地说："有那么多地方，你不坐，非挤着我做什么？"

叶裳疲乏地说："昨日只睡了两三个时辰，累得很，别处没你这里舒服。"

苏风暖止了推他的动作："为什么只睡两三个时辰？你做什么了？"

叶裳回转头，贴到她耳边，低声说："想起白日在猎场时，我便睡不着。"

苏风暖脸腾地红了，刚要恼怒，叶裳却退了回去，离她远了些，说："昨日许云初将灵云寺机关暗器那些证物以及他在灵云寺彻查的结果，都移交给了我，我连夜查这些事情了。"

苏风暖刚升起的羞恼顿时消散了大半，问："查出什么了吗？"

叶裳道："经表兄协助，灵云寺害灵云大师的机关暗器与关着那撑船人的机关暗器极相似，像是出自林家之手。"

苏风暖闻言看向叶昔。

叶昔点点头："手法确实相似，此事即便不是林家所为，也跟林家脱不开关系。"

苏风暖闻言对叶裳道："既然牵扯了林家，你打算怎么办？"

"我今日一早已经命千寒带着轻武卫去林家请人来京了。"叶裳道。

苏风暖点头："林家在江湖上地位举足轻重，以机关暗器著称于世，在这世上也是立足百年了。天下上乘的机关暗器，大多出自林家之手。就连皇宫设的暗门暗道，据说也出自林家。林家也算是朝堂和江湖两吃了。即便林家的人来京，怕是也不好查。"

叶裳看着她："朝堂上我还怕了谁护着林家阻挠不成？江湖上我伸不出手去，不是还有你吗？等林家的人来京，你见见。"

苏风暖抿着嘴笑："你确定让我见林家人？"

叶裳扬眉："有何不能见？"

苏风暖不答他的话，懒洋洋地闭上了眼睛。

叶昔却笑道："林家二公子善画技，巧工笔，是林家新一辈里最受器重的天赋之才。他的书房里挂了一幅师妹的画像，已经挂了三四年了吧。"

叶裳闻言霎时沉下了眼眸，对苏风暖问："数日前在包子铺里遇到那对兄妹是林家人？"

苏风暖点头。

叶裳的脸更黑了，反口道："算了，你不必见了。"话落，转头对叶昔道，"表兄见吧。"

叶昔笑看着叶裳："说起来，我不比师妹涉足江湖深，只能算是半个江湖人，林家未必买我的账。"

叶裳脸上沾染了丝郁气，冷笑一声："他们若是敢不买账，我就将林家整个给埋了。"

苏风暖无语。

叶昔大笑。

苏夫人折返回来时，便听到了叶昔爽朗的笑声，她笑着问："说什么呢，聊得这么起劲儿？"

叶昔收了笑，也不隐瞒，笑着说："江湖上以机关暗器著称的林家，有一位二公子，三四年前，见了师妹后，倾心不已，他善画技，巧工笔，书房里挂了一幅师妹的画像，日日观摩。"

叶裳咬着牙。

苏夫人愣了一下，看了叶裳一眼，见他脸色极其不好，她笑起来："我以前总觉得小丫头性子野，以后会愁嫁，没想到，却真有桃花不嫌弃地对她开。"

苏风暖看着苏夫人，想着你可真是我亲娘。

苏夫人笑着问："怎么突然说起那林家的二公子来了？"

叶昔道："我和师妹两日前带回的那东湖画舫沉船案的涉案人，被关着的地方布置了机关暗器，疑似林家人的机关暗器布置手法，昨日小国舅从灵云寺带回来谋害灵云大师的机关暗器，经我查看，也疑似出自林家之手。"

"哦？"苏夫人收了笑，面色露出些许凝重，"我听说早先牵扯了凤阳，如今又牵扯了林家。凤阳镖局和林家与京城上到皇宫下到朝堂都有着不可分割的紧密牵扯，这案子真要查个水落石出，怕是极难，弄不好，朝野动荡，江湖也大乱。"

叶裳点点头。

叶裳正了神色："伯母放心，我有分寸，背后之人既能伸手朝堂，又能伸手江湖，如此险恶，不能不查明白，不能不除。"

苏夫人点头："是要查，上次你险些丧命，太子又受害，灵云大师也险些遇难。这背后之人，当真是用心险恶。"话落，又道，"你有分寸就好，查个明白的同时，也要站稳自己的脚跟，千万别把自己搭进去。"

叶裳点头。

苏夫人又与叶裳、叶昔闲话了片刻，见苏青回了府，往凉亭走来，她挥手吩咐人去端饭菜。

苏青一眼便看到了与苏风暖挤着坐在一起的叶裳，南齐民风虽然相对开放，男女之间也不是太忌讳，但未婚男女这样挤坐一堆的，还是没几个人做得出来，尤其是在长辈面前。虽然苏风暖躺着，叶裳挨着她坐着，但也实在是太亲近了。他一边走近，一边挑眉，对苏夫人说："咱们家椅子不够坐吗？竟然让叶世子屈尊挤在软榻上？"

苏风暖抬眼去看苏青，想着他这句话说得倒像是个当哥哥的该说的话。

叶裳脸不红心不跳，淡淡地转头看着进了凉亭的苏青，回道："苏府的椅子自然够坐，但哪个座位也不及这里舒服。"

苏青瞅着他："你的意思是那张软榻舒服？"话落，他拿出当兄长的做派，训斥苏风暖，"小丫头，你怎么这么没礼数？叶世子觉得软榻舒服，你就该将软榻让给他才是，还躺在那里做什么？你虽然受伤了，但伤的又不是腿脚，换个地方都能懒死你吗？"

苏风暖抽了抽嘴角，立即坐起身，十分配合地说："三哥说得对，我真是快懒死了，这就起来换地方。"

叶裳伸手按住她，看着苏青平平常常地说："我的意思不是这张软榻舒服，是她待在哪里，我心之所向，就会觉得哪里舒服。"

苏风暖无语得脸上直冒黑线。

苏青"呵"了一声，扬眉道："你这话可是够我琢磨半天了，是我妹妹身上自带花香，蜜蜂见了，可着劲儿地叮咬吗？"

苏风暖又想起昨日，唇上顿时觉得火辣辣地热，瞪着苏青。

苏青挑眉看着苏风暖："小丫头瞪着我做什么？难道我说错话了？那你说说，不是这个意思，是什么意思？"

苏风暖无言以对，她哪里知道什么意思！

叶裳笑了一声，对苏青道："你的话原也没错，很小的时候，我是自带花香，她是蜜蜂，总来京城找我采蜜。如今大了，她便自带花香了，我成了蜜蜂。"

苏青愕然，顿时盯住苏风暖，恍然："你以前一直往京城跑，原来都是为了他？"

苏风暖伸手扶额，隐瞒了这么多年，今儿个算是都白费了，都被揭出来了，她伸手推叶裳："早知道你这么让人不省心，我那时候就该把你扔进河里喂王八。"

叶裳低笑："你舍不得。"

苏风暖一噎，这算是当着他娘、师兄、三哥的面，对她公然调戏了吧？她果断地住了嘴。

苏青惊了半晌，看着二人，一切的疑问似乎今儿才得了解释，他气得嘟囔："怪不得总往京城跑，还藏着掖着，原来如此。"话落，他忽然看叶裳极其不顺眼，对苏夫人说，"娘，您可就这一个女儿吧？她这么多年待在家的日子屈指可数，如今好不容易懂事了，在您身边待着了，不能把她这么早就嫁人吧？"

苏夫人笑着拍了苏青的脑袋一下："刚回来就这么多话。"

苏青十分惊恐地看着他娘，这态度，难道是同意了？一点儿也不留恋女儿？他立即问："娘，您是真疼女儿，还是在我面前做做样子啊？"

苏夫人气笑，又拍了他一巴掌："女儿早晚是要嫁出去的，有好的自然要赶紧占着，免得给剩在家里，小姑娘变成了大姑娘。"

苏青更是惊恐了，四下惶惶地瞅了一眼："这里谁算那个好的啊？我怎么没看见？"

苏风暖大笑。

苏夫人也笑，伸手推苏青："你眼拙，我看见就行了。"话落，对他说，"去洗手，吃饭，别再多嘴多舌贫嘴了。"

苏青一时默默，似乎受了不小的打击，转身坐在了一旁的椅子上，见苏夫人忙着去招呼人上菜，他不甘心地看向苏风暖，问："你知道娘什么时候把你给卖了吗？"

苏风暖也心下郁闷，无力地摇摇头。

苏青又看向叶裳，纳闷地说："你用什么把我娘的心花儿都哄开了？"

叶裳只看着他，微笑不语。

苏青狠狠地瞪了他一眼，凉风凉气阴腔怪语地说："不过你甭得意，姻缘什么的，除了人和，还要天时地利以及月老肯牵线。你即便如今买得了九千九百九十九个好，但差那么一个不好，也没准成了万一，就告吹了。"

叶裳脸上的笑容顿时没了。

苏风暖几乎要对苏青竖大拇指刮目相看了，她早先以为他被收买了呢，如今看来没有。

叶裳也凉凉地看着苏青，一字一句地道："没有那个不好和万一。"

苏青眨巴眨巴眼睛，不屑地冷笑："那我等着那一天。"

叶裳点头："那你便等着吧。"话落，他闲闲淡淡地转眸瞅着苏风暖，语气凉凉，"在她的身上，若是出了那个万一，我就宁死黄泉，覆了忘川。"

苏风暖顿时觉得心底透彻地凉寒，一时间，忘了言语，有些怔怔的。

叶昔拈起一枚瓜子，对着苏风暖扔了过去。

苏风暖被瓜子打中，才回过神，看了叶昔一眼，见他依旧是似笑非笑的模样，但眸光神色里却是给她透露出"你看吧，你惯的，你还能真不管吗？"的信息。她伸手揉揉眉心，没好气地转头对叶裳说："乱说什么呢？"

叶裳抿了一下嘴角："我说的话从来不是虚言。"

苏风暖被堵了回来，瞪向苏青："娘说对了，三哥你真是多嘴多舌。"

苏青也被叶裳惊了个够呛，没想到叶裳对苏风暖却是这般势在必得，想必是极其入心入肺，小丫头在他心里生根发芽长成参天大树与他的心长在一起拔不得了。连得不到就死的话都说出来了。他忽然觉得，再多嘴真是给自己造孽了。一时也没了话。

苏夫人虽然招呼着人上菜，但也听得清楚，笑着看了叶裳一眼，说："吃饭吧。"

几人落座，开始用饭。

满满的一大桌子佳肴，着实精致，一时间花园凉亭内飘着浓浓的饭菜香味。

饭后，叶裳告辞，对苏风暖说："今早皇上下了旨意，命太子回京，凤阳应该也会进京，前日你与表哥的师兄妹关系，已经让京中言论极盛，若是不想再加一顶风头，便不要等他自己找上门来，先去私下见他才是。"

苏风暖点头："知道了。"

叶裳又对叶昔道："我要去刑部，表哥不只带回了涉案人，还辨识了机关暗器等证物，既然没别的事，便与我一起去刑部吧。"

他自然不会把叶昔自己留在苏府。

叶昔笑着看了他一眼，点点头，也站起身与苏夫人告辞。

二人离开后，苏青问苏风暖："你们这是定情了？"

苏风暖白了苏青一眼："三个哥哥还没定亲，我定什么情？"

苏青哼了哼："你们这不是定情是什么？你听听他说的那些话，你还跑得了？"

苏风暖闭着嘴巴不言声了。

苏青看着她："臭丫头，这么多年，家里三个哥哥你不疼不爱，偏偏往京里跑去招惹那小子。如今他已经把你吃得死死的，以后还能有你的好？这一辈子，够你受的。"

苏风暖被他训得不爱听："他再不好，也是我自小看着长大的，是我惯的，我活该行了吧。"

苏青用一副无可救药的眼神看着她，啧啧两声："你看看你，我刚说他一句不好，你就不干了，这么护着，还嘴硬说不是定情？"

苏风暖一噎，又没了声。

苏青看着她："叶裳一肚子弯弯心眼子，他不让别人吃亏，不欺负人就不错了，偏偏你还护着他。我说昨天我刚一问他你和你师兄牵红线的事，他就一副气死了要杀人的样子，原来是你们早就暗度陈仓这么多年了。"

苏风暖又瞪眼："原来昨天是你给我惹出来的祸，我向娘告你的状，娘罚你抄《孝书》，罚得真是一点儿都不冤枉。"

苏青冷哼一声："你早先瞒得那么死，我哪里知道你跟他背后有什么勾当？若不是昨天的事让我怀疑，今儿又看他在娘面前都不顾忌地与你亲近，我还被你蒙在鼓里呢。死丫头！"

苏风暖没好气地道："那是你笨，京城又没什么好的，不是为了他，我总跑京城做什么？"

苏青瞪着她："我以为你想外公外婆，才总跑京城。另外，小孩子家家的，不都喜欢京城的繁华热闹吗？谁知道你是另类的，那么小就看上那小子了。"

苏风暖哼道："外公每次见了我都板着脸教训，我想他做什么？想不开吗？外婆还能让我想想，我不进京城时，外婆不是忍不住会去家里看我吗？"话落，才觉出不对味来，瞪着苏青，"谁看上他了？我就是……"

她想反驳，忽然想起了什么，一下子顿住。

苏青瞅着她："就是什么？"

苏风暖抿了抿嘴角，事情既然捅了出来，索性她也豁出去了，扬眉不忿地对苏青道："我就是从小看上他了又怎样？"

这回换苏青噎住了。

苏风暖站起身，出了凉亭。

苏青看着苏风暖说走就走，十分干脆痛快，他瞪了半晌，哼了又哼，骂道："以为从小护的是一只小白兔，没想到长大了变成了一只猛虎，养虎为患而不自知，活该被吃死受欺负。"

苏风暖出了花园的凉亭，往自己的院子走，路上正碰到送走叶裳和叶昔回来的苏夫人。

苏夫人脸上挂着笑，心情似乎极好。

苏风暖瞅着她，实在想不明白，上前挽住苏夫人的胳膊："娘，您如实招来，叶裳拿什么收买了你？"

苏夫人偏头看了她一眼，伸手拍她脑袋，笑着训斥："什么收买不收买的？说得这么难听。"

苏风暖哼哼："您快告诉我。"

苏夫人笑着伸手推她："你娘我看着像是被人收买得了的人吗？"

苏风暖不依不饶："您少打马虎眼，您看着不像卖女儿的娘，但也没准一时糊涂就把女儿给卖了。"

苏夫人被气笑，伸手又拍她脑袋："说的什么话这是，我就你一个女儿，就算把我自己卖了，也舍不得卖你。"

苏风暖听着这话心里美滋滋的，但还是问："那叶裳呢？怎么回事？若没有您的准许，借给他十个胆子，他也不敢在您面前像今日这么放肆。"

苏夫人闻言瞋目："那小破孩如今有恃无恐，是我借给他的胆子吗？还不是被你这么多年给惯的？你以前瞒着家里，瞒着我和你爹你哥哥们，总是往京城跑来看他招惹他。从小到大，这么多年，你就没发现，他如今的脾气秉性简直与你这个小无赖小混蛋一模一样吗？"

苏风暖一时无语，不满地道："您什么眼神啊？他的脾气秉性哪跟我一样了？明明他更无赖更混蛋好不好？"

苏夫人失笑："被你惯出来的人，比你加个更字就对了。"

苏风暖彻底无语。

苏夫人见她不说话了，笑着往里面走。

苏风暖不死心，挽着她胳膊，跟着她走，还是不甘心地问："到底是什么时候他跟您说了什么？您就告诉我吧，我也好对症下药。"

"你想对什么症下什么药？"苏夫人瞅着她，挑眉，"让他死了心还是如何？"话落，她停下脚步，收了笑，看着她，认真地说，"告诉你也无妨，不过让他死心的事，你最好别做了，这孩子啊，哪怕天塌地陷，山崩海枯，估计也不会死心的。"

苏风暖也停住脚步，顿时蹙眉。

苏夫人见她蹙眉，对她道："你是我肚子里出来的，虽然自小到大总是在外面疯跑，在家的日子不多，但娘也并非不了解你。你对他可不是没心，反而是太上心了。你有心，他也有心，两情相悦，皇上有此意，你爹也必然不会反对，娘就更不会反对了。你们的婚事，有我们齐心协力，定然能成。可是你却对婚事不太热衷，到底是为何，你与娘说说？"

苏风暖低下头，小声说："三个哥哥还没定亲，我急什么啊，我还小着呢。"

苏夫人笑着瞪眼："你三个哥哥没定亲，但你上面没姐姐，也不耽误你先定下。你哪里还小？这是借口。"

第十二章
天 地 可 依

苏风暖暗暗憋气，跺着脚撒娇："就是还小嘛。"

苏夫人失笑："好，你还小，当然我也不是催你，更不是恨不得你赶紧嫁出去，你是娘的心肝宝贝，我自然什么时候都舍不得，再等两年，也是无妨。"顿了顿，她道，"不过那小破孩可就难说了，他容不容得你等着拖着，不是我说了算的。"

苏风暖又说不出话了。

苏夫人看着她，道："那日，他父母祭日，在灵云寺后山的佛堂里，他跪在我面前求娶你，求我将你许给他。"

苏风暖一愣，睁大了眼睛："他……他竟然……"

苏夫人看着她好笑："这么吃惊？"话落，笑道，"我当时也惊了个够呛，好半晌没回过神来，后来他说了一番话，诚心诚意，感人肺腑，我却不能踩了他一番心意，却是没法推托他，便应了。"

苏风暖立即问："什么话？"

苏夫人学着叶裳的语气，对苏风暖重复了一遍叶裳当时所说的话，因当时太过震撼，所以，即便过了数日，依旧记得清清楚楚。

他说："每年父王、母妃和一众将领祭日的前一日，苏府都会有一个人来此。每个牌位上三炷香，站上一个时辰，再离开。"

他说："她虽然出身苏府，也不算是苏府的人，女儿家总是要嫁人的，也不算是破了苏大将军立的规矩。"

他说："十二年的愧疚，已经足够了。我想父王、母妃和一众将领在天之灵，也不愿苏大将军愧疚一生，背负这个本不该由他背负的包袱。更不该是苏府欠了他们。所谓，冤有头，债有主，早晚有一日，我会查明当年的真相，让父王、母妃和一众将领尸骨入了长安。"

112

他说："您只有一个女儿，她在您心里重若珍宝，在我心里亦然。容安王府不复昔日荣华，她嫁给我，兴许会很受委屈。但叶裳一生，除报父母之仇，宏愿便是娶她。今日当着父王、母妃之面，求伯母成全。叶裳此生，非风暖不娶。有她，我生；无她，我死。终此一生，碧落黄泉，再不负也。"

他说："只要伯父和伯母同意，她那里，交给我就是。一日不答应，十日；十日不答应，一年；一年不答应，十年，我总会让她点头的。总之，这一辈子，除了我，她不能嫁给任何人。"

他说："望伯母成全。"

他说："苏府不欠容安王府的，伯母不必看在我父王、母妃面上。"

他说："父王、母妃只是做个见证，我本意是想让伯母体会我诚心求娶之心。伯母此时可以不必看他们面子，过往之事和今日之事是两码事。伯母只看我本人就好。"

他说："我此时孑然一身，无礼相奉，唯这张脸拿得出手。以后容安王府未必会在我手中荣华盛过当年，凡我力所能及之处，必不敢败父母傲骨。风暖唯吾之心，无心难活。哪怕我是个火坑，我也想拉她跳进来。荣辱与共，生死不弃。"

他说："伯母，我无碍，只是得您首肯，我心里高兴。"

他说："她说过护我一生，但无心嫁我。我却容不得她如此。"

苏风暖听完，久久呆立当地。

她虽然当时没在场，但凭着这些话，也能想象到他跪在她娘面前，是何等心诚决然。

苏夫人看着她，欣慰地笑笑："即便再疼女儿的娘，也舍不得拒绝这样一番心意吧？易身而处，你也会应的对不对？我的女儿多一个人疼，且如珠似宝地疼，当娘的高兴还来不及，又怎么会推却？"

苏风暖没言语，脑中全部是叶裳的这些话，来来回回地在她耳边响。

苏夫人帮她拢了拢发丝："这样如海的深情，比你爹当年向你外公求娶我时，胜了百倍。"

苏风暖抬起头，看着苏夫人："据说，当年皇上和太后都一心想让娘入宫，国丈府一门出两后，朝臣颇有微词，若不是您心仪父亲，如今皇后的位置未必不是您的。太后虽然向着皇后，但也是挺喜欢您的。"

苏夫人瞪眼："说你的事呢，怎么扯上我了？"

苏风暖笑着说："是你刚刚拿出来父亲跟叶裳比啊，怨我牵扯吗？"话落，笑着问，"娘是真不喜欢皇上，还是不想入宫？"

苏夫人又瞪了她一眼："都有。"

苏风暖仰头看向天空，阳光明媚，她收回视线，狠狠地吐了口气，跺脚说："我说您怎么这么快就把女儿给卖了呢，叶裳这无赖，收买人心的本事越来越炉火纯青了。"

苏夫人失笑，伸手点她额头："你就不感动吗？臭丫头果然是臭丫头，怪不得你三哥日日骂你没良心。"话落，警告道，"娘不管你心里是怎么想的，有心却无意嫁也好，有别的想法理由也罢，总归不能伤了那小破孩。那孩子从小就命苦，这么多年能够长大何等不易。"

苏风暖翻白眼，她娘这胳膊肘是已经拐外面去了，拉都拉不回来了。

苏夫人又道："护着一个人成长不易，但若是毁一个人只旦夕之间的事。这孩子十二年前除了容安王府世子的身份，已经一无所有一次了，你既护着他长大，给了他所有，就不该再让他一无所有了。"

苏风暖抿起嘴角，深深地吸了一口气，片刻后，点了点头，小声嘟囔："他发疯的样子我已经怕了，以后哪还敢啊？"话落，又有些气不顺地骂，"那个无赖混蛋！"

苏夫人大乐，看着她这模样，也放心了，甩开她胳膊："你该干什么干什么去，累死我了，从昨日到今日就没歇着，我得去歇着了。"

苏风暖点点头，看着苏夫人走远，在原地站了片刻，从后门出了府。

京城的街道上，晴朗的夏日里，人流熙熙攘攘，热闹非凡。

白日里，红粉楼自然是极其清静的。

苏风暖进了红粉楼，老鸨见她来了，笑着上前："姑娘白天就这么光明正大地进来这里，就不怕被人瞧见，认出你的身份，传扬出去？"

苏风暖笑着说："满打满算，这京城里能认出我的人十根手指就数得过来，不怕。"

"找瑟瑟？她在屋子里睡懒觉呢。"老鸨笑着说。

苏风暖点头，对她说："听说凤阳进京了，去打探一下，看看他在哪里，给他传个话，让他来这里找我。"

老鸨点点头，立即去了。

苏风暖上了楼，来到瑟瑟房间，伸手叩了叩门。

瑟瑟娇娇软软的声音从里面传来："姑娘总算又想起奴家了，门没闩着，进来吧。"

苏风暖推开门，走了进去。

瑟瑟已经从床上起身，好一副美人春睡醒来的模样，苏风暖走到床前，对她瞧了瞧，伸手捏了捏她水嫩嫩的小脸，颇有些嫉妒地说："你这日子过得愈发舒坦了。"

瑟瑟伸手打掉她的手，瞋目："姑娘哪里不舒坦了？看见别人舒坦就起了妒心？"

苏风暖收了手，顺势坐在床头，叹了口气："浑身都不舒坦。"

瑟瑟瞅着她，抿着嘴笑："可是因为叶世子？"

苏风暖轻轻哼了一声。

瑟瑟看着她直乐："这些年你是不知道，叶世子为你所苦，每次听着奴家弹《思君行》的那个模样，奴家好几次都不忍，痛苦得想要摔琴了。如今风水轮流转，也该轮到姑娘为叶世子苦一苦了，否则太不公平了。"

苏风暖嗤笑，又伸手捏她的脸："你这个小妖精，这么些年怎么就没勾了他的魂？你若是把他的魂儿勾了，我也就省心了。"

瑟瑟又瞋了她一眼："姑娘护着的人，我敢勾吗？再说，即便我敢勾，叶世子那副情根深种的模样，我勾得来吗？"

苏风暖又叹了口气："我也没料到，失策。"

瑟瑟白了苏风暖一眼："姑娘也是情根深种，只是自己不自知罢了，别人说一句叶世子不好，你都能横眉怒眼，叶世子伤了，你更是恨不得对人挥刀相向，护到这般地步，怎么不是如海深情？你这般从小护他到大，叶世子自然体会得明白。"

苏风暖瞥了瑟瑟一眼，厌快快地说："你倒是成了情圣了，比我自己还了解我自己？"

瑟瑟立即说："在这红粉楼里待久了，什么样的水没蹚过？什么样的人没见过？众生百态，外面看的是皮相，这里扒了衣服看的是内质。能不成情圣吗？"

苏风暖喷笑："你至今是清白之身，扒过谁的衣服，我怎么不知道？"

瑟瑟娇瞋一眼："我没亲手扒过，但看过人扒过，也算是万眼浮云了，姑娘竟取笑我。"

苏风暖忍住笑："好，我不取笑你，那你再说说，我再听听。"

瑟瑟得意地说："姑娘两年八个月避着叶世子不进京，不管是因为处理那些事情，还是一心想要躲远，冷着叶世子让他收起情思，但到底是回京了。若不是心之所向，姑娘若不想回京，管它是皇帝的想法还是太后的想法，全然不顾就是。您又不是没那本事，不见得真怕了皇宫里的那九五之尊和太后。"

苏风暖挑眉，瞅着她，让她继续说。

瑟瑟看着苏风暖，又道："可是你即便两年八个月不回京，叶世子也没冷了情思，不但没冷，还加了个更字，已经思之如狂了。姑娘如今可是为叶世子对你倾狂所苦？但若他真去为别人倾狂，你第一个便受不住。你从小护到大的人，怎么会想便宜别的女人？"

苏风暖"嗯"了一声，伸手扶额，默了半晌，恼道："瑟瑟，你可真讨人厌烦。"

瑟瑟大笑，看着她："我说对了吧？"

苏风暖无言反驳。

瑟瑟又笑着不怀好意地道："国丈府许小姐喜欢叶世子，情深意重，满京城里怕是无人不知无人不晓了。"话落，又道，"还有景阳侯府的小姐，也是喜欢叶世子的。"

苏风暖扶额的手一顿，抬眼看瑟瑟："景阳侯府小姐？"

瑟瑟笑着点头："景阳侯府三公子沈琪与叶世子交情甚好，他的妹妹沈妍，与他一母同胞，是景阳侯府的嫡出小姐。"

苏风暖道："你是怎么知道的？"

瑟瑟笑着说："我听陈述说的。"

苏风暖扬眉，忽然笑着说："据说陈述心仪于你？"

瑟瑟眨巴眨巴眼睛，丝毫不羞涩地点头："是有这么回事，我也有点心仪他。不过他是安国公府的嫡出公子，我这身份配不上，而我又不想给人做妾，正琢磨着怎么斩断这情丝呢。我也在京城困了这么多年了，姑娘你也回京了，我正想着，我是否该出去走走，总是待在这里，腻歪死了。"

苏风暖拇指和食指打了个转："也行，等我心情好了，就放你出去。"

瑟瑟眼睛一亮，立即抓住她："你心情什么时候好？快点儿好起来啊。"

苏风暖打掉她的手，又厌快快地说："目前没什么心情。"

瑟瑟泄气，瞪了苏风暖一眼。

苏风暖瞅着她，"你再说说沈妍的事，陈述怎么知道的？叶裳可知道？"

瑟瑟道："陈述是听沈琪说的吧？陈述既然知道，叶世子兴许也知道，只不过叶世子在别的女子面前是没心的，知道也当不知道。只不过这事知道的人极少，沈小姐喜欢叶世子，可不像国丈府的许小姐那般张扬。"

苏风暖又问："那沈小姐长得如何？脾气秉性如何？擅长什么？"

瑟瑟吓了一跳，看着苏风暖："姑娘，别告诉我你要做这桩媒撮合她和叶世子啊？"

苏风暖琢磨了一下，颓然地泄气，无力地说："以前我是有这么个想法，护到他娶妻生子，一世安稳。如今嘛……"她想起今日她娘口中转述的那些话，叹了口气，"我也就问问，你也看出来了，我怎么能便宜别的女人？哪怕那女人再好，我估摸着也不放心将人交出去。"话落，她惨兮兮地笑，"做人像我这般失败，又自相矛盾的人，真是不多。"

瑟瑟又忍不住大笑："姑娘啊，枉你聪明，也算是栽在自己和叶世子的手里了。"

苏风暖叹息，更加郁郁。

瑟瑟笑够了，看着她，把玩着自己的兰花指说："我就不明白了，既然是两情深似海，姑娘有什么可愁可苦的？"话落，她见苏风暖郁着不语，忽然福至心灵地说，"你是因为叶世子身上的热毒？"

苏风暖眉目稍微抬了抬，没说话。

瑟瑟立即正色说："叶世子的热毒，姑娘找到解法了吗？"话落，见她不语，揣测着说，"姑娘聪慧绝顶，这些年，一直钻研医毒之书，连灵云大师和云山真人都对您刮目相看，难望你项背。难道就没找到解热毒之法？还是说，找到了解法，但这个解法让姑娘您十分愁苦难行，阻碍您和叶世子的姻缘？"

苏风暖看着瑟瑟，又伸手捏了捏她的脸，郁郁地说："陈述喜欢你是不是？我却没什么好心促成别人的姻缘，你今儿收拾一下就滚出京城吧。"

瑟瑟看着她，眼睛澄明瓦亮："姑娘心情怎么突然好了？"话落，瞅着她，"看起来不像是心情好，难道我猜对了？"

苏风暖伸手推她："去给我弹那曲《陌上花颜》。"

瑟瑟坐着不动，看着她："果然是我猜对了，姑娘与我说说，看我能否再为您解解心烦？"

苏风暖抬手将她挥下了床榻："这个心烦你解不了，快去弹，弹得好，趁着我没反悔时，就立马放你出京，弹不好，你就一辈子待在这里吧。"

瑟瑟挣扎了一下，还是去拿琵琶了，待抱着琵琶坐好后，嘟着嘴说："姑娘上次喝醉酒作的新词曲，既然还记着名字，想必是还记得词曲了。一会儿我弹唱时，你听了可别觉得面子薄受不住打断我，叶世子上次就打断我，摔门而去了。"

苏风暖瞥了她一眼："废话这么多做什么？"

瑟瑟不再多说，立即抱着琵琶弹唱起来：

陌上花颜，无双容貌，公子倾城，风华年少。
黛眉云裳，金马玉堂，朱唇粉玉，多情愁肠。
乱花吹散红颜曲，一缕春风斩折香粉无数，云醉玉如酒，风情画如眉。

香脂浅红，潋滟雪姿，朗月兰桥，画骨佳人。

软红十丈，莺啼婉转，春宵笙鼓，月桂情思。

红楼织梦春山远，彩带飘云秋霜薄。素手牵来多情线，桃花依约风飞来。

春衫薄如雪，身姿贵如竹，浊世倾粉妆，玉人浅画眉。黄泉铺一路，彼岸盛娇花，天与地同寿，四海情可依？

天与地同寿，四海情可依？

一曲弹罢，瑟瑟放下琵琶，看着苏风暖，莞尔一笑："姑娘这新词曲作得委实露骨，情丝绵长，可惜叶世子没听完就气得脸色铁青，摔门而走了，让我好生笑了一场。"

苏风暖轻轻哼了一声，也笑了起来，声音忽然软软的："那个笨蛋。"

瑟瑟站起身，走到镜子前，开始梳头，同时笑着说："姑娘醉酒后连黄泉路彼岸花都说出来了，指天指地立誓，问你这需用四海才能盛下的深情天地上苍可依？啧啧，这般连我都心动了，放在叶世子面前，他竟然没听完，生生给错失了，以后知道了，指不定怎么后悔呢。"

苏风暖又笑了笑，刚要说什么，外面传来老鸨的声音："姑娘，凤少主找来了。"

苏风暖挑了挑眉，想着她才在这里坐了没多大一会儿，凤阳找来得倒挺快，她看了瑟瑟一眼，对外面说："将他请来这里。"

老鸨应声去了。

瑟瑟回头看了苏风暖一眼，见她还窝在她的床头，屈着腿，懒洋洋的，没形没样地靠着，笑着说："凤少主似乎对姑娘也有意，姑娘如今看开了，怕是要辜负他了。"

苏风暖瞪了她一眼："饭可以乱吃，话不可以乱说。你不想出京城了？"

瑟瑟立即闭了嘴，继续梳头，梳了两下，又忍不住问："姑娘放我出京城，总不会是放我出去随便玩的，您可有了什么打算？让我出去做什么事？"

苏风暖道："你回碧轩阁吧，我以后估计会很长时间都不能离京，你去坐镇碧轩阁，将涟涟替换来京城，我目前有些事情，需要她。"

瑟瑟撇撇嘴："涟涟说起来是林家的人，让她这时候来京，想必是为了林家的事，姑娘真真是处处护着叶世子。"话落，她恍然，"你今天来这里，就是为了让我离开吧？方才竟然还逗弄我。"

苏风暖不置可否，听到有脚步上楼来，说道："你走后，若是陈述当真有心，能被我瞧着过得去，以后给你换个配得上他的身份，也不是不可能。不过呢，要看他守不守得住，经不经得住火炼了。"

瑟瑟放下梳子，转头笑看着苏风暖说："姑娘别为我操这个心了，还是先想着你和叶世子吧。你和叶世子若是不成，就算你有心思给我配一桩姻缘，我也没那心思全了姻缘。这条命是姑娘给的，奴家真真切切地最喜欢姑娘了，在姑娘面前，良人不良人的，也要靠边站。"

苏风暖失笑，极为满意："算是没白疼你。"

瑟瑟给苏风暖抛了个媚眼，便扭着身子进了里间："我去收拾东西，飞出牢笼的感觉真是好啊。"

这时，老鸨在外面说："姑娘，奴家将凤少主带过来了。"

"进。"苏风暖言简意赅。

老鸨推开门，凤阳缓步走了进来。

凤阳一身衣袍有些血污，脸上挂了伤，头发也有些松散，俊颜一脸的阴阴郁郁。

苏风暖看到这样的凤阳，着实愣了一下，在她的记忆里，凤阳可从来不曾这么狼狈过，尤其是他极注重仪表。她忍不住扬眉好笑地问："是谁吃了熊心豹子胆敢打劫凤少主，将凤少主弄成了这副样子？"

凤阳走进来之后，看了苏风暖一眼，径自坐下身说："你倒是好悠闲。"

苏风暖翻白眼，这话是她对瑟瑟说的，没想到在他眼里，自己也是那个悠闲的人。她换了个姿势，懒洋洋地说："我是女人嘛，女人除了风花雪月、伤春悲秋，能有什么忙事儿？"

凤阳嗤笑一声，看着她："叶裳又给你灌了蜂蜜了？"

苏风暖瞪了他一眼："说正事，什么人把你弄成了这副样子？"

凤阳身子靠在椅子上，郁气不散地说："除了我手底下那批造反的杂碎，还能是谁？"

苏风暖挑眉："你手底下的人对你动手了？"

凤阳哼了一声："吃了熊心豹子胆了。"

苏风暖看着他："凤阳镖局立世几百年，内序据说牢不可破，若非坚不可摧，又怎么会立世数代不倒？到底是哪里出了问题，灵云镇东湖画舫沉船案，当真是凤阳镖局七十三分舵舵主参与其中？那个冯超，当真是凤阳镖局七十三分舵的分舵主？"

凤阳点点头，脸色森寒地说："是他。"

苏风暖皱眉："可抓住他了？"

凤阳咬着牙说："他死了。"

苏风暖看着他："别我问一句你说一句，我这里又不是刑堂，不审问犯人。"

凤阳剜了她一眼，缓缓道："收到你的消息，我便立即动身前往七十三分舵，冯超不在，我当即命人收押了七十三分舵的所有人，又发出风行令，搜捕冯超，没想到他就在京郊外的一所院子里，我追到了京郊，进了那所院子，院子里面布置了极其厉害的机关暗器。他启动了机关，要与我同归于尽。我破开了机关，冲了出来，就是你看到的这副样子了，而他死在了机关里。"

苏风暖面色凝重："也就是说，他对你下了杀手，他既然是你凤阳镖局的分舵主，怎么会与你有如此深仇大恨，非要杀死你不可？"

凤阳摇头："我也不知，这事没完，自然要查。"

苏风暖又问："京郊那所别院里都有什么人？只冯超自己？机关暗器可是林家的手法？"

凤阳点头："我只看到了他，没看到别的什么人。"顿了顿，他道，"至于是不是林家的手法，我对机关暗器没到极其精通的地步，当时光顾着保命了，死里逃生后，给叶裳传了信，他带着刑部和大理寺的人去了那所别院，因你派人给我传话，我便直接来了这里。"

苏风暖瞅着他："这是不久前刚刚发生的事？"

凤阳"嗯"了一声，瞥了她一眼："你这个女人，如今一心做你的闺阁小姐了吗？我追人追到京郊，你也不知。"

苏风暖捶捶脑袋，她最近这两日被叶裳折腾得有气无力，哪还能空出闲心去理会别的。但这话自然不能跟凤阳说，只道："这是你凤阳镖局的事，我怎好插手？"

凤阳哼了一声。

"看你的样子，受伤了，可严重？需不需要我帮你诊诊脉？"苏风暖问他。

凤阳摇头："皮外伤，不用。"

苏风暖又问："可用我吩咐人给你买一套衣服换了？"

凤阳摆手："不必，一会儿我还要去找叶裳和刑部、大理寺的人对案，这副样子也好，免得矛头对准我。"

苏风暖点点头："太子呢？可回京了？"

凤阳忽然笑了一声："说起这太子，也有意思，当日你离开灵云寺后，许云初全寺彻查，他便跟没事人一样，在屋里抄经书。抄了两日经书后，就去问灵云老和尚，若是他出家，老和尚可否收他为弟子。把灵云老和尚吓了个够呛。"

"哦？"苏风暖扬眉，"太子想出家？"

凤阳道："不知是真想还是假想，反正是这么问了，最后灵云老和尚没办法，回他说，若是皇上下旨准许灵云寺收太子，那他就能收了太子做弟子。”

“然后呢？”苏风暖又问。

凤阳摇头：“没什么然后了，他问完这事后，京中就传出了皇上的圣旨，命叶裳全权彻查这两桩大案，他也不甚在意。后来我得到你传的消息，便去了七十三分舵，一路追查冯超，直到今日，不过即便我离开了，依旧派了流风跟在他身边保护，他如今在路上，应该也快进京了。”

苏风暖点头：“无伤花呢，你跟在他身边这么久，可查出些眉目？”

凤阳摇头：“他在灵云镇县守府衙接触的人和物事我都记录在案，只待回京再去太子府查了。不过如今凤阳镖局被牵扯进了灵云镇东湖画舫沉船案，我自然要协助叶裳彻查，暂且理会不了无伤花之案了。”

苏风暖颔首，对他说：“回头把你记录在案的卷宗给我一份，若是寻着机会，我也在太子身边探究一二。”

凤阳伸手入怀，拿出一份三四页的纸卷，递给她：“在这里，现在就给你。”

苏风暖下了床，走到他身边，伸手接过，随意地翻看了一下，便揣了起来。

这时，小喜在外面轻声说：“姑娘，叶世子派人来传话，请凤少主现在就去容安王府。”

苏风暖应了一声，看向凤阳。

凤阳站起身，嘲笑：“他说给我两盏茶时间，还真就给我两盏茶时间。”话落，向外走去，同时对苏风暖道，“近期乱得很，我既然被牵扯其中，怕是不能轻易善了。你若有事情，派人传信就好，轻易别与我见面了。”

苏风暖点头，知晓叶裳怕她也惹上麻烦，毕竟牵扯凤阳镖局和林家，等于牵扯了半个江湖。

凤阳出了红粉楼。

瑟瑟已经从里间收拾完，简单地包了一个包裹，走出来后，对苏风暖娇笑：“这凤少主即便有些狼狈，也是一个美男子。”

苏风暖白了她一眼：“你的眼睛除了盯着男人，还能盯着点儿别的吗？”

瑟瑟立即说：“走出这红粉楼，我就可以拥抱大千世界了。”

苏风暖失笑，伸手拍拍她肩膀：“让小喜跟着你一起走，路上小心些，你这娇模样，可别被山贼抓去当压寨夫人。”

瑟瑟骄傲地说：“不用小喜跟着我，他留在京城帮姑娘您传话吧。我又不是没武功，有手有脚，即便窝在了红粉楼有些年，但当初也是随着你走过南闯过北的，哪个山贼不要命了敢抓姑奶奶？”顿了顿，她娇笑，“不过若是真有长得好看的山贼，奴家就从了他，也无不可。”

苏风暖好笑地道："行，那你走吧，我与你一起出去。"

瑟瑟点头，扛着包裹，出了房门。

老鸨正上楼，见瑟瑟要走，顿时愣了一下，看着她："这是怎么回事？你要跟着姑娘私奔了？"

瑟瑟学着苏风暖捏她脸的模样，捏老鸨的脸，娇声娇语地说："妈妈，瑟瑟总算是能离开这个火坑了，等涟涟来了，我的屋子，我的男人，都让给她玩了。"

苏风暖嘴角抽了抽。

老鸨打掉瑟瑟的手，恍然地看了苏风暖一眼，气笑："死丫头，怪不得这么高兴，原来是要走了。你屋子你男人若是真给涟涟，她可不会客气的。"

"不用她客气，好姐妹嘛。"瑟瑟挥了个潇洒的手势，准备下楼。

老鸨一把拽住她："你这副不遮不掩的模样走出去，陈二公子很快就会得到消息，多少遮掩些，免得有哪位公子爷拦着，你走不脱，麻烦。"

"也是。"瑟瑟从袖子里拿出面纱，盖在了脸上，"就这样遮着点儿吧。"

老鸨点头，随她一起下楼："我吩咐人去马厩里给你选一匹马。"

瑟瑟颔首。

出了红粉楼，有人牵来马，瑟瑟飞身上马，身姿利落，心情极好地拢着马缰绳坐在马上，俯身对站在马下的苏风暖小声说："姑娘，希望奴家下次进京时，是喝您和叶世子的喜酒。"

苏风暖拍拍她的手，柔声柔语地说："别真当了压寨夫人，挺着大肚子来，我可不接待。"

瑟瑟大笑，畅快至极，打马离开了红粉楼，向城门而去。

苏风暖站在红粉楼门口，看着瑟瑟头上的面纱被疾驰的马带着风吹起，素到极致的打扮带着潇洒之气，她被困在红粉楼好几年，是该放出去让她寻些自由了。

她忍不住有些羡慕，以前她想去哪里就去哪里，也这样一身潇洒地纵马奔驰过，可是从今以后，估计会被拴在这京城了，要想离京走远，难之又难。

瑟瑟很快就走没了影，苏风暖看了一眼天色，还早，准备去"江湖茶馆"里坐坐。

她刚走出不远，身后来了一辆马车，侧身而过时，停在了她身边，里面有人打开车帘，温声笑道："姑娘原来来了京城。"

听到熟悉的声音，苏风暖转头，便看到了许云初一张含笑的脸。

苏风暖想着她与这小国舅数次偶遇，若不是知道他至今还不知晓自己苏府小姐的身份，以及没什么人可以追查她行踪的本事，她几乎真以为他是故意跟踪她了，她停住脚步，笑着打招呼："许公子，好巧啊。"

许云初笑着倚着马车扶手，看着苏风暖，对她温和地笑道："是巧，姑娘这是在随意闲逛？"

苏风暖点头："嗯，没什么事，乱逛。"

许云初笑道："正巧我今日也无事，陪姑娘逛逛吧，姑娘想去哪里逛？"

苏风暖眸光动了动，笑问："许公子当真今日无事？"

许云初点头。

苏风暖笑着说："我也逛了有一会儿了，走累了，不如我请你喝茶吧。"

"我请。"许云初笑道，"是去对面的茶楼，还是去江湖茶馆？"

苏风暖抬眼看了一眼对面，道："对面的茶楼吧，就近。"

许云初点点头，下了马车，对车夫一摆手，车夫将车赶到了对面茶楼。

二人一起进了对面的一品香茶楼。

小伙计眼尖，见到许云初后，立即热情地上前见礼："小国舅，您来喝茶？"话落，看向他身旁的苏风暖，顿时愣住，"这……这位小姐……"

苏风暖失笑："我是怪物不成，还是这茶楼不接待女客？"

小伙计连忙摇头，挠挠脑袋："姑娘好面善。"

苏风暖想着这小伙计也算是够机灵的了，她回京之日，在一品香茶楼喝了三盏茶，打包了十盒天香锦，虽然她戴着斗笠面纱，但估摸着他记忆太深刻，凭声音便觉得有几分熟悉。她不在意地说："很多人见到我都这么说，我估计是长了一张面善的脸。"

许云初微笑，偏头看苏风暖："姑娘的确容易让人觉得面善。"

苏风暖也忍不住笑了。

小伙计不好意思地让开路，问许云初："小国舅，您和这位姑娘是坐楼上还是楼下？"

许云初看了一眼，只见茶楼内不少人都向他看来，不乏认识的人，笑着说："楼上雅间吧。"

小伙计连忙带路，请二人上楼。

待将二人送上了楼上雅间，倒上了茶水，小伙计跑下楼，对掌柜的小声说："掌柜的，您刚刚可看见小国舅带来的那位姑娘了？是不是也觉着面善？"

掌柜的伸手敲了他脑袋一下，训斥道："这茶楼迎来送往，面善有何不正常？快去干活。"

小伙计吐吐舌头，连忙去了。

掌柜的向楼上看了一眼，心下疑惑，想着苏小姐怎么和小国舅一起来茶楼喝茶？看起来分外熟稔，难道以前就认识熟悉？世子可知晓？

而识得许云初的人却心里想着，小国舅今日带来的女子是何人？京中的大家闺秀们出入都会带着仆从婢女，而那女子只一人，不曾见过。

楼上雅间内，苏风暖和许云初对坐，许云初为她斟了一杯茶，笑着说："姑娘那日下山匆忙，原来是来京城了，不知落榻何处？"

苏风暖端起茶水，喝了一口，随意地笑着说："告诉你落榻何处，岂不是就不打自招了？"

许云初失笑："姑娘处处防着我，是怕我真有非分之想不成？"

苏风暖咳嗽了一声，怅然地笑着道："许公子也会开玩笑了，我还是怀念初见那个每次跟我说话就脸红的人。"

许云初想起当初在山林遇见，不觉莞尔。

苏风暖捧着茶又喝了一口，见他打住了话，不由得心里暗笑。

许云初笑着问："姑娘以后是长居京城，还是住几日就走？"

苏风暖放下茶盏，有些无奈地说："应该会长居吧。"话落，笑道，"我们以后见面的机会估计很多。"

许云初挑眉，有几分欢喜："姑娘当真长居京城？"

苏风暖点点头："不出意外，应该会。"

许云初微笑，眸中有些许微光："听姑娘语气似乎颇有些无奈，是不喜京城，还是对京城什么事情有困扰？"

苏风暖道："不太喜欢京城，这里处处繁华，就如一个大牢笼，罩得人发闷。"

许云初笑着道："姑娘性情喜好游历自由，所以，才会觉得京中这处处繁华使人发闷，待久了，也就不觉得了。"

苏风暖笑着晃杯中的茶水："也许你说得对。"

许云初笑着道："我从小生于京城长于京城，倒真不曾觉得京城不好。"

苏风暖笑问："公子可曾时常出京，去过比灵云镇还远一些的地方？"

许云初点头："有过，最远到过岭南蜀地，去的时日不长，便十分想家。"

苏风暖笑着说："因为家在京城，是归乡之地，所以公子不觉得京城不好十分正常。"顿了顿，她又笑道，"我也不是对京城有多不喜，只是不喜在京城需要小心翼翼地生活。"

许云初微笑点头："姑娘惯常走南闯北，天下怕是被姑娘游历遍了，所以，有些受不住京中生活之人的小心谨慎。"

苏风暖笑着点头。

许云初看着她，还要说什么，楼下忽然传来一阵喧闹，有人在急喊什么，有人腾腾腾地踏着细碎急促的步子上楼。动静极大，他只能打住话。

苏风暖刚想细听发生了什么事，雅间的门"砰"地被人从外面踹开了。

许云初顿时蹙眉，偏头看去。

苏风暖也抬头看去。

只见一个一身锦绣绫罗，满头珠钗环绕的女子气势汹汹地站在门口，门显然是被她踹开的，她一脸的盛怒，头顶上的金步摇随着她的怒气剧烈地颤晃。

苏风暖自然是不认识这名女子的，但这女子一身怒气，踹开门后直冲冲地盯着她和许云初，尤其那目光似乎要吃了她，她心下有了几分了然。

敢情这是小国舅的桃花找来了！

她心下有些好笑，自己在这女子的眼里，怕也是许云初的一株桃花。

她收回视线，看了许云初一眼，端起茶，优哉游哉地喝了一口。

许云初在看到这名女子时，眉头拧紧，形成川字，须臾，将些许情绪压了下去，温声平和地问："淑雅怎么来了这里？"

这时，有几人腾腾地跑上楼，作宫中的宫女太监打扮，一脸紧张地站在了这女子身后。

苏风暖恍然，原来是淑雅公主，当今皇后膝下的大公主，据说继承了皇后的某些脾性。

淑雅公主见许云初问她，立即走了进来，站在桌旁，伸手一指苏风暖："表哥，这女人是谁？"

许云初脸色微微有些难看，但还是温声说："是我朋友。"

淑雅顿时质问："朋友？哪有把女子当作朋友的？表哥少糊弄我。你从来不曾带京中的女子来茶楼喝茶，也不曾与哪个女子走得这般亲近，她怎么可能是你的朋友？"

许云初脸色紧绷，看着她，失了温和："那你说，她该是我什么人？"

淑雅一噎。

许云初看向她身后，脸色微沉："你们是怎么照看公主的？便任由公主这般无礼地冲进茶楼大嚷大叫的吗？半丝礼数不顾，传扬出去像什么话？"

淑雅身后的宫女小太监顿时"扑通扑通"地跪在了地上："小国舅恕罪，公主知道您在这里，就……冲过来了，奴才们没拦住公主……"

淑雅顿时红了眼圈，但依旧执着地问："表哥，这个女人是谁？"

许云初自然说不出苏风暖是谁，板起脸道："不准胡闹。"

淑雅闻言更是眼睛红得快哭了，猛地转头瞪向苏风暖，见她竟然还在悠闲地喝茶，她恼怒至极，劈手就去打她的茶盏。

苏风暖本来能躲过，但偏偏没躲，任由她打掉了茶盏，茶盏脱手，"啪"的一声，落在桌子上，一碎数瓣。

这是上好的茶盏，声响极脆。

许云初腾地站了起来，怒道："淑雅，你做什么？"话落，紧张地看向苏风暖，"你可烫着了？"

苏风暖抖了抖手上的茶水，慢慢地站起身，淡淡地笑了一下："没烫着。"话落，对许云初笑道，"我看公子今日有些麻烦，我就失陪了。"话落，转身向外走去。

"你要去哪里？你给我站住。"淑雅伸手去抓苏风暖。

苏风暖轻轻巧巧地避开，淑雅连一片衣角都没抓到，她几乎十分轻松顺畅地走到了门口，在迈过门槛时，脚步顿了一下，回头对淑雅笑着说："我与许公子算不上是朋友，不过是见过几面而已，算是熟悉的陌生人，公主倒是无须这么生气，我不是他的桃花。"

说完这一句话，她出了雅间，下了楼。

淑雅着实愣了一会儿，转头看向许云初。

许云初看着淑雅，一张脸分外清寒，往日温润平和的眉宇间有隐隐的怒气，盯着她看了片刻，猛地一拂袖，一言不发地向外走去。

淑雅大惊，伸手去拽他："表哥……"

许云初同样轻轻巧巧地避开，淑雅连一片衣角也没抓到，他同样顺畅地走到了门口，在迈过门槛时，头也不回地对淑雅丢下一句话："你说对了，我待别的女子未曾如此亲近，但她确实是那个特别之人。"

他说完这一句话，出了雅间，也下了楼。

淑雅怔立当地，脸色霎时惨白。

地上跪着的宫女太监见许云初走了，连忙站起身，她的贴身婢女参着胆子喊她："公主？"

淑雅回过神来，立即提着裙摆追了出去。

苏风暖出了茶楼后，听到楼上有脚步声跟下来，她微微一琢磨，自然不想再和许云初纠缠，掺和进他的红粉桃花里，眼见一辆马车驶过，她一咬牙，毫不犹豫地钻进了那辆马车中。

这辆马车挂着丞相府的车牌，不是丞相本人，就是丞相府的家眷。

苏风暖进了马车后，只见里面坐了两名女子，一名显然是小姐，一名是婢女。那婢女惊呼了一声，刚要喊叫，苏风暖伸手一把捂住了她的嘴，那婢女睁大了眼睛，恐惧地看着她。

苏风暖咳嗽了一声，偏头对没叫的那小姐笑着说："可是丞相府的孙姐姐？"

那女子起初也有些惶恐，但见苏风暖没有伤人之意，眉目温软含笑，不像是坏人，她慢慢地点了点头，佯装镇定地问："姑娘这是做何意图？"

苏风暖立即说："我是苏风暖，刚刚遇到了点儿麻烦，丞相府的马车正巧路过，借孙姐姐马车避避。唐突了孙姐姐，见谅。"

孙晴雪睁大了眼睛，不敢相信地看着苏风暖，脱口问："你就是苏府小姐？"

苏风暖点了点头。

孙晴雪顿时松了一口气，笑着说："关于苏妹妹的传言听了许久，没想到第一次便是这般见到苏妹妹本人。"话落，她笑着说，"紫婷不会再喊叫了，苏妹妹放开她吧。"

苏风暖放开了那婢女，不好意思地对那婢女道歉："对不住，刚刚怕你喊出声，才捂住了你的嘴。"

紫婷大松了一口气，收起了惊恐，看着她摇摇头，拍拍胸脯，笑着说："原来是苏小姐，奴婢刚刚真是吓坏了，以为是哪里来的贼人呢。"

苏风暖失笑："贼人再大胆，应该也不会光天化日之下劫持孙姐姐，毕竟丞相府的车牌挂着呢。"

紫婷好奇地问："苏小姐躲谁呢？"话落，她掀开车帘一角，向外看去，顿时眨巴了眨巴眼睛，回头说，"这会儿没什么人经过，只有小国舅站在一品香茶楼门口张望，似乎在找什么人。"话落，她看向苏风暖，"苏小姐说的麻烦不会是小国舅吧？"

苏风暖想着这婢女好聪明，不摇头当作默认了。

孙晴雪抿着嘴笑："原来苏妹妹是在躲小国舅，我还是第一次听说小国舅在女子眼里是个麻烦了。"

苏风暖也觉得好笑，郑重地点头："他在我眼里，还真是个麻烦。"顿了顿，又说，"男人太招桃花真不好，以后再见着他，必须要绕道走了。"话落，又补充，"最好以后出门前烧香，别遇见他才好。"

孙晴雪闻言愕然，诧异地看着苏风暖。

紫婷也惊讶地看着苏风暖："还是第一次听见有人嫌弃小国舅。"话落，她又看着外面说，"那是大公主？从茶楼里出来了。"

苏风暖眨巴了两下眼睛，也挑开帘幕一角，学着紫婷的模样，看向外面。

孙晴雪也没忍住，凑过身子，也顺着二人挑开的车帘缝隙看去。

只见许云初四下张望了一下，没找到人，脸色有些沉郁失望，淑雅公主从茶楼里追出来后，站在许云初面前说着什么，许云初回头冷冷地瞅了她一眼，也说了一句什么，离开了茶楼。

淑雅这次没再追，站在原地，看起来又是委屈又是难受。

苏风暖看着有趣，啧啧道："这大公主虽然跋扈嚣张，但要哭不哭的模样也是十分惹人怜啊。"话落，放下帘子，又说，"可惜我今儿倒霉，若不是跟着人家唱了前半场戏，这一出戏看起来定然心里极为舒畅。"

孙晴雪抿着嘴笑，身子退回些许，坐正："妹妹怕是自此后就得罪大公主了。"

苏风暖撇撇嘴："我无意得罪她，但她若是以后见了我不依不饶，我倒也不怕她。"

孙晴雪笑着点头："妹妹在太后面前都敢动武，自然不畏大公主。"

苏风暖想着自己传扬在外的名声，怕是比大公主还不堪，哈哈地笑了两声，问孙晴雪："孙姐姐这是要回府还是去哪里？"

孙晴雪笑着说："我是去墨宝阁。"

苏风暖眸光微动，笑着说："我左右也无事，便陪孙姐姐去一趟墨宝阁吧。"

孙晴雪点点头。

马车转过了一条街，来到了墨宝阁门口，苏风暖先跳下了车，紫婷扶着孙晴雪下了车。三人一起进了墨宝阁。

掌柜的和小伙计见有客人上门，连忙打招呼，当看到跟着孙晴雪一起来的苏风暖时，愣了一下，恭敬地见礼："姑娘，您也来了？"

苏风暖笑着点头，找了个位置，坐在了一旁。

孙晴雪看了苏风暖一眼，便对掌柜的说："我上次定下的玉芝兰笔洗可到了？"

"到了到了，我这就给您去拿。"掌柜的说着，连忙去了里间，不多时，捧出了一个锦盒。

孙晴雪接过锦盒，打开看了一眼，笑着回头对紫婷说："付账。"

紫婷点头。

苏风暖这时开口，摆手制止紫婷，笑着说："今儿孙姐姐帮了我一个大忙，这笔洗算我送孙姐姐了。"话落，对掌柜的说，"记我账上。"

掌柜的立即点头。

孙晴雪连忙道："这怎么行？今儿我不过是举手之劳而已，怎么能让你送这么大的礼？"

苏风暖笑着摇头："若是换作别人，没准就将我赶下马车了，孙姐姐和善，才没赶我，这对我来说，可是大忙。"

孙晴雪连忙推辞："那也使不得。"

苏风暖笑着道："我与孙姐姐一见如故，笔洗是死物，人是活的，我刚回京不久，以后与孙姐姐还要常来常往呢，若是今儿孙姐姐见外地推辞了我，那以后我可真是无颜厚着脸皮往你跟前凑了。"

孙晴雪一时不知该说什么好，只能笑着说："苏妹妹这样说，我再推辞下去，真是不该了。"

"正是正是，孙姐姐不要再和我客气了。"苏风暖笑着说。

孙晴雪闻言只能收下了，笑着点头："既然妹妹这样说，我就不客气了。"话落，又笑道，"苏府搬进京有数月了，妹妹回京也近两月了，灵云寺做那场法事时，各府的夫人小姐们都在，偏也没见着苏妹妹，看来妹妹不太喜欢凑热闹？"

苏风暖摇头，笑着说："我不是不喜凑热闹，是总觉得女人多的地方是非多，便不乐意往女人堆里凑罢了。"

孙晴雪好笑："妹妹性情爽利，率性而为，这脾性真叫人喜欢。"

苏风暖笑看着她："孙姐姐这脾性温柔端雅，才让人看着喜欢舒服。"

孙晴雪抿着嘴笑："妹妹真会夸人。"话落，对她说，"我也与妹妹一见如故，但今儿天色不早了，明日我邀妹妹去我家做客如何？"

苏风暖爽快地点头："好啊，多谢孙姐姐，我明儿一定去。"

孙晴雪见她痛快地应允，也笑得愉快："妹妹出门时没坐车吗？我送妹妹回府？"

苏风暖摇头："不劳烦姐姐了，我嫌坐车麻烦，出来都是走着，一会儿我自己走回去就行。"

孙晴雪闻言笑着道："妹妹真特别，那好，我就不送你了，明日等着你。"

苏风暖点头。

孙晴雪出了墨宝阁，与紫婷上了马车，离开了墨宝阁。

车上，紫婷小声对孙晴雪说："小姐，这苏小姐出手好大方，第一次见面就送了您这么贵重的礼物。"

孙晴雪笑着点头："这么贵重的笔洗，若不是哥哥一早就定下的，我也舍不得买。苏小姐送我时，眼睛都不眨一下，外面传言她是乡野丫头，见识浅薄，粗俗无礼，真是一点儿也不可信。"

紫婷点点头，敬佩地说："而且她武功真的很好啊，当时咱们马车正在走着，奴婢都没看清她是怎么进来的。眨眼就见她坐在车里了，吓死我了。"

孙晴雪失笑："我当时也吓得够呛，但见她是女子，便没那么怕了。"

紫婷感叹道："以后咱们要出门，还是带上护卫吧，今儿若非苏小姐，换作别人，奴婢可保护不了您。"

孙晴雪笑着点头。

马车走了一段路后，紫婷又好奇地说："墨宝阁的掌柜对苏小姐看起来很是恭敬，难道墨宝阁是苏府的产业？"

孙晴雪摇头："十二年前那一仗，国库空虚，不堪重负，粮草供应不足，容安王府和苏府变卖了大部分产业，支援前线。后来容安王和王妃战死沙场，苏大将军救回叶世子，回京后，引咎辞官时，便变卖了苏府剩余的所有产业，只带走了些银两，大部分都给叶世子过活了。这十二年来，苏府人不曾踏入京城，京中也没听说再有苏府的产业、营生。"

紫婷纳闷："那墨宝阁一直立于京城，甚是神秘，幕后是何人呢？对苏小姐如此敬重？"

孙晴雪道："听哥哥说，墨宝阁是叶家的产业。最近两日都在传苏小姐与叶家公子是师兄妹，墨宝阁的掌柜的敬重苏小姐，应是看在叶家公子的面子上。"

紫婷恍然："原来是这样。"话落，她更好奇了，"小姐，等明儿苏小姐去咱们府里做客，你与她闲聊时，问问她怎么会和叶家公子拜了同一个师父呢。"

孙晴雪伸手敲她脑袋，笑着说："打听人家太多事，未免会叫人家不喜。"

紫婷揉揉脑袋，小声说："最近好一段时间了，隔三岔五便能见到苏三公子拜访咱们相爷。相爷很是喜欢苏三公子，奴婢前两日还听见相爷和夫人夸苏三公子聪明呢，说是一点就透。"

孙晴雪微笑："苏府是武将府邸，难得苏三公子在文政上有天赋。"

紫婷摇头："不只文政呢，据说苏三公子武功也极好，不过打不过苏小姐。"

孙晴雪闻言好笑。

紫婷又道："小姐还没见过苏三公子吧？奴婢那日碰见了一次，仪表堂堂，和咱们公子站在一起，丝毫不逊色呢。"

孙晴雪瞋了她一眼："怎么能不避讳地谈论男子？快打住。"

紫婷吐吐舌头，止了话。

主仆二人回到孙府，在门口时，正碰到苏青从里面走出，当看到孙晴雪正从马车上下来时，他怔了一下，连忙侧身，十分有礼地让开了门口。

孙晴雪也没料到紫婷刚说完了苏青，便这么快就碰见了，她抬眼打量了苏青一眼，十分有闺仪地见礼："苏三公子，有礼了。"

苏青连忙还礼："孙小姐有礼。"

孙晴雪见他身姿挺秀如竹，端的是俊秀出众，没有武将之家的莽夫之气，与苏风暖身上的随性气息倒是如出一辙，不由笑着多说了一句："方才在路上碰见苏妹妹了，她与我一见如故，明日邀苏妹妹过府做客。三公子明日若是再来拜会爹爹，一并将苏妹妹带过来吧。"

苏青愣了一下，看着孙晴雪，惊异地说："孙小姐说碰见小……我小妹了？"

孙晴雪点头。

苏青又问："明日邀她来府上做客？"

孙晴雪又点头。

苏青心里暗骂苏风暖没一天安静的时候，竟然又跑出府去玩，还碰到了孙小姐，她那副性子，以后跟孙晴雪接触久了，还不得把人家给带坏了？但这话他自然不好跟刚见一面的孙晴雪说，只能点头："好，明日我过来时，将她带过来。"

孙晴雪见他应允，不再多言，笑着说："三公子慢走。"

苏青又还了一礼，出了丞相府。

苏青离开后，紫婷凑近孙晴雪，小声说："小姐，奴婢说对了吧？您看三公子，彬彬有礼，风采丝毫不逊咱们公子是不是？而且文武双全呢。"

孙晴雪伸手推她，笑着说："这么多话嘴碎，明儿把你送去给他吧。"

紫婷吓了一跳，顿时苦下脸："小姐，奴婢再也不敢了，不说了，不说了。"

孙晴雪不再理紫婷，抱着锦盒往内院走，遇到小厮，开口问："哥哥在哪里？"

有小厮立即回话："回小姐，公子刚刚回府，去了书房。"

孙晴雪点点头，带着锦盒去了书房。

来到书房门口，孙晴雪叩了叩门，喊了一声："哥哥！"

"进来。"孙泽玉清润的声音从里面传出。

孙晴雪推开门，见孙泽玉在收拾桌案上的文案纸张，她抱着锦盒走上前，递给他："这是哥哥要的玉芝兰笔洗，我给你取回来了。"

孙泽玉打开看了一眼，笑着说："劳烦妹妹了。"

孙晴雪犹豫了一下，还是说："你给我的银两并没有花出去，这笔洗是苏府小姐花的钱。"

孙泽玉一怔，抬眼看她："为何是苏府小姐花的钱？苏风暖？"

孙晴雪点头："正是她。"话落，便将她今天如何遇到苏风暖，如何得她赠送了这笔洗之事说了一遍。

孙泽玉听罢，笑着说："竟有这事？"话落，他笑着说，"妹妹当时怎么不说这笔洗是我要买的？"

孙晴雪摇头道："苏小姐十分诚挚，看起来是不拘小节之人，我即便说了笔洗是哥哥要买的，她估计也不会在意地送我，便想着多一事不如少一事，替哥哥担了下来，没对她说。"

孙泽玉点头："也对，不过你收了人家这么贵重的礼，是要仔细琢磨一份回礼才不失礼数。"

孙晴雪点头："我邀请她明日来咱们府上做客，一会儿我去正院跟娘说一声。"

孙泽玉颔首："是该跟娘说一声，做些准备。"话落，他琢磨了一下，从书橱的抽屉里拿出一个锦盒，递给了她，"这个你拿去给苏小姐作为回礼吧。"

孙晴雪顿时惊了一下："哥哥？这里面装的是一把十二骨的玉扇吧？巧手张的封山之作，天下只有这一把，你不是极其喜欢的吗？怎么拿这个出来送人？"

孙泽玉笑着说："听你说苏小姐眼睛都不眨地便送了你这么贵重的礼，而她与叶家嫡子是师兄妹，可见不缺好东西，不是传言那般见识浅薄之人。这把十二骨的玉扇说起来是玉扇，但也可做兵器用，里面放进骨针，就能当作暗器防身，听说她喜武，也算是投其所好。虽是巧手张的封山之作，但并不比笔洗贵重，它的价值和这笔洗却是等同的，我虽喜欢，但礼数面前，也不该舍不得。"

孙晴雪犹豫："我看苏小姐不是十分注重礼数之人，我另外寻别的赠送吧，怎么能夺了哥哥所爱？"

孙泽玉微笑："诚如那苏小姐所说，物事再好也是死的，哥哥若是连这个都看不开，也枉父亲教导了。拿去吧。"

孙晴雪闻言点头："既然哥哥这样说，那好吧，我就送她这个了。"话落，便收起了锦盒。

兄妹二人又闲聊了两句，孙晴雪便出了书房，去了正院。

孙夫人正在浇花，见孙晴雪来了，笑着问："听说你去墨宝阁帮你哥哥取玉芝兰笔洗了，可取回来了？"

孙晴雪点头："取回来了。"话落，便将遇到苏风暖之事与孙夫人又说了一遍。

孙夫人听罢笑了："苏大将军虽是武将，但也是出身世家，汾水苏氏虽然早就隐于市，但就教导子孙来说，也是礼数严苛，而苏夫人出身大学士府，大学士府的礼数众所周知。他们的女儿倒是没承袭他们。"

孙晴雪笑着说："依女儿与苏妹妹今日见这一面来看，她不是不懂礼数之人，相反，只是性情比较随性。否则也不会在我只帮了那么点儿小忙时，便出手送这么贵重的礼了。"

孙夫人笑着点头："她送这么贵重的礼，应该也不全是因为你今日帮了她小忙，估摸着也是为了苏三公子。你父亲指点苏三公子有些日子了。"

孙晴雪立即道："因了这指点，王府和苏府不是已经给父亲送过礼了吗？"

孙夫人笑着说："听说苏府的兄妹四人，自幼感情极好，苏三公子和苏小姐虽然总是打架，但感情也是没的说的。王府和苏府送的礼是送给长辈们的，她送的礼是送你的，也就是有心与你相交。所以，这样看来，苏小姐还真不是传言中的那般不堪，怕是心思玲珑之人。"

孙晴雪点头："爹早先不是也说了吗？说苏小姐在太后面前那一闹，虽然毁了名声，但打住了太后急于促婚的心思，兴许是故意而为。"

孙夫人颔首："娘还不曾见过她，明日她来，我也要好好见见。"话落，笑着说，"你哥哥竟然将那把扇子拿出来了，从巧手张那里拿回来时，都没舍得把玩，便收起来了。"

孙晴雪笑着说："哥哥知晓苏小姐喜武，咱们府里除了哥哥手里的这个，还真挑不出一件上好的拿得出手的兵器来。哥哥便舍得拿出这个了。"

孙夫人点头："你哥哥说得对，物事再好也是死的，你哥哥若是连这个都看不开，也枉你父亲教导了。既然他拿出来了，你就拿去送给苏小姐吧。"

孙晴雪点头。

第十四章
贴 身 贴 心

孙夫人又笑着问："那苏小姐当真说以后要离小国舅远些？"

孙晴雪抿着嘴笑："是呢，她都躲到女儿的马车里了，可见是不想多与小国舅纠葛。"

孙夫人笑着说："苏小姐得罪了太后，即便小国舅喜欢苏小姐，这门婚事怕也是难促就。另外皇上那里属意叶世子，可叶世子似乎极其不喜苏小姐，这婚事估计也难。以后苏小姐这姻缘怕是真难说呢。"

孙晴雪忽然说："明日她来，若不然娘相看一番，若是发现她极好，不如……"

孙夫人看着她，失笑："你这丫头，你今日才见了人家一面，怎么突然想到了这里？你哥哥的确到了定亲的年纪，可是这苏小姐被太后和皇上盯着，是个有些麻烦的主，即便极好，短时日内还是不要作想为好。你父亲在朝中立了一辈子，别临老了不保晚节。"

孙晴雪点头："今日一见，我便觉得她人极好，刚刚突然那么一想，娘说得对，我以后再不说了。"

孙夫人笑着说："能让你见一面就这般夸，应是错不了，这事也不见得以后就不说了，只是暂且不说，若是皇上和太后那里都不成，她和你哥哥以后真有些缘分的话，便可以提提，那就是以后的事了。"

孙晴雪点头："哥哥这么好，总要为他寻一门好亲事的，才能配得上他。"

孙夫人深以为然，自己的儿子，当然是最好的。

苏风暖自然不知道她凑巧闯入丞相府的马车之后搅动了丞相府内本来平静的湖水，引发了孙晴雪、孙泽玉、孙夫人关于她的一番言谈。她只是觉得孙晴雪可交，再加之苏青受孙丞相指教，她便送了一份大礼。

玉芝兰笔洗价值五千金，她这礼送得确实贵重了些，不过对她来说，送得也是值的。

孙晴雪走后，她没立即走，而是待在了墨宝阁，掌柜的亲自给她沏了一壶茶，她便倚着柜台喝着茶，等着人。

她想着一品香茶楼当时有不少人，认识许云初的大有人在，而大公主大闹茶楼，消息估计很快就会传出去，用不了多久，就会传到叶裳的耳里。他一定会忍不住找她算账的。

与其让他找去苏府算账，不如她在这里等着他好了，他命人查找之下，一定会知晓她在这里。

果不其然，她等了一盏茶的工夫后，叶裳进了墨宝阁。

掌柜的和小伙计见叶裳来了，连忙见礼。

叶裳随意地看了掌柜的和小伙计一眼，来到苏风暖面前，伸手一把将她倚在柜台上的身子拽了起来，拽着她进了墨宝阁的里间。

掌柜的和小伙计自然不敢拦阻。

来到里间，叶裳松开苏风暖的手，随意地坐在椅子上，对外面说："沏一壶茶来。"

掌柜的连忙应了一声，沏了一壶茶端了进来，小心翼翼地问叶裳："世子还要别的吗？"

"不要了。"叶裳摇头。

掌柜的连忙走出去了。

叶裳自己倒了一杯茶，喝了一口，看着苏风暖，随意地道："说吧，你和许云初怎么回事，竟然让大公主追去了一品香茶楼闹场子？"

苏风暖见他似乎没生气，便也随意地坐在了他对面的椅子上，懒歪歪地将她去了红粉楼，安排走瑟瑟，出了红粉楼后，路上如何遇到许云初，如何与他就近去一品香茶楼喝茶，大公主如何冲进去，她如何离开之事，半丝没隐瞒地说了一遍。

叶裳听罢，挑眉道："丞相府的马车路过得可真是时候。"

苏风暖郑重地点头："我也觉得，太是时候了。"

叶裳看着她："明日去丞相府做客？"

苏风暖又点头："孙晴雪看起来可交，我便去丞相府坐坐也无妨，三哥近日来受丞相提点颇多。我与孙晴雪多走动走动，也能慢慢地融入京中这个圈子。"

叶裳不以为然："你不刻意地去相交谁，也能活得好好的，京中的圈子不融入，又有什么打紧？不必做自己不喜欢的事，又没人能奈你何。"

苏风暖瞅着他，好笑："从小到大，喜欢的事，不喜欢的事，我都做了不少，左右闲着也无事，与孙晴雪交往一二，倒也没什么。何况孙晴雪人看起来极好，十分有教养，不愧是丞相府的女儿，十分讨人喜欢。"

叶裳抬眼瞅着她，不置可否："孙晴雪如何，我倒不知道，不过据我所知，她今日来墨宝阁取的玉芝兰笔洗是他的哥哥孙泽玉定下的，你第一次见面就送了人家这么贵重的礼，丞相府十分重礼数，你可有想过人家会拿什么礼还你？"

苏风暖一怔："孙泽玉定下的玉芝兰笔洗？"话落，她挑眉，"孙晴雪不曾说啊。"

叶裳看着她："即便她说了，你就不送了？"

苏风暖想了想，摇头："左右是承孙晴雪的情，管是丞相府谁定下的呢，送了就送了，也没什么。"顿了顿，又道，"我倒没想到丞相府要给我还礼这一说。"

叶裳瞥了她一眼，又喝了一口水，随意地说："你自小随性惯了，江湖上惯常不拘小节，但在京城，礼尚往来是人情。"话落，他道，"若是我猜测得不错，明日孙晴雪给你的还礼应该是巧手张的封山之作，一把十二骨玉扇。"

苏风暖好奇地问："你是怎么猜到的？"

叶裳看着她："丞相府是诗礼传书的朝中清流，府中子弟素来从文政，孙泽玉只学了些防身之术，丞相府曾经对巧手张有过恩情，巧手张便打造了一柄十二骨的玉扇送给了孙泽玉，那把玉扇算是兵器的一种，里面可安装骨钉，开启机关时，可作为暗器防身。孙晴雪回府后，自然不会隐瞒玉芝兰笔洗是你送的之事，因你喜武，孙府除了孙泽玉手中的那把兵器玉扇，还真没有拿得出手的兵器，作为与玉芝兰笔洗价值相当的礼还你。所以，孙泽玉思量之下，即便再喜欢那把玉扇，估计也会交给她妹妹转送你。"

苏风暖感叹道："不会吧？难道真能被你猜准？"

叶裳轻轻地哼了一声："若是不信，明日你且看着。"

苏风暖挠挠头："那万一真被你说中，我是收还是不收呢？"话落，有些后悔，"早知道这么麻烦，我便不送了。"

叶裳放下茶盏，对她郑重其事地说："你自然不能收，那是孙泽玉所爱，你岂能夺人所爱？"话落，他道，"你若是收了十二骨的玉扇，岂不变成你送他玉芝兰笔洗，他送你十二骨玉扇，属于私相授受了？像什么话！"

苏风暖闻言一噎，顿时无语。

她只是送出了一份礼而已，怎么到了他嘴里，就变成私相授受了？

苏风暖看着叶裳，见他一本正经地看着她，她无奈地道："那你说说，我该如何推辞？我送给人家玉芝兰笔洗时可是把话堵死了，说笔洗是死物，人是活的，要与人常来常往，说她若是见外地推辞了我，以后我就无颜厚着脸皮往她跟前凑了。她若是拿我说的话反过来堵我，我还能死活推辞不成？"

叶裳看着她，面色算不上和煦，挑眉问："如今知道礼不能随便送了？"

苏风暖无言地看着他，她是真没想到会弄到这样复杂的地步，郑重地点了点头接受教训。

叶裳见她乖觉，一副悔极了的模样，心情稍好，给她出谋划策："你便跟孙晴雪如实说，不接受私相授受。若是她十分想还礼，就让她给你弹一曲。她善琴是出了名的。能得孙小姐一曲，极其不易，除了丞相府自己人，也就宫里的皇上、皇后、太后能令她摆琴了。"

苏风暖想起孙晴雪是有"云起风音知雅意，玉指拈来凤凰飞"的评价，立即问："这样能行？"

"能。"叶裳颔首，"她自是知晓他哥哥极其喜爱那把十二骨的玉扇，将之送给你作为还礼自是因为丞相府没别的可挑选，但有第二件，也不会送你做还礼。你若是让她弹琴做还礼，也算是抬举她的琴艺，她自然欢喜，以后对你也更想深交了。也算是一举两得之法。"

苏风暖瞅着他："怎么是一举两得？这不是一件事？我送她礼，本来就是想与她深交。"

叶裳瞥着她："顺带斩了桃花，难道不算一件事？"

苏风暖顿时喷笑："人家孙泽玉与我都没见过，算什么桃花？"

叶裳轻轻哼了一声："防患于未然。"

苏风暖噎住，彻底没了声。

叶裳又喝了一盏茶，站起身，对她说："我还要去一趟刑部，你今日别在外面晃了，自己回府吧。"

苏风暖还没答应，叶裳便走出了里间，径自离开了墨宝阁。

苏风暖慢半拍地跟出去时，他早已经走得没了影。她站在墨宝阁门口，想起他前前后后说的话，又气又笑。这个人可真是……肚子里一颗黑心！

算计人算计得毫不手软嘛！

苏风暖回到苏府时，见苏青在她的院子里等着她。

苏青见她回来，扬眉："臭丫头，这么晚才回来，与孙小姐分别后，又去了哪里？"

苏风暖眨眨眼睛，好奇地问："你怎么知道我与孙小姐见过了？你下午又去丞相府了？遇到孙小姐了？"

苏青点头："离开丞相府时遇到的，她说让我明日带着你一起去丞相府。"

苏风暖瞅着他："怎么？带我过去你不乐意？"

苏青瞪了她一眼："你是什么德行，当你哥哥的我一清二楚，你可别把人家好好的相府小姐给带坏了。"

苏风暖顿时翻白眼："哎哟，三哥，你这是为孙小姐操的哪门子的心？我带坏了她，也会有她爹她娘她哥哥操心，用不着你吧？"

苏青一噎，瞪眼道："我只是警告你，别因为你让我觉得以后无颜再去丞相府求教。"

苏风暖笑着哼了一声："那行，我不去了，若是孙小姐找上门来说我言而无信，我就说我三哥不让我去。"

苏青看着她，见她一副你看着办的样子，不由被气笑："死丫头，专门跟我作对是不是？"

苏风暖挑眉，寸步不让："你怎么不说你一个当哥哥的专门跟妹妹过不去？你也好意思？你当我是三岁小孩子吗？逮着谁就带坏谁？你当人家孙小姐是三岁小孩子吗？能让我带坏？"

苏青被她噎得一时没了反驳的话语，也没了脾气，摆手："好好，我说不过你，总之你说什么都有道理。你不去朝廷当个言官，真是托生得可惜了。"

苏风暖瞅着苏青，忽然福至心灵地明白叶裳为什么那么喜欢拿话噎她了，原来噎人的感觉真爽。她翻了个白眼："言官有什么好？我就乐意托生成女子，托生到娘肚子里，我积了八辈子德呢。"话落，她恍然，指着苏青说，"噢，我明白了，你上辈子定然没积德行善，如今才处处羡慕我。"

苏青已经快被她噎得背过气去了，干瞪着她，气得额头青筋突突直跳："死丫头，你要气死我是不是？"

苏风暖心里十分舒坦，无辜地看着他："是你跑我这儿来开口就质疑我品行的，我还没怎么着呢，就怕我带坏人家相府小姐，气死你也活该。"

苏青彻底没了话。

苏风暖觉得在叶裳那里受了一肚子的憋闷总算是发作出来了，通体舒畅得不行，果然是没有对比就没有伤害。

苏青瞅着苏风暖，半晌才缓过劲儿来，嘟囔着："你这小恶魔，看来还就叶裳能收拾得了你……"

苏风暖拿起桌子上摆着的葡萄揪了一颗就对着苏青扔了过去，顿时堵住了苏青的嘴。

苏青咽了葡萄，又瞪眼："臭丫头，你想噎死我啊！"

苏风暖捏了一颗葡萄，扔进自己嘴里，一边吃着一边含糊地说："谁让你话多。"

苏青嗤笑："你噼里啪啦地说了一通，反过来说我话多？"话落，他哼哼地笑，"是因为我提了叶裳吧？他就是你的肋骨，说都说不得了是不是？"

苏风暖吐了葡萄籽，又捏了一颗葡萄丢进嘴里，郑重地说："是又怎么样？既然知道，你以后就少拿他在我跟前说事。"

苏青又被噎了一下，伸手指着她，半晌，扶额长叹："女生外向，果然如是。"

苏风暖哼了哼，忽然想起得去跟她娘说一声明日去丞相府做客的事，遂站起身，对苏青说："快吃晚饭了，走吧，去娘那儿。"

苏青顿时防备地看着她："小丫头，你不会又要到娘跟前告我的状吧？"

苏风暖嗤笑："你是与我一母同胞的三哥吗？瞧你那点儿出息，还没巴掌大。"

苏青站起身，跟在她屁股后面，颠颠儿地往外走，一边走一边嘀咕："我这不是被你告状告怕了吗？你自己掰着手指头数数，从小到大，你跟娘告了我多少回状？"

苏风暖认真地想了想，从小到大，还真是她总欺负他告他的状，她良心发现了那么一小下，回头对他说："以后我尽量克制点儿不向娘告你的状，不过你也不能总惹我。"

苏青伸手敲她脑袋，失笑。

二人一起来到正院，苏夫人笑着说："正要派人喊你们吃饭呢，难得你们俩今儿没打架。"

苏风暖上前，抱住苏夫人的胳膊，撒娇说："娘，孙小姐请我明天去丞相府做客。"

"嗯？"苏夫人偏头看着她。

苏风暖将在街上遇到孙晴雪之事说了，自然将前半段给隐去了，只字没提与许云初在茶楼喝茶被大公主闹场子的事。只说了送了孙晴雪玉芝兰的笔洗，受她之邀去丞相府做客。

孙夫人笑着说："她邀你去你就去吧，咱们家如今搬回京城了，你自然也要有几个手帕交，融入京中小姐们的圈子。孙小姐我见过，模样品行没的说。"

苏风暖点头。

苏青却睁大眼睛："你送她玉芝兰的笔洗？"话落，想起什么地说，"我听说泽玉在墨宝阁定了一方玉芝兰的笔洗，不会是他定的那个吧？"

苏风暖点头："当时我送孙小姐时，她没提笔洗是孙公子定的，不过即便她提了，我说出口的话也不能收回了。送了就送了。"

苏青感叹道："孙小姐回去一定会告诉泽玉，相府收了你这么贵重的礼，如今估计在想还礼。"

苏风暖瞅着苏青，笑吟吟地说："三哥不错嘛，刚回京城不过数日，这礼数上的事倒是明白透彻。看来外公和丞相的指教真是见了效果。"

苏青得意地扬眉："俗话说师父领进门修行在个人，这也是你三哥我聪明。"

苏风暖撇撇嘴，不得不承认，苏青确实活泛，一点就透，虽然说不上顶级聪明，但也的确比寻常人聪明。

苏夫人点点苏风暖的脑袋："你第一次见面，就送了人家那么贵重的礼，这回相府该作难了。"

苏风暖想起叶裳与她说的那些话，笑着说："相府作难，我不让人家作难就行了，不管还礼是什么，我已经想好了，不会收的。明儿到了丞相府，请孙小姐给我弹一曲就好了。"

苏夫人笑着点头："孙小姐的琴曲冠绝京城，轻易不会弹奏，你拿这个当回礼，最合适。"

苏青瞅着苏风暖，说："她的琴曲配上你的剑舞，估计难得一见。"话落，有些遗憾地说，"可惜明日你们定然在后院闲玩，我却不好见到了。"

苏风暖忽然揶揄地看着他："哥哥，你是想听孙小姐弹琴吧？你还是听不见看不到的好，万一被她的琴曲勾了魂，以后朝思暮想，思之如狂，可怎生是好？"

苏青劈手打苏风暖："臭丫头，说着话就下道，一肚子坏水，满嘴胡诌。"话落，对苏夫人告状，"娘，你看看她，口无遮拦，是不是该教训？"

苏夫人自然不会教训苏风暖，兀自笑得开怀，看着苏青笑说："你若是被人家勾了魂，你娘我可就愁死了，丞相府的小姐可不好娶。"

苏青见苏夫人也取笑他，脸顿时红了，又羞又愤又是无语："您就惯着臭丫头吧。"

苏夫人摸摸苏风暖的头，稀奇地笑着说："臭小子竟然还会脸红，难得啊。"

苏风暖大乐："据说他今儿在相府门口见到孙小姐了，孙小姐跟他说明儿让他去丞相府时带上我。"

苏夫人闻言又看向苏青，郑重地笑着说："我儿子也是个俊秀出众的后生，在京城一众公子里，自然也是极拿得出手的。如今的贵裔子弟，多少人上过战场？都是软绵绵的跟小羊羔似的。你也是去战场上走了一圈的人，这般仔细一打量，也不是配不上相府小姐。"

苏青跺脚："娘，您越说越没边了。真是为老不尊。"

苏夫人瞪了他一眼："我夸你呢。"

苏风暖笑得直打跌："是啊，三哥，娘夸你呢，争点儿气，别见了人家孙小姐就脸红、手足无措。以后你仕途光明，文采出众，能力斐然，受人注目时，多少闺阁小姐巴不得受你青睐呢。咱虽然不是君子，但也万不要做那眼睛粘到人身上移不开的事啊，免得落了下乘，以后要想娶心仪的女子，就选那个上上乘，等着人家眼睛粘过来的。"

苏青无言地瞅着母女二人，一时觉得气短。

这一刻，他总算是明白她娘为什么非要生个女儿了。这女儿家果然是娘的小棉袄，贴身贴心到心窝子里去了，连站队编派人都是同一阵营。他一个男人面对这样的二人，可真是应付不来。

母子三人吃过饭后，苏青对苏风暖说："我要去一趟外公府邸，你去不去？"

苏风暖想着她把小池丢给外婆好些日子了，她这个当姐姐的，真是不合格，立即说："去。"

苏夫人见兄妹二人要去王府，便笑着说："若是太晚，就住在王府，不用回来了。"

兄妹二人点头。

出了苏府，二人坐上了马车，转过两条街道就来到了王府。

141

第十五章
不 遗 余 力

此时太阳已经落山，王府的角门开着，王禄正送一位穿着官袍的大臣从府内走出。

苏青挑开帘子向外看了一眼，回头对苏风暖嘱咐："你在车里待着，先别下车，外公送的人是国丈，等他走了你再下车。"

苏风暖点头，安静地待在了车里。

苏青下了车，对国丈见礼。

国丈见了苏青，笑呵呵地对王禄说："王大人，苏三公子刚刚回京不过数日，京中便已经在盛传他文武双全的名声了，假以时日，定成大器啊。"

王禄笑着捋了捋胡子："他就是一个毛孩子，要想成器还早着呢。国丈惯会夸人，连老夫听了都受用。"

国丈哈哈大笑，对苏青说："我孙子云初已经从灵云寺回京了，他也喜文喜武，想必你们能玩到一起去。"

苏青笑着说："见过小国舅一面，确实谈得来。"

国丈笑着点头，不再逗留，告辞离开了王府。

国丈离开后，苏风暖挑开帘子，跳下了车，对王禄说："外公，想不到你和国丈交情挺好啊。"

王禄哼了一声："同朝为官，何为交情好？何为交情不好？"话落，问她，"这么晚了，你三哥来找我有事，你跟来做什么？"

苏风暖无语，敢情她还不受欢迎了，她噘嘴说："来接小池。"

王禄瞅着她："你接走他做什么？明日是要送他去晋王府学堂的。"

苏风暖一怔："去晋王府学堂？"

王禄点头，抬步往府内走，对苏青说："你跟我去书房。"

苏青瞅了苏风暖一眼，抬步跟上了王禄。

苏风暖也连忙抬步跟上，追着王禄问："外公，京中学堂有不少，你怎么想着把小池送去晋王府的学堂？晋王府的学堂虽好，但都是金贵的宗室子弟，我怕小池因为他出身而自卑融入不进去，便没考虑让他去晋王府的学堂。"

王禄停住脚步，看着她道："你没考虑晋王府的学堂？那为何叶裳来与我说，说他已经与晋王说了，让送小池去晋王府的学堂？"

苏风暖一怔："叶裳？"

王禄哼了一声："什么时候你的事情，他倒做起主来了？"

苏风暖听着这话不对味，意有所指，咳嗽了一声，挠挠头小声说："我怎么知道……"

王禄看着她，胡子翘了翘，哼道："你从小往京中跑容安王府，以为能瞒得住你外婆也能瞒得住我吗？那小子如今长大了，翅膀硬了，且对你了如指掌，以后你能是他的对手？"

苏风暖无言，暗想老狐狸就是老狐狸，这么多年外公没跟她说一句，没阻止，如今在这儿等着她算账呢。她嘟起嘴，上前抱住他胳膊撒娇："外公，你每次见着我就训我，能不能有一天不训我的时候？我都被你训得不敢来王府了。"

王禄没想到她突然来这一手，板着的老脸僵了那么一下，随即十分奏效地面色和缓了下来，语气也温和了："从小到大，你在我面前装老实乖巧，一副听训的模样，离了我跟前后，转眼就把我的话抛之脑后，论阳奉阴违，你最拿手，你若是人前人后都乖觉，有个女儿家的样子，我岂会训你？"

苏风暖吐吐舌头，依旧撒娇："是我爹说女儿家要娇养嘛，我都是被他惯的，等他从边境回来，你直接训他好了。"

苏青听得汗颜，这个小恶魔，转眼就将爹给卖了！

王禄果然上钩，哼道："等他回来之后，我自然要训他。"话落，拍拍她脑袋，十分和悦地说，"你今晚就住这里吧，陪陪那孩子，明儿一早就将他送去晋王府学堂。你也无须担心，叶裳说明日一早来接他，亲自送他过去，他这么多年在京中混得就是一个张狂嚣张的样儿，他送去的人，贵胄子弟谁敢欺负？"

苏风暖想想也是，叶裳在京中所有人的眼里，就是个不能招惹不敢招惹的纨绔，论欺负人，他居第二，没人敢称第一，晋王府的长孙都跟在他屁股后面，若是他亲自去送小池，晋王府学堂的子弟们自然不敢欺负他。

她放下心来，松开王禄的胳膊，笑容软软地说："外公快去忙吧，我去找小池了。"

王禄"嗯"了一声，向书房走去。

苏青跟在王禄身后，想着他这个妹妹撒得了泼，耍得了无赖，哄得了人，拉得下脸，而偏偏又真有本事，连他外公都败在她的撒娇里，真真是让他每次都对她佩服得咬牙切齿。

苏风暖往内院走去，走了一段路后，后知后觉地想起，叶裳是何时打算送小池去晋王府的？他怎么半点儿都没跟她吱一声？

来到内院，王夫人正在收拾东西，炕上摆了一堆小衣服、小鞋子、小袜子。

苏风暖进门后，来到近前，抱住王夫人的胳膊，看着炕上摆满的东西问："外婆，您这是在做什么？"

王夫人回头瞅了她一眼，笑呵呵地说："怎么这么晚过来？是听说小池要去晋王府学堂了，所以来看他？"

苏风暖想着她哪里知道这事，只是突然想起该过来瞅瞅那孩子，顺便近期将学堂的事给安排了，谁想到叶裳下手这么快。她只能含糊地"嗯"了一声。

王夫人笑着说："是给小池收拾的日常穿戴，晋王府的学堂不比别的学堂，封闭式学课业，一个月才准许休三日。他进京时，没有带几件穿戴的衣服，我着人现给他赶制了些，够换洗些日子了。回头我再着人仔细地做些，小孩子长得快，以备后用。"

苏风暖想着本来这些都该是她做的事，可是她最近有点不靠谱，没顾上小池，凑上脑袋亲了王夫人脸颊一记，软软地说："辛苦外婆操劳了。"

王夫人顿时如吃了蜜一样地甜，伸手点她额头，笑着说："你这个小丫头，都长大了，还惯会撒娇。"

苏风暖嘿嘿一笑，松开她胳膊："小池呢？他住在哪里？我去看看他。"

"他住在你的院子里，从厢房给他另外收拾出了一间。"王夫人笑着说，"你去找他吧，那孩子今天还问你呢。"

苏风暖点头，立即出了房间。

来到玉暖斋，苏风暖迈进了院子。兰雨正在院中收衣服，见到苏风暖，立即惊喜地说："小姐，您来了？"

苏风暖笑着点头，问："小池呢？"

"在书房呢。"兰雨向书房指了指，笑着说，"小少爷可乖觉了，就跟个小大人一般。去晋王府的学堂本来是可以带一名书童或者婢女的，夫人说让奴婢跟着小少爷去侍候，小少爷给推拒了，说他自己能照顾好自己。"

苏风暖想着小池这孩子虽然不及叶裳早智，但自小跟随婆婆居住，婆婆年纪大了，他便懂得不劳烦她，很多事情都自己做，不麻烦他人，这也没什么不好。她笑着去了书房。

她刚到书房门口，书房的门已经从里面打开，小池露出一张欢喜的脸："姐姐，你总算来看我了。”

苏风暖蹲下身子，伸手去抱他。

小池顿时躲开了她的手，后退了一步。

苏风暖一时愣住，看着他问："怎么了？"话落，她嗅嗅自己的衣袖，"难道我身上有什么不好闻的味道？"

小池摇头，一本正经地说："叶哥哥说了，我已经是大人了，不能太娇气，要有男子汉气度，不能动不动就让姐姐抱。"

苏风暖愕然，看着一本正经的小池，一时无言，暗骂叶裳毁人不倦，他这么大时，怎么没见他不要抱抱了？

她想了想，似乎很久以前，叶裳像小池这么大时，她要抱他，他是十分嫌弃的。

犹记得那时，她好不容易进京一趟，自然十分想念他，刚见到他，便会跑过去，给他个熊扑。他嫌弃她脏，但又躲不开她，便一直皱着眉头嫌弃地让她放开，又警告她下次来见他前，先去王府沐浴换衣，免得一身尘土味。

不过她只是听听而已，从来只当耳旁风，听过就不理会，下次再来京城时，见他依然如故。

久而久之，不知道从什么时候起，他不再嫌弃了，也不推开她了，更不警告她了，反而会欣喜地反抱住她，埋怨她来得太晚云云。

苏风暖想到久远之事，不由得好笑，站起身，拍拍小池的脑袋，也一本正经地说："嗯，你叶哥哥说的也有道理，那姐姐以后就不抱你了，小池长大了，是小男子汉了，是不能总要抱抱的。"

小池郑重地点头，笑着去拉她的手，半途中又将手收了回去，说："叶哥哥还说，女孩子的手也是不能随便牵的，姐姐也是女孩子。"话落，他叹了口气，有些惆怅地说，"长大了可真不好。"

苏风暖喷笑，暗骂叶裳这个无赖混蛋，他可真是不遗余力地误人子弟。

小池不过惆怅了一小会儿，便欢喜地对苏风暖说："姐姐，叶哥哥说了，明日送我去晋王府学堂，你跟他一起去送我吗？"

苏风暖摇头："姐姐明日有事，没办法去送你了。"见小池垮下脸，她笑着说，"不过姐姐会翻墙的功夫，可以在你上课时，偷偷去看你，不用一个月那么久。"

小池顿时欢喜地笑了："姐姐最厉害了。"

这一晚，苏风暖和苏青都住在了王府。

第二日一早，叶裳的马车便来王府接人。

由叶裳去送小池，苏风暖自然没什么不放心的，面都没露，门口也没去，任由兰雨将小池送去了门口，交给了叶裳。

王夫人自然没苏风暖心大，跟去了门口，对着小池又好生地嘱咐了一番。

叶裳微笑着说："夫人放心，我会安排人在晋王府的学堂内对他照应一二，不会苦了他的。"

王夫人放心地点点头，慈爱地看着叶裳："好孩子，你闲时多来府里串门。"

叶裳笑着点头："自然。"

马车离开了王府，小池与叶裳坐在车内，小池好奇地问："叶哥哥，晋王府的学堂大不大？先生好不好？里面都有些什么样的人？"

叶裳偏头看了他一眼，伸手敲了他脑袋一下，懒洋洋地说："你进了晋王府学堂后，要做的最重要的也是唯一的一件事，就是好好学习，晋王府学堂大不大，先生好不好，里面都有些什么人跟你没关系。"

小池垂下头，紧张地拽着衣角，小声说："我从没去过学堂……"

叶裳笑道："没去过又有什么关系？你姓苏，是苏池，难道你要告诉我你如今很紧张很害怕？"话落，他轻嗤，"丢你姐姐的脸。"

小池顿时抬起头，立即说："我不会给姐姐丢脸的。"

叶裳"嗯"了一声，散漫地："不想丢脸的话，就丢掉这些小情绪。"话落，又补充，"你是我亲自送去晋王府学堂的人，也别给我丢脸。"

小池看着叶裳，咬了咬唇，又小声说："叶哥哥，听人说你很厉害很厉害的，是不是？"

叶裳挑眉，笑看着他："你听谁说我很厉害的？"

小池小声说："听下人们闲聊时说的，说京城里没人敢惹你，很厉害。"

叶裳失笑，伸手摸摸他脑袋，笑着问："你既然听说我很厉害，那知道我为什么厉害吗？"

小池摇摇头。

叶裳伸出手，攥成拳，在他眼前比画了一下，然后，又松开拳头，从怀中拿出匕首晃了一下，然后，收起匕首，用手指对着自己的脑袋指了指，见小池不明白地看着他，他懒洋洋地道："你要记住，拳头、刀剑、脑袋这三样，就是让你变得厉害的法宝。无论什么时候，都别丢了。"

小池懵懵懂懂地看着他。

叶裳看着他的小模样，纯澈的小眼神，丢出了一个"笨"字，对他解释得更清楚些："你就记住一句话，我和你姐姐，除了我们自己想欺负自己，从来没被别人欺负了。谁若是敢欺负我们，我们就十倍地奉还回去。你是我们的弟弟，宁可欺负别人，也不能被别人欺负了。否则就是给我们丢脸。知道吗？"

小池这回懂了，重重地点了点头。

叶裳难得地摸了摸他的脑袋给予赞赏。

苏风暖吃过早饭后，仔细地收拾了一番，与苏青一起前往丞相府。

路上，苏青对苏风暖说："丞相府虽然不及国丈府规矩严苛，但也是有规矩的府邸，你可千万别行无礼之事，就算丞相府的人不嫌你，但府中的仆从也难免嚼舌头，传扬出去……"

苏风暖翻白眼："传扬出去名声受损吗？"

苏青一噎，想着她如今的名声已经被她踩到脚底下了，可以说是声名狼藉，确实没有什么可再受损的了。他遂作罢，说："算了，你别吓着人家就行了。"他刚说完，又想到其实苏风暖当街钻人家的马车已经把人吓过了，觉得自己说这些真是多此一举了，无奈地闭了嘴。

苏风暖好笑："三哥，你才跟了外公和丞相多少日子，就这般喜欢说教了？你以后可别把自己变成外公那样的老古板。"

苏青咳嗽了一声，举手："好好，我不说了。"

马车来到丞相府，兄妹二人下车，已经有管家在门口等候，见二人来了，连忙见礼："三公子好，苏小姐好。"

苏青笑着还礼，苏风暖也意思意思地福了福。

管家笑着说："老爷还没下朝，公子在书房等着三公子，三公子来了直接去找公子就好。"话落，又对苏风暖说，"我家夫人和小姐在后院等着苏小姐，苏小姐请随老奴来。"

苏风暖看了苏青一眼，苏青对她点头，她笑着跟着管家去了相府内院。

正院门口，孙夫人和孙晴雪已经得到她来了的消息，在门口等候。

孙夫人穿了一件家常的深紫罗裙，远远看去，通体柔和贵气，孙晴雪穿了一件湖绿的织锦绫罗，裙摆绣着出淤泥而不染的荷花，看起来清丽温婉。

她打量母女二人时，那二人也在打量远远走来的她。

苏风暖今日穿了一件红粉色烟霞罗裳，手臂挽了一条同颜色的薄纱丝绦，头顶上松松地绾着简单的发髻，发髻上只插了一对浅粉色簪子。明明是简单至极的装扮，可是偏偏被她穿出了几分华丽。

孙夫人看到苏风暖的第一眼，便低声对孙晴雪说："当年苏夫人容色倾城，苏小姐如今更是青出于蓝而胜于蓝。果然好样貌，怪不得昨日你只见她一面，就兴了那个心思。"

孙小姐也低声回道："娘，除了容貌，还有这通体的气质，哪一点如传言所说一般？"

孙夫人点点头。

孙小姐不再多说，笑着对苏风暖迎了上去："苏妹妹，我一大早就起来了，总算把你盼来了。"

苏风暖想着孙晴雪真会说话，也笑着说道："昨日住在外公家，今早多绕了几步路，让孙姐姐久等了。"

孙晴雪抿着嘴笑，给她介绍孙夫人："这是我娘。"

苏风暖连忙福身，笑着说："夫人好。"

孙夫人上前两步，伸手扶起她，笑得温和慈爱："苏小姐不必多礼，从你回京，一直未得机会见你。如今你既和雪儿结识了，以后要多来府里走动。"

苏风暖顺势起身，笑着俏皮地说："只要夫人不嫌我麻烦不知礼数，我以后便常来叨扰。"

孙夫人笑开："我听闻皇上早已经准许你不必过于拘泥礼数了，连皇上都开了金口，相府的礼数不多，你来做客，更不必顾忌着礼数。"

苏风暖眨了眨眼睛，笑看着她："夫人真是和善。"

这句话显然是带有对比性的，太后觉得她是个无礼粗鲁的野丫头，而孙夫人让她不必顾忌着礼数。

孙夫人自然明白苏风暖意有所指，好笑地摇了摇头，自然不好评价太后，邀请苏风暖进屋。

进了画堂后，婢女端来茶点，孙夫人与她闲话了一番之后，笑着对她说："昨日雪儿回来后，将在街上遇到你之事与我说了，不过是举手之劳，你这孩子却送她那么大的礼。"

苏风暖立即说："不是有一句俗话说得好嘛，滴水之恩，当涌泉相报。昨儿在孙姐姐看来是一件小事，在我看来可是一件大事。"顿了顿，又笑着说，"礼轻礼重，不能单看一件物事的价值，要看心意。我是觉得孙姐姐人很好，才没顾忌了些，夫人言重了呢。"

孙夫人笑开："你这孩子怪会说话。"话落，看了孙晴雪一眼，笑着说，"雪儿回来，心底十分过意不去，跟我说当时无法推托你，便来寻我说了此事，如何给你回礼。"

苏风暖心想着来了，叶裳果然猜准了，连忙摆手，笑着说："是因为孙姐姐帮了我，我又觉得孙姐姐可交，才送了孙姐姐一件物事，若是夫人和孙姐姐想着还我礼，那就生疏了，夫人刚刚还与我说不必顾忌礼数，如今便拿还礼的事压我，若是这样的话，我以后可不敢来了。"

孙夫人一怔，不由失笑，看着她眉眼又亲和几分："你这张嘴，跟你娘当年一样厉害，真是沿袭了大学士的口风，被你这样一说，我都说不出什么话来了。"

苏风暖也抿着嘴笑了起来："我是就事论事嘛，十个我也赶不上外公那个老顽固。"

孙夫人听他叫大学士老顽固，顿时大笑起来。

孙晴雪也跟着笑，接过话说："第一次见妹妹，你就送了我这么一件大礼，我自然也要送你一件，作为你我相交之礼。我愿与妹妹结为手帕交，以后我们就不拘泥礼数了，但这第一次的礼，你可不能拒了我，否则我以后也不敢与你相交了。"她嗔怪地笑道，"有哪家的女儿见人一面就送人一笔大礼，还不让人还礼的？"

苏风暖点点自己的脑袋，无奈地笑着说："这么说，孙姐姐的礼我是不能推托了？"

孙晴雪肯定地说："不能。"

苏风暖想了想，看着她笑着问："那这样，既然孙姐姐要给我礼，不如给我一个我喜欢的。孙姐姐琴艺冠绝天下，据说能听你一曲，死而无憾。妹妹我今儿可有耳福了，觉得什么礼也不如得你一曲。"

孙晴雪闻言笑起来："你想听琴，我稍后就给你弹一曲就是，这个不算。"

苏风暖摇头，一本正经地说："别的不要，只要这个。孙姐姐可别拿那些俗礼玷污我心里对你琴曲的期盼。"

孙晴雪一噎，顿时不知如何反驳，只能看向孙夫人。

孙夫人笑起来，看着苏风暖说："听说你喜武，雪儿给你准备的礼是一件巧手张的封山之作十二骨玉扇，可做兵器用。"

苏风暖想着叶裳去摆摊算卦得了，竟然真猜准了。她连忙摇头："红尘俗物而已，哪比得上孙姐姐的天籁之音？我就听孙姐姐弹琴。"

孙夫人见她拒绝得干脆，也无奈地笑着说："那好，所谓礼不过投其所好。"她转头对孙晴雪说，"你就给风暖弹一曲吧。"

短短时间，孙夫人的称呼已经由苏小姐改为风暖了。

苏风暖意会，也连忙笑着说："伯母说得正是，我的所好不过就是孙姐姐一首琴曲。"

孙晴雪笑着站起身，也欢喜了些："既然这样，我们去花园的鳞波湖。"

"好。"苏风暖解决了一件麻烦事，自然也心情极好地点头应允。

苏夫人也跟着站起身，三人出了正院，前往花园的鳞波湖。

丞相府的内院和花园布局十分雅致精美，既不同于将军府的英气硬朗，也不同于容安王府的素净淡泊，一亭一景，都赏心悦目。

来到鳞波湖小亭，有婢女将孙晴雪的琴搬来，她净了手，笑着问："妹妹想听什么曲子？"

苏风暖坐在椅子上，歪着头笑看着她，一副舒适至极的模样："姐姐弹什么曲子，我听什么曲子。"

孙晴雪想了想，笑着说："妹妹出身将军府，且喜好武功刀剑，既然是前不久从边境回来，想必也见识过战场上的烽烟，寻常曲子，定然是不入你耳的，不如我就弹一曲《将军曲》？"

苏风暖笑着点头："多谢孙姐姐。"

孙晴雪坐在琴案旁，先调试了几个音符，便素手轻点，一曲《将军曲》流出指尖。

这样铿锵的曲子，自然是极其需要功底的，尤其是由孙晴雪这样一个柔柔弱弱的女子来弹，若是稍欠火候，便弹不出琴曲中的意蕴和气势。

可是孙晴雪果然不负其名，曲调铿锵有力，让听的人眼前不由自主地浮现出一幅幅沙场拼敌的画面。

苏风暖是真真正正经历过战争上过战场的人，她比在座的任何人更能刻画出战场上的冷酷无情、铁血厮杀。多少儿男浴血沙场？多少儿男埋骨他乡？多少壮士流尽最后一滴血？多少盼父归、盼夫归、盼子归、盼得胜的殷殷期盼？

琴曲弹到一半，她终于忍不住，拔剑而起，飞身到了孙晴雪琴案前方不远处，和着她的琴曲，迎剑而舞。

孙夫人先是一怔，当看到苏风暖和着孙晴雪的琴曲而舞，衣袂纷飞，剑影缭乱，光芒翠华，英气逼人，当真有将军百战的力拔山河之气，她顿时惊艳。

鳞波湖亭内侍候的婢女，以及亭外的仆从，都驻足看着琴舞相和的二人，一时间看得惊叹不已。

弹琴的孙晴雪自然也看到了苏风暖在应和着她的琴声而舞剑，她往日弹琴，从来觉得曲高和寡，从未有过能应和着她起舞的人。而此时，她手中的琴，就是苏风暖手中的剑；苏风暖手中的剑，就是她手中的琴。

她的心情陡然激奋，把几个音符拔高得犹如战场上利剑的破空之声，战马嘶鸣，将士浴血，当真是可歌可泣。

琴声落下尾音，孙晴雪甚至生出了一种不想落幕之感。是以，她也顺从了自己的心，将《将军曲》重新弹了一遍。

这对她来说，是从来未有之事。

苏风暖自然不介意，她也犹未尽兴，便又应和着她的琴曲，不停顿地起舞。

孙丞相下了朝回府，正听得鳞波湖传来琴声，以前孙晴雪也弹过《将军曲》，但他总感觉不能入胜。今日却不同，似乎她的琴声注入了灵魂，令闻者忍不住热血激动，哪怕他是一介文官。

孙丞相连官袍也未换，便向鳞波湖走去，半途中，正碰到孙泽玉和苏青从书房出来，看二人的行止，似乎也是忍不住要去鳞波湖了。

二人见了孙丞相，连忙见礼。

孙丞相摆摆手，三人一起走向鳞波湖。

来到鳞波湖外，正好是孙晴雪上一曲落幕时，三人刚生起来晚了的遗憾，便听得琴音又起，不由齐齐一喜，加快了脚步。待视线能看到鳞波湖时，便清楚地看到了那弹琴之人和那拔剑应和而舞之人。

孙丞相微怔，他未曾见过苏风暖，但想起昨日孙夫人与他说苏府小姐要来相府做客，想必是她无疑了，他看着应和琴声而舞的女子，顿时惊异骇然。

他知道她女儿于琴艺上的造诣，便不觉得这天下有什么人能应和着她的琴声而舞。今日一见，苏风暖执剑而舞，每一个音符，应和着每一次出剑、击杀、落脚，似乎都浑然天成，就像她们琴与剑本为一体一般。

若非亲眼所见，他自然是不信天下能有这样好的剑舞。

孙泽玉的惊异和震撼比孙丞相更甚，他父亲朝务繁忙，与他们兄妹相处的时间不多，因丞相不喜内院有侍妾祸乱萧墙，便亲口与孙夫人交代给侍妾们喝避子汤，所以，丞相府内院这些年，并无庶出子女，只有他们兄妹二人，所以，情分上相当亲近。

他比他的父亲更了解妹妹于琴艺上的造诣和天赋，而苏风暖应和着琴声执剑而舞，节点分毫不差，可见也是一个懂音律善琴技之人，若是他猜测得不错，想必这位苏府小姐的琴技不在妹妹之下。

苏青虽然看过苏风暖偶尔兴起时舞上那么一段剑舞，但也不如今日这般酣畅淋漓地舞过《将军曲》。他作为跟苏风暖从小打到大的哥哥，自然不会如孙丞相和孙泽玉心底的惊异骇然和赞叹强烈，他更多地想着孙晴雪这个相府小姐看起来温温婉婉柔柔弱弱，没想到也能弹出这样的沙场曲子，着实令人佩服。

琴声再次落下尾音，孙晴雪身上已经出了一层细密的薄汗。

苏风暖收势之时，看到了孙晴雪面上的薄汗，手中的软剑挽了个收势的剑花，轻轻一扫，孙晴雪和在座众人顿时觉得一阵清透凉爽，薄汗尽去。

鳞波湖亭内，一时间清清凉凉。

苏风暖将软剑收起，笑吟吟地看着孙晴雪："真是酣畅淋漓，好久不曾这样畅快了。孙姐姐琴艺冠绝天下，果然名不虚传。"

孙晴雪犹在激动中，面上激动之情溢于言表，她自小是个善于克制情绪之人，但今日再难克制。她看着苏风暖，欢喜地说："因有苏妹妹的剑舞相和，我才能弹出这样振奋人心的琴曲。往日弹奏的琴曲不足于今日十之一二。苏妹妹的剑舞在当世想必也无人可及。"

苏风暖抿着嘴笑："姐姐过奖了。"

孙晴雪摇头："一点儿也不曾过奖，妹妹不必自谦。"

她话落，二人相视而笑，都有一种惺惺相惜之感。

这时，湖边传来三声击掌之声，同时伴随着孙丞相的大声赞赏："好，好，好，好一曲《将军曲》，好一场剑舞。"

苏风暖自然已经发觉湖边的三人了，此时循声看去。

孙夫人和孙晴雪也向湖边看去，只见孙丞相、孙泽玉、苏青三人站在湖边，显然是看了许久了。孙夫人笑着对苏风暖介绍说："那是我家相爷。"

孙晴雪则补充了一句："站在我爹旁边的人是我哥哥。"

苏风暖笑着点了点头，打量着孙丞相和孙泽玉。

孙丞相与她爹年岁相当，一身丞相官服，显然是下朝后未换朝服便来了这里，周身的文官气息和当朝丞相气度可见一斑。孙泽玉则是一身淡青常服，容貌俊逸，周身气质温润，就如这鳞波湖一般，令人一见，便知是个玉质翩翩涵养极好的大家公子。

她暗暗想着，丞相府虽然人口简单，却个个都是有才华之人，怪不得在这乌烟瘴气的京城，孙丞相能带着一众清流官员稳于朝堂保持中立。暗潮之下的汹涌确实需要有人稳住清流之风。

孙丞相举步向鳞波湖走来，孙泽玉和苏青对看一眼，也跟在孙丞相之后走来。

苏风暖见孙丞相走近水榭轩台，便屈膝以晚辈之姿见礼，称呼也刻意拉近："孙伯父好。"话落，又对孙泽玉福了福身，"孙公子好。"

孙泽玉连忙还礼："苏小姐有礼了。"

孙丞相笑着摆手，赞赏地说："早就听闻贤侄女巾帼不让须眉，今日一见，果然不凡。一曲剑舞，行云流水，怕是当世罕见啊。"顿了顿，又笑着说，"怪不得能拔了师父的眉毛。"

苏风暖忽然想起孙丞相是云山真人的弟子，她拔老道眉毛没人知道，除非老道自己说。她没想到老道会告诉孙丞相这个，这种事情又不是什么光彩的事。她顿时有些汗颜。

第十六章
风雅之事

苏风暖不好意思地捾了捾鬓角垂落的头发，对孙丞相笑着说："那是他觉得眉毛太多了，让我帮帮忙……"

孙丞相闻言大笑。

孙夫人看了孙丞相一眼，近一段时间，灵云镇频频出事，她有很久没看到自家相爷如此畅快地笑了。可见是真喜欢苏风暖，想起他刚刚提到的拔他师父眉毛，那岂不就是云山真人的眉毛？不由讶异。

孙泽玉和孙晴雪跟孙夫人一样，也是十分讶异，但听到苏风暖如此说，又不由齐齐失笑。

苏青则翻了个白眼，颇有些无语地看着苏风暖。

孙丞相又笑着说："师父一生，很少敬佩什么人，陆师兄与我作为师父的门生，是三生有幸，但寻常也得不到他一句夸赞。但贤侄女与我们不同，能成为师父的忘年之交，便有着常人难及的过人之处。今日一见，我方信了师父信中所提的那一句，当世若有一人让他敬佩，非你莫属。"

苏风暖暗骂云山老道为老不尊，什么都往外捅，这是想害死她吗？她俏皮地笑着摇了摇头："他是敬佩我帮他拔掉多余眉毛的手艺而已。"

孙丞相闻言又是大笑。

苏青鄙夷地看着苏风暖，但到底是他妹妹，还是要护着些的，也跟着应和："没错，她拔眉毛的手艺确实好，跟我打架时，也拔过我眉毛。"

孙丞相偏头看了苏青一眼，大笑着拍了拍他的肩膀："苏府一门尽出人才，能文能武，苏大将军好福气。"

苏青连忙道："相爷夸我两句我就受了，可别夸这个小丫头，她不经夸，只要别人一夸她，她就找不到东南西北了，惯会上房揭瓦的。"

孙丞相又大笑，撤回手，对苏风暖说："今日就在相府用过午膳，晚些再回去吧，以后常来相府走动。"

苏风暖笑着点头，应和着苏青刚刚的话说："只要伯父您不怕我上房揭瓦，我就常来打扰。"

"不怕不怕。"孙丞相又大笑，摆摆手，又对孙夫人说，"吩咐厨房，多做些好菜。"

孙夫人笑着点头："这还用相爷说？早就安排下去了。"

孙丞相笑着颔首，离了鳞波湖。

苏青睃了苏风暖一眼，瞪了她一下，也跟着孙丞相走了。

孙泽玉也要跟着走，孙夫人叫住他："泽玉，你待一会儿再走。"

孙泽玉微怔，看了孙夫人一眼，见她满面含笑，他便点了点头。

孙夫人笑着对苏风暖说："玉芝兰的笔洗本是泽玉要的，昨日是由雪儿去取的，十二骨的玉扇是泽玉思量再三，送给雪儿，让她给你作为还礼的。你不收，却也让我们见识了一场真正的剑舞，真没想到，你能把剑舞得这样好。"

苏风暖心里暗抽，想着孙夫人您干吗要提出来啊，这事过去不就行了？

既然已经再次提起，还是当着孙泽玉的面，她只能对孙泽玉笑着说："孙公子客气了，我从小到大，时常在外疯跑，不懂礼数，只觉得与孙姐姐投眼缘，便送个见面礼。不晓得还让你们思量还礼，真是让你费心了。不过我真觉得今日来相府不虚此行，世俗之物不及孙姐姐一首琴曲。"

孙泽玉闻言看着苏风暖，微微一笑。

苏风暖发现这位孙公子看着人微笑的时候眸光是暖融融的琥珀色，极其漂亮，让被他看着的人周身都会升起暖意。她暗叹，京中盛传闺中小姐对许云初趋之若鹜，怎么就不曾传出过这相府公子被人爱慕？明明他微笑起来，一双眼睛是比许云初的眼睛还要漂亮的。

对于这一发现，她也不避讳，又将孙泽玉的眼睛认真地看了看。还真是琥珀色，她没看错。

孙泽玉见苏风暖光明正大地看着他，不同于京中的闺阁小姐们见男子时候的扭捏羞涩，她这样盯着男子是不合礼数的，但她目光太过纯净，反而让人觉得她坦坦荡荡，只是在看人而已。

他想起她刚刚应和着琴声的剑舞，难得一见。他笑着回她方才的话："十二骨的玉扇确实是俗物，委实配不上妹妹的琴音，也配不上苏小姐的剑舞，是我俗气了。"

苏风暖想着这孙公子不只眼睛漂亮，说话的声音也好听，她笑着说："我送俗气之物在先，这可怨不得你跟着俗气。"

孙泽玉失笑。

孙夫人见二人言语和气，心底暗想，怪不得昨日雪儿刚见苏小姐回来便生起了那般的心思，如今她都有点生起那般的心思了。她笑着接过话，对苏风暖说："贤侄女剑舞得好，想必也极其通音律，琴技也该是不差。"

孙晴雪立即应和地点头："苏妹妹的琴技一定不在我之下。"

苏风暖抿着嘴笑，对孙夫人和孙晴雪说："我是通晓音律，但算起真正会弹的，也只会弹一首曲子，像这《将军曲》，我虽然能跟着琴声应和着舞剑，却是真正不会弹奏的。"

孙夫人和孙晴雪齐齐一怔，齐声问："这是为何？"

孙泽玉也好奇地看着苏风暖。

苏风暖笑着说："我师父说，琴棋书画四种，除了棋和书，琴、画属风雅之物。我不是个风雅之人，不学也罢。"

孙夫人和孙晴雪齐齐愕然。

孙泽玉却微笑着问："近日听闻苏小姐和叶家的叶兄是师兄妹，却不曾听闻令师是何人，为何令师如此评苏小姐？"

苏风暖笑着说："我师父无名无姓，是个疯道人。他这样评我，我也是服气的，毕竟我从小喜欢舞刀弄剑，喜好打架斗殴，喜欢下河摸鱼，风雅之事于我来说，就好比焚琴煮鹤，糟蹋风雅。"

孙夫人大乐，嗔着苏风暖说："哪有女儿家这样说自己的？"

苏风暖摊手，笑着说："我本来就是如此嘛。"

孙晴雪则好奇地说："你当真……下过河摸过鱼？"

苏风暖点头："当真，我不但下河摸鱼，还会给鱼开膛破肚做烤鱼吃，哪天你若是想吃，我请你去野炊。"

孙晴雪抿着嘴乐，连连点头，看了她娘一眼："只要娘同意，我就能去。"

孙夫人伸手点孙晴雪，笑骂："这也是个馋丫头，说起吃来，也是嘴馋。"话落，笑道，"你们两个女儿家要是去野外，我可不放心，总也要把你们的哥哥带上我才应。"

孙晴雪闻言立即看向孙泽玉："哥哥？"

孙泽玉微笑："若是苏青兄没意见乐意相陪，我自然也是没意见的。"

孙晴雪眼睛一亮，偏头对苏风暖说："那苏三公子那边就交给你了，我是真想吃你做的烤鱼。"

苏风暖笑着点头，痛快地说："行，他若是不应，我就打到他应为止。"

孙夫人又大乐。

孙晴雪笑得打跌，对孙泽玉说："哥哥，你看看，相比苏妹妹，你有我做妹妹是多么幸福的一件事。"

孙泽玉失笑，对孙晴雪说："苏青兄文武双全，打架的事，兴许他这个当哥哥的也是乐在其中。"

孙晴雪眨了眨眼睛，郑重地点头，又对苏风暖问："刚刚苏妹妹说只会弹奏一曲，是哪一曲？"

苏风暖笑着说："是我师父的独门绝技《幻音》，顾名思义，此曲是用来迷惑人心的，不是什么好曲子。但若是遇到危险时，只要弹奏或者吹奏此曲，便能化险为夷，天下鲜少有人能受得住《幻音》。算是以音伤人的曲子。"

孙晴雪更为惊异好奇："天下还有能伤人的琴曲？"话落，她犹豫地开口，"这曲子能不伤人地弹奏出来吗？我自幼酷爱琴音曲目，却不曾听过这样的曲子，苏妹妹可否为我弹一曲？"

苏风暖知晓一个人若挚爱一样事情，是会想要看到或者听到自己所不知的那一面。她笑着对孙晴雪诚挚地说："孙姐姐，你开口让我弹，我本不该推却的，但是我刚刚也说了，这琴曲只要一经弹起，便是伤人之曲，甚至能于无形之中杀人，不能做到不伤人。所以，这《幻音》之曲，轻易不能弹，尤其是你没有武功内力，更是不能听到。"

孙晴雪见苏风暖说得真挚，有些微失望。

孙泽玉却笑道："妹妹又犯痴了，事有可为有不可为之说，你不能以一人之力，将琴曲囊尽，天下之大，无奇不有，一山更比一山高。所谓学无止境，便是在这里。你喜好琴律，本是一件雅事，切不可因一己喜好而忘人之所以立世之根本，钻了牛角尖，于你来说便是大害。心首先要静，其次天才宽阔。"

苏风暖闻言顿时对孙泽玉刮目相看。

孙晴雪顿时脸红地点头："哥哥教训得极是。"话落，歉然地对苏风暖说，"苏妹妹见笑了，既然是有害的曲子，不听也罢。"

苏风暖笑着说："孙公子心含雅量，胸怀宽阔，心地澄明，眼界高瞻，让人敬佩。"话落，又对孙晴雪笑着说，"孙姐姐不必跟我道歉，我理解你喜好琴艺之心。"说完，她想了一下说，"我与师兄学了一曲《风月调》，虽然我不会风雅之事，但也能依葫芦画瓢，给你吹奏一曲。"

孙晴雪大喜，对苏风暖道："那就多谢妹妹了，我洗耳恭听。"

孙泽玉微笑地问："苏小姐刚刚说吹奏，是善箫音？"

苏风暖笑着点头："我师兄善吹箫，时常在我跟前吹，我便也跟着他学了几分。"话落，她从配挂的香囊里取出一枚巴掌大的玉箫，十分精致，用绢帕擦了擦，笑着说，"我有好久没吹箫了，想必生疏了。吹得若是不好，孙姐姐可不准笑话我。"

孙晴雪笑着说："我不善吹箫，不敢笑话你。"话落，她看了孙泽玉一眼，笑着说，"不过哥哥善吹箫。"

苏风暖抬眼看孙泽玉，笑着说："那请孙公子别笑话我，若是我吹得不好，也是我师兄教得不好，你可以笑话他去。"

孙泽玉微笑点头："好。"

苏风暖将箫放在唇边，试了试音调，便吹奏了一曲《风月调》。

风月调，顾名思义，雪月风花的柔情曲子，自然不同于《将军曲》的凛冽肃杀，反而将鳞波湖的风都吹得轻轻柔柔的，但也不像烟花之地的曲子那般露骨。

苏风暖的箫与其说是跟着叶昔学的，不如说是被他逼着学的，他说她本来就不像个女儿家，师父连琴画也不教，将来她拿什么讨夫婿欢心，总不能见着夫婿时，先给他一剑，于是，他就逼着她学琴学画学吹箫。

叶昔出身叶家，拜师时，已经十岁，所以，琴棋书画，他自然是精通的。那时候，她自然不愿意学，对于她来说，学武功学人心谋算是她最重要的事。但叶昔不干，非逼着她学，于是，她与他斗智斗勇，输赢各半，赢的时候自然不学，输的时候便只能认命地学。所以，多年下来，也被他逼着学了个半吊子，不算真正会，也不算不会。

她吹着《风月调》时，便想起了疯道士还活着时她和叶昔一起在他身边一边游历一边学艺，师徒三人斗智斗勇的日子一去不复返了。

本是柔软的曲子，被她想起往事，不自觉地注入了时光流逝的感慨。

一曲罢，她放下玉箫。

孙晴雪立即说："我听着真真是极好的。"话落，她看向孙泽玉，"是吧，哥哥？"

孙泽玉颔首，笑着说："听着这箫音，便可知苏小姐确实不惯于吹奏，但苏小姐聪慧绝顶，若是多一些时间放在这上面，想必我以后必不敢在你面前吹箫，定会觉得惭愧不如的。"

苏风暖好笑："孙公子可真会夸人。"话落，她收了箫。

孙夫人回过神来，笑着说："依我看，这已经很好了，放眼京城，也不曾听闻哪个女子的箫吹得这样好。"话落，她道，"想必教你的叶公子吹得一定好极了。"

苏风暖笑着点头："师兄惯会做风雅之事，他不只箫吹得好极了。"

孙夫人偏头对孙泽玉笑道："听说叶公子住在容安王府，改日请他来府中做客。"

孙泽玉含笑点头。

孙夫人又笑道："你既然听了你妹妹的琴、苏妹妹的箫，也不能坐在这里白听一场。你也给她们吹奏一曲吧。"

苏风暖心里暗抽，她怎么就成了他的苏妹妹了？不过京中各府邸小辈似乎都是以哥哥妹妹相称，显得两家交情亲近。

孙泽玉无奈地看着孙夫人，笑道："娘，您都听了一上午了，可真是不嫌累。"

孙夫人笑着摇头："不嫌累，也有些日子不曾听你吹箫了。"话落，她点曲子，"你就吹《乐平调》吧。"

孙泽玉看向苏风暖。

苏风暖喝了一口茶，随意地看着他笑："今日我的耳朵有幸了，孙公子请。"

孙泽玉笑着点头，对一旁的婢女吩咐道："去把我的箫取来。"

婢女连忙应了一声去了。

不多时，婢女折回，孙泽玉执箫在手，一曲《乐平调》行云流水般飘出。

苏风暖听惯了叶昔吹箫，自然能评出好坏，她本来觉得叶昔的箫已然是这世上吹得极好的了，今日听了孙泽玉的箫，想着他与叶昔于箫音上的造诣也算是不相上下的。他早先说她若是多加练习，他以后必不敢在她面前吹箫的话显然是过于自谦了。

一曲《乐平调》吹罢，苏风暖先笑着说了一声"好"。

孙泽玉放下箫，温温润润地笑了笑。

孙夫人满意至极，站起身，笑着说："我去厨房看看午膳准备得怎么样了。"话落，对孙晴雪说，"你们姐妹也累了，你可以先带风暖去你的院子里歇一歇。"

孙晴雪点头，询问苏风暖："苏妹妹，去我院子里歇歇可好？"

苏风暖本来不必歇着的，她又不累，但既然孙夫人和孙晴雪好意相邀，便也不推辞，点了点头。

孙夫人又笑着对孙泽玉说："耽搁了你这么久，快去吧，一会儿吃饭时喊你。"

孙泽玉点头，离了鳞波湖。

孙夫人去了厨房，孙晴雪领着苏风暖去了她的晴雪阁。

孙晴雪的晴雪阁才是真正的大家闺秀住的院落，处处彰显着女儿家的柔软和雅致。

午饭时，孙夫人摆设了两桌，一桌坐着孙丞相、孙泽玉、苏青，一桌坐了孙夫人、孙晴雪、苏风暖，中间也未用屏风阻隔，只是以男女客不同席的规矩意思一下地分了桌。

吃过饭后，孙晴雪不让苏风暖走，又拉着她去了她的晴雪阁歇着。苏风暖也客随主便，跟着孙晴雪一起睡了一个午觉，醒来后，又在她的带领下逛了丞相府内其他的风景。

孙夫人本来还要留晚膳，苏风暖推托不过时，恰逢苏府来了人，说："奉了夫人传话，府中来了客人，是找小姐的，请小姐回去。"孙晴雪和孙夫人才作罢，送苏风暖出府。

马车上，苏青从上了马车后，一直不错眼睛地瞅着苏风暖。

苏风暖觉得这一日可真累啊，丞相府的人太热情了，孙夫人和孙晴雪对她似乎太好了。她懒洋洋地靠着车壁坐着，见苏青一直盯着她看，她挑眉："我脸上长花了吗，让你这样看我？"

苏青依旧瞅着她。

苏风暖抬脚踢他："问你话呢。"

苏青移开目光，忽然笑了一声："小丫头，你觉得丞相府怎么样？"

苏风暖点头："府内的风景好，环境好，人丁简单，没有钩心斗角，父子和睦，兄妹友爱，丞相和孙夫人都很和善可亲，不错。南齐京城难得有像丞相府这样的府邸。"

苏青扬了扬眉，似笑非笑地问："那相比容安王府呢？"

苏风瞪了他一眼："比这个做什么？"

苏青悠悠地道："容安王府风景也不错，环境也算好，人丁更简单，只叶裳一人。一人当家，一人做主。南齐京城也很难找到像容安王府那样的府邸。"顿了顿，他道，"主要是叶裳的规矩就是容安王府的规矩。"

苏风暖哼了一声："无聊。"

苏青伸手点她额头："小丫头，据我所知，也不是没有别的夫人小姐去过丞相府做客，但都不比你做客了整整一日。"话落，他意有所指地说，"你不觉得丞相府的人对你太好了吗？"

苏风暖睫毛动了动，懒洋洋地靠着车壁说："别的夫人小姐也没第一面就送这么贵重的礼的不是吗？"话落，道，"你想多了。"

苏青哼了一声："但愿是我想多了。否则，你可得拴住那头狮子，别让他发了恼，祸害到人家相府去。人家好好的相府，别平白地遭了殃，最后还不知道是哪里得罪了他。"

苏风暖一时无语。

马车回到苏府，苏青跳下车，看了一眼，回头说："娘说府里来了客人，怎么不见马匹和车辆的影儿？难道客人不是远客，是近客不成？"

苏风暖下了马车，随意地看了府门口一眼，迈进了门槛，没接苏青的话。

她想着今日孙夫人在孙丞相和苏青离开鳞波湖时，刻意留下了孙泽玉，难道真是有意？她昨日才见了一面孙晴雪，今日也才见孙夫人第一面，她们如何能升起那般心思？她真是觉得这事也太突然和奇异了。

她一边想着，一边进了内院。

来到正院，她看到只有苏夫人一人坐在画堂内，除了府中的仆从婢女，没别的什么人。她挑眉："娘，客人呢？您不是说府中来了客人吗？"

苏夫人喝了一口茶，瞅着她说："哪有什么客人，是小裳派人来给我传话，让我把你叫回来。说怕你把人家相府的炕头坐塌了。"

苏风暖无语，嘀咕："他可真是明目张胆地指使您了？"

苏夫人笑着放下茶盏："他既然在我这里开通了康庄大道，我自然要帮衬着些。"话落，她好笑地说，"这小子委实紧张你紧张得很，你只是去丞相府做了一天客而已，他就受不住了。"

苏风暖没了话。

第十七章
深夜造访

母女二人正说着话，苏青迈进门槛。

他接过话说："娘，您是不知道，孙夫人和孙小姐待妹妹有多热情多好，怕是另有心思啊。"

苏风暖扭头瞪了苏青一眼："不说话没人将你当哑巴。"

苏夫人一怔，看向苏青："这话怎么说？孙夫人和孙小姐另有什么心思？"

苏青不顾苏风暖的瞪眼，将今日在相府发生的事说了一遍，尤其是着重说了孙夫人刻意留下了孙泽玉，又让孙泽玉吹了一曲箫之事。

苏夫人听罢，愣了好一会儿，失笑："不会吧？难道孙夫人是看中暖儿了？"

苏青颔首："我觉得十有八九是这样。您可曾听说过谁家的夫人小姐去相府做客足足做上一整天的？您要不传话找她回来，孙夫人就死活留晚膳了。"

苏夫人哑然，过了片刻后，大乐："怪不得小裳紧张死了，不好去相府要人，过来派人让我将暖儿叫回来。原来……"她顿时乐不可支，"所谓一家有女百家求，这丞相府素是清贵的府邸，孙夫人素来眼光高，寻常女子，丞相府看不上，孙泽玉到了娶亲的年龄，有不少媒婆已经踏破了丞相府的门槛，孙夫人却无动于衷，一副根本就不急的样子。没想到，她这才见了暖儿一面，就打上主意了。"

苏风暖无奈地瞅着乐得合不拢嘴的苏夫人："您怎么只听哥哥胡说就信了？我可没看出来。人家可能觉得我送的礼重了些，我比较合眼缘，讨喜些而已。"

苏夫人笑看着她，仔仔细细地端详了一阵，连连说："我的女儿长得好，脾气秉性又不错，虽说喜好疯玩，但真正该守礼时也是个知礼守礼的。孙夫人眼光不错。听说孙府公子教养极好，文质彬彬，风度翩翩，待人有礼，有丞相府清流门第之风骨。"话落，她叹了口气，"若非小裳早一步向我求娶你，我已经应允了下来，还真觉得这丞相府的公子是一门极好的亲事。"

苏风暖大翻白眼："娘，您魔怔了吧？乱说什么呢！"

苏夫人笑着说："我没乱说，丞相府一门在朝中是中流砥柱，清贵门第。丞相多年来，心地清明，虽府中有几房侍妾，但将之规矩得紧，不曾乱了嫡庶血脉规矩，以至于府中多年来，人丁简单，父子亲厚，兄妹和睦。你若是嫁给孙公子，丞相府定然不会委屈了你。"

苏风暖连忙抬手："娘，打住。"

苏夫人自然不会打住，看着她笑着问："你今儿也见了丞相府公子了，其人如何？"

苏风暖虽然觉得这事太不靠谱了些，但却不能昧着良心胡说人家孙泽玉不好，于是点头："孙公子为人谦逊，心含雅量，胸怀宽阔，心地澄明，眼界高瞻，让人敬佩。"

苏夫人大乐："难得从你口中夸一个人能说出这么多词儿，我也见过孙公子，他确实极好的。"顿了顿，她感慨道，"南齐京中，如今小一辈的这些公子里，孙泽玉不争锋，不沾染恶习，待人有礼，行止有矩，诚如你所说，心含雅量，胸怀宽阔。极难得。"

苏风暖看着她："叶裳正好与他相反，您既然觉得孙泽玉这么好，怎么就把女儿卖给叶裳了？"

苏夫人伸手给了她一巴掌，嗔道："这还不是你作的孽？那么个浑小子，非你不娶，我若是不答应，他就会算了？以他的坚韧，早晚要磨得我答应。晚答应不如早答应，我也能早享受他的孝敬。"

苏风暖无语地看着她："您答应后得了他什么孝敬了？"

苏夫人叩了叩桌面，得意地说："各地产量极少的新茶，他每样都给我送了两盒来。今年的茶我都喝不完。"

苏风暖趴在桌子上，咬着牙道："您以后就跟茶过吧。"

苏夫人笑着哼了一声，点点她脑袋："你这个小破孩，一点儿都不可爱，对于娘来说，再好的茶，我喝过，再不好的茶，我也品过。茶好茶坏，一样都是茶，除了在嘴里品的味道不一样些，进了肚子里还不是都一样？贵在他的心意。"

苏风暖自然清楚得很，默默地叹了口气，说："我以后还是少去丞相府吧。"

苏夫人笑着点头："皇上和太后那里因为最近一段时日出了这么多事，关于要给你赐婚的事，一直都在拖着。能拖到什么时候，也不知道。孙夫人即便有点心思，也不会在这当口就来提亲，打皇上和太后的脸面。总要等这事了结了之后，才好出面。而我觉得呢，这件事了结之时，也就是你婚事定下之时了。她不管有什么心思，也只能都吞回去了，我们就装作不知道，便不会伤了两府和气。"

苏风暖没想到她遇到孙晴雪有意相交之后，事情会变成这样，一时间哭笑不得，只能点头。

在苏夫人处用了晚饭，苏风暖回到自己的院子时，天已经黑了，她累了一日，梳洗之后很快就睡下了。

她刚睡不久，门口的门闩处传来细微的动静，似有人要推门而入，她蹙了蹙眉，低声问："谁？"

门闩处的手一顿，须臾，索性"砰"的一声大力推开了门，外面的人走了进来。

门帘被人挑起，哗啦啦地发出一阵清越的响声，那人带着夜里的凉气，进了屋。

苏风暖睁开眼睛，挑开帷幔，看清楚走进来的人是叶裳，她微晃了一下眼睛，瞪着他："黑天半夜的，你怎么来了？"

叶裳没言语，关上了门，站在门口看着她。

苏风暖定了定神，看清他脸上神色不悦，挑眉："怎么这副神色？谁又惹到你了？"

叶裳看着她，吐出了一个字："你！"

苏风暖翻白眼，推开被子，下了床，走到桌前，摸到了火石，掌上了灯，回头见他还站在门口，她靠着桌子抱着肩膀瞅着他："说吧，世子爷，我又哪里惹你了？"

叶裳哼了一声，对她说："你竟然在相府又是舞剑又是吹箫，玩得很尽兴是不是？"

苏风暖想着原来是为了这个兴师问罪来了，她笑看着他："你的消息倒是灵通，我在相府做了什么，你都一清二楚了？"

叶裳脸色不好看："去相府做客让你很高兴吗？玩耍了一整日都舍不得回府？"

苏风暖眨了眨眼睛，郑重地道："苏夫人和苏小姐实在太热情好客了，我只能客随主便。"

叶裳眯了眯眼睛，眼神忽然冷了冷，抬步向她走来。

苏风暖见他径直走到她面前依旧不停步，眼看就距离她更近了，她连忙伸手挡住他："明明是你给我出的主意，让我不能与人家私相授受，不能收人家的还礼，向人家讨一曲琴曲作为还礼，如今怎么还怨起我来了？"

叶裳停住脚步，看着她，凉凉地说："我是给你出主意让你讨一曲琴曲，但何时让你应和着她弹琴而舞剑了？又何时让你吹箫了？还吹什么《风月调》！"

苏风暖一噎，立即说："当时舞剑实在是因为一时兴起，不得不说孙晴雪的琴艺实在太好，我一时没忍住，难得酣畅淋漓了一回。"顿了顿，又无奈地说，"因为一时兴起舞了剑，孙晴雪便看出我善音律，让我也弹一曲，可是我只会弹师父教给我的《幻音》，那曲子伤人，自然不能弹。不忍她失望，无奈之下，我只能吹箫了。而我能吹得最好的就是《风月调》了。"

叶裳盯着她，听她说了一堆，没言语一声。

苏风暖被他盯得毛骨悚然，伸手推了推他："我已经给你解释了，你还想要我如何？难道因为你不喜，我就禁锢着自己的性情不能随性玩乐了？"

叶裳收回视线，垂眼看她推他的手，沉默着。

苏风暖蹙眉，改掌为指，戳了戳他心口，无奈地说："孙晴雪的琴技果然不负盛名，我是真没忍住。那曲《将军令》由她弹出来，我去过战场，深有体会。人生该尽兴时当尽兴，难得有这么个机会，我自然……"

叶裳突然打断她的话，郁声郁气地说："你都不曾为我舞过剑，更不曾为我吹过箫。"

苏风暖一怔，看着他。

叶裳抬眼，瞪着她，有些气恼地说："这两样你都不曾为我做过，只孙夫人和孙晴雪也就罢了，可你偏偏还被孙丞相和孙泽玉见了听到了。"

苏风暖快速地眨了一下眼睛，一时没了话。

叶裳伸手拽住她的手，拉着她就往外走。

苏风暖跟着他走了两步，才回过神来："你要拽我去哪里？"

叶裳道："找个地方，你给我舞剑吹箫。"

苏风暖又气又笑："黑天半夜的，就算你要看我舞剑，听我吹箫，也要明日白天啊。"

叶裳断然道："不行，就今日。"

苏风暖被他拽到门口，挣了两次，没挣脱，她只能妥协："我如今还穿着睡衣，你让我怎么出去？就算要出去，也要等我穿好衣服吧？"

叶裳这才停住脚步，回头看了她一眼，见她只穿了一件丝绸的软袍，宽宽大大，愈发显得她身子纤细，因下床时没穿鞋，此时还光着脚，他慢慢地松了手："快去穿。"

苏风暖揉揉手腕，嘟囔："这么大的劲儿做什么？疼死了。"话落，转身回了里屋。

叶裳等在门口，倚着门框，看着外面，月亮挂在中天，十分明亮，繁星闪烁，夜色晴好。这么好的月色，怎么能就让她这样气了他一通后安然地睡觉？自然要给他找补回来。

不多时，苏风暖穿好了衣服，来到门口，看了一眼外面，夜深人静，府中各处早已经熄了灯。因她不喜院子里有人侍候走动，所以，她的院子没叫苏夫人安排小厮婢女，是以，刚刚叶裳来即便大力地推开了门，依旧没惊动什么人。她小声问："去哪里？你总不会叫我在府内给你舞剑吹箫吧？把人都吵醒了怎么办？"

"去我府里。"叶裳说。

苏风暖看着他："陈述可还住在你府里？"

叶裳摇头："陈述回府去住了。"

苏风暖点头："好吧，就去你府里。"

叶裳扣住她的手，拽着她出了院门，轻而易举地避开了府中的护卫，出了苏府。

站在苏府墙外，苏风暖偏头瞅着拽着她走在前面的叶裳："跳墙跳得这么利索，看来是伤好全了？"

叶裳"嗯"了一声。

苏风暖不再说话，街道静静，二人走了一段路后，碰到了前方巡街的人，叶裳转了路避过，带着苏风暖绕道回了容安王府。

来到府内，叶裳对等在门口的千寒吩咐："去取琴和箫来。"

千寒应了一声"是"，立即去了。

苏风暖转眸看他："你来弹琴？"话落，她笑着问，"不会是也要弹《将军曲》吧？你确定你的琴技能赛得过孙晴雪？"

叶裳冷哼一声，没说话。

苏风暖腹诽，这个人执拗起来，真是十头牛也拉不住他想撞墙的心。

叶裳拽着苏风暖直接来到了府中的雀屏湖，雀屏湖是容安王府一景，因四周种了海棠树，每当海棠开花的季节，花瓣被风吹散，飘落在湖面上，如孔雀在湖里开屏，是以取名雀屏湖。

雀屏湖的中心有一座水榭轩台，地方宽敞。

二人刚到轩台上，千寒已经取来了琴箫，命人摆了桌案，将琴放在了桌案上。

苏风暖看着那摆放在桌案上的琴，忽然想了起来，对叶裳说："这琴和箫还是我送的呢。"

叶裳闻言难得有了笑模样："难为你还记得。"

苏风暖眨眨眼睛，看着他："我记得那是我刚拜疯老道为师的第二年，收到了你的信，你让我别忘了你的生辰礼，指名要琴和箫。"

叶裳笑着点头："嗯，于是你就给我送来了天下最好的七弦琴和碧海箫。"

苏风暖乐起来，瞪了他一眼："既然你要，我自然要给你最好的了。七弦琴是收在了凤阳镖局的总坛，碧海箫收在了碧轩阁。我费了好一番力气，才给你抢了来。"

叶裳笑看着她，目光忽然柔柔的："我一直没问你是怎么抢的，当时你还小。"

苏风暖白了他一眼："七弦琴是我拖着师父找去了凤阳镖局的总坛，师父与凤阳他爹打了七天七夜，凤阳他爹败阵下来，将七弦琴拱手给了师父，得了七弦琴后，师父死活不帮我了，他与碧轩阁有些过节，只能我自己去了。于是我又拖上了师兄去了碧轩阁，以为师兄的箫音能打动碧轩阁的阁主，没想到，没能打动，我使出了浑身解数，那碧轩阁的阁主油盐不进，我气得一把火烧了碧轩阁。"

叶裳失笑："后来呢？你真是胆子大，敢烧碧轩阁。"

苏风暖也失笑："后来火也没烧大，被碧轩阁的人及时扑灭了。阁主答应给我碧海箫，却说让我留在碧轩阁一年。我想想碧海箫价值连城，留一年也划算，反正白吃白住，便应下了。"话落，她收了笑，郁着一口气说，"只是没想到，阁主不厚道，没到一年，两脚一蹬，归西了，原来他早就得了痨症，命不久矣，正在为碧轩阁寻找下一任阁主，我就倒霉地撞了进去。"

叶裳笑看着她，挑眉："所以，你就接手了碧轩阁？"

苏风暖点头："他临终遗言，由我继任阁主，说完一句话，就死了，没给我推托的时间。碧轩阁上下唯老阁主之命是从，我自然成了新阁主。"话落，她叩了一下桌子，笑着说，"其实，就算他给我时间，我也不见得会推辞。毕竟，我要将江湖攥在手中，碧轩阁缺之不可。"

叶裳伸手钩了一下琴弦，笑着说："这些年，叶家嫡亲虽然没来人入京，但是暗中派来了人对我教导。叶家是世代诗礼传书之家，外公自然不想我真被养废了。叶家也送来了琴箫等物，但我不想要，只想要你的。倒没想到你去夺天下第一的琴和箫。"

苏风暖看了他一眼，哼道："就是从那时候开始，把你给惯坏了。"

叶裳轻笑："是啊，我的暖暖那么小，便有本事送了我七弦琴和碧海箫。连叶家来的琴师见到这两件物事，都惊得合不拢嘴。又怎么能不把我惯坏呢？"

苏风暖也笑起来，伸手推他："废话这么多做什么？你快开弹，我舞剑给你看。"

叶裳点头，坐在了琴案前，轻轻拨动琴弦，一曲《将军曲》流泻而出。

苏风暖这些年的确没听过叶裳弹琴，往年来京不过几日，他不曾弹过，她也不曾问过，多年过去，当年的七弦琴和碧海箫之事早已经被她忘了。因为他每年的生辰，她都要费尽思量地给他各处淘弄生辰礼物，每一件都世所罕见，价值不菲，珍贵至极，不次于七弦琴和碧海箫。心底一直想着，要给他最好的。

至于为什么要给他最好的，她想着兴许是因为他父母战死沙场，他幼年失怙，一无所有，除了世间最好的东西，都不能慰藉他，也私心地觉得只有最好的东西能配得上他无双的容貌。或许还有些什么别的心思，连她自己也觉得复杂得难以探知，也不必探知。

一曲过半，琴音破出铿锵的杀伐之声，她才惊醒，回过神。

叶裳一直看着她，她的痴然和失神似乎让他的心情很好，嘴角微微地勾着，见她回过神，对她挑了挑眉，意思不言而喻。

苏风暖脸一红，抽出腰间的软剑，挽了个剑花，应和而舞。

剑影翻飞，衣袂轻扬，月光如水，人如珠华。

一曲落下尾音，又很快地继续扬起，叶裳同样欲罢不能，将《将军曲》又弹了一遍。

苏风暖舞得尽兴，又是一番酣畅淋漓。

琴声再度落下尾音，叶裳罢手，苏风暖同样轻轻一扫，一缕清风吹过，吹净了他面上些许薄汗，收了剑，立稳了身子。

这时，有人在翠屏湖外嗤笑出声："本是好好的一曲《将军曲》，被你们一个弹成了《风月曲》，一个舞成了风月舞，情思泛泛，绵绵柔柔，兵戈杀伐之气都哪里去了？我也算是开了眼界了。"

叶裳转眸看去，见是叶昔站在亭外，不知来了多久了，没说话。

苏风暖也看到了叶昔，瞪了他一眼："无论是风月曲，还是风月舞，都是师兄最喜欢的才是。今日让你开了眼界也是你的福气。"

叶昔笑了一声，走进了轩台内，瞅了一眼琴案上摆着的七弦琴，又看了一眼一旁放着的碧海箫，他笑道："表弟从小就有好福气，师妹为了这两件物事，当年疯了似的折磨人。"

叶裳心情好地看着叶昔："表兄嫉妒也没用。"

叶昔一噎，转而又笑了，对叶裳道："算起来，师妹这些年陪在表弟身边的日子屈指可数，而我与她待在一起的日子数不过来，如今让我算，我都算不清了。我为何要嫉妒你？东西再好，毕竟是死物。"

叶裳顿时大怒，抬手就对着叶昔挥出了一掌。

叶昔轻轻巧巧地避开，笑着说："表弟这就怒了？"话落，他"嗯"了一声，"功夫也还不错，怎么就没躲开穿骨钉呢？是因为想让师妹心疼你吧？"

叶裳看着他，忽然也笑了："就算我们待在一起的日子屈指可数又如何？她还不是把我排在第一，一心只惦记着我？论最亲近，亲近到何种地步，表兄十个怕是也不及。"

叶昔收了笑，偏头用折扇敲苏风暖的脑袋："你听听，他说的这叫什么话？你竟然还惯着他。他亲近你到何种地步，师妹你倒是说说。"

苏风暖脸一红，瞪了叶昔一眼，又转头瞪了叶裳一眼："都干什么？想打架是不是？正好我也看看，今夜月色正好，适合打架。"

叶昔好笑，又敲了苏风暖一下："说到底，还是宠着。"

叶裳冷哼一声，对叶昔道："那又如何？她心甘情愿，我乐意之至。"话落，又道，"你不睡觉，跑来这里做什么？"

叶昔往后走了两步，一屁股坐在了栏杆上，随意闲适地说："长夜漫漫，本来好眠，被你们在这里吵得无心睡眠，出来看看。"话落，他道，"表弟刚刚弹完了琴，是不是还要吹箫？我听琴师说你天资聪颖，悟性极好，让我也听听。"

叶裳不买账："我倒想听听你教给她的《风月调》，到底学得多好，敢在别人面前吹奏。"

叶昔失笑，看着苏风暖："我也听闻了，你在相府吹奏了《风月调》，不枉我教会你这个。"话落，他颇为欣慰地说，"让你学这个，费了我多少心思？我也好久没听了，正巧也听听。"

苏风暖睄着二人，伸手拿起了桌案上的箫，放在唇边，吹了起来。

箫音轻轻扬扬，飘悠洒意至极，与在丞相府所吹奏的大相径庭。

一曲吹罢，苏风暖放下了箫，对叶裳说："舞剑你也看过了，箫声也听过了，该放我回去睡觉了吧？困死了。"

叶裳看了她一眼，说："就在我府里歇下吧。"

苏风暖白了他一眼，当没听见，扭头就走，很快就出了水榭轩台，离开了容安王府。

叶裳没拦着。

叶昔依旧坐在栏杆上，手指放在唇边，品味了一番，乐着说："这小丫头，近一年长进不少啊。"

叶裳失笑："《风月调》被她吹成了这般地步，也算是世所难及了。"话落，他吩咐，"千寒，将琴箫收起来。"

千寒应声出现，收起了琴箫。

叶裳收了笑意，看着叶昔："她本来已经在苏府睡下了，被我从床上拖了起来，拉她来了这府里。若是换了别人，表兄觉得，这天底下，还有谁让她甘愿半夜起来折腾？"

叶昔挑眉，似笑非笑地看着叶裳："也不是没有的，曾经我半夜想吃烤鱼，就将她从床上揪了起来。她半夜给我烤鱼也甘愿。"

叶裳眸光骤冷："表兄的意思是，你们师父临终遗言的婚约之事，你是一定要遵循了？"

叶昔笑看着他："我没有理由不遵循。"

叶裳面色染上一层霜色："那表兄可想过你要遵循的后果了吗？"

叶昔扬眉看着他，慢悠悠地说："什么后果，表弟不妨先说说，让我知晓知晓。"

叶裳看着他，音调也不由得散漫："这天下，总有表兄在乎的人与事，不是叶家，便是别的。"

叶昔大笑，笑罢，对他道："师父收了我和师妹做徒弟之后，嘴里常说的两句话就是，你们俩都是怪胎。既是怪胎，便想常人所不能想，做常人所不能做。世间诸事，论威胁二字，在我们的眼里，都如天边飘着的云，浮得很。表弟怕是威胁不到我什么。"

叶裳眯起眼睛，冷笑一声："我便不信了。"

叶昔跳下栏杆，拂了拂衣袖，走到叶裳身边，拍拍他肩膀，笑着说："你不信倒也是对的。"话落，他补充，"告诉你也无妨，这天下，若说让我在乎的人与事嘛，还真有一个，就是师妹和她的事。"

叶裳猛地扣住了他的手腕，不知从哪里飞出来的袖剑瞬间抵住了叶昔的脖颈。

叶昔眨了眨眼睛，目露微光地看了一眼抵住他脖颈的袖剑，抬眼，笑吟吟地看着叶裳："表弟这一手功夫，真是深藏不露，确实能杀人于无形了。"顿了顿，他道，"不过你当真要杀了我不成？"话落，又道，"只有弱者才会这么做，以为杀了人，就能解决了事。你是不相信你自己的本事，还是不相信师妹对你之心？难道只有杀了我，才能赢得她？"

叶裳瞬间撤回抵住叶昔脖颈的袖剑，负手而立，看着面前的他，凉薄地说："表兄说错了，我不是不相信，而是觉得，必要的时候，能痛快地把麻烦解决一个是一个。"

叶昔失笑，也负手而立，以不次于他的凉薄音调说："表弟可别误入歧途，到头来都不知道何为真正的麻烦。"话落，抬步向外走去，在即将出水榭轩台时，又丢下一句话，"毕竟，人心这个东西，是很复杂的。越是聪明的人，越容易聪明反被聪明误。"顿了顿，又笑着说，"至于师父临终前的婚约之事，可以有，也可以没有，表弟是聪明人，可别真正被聪明给误了。"

叶裳皱眉，看着叶昔走远。那身影翩然随意，身上的洒意气息几乎与苏风暖离开时如出一辙。他心底涌上愤恼的情绪，想着到底是他们相处多年……

丞相府内，孙晴雪半睡半醒间，似乎听到远方隐隐传来琴声，她猛地坐起身，披衣下床，推开房门，冲出了院子。

她站在院中，凝神听了一会儿，向外走去。

紫婷被惊醒，连忙也披衣起来，追了出去："小姐，您怎么半夜出了屋子？您这是要去哪里？"

孙晴雪停住脚步，问紫婷："紫婷，你听见了没有？似乎有人在夜里弹琴。"

紫婷听了听，摇头："小姐，奴婢没听到啊。这夜静静的，哪来的琴声？"

孙晴雪道："我听到了，是有琴声，一定是有人在弹琴。"

紫婷看着她："小姐，您是不是做梦了？或者是幻听了？您爱琴成痴呢。"

孙晴雪摇头，看着东北方："琴声好像是从东北方向传来。"话落，她继续向外走去，"出去看看。"

紫婷只能跟上她。

二人走出了院子，奔向相府的东北角，走了一段路后，紫婷小声说："奴婢还是没听见。"

孙晴雪不说话，凝神往前走。

来到府中的东北角，紫婷睁大了眼睛，惊讶地喊了一声："公子？您怎么在这里？"

孙泽玉正在凝神静听，闻言回转身，看向孙晴雪和紫婷，微笑道："你们也是因为听到了琴声才过来的？"

紫婷震惊："真有人在弹琴？奴婢听不见。"

孙泽玉笑着说："看来妹妹听见了。"

孙晴雪点头，低声说："我听得太细微，不甚清。"话落，看着孙泽玉，"哥哥，是什么人在弹琴？你可知道？"

孙泽玉看向东北方向道："琴声来自东北方向，那个方向坐落着皇宫、晋王府、容安王府、大学士府。弹琴的人琴技高超，弹的也是《将军曲》，论琴技，不在你之下，但论意境，未免将《将军曲》弹得太过柔情。"话落，他笑道，"猜不出是何人。"

孙晴雪细细思索，揣测道："会不会是那位新进京的叶家公子？"

孙泽玉道："说不准，也许是。"

二人说着话，箫音又起，隐隐约约，正是一曲《风月调》，明明是绵柔的曲调，偏偏被吹成了飘远的天边之声，轻扬洒意得连夜空的繁星似乎都能被箫声拂落。

紫婷立即惊喜地说："我听到了，是有人在吹箫。"

孙晴雪和孙泽玉都没说话，静静听着。

一曲落，孙晴雪笑起来："这吹箫之人和白日苏妹妹所吹之曲一样，却大为不同，想必是个男子。"话落，她道，"听闻苏妹妹说，《风月调》是她跟她的师兄叶家公子学的，想必这吹箫之人是叶家公子了。他正好住在容安王府。"

孙泽玉点头："我还不曾见过叶家公子，明日抽了空闲，一定要去拜会拜会。"

孙晴雪笑着说："若非男女有别，我倒也想跟哥哥一起去拜会。不过白日里得了哥哥的教导，诚如哥哥所说，学无止境，我却也没那么发痴了。哥哥见了人后，若能听他一曲，回来告知妹妹一声也就是了。"

孙泽玉含笑点头。

孙晴雪对紫婷说："走吧，回去吧。"

紫婷连忙点头，二人折回了晴雪阁。

孙泽玉又在原地站了一盏茶时间，再没听到琴箫之音传出，便也折回了自己的院子歇下了。

第二日一早，苏风暖还没起床，宫里却早早地来了人，说是奉了太后懿旨宣她进宫。

苏风暖躺在床上愣了好一会儿，不明白自己又哪里招那个老精婆惦记了，怎么又想起召见她了？她不是不待见她吗？难道不怕她在她面前再舞刀弄剑乱打一通，吓着她的金尊贵体？

她想了一会儿，没想明白，索性推开被子起床，准备去问问她娘的意见再说。

第十八章
闹御书房

还没等她出房门，苏夫人便先一步匆匆地来了她的院子，进门的第一句话就说："太后派来的人特意强调，说只传你进宫，没传娘，娘不必陪着你一起进宫。来的人是太后身边得力的公公，如今就等在前厅。"

苏风暖皱眉，不解地说："她这么早派了人来突然传我做什么？还特意嘱咐不让您进宫，不会是要在宫里对我整什么幺蛾子吧？"

苏夫人有些担忧："太后身边的这个公公得太后器重，我套了半天的话，他什么都不说，只说太后要见你。"

苏风暖哼了一声，看着苏夫人："她要见我一准没好事。"话落，商量道，"娘，若是说我吃坏了肚子，拉肚子，没办法进宫，行吗？"

苏夫人摇头："恐怕不行，昨日你去相府做客的事怕是早已经传开了，昨天你还活蹦乱跳的，今天太后派人来召你进宫，你就拉肚子，岂不是明摆着打太后的脸吗？"

苏风暖撇嘴："也就是说，不去不行了？"

苏夫人点头。

苏风暖干脆地道："既然不去不行，那我就去呗。皇宫而已，我还怕了她不成？"

苏夫人伸手点她额头："我估摸着也许是因为你昨日去相府做客，在相府整整消磨了一日，这么多年，据说相府从来不曾如此待过客，兴许是因为这个，太后还想再见见你。"话落，又道，"另外，最近京中盛传你与叶昔是师兄妹关系，两桩事加在一起，太后又坐不住了。"

苏风暖琢磨着差不多，估计太后对要给她赐婚之事还没死心，她埋怨道："娘上次给我穿的衣服实在是烦琐裹脚得很，不方便打架，今天我就穿得简单利索一点，奔着打架去。太后若是不给我脸，对我做什么太过分的事，我也不会给她脸，更不会束手待毙。"

苏夫人笑着瞪了她一眼："你是真豁出去把自己名声往地底下踩了是不是？"

苏风暖无辜地看着她："难道您真想我被她欺负不成？"

苏夫人笑着摆手："罢了，反正你名声好不好小裳都不在乎，你就爱怎么折腾就怎么折腾吧。"话落，警告说，"不过你也不能太过分，太后毕竟年迈了，若是将她气出个好歹来，这罪名你可担待不起。"

苏风暖笑着说："把她气坏了，我给她治啊，我的医术又不是吹的。"

苏夫人喷笑，又瞪了她一眼："太后要对你做什么，只要不过分，你就忍耐些，皇宫里有个风吹草动也瞒不过皇上，皇上看在你爹和娘的面子上，总会去救你的，不会让太后真将你如何。别闹到不可收拾的地步。毕竟是太后。"

"好。"苏风暖点头，"她若是不太过分，我还懒得动手呢，最近累得很。"

苏夫人伸手点她额头："你以前成天在外疯跑疯玩，怎么就不嫌累？刚在京城待几日，就闹腾累了？"

苏风暖哼哼："所以说京城不好啊。"

苏夫人拍了她一巴掌："京城不好你也得给我乖乖待着，不能再跑出去了。"话落，对她说，"快收拾吧，公公还等着呢，也别让他久等。"

苏风暖摆摆手："知道了。"转身去衣柜找轻便的衣服。

苏夫人出了苏风暖的院子，去了前厅招呼那位公公喝茶。

苏风暖一点儿也不急，慢悠悠地收拾穿戴妥当，又令人端来了早饭，再慢悠悠地吃完，待她走出院子时，已经是一个时辰之后了。

太后跟前侍候的公公足足喝了一个时辰的茶，苏夫人言笑晏晏地陪着他喝了一个时辰的茶。直到将公公的脸都喝绿了，苏风暖总算出现了。

那公公见到苏风暖，眼睛几乎都发绿光了，连忙站起身："苏小姐，您总算来了。"话落，他睁大眼睛看着她的打扮，"您……您就穿成这样去见太后？"

苏风暖眨巴了两下眼睛，看着他："这样怎么了？不能穿成这样吗？"

那公公连忙道："您穿成这样……这样……不太妥当吧？"

苏风暖依旧纯真地瞅着他："这样怎么不太妥当了？宫中有规定说我不能穿成这样吗？"

那公公一噎，连忙说："宫中虽然没有规定说不能穿成这样，但……您这样穿实在是……"话落，他看向苏夫人，"夫人，您看这……"

苏夫人瞅了苏风暖一眼，立即板下脸，佯怒："风暖，我不是告诉你好好收拾仪容吗？怎么穿成了这样子出来？你这样去见太后，实在是太失仪了。"

苏风暖立即说："娘，您难道还让我穿得跟上次一样烦琐，连脚都迈不动？

万一再冲撞了太后怎么办？"

苏夫人一噎："那你也不能穿骑射装啊，不像个女儿家的样子。"

苏风暖转了个圈："我穿的骑射装也是女子的骑射装啊，难道这样看我还能把我当成男子不成？"

苏夫人又是一噎，怒道："强词夺理！"

苏风暖嘟起嘴，看着她问："难道您让我再去换？"

苏夫人闻言看向那公公："公公，您看她这样没办法进宫的话，再让她去换？"

公公此时已经等了一个时辰了，哪里还等得起？闻言，他猛一咬牙："别换了，咱家就算等得起，太后她老人家也等不起了啊，天都这般时候了。苏小姐说得也有道理，她穿不惯烦琐的衣裙，万一又踩了裙摆，冲撞了太后可怎生是好？就这样吧。"

苏风暖笑看着那公公："我觉得这样十分利索，一定不会再像上次那样冲撞太后的。"

公公连忙催促："苏小姐，快跟咱家走吧。"

苏风暖点头，对她娘挥手："娘，我走了啊，晚上我若是还没回来，一定是又得罪了太后，被太后给扣在宫里了，您一定要去宫里救我啊。"

公公正往前走，听到她的话，一个趔趄，险些栽倒。

苏夫人却点头："知道了。"

公公回头瞅了苏夫人一眼，想着这苏夫人疼女儿果然是出了名的，一点儿也不白担她宠女的名声。

出了苏府，马车赶得很快，两炷香的时间，便到了皇宫。

公公下了马车，刚要去挑帘幕，苏风暖已经自己挑起了帘幕，跳下了马车。

公公撤回手，暗暗想，这苏小姐果真是半点儿大家闺秀的样子也没有。

进了宫门，公公直接带着苏风暖前往慈安宫，他走得急，苏风暖却不着急，蹦蹦跶跶地跟在他身后，一边走着，一边四处张望。

公公走出很远，回头一看，苏风暖落在他身后老远，他急得额头冒汗："苏小姐，快点儿吧，您再磨蹭下去，这天快晌午了。"

苏风暖笑嘻嘻地看着他："公公，上次我来皇宫，因为紧张，都没怎么观看宫里的风景，既然已经晚了，也不差这么一会儿了。"

公公急得跳脚："让太后等了一早上，若是等出了火气，奴才可担待不起。"

苏风暖笑嘻嘻地说："我帮着你一起担待。"

公公一噎，心想你还不知道靠谁担待呢。他抹了抹额头的汗，催促："等您见了太后，若是想观看宫里的景致，可以慢慢观看。"

苏风暖摇头，小声说："见了太后没准就没观看的心情了。"

公公拿她没辙，只能等着她磨磨蹭蹭地走，心想着满京城数数，就连淑雅公主都不敢触太后霉头，不敢让太后久等，这苏府的小姑奶奶却是半点儿不害怕，满京城独她一份了。

从宫门到慈安宫，本来快走需要两盏茶时间，足足被苏风暖磨蹭出了四盏茶时间。

看到了慈安宫的牌匾，公公大出了一口长气，想着总算是到了。

一名小太监等在宫门口，见二人来到，连忙上前："严公公，您总算回宫了，太后没在慈安宫，在御花园等着您带苏小姐进宫呢，太后吩咐奴才了，苏小姐进宫后，您带她去御花园见太后。"

严公公脸一黄，对小太监点点头，回头对苏风暖说："苏小姐，咱们去御花园吧。"

"远不远？"苏风暖问。

严公公心想就算远也得去，难道因为远就不去？他摇头："您快点儿走的话，不太远。"话落，怕她使性子不去，又补充，"御花园景致才是真真正正地好。"

苏风暖点点头。

严公公又带着苏风暖前往御花园。

路上，苏风暖看到一只蝴蝶飞过，她眼睛一亮，立即追着蝴蝶去抓。

严公公呆了呆，连忙说："苏小姐，蝴蝶哪里都有，您别玩了，快些走吧。"

苏风暖头也不回地说："这可是宫里的蝴蝶，能一样吗？"

严公公无语。

苏风暖追着蝴蝶，蝴蝶飞过假山，她也跟着跳过假山，几个起落，就没了她的影。

严公公大惊，连忙喊："苏小姐！"

苏风暖远远地应了一声："公公，你快跟上啊，你怎么这么慢？"

严公公连忙小跑地沿着苏风暖离开的方向追去，他没有武功，自然没有苏风暖腿脚灵便，待他爬过了两座假山后，哪里还有苏风暖的影子？他又急又恼，想着这么个小祖宗，苏大将军和夫人将她养大一定不易。

他喊了两嗓子，没回音，他气得跺脚，只能赶紧四下寻找。

苏风暖跳过几座假山，甩脱了严公公后，抓着蝴蝶原地琢磨了一会儿，便向与御花园相反的方向走去。她走了几步路后，迎面走来一个小太监，她笑着上前小声问："小公公，你知道皇上在哪里吗？"

小太监抬眼，便看到了一张明媚的笑脸，呆了呆，讷讷地说："皇上下了朝后，寻常时候，都会在御书房。"

苏风暖高兴地拍拍他肩膀，又对他笑着说："谢谢你。"话落，从怀里掏出一锭银子，"忘了刚刚的话。"

小太监呆呆地接过银子。

苏风暖松开了手中的蝴蝶，轻轻抬手，蝴蝶便顺着她手中流动的气流指引的方向向前跑去，她依旧在后面追着蝴蝶跑，方向是御书房。

她觉得，太后今天找她一准没好事，反正她已经按照她的召见进宫了，万一皇上已经忘了说过会罩着她的话，在太后为难她她对她发难时不去救她的场怎么办？不如她直接先去找他好了。

于是，她一路追着蝴蝶，蝴蝶乖巧地按照她的意思，飞到了御书房，路上碰到了一路的宫女太监，所有人都看到了一个身穿骑装的女子在追蝴蝶，追得高兴又辛苦。

御书房外，兵甲林立。

蝴蝶按照苏风暖的指引，直接飞到了御书房门口，苏风暖自然也追到了御书房门口。

有大内侍卫顿时上前，横着长缨枪拦住她，肃穆地大喝："你是什么人？敢闯御书房！"

苏风暖立即停住脚步，抬眼打量拦在她面前的人，又四下看了一眼，迷茫地问："你们是什么人？这里是哪里？"

侍卫们被问住，其中一人竖眉："你不知道这是什么地方？"

苏风暖摇头，眼神纯真又无辜："我是追着蝴蝶来的。"

那人立即说："这里是御书房，你速速离开。"

苏风暖睁大眼睛，惊喜地说："原来这里就是御书房啊，是皇上办公的地方喽？"话落，她手舞足蹈地说，"难道那蝴蝶是皇上豢养的吗？我追着它一路跑过来的。"顿了顿，她又好奇地问，"皇上在御书房吗？"

那侍卫本来欲赶她离开，但听了她一连串好奇的问话，顿时又警觉道："你是什么人？"

苏风暖立即说："我是苏风暖。"

那侍卫一怔，苏风暖？苏府小姐？他偏头看向左右，其余护卫们也有些惊讶发愣，原来这就是苏府小姐啊！她果然如传言一般，胡闹贪玩，任性无礼。

"皇上在里面吗？"苏风暖趁机又问。

侍卫们板下脸："这里不是女子该来的地方，苏小姐速速离开吧。"

苏风暖自然不会这么离开，她故意来这里，哪能就这样离开，于是，她扯开嗓子大喊："皇上，皇上，您在里面吗？我是苏风暖。"

侍卫们一时无言地看着她，这么大的声，是要把他们的耳朵都震聋吗？

皇帝自然是在御书房的，自然也听闻了太后今早召苏风暖进宫，但下了朝后，国丈寻他议事，他自然无法脱开身。如今听闻外面传来苏风暖大喊大叫的声音，他也愣了愣。

国丈则是皱紧眉头，心想着外面闹腾的人是苏府小姐？太后不是一早召她入宫面见吗？她竟然跑到了皇上的御书房外来闹腾，真是不像话！

冯盛察言观色，此时从门缝向外看了一眼，对皇帝小声说："皇上，是苏小姐在外面。"

皇帝摆摆手："你去问问她怎么跑到这里来了。"

冯盛应了一声，出了御书房的门，见到苏风暖，立即将她拉到一边，悄声问："苏小姐，太后不是一早召您入宫面见吗？您怎么来了御书房？"

苏风暖无辜地说："冯公公，我是追着一只蝴蝶来的这里，来之前不知道这里是御书房。"

冯盛愣住："见着太后了没？"

苏风暖摇头："没有。"

冯盛看了一眼天色，想着据说太后一早就去御花园等着她了，可是天色都这般时候了，她竟然还没去见太后，而是来了这里？他连忙问："追蝴蝶做什么？"

苏风暖立即说："那蝴蝶很漂亮，我见着了，就忍不住追了，想抓住它玩。"

冯盛一时无言，对她说："您稍等片刻，我去回复皇上。"

苏风暖点点头。

冯盛连忙又进了御书房，见皇帝和国丈都看着他，他便将苏风暖的情况如实地说了。

国丈大怒："真是不像话！太后在御花园等着她，她竟然追着蝴蝶玩耍，把懿旨不当回事！"

冯盛垂下头，心里暗想，这苏小姐一定是故意的，但是他也不会说破。

皇帝却笑了："这个小丫头年纪小，还处在贪玩的年纪。"话落，他站起身，对脸色难看的国丈说，"刚刚所说之事，就按照国丈的意思办就是了。朕也有几日未见母后了，正巧去御花园走走，国丈是出宫还是随朕去御花园？"

国丈拱手："老臣也有几日不曾见太后了，便陪皇上去御花园走走吧。"

皇帝点头，抬步出了御书房。

苏风暖正等在御书房外，好奇地四处乱看，见皇上从御书房走出来，眼睛一亮，清清脆脆地喊了一声："皇上！"

皇帝抬眼打量她，只见她穿了一身绯红色骑装，头上绾着简单的发髻，周身没有复杂的坠物，通身上下简单得不能再简单。他负手立在台阶上，看着她笑道："小丫头，你作这身打扮，是又想和谁打架？"

苏风暖眨眨眼睛，嘿嘿一笑："上次穿得太烦琐，踩着了裙摆，冲撞了太后，这次我怕又得罪了太后，太后又叫侍卫围攻我，穿得太烦琐了连脚都抬不起来，没办法打，特意穿简单点儿。"话落，她意思意思地福身，"皇上万福！"

皇帝大笑，摆手："你以后见着朕不必见礼了，朕看你行礼的姿势不伦不类真是别扭，实在有污眼目，不如不看。"话落，他走下台阶，指着身后走出的人对她说，"这是国丈。"

苏风暖自然看到了跟在皇上身后出来的国丈，这老头脸色难看得就跟要下雨一样，她立即欢快地打招呼："国丈好。"

国丈瞅着她，沉着脸哼了一声，暗想这么个毛躁不知礼数贪玩胡闹的野丫头，怎么能配得上他出色的孙子？这门亲事本来他还觉得看在将军府的价值上勉强可行，如今一看苏风暖，是半点儿想法也没了。

许云初是未来国丈府支撑门楣之人，将来国丈府要交给他，所谓男主外女主内，将来国丈府的女主人怎么能是苏风暖这样顶不起来事只知道贪玩胡闹的野丫头？岂不是会祸起内院毁了国丈府？

苏风暖的热脸在国丈面前贴了冷屁股，也不在意，转头对已经下了台阶的皇上说："我的蝴蝶进了您的御书房了。"

"哦？什么样的蝴蝶？"皇帝问。

"很漂亮很漂亮的蝴蝶。"苏风暖描述说，"彩色的。"

皇帝挑眉："你很喜欢蝴蝶？"

苏风暖点头："喜欢。"

皇帝对冯盛说："你再进去看看，有的话，给她抓来。"

冯盛应是，又进了御书房，片刻后，他从里面探出头，说："皇上，那蝴蝶在棚顶上贴着，老奴够不到。"

苏风暖立即说："我去抓。"

国丈恼怒训斥道："胡闹，女子岂能轻易踏足御书房？"

苏风暖顿时看向皇帝。

皇帝对一名侍卫挥手，命令道："你进去把它抓来。"

那护卫还是第一次接到皇上的命令干这种抓蝴蝶的事，呆了一下，连忙垂首应是，立即进了御书房。

不出片刻，他捉了那只蝴蝶回来，递给了苏风暖。

苏风暖伸手接过，欢喜地说："就是它。"话落，她捏着蝴蝶的翅膀举给皇上看，"您看，是不是很漂亮？"

皇帝仔细地看了一眼，点头："嗯，是很漂亮。"

苏风暖又举给国丈看："国丈，您看，它是不是很漂亮？"

国丈看了一眼，哼道："蝴蝶而已，大同小异，你为了一只蝴蝶，竟然连太后召见也不放在眼里，让太后久等，可知罪？"

苏风暖一怔："太后召见我进宫，我不是已经进宫了吗？"话落，她皱眉看着手里的蝴蝶，忽然捏碎了它的翅膀，将它狠狠地摔到了地上，气道，"让姑奶奶费了这么大半天的劲儿追你，真是给你脸了，你既然不乐意跟我玩，去死好了。"

她突然变脸，突然发狠，让在场的人齐齐一怔。

皇帝看着苏风暖，面上也收了笑意。

国丈怔了一下后，脸色更为难看，怒道："苏风暖，你竟敢在皇上面前无礼！"

苏风暖鼓起腮帮子，气哼哼地看向国丈："你这人怎么回事？刚一见面就看我不顺眼。皇上都没说我什么呢，你就指责我。这皇宫里，是皇上大还是你大啊！"

国丈一噎。

苏风暖嘟起嘴，看向皇上，无辜地说："都是因为这破蝴蝶，害我忘了太后召见的事，我已经亲手杀死它了。皇上，您说，一会儿我拿这死东西去见太后，她会不会听我解释不生气啊？"

国丈又大怒："你竟然还想拿一只死蝴蝶去见太后？岂有此理！"

苏风暖看向国丈，也气哼哼地瞪了他一眼："罪魁祸首就是它，我不拿它拿什么？"

国丈又一噎。

皇帝回头看了国丈一眼，见他气得脸色铁青，难得国丈被气成这个样子，他忽然心情很好，对苏风暖笑道："死东西是不能拿到太后面前的，这蝴蝶既然是罪魁祸首，朕陪你去给太后解释吧。太后素来宽厚，不会怪罪你的。"

苏风暖大喜，顿时笑逐颜开："皇上，您真好，那快走吧，都快晌午了，我见完太后还要赶回家吃饭呢。"

皇帝失笑："饿了？"

苏风暖立即说："早上来得匆忙，没吃饱。"

皇帝点头，抬步向御花园走去。

苏风暖立即跟上他，似乎忘了刚刚的事，在他身边一边走着一边手舞足蹈地说："皇上，您去过红粉楼吗？"也不等皇上答话，便继续高兴地说，"我前儿去逛红粉楼了，那里面全是香香软软的美人。我觉得京城其实也挺好的，有好吃的，有好玩的，还有美人。"话落，又悄声说，"听说还有清倌楼，我还没顾上去呢。"

皇帝脚步顿了顿，偏头瞅着她，好笑："小丫头，你竟然去逛红粉楼？"

苏风暖眨眨眼睛。

皇帝更好笑："你还想去逛清倌楼？"

苏风暖连连点头："听说清倌楼里全是美男子……"

皇帝伸手敲她脑袋："红粉楼你去逛逛也就罢了，清倌楼是万万不能去。"

苏风暖大为不解，疑惑地问："为什么啊？您好像说反了，红粉楼的老鸨对我说，红粉楼不是姑娘家进的地方，是接待男子的地方，若是我要找乐子，清倌楼才该是我去的地方呢，那里是专门接待夫人小姐们的地方。"

皇帝一时无言，半晌失笑："你娘怎么就不管你？"

苏风暖吐吐舌头，悄声说："我娘不知道。"

皇帝又无言了。

苏风暖刚要再说话，身后的国丈忽然受不了，开口道："皇上，老臣想起还有事情没处理，老臣就不去御花园了。"

皇帝回头看了国丈一眼，见他额头都冒青烟了，显然是听到了苏风暖刚刚说的话，他笑着点点头："既然国丈还有事情，便不必去了。"

国丈行了个告退礼，转了道，向宫门方向走去。

苏风暖见国丈走了几步之后，对跟着他的长随吩咐了一句，那长随连忙点头，绕了近道向御花园跑去，估计是派人报信去了，不知是给太后还是给许云初。

今日太后召她进宫，若是她猜测得不错的话，兴许太后也把许云初叫进宫了。

她暗暗好笑，收回视线，对皇上嘟囔："皇上，国丈天天都板着一张脸吗？他是不是有什么暗疾啊？我看他印堂发黑……"

皇帝失笑，偏头看着她："你还能看出他印堂发黑？"

苏风暖一本正经地说："我学过医术。"

皇帝好笑地看着她："你这个小丫头，惯会气煞人，本事不小。朕好久不曾看到国丈被谁气成这个样子了。"

苏风暖不满地踢了踢脚，驴唇不对马嘴地说："这皇宫地面上连一块石子也没有，踢着都不好玩。"

皇帝低头看她，哭笑不得："皇宫每日都有人清扫，自然不会有石子了。"

苏风暖点点头，又扬起笑脸，八卦地说："皇上，上次您说您以前喜欢我娘想让她进宫陪王伴驾来着，如今还喜欢吗？"

皇帝一怔，失笑："你这小丫头好大的胆子，连这话也敢问朕。"

苏风暖看着她："我好奇嘛！"

皇帝好笑地说："朕是皇帝，喜欢与皇位比起来，轻若浮云。朕可以喜欢许多女子，但若说念十年二十年，倒也不至于。祖宗将江山基业交给朕，朕便不能只顾儿女情长而罔顾江山。"

苏风暖叹了一口气："帝王果然博爱啊。"话落，又道，"不过皇上为了江山黎民百姓，舍小取大，是值得人敬佩的。"

皇帝又失笑："你年纪小小，便惯会伤怀这些了？嗯？"

苏风暖嘟起嘴："我这不是探探您的心思，怕您趁我爹不在京，把我娘给拐走了嘛。再怎么说，我爹是在边境为您效忠呢，夺臣妻这种事，您一定不能做。您若说没有，我就放心了。免得我每天玩不好，还需要抽空看看我娘。"

皇帝愣了一下，随即哈哈大笑，笑罢，道："苏澈有你这么一个女儿，比朕有福气。"

苏风暖权当是夸奖了，得意地也跟着笑了起来。

冯盛等太监宫女仪仗队跟在二人身后，看着大笑的皇上和笑得开心的苏风暖，想着皇上好久没这样笑过了吧？这苏府小姐可真是邪门得很，她本来说的都是些大逆不道的话，偏偏能惹得皇上这么高兴。

严公公找了几圈，没找到苏风暖的影子，只能提着心垂头丧气地去御花园的金阙亭见太后。

金阙亭内除了坐着太后，还坐了一早就被召进宫的许云初以及听闻许云初进宫闻风而来的淑雅公主。

太后等了一个多时辰，依旧不见苏风暖，茶喝了一盏又一盏，脸色十分难看。

许云初倒是不着急，悠闲地坐在那里，看着御花园四处的风景，偶尔与太后说上那么一两句话。良好的脾气和温和的性子让他看起来赏心悦目。

淑雅的一颗心都扑在了许云初的身上，觉得只要能跟他多待一会儿就好，哪怕他连一句话也不跟她说，她也会觉得很满足。

太后瞥了淑雅一眼，又看了许云初一眼，国丈府一门出两后，与皇宫已经是抹不开的关系了。她和国丈一定不会同意淑雅公主再嫁入国丈府的。国丈府的未来主母需要的是对国丈府和她都有着更大的利益的那方。

"这苏风暖怎么还没来？不会不来了吧？"淑雅小声说，"都等了一个时辰了，她好大的架子。"

太后脸色更是难看，对身后摆手："出去看看，人到底进宫没有？进宫了的话，怎么还没来？怎么回事？"

有人应是，连忙出了金阙亭。

那人还没走多远，严公公就哭丧着一张脸来了金阙亭，他跑得满头是汗，来到之后，"扑通"一声跪在了地上："太后，奴才无用，把苏小姐给跟丢了。"

"嗯？"太后皱起眉头，"什么叫作将她跟丢了？怎么回事？"

严公公立即说："苏小姐进宫后，看见一只蝴蝶，她……她追着蝴蝶跑没影了，奴才腿短，没跟住她，找了她半天，没找着……"

太后顿时寒了脸："你的意思是，她追着蝴蝶跑到不知哪里去玩了？"

严公公点头。

太后怒道："岂有此理！哀家在这里苦苦等她，她却追着蝴蝶不知跑到哪里去玩了？好大的胆子！"话落，怒不可遏，"来人，都去给哀家找，将她给我找来。"

十多人领命，匆匆出了金阙亭。

太后对严公公怒道："哀家让你去召一个人，你都办不好，真是越来越不中用了。"

"太后恕罪。"严公公觉得他真是委屈死了，谁知道苏风暖这么难请，不敢辩驳。

淑雅公主立即说："祖母别气了，苏风暖上次就把您气了个够呛，您怎么今儿还召她来见您？她那样的乡野丫头，都不配踏入这宫门。"

尤其是不配嫁给许云初。这话她自然不敢说。

太后气怒更甚："苏府真是将她惯得无法无天，哀家今天非给她个教训不可。"

淑雅看了许云初一眼，见他面色平静，她心里暗喜。

又过了片刻，国丈府的长随匆匆跑来，他因为跑得太急，满头是汗，先给太后见礼，之后对许云初说："国丈说有要事找公子，请公子立刻出宫。"

许云初眉目微动，看着那长随："爷爷可还有别的话传给我？"

长随看了一眼太后，没说话。

许云初也看向太后。

太后一肚子的气，对长随沉着脸问："哥哥知道我今日叫云初早早进宫是为了什么，这时候来叫他，一定是出了什么事，你跟哀家如实招来。"

第十九章
惯 会 耍 赖

那长随犹豫了一下，如实道："苏小姐追着一只蝴蝶，跑去了御书房，当着皇上和相爷的面，又摔死了那只蝴蝶，说要拿着那只死蝴蝶来跟太后请罪，说蝴蝶才是她忘了来见太后的罪魁祸首。相爷动了怒，说公子不见她也罢。她实在是不堪入目，不像话至极。如今皇上带着她来御花园了，相爷吩咐我先一步来请公子走，公子不必见她了。"

太后闻言更是震怒："这个苏风暖，简直无法无天！"话落，她的怒火腾腾往上涌，对许云初摆手，"你赶紧走吧。"

许云初慢慢地站起身："既然爷爷有要事找我，我便告退了，太后切勿动怒，仔细怒火伤身。"

太后对着许云初此时也难缓和神色，点点头。

许云初随着那长随出了金阙亭，抄近路，离开了御花园。

许云初刚离开不久，皇帝便带着苏风暖来了御花园，皇帝在前面走着，苏风暖跟在他身边，脚踢踢踏踏的，一边走一边玩一边与皇上说着什么。

皇帝笑容和气，眉目温和。

太后盛怒地看着远远走来的人，一张脸已经铁青，她不计前嫌，这次召见苏风暖，已经给了她脸了，她竟然不识抬举。追蝴蝶竟然追去了御书房。

淑雅待许云初离开后，本来也想跟着走了，但她还是想看看苏风暖，此时远远见到了那跟在皇上身边踢踢踏踏走来的人，她惊得睁大了眼睛。

那张脸，就算是化成灰她也不可能忘了！

她竟然是和表哥在茶楼喝茶的女子！

她就是苏风暖？

怎么会？

表哥可知道她就是苏风暖？若是知道，他难道是背着国丈和太后阳奉阴违，背后与她搞私情？若是不知道……

她一双手握成了拳，唇瓣不由自主地抿起，一双眼睛有些冒火。

太后犹在盛怒，自然不会注意淑雅的情绪波动，她摆好坐姿，等着苏风暖走到前来，准备兴师问罪。今日就算是皇上保她，也不行，她定要好好收拾一番这个野丫头。

来到亭外，苏风暖停住脚步，对皇上说："皇上，我看我还是别进去了。您看看里面，隔着这么远，我都能闻得到火气味了。一会儿你要是保不了我，指不定我被太后给生吞活剥了呢。"

皇帝偏头看了她一眼，笑道："这时候知道怕了？"

苏风暖摇头："不是我怕见太后，我是怕把太后的身子骨给气坏了，我可赔不起。"

皇帝好笑："放心吧，太后涵养好，不会轻易被谁气坏身子。"话落，他抬步进了金阙亭，示意苏风暖跟上他。

苏风暖觉得预防针也打得差不多了，她自然没什么好怕的，便跟在皇帝身后半步，走了进去。

她刚迈入亭子，太后还没发难，淑雅便冲到了她面前，瞪着圆目，大喝："你是苏风暖？"

苏风暖看了淑雅一眼，想着这大公主可真是好记性，她似乎被她突然冲到面前给惊住了，立即后退了一步，躲去了皇帝的另一边，探出脑袋看着淑雅，好奇地问："你是谁？怎么跟我娘形容的母老虎一般？"

淑雅一怔，没想到她躲得这么利索，只不过眨眼之间，她眼前就没人了。她循声看去，顿时暴怒："你敢说本公主是母老虎？岂有此理！"

苏风暖恍然："噢，原来你是个公主啊。"话落，她看向皇上，天真地说，"皇上，公主是您的女儿啊！她这样子，也看不出来多知礼数啊，跟我差不多。"

皇帝看着淑雅，板下脸："淑雅，你见到朕，连声父皇也不叫了？是在学你母后见了朕也不行礼了？谁教给你的规矩！"

淑雅这才惊醒，连忙跪在了地上："父皇在上，淑雅……知错了。"

"既然知错，就该罚！"皇帝板着脸看着她，"就罚你……"

"皇上！"太后这时开了口，盛怒道，"苏风暖半丝礼数不知，你却丝毫不怪罪，怎么刚踏入这金阙亭，就罚起淑雅来了？"

皇帝闻言看向太后，温声说："苏风暖出身将军府，自然与宫里的公主教养不同。多年来，将军府一家一直待在乡下，不知礼数也不是一日半日能教导好的事。但淑雅不同，她自幼长在宫中，岂能相提并论？"

太后气道："哀家今日一早便召她进宫，可是她现在才来，这都快晌午了！如此不把哀家放在眼里，实在胆大包天！试问，不知礼数到这等地步，皇上也不论一论吗？"

"如此是任性了些，方才朕已经教训过她了。她毕竟年少，本性又贪玩了些，再加之刚回京不久，不适应京中生活，也情有可原。"皇帝颔首，"所谓，子不教父之过。稍后朕往边境给苏大将军去一封信，让他往后好生教女。"

苏风暖闻言差点儿失笑。

给他爹去信？他爹在边境，就算要教导她也鞭长莫及。况且，如今北周二皇子楚含依旧在边境待着，她爹要回京也不知道什么时候呢。

真没想到皇上是个这么好玩的人。

太后闻言更气了，怒道："皇上，你说的这是什么话？你这是纵容她！"

皇帝闻言叹了口气："母后，苏大将军这一次为国立下了赫赫战功，若没有他在边境抵御北周军，如今北周早已经马踏边关，长驱直入，犯我南齐了，哪里还有如今的太平日子？他和夫人只这一个小女儿，未免疼爱了些，您素来宽厚，就宽容些吧。"

太后一噎，恼道："苏大将军有功，哀家自是知道，可是也不能把女儿养得如此无法无天！"

皇帝笑道："这小丫头只是好玩贪玩而已，以后定了亲，做了娘亲，自是会改，来日方长嘛。"

太后怒道："就她这样子，哪家愿意娶回去？还不把人家的内院掀翻天？"

皇帝笑道："国丈府规矩严苛，自然是不行的。容安王府只叶裳一个浑小子，与她倒是般配。"

太后闻言冷哼一声："若是将她指给叶裳，皇上是想让他们两个一起掀翻天吗？容安王府本就没个规矩，她若是嫁进去，岂不是更别指望好了？"

苏风暖这时忍不住开口："皇上，太后，您二人说远了吧。我年纪还小，不急着嫁人的。"

太后顿时怒道："哀家与皇上说话，你插什么嘴？"

苏风暖顿时在皇上身后探出头，无辜地说："您二人说的是我的事啊，我难道不应该提醒您二人一句吗？"

太后一噎，指着她对皇上道："你看看，你看看，她是站在你身后，把你当保护伞了，真是有恃无恐。"

皇帝笑道："她说得倒也没错，亲事自是不急。"话落，他转了话题，"朕听闻小国舅一早就进宫了，如今怎么没见着人？"

太后闻言更气了，怒道："他有事，已经出宫去了。"

皇帝会意。

太后看着躲在皇上身后的苏风暖，皇上虽然温和，但也是九五之尊，他膝下皇子公主一堆，连太子都算着，也没人敢躲在他身后这么被他罩着。这个苏风暖可真是半丝不忌讳。她怒道："你躲在皇上身后做什么？难道还怕哀家吃了你不成？"

苏风暖嘟起嘴，小声说："太后的样子好可怕啊，我的肉一点儿也不好吃，您可千万别有这个想法。"

太后更气，怒道："哀家闻言前些日子王大学士请了刘嬷嬷在府中教导你闺仪，就是这般教导你的？"

苏风暖看着她，小声说："刘嬷嬷每日都教导我，她也觉得我学得很好，可是不知道怎么回事，一到这皇宫里来，我就全忘了。"顿了顿，她说，"估计皇宫与我八字犯冲。"

太后又被噎住。

皇帝好笑："母后，刘嬷嬷的教导的确是好的，不过这小丫头天性使然，又自小不受拘束惯了。您就别和她一般见识了。用闺仪来要求将军府小姐，委实也使她为难了些。"

太后闻言有气也撒不出了，摆明皇上罩着她，左右她无论多气，在这二人面前都会碰软硬刀子。她沉着声说："淑雅今日见着苏小姐，吃惊了些，才忘了礼数。皇上就别罚她了，让她起来吧。你对臣子的孩子都这么宽厚，对自己的孩子也该宽厚些。"

皇帝闻言看了淑雅一眼，道："既然太后给你求情，就不罚了，下不为例。"

"谢父皇。"淑雅站起身，死死地瞪了苏风暖一眼。

苏风暖对她无辜地眨了眨眼睛。

太后自然不会就这么放过苏风暖，看着她道："哀家听说，你与叶家的公子是师兄妹关系？"

苏风暖点头："是啊，他是我师兄。"

太后看着她问："你和叶家公子如何拜了同一人为师的？你们师父叫什么？"

苏风暖知无不言言无不尽地说："我们的师父是个疯道人，就叫疯子道士。我师兄天赋极高，是被疯老道抓去做徒弟的，我是在外面跑着玩时，看到一个疯道士身边跟着个漂亮小公子，为了纠缠那小公子，也就死缠烂打地拜疯道人为师了。"

太后闻言顿时鄙夷地看着她。

皇帝笑道："这像是你这个小丫头会做出来的事。"

淑雅忍不住开口："不知羞耻。"

苏风暖对淑雅吐吐舌头："我生在山野，长在山野，还真不知道羞耻是个什么东西。所谓爱美之心，人之常情。我师兄长得确实好看，我和我师父没钱的时候，经常利用他那张漂亮的脸去帮我们赌酒吃。"

淑雅噎住。

太后觉得她言辞赤裸粗鄙，真是不堪入耳，瞥了一眼："王大学士怎么会有你这么个外孙女？真是有辱他门风。"

苏风暖立即说："我就算丢脸也是丢我爹的脸，丢不着我外公的脸，我又不姓王，我姓苏。"

太后顿时无言，怒道："强词夺理！"

苏风暖转头对皇上悄声说："我没说错啊，太后好不讲道理。"

皇帝好笑，对她说："这么说，你是很喜欢你师兄了？"

苏风暖眨眨眼睛："我自然喜欢我师兄啦，长得好看的人我都喜欢。"

皇帝失笑："明日朕也召他进宫来，看看他到底有多好看。"

太后对苏风暖嫌恶，连带着也不想见叶昔了，自然不搭这个话，又问苏风暖："哀家听说你昨日在丞相府做客了一日，孙小姐弹琴，你舞剑，后来你又吹了一曲箫？"

苏风暖顿时惊恐地说："京城果然没什么秘密，我昨天干了什么，太后您竟然一清二楚，您在丞相府安插了眼线吗？"

这话说得太直白了些，可以说，从来没有人敢在太后面前这么直白。

太后顿时训斥："你说的这是什么话？哀家需要在丞相府安插什么眼线？你在丞相府做客，一没藏着，二没掖着，丞相府仆从众多都看见了，传到了宫里，被哀家听闻，有什么奇怪？"

苏风暖"哦"了一声，表示受教了，对太后兴奋地说："孙姐姐的琴弹得真是太好了，我没忍住，就拔剑应和而舞了。"话落，她看着太后，颇有些想显摆地说，"太后，您要看我舞剑吗？我可以舞给您看。"

太后本来是想看看，但见她如此显摆，仿佛会舞剑是多了不起的一件事，她立即打消了念头，训斥道："舞刀弄剑，难登大雅之堂。哀家不看。"

苏风暖顿时说："您不看真是太可惜了，我本来今天穿这件衣服，是想给您表演剑舞的。"

太后哼了一声："进宫来见哀家，穿成如此，真是不成体统。"

苏风暖扁嘴："您不看舞剑，要不然我给您吹箫吧，我的箫是师兄教的，

《风月调》我学得最好了。"

太后顿时又嫌恶："好好的闺阁女儿家，学着吹什么《风月调》？哀家看那叶家公子也没被叶家教养好。"

苏风暖立即摇头，坚决地维护叶昔说："太后，您可以说我没礼数，没教养，是个野丫头，但可别这么说我师兄，我师兄有礼数，有教养得很，叶家将他教得好极了。他只不过是被我师父和我害了而已。"

太后冷哼："你倒是维护你师兄，看来感情很好了？"

苏风暖点头："师父临终前，告诉我们要好好相处，彼此友爱。"

太后闻言看向皇上："皇上，依哀家看，同是姓叶，所谓强扭的瓜不甜。不如你就择个甜的赐婚。"

这话意有所指，叶裳是那个强扭的瓜了，甜的那个自然是叶昔，她本来想给许云初指婚，如今自然是不作想了，她可不想这样的苏风暖嫁进国丈府辱了门楣。但她嫁给叶裳自然不行，毕竟将军府拿着兵权了，将苏风暖赐婚给了叶裳，等于把将军府的兵权给了皇亲宗室。

皇帝笑着看了苏风暖一眼："朕觉得，小丫头如今还小，此事不急，以后再说。择谁朕也不能强行做主，母后您也不能，还是要等苏大将军回京再定。"

太后闻言自然再也说不出什么了，站起身："哀家乏了，这里风景好，哀家看皇上挺喜欢这小丫头，不如就让她陪你在这里赏赏景吧。"

"也好，母后慢走。"皇帝点头。

太后由人搀扶着出了金阙亭，淑雅又瞪了苏风暖一眼，自然也跟着太后一起告退了。

太后离开后，苏风暖立马觉得金阙亭的风景都赏心悦目了，阴寒之气散去，空气极好。她看着皇上，问："皇上，您日理万机，是不是继续回御书房忙朝务？"

皇帝坐在椅子上，笑着说："今日朝事不多，朕也不用折回去忙。"话落，他笑着说，"朕想看看你的剑舞，你给朕舞一场吧。"

苏风暖眨眨眼睛，探询地看着他："您真要看？"

皇帝笑着点头："朕也想看看是什么样的剑舞连丞相都大为称赞。"

苏风暖倒也不推辞："可是没琴助兴，我舞得也不会尽兴啊。"

皇帝笑着挥手，吩咐冯盛："去请宫中的乐师来。"

"是。"冯盛连忙去了。

苏风暖摸摸肚子，不客气地提出要求："还要吃饱饭。"

皇帝好笑："对了，朕倒是忘了你早上没吃饱了。"话落，他又吩咐人，

"去御膳房看看，午膳可做好了？若是做好了，端来这里。若是没做好，取些点心来。"

"是。"有人又立即去了。

苏风暖顿时笑逐颜开，也坐在皇上对面的椅子上，笑吟吟地说："皇上您真好，若不是皇宫里有太后，我还真想天天进宫找您玩呢。"

皇帝失笑："朕哪有闲工夫陪你玩。"顿了顿，看着她笑吟吟的脸又说，"不过你若是喜欢皇宫，可以时常来宫里玩，也不必怕见到太后，有事情找朕就是。"

苏风暖立即摇头："我才不喜欢皇宫呢，规矩太多，我是觉得您很好而已，偶尔来一下就好了。"

皇帝笑着点头，问她："你刚刚与太后说的不是实情吧？"

"您指的是哪句话？"苏风暖看着他问。

皇帝好笑："就是你与叶昔拜同一人为师之事。"

苏风暖眨眨眼睛。

皇帝笑道："叶昔是叶家唯一嫡子，将来执掌叶家门楣之人。叶家是几百年的名门望族，世家底蕴。就算是你师父看中他天赋，将他抓去做徒弟，叶家若是不同意，岂能准许？"

苏风暖顿时笑吟吟地说："皇上，您真是太聪明了。"话落，她道，"我师父是天底下最厉害的师父，想要拜他为师的人海了去。我师兄十岁时学满了叶家的东西后，外出游历寻师，就寻到我师父。我师父一听他是叶家嫡子，嫌弃他麻烦，死活不教他。他便缠着我师父，我师父走到哪儿，他缠到哪儿。后来我师父被他缠得没办法了，就收了他为徒了。"

皇帝挑眉，笑着看她："这话是真话？"

苏风暖立即举手："千真万确。"

"那你呢？你是如何拜师的？"皇帝又问。

苏风暖立即得意地说："我爹教给我们兄妹四人的武功都是一样的，我为了打过我三个哥哥，就跑出去找师父。本来我没看上那疯道士，可是他看上我了，说我根骨奇佳，是个学武的好苗子。死活要收我为徒，我本来不答应，后来见着了我师兄，他长得漂亮嘛，我也就答应我师父了。"

皇帝大笑："这话是真话？"

苏风暖又举手："千真万确。"

皇帝笑着点点头："你们师父只收了你们两个徒弟？"

苏风暖点头："天下再没有我和我师兄这样有学武天赋的人了，我师父自然就没的收了。"

皇帝又大笑："小丫头可真是半点儿也不谦虚。"

苏风暖立即说："这是事实。"

皇帝心情极好，笑着点头："好，朕就信你这个事实，稍后你给朕舞剑可不要应付，好好舞，让朕看看你学的本事。"

"好说。"苏风暖痛快地点头。

不多时，冯盛带来了宫中的琴师，御膳房的人也端来了饭菜。

皇帝笑着说："先吃饭。"

苏风暖啧啧说："与皇上一起吃饭，是不是一件很荣幸的事？"

皇帝好笑："你说呢？"

苏风暖"嗯"了一声，见皇上拿起了筷子，自己也拿了筷子，其实早上她吃得很好，如今也还不饿，不过为了弥补她今天追了一路蝴蝶，自然要好好享受一下皇宫的饭菜。

吃过饭后，苏风暖放下筷子，懒洋洋地窝在椅子上，对皇上要赖说："皇宫里的饭菜太好吃了，皇上赐我个厨子吧。您要是不赐给我个厨子，我心情不好，舞剑就不能好好地发挥了。"

皇帝看着苏风暖，闻言失笑。

苏风暖又继续补充："我的剑舞不说是冠绝天下，也是世间少有人能比，我给您舞剑，您赐给我一个御厨，也不亏的。"

皇帝又是好气又是好笑："朕对你宽厚，你却愈发蹬鼻子上脸，跟朕耍起赖来了。"话落，又笑道，"自夸自大，小丫头丝毫不知道谦虚，依朕看，你的剑舞也不怎样。"

苏风暖嘟起嘴："我说的真是事实，您还没看呢，怎么就知道我是自夸自大？"

皇帝摇头："这个御厨做菜甚合朕的口味，不能赐给你。"

苏风暖看着他，打着商量："不赐也行，那借给我一个月？"

皇帝好笑："你倒是惯会迂回之术。"

苏风暖对他眨眨眼睛："皇上，您倒是依不依？"

"朕若是说一个月也舍不得呢！"皇帝瞅着她。

苏风暖敲敲头，躺回椅子上打盹，兴致缺缺地说："您也太小气了。哎呀，我好困，我没劲儿舞剑了。"

皇帝叩了叩桌面，看着她要赖的模样，愈发好笑："看来朕若是真不借给你，舞剑还真看不上了。"

苏风暖点点头，连连"嗯"了两声。

皇帝身子靠回椅子上，笑道："也罢，朕就将这个御厨借给你一个月。"

苏风暖顿时坐直身子，欢喜地看着皇上，瞬间精神百倍："您是皇上哦，金口玉言，不到一个月，可不能反悔。"

皇帝轻轻地笑着哼了一声："如今可有力气舞剑了？"

"有了有了。"苏风暖腾地站起身，转了一圈，对皇上摊手，"剑呢？我入宫门可不准许佩带剑的。"

皇帝偏头对冯盛吩咐："去将那把凌云剑拿来。"

冯盛连忙应是。

苏风暖眼睛一亮："原来凌云剑收藏在皇上手中啊。"

皇帝看着她一下子清亮的眼睛，笑着说："你别再给朕打凌云剑的主意了，朕不会给你的。"

苏风暖眸光动了动，小声嘟囔："您不愧是皇上，这么会洞彻人心。"

皇帝又轻哼一声，笑道："你那点儿小心思都摆在脸上呢，朕就算不会洞彻人心，也能看得出来。"

苏风暖对他俏皮地吐了吐舌头。

不多时，冯盛取来了凌云剑，递给了苏风暖。

苏风暖拿着剑，宝剑出鞘，锋芒乍现，她眼神明媚地说："果然是凌云，真是好剑，不负盛名。"

"这剑太过锋利，你要小心一些。"皇帝笑道。

"然也，不锋利就不是好剑了。"苏风暖笑看着皇上，"还是以《将军曲》助兴？"

皇帝笑着点头，吩咐琴师："就弹《将军曲》。"

琴师应是，伏案而坐，拨弄琴弦，试了几个音符，之后看向苏风暖。

苏风暖对他点头，京中的琴师，自然是不错的。

一曲《将军曲》从琴师指下流出，铿锵杀伐，兵戈厮杀，晴朗明媚的阳光似乎瞬间被乌云罩下，遮蔽了天日，琴音铺开一幅画卷，那是战场和硝烟。

苏风暖手持着凌云，在琴音刚勃发而出时，应和而舞。

剑招凌厉，光影锋芒耀目，衣袂翻飞，杀气逼人。

相较于在相府她保留了几分的剑势，如今她便全然没保留地将剑势挥舞了出来。她想着，皇上一定没上过战场，不知道战场的惨烈、残酷、厮杀、挣扎、铁血、无情、苍凉……

十二年前，容安王和王妃以及一众将士埋骨沙场，尸骨无还……

今年，北周再犯，虽然这一仗打胜了，但又有多少人尸骨埋在了黄沙里，不能归乡？

南齐的天下，是刘家的没错，但却是多少人拼死保下护下的家国天下，不是一人的天下。

皇上可知，南齐若是再重文轻武下去，早晚有一日，名将老去，无人接班，下场就是北周铁骑踏下，山河失守，南齐早晚要改姓北周？

为帝者，不该只坐拥江山，而不知江山是脚踏白骨鲜血杀伐而得来的，不是歌舞升平而能永葆不败的。

一曲终了，苏风暖手中的剑轻轻一扫，金阙亭一时间如凉风吹过，清冷异常。

皇帝的面上早已没了笑意，一片端然冷肃。

苏风暖收了剑，还剑入鞘，笔直而立，面上却与刚刚的杀伐剑势以及金阙亭内浮动的凉风不同，而是绽开吟吟笑意："皇上，我的剑舞，可当得上冠绝天下？"

皇帝看着她半晌，慢慢地拍了一下手掌，吐出一个字："好。"

苏风暖笑看着他，又问："可值得您借给我一个月的御厨？"

皇帝点头："赐给你也值。"

苏风暖"哈"的一声，俏皮地说："要不然，您改口将御厨赐给我算了。"

皇帝面色缓和了些，端起桌子上已经凉了的茶水。

冯盛见了，连忙说："皇上，茶水凉了，奴才给您换一盏。"

皇帝摇头："无碍。"话落，喝了一口，果然是凉得很，凉入心肺，他一口气将一盏凉茶都喝下，似乎才压制了心底涌出的激荡之气，放下茶盏，看着苏风暖说，"本来朕打算待你父亲还朝时将这把凌云剑赐给他，如今朕看来，你也当得，既然你喜欢，就赐给你吧，御厨就不赐给你了，这么多年，朕吃惯了他做的菜。"

苏风暖一怔："您真赐给我凌云剑？"

皇帝慢声道："不是说金口玉言吗？朕这是金口玉言。"

苏风暖顿时笑了，立即将剑收在了自己的腰间，对他以江湖之礼抱拳："多谢皇上。"

皇帝失笑："你这礼倒是行得有派头。"话落，对她指指身边，"渴了吧？过来喝一盏茶。"

苏风暖立即走过来坐下，说："我可不喜欢喝凉茶。"

冯盛连忙上前，给她倒了一盏热茶，想着这苏小姐怪不得能与灵云大师是忘年之交，刚刚那一场剑舞，他看得都振奋震撼，更别说皇上了。

在皇上身边这么多年，他觉得恐怕无人能有他懂皇上。皇上生了一颗帝王心，却没有生就好身体，孱弱多年，即便有志向，也被外戚和皇宫以及这副孱弱的身子骨磨没了。不得不说，这一直是皇上心底的憾事，没想到今日又被苏小姐给牵动了。

苏风暖见冯盛给她斟满茶，她自然地端了起来，说了一声："谢谢公公。"

冯盛怔了一下，连忙道："苏小姐不必客气。"

苏风暖喝了一口，茶水入口，唇齿留香，她觉得舒服至极，笑吟吟地看着皇上："我今日进宫，可真是不枉此行呢。"

皇帝面上已然恢复平和，笑看着她："朕看你刚刚舞剑，可不只是跟你父亲去边境玩这么简单。你这小丫头，该是亲自上过战场吧？"

苏风暖眨眨眼睛，点点头："我几岁时就上过战场了呢！皇上忘了吗？十二年前，与北周那一战，我爹带着我们兄妹四人，都上了战场。"

皇帝一怔，深深去想，摇头："容安王和王妃带了叶裳上战场我知晓。却不知晓你父亲也将你带去了战场，带你哥哥们去长见识也说得过去，但你毕竟是个稚嫩女童。"

苏风暖捧着茶盏，看着他说："皇上这是看不起女子。"

皇帝失笑："朕不曾看不起女子，女子也有如容安王妃者，能文能武，巾帼不让须眉。太祖征战天下时，德馨皇后陪王伴驾，跟太祖一起打下了南齐江山。只是十二年前你才几岁？你爹便不说了，你娘倒是舍得。"

苏风暖笑着说："我娘自然是不舍得，但耐不住我撒泼打滚耍赖皮，哭闹得她没辙，便只能遂了我的心愿，让我爹带着我去了战场，交由我大哥照看我。"

皇帝点头："这么说，小丫头对战场的记忆颇深了？"

苏风暖点头，懒洋洋地说："是呢，十里荒芜，白骨成山，草木俱已成灰烬，一个漂亮的小男孩，就在这样的地方，以吃人肉为食，生存了七天。找到他时，他身上破破烂烂，周身黑灰，除了一张脸白白净净外，其余的真是不能看，惨不忍睹。"

"那是叶裳！"皇帝道。

苏风暖点头："是他。"

皇帝瞧着她："小丫头也算是自小就认识他。朕若是给你和他赐婚，你以为如何？"

苏风暖放下茶盏，索性趴在了桌子上，不答反问地说："皇上，您和太后怎么这么爱做给人指婚赐婚的事呢？风花雪月，儿女情长，哪里比得上江山天下朝政事务值得您费神？"

皇帝失笑："你这个小丫头，与其说是个野丫头，不如说是个小滑头。"

第二十章
决 计 不 嫁

苏风暖俏皮地对皇帝吐了吐舌头。

皇帝转了话题，看着她笑问："你在太后面前，是装的吧？"

苏风暖没骨头一般趴在桌案上，整个人懒得不成样子，闻言看着他说："您觉得我是装的吗？太后要求的闺仪，我可真是做不到啊。"

皇帝好笑，不置可否："国丈府规矩是严苛了些，有些地方，比皇宫还甚。"

苏风暖嘟囔："我最受不了严死人的规矩。"顿了顿，她又说，"我就不明白了，规矩是死的，人是活的，为什么好好的活人，偏偏让规矩束缚死？"

皇帝摇头道："没有规矩，不成方圆。天下若是没有一定之规，朝局若是没有一定之规，就乱了。大规矩小规矩，皆有其存在的道理。"

苏风暖点头："倒也是这个理。"

皇帝看着她问："小丫头会下棋吗？"

苏风暖点头："会。"

皇帝对一旁的冯盛吩咐："摆棋。"

冯盛连忙去拿棋，不多时，将棋盘摆在了桌案上。

苏风暖敲着桌面说："皇上，您怕输吗？"

皇帝失笑，挑眉看着她："小丫头好大的口气。"

苏风暖拿起一颗白子，抛起又接住，笑吟吟地问："皇上，您觉得，棋是附庸风雅之物吗？"

皇帝道："也不算。"

苏风暖点头，对他说："您先请。"

皇帝拿起黑子，落在棋盘上，苏风暖想也不想，跟着落下一子。皇帝挑眉："小丫头，你确定你会下棋？"

苏风暖笑着说："总之能赢您。"

皇帝笑着不再说话。

二人你来我往，皇帝一直处于上风，苏风暖一直处于下风，尤其是她的棋走得偏，每每都险险躲过皇帝的杀招。

冯盛站在一旁，觉得这苏小姐看着不像是个会下棋的，一盘棋似乎被她打乱，下了个乱七八糟，毫无章法，但偏偏皇上却围困不住她，这样就不能说她不会下棋了。

一局棋，眼看皇上要赢，苏风暖轻飘飘落下一子，瞬间局势扭转。

皇帝愣了半天，忽然大笑："真有你的！"

苏风暖得意地扬起下巴："你还说我不会下棋吗？"

皇帝摇摇头，伸手一推棋盘，对苏风暖说："小丫头，你的棋是何人所教？"

苏风暖诚实地说："我师父啊。"

皇帝问："就是你所说的那个疯道士？朕怎么未曾听过他的名讳？还是说，他另有名讳？"

苏风暖摇头："没有别的名讳，就叫疯道士。"顿了顿，她说，"天下能人异士多了，有很多人是不被世人所知的。皇上没听过，也不奇怪。"

皇帝点头，看着她说："朕如今倒是明白了你整日在外疯跑，却能活得好好的原因了。"

苏风暖眨了眨眼睛，这些年她能活得好好的，自然是有原因的。

皇帝看着她俏皮的样子失笑："你这个小丫头，倒是很投朕的眼缘，若不是知道你不喜欢这皇宫，朕倒想留你在皇宫住上些时日。"

苏风暖立即说："那可不行，我爹不在家，我娘得需人陪呢。"

皇帝好笑："你娘生你这个女儿，倒是不白生一场。"话落，他摆手，"罢了，天色也不早了，朕还有朝务，也不能一直跟你在这里消磨时间。你出宫回府去吧。"

苏风暖痛快地站起身，对皇帝快速地施了一礼，笑着说了一句"皇上再会"，说走就走，丝毫不拖泥带水，转眼就出了金阙亭，走得没了影。

冯盛愕然，从来没见过跟皇上告退后走得这么随意利索的人。

皇帝见苏风暖走没了影，收回视线，揉揉额头，笑道："这个小丫头，苏澈可真是有福气。"

冯盛悄声说："苏小姐虽然看着不通礼数，但着实有灵性，与灵云大师是忘年交呢，苏大将军有此女，真是是好福气。"

皇帝笑道："若非有过人之处，也不会得灵云大师青眼相待，昨日丞相又十分称赞她。今日太后召了小国舅早早进宫，本就是想再对她评看一番，可是她却闹去了朕的御书房，把国丈气得额头都冒青筋了。若非她没刻意对朕隐藏，朕也险些被她给骗了，小丫头真是会装。"

冯盛小声说："太后和国丈今日看来是彻底打消了把她赐婚给小国舅的心思。"顿了顿，他看着皇上，"您还打算将苏小姐赐婚给叶世子吗？"

"叶裳啊……"皇帝揉额头的手顿住，哑然而笑，"就看那个浑小子有没有福气了。别说他如今没心，就算有心，这小丫头也不是个能轻易娶到的。就凭她刚刚那一曲剑舞，一盘棋艺，这南齐京城便无人能出其右。那小子在棋艺上，也不见得能赢她。"

冯盛压低声音说："老奴也没想到苏小姐竟然是这样的苏小姐呢。"

皇帝向慈安宫的方向看了一眼，眼神有些凉："太后自认精明一辈子，国丈也自认看透世情，但都没想到也有眼拙的一天。"话落，他颇有些遗憾地说，"可惜，到底是个女子，不能入朝堂，为社稷所用。"

冯盛打量着皇上的神情，琢磨了一下，小声说："苏小姐还有三个哥哥呢，都是苏夫人所生，苏大将军之子，一母同胞，据说大公子苏承，二公子苏言，如今都跟随苏大将军在边境，是大将军的左膀右臂。三公子苏青跟在王大人身边受教导，近来又拜丞相指点，是个能文能武的人才呢。"

皇帝顿时收了遗憾，恍然："对，朕怎么给忘了她还有三个哥哥之事。"话落，对冯盛道，"回头你出宫一趟，给王爱卿传话，让他有空带苏青入宫，朕要见见苏青。"

"是。"冯盛连忙应声道。

苏风暖出了金阙亭，一刻也懒得在皇宫里停留，便快步向宫外走去。

她刚走出不远，便见到了淑雅公主等在出宫的必经之路上，显然已经等了多时，看样子是在等她。

淑雅身为大公主，皇后嫡长女，得太后皇后宠爱，自然性子较其他人跋扈嚣张些。

苏风暖挑了挑眉，自然不惧她，继续往前走。

淑雅没想到没什么人在时，苏风暖见到她依然跟没见到一样，无视她地走过，她顿时横了眉目，拦在路中间，怒道："苏风暖，你没看到本公主吗？"

苏风暖脚步停住，笑着说："看到了。"

"既然看到了本公主，怎么不给本公主见礼？"淑雅打定主意，这里没人，也没父皇能罩着她，皇宫里是她自小长大的地方，今日就让苏风暖知道知道她的厉害。

苏风暖道："皇上说了，我见了他都不必见礼，难道你比皇上还大吗？"

淑雅一噎，瞪圆了眼睛："苏风暖，你别不识抬举！"

苏风暖无语，想着这个长公主的脑子是怎么长的，眼睛是怎么长的？她哪里抬举自己了？自己可真是一点儿都没看出来。

她翻了个白眼，凑近她，用只有两个人能听到的声音说："我对小国舅半丝兴趣都没有，公主见到我不必如此苦大仇深，跟我抢了你男人似的。你可以放一百个心，我苏风暖是决计不会嫁给许云初的。"

淑雅本来见苏风暖上前，刚要喝止，听到她的话，顿时僵住了脚步，有些呆怔地看着她。

苏风暖说完一句话后，后退了一步，看着她笑着问："公主，我说得很清楚了，你听明白了吗？"

淑雅不敢相信地看着她："你……你刚刚说的……当真？"

苏风暖暗叹，想着皇宫里的人，不都是该心机深沉吗？难道是因为她喜欢许云初喜欢疯了，才会变成了没脑子的女子了？不过她的确没心情跟她玩，痛快认真地点头："真得不能再真。"

淑雅瞪着她："你为什么说得这么肯定？他那么好，很多人都倾慕他。"

苏风暖又忍不住翻白眼："我师兄比他好多了，比他漂亮多了，比他有家世底蕴，我真没看出他哪里好了。"

淑雅一噎，继而更是恼怒："你敢说我表哥不好？"

苏风暖彻底无语，觉得她的脑子真是被驴踢了："公主，你是想我觉得他好，还是不想我觉得他好？我觉得他不好，你不是应该高兴吗，怒什么？"

淑雅顿时失语。

苏风暖觉得为了免除后患，她还是要将这个麻烦趁此机会一举解决了为好，免得这个大公主以后对她做出什么没脑子的事来麻烦死。于是她又上前一步，凑近她耳边说："我喜欢的是美男子，比如容安王府世子叶裳那样的，容冠天下，小国舅的容貌还真让我看不上眼。"

淑雅猛地睁大眼睛，伸手指着她："你……你喜欢叶裳？"

苏风暖看着淑雅，笑着后退一步，一本正经地纠正她："打个比方，比起小国舅，我更愿意选叶世子。"

淑雅盯着苏风暖的眼睛，见她不像作假，早先积攒的火气怒气顿消。

苏风暖觉得她是听进去了，便道："公主，我如今能出宫了吧？"

淑雅抿唇："你既然这样说，可是我前日看到你和他在茶楼里喝茶，是怎么回事？"

"见过两面，认识而已。他至今还不知道我是苏府小姐。"苏风暖心底生起恶趣味地看着淑雅，小声说，"所以，公主即便今日知晓我了，我劝你还是不要声张的好，免得就算我对他没心，但是他若是对我起心的话，也是麻烦。"

淑雅顿时又警觉地打起了精神。

苏风暖觉得话说到这个地步，也差不多了，便对她说："公主，我能走了吧？"

淑雅看着她，见她一身骑装，腰佩宝剑，说不出的随意洒脱，即便在这巍巍宫阙到处都是规矩的地方，也丝毫不紧张拘束，就连与皇祖母说话，与父皇说话，都随意得很，不像是京中各府邸的大家闺秀，一旦进了宫门，手脚都不知道往哪里摆才合适了。

她不想就这样轻易地放她走，便又问："你刚刚说，比起表哥，你更愿意选叶裳。叶裳的名声你难道不知道吗？他哪里有我表哥好了？"

苏风暖失笑："小国舅的桃花太多了，公主只是喜欢他而已，便日日提着心恼怒地针对靠近他的女子，不累吗？"

淑雅脸一僵。

苏风暖又道："叶世子的名声虽然不好，脾气也差得很，但好歹没什么桃花啊，这一点，还是可取的。"

淑雅立即反驳她："你怎么就知道他没有桃花？你刚刚回京不久，自然不知道，我告诉你，许灵依就喜欢叶裳。"

苏风暖眨眨眼睛，凑近她："公主以为她这株桃花能得叶世子的青眼，能入容安王府的门吗？"顿了顿，又道，"国丈和太后准许吗？"

淑雅一噎，她不是不通世务，自然知道国丈和太后是一定不会准许许灵依嫁给叶裳的。外戚和宗室到如今这个地步，不说是剑拔弩张，但也是势不两立的。尤其是叶裳不喜许灵依，这是众所周知的事情。

她看着苏风暖，又说："叶裳是不喜欢许灵依，但也不喜欢你。我可听说了，他说你是野丫头、母夜叉，粗俗无礼，不知礼教，谁娶谁倒霉。"

苏风暖喷笑，叶裳这个混蛋！他惯会明里一套背后一套，多少人都被他这些话给骗死了。

她无语了一会儿，提醒她说："我只是打个比方，在他们两人中择选，我自然要选那个桃花少的。"顿了顿，她补充，"可是我不一定非他们二人不嫁啊。"

淑雅一怔，忽然想起了什么，对她说："你喜欢你那个师兄是不是？"

苏风暖笑了笑，不说话。

淑雅当作她是默认了，一时也没了话，过了片刻，才说："既然你不会喜欢我表哥，不会嫁给他，就要说话算数。你若是说话不算数，我要你好看。"

苏风暖虽然觉得这话对她一点儿威胁力都没有，但也不妨碍她点头："太后和国丈都对我看不顺眼，我没道理再嫁去国丈府，所以，公主可以放一百个心。"

淑雅想起今日国丈将许云初叫走了，没让他见苏风暖，太后今日见了苏风暖后，似乎也彻底绝了赐婚给表哥的心思。而苏风暖本身又无意嫁表哥。她没道理再不放心，她点点头，算是彻底信了。打量着她说："其实你还真没那么讨人厌。"

苏风暖好笑，对她笑着说："公主也没那么讨人厌。"话落，她摆摆手，"我走了。"

淑雅这回让开了路，没再阻拦她。

苏风暖向宫外走去，顺畅地出了皇宫。

她刚踏出宫门，便看到苏府的马车等在宫门口，车前站着苏青，正在翘首望着皇宫，神色似乎有些紧绷。她唇角泛出笑意，想着她这个三哥还是有当哥哥的样子的。

苏青见她好模好样地从皇宫里出来，面色顿时一松，眼睛落在了她腰间挂着的佩剑上，顿时一亮："哪里来的剑？"

苏风暖得意地挑眉："皇上赐的，凌云剑。"

"嗯？皇上竟然赐给你……"苏青看着她，忽然睁大眼睛，惊异地说，"是凌云剑？"

"是啊，凌云剑，你没听错。"苏风暖说着，挑开帘子，上了马车，钻进了车厢内。

苏青立即跳上了车："快解下来给我看看。"

苏风暖伸手解下了凌云剑，递给他。

苏青伸手接过，宝剑出鞘，光华闪闪，他顿时大赞："真是好剑，果然不愧是凌云剑，这把剑太好了！"

苏风暖歪靠着车壁，想着一曲剑舞换一把剑，外加解决了太后和国丈一门心思要结亲的麻烦，真是值了。

苏青将宝剑摸了一遍，放回了剑鞘，对她说："小丫头，你如实招来，你不是被太后召进宫吗，娘还担心得不行，怎么见了皇上，皇上还赐给你这样一把好剑？"

苏风暖懒洋洋地将进宫后发生的事简略地说了一遍。

苏青听后，啧啧半晌："你可真是胡闹出本事了。"

苏风暖哼了一声，她今日若非如此胡闹一番，定然不能全身而退，许云初若是在今日当着太后的面见了她，认出了她，那么，她势必会麻烦死，不能如此轻易收场。

对于许云初，她还是躲远些为好。就算被他认出，也不能是今日。

苏青又道："娘可真是白担心你了，你根本就用不着人担心。"

苏风暖打了个哈欠，有些困乏地说："娘是担心我吗？她是担心我把太后气出个好歹来才对。"话落，她身子一歪，躺在了车厢内。

苏青承认她说得有理，太后毕竟是年纪大了，若是被她气出个好歹来，对苏府来说，不是什么好事。见她要睡，立即说："小丫头，你好剑多的是，这剑给我吧。"

苏风暖立即说："不行，这可是御赐的护身符，借你玩几天可以，给你不行。"

苏青轻哼："小气。"

苏风暖睁开眼睛："不想玩就给我。"

苏青顿时闭了嘴。

苏风暖见他没了话，便困乏地睡了，进宫一趟，她虽然不紧张不害怕，但精神上还是高度集中，生怕行差一步惹了麻烦，心累得很。

马车回到苏府，苏青推醒苏风暖："回府了。"

苏风暖躺着不动，困歪歪地说："你自己下去吧，别管我了，我困，就在这里睡够了再说。"

苏青无语，伸手拽她："这马车是要赶进车棚的，你不怕蚊子咬？快起来，下车，回去睡。"

苏风暖被他拽了起来，不满地嘟着嘴。

苏青挑开帘子，跳下车，刚要催促她，苏风暖动作利落地从车上直接跳到了他背上："既然你让我下车，你就负责把我背回去。"

苏青被一双手臂勒住脖子，苏风暖虽然瘦，但还是有些重量的，他险些被勒断气，瞪着眼睛回头："自己走。"

苏风暖耍赖："就不。"

苏青晃了晃身子，苏风暖就跟年糕一样，黏到了他身上，他无奈，被气笑："臭丫头。"

苏风暖哼哼两声，继续趴在他背上睡。

苏青只能背着她进了府，前往正院。

来到正院，苏夫人正在等着苏风暖从宫里回来，这时见苏青背着她回来，吓了一跳，连忙从里面迎了出来，紧张地问："青儿，暖儿怎么了这是？"

苏青没好气地说："没怎么，她在车上睡着了，我喊醒她后，她耍赖让我背她回来。"

苏夫人闻言松了一口气，挑开门帘："快进屋吧，将她放在炕上，让她好好睡。"

苏青看了他娘一眼，觉得人比人得死，货比货得扔，这句话放在她娘对苏风暖身上，真是一点儿错都没有，都疼成宠成什么样子了。他只能依照苏夫人的话，将苏风暖背去了炕上。

苏风暖沾到炕，向里面一滚，翻了个身，摆了个舒服的姿势，睡了。

苏青站在炕沿边看着她，大翻白眼。

苏夫人没办法问苏风暖，不舍得喊醒她，只能抓着苏青问话。苏青只能将苏风暖对他说的在宫中发生的事对他娘诉说了一遍。

苏夫人听后，笑得合不拢嘴："竟然闹去了皇上的御书房，可真有她的。"

苏青也觉得好玩："据说国丈气得额头冒青筋，当即就将许云初叫出宫了，没让他见妹妹。太后和国丈这回估计彻底打消了让许云初娶她的心思。"话落，又愤愤地说，"小丫头为了叶裳那小子，可真是一点儿机会也不给许云初，丝毫不让那小子费心斩桃花，太便宜他。"

苏夫人瞪了苏青一眼："臭小子，你说的这叫什么话？什么叫作便宜他？暖儿这样做是对的，我们将军府保的是皇上，太后和国丈这些年压制皇室，外戚坐大，长久下去，于朝纲社稷不利。若是她真被太后和国丈看重，执意要往国丈府娶，可是极麻烦的事。所谓麻烦能避则避，这事与小裳倒没什么干系，两码事而已。"

苏青撇嘴，无语地道："娘，您被叶裳收买得可真是彻底，连一句话都说不得他了。"

苏风暖在苏夫人处大睡了一觉，直睡到夕阳西下，才醒来。

她睁开眼睛，见苏夫人在一旁绣花，咕哝着说："娘，给我倒杯水。"

苏夫人回头瞅了她一眼，见她刚睡醒的样子懒得跟猫儿一样，她放下手中的绣品，站起身走到桌前，给她倒了一杯水端回来递给她，嗔笑："你个懒丫头，连娘也支使。"

苏风暖坐起身子，接过水杯，一仰脖，一口气都喝了，将空杯子递给苏夫人，觉得通体舒畅，伸了个懒腰："这屋子里只有您嘛，下次您睡觉，可以支使我。"

苏夫人将空杯子放回去，笑着走回来坐下："我可不跟你这个臭丫头似的，大白天的，一睡就大半日。"

苏风暖又躺回软炕上，嘟囔："进宫是个忒累人的活。"

苏夫人听她提起，笑起来："你也惯会胡闹，竟然闹去了御书房，还当着国丈的面折断了蝴蝶的翅膀摔死了它，还要拿去给太后。这下啊，无论是太后，还是国丈府，都不会再有心思了。"

"没心思最好。"苏风暖道。

"让太后和国丈打消将你赐婚给小国舅的心思是好，不过这样一来，太后和国丈估计会不再顾忌，不遗余力地阻拦皇上将你赐婚给小裳的事了。"苏夫人道，"国丈府不娶你，也定然不会让容安王府娶你，小裳想要娶你，兴许更难了。"

苏风暖哼哼了一声，没说话。

苏夫人看她没反驳这话，不由得笑开了，伸手点她额头："你这个小坏蛋，看来是想通了自己跟小裳的事了。这样最好，也免得我总是有些不放心。只要你们心往一块儿使劲，就没个解不了的难题。"

苏风暖无奈地坐起身，不满地说："娘，我刚睡醒，就听您叨叨。"话落，下了炕。

苏夫人瞪眼："娘还不是为了你好，你个没良心的臭丫头。"

苏风暖走到镜子前，随意地拢了拢头发，扯了扯因睡觉翻滚压得满是褶皱的衣服，问："我三哥呢？"

"他前脚将你背回来，与我说了一会儿话，后脚你外公便派人来喊他，他去王府了。"苏夫人说着，忽然想起了一件事，道，"小裳半个时辰前派人送来了一封信，说是给你的。"

"他派人给我送信？在哪里？"苏风暖回头问。

苏夫人指了指不远处的桌案："在那儿。"

苏风暖走到桌案前，伸手拿起桌案上折着的信笺，没有署名，随意地折着，也没有用蜡封，似乎也不怕人看，她伸手打开了信笺。

只见里面很简短地写着一行字：傍晚，一品香茶楼。

她向窗外看了眼天色，已经傍晚了。

苏夫人笑着问："小裳说了什么？是不是约你出去？"

苏风暖回头看着苏夫人，见她眉梢眼角都是笑意，她无语半晌，问："娘，我是您的女儿吧？他竟然通过你明目张胆地给我传信，这不是私相授受吗？有您这么着急着卖女儿的娘吗？"

苏夫人瞪了她一眼："这门婚事，我是亲口许了他的，自此后，你们也算是有婚约了。通过我给你传信，不算私相授受。"

苏风暖无言，将手中的信笺碾碎，扔进了就近的花盆里，顿时花盆里覆盖了一层纸屑。

苏夫人看到了，顿时大叫："臭丫头，我好好的花，你给我往里面扔纸屑都不漂亮了。"

苏风暖拍拍手，抬步向外走去，丢下一句话："我给它上点儿肥料。"说完，出了房门。

苏夫人笑骂。

苏风暖出了正院，回了自己的院子，梳洗了一番，将身上的骑装换下，换了一件轻便素净的裙子，出了后门，前往一品香茶楼。

天色晴好，即便已经到了傍晚，街上来来往往的人流依旧络绎不绝。

苏风暖溜溜达达沿街走了一段路后，身后传来马车声，她往一旁避了避，那马车与她侧身而过时，停在了她身边。她敏锐地转身，刚想着不会这么巧又碰到许云初吧，便看到了车牌标着是相府的马车，就暗暗松了一口气。

车帘从里面掀起，露出孙泽玉温雅的面容，笑着对苏风暖问："苏小姐怎么只身一人在街上走？"

苏风暖对孙泽玉还是有几分好感的，相府公子的教养自然是极好的，不白担了出身清流相府的名声，除了他的品行，他的家世也不让人排斥。她笑着如实回道："有人与我相约去品茶，我正要前往茶楼。"

孙泽玉微笑点头："路途可远？我捎带你一程？"

苏风暖摇头，伸手一指前方的一品香茶楼："不远，就在前面，几步路就到了。"

孙泽玉向一品香茶楼看了一眼，含笑："既然如此，是不必捎带了，父亲、娘亲、妹妹都十分喜欢苏小姐的性情，觉得昨日未曾招待好你，改日苏小姐再去府里做客吧。"

苏风暖眨了一下眼睛，笑着道："孙公子太客气了，明明是我叨扰了一整日，怎么到你嘴里成了没招待好我了？我与孙姐姐是十分投缘，改日我请她去我府里做客。"顿了顿，她笑着俏皮地道，"至于相府，我可不敢再轻易去做客了，昨日去叨扰了一日，今儿太后就将我叫进宫去盘问了，我最怕进宫。"

孙泽玉闻言失笑，对她道："今日宫里发生的事，我也略有所闻，苏小姐聪慧，应不是怕这些的人才是。"

这话可是有弦外之音的，她今日进宫，可是大获全胜，得了皇上赐的一把宝剑，又得了一个月的御厨。

苏风暖也失笑，诚实地说："不怕倒是不怕，但麻烦总归是麻烦嘛，我从宫里回来，睡了大半日才缓过劲儿来。"

孙泽玉微笑点头："有道理，麻烦最好是能避则避。"话落，笑道，"既然苏小姐与人有约，我就不耽搁你了。"

苏风暖笑着点头，对孙泽玉拱手告别。

孙泽玉放下了帘幕，马车向前驶去。

苏风暖继续走向一品香茶楼，没几步便到了。进了楼门，掌柜的亲自迎了出来，对她悄声说："二楼的茗香阁，世子等着您了。"

苏风暖点头，上了二楼。

来到茗香阁，房门虚掩着，苏风暖伸手轻轻一推，房门便开了，她一眼便见到叶裳歪在靠窗的软榻上，手里端了一杯茶，姿势实在是散漫悠闲得惹人嫉妒。

叶裳听到动静，偏头来看她，开口第一句话便说："从苏府走到这茶楼，才几步路，你竟然也能遇到一株桃花，真是本事不小。"

苏风暖随手关上门，瞪了他一眼："少乱说，遇到个男人就是桃花的话，我今儿在街上走这一路遇到的多了。人来人往，数不过来。"

叶裳轻轻地哼了一声，端着茶盏晃了一下，还是在意地问："孙泽玉的马车停了那么久，都与你说了什么？"

苏风暖无语了一小会儿："遇到了打个招呼，几句闲话而已。"

叶裳又轻轻地哼了一声："你对他说话是笑着的，以后最好改改对人说话便笑的毛病，免得你没意，别人却会错了意。把你的欣赏收起来，欣赏一个男人不是什么好事。"

苏风暖忍住想掐死他的冲动，瞪了他一眼："微笑是与人说话的礼貌，欣赏是他确实有值得人欣赏的地方。我坦坦荡荡，人家也是君子，不会没有分寸，会错什么意？"

叶裳忽地坐起身，将水杯放在桌子上，伸手一把拽住她的手，猛地一用力，将她拽倒在了自己身上，咬着牙："你什么时候知晓礼数礼貌了？孙泽玉哪里有值得你欣赏的地方？你给我说说。"

苏风暖猝不及防被他拽倒，趴在了他的身上，要起身，他却死死地扣住不让她动，她没好气地说："教养好，家世好，品行好。这三个好还不够让人欣赏吗？"

叶裳冷下脸："孙泽玉是相府公子，洁身自好，长久以来，受相爷和夫人教导，不沾染杂事，多少媒婆踏平了相府的门槛，他的婚事却一直未定，而他本人也未曾听闻与任何女子接触过，如今他竟然当街停下马车与你说话，如此特别，你敢说他对你没那么几分意思？"

苏风暖头疼，不满地说："你想得也太多了，说句话打个招呼而已，基于礼貌。"

叶裳冷哼一声，沉声说："他是实打实在京中生活受相府礼数教养的公子，不知晓什么江湖儿女不拘小节那些东西，他对别的女子，可不是如此基于礼貌主动上前打招呼的。以后你切莫与他走得太近，免得害了他，他这类名门公子，一旦动了心，不会伤人，但会伤己。一旦你不能回报，伤了他，也就导致相府与苏府关系自此交恶，若是到了那个地步，有你后悔的。听到了没有？"

苏风暖翻白眼，觉得叶裳说得太过严重了，但也觉得他的话不是无的放矢，毕竟早先礼尚往来的事被他言中了。她因为如此一件小事，就被他教训了一番，实在是无妄之灾，心里虽不服气，但也只能泄气地听了训，无力地趴在他身上点头，无奈地说："好好好，知道了叶婆婆，我以后也避他远些。"

第二十一章
心 满 意 足

叶裳听她叫他叶婆婆，被气笑，手下用力，将她的腰几乎勒断。

苏风暖痛呼了一声，伸手捶他："疼死了。"

叶裳放松了些，警告地看着她："不给你些提醒和教训，有时候你就会聪明反被聪明误，反而跟个糊涂虫没二样，自己哪里惹了桃花都不知道。"

苏风暖无语。

叶裳见她乖巧听训，嘴角微弯："今日在宫里做得就很好，没让许云初见了你。"

苏风暖哼哼两声："放开我。"

叶裳抱着她，觉得她身子软软的、轻轻的，让他抱着十分舒服，舍不得松手，便继续抱着她不松手，摇头："这样很舒服，不放。"

苏风暖瞪眼："我不舒服。"

"你忍着。"叶裳手臂又收紧了些。

苏风暖气闷："凭什么我不舒服就要忍着？"

叶裳慢悠悠地说："今日你从皇宫回苏府，路上睡着了，苏青喊你，你却赖皮地让他背你进府。你也没顾他不乐意，他都忍了你。你高兴时难为人，别人凭什么要忍你？如今你就不能忍着了？"

苏风暖一噎，抬眼看他："你怎么知道？"

叶裳又慢悠悠地说："苏青告诉我的，他给我传信，让我收拾你。"

苏风暖顿时一气，什么时候她三哥竟然学会找叶裳替他报仇了？她更加气闷不已，恼道："到底是他与你近，还是我与你近？你就是这么帮他找我报仇的？"

叶裳心情极好，笑容漫开，温柔地说："我自然是与你近，但若是这样帮他报仇我很乐意。"

苏风暖彻底失语。

叶裳抱着她，闭上了眼睛，任她软软的身子绵绵的重量压在他身上，觉得心口被塞得满满的，满足至极。

苏风暖动了动，被他强硬地圈固着，她泄气，只能放松了身子，索性将全部重量都压在他胸口上，嘟囔："我饿着呢。"

"午时你在宫里吃了那么多，竟然还说饿？"叶裳不为所动。

苏风暖嘟囔："可是我都消化了啊，如今都晚上了，该吃晚饭了啊。"

叶裳舍不得放开她，便对外面喊："来人，做几个菜端进来。"

"是。"外面有人应声道，立即去了。

苏风暖见他还不松手，便伸手在他胸口画圈圈，隔着衣料，他身上是好闻的清雅的味道。她闲闲地问："案子查得怎样了？这几日我怎么觉得你好清闲？"

叶裳微哼了一声："难道我要忙得脚不沾地吗？你是只看到我闲了，没看到我忙的时候。"顿了顿，道，"不怎么样，在撒网呢。"

"嗯？"苏风暖看着他，这样的姿势，只能看到他俊美无双的线条，完美得夺目。

"昨日夜里，风美人已经被带进京了，不过她受了极重的伤，如今昏迷不醒。稍后吃过晚饭，你随我回府去看看她的伤。"叶裳道。

苏风暖一怔："昨日夜里就进京了？伤得很重？你为何昨日夜里不及时找我？也就是说，她如今还没醒来了？"

叶裳道："我知晓昨日你去相府做客一日，定然会很累，以太后的脾性，一定会今日召你进宫，便没舍得让你劳顿。午时你从宫里出来，又累得睡了大半日，晚上不是才有精神吗？"

苏风暖一时无言，觉得她这几日确实也忙死了，虽然忙的都不是什么正经事。她点点头："那我们快些吃饭，吃完饭我与你回府。"

叶裳道："不急，你给我找的独臂人还没进京，早早救醒风美人也没什么用。"

苏风暖掰着手指算了一下日子，道："按行程来说，我给你找的独臂人这时候也该进京了，如今怎么还没进京，难道被耽搁了不成？"

叶裳问："你给我找的是什么人，路途中遇到麻烦，能自行解决吗？"

苏风暖想了想，笑道："能，他的能耐可是在易疯子之上的，虽然近几年不在江湖上走动，但小麻烦难不住他。除非是遇到了极大的麻烦。"

叶裳点点头："既然如此，就再等等吧。"

苏风暖仰头仰得有些累，索性将脑袋枕在他胸口上："风美人也进了你的容安王府，若是独臂人来了，你打算怎么利用他们撒网收网？"

叶裳眯了眯眼睛："自然大有可为，到时候你就知道了。不只是他们，还有凤阳镖局和林家。凤阳如今在京城了，林家还没来人，总要等等林家的人。"

苏风暖点头，不再问。

叶裳抱着她躺了一会儿，觉得若是以后长长久久就这样抱着她，就这样过一辈子，便是这世间他能求到的最大的福分了。他是无论如何也不会松手的。

门口有人来到，小声说："世子，饭菜好了，给您端进来吗？"

叶裳"嗯"了一声："端进来吧。"

苏风暖动了动身子，叶裳抱紧她，低声说："别动。"

苏风暖脸皮再厚，也不想当着人的面被叶裳这样抱着，实在是太不像话。她伸手捶他："你脸皮厚，我脸皮可薄得很，放开。"

叶裳道："他不会说出去，只会当没看到，你别乱动，你再乱动，我就受不住想吻你了。"

苏风暖顿时僵了，不敢再乱动了。

来人推开门走进来，果然如叶裳所说，只当没看到，将饭菜摆在了桌案上之后，又目不斜视地退了出去，关上了房门。

短短时间，苏风暖的脸已经红透了，恨不得把脸埋起来，听到有人走了，她才抬起头，羞恼地喊："叶裳！"

叶裳见她明媚的脸庞如红霞铺染，绚丽美艳至极，他呼吸一窒，慢慢地放开了她。

苏风暖顿时弹跳起来，距离他远了些，伸手指着他："你以后再耍无赖，我就……"

叶裳坐起身，伸手拂了拂被压皱了的衣衫，打断她的话，挑眉道："我以后再耍无赖，你就如何？你只管说，我听着。"

苏风暖一噎，她能如何？打他？打轻了不管用，打重了还得给他治。骂他？不疼不痒的。气他不理他？他会更变本加厉地折腾她。她泄气，拿起筷子，懒得再看他："吃饭，吃饭。"

叶裳勾起嘴角，坐在椅子上，也拿起了筷子。

苏风暖吃了两口菜，便开始挑剔："这儿的饭菜做得不好吃，比皇上借给我的御厨差远了。"

叶裳轻哼："这里本来就是茶楼，以茶水出名，自然不比酒楼。饭菜本就不擅长，有的吃就不错了。什么时候你的嘴也这么挑剔了？皇上赐给你一把好剑，又借了一个月御厨给你用。如今已经传遍京城了，才短短时间，你就惯会出风头，还怕惹别人的注意不够多吗？"

苏风暖扁嘴："风头就好比虱子和账本。虱子多了不痒，账多了不愁。"

叶裳嗤笑："你倒是会宽慰自己。"

苏风暖想着自从她爹官复原职手握百万兵权击退北周兴兵进犯后，太后和皇上要给她赐婚，无数人的目光就已经聚到了她身上，她是苏府小姐，无论做什么，都会惹别人注意，想低调都不行。既然如此，她也不用夹着尾巴做人了，该如何就如何，免得委屈了自己。

二人饭菜吃到一半，外面门口有人低声说："世子，陈二公子来了茶楼，似是要找您。"

叶裳挑眉："他找我做什么？"

外面人道："看样子似乎很急，您可见他？"

叶裳本来不想见，但听说陈述找他很急，抬眼看了苏风暖一眼，对她说："你在这里好生待着，哪里也别去，我出去见他。"

苏风暖点头。

叶裳站起身，出了房门。

这时，陈述已经上了楼，他似乎真的很急，额头都跑出了汗，见到叶裳，立即问："你知道瑟瑟去哪里了吗？"

叶裳扬眉，看着他："你来找我，就是为了这个？"

陈述点头："我刚刚去红粉楼，那里的妈妈说瑟瑟走了，出京了。"

叶裳看着他："走了？去了哪里？"

陈述摇头："那妈妈也不知，只说瑟瑟不是卖身给红粉楼的人，她是自由身，已经出了京城了，不知道去了哪里。"话落，盯着叶裳问，"我听瑟瑟说，她是受人所托，留在京城为了看顾你。你可知道她去了哪里？"

叶裳回头看了一眼，雅间内没什么动静，他随意地收回视线，对陈述道："我尚不知此事，回头我帮你问问。"

陈述着急地道："现在就问。"

叶裳摇头："现在没办法问，你回府等着吧，一个时辰后，我定给你回复。"

陈述忽然看向叶裳身后紧紧关着的门，问："你在和谁喝茶？"

叶裳警告地看了他一眼："若想知道瑟瑟的下落，最好收起你的好奇心。"话落，他转身，推开房门，走了进去，随着他走进，门又关上了，将陈述拒之门外。

陈述一怔，上前一步，刚要伸手去推门，守在门口的人伸手拦住了陈述，木着脸说："二公子留步，世子既然不想让您见，定然有您不能见的理由。"

陈述瞪眼，盯着紧闭的门，忽然福至心灵地说："里面的人是不是让他害相思病的人？她来了，所以瑟瑟才走了？"

守在门口的人自然不答陈述的话，走进里面的叶裳自然更不答他的话。

陈述在门口立了半晌，心下是气闷、焦急又懊恼，他怎么也没想到瑟瑟一声不响地走了，而且走得如此干脆利落，对他连个招呼都没打。

他本以为，瑟瑟该是明白他几分心思的，可是如今，他不知道她这么干脆地走了，是真不明白他的心思，还是明白却对他无意，半分机会都不给他？

他想推开房门闯进去，问问叶裳和那里面的女子，看看她到底是什么样的人，能让瑟瑟对她如此听从？直接问她瑟瑟到底来自哪里，是什么身世，离开京城去了哪里，去做什么。

在如此多的疑问之下，他才发现他对瑟瑟真是一无所知。

可是面前守门的人手臂如铁一般拦在这扇门前，是叶裳坚决不准许他推开的屏障。

他心中更是清楚，叶裳要做一件事情、决定一件事情、隐瞒一件事情，那么，就算他闹得难看不成样子，他也不会心软让他窥探。

他无奈地收回视线，泄气地后退了一步，对里面说："是你说的一个时辰啊，你别忘了，我这就回府去等你的话。"

叶裳已经走回桌前，拿起筷子，吃了一口菜，闲闲地"嗯"了一声。

陈述无法，只能下了楼，离开了一品香茶楼。

苏风暖将陈述对叶裳的问话在雅间内听了个清楚，想着这陈二公子也还不错，瑟瑟不见了，他看起来是真的着急，不过还不够。她觉得，能经受得住考验，才是真正的不错，才真正值得托付终身，目前远远不够。

叶裳抬眼看她，对她问："瑟瑟去了哪里？你将她调走了？"

苏风暖点头。

"哪里？"叶裳问。

苏风暖扬眉："我将她调去了哪里，你要告诉陈述吗？"

叶裳嗤了一声："我早已经说过了，我没娶到媳妇儿之前，他甭想好事。"

苏风暖无语地看着他，道："既然这样，告诉你也无妨，瑟瑟回碧轩阁了。过两日会有人来京城，接替她待在红粉楼。"

叶裳挑眉："来的是什么人？"

苏风暖也不隐瞒："是涟涟，出身林家。"

叶裳微微思忖片刻，顿时勾起了嘴角，笑看着苏风暖，眸光温柔至极："你想用她来帮我对付林家？既然她被你调来京城所用，想必她的出身在林家该是极其重要的，生在林家，却不长在林家，而庇护在你身边。难道是与林家有悖隙？"

苏风暖点头："她是当今林家主最小的女儿，据说，曾经犯了不可饶恕的过错，本要被关进林家的思过堂十年，她不愿受罚，逃出了林家，林家主对她下了追杀令，我接手碧轩阁后，第一件事，便是救下了她。"

叶裳眯了眯眼睛："什么样不可饶恕的过错让林家主对她下追杀令？不顾骨肉亲情？"

苏风暖摇头："我救了她后，她死活不说，我也不是寻根究底的人，便也没问。但我揣测，应该是触动了林家一个家族生死存亡的极重的过错，才让林家主痛下杀手。"

叶裳闲闲地道："你这样一说，我倒是好奇了。"

苏风暖放下筷子，用手叩了叩桌面："她在机关暗器上面的天赋，丝毫不输于当今的林二公子。在我看来，得了她，就等于得了半个林家，所以，林家为何对她下追杀令，不究也罢，便没追究。"

叶裳也放下了筷子，散漫地说："既然如今林家入了局，被圈在了这两件案子里，你这个涟涟的事，我倒是想究一究了。"

苏风暖不反对，喝了一口茶，对他说："走吧，去你府里看风美人。"

叶裳点头，放下茶盏，站起了身。

苏风暖打开窗子，身子从窗口飘了出去，这一处窗子对准的是一品香茶楼的后院，她落地后，翻墙出了一品香茶楼，悄无声息地钻进了叶裳停靠在门口的马车内。

千寒坐在车前，暗叹苏姑娘的武功，他就算练上十年，怕是也不及她如今的境界。

叶裳走到门槛时，回头瞅了一眼，屋中已经没了苏风暖的身影，窗子随着她离开，又紧紧地关上，若不是桌子上摆着两副碗筷，仿佛这屋中早先只有他一人。他收回视线，随意地下了楼。

来到门口，马车停在那里，叶裳挑开帘幕，果然见苏风暖已经如懒猫一般地窝在了车内，他轻身上了车，挨着她身边坐下。

千寒一挥马鞭，马车离开了一品香茶楼。

苏风暖不满地瞥了眼挨着她的叶裳："车内这么大的地方，你挤我做什么？"

叶裳挨着她坐下后，一腿平伸，一腿屈着支着，一只手臂搭在腿上，一只手握住了苏风暖的手，动作流畅自然，听到苏风暖不满的话，他道："这样舒服。"

苏风暖无语，大热的天，挤作一堆，她不明白哪里舒服了。

叶裳见她不语，也乐得挤靠着她，便不再说话。

马车回到容安王府，还没到府门，千寒在外面压低声音说："世子，咱们府门前停着一辆马车，似乎是小国舅的马车，应该是有事找您。"

叶裳扬了扬眉，"嗯"了一声。

苏风暖一听许云初，顿时要撤回被叶裳攥着的手。

叶裳皱眉："做什么？"

苏风暖对他瞪眼："许云初等在你府门口，我怎么从你大门口进去？自然要下车翻墙了，难道要我与他碰头照面吗？"

叶裳闻言松开了她的手。

苏风暖无声无息地出了马车，转瞬之间，跃进了容安王府的高墙内。

叶裳攥了一下手心，手里还残余着苏风暖手掌的温度，他流连了那么一下，忽然笑了一声，对外面的千寒说："她到底是开窍了，知事了，以后若是避所有男子，都如避许云初一般，倒让我少操些心。"

千寒无言以对。

马车来到门口，许云初果然在车上，听到动静，挑开帘幕，温声打招呼："叶世子。"

叶裳也挑开帘幕，看向对面的马车，浅浅扬眉："小国舅是有要事找我？等了许久了？"

许云初摇头："刚等不久。"

叶裳下了马车，对他邀请道："小国舅里面请。"

许云初依然摇头："我有几句话与叶世子说，说完之后就走。"

叶裳闻言也不再相让，毕竟只是客套一下，苏风暖进了他府里，他自然不想担着被他撞破的心，便点头："也好。"

许云初道："我半个时辰前得到了消息，据说灵云大师的师弟灵风大师，死在了灵云镇十里外的乱葬岗，尸体已经被野狗咬烂，但面容还算完整。不知道叶世子可得到了消息？"

叶裳闻言眯起眼睛："你说灵风大师死在了灵云镇十里外的乱葬岗？"

许云初点头："看来叶世子没得到消息。"

叶裳想着这半个时辰内，他是在一品香茶楼与苏风暖相会的，已经吩咐了下去，任何事情都不准扰他。陈述自己找去，是个例外了。他问："我确实不曾得到消息，小国舅的消息素来比寻常人灵通，不知是怎样得到的消息？可属实？"

许云初道："属实，叶世子知晓，早先你在东湖被人暗杀沉船落水，我正巧为了舍妹之事在灵云寺，当时安排了人手找你，对灵云镇方圆密切关注。后来灵云大师被人暗中谋杀，最初也是由我奉了太子口谕进行彻查，查到如今，案情不曾查清，我的人也不曾撤回来。今日便发现了此事，急禀于我。"

叶裳颔首："如今灵风大师的尸首呢？"

"我已经传信，吩咐我的人将其送去灵云寺请灵云大师和众僧验明身份了。但因为当初灵云大师出事，寺中除灵云大师自己外，唯一精通医术的灵风大师却正巧于前一日下山了。此事未免太巧。若非有凤阳少主身边的一位懂医术的姑娘相救，灵云大师当日必死无疑。所以，算起来，他也是此案的涉案人，我便来告知叶世子一声。"许云初道，"他人如今死在灵云镇十里外的乱葬岗，何人杀他弃尸，背后有何缘由，是不是要查一查？"

叶裳点头："自然要查。"话落，他道，"多谢小国舅告知此事。"

许云初道："叶世子不必道谢，此案极大，我也希望早日能查清。如今京城内外，因这两桩案子引起的百姓恐慌还未散去，我也不希望此案继续扩大，造成更大的波动。对朝纲不利，还是早点查清为好。"

叶裳笑着点头："小国舅还未入朝，却如此忧心朝局社稷，倒让我这个接了重担子至今却没什么进展的人惭愧了。"

许云初看着他道："叶世子从接了圣旨这几日来，刑部大理寺唯你是从，涉案人已经有几人攥在了你手里，不叫没进展，短短时间，已经让人刮目相看了。"话落，他笑笑，"叶世子忙着吧，在下告辞了。"

第二十二章
行针盘问

送走许云初，叶裳进了府门。

苏风暖进了高墙后，便等在院内，见叶裳进府，她问："许云初找你为了何事？"

"灵风大师的尸体今日在乱葬岗被他的人发现了，据说尸体已经被野狗咬烂，唯一张脸能辨认，已经送去灵云寺验明身份了。"叶裳道。

苏风暖面色一肃："据说灵风大师是听说有人卖凤灵草，下山去找那卖家，当日灵云大师被人谋算事发时，才不在寺中。如今他的尸体竟然出现在乱葬岗，杀人弃尸，且不让其毁尸灭迹，留了一线，让人能辨认出他，背后之人到底是为了什么？"

叶裳冷笑："灵风大师酷爱钻研医术，他又是佛门子弟，灵云大师的嫡亲师弟，不会有害灵云大师之心。有人以凤灵草为引，他抛下法事，寻下山去，正巧避开了能给灵云大师医治的时间。背后之人想让灵云大师死，奈何正巧你上了山，救了灵云大师。灵风大师下山后，应该是撞破了什么，才被人杀了弃尸了。至于为何不毁尸灭迹，而是扔去乱葬岗，让许云初的人发现，这个自然要细究了。"

苏风暖琢磨了一会儿，道："紫木草对你已然无用，凤灵草才对遏制你身体的热毒有些效用。而背后之人以凤灵草为引，这追根究底，怕还是冲着你来的。"

叶裳嗤笑："我倒不怕冲着我来。"

苏风暖脑中忽然有什么灵光一闪，她第一时间便抓住了，立即说："我想起来了，前些日子，灵云大师听了许灵依的建议，正在研制能解你热毒之法。"

叶裳脚步一顿，看着苏风暖："嗯？"

苏风暖对他道："就是数日前，外公对你提点，陪你进宫去见皇上，不再隐瞒你未死的消息后，我与凤阳出京前往灵云镇，刘嬷嬷和我娘回京看你，我与外婆上了灵云寺。那时，我去见老和尚，他正在制药，说是给许灵依配的药，她建议让老和尚试试以毒攻毒之法，若是能成功，就能解了热毒。"

叶裳眯起眼睛："有这事？药可制出来了？"

苏风暖道："他制药时，被我撞破，以毒攻毒之法是解毒一千，损身八百的法子。就算能成功，解了你的热毒，也会让你终身残废。"她说着，声音冷了下来，"我言明你不会用，但也没打破药炉，想着那解药若是制出来，给许灵依自己用好了，便没阻止。"

叶裳也冷下脸："然后呢？你想说的是什么？"

苏风暖道："我想说，灵云老和尚制出药后，应该还没来得及给许灵依，毕竟那些日子灵云寺大做法事，他自然忙得脚不沾地。而有人要杀你，置你于死地，先是东湖画舫沉船刺杀，之后你没死的消息传出后，背后之人一计不成，又来一计，杀了灵云大师，也就断了你的救命药。"

叶裳冷笑："我的救命药就是终身残废吗？"

苏风暖道："灵云大师给你制的解药虽能解了你的热毒，但也会使你终身残废之事，我想除了他和许灵依，还有后来撞破他制药的我知晓外，内情应该无人知道。别人兴许只知是解药，而不知其他。所以，杀了灵云大师，你的解药自然没了。"

叶裳沉了眉目："若是你猜测得没错的话，那太子中毒之事呢？"

"你牵连着皇室宗亲的向心之力，太子位居东宫，是皇上百年之后承继江山大统之人。若是你们二人都死了，那么皇室和宗室也就完了。"苏风暖道，"所以，东湖画舫沉船刺杀案，既是害你，又是间接祸引东宫，太子出京后，趁机下手，让他中毒，而他虽然毒解了，但还是落下了终身残疾，之后，趁着灵云寺做法事，又意图杀灵云大师，绝了给你解毒的后路。"她顿了顿，又道，"说到底，还是冲着你和太子。"

叶裳眸光缩了缩："你这样推断，似乎将整件事情串联起来了，但这样推断的结果，就是直指太后和国丈府了。如今谁都知道，太后和国丈府不想皇室和宗室坐大，一旦皇室和宗室坐大，势必要铲除外戚。这样说来，又是冲着国丈府而来了。"

苏风暖摇头："背后之人应该是希望借由这几件大案，让皇室宗室和国丈府两败俱伤。"

叶裳冷笑道："怪不得许云初大力助我破案，不顾太后阻拦，看来他倒是看得明白透彻，知道背后之人搅动风云，是冲着让皇室宗室和国丈府两败俱伤而来。"

苏风暖郑重地道："许云初确实聪透，能早早想通这些关键，不愧是国丈府培养的支撑门庭之人，有他在，国丈府不是那么容易垮台的。"

叶裳哼了一声："再聪明又如何？到底是出身国丈府，他以后就会知道，他的出身误他一生了。"

苏风暖扁嘴，忍不住反驳："他出身国丈府，也不是由得他能选择的。就像是你出身容安王府，我出身苏府，这都是由不得自己选择的。太后和国丈虽然压制皇权，但若是许云初能改而扶持皇权，那么，倒也不会误他一生。"

叶裳偏头看着她，脸色不好："若非因为他的身份，你如何会避他唯恐不及？如今倒又为他说话了？"

苏风暖瞪眼："我这是就事论事，你扯我做什么？我避他是不想嫁去国丈府，不行吗？"

叶裳的不郁尽退，弯起嘴角："自然行，毕竟你是要嫁进容安王府来的，自然要避他远些。"

苏风暖自知失言，瞪了他一眼，不再言语。

叶裳也住了话。自从那日在猎场他狠狠地欺负了她一通，后来又不掩饰地在苏夫人面前过了明目，他跨出了一步又一步，到如今，她能在他说他们的关系时不再反驳，对他来说，已经是极大的进步了。到如今，他也不敢再逼急了她，自然要慢慢来了。

风美人的住处被叶裳安置在了叶昔所住的院子内，因易疯子自杀之事，叶裳怕风美人醒来后重蹈覆辙，于是将她放在了叶昔眼皮子底下。

二人来到叶昔所住的院子，刚踏进门口，一根树枝直直冲着苏风暖眉心飞来。

苏风暖抬手，轻轻一夹，便夹住了树枝，抬眼看向树枝飞来的方向，只见叶昔仰躺在院中一株桂树的树干上，树枝正是被他掷来。她随手又将树枝扔了回去。

她扔的手法不同于叶昔，而是树枝在她脱手的那一刻，折为数段，飞向叶昔。

叶昔眼看十几段树枝冲他飞来，一只手是无论如何都接不住的，只能轻轻一跃，避开了树枝，跳下了树干。笑着对苏风暖道："师妹这手脱手飞花的功夫愈来愈炉火纯青了。"

苏风暖轻轻哼了一声："师兄倒是悠闲。"

叶昔瞅了苏风暖身旁的叶裳一眼，含笑说："你哪里看我悠闲了？表弟不让我离开，让我看着一个半死不死的老女人，着实无趣。"

苏风暖闻言问："风美人呢，还未醒？"

"师父只将金针之法传给了你，只有你能让她尽快醒来，我可做不到。"叶昔道。

苏风暖得意地勾起嘴角："谁让你在医术上没有天赋？师父教你十分，你丢八分，换作是我，也不教了。"

叶昔扶额："小丫头少得意，你在风雅之事上也没什么天赋，与我半斤八两。"

苏风暖住了嘴。

叶裳瞥了二人一眼，没说话。

来到安置风美人的屋子，只见风美人躺在床上，浑身被包扎着，几乎被裹成了粽子，可见受伤之重。往日姣好的面容此时干干巴巴，面有死灰之色。

苏风暖来到床前，伸手给她把脉。

失血过多，内腹受了重创，周身几处重要经脉似乎被用什么特殊手法搅断，就算苏风暖医术极高，这样的伤，就算能给她治好，自此后她一身武功也废了。

苏风暖面色微凛，撤回手，道："好残忍的手段，是什么人动的手？"

叶裳摇头："我派出的府卫为了救她已经尽数折去，幸好有皇上的轻武卫接应，才救了她一命。但轻武卫也不知对方是什么来历，只说是大批黑衣人。"

苏风暖面色顿冷："你派去了多少府卫？"

叶裳抿唇："三十人。"

苏风暖脸色发寒："你府中的府卫素来能够以一敌十，三十人都尽数折去，竟然如此厉害。对方未留痕迹？"

叶裳摇头："没有痕迹，被我府中府卫杀死的人，已经被那领头人以化尸粉化去，真是半丝痕迹不留。"

苏风暖凝眉，沉冷地道："不知与凤阳护送你回京时，半路截杀你们的人是不是一批人。"

叶裳不语。

苏风暖又转回身看风美人，对他道："我记得我在你这里放置了金针，去取来，我现在就让她先醒来。风美人不是傻子，有人要置她于死地，她不可能不知道是谁害她。"

叶裳颔首，对外面吩咐："千寒，去取金针来。"

千寒在外面应了一声"是"，立即去了。

千寒取来装金针的匣子，苏风暖接过打开，将一排金针清点了一番。

这时，有一只乌鸦飞来，在房檐下徘徊了一会儿，对着窗子啄了两下。

苏风暖止住动作，回头看了一眼，叶昔识得乌鸦，立即走到窗前，打开了窗子。乌鸦本来要越过他飞向苏风暖，却被他一把攥在了手中，笑道："小东西可真有灵性，不管你在哪里，都能找到你。"

苏风暖哼了一声："自小我就给它喂药驯养，那些药总不能被它白吃了。"

叶昔撕掉它腿上绑着的信笺，似乎不顾忌她隐秘之事，打开看了一眼，皱眉。

苏风暖问："出了什么事？"

叶昔道："离陌出事了，他刚刚进京，一身是血地倒在了红粉楼后院，如今昏迷不醒。"

苏风暖捏着金针的手一紧，立即扔掉了金针，来到叶昔面前，拿过信笺，看了一眼："离陌武功不错，是什么人对他下了重手？"话落，她对叶昔道，"师兄，你现在就赶紧去一趟红粉楼。"

叶昔点头，也不耽搁，出了房门，跃出了容安王府的高墙，立即去了。

叶裳在叶昔走后，对苏风暖问："离陌是谁？"

苏风暖道："帮你找来的独臂人，他的名字叫离陌。"

叶裳眯了眯眼睛："你不是说他的能耐可是在易疯子之上的吗？看来他是遇到了极大的麻烦，才重伤昏迷。"

苏风暖点头，道："师兄既然去了，我便也不急着过去，先对风美人行针吧。"

叶裳颔首。

苏风暖重新走回床前，捏了金针，对叶裳说："风美人与易疯子也算是一对冤家，风美人虽然素来嘴上不屑易疯子，但情分上可不浅。若是知道他死了，那她会做出什么决定都未可知。要想从她嘴里撬出点什么，以防万一，我会先在金针上动些手脚，不让她彻底清醒，但我所做的手脚只能支撑半盏茶时间，稍后你拣重要的问。"

叶裳点头。

苏风暖捏起一根金针，刺入风美人一处穴道，风美人的身子颤了一下，她又快速地捏起几根金针，刺入不同的穴道，风美人的身子颤得更厉害了。

苏风暖待她的身子颤了一阵，对叶裳说："快问。"

叶裳看着风美人，沉声问："风美人，我且问你，易疯子除了你外，还有什么重要的人在这世上？"

风美人嘴唇动了动，虚弱地吐出两个字："萧玥。"

叶裳立即问："萧玥是谁？是易疯子的什么人？"

风美人又动了动嘴角，声音极其虚弱含混："他是易疯子的同胞兄弟。"

苏风暖凝眉，没想到易疯子还有同胞兄弟，这事她一直未曾听闻。

叶裳眯起眼睛，又问："他是什么身份？做什么营生的？"

风美人摇头，虚弱地道："我不知道。"

叶裳又问："能在哪里找到他？"

风美人摇头："不知道。"

叶裳又问："你见过他吗？"

风美人点头："见过一次。"

叶裳又问："什么时候？"

风美人道："他要杀我，我看到了他颈间的玉牌，易疯子也有一块同样的龙凤玉牌，他跟我说过，若是以后见到与他佩戴着一样玉牌的人，那人就是他兄长了。"

叶裳立即问："他什么时候要杀你？"

风美人道："叶世子派人接我进京的路上。"

叶裳沉下脸："你可看到他的样貌了？"

风美人摇头："没有，他蒙着面巾，我只看到他脖颈上的玉牌，我知道一定是他。"

叶裳又问："他为什么要杀你？"

风美人摇头："我不知道。"

叶裳又问："东湖画舫沉船刺杀案，是不是易疯子动的手？"

风美人点头："是他。"

"买主是谁？"叶裳又问。

风美人摇头："我不知道，他死活不对我说。"

叶裳又问："易疯子是否时常与他兄长见面？"

风美人摇头："不。"

叶裳又问："他除了萧玥这个名字，是不是还另外有名字？叫什么？"

风美人似乎在用力地想，过了一会儿，还是皱紧眉头摇头："似乎没有，我不曾听易疯子说起。"

叶裳又问："若是易疯子死了，你该如何？"

"易疯子死了？"风美人先是猛地摇头，身子剧烈地颤抖，片刻后，又安静下来，虚弱地道，"死了就死了，反正他活着也是废物。"

"你为何说他是废物？"叶裳又问。

风美人冷笑："过的是见不得人的日子，不是废物是什么？"

叶裳立即又问："易疯子本来的名字叫什么？"

风美人道："易焰。"

叶裳又问："既然是一母同胞的兄弟，为何他与兄长不同姓氏？他兄长姓萧，他却姓易？"

风美人似乎有些气怒，虚弱地道："我哪里知道？关于他兄长的事，他除了对我酒后透露玉牌外，再没透露半点儿。我怎么知道他们为何不同姓氏？"

叶裳住了口，看向苏风暖。

苏风暖觉得时间差不多了，再不收手，风美人的神志便会错乱，便拔出了金针，重新为她周身各处穴道行针。

风美人安静下来。

苏风暖收了手，对叶裳道："一盏茶工夫后，她就会醒来。"

叶裳颔首，坐去了窗前的椅子上，对她道："萧玥这个人，你可知道？"

苏风暖摇头："没听过这个名字。"顿了顿，又道，"我稍后便传信，令碧轩阁查他。"

叶裳点头，看着风美人道："折了我三十府卫，救下她来，只问出这一个名字，亏。"

苏风暖道："易疯子爱极了风美人，既然连她都瞒着，可见他兄长这个人身份非同寻常，一定有不可告人的秘密，也不算白折了你三十府卫。碧轩阁只要知道这个人名，一定能查出些东西，早晚之事。"

叶裳点头。

苏风暖不再说话，等着风美人醒来。

一盏茶时间还没到，外面有人匆匆而来，对里面禀告："世子，晋王爷派人来传话，请您赶紧去晋王府一趟。"

叶裳挑眉："现在？可说了找我何事？"

那人摇头："来的人不曾说，只说晋王请您立刻过府，应该是很急的事。"

叶裳点头："知道了。"

那人又匆匆离开了。

叶裳向窗外看了一眼，暮色已经沉了，他收回视线，对苏风暖道："老头子不轻易找我，尤其是这般时候，我现在就去晋王府一趟，风美人醒来后，你再想办法盘问一番，我觉得她刚刚未曾尽言。毕竟做杀手之人，自小经受训练，若是真要掩藏一些事，也是能够抗拒这些逼问手段的。"

苏风暖点头："我知道，稍后她醒来，我会再迫使她全部都说出来。"顿了顿，道，"我总觉得，今夜不太平静，你带上千寒，再多带些府卫，小心些。"

"知道了。"叶裳心里顿暖，笑着点了一下头，出了房门。

苏风暖在叶裳走后，继续等着风美人醒来，她等了一会儿，风美人果然悠悠醒转。

220

她睁开眼睛，有几分茫然，目光转了一圈，落在了苏风暖身上，有几分惊异："苏姑娘？"

苏风暖扯了一下嘴角，算作笑意，点点头："你伤得很重，不要动，我将针给你拔掉。"

风美人盯着她看了看，慢慢地点了点头。

苏风暖伸手将她周身各处穴道的金针拔掉，收进了匣子内，问："要喝水吗？"

风美人点了点头。

苏风暖走到桌前，给她倒了一杯水，伸手将她托起，喂了她一杯水，之后见她摇头，便将杯子放下，顺势坐在了她身边的床沿上。

风美人喝了水，嗓子已经不再那么干哑，问："这是哪里？"

苏风暖道："容安王府。"

风美人微怔："叶世子的府邸？"

苏风暖点头。

风美人看向苏风暖："看来苏姑娘和叶世子的关系真是非同一般，你竟然在天色都快黑了时，还待在叶世子的府邸。"

苏风暖随意地笑了笑："这座府邸，我从小到大不知道来过多少次，过夜也有过几次，我与叶裳的关系自然是非同一般的，否则易疯子伤他害他，我也断然不会找你讨要易疯子一只手臂。"

提到易疯子，风美人立即问："他在这府中，可还好？"

苏风暖挑眉，看着她："你是想听真话，还是假话？"

风美人面色一变，忽然惨笑了一下，道："他一定是不好了，对不对？"

苏风暖不置可否。

风美人盯着她："姑娘实话告诉我吧，他是不是……已经……不在了？"

苏风暖想着果然不愧是风美人，她在江湖上这么多年，名声也不是白混的。她郑重地点头，也不瞒她："是，他死了，自杀。"

风美人本就苍白的脸色在乍然听到苏风暖承认易疯子死了时，惨笑凝住，一时间，似乎连呼吸都听不到了。

第二十三章
中 毒 截 杀

苏风暖看着风美人，江湖中传言，风美人心狠手辣，她门下的杀手们，做的都是金钱交易的营生，她素来能罩着自己划下的一方天地。但她大约没想过，易疯子不是他杀，是自杀。

"他……他竟然自杀……"风美人喃喃了一句，问，"他的尸首在哪里？"

苏风暖道："被叶裳冰镇安置起来了，是咬舌自尽，且留了血书。不过血书不在我这里，你要是想看，便等叶裳回来吧。他如今去晋王府了。"

风美人脸色灰白地点了点头，不再说话。

苏风暖看着她，见她似乎比她想象的对于易疯子自杀之事更能平静接受，她挑眉："你是否早就料到易疯子会死了？"

风美人闭了一下眼睛又睁开，看着苏风暖，不答苏风暖的话，而是问道："叶世子花费如此大的力气救了我，安置在这容安王府，是想从我身上查出什么吧？"

苏风暖点头："应该是。叶裳折损了三十府卫，他的府卫都是当初我帮他一起挑的，以一敌十，可是为了救你，都折损了。不想从你身上查出些什么，又何必费如此大力气？"

风美人眼底泛起青黑，一时激愤道："易疯子死了，他竟然还要我也死！"

"谁？"苏风暖盯住她问。

风美人住了嘴。

苏风暖看着她，笑了笑："是萧玥吗？"

风美人惊异地看着苏风暖："你怎么知道他？"

苏风暖摇头："我不知道他，是你在昏迷时说了他的名字。"见风美人面色僵住，她继续道，"我想你醒来后，为了保全你对易疯子的情分，对于他死也要守住的秘密，一定是也不愿意说的，于是我便在给你行针时，动用了些手法，该问的也都问了，你能说的也都说了。"

风美人忽然大怒："既然你都问了，我都说了，你还在这里跟我说什么？"

苏风暖看着她："我自然是有必要再跟你说说的，背后之人既然没能杀得了你，你被叶裳救了，他为了逼你自杀，为他守住秘密，虽然不见得会敢闯容安王府杀你，但一定会对杀手门下手的。所以，我想问问你，在你心里，是易疯子的秘密重要，还是你的杀手门数百杀手的命重要。你不得已，总要择选一个。"

风美人闻言，身子剧烈地颤抖起来。

苏风暖看着她，风美人素来刚强，苏风暖开始在江湖上混时，她已经叱咤风云了。当初，连碧轩阁的阁主和凤阳镖局的老舵主都会卖给她三分薄面。她的杀手门，是自己亲手创立的，如今算起来，已经有十几年，是她的心血和立世之本。

若是杀手门毁了，毁的可是她大半生的心血。

她觉得，这才是她的软肋，应该是比易疯子还要软的肋。

苏风暖见风美人不说话，身子一直颤，她觉得难得她被逼迫到这个份上，怕是当初她讨要易疯子一只手臂，也不曾如此过。不过自己素来不是好人，让易疯子宁可丢下风美人自杀，也要保守暗害叶裳的秘密，这颗毒瘤，她必须拔掉。

她又缓缓开口："我实话告诉你，易疯子已经死了，他是自杀而死。你要为了保全对他的情分，什么也不说，也不再顾及你用心血建立的杀手门，我自然十分佩服。你们的情分虽然没感天动地，但也足够感动我的，我便也不再问了，由了你去。"

风美人的身子依然颤抖着，有些被绑带裹住的伤口已经溢出血迹，显然是伤口扯开了。

苏风暖看着她："在易疯子看来，他的兄弟亲情，应该是高于与你的相好之情的，所以，即便叶裳将他收入容安王府，想不计前嫌，保他安全，他还是惭愧地丢下你自尽了。我不知道他自尽前是否想到，他若是死了，你也会被他兄长杀死的，也许想到了，觉得你陪着他一起去见阎王爷，黄泉路上奈何桥走一遭，再投胎一趟来世再相好也是不错的选择。"

风美人忽然大怒："老娘才不会陪着那个蠢人一起去死。"

苏风暖笑了笑："我还要告诉你一个事实，你的伤势太重，周身重要的几处经脉已经被人用特殊手法斩断，你的一身武功，怕是自此废了。即便我医术再好，能救好你保证让你与寻常人没两样地活着，但也不能再保你能恢复武功。终此一生，都不能再动武了。"

风美人显然早已经料到，脸色一片灰黑，闭上了眼睛。

苏风暖看着她："即便你不陪着易疯子去死，也无力再护你的心血杀手门。

那人动作若是快的话，你的杀手门如今应该正在受他屠戮。叱咤风云的杀手门，也许不过仅仅需要那么一两日的时间，便会血流成河，成为明日黄花。"

风美人又猛地睁开眼睛，瞪着苏风暖："苏姑娘惯会谋算人心的谋心之术，你不是都听我说过了吗？到底还想要再听什么？"

苏风暖看着她道："是人都有好奇心，尤其是本就以杀手出身，一手创办杀手门的你。对于萧玥，即便易疯子瞒着，想必你也隐秘地暗中追究过。任谁知道自己的相好心里还藏着一个连你都不能告知的重要的人，心里不在意是不可能的。"

风美人不语。

苏风暖又道："尤其是，我更清楚杀手训练的残酷，有些东西，即便我以特殊手法让你在混沌时说出，但以你的本事，你心底更深的意识里，也能够做到抗拒不说，所以，我想知道，你没有说的那部分是什么。"

风美人忽然冷笑："苏姑娘年岁轻轻，让江湖上人人惧怕，以你的本事，只要知道他的名字，就能查出，何必非要逼问于我？"

苏风暖散漫地看着她道："有省事之举，何必劳心劳力？就拿我找你讨要易疯子的一只手臂来说吧，只要够省事，我就不乐意去费心。"

风美人听了，似乎气血不顺，一时间剧烈地咳嗽起来。

苏风暖坐在她身旁，看着她，心里不是不感慨，这些年，她看过多少英雄老去，岁月不饶人，美人迟暮，任一个人再有本事，也有做不到之事和达不成之心愿。风美人较之旁人，更惨烈些。

"还要水吗？"苏风暖和气地问她。

风美人止了咳，摇头，气虚地说："我若是告诉你，你就能帮我保住我的杀手门？"

"也许能。"苏风暖道。

"好，那我就告诉你，我曾经好奇追究时，派出了十个杀手去查他，但无一人返回，全部折在了他手里。你知道，能一举杀我杀手门十个杀手不是轻易之事。"风美人道。

"后来呢？"苏风暖问，"你不是轻易放弃之人。"

"你说对了，没探个究竟便折损十人，我自然不甘心，我杀手门的人自然不敢轻易动用了，便迂回地请了我的老朋友赵瘸子帮我查。可是他在开始查的第三日后，便被人杀了。自此我便没再查了。"风美人看着苏风暖，"你想不到吧？江湖上还有与你不相上下的厉害人，而且连一个名字都不被人所知。至少你的名字还是被少数几人所知的。"

苏风暖眯起眼睛："我确实没想到。"

风美人道："我猜测，他定然是江湖之人。对江湖了如指掌，才能在第一时间敏锐地抓住江湖上的动静，任何人探究追查他，都会被他下重手铲除。但我实在想不到，他是江湖上的何人。"

苏风暖皱眉沉思："有没有可能他是朝堂中人？再有没有可能，他不是南齐之人？"

风美人点头："也许有可能，不过对江湖中事掌握得如此透彻、如此恐怖，除了你，我还真想不出第二个人能是谁。"

苏风暖也想不出，又问："不止这些吧？还有什么？"

风美人点头："你说得对，不止这些。既然追查他行不通，我便暗中从易疯子身上下手，毕竟我与他相处时日极长，他即便对我再小心谨慎隐瞒，我还是能窥探到些东西。"

苏风暖点头，枕边的相好之人，自然是容易突破的。

风美人道："我用尽办法，才从他嘴里套出了他有个双胞胎兄长，他让我不准探究他，若是我一味要探究，他也保不了我。"话落，她嘲笑起来，"想我活了半辈子，自认为不是个靠人保全才能活着的人，没想到，到头来，确实要靠人保全才能活命。"

苏风暖不语，听她继续说。

风美人似乎发觉自己过于激烈了，难受地又稳了片刻心神，才疲乏地说："说这些，都是废话，在他兄长没杀我之前，我所知也就是这些，可是他千不该万不该，自己靠近杀我。要知道我本身就是杀手，我的杀手门也不是废物。他杀我时，我看到了他虽然穿着男人的衣服，但没有喉结。"

苏风暖一怔："你是说……易疯子的兄长其实是个女人？"

风美人点头："我敢肯定是女人，什么他的兄长？根本就是他的姐妹。"

苏风暖挑起眉头："竟然是女人？"

易疯子不只隐瞒他"兄长"的身份，竟然还隐瞒了性别？

能让他如此将一个人隐瞒着，那个人该是个什么样的人？有什么不能告人之处？

苏风暖实在想不出，这么多年，她在外面跑，江湖上见识的新鲜事多了，可如今易疯子这事，却是更为新鲜些。

风美人见苏风暖讶异，嘲讽地道："你我都是女人，想想他隐瞒的兄长其实是个女人，也没什么好奇怪的。只是这江湖上，竟然还出了这样一个女人，手段、能力、本事都与你不相上下，我倒是好奇她是谁了。"

苏风暖郑重地点头，她也想知道是谁。

风美人看着她："本来，我这一副已经变成了半鬼的模样，就是随着那死鬼去了，也无不可。可是，我不知道那女人到底是谁我不甘心，总要知晓她到底是谁，我才能闭眼。"顿了顿，她道，"我把我能知道的，都告诉你了，你别忘了答应我的事，帮我护住杀手门。"

苏风暖点头："我尽力。"

风美人指指自己脖子上："这块号令杀手门的令牌你解下来吧。"

苏风暖也不客气，伸手挑断了她脖子上的线绳，将杀手门的令牌攥在了手里，问她："易疯子身上的玉牌和他兄长身上佩戴的玉牌，是什么样的？"

风美人道："普通的玉牌，雕刻了龙凤花纹，只不过他们的玉牌是一块用内功指力齐齐斩断的玉牌，我熟悉易疯子身上佩戴着的玉牌，见到能与他的玉牌合为一块的玉牌，自然就识出了是他口中所说的兄长。"

苏风暖颔首。

风美人刚醒来，说了这么一番话后，疲乏地闭上了眼睛，似乎气力不支，不想再说话了。

苏风暖觉得不是没有收获的，便就此打住，对她道："我给你开一个药方，着人给你煎药，你既然也想知道那女人是谁，想必不会跟易疯子一样去寻死的。我便劳心劳力些为你治伤。"

风美人点头，沙哑地道："多谢，我自然不甘心死的，就让易疯子那个蠢货自己在阎王爷那儿慢慢地等我吧。"

苏风暖点头，站起身，走到桌前，为她开药方。

风美人又昏睡了过去。

苏风暖开好药方后，刚想喊人去抓药，千寒一脸惨白地回到了院子，疾风一般地冲开了门，见到她，立即对她急声道："姑娘，世子在晋王府中了毒，您快去。"

苏风暖一惊，大脑轰的一声，忙问："怎么回事？他在晋王府中怎么会中了毒？"话落，她扔了手中的药方，往外走，想着能让千寒如此着急的毒，一定是极其厉害的毒了。

千寒来不及细说，只惨白着脸道："世子喝了晋王府的茶水，中了毒，如今在晋王府会客厅，您快去吧。"

苏风暖冲出了院子。

千寒随后跟上苏风暖，但她身形太快，她冲出房门后，转瞬间就跃出了容安王府的高墙，直奔晋王府。须臾之间，他被她落下了一大段的距离。

苏风暖来到晋王府，也顾不得掩盖容貌身份，便直接跃进了高墙，冲去了会客厅。

　　因为她速度太快，晋王府中的护卫几乎都只看到一个影子，来不及阻止，她已经站在了会客厅外。

　　会客厅门口立着几名府卫，见她突然出现，立即大喝："什么人？"

　　苏风暖为了避免麻烦，也不再掩藏身份，报了名字："苏风暖。"

　　"苏风暖？"府卫们齐齐一怔，看着她，一时反应不过来。

　　苏风暖不等几人再说话，沉声问："叶裳呢？可在里面？"

　　她问话时，慢了她一步的千寒已经来到会客厅外，他微带气喘焦急地对几人道："苏姑娘是我请来救我家世子的人。"话落，他对里面道，"老王爷，我请来人了。"

　　此时晋王在里面也听到了外面的动静，闻言来到门口，打开房门，看了苏风暖一眼，有些惊异，见千寒一脸焦急，他苍老的面容压下凝重和疑惑，点点头，让开门口："进吧。"

　　苏风暖见晋王让开，立即迈步进了会客厅。

　　会客厅的软榻上，叶裳面色泛着青紫之气地躺着，闭着眼睛，一动不动，显然中毒极深。

　　苏风暖勃然大怒，明明刚才来晋王府之前，他还好好的，没想到到了晋王府之后，他竟然在这里中毒了。她三步并作两步来到他面前，伸手为他把脉。

　　千寒紧张地跟进来，站在她身后。

　　晋王看着苏风暖，关上了会客厅的门，也来到了她身旁，看着她给叶裳把脉。

　　片刻后，苏风暖伸手入怀，掏出一丸药，塞进叶裳的嘴里，又转头对千寒说："你去找我三哥，将他手里的那一株千年雪莲拿来，你只有两盏茶的时间，不能耽搁。"

　　"是。"千寒倏地色变，立即又冲出了会客厅。

　　苏风暖伸手又点了叶裳周身几处穴道，封住了毒素蔓延的通道，之后，她直起身子，转头看向晋王，眸光清冷凌厉："晋王爷，他是怎么中的毒？"

　　晋王看着面前的苏风暖，她不过是一个小丫头，但她从进门到给叶裳诊脉到转过身质问他的这一刻，他对上她的眼眸，活了一把年纪的他陡然被她的清厉震了那么一下，周身感觉泛起了丝丝凉意。

　　他心中卷起惊涛骇浪，但到底是看惯风雨的晋王，他稳了稳心神，回道："本王请他来，是要与他说要事，他刚坐下，本王命人沏了一壶茶，他喝完后就变成这样了，本王和他喝的是一个茶壶里沏的茶水，本王没问题，不明白他为何如此。"

"茶壶在哪里？"苏风暖问。

晋王伸手一指桌案："在那里！"

苏风暖立即来到桌前，看到一杯茶倒在桌案上，她拿起茶盏，将里面剩余的半杯茶晃了晃，又仔细地看了一眼，放下之后，又拿起对面的茶盏，仔细查看了一遍之后，对晋王说："茶水没毒，但他用的茶盏边沿抹有剧毒。"

晋王脸色一沉："怪不得本王无事。"

苏风暖看着他："看来是晋王府的人要害他。"

晋王面上涌现怒意："本王也没料到，在我这晋王府，在我眼皮子底下，竟然有人如此大胆，竟然对他用毒。"他说着，对外面大喝，"来人，去将沏茶的人给本王抓来。"

"是。"有人立即去了。

苏风暖看着晋王，对他说："王爷要对他说的是何要事？可与他说了？"

晋王摇头："他刚坐下不久，我刚与他说个开头，还未说完，他便中毒了。"话落，他咬牙切齿，"岂有此理，贼子都已经将手伸入我晋王府谋杀人了。"

苏风暖道："这般时候，天已经晚了，能让您突然急急地找他说的事，一定很重要了。晋王不妨说说，是何事。"

晋王看着她，犹豫着不知道该不该说。

苏风暖面色沉凝地道："您一定好奇，我为何这么快来救他，实话与您说了也好。这么多年，从小到大，从叶裳父母双亡，自边境被我父亲送回容安王府后，这些年，苏府的人虽然举家搬出了京城，但我与他的牵连，却不曾少了。"顿了顿，她道，"换句话说，某种程度上，我与他，也当得上是一人。"

晋王睁大眼睛，虽然知道苏风暖今日这般时候知道叶裳中毒能急急赶来这里，显然是与叶裳的关系不同寻常，但听到她亲口承认，也是让他极其震惊的，毕竟这么多年，他真是半丝也不曾听闻苏府小姐和容安王府的叶世子有什么瓜葛。

因为太震惊，他看着苏风暖，一时不知该做何反应了。

苏风暖看着晋王："若是极其重要的事，想必耽搁不得。您确定不与我说吗？"

晋王稳了稳心神，转头看了叶裳一眼，见他这副样子实在吓人，他立即问："他的毒有救吧？"

苏风暖肯定地道："有我在这里，他自然死不了，我不会让他有事。"

晋王心底又惊了惊，对于苏风暖的坦然和笃定，他着实又被震了一下，想了想，咬着牙道："既然你如此说了，本王便告诉你也无妨。我之所以急急找他来，是因为刚刚从宫里得到消息，皇上咳血了。"

"嗯？"苏风暖一惊，"皇上咳血？"

晋王点头，压低声音道："皇上咳血了，这是大事。皇上素来身子不好，但也不曾到咳血的地步。如今咳血了，我听闻了这个消息，焉能不急？"

苏风暖拧眉："我今日上午在宫中逗留了半日，见过皇上，他好得很，您是什么时候知道他咳血的？消息是什么人传出来的？"

晋王道："若是别人给我传出这等消息，我还不信，但传出消息的人是皇上身边的冯公公。他不是信口开河之人。他说皇上咳血了，悄悄给我传消息，一定不是作假。"

苏风暖面色一肃。

帝王咳血，自然当不得小事，也难怪晋王急急找来叶裳了。可是偏偏这么巧，晋王府的茶杯边沿有人抹了剧毒要叶裳的命。

晋王看着苏风暖，面前的小姑娘一脸沉冷严肃，他活了半百的人，实在不能在此时将她当作一个小姑娘来看，也无法把她当作小姑娘。想起京中盛传的关于她的那些传言，他曾经还想苏澈怎会教养出一个粗俗不知礼数的野丫头，如今看来，真是传言误人。

皇上咳血，冯盛第一时间传信给晋王，晋王第一时间找了叶裳，叶裳来了晋王府，便中了茶水之毒。而且这毒还是天下剧毒榜上排名前十的半步死。

半步死，顾名思义，离阎王殿的门槛前只差半步，沾之即发，毒入心脉即死。

如此霸道之毒，虽然江湖上未曾失传，但已经鲜少听闻了，没想到今日在晋王府却见识了。

苏风暖看着叶裳，他的穴道虽然被她封住，但这种毒还是不可抑制地缓慢蔓延。非千年雪莲不能救。幸好她三哥有一株。否则，今日倾她所有能力本事，即便能保全他，怕是也会伤了他的心脉，落下什么后果，实在难以测想。

背后之人在东湖画舫沉船谋杀案后，可真是一击不成，又来一击，如此想叶裳死。

她心中升起怒意，又慢慢地压下。

晋王看着苏风暖，明明是一个小姑娘，脸色沉如水时，却让他活了大半辈子的人都觉得周身冒寒气，他一时间也不知如何与她搭话，便站在一旁，焦急地等着千寒取药回来，想着可别出什么差错才好。

过了一会儿，外面有人道："王爷，倒茶之人已经死了。"

"死了？"晋王脸色一沉，快步走到门口，打开房门。

苏风暖也顺着他打开的房门看向外面，只见是一个婢女打扮的女子，被府中的护卫拖着，脖子上勒着青紫的绳索印子，从痕迹上看，显然是悬梁自尽。

晋王自然也看得清楚分明，大怒："这么会儿的工夫，她就死了，果然是祸害。叫管家来，给本王去查查这个女人，她是何时进的府？平日都与什么人接触有交情？今日都接触了什么人？哪里来的剧毒？半丝也不准给本王放过。"

"是。"有人将那女子拖了下去。

晋王气得胡子翘了翘，伸手关上了房门，脸色比叶裳中毒的脸色还要青紫。

苏风暖收回视线，想着这晋王府看来也是虎狼之地了。

晋王气了一会儿，看向外面，天已经黑了，他对苏风暖焦急地问："千寒怎么还没回来？他是去找你三哥，那小子叫苏青吧？他手中有千年雪莲，会给吗？"

苏风暖点头："会。"

晋王听苏风暖话语笃定，放下了心。

苏风暖想着，若是数日前，他三哥定不乐意拿出来给她，但如今他知晓叶裳在她心中分量极重，知晓他中了剧毒非千年雪莲不能救，一定会拿出来，只不过以他三哥对千年雪莲宝贝似的来说，估计会跟来。

两盏茶的时间快到之时，千寒额头满是汗地带着一个锦盒回到了晋王府的会客厅，他身上带着血，显然是与人交手了。

他来到之后，惨白着脸喊了一声："苏姑娘。"将锦盒赶紧递给她，急促地道，"苏三公子本来是跟我一起来的，但是半途中，有人截杀我们，如今苏三公子在抵挡那人，您赶紧救世子吧，属下必须赶紧去支援他。"

苏风暖面色一凛，点头："你快去。"话落，她又道，"等等。"说完，转头对晋王道，"我怕我三哥和千寒都不是那截杀之人的对手，还请王爷立即派出府卫，能派出多少，就交给千寒带去多少。"

晋王也惊了，没想到千寒去取雪莲，半路竟然还有截杀之人，虽然如今天色已晚，不是光天化日之下，但这里可是京城。他大怒："好。"话落，对外面吩咐道，"来人，即刻点百名府卫，随千寒立刻前去接应苏三公子，不得耽误。"

"是。"外面晋王府的府卫首领接命，立即点人。

千寒带着百名晋王府的府卫，连忙冲出了晋王府。

苏风暖见千寒带着百名府卫离开，想着希望她三哥这么多年没白与她打架，能在千寒带着人赶去之前，保住自己那条小命。

她虽然心下着急担心苏青，但也觉得这么多年，她与苏青打架，虽然她有时候手下留情，但也没太让着他。他被她训练了这么多年，即便打不过，躲避和保命的功夫应该是有的。短短时间，他应该还能应付得来。

容不得她担心苏青，叶裳还等着救命，她快速地打开了锦盒，里面放着的果然是千年雪莲。她从腰间抽出匕首，对着自己的手指猛地一划，鲜血顿时流了出来，滴在了雪莲上。

雪莲瞬间吸收，染成了红色。

晋王大惊："你这是做什么？为何放自己的血？"

苏风暖冷静地道："我为了学医，尝过百草，吃过无数好药，换句话说，我的血，几乎能到百毒不侵的地步。以我的血喂雪莲，他在吞下雪莲后，药效才能多一倍。"

晋王闻言住了嘴。

苏风暖看着她的血彻底将雪莲染红，才止了血，去掰开了叶裳的嘴。

叶裳此时紧闭嘴巴的毛病还是未曾改掉，一如既往地不张嘴，苏风暖喊了他两声，叶裳仍然一动不动，嘴巴如被封条封住。她气急，怒骂："都这副样子了，竟然还油盐不进，真是可恨。"

晋王看着她说："这可怎么办？"

苏风暖咬着牙，对晋王道："劳烦王爷出去避避，我有办法让他吞下雪莲。"

晋王本来想问她有何办法，但话到嘴边，却又打住了，毕竟时间刻不容缓，容不得耽搁，他点头，立即走了出去，关上了房门。

苏风暖见晋王出去了，她咬牙俯下身，唇覆在了叶裳的唇上。

叶裳的唇在她的唇贴上的那一刻，终于轻微地松动了那么一下。

苏风暖张口咬了雪莲在口中，雪莲泛着香味，融合了她融入骨血的兰香草，泛着极浓的血香味。她极不喜欢自己吃自己的血，心里暗骂叶裳一遍，将她口中的雪莲趁着他松动的缝隙，喂进了他口中。

一株雪莲吃尽，叶裳似乎尝到了甜头，人虽然没意识，但内心潜在的需求却被激发得丝毫不含糊，待苏风暖要离开时，他反而扣住她的手，索吻起来。

苏风暖瞬间心神紊乱，气息不稳，一时被他吻得晃了神。

她心乱了一瞬，抬眼见他还昏迷着，却自发地欺负人，实在让人恼恨。尤其这里是晋王府，她的三哥还被人截杀。她猛地发力，弹开了他的手，躲开了他身前。

叶裳被她的内力弹得身子震了震，手臂颤了颤，青紫未退的面容似乎露出一丝委屈和控诉，由内心直接反映到了面上。

苏风暖看着他的样子气恼，但也拿他无可奈何，心里又狠狠地骂了他两遍，才对外面道："王爷，请进来吧。"

晋王等在门口，闻言立即推开门，走了进来。

他一眼便看到了叶裳嘴角的血红色，转眸去看苏风暖，苏风暖面色坦然，脸色一如刚来时的清清凉凉，没看出什么，他道："他已经服用了那株雪莲了？"

苏风暖点头："服用了。"话落，对他道，"我十分担心我三哥，王爷府中还有多少府卫？请王爷将所有府卫，全部调到这里，您在我回来之前，也请不要离开叶裳半步。"

晋王闻言道："本王府中有三百府卫，被千寒带走一百，还剩余二百，你去吧。你放心，本王定然会护好这里，不让他再出事。"

苏风暖点头，踏出了房门。

晋王随后跟她到门口，对外面吩咐："来人，调集所有府卫，守住这里。"

"是。"有人领命。

苏风暖离开了会客厅，越出晋王府高墙时，回头看了一眼，只见王府内所有府卫已经从四处向会客厅聚集而去，她放下心来，向苏府而去。

他三哥被拦截的地方，一定是在晋王府到苏府的这一路上。

她沿着晋王府到苏府最近的距离，一路施展轻功，飘飞了过去，大约走了两条街后，在前方的一条巷子里，闻到了浓郁的血腥味，她心下一紧，沿着血腥味，跟踪了过去。

她来到巷子外，向里面看了一眼，一眼便看到了她三哥，虽然浑身是血，但看样子没被人要了命，顿时放下心来。移开视线，便看到了她三哥身旁站着的许云初、千寒，以及晋王府的府卫围在外围。

她眯了眯眼睛，暗想许云初怎么在这里。她犹豫了一下，觉得此时不该现身，许云初到目前为止，还不知道她是苏风暖。

她撤回了身子，隐在暗处，琢磨了一下，又折返回了晋王府。

回到晋王府，会客厅外，重重府卫。

苏风暖脚刚落地，便有人大喝："什么人？"

苏风暖看了那扬声大喝的府卫一眼，没说话。

晋王此时在里屋听到大喝声，打开了房门，一看是苏风暖，缓和了面色，对她道："进来吧。"

府卫闻言人人垂首，让开了门口。

苏风暖又进了会客厅。

第二十四章
云 初 陪 访

　　叶裳依然没醒来，还在昏迷着，依旧躺在矮榻上，保持着她离开时的姿势，未曾被动过。

　　晋王关上房门，问苏风暖："你刚刚离开，怎么又这么快折返回来了？苏青那小子怎样？可没事？"

　　苏风暖点头："我三哥没事，我看了一眼，国丈府的小国舅也在现场，我便没露面，折返回来了。"

　　晋王顿时竖起眉毛："许云初？他怎么在截杀你三哥的现场？"

　　苏风暖摇头："我也不清楚，待回头再问吧。"

　　晋王闻言皱着眉头点头。

　　苏风暖有些累了，坐在了叶裳身边的矮榻上。

　　她刚一坐下，叶裳似有所感，手立即攥住了她的手。

　　苏风暖一怔，转头看他，见他没醒来，似乎只是心有所感下意识的动作，她往回撤了撤，他却攥得死紧，她眉头微凝，忍了忍，到底没再发力弹开他的手。

　　晋王自然清楚地看到了叶裳的动作，老脸瞬间染上一丝意味，别有深意地看了苏风暖一眼。

　　苏风暖面皮子说厚也不厚，说薄也不算薄，但到底这么多年在江湖上被练出来了。即便晋王这一眼实在是大有意味让她受不住，但她还是坦坦然然地回看了晋王一眼，对他沉静地笑道："在这京城，苏府未搬回京的这些年，除了容安王府外，能让他毫无防备的地方就是晋王府了。估计他今日也没想到在晋王府会中剧毒。"

　　晋王面色一凛，对苏风暖那别有深意的一眼还没彻底漫开，便被她直直地打了回来，消失殆尽。他肃然冷怒地道："本王也没想到，一定会仔细查出我府中贼人的来历，到底受何人指使。"

苏风暖点头："相信王爷在京中活了大半辈子，自己的王府能安稳到现在，不是靠运气，一定能查出此事的。"

晋王看着苏风暖，听着她的话，观着她沉静的面容，真是很难想象面前的只是一个小姑娘，他想自己活了大半辈子，怕是都没她这份超出年龄的沉稳。临危不乱，行止有条有理。若非她自报家门姓名，他怎么也不相信她就是外面传得不堪入耳的苏风暖。

怪不得皇上赐给了她凌云剑，又借给了她一个月的御厨。

他早先听到宫里传出消息，还以为她胡闹爱玩气着了太后和国丈，因此惹了皇上的喜欢，没想到如今见了真人，真是与传言大相径庭。

苏风暖心下清楚，今日她来到晋王府这般为着叶裳，也算是在晋王面前彻底暴露了。不过对她来说，被晋王知晓与被皇上知晓没什么两样。传言对她来说，不过是些掩饰免得麻烦而已，一旦到了不能掩饰时，她也不会真怕了麻烦。

晋王又看着叶裳问："他什么时候会解了毒醒来？"

苏风暖道："一个时辰左右，应该能醒来，但毒素却不见得一个时辰能清除，还要更长一些时间。"

晋王点头，看了一眼外面的天色，不再说话。

这时，外面传来动静，有管家匆匆来到门口，禀道："王爷，小国舅和苏三公子来了咱们王府，请求见您。"

晋王闻言"哦"了一声："小国舅也来了？"

管家点头："是，小国舅也来了。"

晋王偏头看苏风暖。

苏风暖想着许云初竟然也来晋王府了。她思忖了一下，对看着她的晋王道："我三哥应该是不放心叶裳，所以来了这里，许云初兴许也是跟过来看看。至于他为何出现在截杀之地，如今又为何跟来这里，王爷到时见到他后可以问问。"顿了顿，她又道，"不过，我要避开，王爷到时候别说我在这里就好。"

晋王看着苏风暖："你为何要避开？"

苏风暖对他笑了一下："王爷难道忘了，我今日才在皇宫里得罪了国丈和太后。"

晋王恍然，这才想起，她是要避着国丈府这位年轻的小国舅的，遂点头："那好，本王请他们来这里，你去屏风后避一避吧。"

苏风暖向屏风后看了一眼，晋王府的屏风很大很厚重，她掩藏气息应该不会被发觉。

她点点头，往外撤被叶裳攥紧的手，可是叶裳攥得太紧，几乎与她的手连在一起，被粘住了一样。她瞪了他一眼，低声说："许云初来了，我要避避，你放开。"

这话对于一般昏迷的人来说，应该没什么效用，可是对于叶裳来说，意识里却是听了，痛快地放开了她的手。

晋王惊讶地看着叶裳，他依旧昏迷着，并没有醒来。

苏风暖在心里又将叶裳骂了一遍，起身去了屏风后。

晋王觉得他活了大半辈子，都白活了，今儿个才算是真正见识了什么叫作稀奇事。往日里容安王府的这个小子，鼻眼朝天，混不吝，轻狂嚣张得任何人都不看在眼里，能让他入眼入心的人，在他看来，还没生出来，皇上面前他也是那副德行。今儿个没想到这里有一个让他如此听话入心的，隐瞒蒙蔽世人的功夫可真是好到家了。

他往日总看不惯叶裳的臭样子，今儿个看他却是越来越顺眼了。一是因为他在他面前中毒，就那么倒下，险些将他吓死；二是他发现，他也算是个人了，有着掩藏的小秘密，如今都暴露在他面前了，与不是人的他比起来，自然顺眼。

此时突然看他顺眼，心里虽有点扭曲，但晋王觉得这才是最舒服的。

他见苏风暖躲避起来后，对外面挥挥手，吩咐道："快请小国舅和苏三公子进来。"

管家连忙去了。

晋王走到门口，打开房门，向外面看了一眼，两百府卫围护在会客厅外，乍一看有些吓人。晋王府还从未有过像今日这般紧张的时候，今儿也算是头一遭了。

苏青一身是血，被千寒搀扶着往里走，许云初走在二人身旁，锦袍破了一道口子，但身上并未染血迹，十分干净。

三人进了府内后，一百府卫也跟着一起回府复命。

晋王虽然早先被叶裳的样子吓了个半死，但如今看到苏青的样子，还是骇了一跳。他连忙跨出房门，迎上前，问苏青："苏三小子可是伤得很重？"

苏青身上虽然全是血，但脸上倒是干净，他摇摇头："王爷放心，都是皮外伤，没伤到要害，无大碍。"

晋王立即道："怎么没先原地请太医，还劳累来我府里？"

苏青摇头，立即问："叶裳怎么样了？毒可解了？"

千寒也立即问："是啊，王爷，我家世子怎样了？毒可解了？"

晋王看了一眼二人，又扫了一眼许云初，点点头："千年雪莲是解毒的圣品良药，已经喂他服下了，如今他还没醒来，不过估计不会有大碍了。"

苏青和千寒顿时放下了心。

晋王问许云初："本王听闻当时有人拦截苏三公子和千寒，怎么小国舅也在？"

许云初对晋王拱了拱手："我约了丞相府的泽玉兄一起吃酒，正在赶去的路上时，闻到了血腥味，便循着血腥味寻探了过去，发现苏三兄正在与人交手，那人招招致命，我见那人来者不善，恰巧碰见，便也跟着交了手。"

晋王"哦"了一声。

苏青立即道："那时千寒刚离开，那人武功极高，出手极其狠辣，我只能连连躲避，但还是被他伤了好几处。幸好小国舅正巧碰见，我才险险脱困。多亏了小国舅，若是没有小国舅，我怕是等不及千寒带着晋王府的百名府卫折回来救我了。"

晋王脸色顿时肃然："什么人胆子如此大，竟然在这京城之地对将军府的公子拦截下手？可擒住了贼人？"

许云初摇头："那人身手极高，我与他交手后，他见一时难以杀了我和苏三兄，便撤走了。我因为顾及苏三兄身上的伤，没办法追去。"

晋王道："这么说，这个人如今还在京城了？"

许云初摇头："这个不好说，不过此人对京城地形极为熟悉，且有如此高的身手，怕是不好查。"

晋王怒道："这背后之人不知是何人，竟然将手伸到我的府邸，在我的眼皮子底下谋害王孙公子，竟然又在取药救命时，半路截杀送药之人，真是其心可诛。"

许云初面色凝重："没想到有人已经将手伸进了京城王府，实在胆大包天。"

晋王忍了怒气，对三人道："进里面说吧。"话落，又吩咐管家，"快派个人去请孟太医来府里，给苏三公子看伤。"

管家连忙应是，匆匆去了。

苏青听到晋王吩咐，看到管家离开，刚想问苏风暖，忽然想起了一旁的许云初，便住了嘴。

千寒自然更不问了。

晋王将三人请入会客厅，三人踏入门口，便看到了躺在矮榻上的叶裳，毒素未清除干净，叶裳依旧昏迷着，脸上的青紫之色退了一半，还留了一半，乍一看去，依旧让人心惊。

苏青惊异地问："这是中了什么毒？"

晋王这才想起，他情急之下只顾着让苏风暖解毒了，倒是忘了问中的是什么毒了，他自然答不出来，只道："不知是何毒，但千年雪莲是圣品圣药，自然能克制毒素，便想起找你取了。"

因为有许云初在，又经苏风暖提及，他自然不会说出苏风暖。

苏青心里澄明瓦亮，他有千年雪莲的事只有苏风暖知晓，自然是她的主意，如今她一定是避起来了。早先他还想着她有各种瓶瓶罐罐的好药，难道解不了毒？定然是诓他拿出千年雪莲的，所以，才跟着千寒出了府，没想到半路便遇到了截杀，险些保不住小命。如今一看到叶裳，他这才算信了，这毒一定十分霸道厉害致命，否则小丫头也不会用他的千年雪莲。

苏青想到这些，点头："看这副骇人的样子，一定是极其霸道的毒药了，幸好我有一株千年雪莲。"

晋王也心有余悸地颔首："是啊，否则这小子就在本王的府里中毒，若是他死了，本王也得跟着赔了他这条老命。"

许云初问："叶世子怎么会在王府中毒？"

晋王将叶裳如何中毒说了一遍。

许云初叹了口气："早先的案子还未查清了结，如今又出了如此大的事。"话落，他道，"我们来之前，我已经派人去府衙备了案，叶世子中毒案和苏三公子被人截杀案，算是一案，定要查明。"

晋王点头。

"他什么时候能醒来？"苏青看着叶裳问。

晋王道："总也要一两个时辰吧。"

苏青点点头，看向许云初："小国舅与泽玉兄相约，不能让他久等，还是快去吧。"

"出了这等事，既然被我撞到了，便无心情吃酒了。"许云初摇头道，"派个人去告知泽玉兄一声，改日我再与他约吧。"

苏青点点头："也好。"

许云初对晋王道："王爷，还要劳烦借您个人前去跑一趟腿。"

晋王道："这个好说。"话落，喊进来一个人。

许云初对那人交代了一番，那人立即出了晋王府，前去找孙泽玉了。他交代完之后，对晋王道："王爷，此事也该着人进宫禀告一声，如此大事，皇上也该知晓。"

晋王点头："是该禀告皇上一声，但本王目前走不开。"

许云初道："就请府中的管家进宫一趟吧，毕竟叶世子一时半会儿醒不来。"

晋王觉得有理，喊来管家，对他嘱咐一番，管家连连应声，出了府门，急急前往皇宫。他走到半路上，便迎面碰到了宫里来的马车。

237

那马车停住，挑开帘幕，露出冯盛的脸，问："晋王爷可是要派人前往皇宫？"

管家也挑开帘幕，见到冯盛，连忙道："原来是冯公公，正是，老奴要去皇宫。"

冯盛道："皇上刚刚听闻了叶世子在晋王府中毒以及苏三公子被人截杀之事，特命老奴前往晋王府去看看。你不必进宫了，随老奴折回晋王府吧，此事皇上已经知晓了。"

管家连连点头，吩咐车夫折返，与冯盛的马车一起折回晋王府。

冯盛来到晋王府，进了会客厅，见到了叶裳，"哎哟"了一声，扑上前："叶世子这是中了什么毒？"

晋王自然说不出来，只说叶裳已经服用了千年雪莲，会无大碍的。

冯盛又仔仔细细地询问了一番事情的经过，又看了一眼浑身是血几乎成了半个血人的苏青，连连呼骂："到底是什么贼人？恁地胆大，竟然敢接连谋杀叶世子和苏三公子，真是可恨。皇上听闻后，心急如焚，本要亲自来，但如今京中这么乱，老奴怕皇上有个闪失，就是罪过了。老奴便请旨前来了。"

晋王点头："皇上是万金龙体，这个时候自然更不能轻易出宫涉险。"话落，道，"事实经过便是如此，幸好叶世子和苏三公子都无大碍，也算是万幸，公公回宫后，还请皇上宽心。"

冯盛点头："老奴这就回宫去回禀皇上。"

冯盛离开后，孟太医来到了晋王府。

孟太医进了会客厅后，见到了苏青，骇了一跳，连忙道："三公子，快让老夫看看你的伤。"

苏青不好当众脱衣，便对晋王道："王爷，这里可有偏房？可否给我找个方便看诊的地方？"

晋王连忙道："旁边有偏厅。"话落，对管家道，"快带三公子和孟太医去偏厅。"

管家连忙引路，苏青和孟太医去了偏厅。

晋王对站着的许云初道："小国舅坐吧，如今我府中的茶水也不敢给你喝了。"

许云初坐下道："我不渴，王爷不必客气。"

晋王也坐下身，叹了口气："本王活了大半辈子，自认看惯风雨，没想到今儿险些把我吓得一脚迈进棺材里。"顿了顿，他看着许云初，问，"小国舅觉得是什么人如此大胆，竟然一而再，再而三地瞅准机会要叶裳的小命？"

许云初摇头："背后之人不只有本事，且有手段、谋算，我觉得，此次要谋害叶世子之人，怕是与灵云镇东湖画舫沉船案背后谋划之人是同一人。这些案子，兴许就是一个连环案。"

晋王点头："本王也有所觉，叶小子伤势未愈，便接了皇命，如今伤势稍好，在我府邸，便出了此事。本王是怎么也想不到我的府邸竟然有贼人如此大胆行凶，还是在我面前，着实可恨。"

许云初道："从灵云镇东湖到京城晋王府，也就是说，从江湖到朝堂。若是这些案子都是背后之人一人所为，那么，可见这人是江湖朝堂通吃，有着极其厉害的本事和势力。不可小视。"

晋王看着许云初，郑重地点头："说句不中听的话，除了国丈府，本王还真不觉得什么人有如此大的本事。若非小国舅一直以来大力协助叶小子彻查破案，今日又危急之下救了苏三小子，本王还真怀疑是国丈府所为。"

许云初笑了笑："王爷怀疑也不是没有道理，毕竟如今外面传言是国丈府势大欺君。我承认国丈府这些年在爷爷手里不曾抑制了些，但若说欺君乱国，国丈府是做不出的。国丈府出了两位皇后，位极人臣，实在不必如此做。"

晋王颔首："你说的这话本王倒是同意。但到底是什么人所为？还有什么人比国丈府更势大更厉害的？"

许云初道："也不见得就不比国丈府势大，不过是国丈府近些年来过于张扬，很多东西都摆在了明面上，做得太过显眼，不懂掩饰，让所有人都看得见罢了。而背后之人可说是隐藏得极深了，可谓步步谋划，意图祸乱我朝朝纲。"

晋王郑重地点头："你说得有理。"话落，他感慨道，"本王老了，实在禁不住这一吓再吓了。前面的案子还不曾查清了结，如今这火就烧到了我晋王府，又多了两桩案子，本王忽然觉得，不知道本王有没有福气安享晚年到闭眼的那天了。"

许云初闻言宽慰道："王爷自然会安享晚年的，最近虽然是多事之秋，但总能查个水落石出。阴谋暗算到什么时候，也是站不住脚的。"

晋王闻言，赞赏地看着许云初："怪不得国丈一心栽培小国舅，将你当作未来支撑门庭之人培养。本王以前对国丈行事多有看不惯之处，但如今从小国舅的言谈话语里，却不得不承认，国丈确实将你栽培得极好。"

许云初微笑："王爷谬赞了，云初还当不得王爷如此称赞。"

晋王摆摆手："小国舅谦虚了。"话落，他看了一眼依然没有醒来的叶裳，道，"若是搁在这小子面前，我夸他一句，他尾巴就能翘到天上去，向来不知道谦虚二字是什么。"

许云初也笑着看了叶裳一眼："叶世子性情却是极好的，有时候我倒极羡慕他能活得随性轻狂。出身国丈府，有些事情，我确实不能做，也做不出来。"

晋王哈哈了一声："国丈府有国丈府的好，小国舅不要妄自菲薄。多少人想出身国丈府，还没那个福气。你命比这臭小子好。"话落，又笑道，"他自小孤苦伶仃，一人待在容安王府，过的是没人管教的日子，自幼失怙，亲情福薄，不及你的。"

许云初闻言笑了笑，不再说话。

晋王和许云初说话的空当，孟太医已经为苏青看诊完，将他周身几处伤口包扎妥当，又给他开了药方，二人离开了偏厅，回了正厅。

晋王爷见二人回来，立即问孟太医："苏三小子的伤势如何？须如何养伤？"

孟太医对晋王拱手，连忙道："王爷放心，三公子身上有四处伤，两处有些深，两处浅，但都不是致命之伤，老夫给他包扎了，明日老夫再去苏府给他换药，若他好好养伤，六七日就能大好。"

晋王见苏青虽然失血过多，脸色有些发白，但也能行走，不需要人搀扶也可以，就放心地点点头："那就好。"话落，他对许云初道，"小国舅代我送苏三小子回苏府吧，天色如此晚了，他一人回去，本王不放心。至于今日是何人背后算计谋杀，本王等叶小子醒来，与他一起再细查商讨。"

许云初闻言点头，站起身："既然如此，我就先送苏三公子回苏府，王爷若是有用得着我的地方，尽管派人喊我。"

晋王点头，站起身送二人。

苏青自然没意见，对孟太医又道了谢，随许云初一起，出了晋王府。

回府的路上，苏青这才后知后觉地觉得当时真是惊险，浑身都觉得疼，龇牙咧嘴地又对许云初道了一番谢。

许云初笑着摇头："若非我与泽玉兄相约，今日也不会恰巧闻到血腥味寻去，也不会恰巧救了你。三公子不必太客气。"

苏青觉得这许云初还真算是个君子，受京城多少闺中女儿倾慕追捧也不是没有道理的，他温和有礼，武功也不错，言谈也不会让人反感，见人遇难，仗义相助，没有国丈府公子高人一头的自大。他觉得若是论他这个人来说，还是可交的，算得上不错的人。

他对许云初有了好感，便说："因为救我，耽搁了你与泽玉兄吃酒，你还没吃晚饭吧？回府后，让我娘备晚饭酒菜，好好谢谢你。"

许云初微笑着摇头："苏三兄如此重的伤，不宜饮酒，今日天色太晚了，就不要劳动苏夫人了。若是你非要谢我，改日吧，你再请我。"

苏青闻言也不再客气，扯着嘴点头："也好。"

马车来到苏府，许云初扶了苏青一把，将他扶下车。

苏夫人已经得到了消息，等在门口，一脸的焦急，见到苏青回来，身上的血衣依旧穿着，她连忙上前，拽住他问："你伤到了哪里？可是很严重？要紧吗？怎么回事？什么人竟然如此大胆在京城行凶？可抓住了贼人？报案了吗？"

她一口气问出了一大串问题，苏青看着娘惨白的脸焦急的神色，觉得圆满了。

这么多年，往日里，他总觉得他这个当儿子的是她娘从粪堆里捡回来的，每每都嫌弃他，却把小丫头捧到手心里，他不止一次不服气。如今看到她紧张得白着脸的样子，觉得心里舒服极了。

他抓住机会，"哎哟"个不停，趁机抱住娘找补以前遭到的不公平待遇："娘，疼死我了，我被那贼人砍了四剑，若非小国舅恰巧救我，您以后可就见不着儿子了啊。"

苏夫人连忙抱住他，他身上硬邦邦的，自然不如苏风暖抱着绵软舒服，尤其是苏风暖的重量她受得住，可是这臭小子的重量她受不住，险些将她压趴下。

她一看他如此，心顿时放下了大半，伸手照着他脑袋敲了一下，立即变脸："没死就成，小国舅看着你呢，一个大男人，学你妹妹撒什么娇？"

苏青这才想起许云初还在，顿时觉得有点脸皮发红，一时间竟然忘了他。他顺势松开抱着他娘的手，尴尬地对许云初笑笑："自小，我的母爱便被那臭丫头给抢走了，缺少娘疼爱，小国舅见笑了。"

许云初微笑摇头："今日看见了三公子的另一面，着实荣幸。"话落，他便给苏夫人见了礼。

苏夫人连忙伸手扶住他："小国舅快免礼，还要多谢你，幸亏有你相救。快府里坐。"

许云初摇头："苏三兄要好好养伤，我将他安全送回苏府，完成了晋王爷的嘱托，天色也不早了，就不打扰夫人了。改日再来府里叨扰。"

苏夫人闻言也觉得今儿她被连番惊吓了两场，先是叶裳中毒，再是苏青被人截杀，她听得心惊肉跳，府中也闹得兵荒马乱，确实不是招待人的时候，便也不再多客套，对许云初郑重地道："改日我下帖子，请小国舅再过府小坐，你可一定要来。"

许云初微笑点头："夫人有请，自是不敢推辞，改日一定来。"

苏夫人笑着点头。

许云初离开后，苏夫人扶着苏青往府里走。

苏青半个身子的重量趁机都靠在苏夫人的身上，没了许云初，他自是不遗余力地喊疼撒娇。

苏夫人本来嫌弃他，但看着他白惨惨的脸和浑身是血的样子，便不忍心了，一边扶着他往内院走，一边低声问："小裳怎么样了？毒可解了？你妹妹呢？还在照顾小裳？"

苏青顿时不满："娘，您也不问问我疼不疼？到底谁才是您的亲儿子？您怎么开口就问那臭小子？若非为了他，我今儿也不至于差点儿去见阎王爷。"

苏夫人瞪眼："那是你武功不够高，你武功若是够高，如何能受这么重的伤？如何还需要人救？我告诉你，虽然你随你外公从文从政了，但也不能丢了武功不学。还要靠人家小国舅救，承人家的情，真是丢脸死了。"

苏青噎了又噎，半晌没喘过气，气得又哎哎哟哟地喊起疼来，喊得凄凄惨惨戚戚。

苏夫人看着他的模样，又气又笑："你给我打住，再喊疼，我扒了你的皮。"

苏青恼道："您可是我亲娘啊，您儿子也不是没有本事，要是真没本事，就挡不下那贼人的杀招，让千寒顺利离开了。我若是不跟着千寒去，那人截住千寒，叶裳那臭小子没解药，如今指不定已经去见阎王了呢。"

苏夫人想想也觉得有理。

苏青又道："千寒离开后，我知道不是那人对手，又躲又让又避，实在打不过时，我就想着要跑。我都打算好了，别处不去，我就往皇宫跑。看那贼人还敢不敢追去皇宫，最好让皇宫的大内侍卫将他射成马蜂窝。这时正巧小国舅来了，既然他来了，要救我，帮我挡那贼人过招，我自然就没必要跑了啊。"

苏夫人失笑："你还算有点小聪明，但那人武功既然极高，怕是不准许你跑到皇宫就能杀你。今儿能保住小命，还是要感谢小国舅，算你命大。"

苏青也感叹："幸好跟小丫头从小打到大，她动不动就出其不意地对我动手，我才能躲避得如此敏捷。否则，我但凡废物点儿，别说等不到千寒带着晋王府百名府卫相救，连许云初也等不到就嗝屁了。"

苏夫人伸手敲他恼道："什么嗝屁？粗俗。"

苏青不满："小丫头也时常粗俗，冒粗话，您怎么就不打她？"

苏夫人又被气笑："你一个当哥哥的，怎么好意思总是跟你妹妹比？都说女孩儿要娇养。你一个小子，自然比不得她，你就是要糙养，才能有出息。"

苏青闻言彻底没话了。

苏夫人又问："我刚刚问你的话，你还没说呢。"

苏青有气无力地道："叶裳没事，我那株千年雪莲被他吃了，正在解毒呢，我们去晋王府看他时，他还昏迷着，没醒来。我根本就没见到小丫头，她估计是听说许云初也跟去了晋王府，躲着许云初没露面。"

苏夫人闻言了然："今儿一早，小国舅也被太后给叫进了宫，后来小丫头惹怒了国丈，又得罪了太后，他也就被国丈叫出宫了。既然这门婚事黄了，国丈府再没意思要娶她，太后也没意愿下懿旨赐婚了，她还躲着做什么？"

苏青哼哼地痛声说："那可不见得，万一他发现小丫头的好了呢，回头来再求婚，也是一样麻烦。您又不是不知道小丫头一颗心都挖给了叶裳那臭小子，怎么还能匀出份来给他？况且那臭丫头是个怕麻烦的人，自然能避则避了。"顿了顿，他道，"其实我今日发现，小国舅这个人也还不错，不看国丈府，看他这个人的话，也是能嫁的。"

苏夫人拍了他脑袋一下："这话打住，被叶裳那小子听见，一准你没好果子吃。"

苏青又"哎哟"起来："我今天被他害得够呛，给了他一株千年雪莲不说，还遭了罪。等他醒来，我一定要让他补偿我，找他讨要好处，否则别想娶我妹妹。"

苏夫人笑着瞪了他一眼，将他扶着，带去了正院。

第二十五章
岭山织造

苏青躺在他娘软软的炕头上，心里又舒服了些，往日他娘嫌弃小子臭，觉得只有小丫头香软，每每他往她炕头上一躺，她就赶人。如今可算被他给躺着了。

他打定主意，未来养伤期间，他要把这软软的锦绣被褥铺着的炕头给躺塌了算。

晋王府会客厅内，见许云初走了，苏风暖才从屏风后现身走出来。

晋王看着她，明明是一个小姑娘，可是就隔着一处屏风，她竟然能待得无声无息，就跟里面没她这个人一般。许云初是何等聪明敏锐的人，似乎真没发现屏风后有人，眼神都没往屏风扫。他心下不由得佩服赞赏。见她出来，对她问："你觉得，刚刚小国舅说的可是实话？"

苏风暖回想了一下许云初说那些话时的神情及语气，点了点头："应该是实话。这件事情，应该是与他与国丈府无关。"

晋王点点头道："本王开始也觉得他救下苏三小子未免太巧了，但又觉得天下的巧事多了，也不只这一桩。出的案子越多，事情闹得越大，国丈府越会成为众矢之的。国丈府能立世这么多年，不会做这么愚蠢的事。所以，看来真不是国丈府所为。"

苏风暖颔首，去看叶裳，见他依旧昏迷着，她又坐去了他身边。

她刚挨近他坐下，叶裳便又似有所感，敏感地第一时间伸手抓住了她的手，但人依旧没醒来，似乎只要她一靠近，他潜意识里就知道是她。

苏风暖依旧拿他无奈了，反正早先有一次，她也就不怕晋王看笑话了。

晋王自然看得清楚，笑骂："这个臭小子，他倒是对你不同。"

苏风暖淡笑了一下，坦然道："习惯了而已。"

她如此坦然，也不会让人觉得不知礼数不知羞耻，反而坦荡得让人觉得笑话她都不该。晋王道："本王倒是没想到，这么多年，你与他有来往。皇上可是知道，才有意给你们赐婚？"

苏风暖摇头："皇上不知。只不过是觉得给我们赐婚有利于朝政罢了。"

晋王点头，苏府拿着兵权，又对北周大获全胜，如今苏澈在边境，手里有百万兵马。皇上要倚仗苏澈，自然想要这一桩联姻。而目前来说，太子已定有亲事，就算太子不定亲，也不能早早将阵营为他划下，毕竟太子实在体弱，将来能不能继承大统，还不好说。皇室再无成年皇子，就算有，为了免于兄弟将来同室操戈，也不能指婚。叶裳身为宗室的皇族子嗣，自然就是最为合适的人选了。

晋王想到这些，对苏风暖道："这样说来，你们二人也算是自小相识，青梅竹马了，能得皇上指婚，也是一桩好姻缘。"

苏风暖笑笑，不接话。

晋王以为她是面子薄，尤其这时候叶裳还没醒来，到底是谁背后害人，这案子还悬着，他让管家命人查府里沏茶之人，但也不是立马就能查出的，总要时间，便打住了话。

过了片刻，外面传来动静，有人大喝："什么人？"

熟悉的声音响起，叶昔答话："在下叶昔，求见晋王爷。"

晋王一怔，看了苏风暖一眼。苏风暖道："是我师兄，让他进来吧。"

晋王对外面喊："请叶公子进来。"

府卫让开路。

叶昔来到门口，晋王亲自打开了门，叶昔见到晋王，对他见礼，紧张地问："表弟如何了？毒可解了？我刚刚听闻此事。"

晋王点头，答了他的话，请叶昔进屋。

叶昔进了会客厅后，便见到叶裳躺在矮榻上，苏风暖坐在他旁边。他走上前来，仔细地看了叶裳一眼，对苏风暖惊问："他怎么会中了半步死？"

苏风暖看了晋王一眼，将叶裳如何中毒与叶昔简略地说了一遍。

叶昔听罢，看向不远处未曾收拾起来的茶盏，眉头紧蹙，收回视线时，又看了晋王一眼。

虽然他是平平常常的一眼，但晋王仿佛觉得被这位叶家嫡子的眼睛给洗礼了一遍。他暗暗心凉，开口道："臭小子中的毒名字叫半步死吗？这是什么毒？如此厉害？"

叶昔道："天下剧毒排名榜上的毒，虽未失传，但是在当今天下鲜少听闻了。没想到今日出现在了晋王府里。"话落，他看着晋王，慢慢道，"叶家这些年虽然无人进京照看表弟，但也时常听闻京中事，晋王虽然看不惯表弟寻常胡作非为，但也是爱护有加。今日这是怎么回事呢？王爷可有个说法？"

晋王一时间老脸有些挂不住，对叶昔郑重地道："今日是本王之过，本王听闻了一件要紧之事，才将他喊来我府里，没想到有人趁机下毒手，简直是其心可诛。那下毒之人已经自尽而死了，不过就算死了，也没这么便宜，本王也会查个清楚，若有背后之人指使，一定擒住，定然碎尸万段。"

叶昔点点头，不再说话。

晋王看着叶昔，叶家这个江南望族，推古论今，实在底蕴深厚，可溯极远。据说族中子嗣，皆人中龙凤，叶家的嫡出公子，虽然在天下没有什么名号，但决计不是让人小视之人，就这短短的相处中，他已经被压得透不过气来了，枉他活了大半辈子。

他想着，果然不愧是出身叶家，不愧是叶家嫡子。

苏风暖虽然不满今日叶裳在晋王府中毒，但也清楚，晋王是不会害叶裳的。她对叶昔道："师兄，离陌怎样了？"

叶昔看了她一眼，沉声道："我去时，他已经死了。"

苏风暖面色一凛，顿了片刻，压着怒意问："什么人对他下的杀手？"

叶昔道："他周身有无数小伤，是被锋利的剑所伤，最致命的一处却是穿骨钉，他能在中了穿骨钉后，支撑进城，已经极其不易了。"

"又是穿骨钉。"苏风暖冷寒下脸，对他问，"他中了穿骨钉后，支撑进城，定然有话要说。可留下了什么？"

叶昔伸手入怀，拿出一块染了血的布料，递给她："他手里攥着这个。"

苏风暖伸手接过，看了一眼，眯起了眼睛："这是沉香缎。"

叶昔点头："从布料和花纹看，这是庆和二十年的岭山沉香缎，当时只产了十匹，都进贡给了皇上。"

苏风暖忽然冷笑了一声，没说话。

叶昔看着她道："岭山瘟疫后，岭山沉香缎再不复生产，自此绝迹了。这是最后一批。"

苏风暖又冷笑了一声。

晋王在一旁听得不解，不明白二人说什么，但他大致知道一定是极其重要的事。听到岭山沉香缎，他忍不住插嘴问："你们说的可是岭山织造？被瘟疫覆没的岭山？"

苏风暖看了他一眼，点头："这世上再无第二个岭山了。"

晋王沉默了一下，道："给我看看。"

苏风暖将那一小块布料递给了他。

晋王伸手接过，看了又看，点头："不错，这是庆和二十年的岭山沉香缎。这花纹是彩织的祥云纹，当时进献时，礼部尚书来找本王，拉着本王去看，本王仔细过了目的。后来呈给皇上，皇上留了五匹，一匹给了太后，一匹赏了皇后，一匹赏了月贵妃，一匹赏了太子，一匹入库保存。其余的五匹，赏了本王府里一匹，国丈府里一匹，丞相府一匹，王大学士府里一匹，本来还有一匹要赏给安国公府，叶裳那臭小子冲进了宫，硬要了一匹。安国公继夫人因此没得到，气坏了，但也拿叶裳那臭小子没办法。"

苏风暖自然知道此事，那是四年前，叶裳将他要的那一匹沉香缎给她了。

晋王继续道："后来没过多久，岭山便染了天灾瘟疫，岭山无人存活，岭山织造也彻底不复存在了。再也没有这种岭山沉香缎了。"

苏风暖又冷冷地扯了下嘴角，明明当年，岭山的瘟疫并不是不能救，只不过是没人去救。朝野上下层层隐瞒，岭山自此一片荒芜，杳无人烟，那些人至今尸骨未收。皇上到现在还都不知情。难得如今又见岭山沉香缎。

晋王将布料递回给苏风暖，道："因岭山覆没，这沉香缎自此便成了稀缺之物，宫中的太后、皇后、月贵妃以及被皇上赐了沉香缎的府邸夫人们，都珍视得紧，没哪个人舍得穿过。本王府里王妃的妆匣子里如今也还收着。"

苏风暖接过沉香缎，想着离陌死了，是否因为他进京的目的暴露了，才会让他招来杀手？

叶裳要利用易疯子和风美人布局，怕是也被人先一步看破了，才提前杀了离陌这个她找进京的替身，破坏叶裳的布局。

到底是什么人能如此未卜先知？

苏风暖忽然想到留在容安王府内无人看顾的风美人，她立即对叶昔说："师兄，你快回容安王府一趟，如今我们都在晋王府，风美人无人看顾。"

叶昔颔首，痛快地点头："我这就去。"话落，他转身出了晋王府的会客厅。

叶昔如来时一般，越墙而出，瞬间没了踪影。

晋王向外看了一眼，不由得感叹："本王真是老了，以后就是年轻人的天下了。"

苏风暖看了晋王一眼，没说话，想着风美人别出事就好，若是今日背后之人是冲着叶裳又冲着风美人而来的话，那么，容安王府就算是铜墙铁壁，也没准会被砸个窟窿。

她希望师兄回去得还不晚。

若是他回去得晚了，风美人出了事，显然这就是一个连环又连环，谋划得天衣无缝的棋局了。先是离陌出事，表兄去了红粉楼，之后叶裳被引来晋王府，再之后，她被引来救叶裳，风美人身边便无人照看了。

若是趁此机会对她动手，那么……

苏风暖脸色沉了又沉，想起了风美人对她说的那一番话，易疯子的兄长其实是女子，是他最重要的为她守秘密的隐藏之人。那么，是否可以这样猜测，当时易疯子在明，对叶裳在东湖画舫下手，而有人以他做掩护，在水底暗处对叶裳射暗器，才让叶裳不及设防，被暗器击中。而那个让易疯子掩藏隐秘之人，就是风美人口中他的姐姐了。

他的姐姐显然是会武功的，且武功极其厉害，否则以风美人的本事武功，她是不可能被重创且险些死在她手里。

而这块岭山织造的沉香缎，不知道是不是她身上的。

她正想着，感觉握着她的那只手动了动，她立即回过神，去看叶裳，他果然是醒了。

叶裳刚醒来，眼底有丝迷茫，目光看了一圈，除了苏风暖外，还看到了晋王和千寒，他眸光渐渐清明，短短时间，似乎已经回忆了起来，脸色一瞬间变得很难看，比中毒时还要难看。

苏风暖轻声问："你感觉哪里不舒服？能说话吗？"

叶裳握着苏风暖的手紧了紧，点点头，开口，声音有些暗哑："浑身都疼，能说话。"

苏风暖松了一口气，能说话，就证明这毒是解得差不多了，问他："可是要喝水？"

叶裳摇头："晋王府的水再也不敢喝了。"

晋王胡子翘了翘，刚要瞪眼，想起今日的确是晋王府的茶水害了他，使他险些丢了小命，将话又吞了回去，干巴巴地道："本王哪里知道有人要你小命，把手都伸到晋王府了。"

叶裳哼哼了两声，不理晋王，对苏风暖低声说："不在这破地方待着了，你带我回去。"

晋王胡子又翘了翘："你既然醒了，自然要赶紧滚蛋，本王才懒得再留你这祸害了呢。"

叶裳又哼哼两声，对苏风暖说："我浑身疼得厉害，起不来，你拽我起来。"

苏风暖伸手将他拽了起来。

晋王大翻白眼："娇气。"

叶裳不理晋王，又对苏风暖说："你扶着我走。"

苏风暖看着他，总算舒了一口气，他刚醒来就能如此作，证明真是没大碍了，好气又好笑，却不忍驳了他要求，道："一株千年雪莲都被你给消化了，毒也解得差不多了，哪里就真浑身疼得不能走了？"

叶裳耍赖道："就是疼得不能走了。"

苏风暖无言了一下，想着晋王还在这里，他昏迷时安静，她倒不觉得脸红，如今他这般样子，她脸皮再厚也不好意思当着晋王的面与他如此。便用眼神示意他安分些，别过分，同时对他道："晋王爷一直等你醒来商量查案，沏茶之人已经自尽了。"

叶裳闻言总算瞥了一眼晋王，不满地嘲笑："人老了果然不中用了，连王府内都被人伸进手来。依我看，您就别做什么安享晚年的美梦了，不如早早去阎王爷那里先报个到好了。"

晋王闻言被气得胡子翘得老高，即便早先看他再顺眼，此时也被他把那点儿顺眼给抹没了。他瞪眼："你这臭小子，刚醒来就气本王，本王若是知道你醒来还是这副不知悔改的死德行，早就在你中毒时就该抬去乱葬岗喂狗。"

叶裳又哼哼了两声，对他道："我好模好样地来了晋王府，却在你府里喝茶中了剧毒。我若是真死在了这里，您这晋王府老小的命估计也就都交代出去了。"顿了顿，他挑眉，"让我想想，晋王府多少人口来着？够不够排满一条街等着砍刀剁一个时辰的？"

晋王被噎住，老脸涨得鼓鼓的，气骂："你个臭小子，混账东西，你不是聪明吗？怎么喝茶前就不先闻闻？"

叶裳冷哼："这毒无色无味，怎么闻？如今那茶盏还在那里，你去闻闻看。"

晋王彻底噎住，没了话。

苏风暖却心底微动，瞅了叶裳一眼，半步死虽然是无色无味，但也不是全然察觉不了，至少以叶裳闻到她衣服的气味便能知道她去过哪里，比狗鼻子还灵敏的鼻子来说，应该不会丝毫无觉才是。

可是他竟然中了半步死。

叶裳见苏风暖看他，对她抬了抬眼，眼底掩了一抹意味，一闪而逝，又对晋王道："您没话了吧？一把年纪，人越老，越不中用了。自己的府邸乱七八糟的，藏了祸害都不知道。您先把您自己府里乱七八糟的祸害清了，明儿再去容安王府找我好了，我真是懒得在你这里待着了。"

晋王瞪眼："你当我乐意留你？你醒来就闹着要走，可是你知道不知道你中毒这段时间，都发生了什么大事？你就不问了？"

叶裳道："我回头问暖暖也一样，不想听你说话。"

晋王又被噎住，胡子快翘飞了，一时没了话。

叶裳又对苏风暖说："暖暖，我浑身没劲，你扶着我，我们走。"

苏风暖却坐着不动，对他道："不急，再坐片刻，我有话要与你说。"

叶裳耍赖："回府再说。"

苏风暖摇头："不行。"

叶裳见她执拗，无奈地点头："好吧，就在这里再待一会儿，你说。"

苏风暖看着他，也不避讳晋王，将离陌之死与他说了，又拿出了那一块岭山织造的沉香缎递给他。叶裳接过，仔细地看着，她又将他中毒后，她救他的经过，以及苏青被人截杀等事情，详略得当地说了一遍。

叶裳捏着那一块沉香缎，静静地听着，在听到苏青遭人拦截被许云初恰巧救了时，皱了皱眉，听到冯盛奉皇命出宫又回宫复旨时，挑了挑眉。

苏风暖说罢，对叶裳道："这些事情，一环扣一环，你怎么看？"

叶裳眉目染上了一丝嘲讽，道："背后之人也真是太着急了些。"话落，看向晋王，"您早先急急地把我叫来这里，就是因为冯盛给您传信说皇上咳血了，您就坐不住了？"

苏风暖想着，这是今日事发之关键。

晋王也有些后悔："本王听闻皇上咳血，这等大事，如何能坐得住？"

叶裳看着他："那为何第一时间找我？"

晋王闻言对他瞪眼："不找你找谁？你这个小兔崽子，平日里看着胡闹，实际聪明得很，如今你既然已经入朝了，肩上还担着大案子，本王自然要找你商量了。"

叶裳笑了一声："难得从您口中听到夸我聪明。"

晋王又是一噎，瞪眼："说正事呢。"

叶裳收了笑，冷冷地勾了勾嘴角，道："这就是了，显然是背后之人猜透了您的心理，知道您知晓皇上咳血，定然会将我找来晋王府，而只要您找，我就会来。因此把我引来这里，趁机下毒。"

晋王点头："看来是这么回事，本王中了背后之人的歹毒奸计。"

叶裳道："那么，皇上到底咳血没咳血呢？"

晋王看着叶裳，一时间也不知道该如何回答了。

本来他觉得，冯盛说皇上咳血，自然是可信的。可是如今叶裳来这儿就中毒了，千寒去找苏青取千年雪莲，半路竟然还被人截杀，可见是有人真要叶裳死。他此时也不敢说冯盛之话可信了，更不敢说冯盛这个在皇上身边当了大半辈子大内总管的人，在这里面在今日到底扮演了什么角色，是好人还是坏人？

苏风暖跟冯盛也算是接触了数面，这位冯公公是皇上身边最亲近之人，她回京后，第一次进宫看见的宫内第一个人便是他。她娘显然与冯盛有交情，不惜给了他一盒天香锦。在灵云镇时，他为护太子，求到凤阳面前，后来事情种种，服侍太子也是极尽力的，今日她进宫时，他也是陪在皇上身边的，今日晚上，前不久，他奉皇命来看叶裳，她也没看出他有何不对劲的地方。

若是一个人把害人之心隐藏到一定境界，如冯盛这般，那么她倒也极佩服他了。

只不过事情没查清前，也不好下定论。

苏风暖看着晋王，晋王显然也在沉思。

她看了晋王片刻，问："王爷与冯公公十分交好吗？"

晋王叹了口气，点点头："老一辈的王爷里，本王是唯一的手中有点权力，有点地位，能在朝中说得上话，好好地活在这京中，历经先皇和当今皇上两代的宗室王爷。这不全是得益于先皇厚道，也不是得益于当今皇上敬重我这个王叔，有一半的原因，是本王安分，但安分的老王爷里，也不止本王一人，本王自然是有些自保的办法。皇上身边这冯公公，昔日是个小太监时，还是本王一步步地提拔他到如今这个位置的。"

苏风暖了然，怪不得晋王第一时间就相信了冯盛的话，果然是有基础在的。

叶裳哼哼一声："就算当年他是您提拔的，皇上在位二十年了，人心易变，尤其是他坐了这么多年皇上身边大总管的位置，您怎么就知道他的话还能信几分？"

晋王瞪眼："不管能不能信，这总归是大事，我找你商量，也没错。只是被贼人算计了。"

叶裳又哼了一声："说您越老越不中用了，还不服气。说白了，您就是老了，行事不如以前了，不知晓细细思量，打探一番，沉不住气，府中管辖又松懈，才让府内污秽趁机祸乱。"

晋王又没了反驳的话了，半晌，妥协道："好，好，本王也承认今日害了你是本王之过。如今你能好好地活着与我这般说话，本王该谢天谢地了。小兔崽子翻身变小祖宗了。"

叶裳又哼哼了一声，觉得他今日对晋王这般说话已经差不多找回了他这么多年受他训斥的场子了。毕竟他年纪一大把了，胡子都白了，又经历了这事，能受到现在，也是因为见惯风雨，还能勉强撑得住，再多说的话，他估计就倒下了，便打住话，对苏风暖说："我们走吧。"

苏风暖向外看了一眼，天色已经极晚了，在晋王面前该说的也都说了，点点头，对晋王道："如今天色已经极晚了，今日出了这等事，京中都传开了，王爷府邸的内院在这里听着没什么动静，但想必也是人心惶惶，王爷还有许多家务事要处理，今日之事，也不是一时半会儿能查明的，明日再说吧，我先送他回府。"

晋王听闻这话，心里舒服些，对苏风暖好感顿生，觉得这小姑娘可真是令人刮目相看。今日有她在这里，他活了一把年纪，才不至于慌了手脚。如此临危不乱，有苏大将军的大将风范，遂点头："你武功高强，送他回府，本王放心。"

叶裳瞥了晋王一眼，道："有暖暖在，我自然不会再有事。"

晋王又被噎住，干瞪了叶裳一眼，对他道："本王早先见到了你表兄叶昔，同是姓叶，怎么你与他就天差地别？臭小子你该学学你表兄。别徒有其表，没有其里。你娘胎里带的叶家的底蕴都被你毁光了。人家叶昔比你强多了。"

叶裳不屑，又冷哼一声："那又如何？我没有其里，暖暖也是我的。"

晋王再次又被噎住。

苏风暖觉得叶裳醒来还不如中毒躺着，至少安静，她脸皮再厚，也禁不住他这样不掩饰地噎晋王，将他们的关系拿明面上说。她瞪了叶裳一眼，板着脸说："少说点儿话没人将你当哑巴，刚醒来就不老实。"

叶裳握紧苏风暖的手，立即变脸如翻书，温柔地说："好，听你的，不说了。"

他如此对苏风暖顺从，让晋王又是大为瞪眼，气得哼了又哼。

出了门口，叶裳向外看了一眼，会客厅外两百府卫，将会客厅围得密不透风，他松开苏风暖的手，对她说："你来时应该没走晋王府的外院正门吧？没有多少人注意你进来吧？走时也不该如此堂皇，你先走一步，去车里等我，马车停在府门口。"

苏风暖想想也是，点点头，足尖轻点，身影飘然地跃出了晋王府墙外。

晋王正送叶裳出门，眨眼间便不见了苏风暖的身影，他愣了一下，赞道："好俊的功夫。"

叶裳又哼了哼："您有这闲心关心别人的功夫俊，不如还是先将自己的府邸好好地规整一番。她今日来晋王府之事，我可不希望传扬出去。"话落，他扫了一圈两百府卫，"让您的府卫嘴巴紧些，听话些。若是被我知道今日她在这里的事情传出去，我就先铲了您的晋王府。"

"本王知道，不用你教。"晋王闻言又骂，"臭小子，苏府小姐与你的关系藏着掖着这么久，可真够本事。竟然还在外面对人说什么她多么不堪、野丫头、谁娶谁倒霉，等等，你就真一点儿也不怕咒了你自己？"

叶裳拂了拂袖子："不怕，我与她相处多年，要咒早就咒了。"话落，向外走去。

千寒亦步亦趋地跟上他。

晋王看着他离开，忽然又觉得他这副样子顺眼了些，不由得送他又多走了几步，来到了晋王府门口。

叶裳早先乘坐而来的马车停在门口。

千寒上前，挑开了车帘，苏风暖果然已经坐在了车里。

叶裳将手递给苏风暖，苏风暖自然地伸手拉了他一把，将他拽上了车。

叶裳放下帘幕前，对送他出来的晋王道："如今皇上还没歇下，您处理完府中事，最好还是尽快入宫一趟见见皇上。"话落，落下了帘幕，吩咐千寒，"先去苏府。"

"是。"千寒一挥马鞭，马车离开了晋王府门口，前往苏府。

晋王听进去了他最后一句话，回转身，命人关上了府门，暗骂了一句臭小子。心想苏府小姐也是他从来不曾见过的特别女孩儿家了，罕见地聪明，又有本事又有家世，对叶裳之心，从他中毒解毒的过程中，她沉着一张脸，便可见一斑。这臭小子不知该说他是有福气还是没福气。

说他有福气吧，却自小失怙，孤苦伶仃，如今还有人下狠手想方设法要他的命。

说他没福气吧，却能在当年的战场上活下来，磕磕绊绊长这么大，且如今还有这么一桩别人难求的好姻缘。

府门刚关上，他一边想着，一边抬步往回走。

刘焱这时从内院跑了出来，见到他，急急地问："爷爷，叶哥哥怎么样了？我听说他在咱们府中了毒？我本来去了会客厅，可是府卫将会客厅围得里三层外三层，不准许任何人进，连我也进不去，我只能折回院子里等着消息……"话落，他有些委屈地看着晋王，红了眼眶，"爷爷，我已经不是小孩子了，府中出了这样的事，您不能总把我排除在外保护着不让我知道。"

晋王看着刘焱，他只比叶裳小三四岁而已，个子已经很高了，自己在他这个年纪时，自己的祖父和父亲已经放手了。他叹了口气，拍拍他的肩膀："他没事了，毒解了，刚刚出府。今日不是把你排除在外保护你，是实在太惊险了。你叶哥哥能保住一命，已经是不幸中的万幸了。我哪里还顾得上想起你？"

刘焱闻言心里好受了些。

晋王放下手，对他道："你可知道管家查那沏茶下毒之人查得如何了？"

刘焱摇头："我一直担心叶哥哥了，无心留意管家到底查得如何了。"

"走，与我去看看。"晋王说着往内院走去。

刘焱连忙跟上他。

马车上，苏风暖对叶裳挑眉："去苏府做什么？"

叶裳道："去看看你三哥，既然有人截杀他，他与对方过了招，总能说出些什么。"

苏风暖点点头，看着他，认真地问："我问你，凭着你的嗅觉，你真没发现茶盏有毒？"

叶裳握住她的手，道："发现了。"

苏风暖顿时怒了："发现了你还喝？想死吗？"

叶裳摇头："不想，我还没娶你，怎么能死呢？"

苏风暖怒道："你中的可是半步死，若是我赶到稍晚一点儿，若是我三哥没有千年雪莲，若是千寒拿不回千年雪莲，你就死了。"

叶裳紧握着她的手："没有这么多若是。从十二年前，我父母离开后，上天就眷顾我。一次两次三次，甚至更多次。我怎么会死呢？"

苏风暖皱起眉头，恼怒地弹开他的手，对他怒道："你是受上天眷顾吗？多少次不是我救你？我救了你多少次了，你数过没有？你真当你那么好命不会被阎王爷收了魂儿吗？"

叶裳微笑，伸手一把拽过她，抱在了怀里，她刚要推开，他贴在她耳边低声说："我的上天就是你，受你眷顾就够我不死的了。你先别气，听我与你说，我是有理由喝这毒茶的。"

第二十六章
将 计 就 计

他喝毒茶还有理由了？

苏风暖闻言安静下来，不再推叶裳了，气恼地道："你最好给我说出个合理的非喝那毒不可的理由来，否则我今天跟你没完。"

叶裳低低一笑，在她颈窝处吻了吻，柔声说："你先与我说说，怎么跟我没完？"

苏风暖心神一荡，气恼地掐他："你到底说不说？"

叶裳受不住她的掐，收了笑，立即说："说。"

苏风暖不再说话，等着他说。

叶裳也不放开她，抱着她缓缓道："皇上将东湖画舫沉船案、灵云大师被人暗算谋杀案，以及隐秘的太子中无伤花之案，都交给了我。这一段时间，我确实没闲着，先是表兄送来了东湖画舫沉船案的涉案人，之后牵引出凤阳镖局七十三分舵，又牵引出了以机关暗器著称于世的林家，如今我折损了三十府卫，让轻武卫带回了重伤的风美人。案子也算在步步进展。"

苏风暖点点头。

叶裳继续道："风美人入府，是个关键，尤其她是受了重伤，活着入府的，更是关键中的关键。"话落，他看了苏风暖一眼，"我之所以与你约在晚上，用过饭后，让你与我一起回容安王府，也是猜到，风美人入府的第一晚应该不会平静，会有事情发生，即便入了府，背后那人也不会让她活着的，这一晚是要尽快动手除掉她的。"

苏风暖点头。

叶裳继续道："你对我关心则乱，一听说我中毒，定然心都慌了，自然再也顾不上风美人，而表兄又不在，府中的千寒也被我带去了晋王府。正是个引开我们下手的好时机。若是既能杀了我，又能除去风美人，对背后之人来说，自然是最好不过的事了。"

苏风暖忍不住道："你中的是半步死，我能不着急吗？千寒回容安王府找我时，脸色吓人，我就知道你中的不是一般的毒。哪里还顾得上想风美人？"

"正是这个理。"叶裳点头，"我折了三十府卫，费尽力气将风美人救回府里，自然等的就是今晚。"

苏风暖闻言挑了挑眉，自从猎场被他欺负了之后，她最近过得有些浑浑噩噩，脑筋都不怎么转了，哪里想到他布的局就在今晚？

叶裳感受到她气息的变化，忽然低低地笑了一声："看来我那日真是将你欺负得狠了，最近你过得委实混沌些。我今日特意约你到一品香茶楼，又带你回府，你竟然还浑浑噩噩的不知布局开始了。"

苏风暖伸手狠狠地拧他："说正事。"

叶裳被她拧疼了，抽了一口凉气，还是道："我说的也是正事。"

苏风暖又要拧他。

叶裳连忙攥住她的手，继续往下说："我与你提了独臂人，觉得你传信出去找他到如今，也有数日了，可是他迟迟未进京，应该是出了事。令他代替易疯子引背后之人上钩之事，怕是行不通了。而背后之人折损我三十府卫，皇上给我的轻武卫勉强带回伤重的风美人，我想着，背后之人如此想要风美人死，风美人定然知道极其重要的秘密。她不死，背后之人便不能安心，自然要尽快在她没吐出秘密之前动手。"

苏风暖点头，这话诚然是对的。

叶裳又道："能在江湖上截杀风美人之人，又做下这么多事之人，定然对江湖之事了如指掌。所以，该知道表兄的武功和本事，怕是也知晓你的本事。"

苏风暖点头，这话也有道理。

叶裳又道："风美人进府后，我将之交给了表兄，表兄的武功与你不相上下，自然能护得住她。所以，背后之人也要顾忌表兄，白日里自然不敢动手，总要谋划契机，才好动手。风美人是上午进我府的，我给背后之人半日时间，应该能谋划好了。"

苏风暖听到这里，哼了一声。

叶裳笑了笑，声音寡淡了些，道："于是，到了晚上，我带你去见风美人后，果然，没片刻，你便收到了消息，你找的那独臂人恰巧受重伤昏迷在了红粉楼。你脱不开身，表兄便离开了容安王府，去了红粉楼。"

苏风暖点头，想着红粉楼给她传消息之事也是一个关键，太是时机了。若非她对自己有些信心，她一定先怀疑红粉楼出了内奸了。但如今想来，兴许是背后之人对她实在太了解了。

不过这事之后，明日还是要去红粉楼一趟，要彻底查一查，清一清。

叶裳又道："你收到乌鸦传信，表兄离开时，我便觉得，这背后之人的谋划果然来了。没想到连你的人和信鸟也利用得正是时机，我便觉得，这背后之人应该是谋算极深，极其厉害，这一局谋划，兴许不只冲着风美人来，还要网罗进别的以获双赢。"

苏风暖点头，心想这般谋划，环环相扣，如此厉害狠辣歹毒不留余地丝丝入扣，真是本事。

叶裳继续道："果然表兄走后，晋王府派来了人。晋王这些年，表面对我嫌弃，实则相护，我虽然明面气他，但对他自然也有着对长者的敬重。他有急事找我，我自然要去。背后之人也将这个算准了。到了晋王府后，明知那茶有毒，且是剧毒，若是想要入虎穴，得虎子，这毒我也是要喝的，否则如何能入套查案，将计就计？"

苏风暖又怒了："你入套查案，你将计就计，你很英雄吗？你就是拿自己的小命这般玩谋算心计的吗？跟谁学的？我可不记得我学谋心之术时，也教过你这个。"

叶裳抱紧她，立即柔声哄道："我若非知道你能救我，自然是不敢入套将计就计的。"

苏风暖更怒了："你可真是觉得我在医术上无所不能了吗？你的身体有热毒，如何还能受得住别的毒入体，尤其是这么霸道的毒？若没有千年雪莲能快速地解毒，任半步死入体，你知道后果吗？就算我有别的办法，如何能保证不损伤你身体？你这等同于玩火自焚。"

叶裳连忙又道："我相信你能救我，别气了，听我说完。"

苏风暖压不住怒火："假装中毒也是可行的，为何你就非要喝那毒？"

叶裳摇头："假装中毒不行，谁知道背后是什么人？但凡错一点儿，便全盘皆输，背后之人敢搅动江湖风云，牵扯凤阳镖局和暗器世家林家，如今竟然连你也能够牵扯利用上，还将晋王府也搅了进来，如此想要我的命。江湖朝堂几乎被掀了半边天，我不将之揪出来，寝食难安。"

苏风暖火气消了些，今日这背后之人手段的确厉害，连她也利用上了，她心下也恨得不行，道："但我三哥差点儿因给你送药被人杀了。"

叶裳摇头，软软地道："我虽然没料到你救我会向苏三兄讨要他手里的千年雪莲，但在离开容安王府前，我也是做了布置的。"

苏风暖问："什么布置？"

叶裳道："在京城的四个地方，埋了四处暗桩，密切注意京中动静。不管发生什么事，只要是危急关头，他们一定会出现的。我想，苏三兄被人截杀，大概因为许云初出现，救了他，我埋的暗桩才没出手露面。所以，即便没有许云初，他也不会出事的。"

苏风暖听到这话，心里的怒气算是小了点儿，舒服了些："师兄也不知道你的计划吧？他被我打发回容安王府了。你说了这么多，在我们都离开了容安王府后，可对风美人做了看顾安排？"

叶裳道："表兄不知我的计划，但他聪明，近来过得又不跟你一般浑浑噩噩，应该能猜到。"顿了顿，抿了一下唇道，"人手不够，我没对风美人做安排。"

苏风暖立即说："那你除了在京中安排了暗桩外，还安排了什么？"

叶裳道："易疯子存放尸体处，我把容安王府所有人，都调到那里去了。若是易疯子为保护那人自杀，那人既然是他极重要的人，一定不会允许他的尸体继续放在容安王府不下葬。"

苏风暖皱眉："那风美人呢？"

叶裳道："她应该是死了吧，那人若是进容安王府，一定会杀了她，本来也是冲杀她而去的。"

苏风暖顿时道："风美人不甘心这样死的，就这样将她的命遗弃了？"

叶裳抱紧她，听她气息不稳，情绪涌动翻滚，显然极其不满，甚至为此恼怒，他沉默了一会儿，道："易疯子自杀死了，风美人被人斩断了周身几处经脉要害，终身残废不能动武了，她的杀手门是她的心血，有什么比活着看到自己的无力，更生不如死的呢？尤其是她也是一个极其刚硬傲气的人。她不会过寻常人的日子的，一旦查清背后之人，她就会绝了生机，但求一死。"

"所以呢？"苏风暖问。

"所以，府卫之命也是命，我不能为护一个将来必死的她再折伤更多的人了。"叶裳道，"府中护卫若是分散两处，一处在易疯子存放尸体之处，一处保护风美人，势必不是背后之人的对手，毕竟背后之人委实厉害。只有放在一处，才能发挥最大效用，即便背后之人再厉害，也能应对，折损最小。"

苏风暖本来有些怨气恼怒，闻言便退去了，虽然心里极不舒畅，但不得不承认，叶裳说得对。

风美人不想死，在于她没见到杀她之人不甘心。她在江湖上叱咤风云，占有一席之地，性情刚硬，诚如叶裳所说，她过不了寻常人的日子，过不了没武功的日子。

她与卿卿有相同之处，卿卿是习惯了衣锦娇容，而风美人是习惯了叱咤风云。所以，卿卿选择了入宫，因为她想活，且想活得更好，活得锦衣玉食。而风美人不同，易疯子死了，她从今以后成了一个没武功的废人，再没能力领导杀手门，看清背后之人后，她早晚会求一死的。

早死晚死，被人杀，与她自尽，也确实没什么不同。为护她再折损府卫，便不明智了。毕竟叶裳心中清楚，他走后，她该问的也都问出来了。风美人已经成为了一张白纸，再没秘密可吐了。

她叹了口气："你这样做，原也没错。"

叶裳心下暖了暖，低声说："我知晓暖暖虽然不算是好人，但对于人命，还是十分看重的。生怕你怪我不顾风美人一条人命，如今你不怪我就好。"

苏风暖轻轻哼了一声："所以你一直抱着我，怕我一怒之下离开不理你了吗？"

叶裳郑重地点头："今日是我吓你一番，如今自然是怕你再受不住此事。"

苏风暖道："你说得对。你为了救风美人进容安王府，已经折损了三十府卫了，她一条命，本来做的便是杀手门的营生，多少人在她的杀手门下以金钱的买卖交易被刺杀而死，她身上背负了不知道多少条人命，府卫的命也是命，再为她折损，确实不值。"

叶裳道："你不气我就好，我看你是想救好她，让她活的。"

苏风暖扁扁嘴："我虽然是想她活，但她若是死得更有价值，我便也不会觉得她不该死。"顿了顿，又道，"我又不是混账之人，也不是真混沌。你与我说明白了，我自然也就明白你的所想了，不会怪你了。"

叶裳露出微笑："就知道暖暖是明智之人，舍不得怪我。"话落，将她抱得更紧了些。

苏风暖哼了一声："但你以身犯险，我还是不能原谅。再有下次，我便真能做出让你一辈子都长记性的事来。你也别觉得我真威胁不了你惩治不了你。"

叶裳笑着点头："下不为例，再不敢了。"话落，低头吻她脸颊，"我在你心底如此之重，真是让人高兴的一件事。"

苏风暖瞪着他："你是不是觉得因此就有恃无恐了，抓住我的软肋使劲磨？"

叶裳立即摇头，看着她，低声说："我不觉得有恃无恐，反而是日日担心，生怕这福气太大，我会有无福消受的那一日。若是真有那一日，真是除非一死难以万全了。"

苏风暖恼怒："又说什么浑话呢！"

叶裳攥住她的手："好，我不说了，你也别气了，下次我再不敢了。"

苏风暖听他软声软语，认错态度良好，这才消了气，对他道："既然你将布置都放在易疯子尸体上，如今容安王府不知道什么样了，你不回府，还先去苏府看我三哥？"

叶裳低声道："他也是该看的，他受一场惊吓，想必心里受了些创伤。他的血衣希望还没处理，毕竟是与截杀之人接触过，我也想尽快查查，晚了兴许就被处理了。至于府内，表兄不是回去了吗，交给他就是了。"

苏风暖点头，想着他嗅觉灵敏，也是古来少有了。师兄回了容安王府，凭他的本事，若是不晚的话，自然能处理的。

二人说话间，马车向苏府而去。

如今天色已经极晚，往日这般时候，街上都有人在游晃走动，今日苏青被人截杀，许云初报了案，府衙和五城兵马司的人已经处理了现场，严密监控彻查全城，消息传开，今日没什么人在街上游晃了，马车走在路上，甚是清静。

片刻后，马车顺利地到了苏府，门童从角门探出头，见是容安王府的马车，连忙就要向里面禀告。

苏风暖喊住门童："不必禀告了，我们自己进去。"话落，她先跳下了马车。

门童停住脚步，点点头。

叶裳在苏风暖身后下了车，二人一起进了苏府。

正院还亮着灯，苏夫人显然是担心着叶裳和苏风暖，还未歇下，等着苏风暖回府。

二人来到正院，虽然没让人禀告，但到了门口，也惊动了里面的人。苏夫人匆匆地打开房门，走了出来，看到叶裳，连忙上前仔细查看："小裳，你怎样？可无大碍？"

叶裳微笑，温温和和："伯母，我的毒解了，无大碍，让您担心了。"

苏夫人见他好模好样，确实无大碍了，才放下了心，大舒了一口气，连声说："没事就好，吓死我了。"

苏风暖插话道："娘，我三哥呢？"

苏夫人闻言道："在我屋里呢，这个臭小子，从回来后就赖在了我屋里的炕头上，脏衣服也不脱，就那么躺着耍赖。"

苏风暖笑着说："他在您这儿正好，我们正要找他。"

苏夫人立即问："找他做什么？"

苏风暖说着，往屋里走，对她道："他与那截杀之人交了手，我和叶裳问问他经过。"

苏夫人点头，招呼叶裳进屋，同时说："这截杀之人真是可恨，一定要尽快查出来。竟然在京城里作乱祸害人，胆大包天。"

苏风暖想着，可不是胆大包天吗？京中有个风吹草动，就能被人知道，可是这背后之人似乎一点儿也不怕。不是在京中有着极大的势力，就是在京中有着藏得极深的本事。

二人进了屋后，果然见苏青在炕头上躺着，似乎睡着了，血衣脏破不堪，没脱下。

苏风暖来到跟前，伸手推他："别装睡了，醒醒，我们有重要的事问你。"

苏青确实是在装睡，闻言嘻嘻一笑："臭丫头，你是火眼金睛吗？怎么知道我在装睡？"

苏风暖翻了个白眼："我们说话这么大的动静，你又不是耳聋的废人，就算本来睡着，这会儿也该醒了，哪能一动不动？"她说着，似乎有些受不了他的幼稚，"你一个大男人，学我赖在娘的炕头上做什么？找寻母爱？"

苏青顿时瞪着她："臭丫头，从小娘就向着你，嫌弃我，如今抓住了机会，我自然要好好地利用利用。"

苏风暖好笑，对他道："你把血衣脱下来吧，这么脏也不知道脱掉就往娘这儿躺，娘明儿又该大肆清洗了。"

苏青哼哼："你每次从外面脏了吧唧地回来，不是也不脱吗？"话落，他对她伸出胳膊，"你帮我脱掉，这破衣服我穿着早就恶心了，这不是为了享受娘一边嫌弃着我，一边舍不得赶我才没脱的吗？"

苏风暖无语，伸手帮他扯掉了血衣。

苏夫人好气又好笑地骂："臭小子，多大的人了，真是没出息。"

叶裳微笑地看着苏青，似乎想起了什么，脸色有些许黯然。

苏风暖扯掉血衣后，转头便看到了叶裳脸上的神色，她顿时明白了，叶裳自小就失去了双亲，那时还是稚子，在刚知事的年纪，还没来得及享受父母宠爱，便自此天人永隔了。这么多年，别人家有父有母，他却没有，他也不能够在这么大时，还如苏青一样，幸福地在娘跟前撒娇要赖找母爱。

她心里也跟着难受了一下，将血衣递给他，轻声说："你闻闻，看看能有什么发现。"

叶裳伸手接过，黯然的神色尽退，点了点头。

苏青自然也是个聪明的人，方才忘了叶裳的事，此时也觉得不该在他面前如此，便有些后悔地脱口对他说："你也别难受，你以后娶了小丫头，我们的娘也匀给你一点。"

叶裳闻言失笑，抬眼看了苏青一眼，眼底瞬间涌出笑意，点头："三哥既然这样说了，我便受了你的好意了，以后可不准反悔。"

苏青看着他满面的笑意和眼底的狡黠，立马就后悔了，但说出去的话，如泼出去的水，只得咬着牙道："不后悔，你先娶了小丫头再说。"顿了顿，觉得叶裳这小子实在得寸进尺，狡猾至极，惯会自我调整情绪，转眼就欺负人，怪不得小丫头被他吃得死死的。他哼道，"别这么早就叫三哥，你这还没娶呢。"

叶裳微笑："早晚会娶的，今儿练习一下改口。"

苏青噎住，没了话。

苏夫人却笑逐颜开，上前拍拍叶裳肩膀："小裳别理他，我自然是拿你当儿子的。"

叶裳笑容漫开，十分受用地看着苏夫人笑着点了点头。

一番话落，叶裳拿着苏青的血衣闻了闻。

苏夫人奇怪地看着叶裳，对苏风暖问："小裳这是在做什么？臭小子的血衣有什么不妥吗？"

苏风暖回道："他天生嗅觉敏锐，即便我是由师父培养的嗅觉也不及他。一个人做了什么，只要那人不沐浴，身上沾染上了味道，他就能知道。他想通过三哥的血衣看看截杀三哥那人有什么特性。"

苏夫人恍然，讶异道："小裳竟然天生嗅觉敏锐至此？这可是奇事。"

苏青也惊奇了，看着叶裳："你的嗅觉竟然这么厉害？我可是不怎么相信的，你闻闻看，我这一日都做了什么？"

三人说话间，叶裳已经扔掉了手中的血衣，对苏青说："你这一日去过丞相府、王府、晋王府，还有……集市？"

苏青瞪眼："你真能闻得出来？"话落，立即问，"是什么人要杀我？闻出来了吗？"

苏风暖和苏夫人也看着叶裳。

叶裳叹了口气："你去集市做什么？"

苏夫人也纳闷了，看着苏青："对啊，你去集市做什么？"

苏青挠挠头："外婆怕小池在晋王府的学堂里没玩伴，下了学又不能回府，闷得慌，便跟我说，让我搜罗些奇巧的玩意儿给他。我便去了集市。"

叶裳了然，点了点头。

苏风暖看着叶裳："因他去过集市，查不出来？"

叶裳颔首，无奈道："哪知道他去过集市？人来人往，沾染的东西太杂，自然没法厘清了。我就算天生嗅觉敏锐于常人，但也不是神人。"

苏风暖作罢："算了，这也是太凑巧了。"

叶裳道："今日委实什么都太巧了。"

苏青也懊悔："千寒来找我时，我刚从集市上回来，哪里知道我的血衣还有这用处，要是早知道你嗅觉如此敏锐，说什么我今日也不去集市的。"

苏夫人也叹气："你外婆也真是，孩子是上学堂去读书，又不是去玩了，让你淘弄奇巧玩物做什么？容易被带坏了。疼孩子也不是这么疼的。"

苏风暖失笑："外婆膝下就您一个女儿，我们兄妹四人自小又不在京城长大，外婆喜欢孩子，如今见了小池，自然疼得不行。这事凑巧，也不能怪外婆了。"话落，她站起身，"娘歇着吧，三哥也好好养伤，我送他回容安王府，他府内还一堆事呢。"

苏夫人点头，嘱咐叶裳："小裳可别累坏了，要仔细身体。"

叶裳微笑点头。

二人出了房门，离开正院，向府外走去。

苏青见二人离开，躺在床上，琢磨了一会儿，忽然大叫："不对啊。"

苏夫人被他突然大叫吓了一跳，立即道："怎么不对了？"

苏青伸手一捶炕板："他既然天生嗅觉灵敏，怎么会连别人下毒都闻不出来呢？"

苏夫人一怔："也许是一时不察。"

苏青恼道："才不是，叶裳这小子精得要死，就算对晋王信任，也不会对人不防着，若是他这么容易被人整死，这么些年自己在京中过活，早死透了。"话落，他后知后觉地看着地上扔的血衣道，"他定然是有什么谋算，故意喝了那毒茶，可惜我的千年雪莲啊，成了他一边下棋一边吃喝的下酒菜了。可恨！真是糟蹋好东西，就这么被他用了。"

苏夫人半晌无言："你是说，小裳为了查案，故意喝了那毒茶，以便找出背后谋算之人？"

苏青道："肯定是，若是不知道他嗅觉如此灵敏，我还不敢这样想，如今这不是明摆着吗？"

苏夫人又无言了一会儿，见苏青似乎气得不行，不由得笑了："若是这样，他做得也没错。男儿有志，当有舍有得。舍不得孩子，套不着狼。"

苏青无语地看着苏夫人："他是舍得自己了，可是把我也差点儿搭进去。他还没真正娶您女儿成您女婿呢，就处处好了。您真是丈母娘看女婿，越看越顺眼啊。"

苏夫人失笑，嗔他："你也别羡慕他，将来有你丈母娘看你的时候。"

苏青彻底无言。

苏风暖和叶裳坐了马车，返回容安王府。

上了车后，苏风暖压低声音问叶裳："当真一无所获？没从那血衣上发现什么特别之处？"

叶裳笑了一下，对她摇头："也不算一点儿收获都没有，他的血衣上有花颜草的味道，极其细微，但还是被我闻出来了。"

"花颜草？"苏风暖微惊，"会不会闻错了？"

叶裳摇头："确实也不好拿准，只是有那么一丝味道，不太明显，被杂味血味给隐了。我也不敢太确定。"

苏风暖凝眉："花颜草是一种极其珍贵稀缺的草药，与我洗通经脉所用的香兰草不差多少，若是被人服用，终身就会带着花颜草的香味了。就我所识得的人里，还真不知道谁服用过花颜草。"

叶裳低声道："我娘当初服用过，至今她所留的香囊都留有花颜草的香味。"

苏风暖一怔："你娘？"

叶裳点头："所以，乍然闻到花颜草，我便十分敏感，那么一丝，也能捕捉到了。"

苏风暖看着他："在你的认知里，除了你娘，还有什么人服用过花颜草？"毕竟容安王妃是真的与容安王一起死了，不可能死而复生的。

叶裳抿唇："我需要仔细想想。"

苏风暖不再说话，花颜草有驻颜之功效，天下难求，女子寻到一株，若是服下，不仅能够驻颜，还能体带香味，是女子们梦寐以求之物。这么说来，拦截哥哥之人，应该也是女子了，不知是不是易疯子的姐姐？

到现在这地步，事情愈发迷雾重重，但可以肯定的一点是，那人此时一定在这京城中。

二人不再说话，马车回到了容安王府。

容安王府内各处都亮着灯，大门打开，管家几乎喜极而泣："世子，您总算平安回来了。"

叶裳点头，看着管家："府中可出了什么事情？"

管家立即道："府中出了大事。"

叶裳"哦"了一声，停住脚步，对他说："说说，什么样的大事？"

管家连忙道："您去晋王府后，府中来了一批黑衣人，闯入了府内，直奔放置易疯子尸体的地方，与府中的府卫打了起来。那些人极其狠辣厉害，手中持有厉害的兵器，还有暗器，来势汹汹，府卫死伤不少……"

叶裳打断他的话："说结果。"

管家立即道："那批人有一个领头人，极其厉害，破除了世子您布的机关，冲破了府卫的防护，夺了易疯子的尸体就走。他要离开时，叶公子回来了，叶公子与他交了手，但他手中带了剧毒的黑煞毒，对叶公子撒了大把，叶公子躲避之时，他已经逃窜了。"

叶裳面无表情地道："也就是说，表兄也没拦住他？"

管家点头，心有余悸地道："他带来的那批黑衣人，未受伤之人，与他一起撤走了。留下的伤残之人，都自己化尸成血水。除了血水和乱糟糟的案场，什么也没留下……"

叶裳冷笑了一声，往里面走去。

苏风暖也跟着叶裳一起往里走，想着黑煞毒沾染不得，这人可真是狠辣异常，穷凶极恶，竟然连师兄也没办法拦住他。她问："风美人呢？"

管家道："老奴当时吓坏了，想起风美人后，过去看时，她已经被人杀死，气绝了。"

苏风暖不再说话了。

二人进了内院，转过水榭廊桥，便闻到了浓郁的血腥味，来到安置易疯子的院子，只见草木都已经被摧残，地上大片的黑血，屋倒墙塌，杂乱不堪，可见早先这里打得何等激烈。

叶裳站在门口看了一眼，向管家问道："表兄呢？"

管家立即道："叶公子虽然躲避得及时，但还是沾染了些毒，此刻正在水榭里运功祛毒。"

叶裳转身，看了苏风暖一眼，苏风暖点头，二人一起向水榭走去。

来到水榭，果然看到了叶昔盘腿而坐，头顶上冒着丝丝白气，面容干净素白，双手合并的手指缝处，有黑血被逼出。

苏风暖知道这毒是极其霸道的，看这情形，他手掌还有半截是黑色，即便再有一个时辰，他自己也难以祛尽毒，她当即对叶裳道："你在一旁坐一会儿，我帮师兄祛毒。"

叶裳也不反对，点了点头，坐去了一旁的椅子上。

苏风暖来到叶昔身后，也盘腿而坐，双手上下翻转，凝聚内力，双掌推送在叶昔的后背上。因为她骤然注入内力，叶昔手掌下瞬间血流如注，转瞬间，便在他面前流了一摊黑血。

这样的黑煞毒，若非叶昔内力高强，换作寻常人早已经无救了。

叶裳坐在一旁看着，脸色比夜风还要清冷。

第二十七章
深 夜 查 案

因为苏风暖的帮助，叶昔祛毒便不那么费力了。

不多时，整个水榭内便弥漫着难闻的血毒气味，夜风也吹不散。

过了片刻，门童急步跑来，站在水榭外，不敢硬闯进来打扰，小声喊叶裳："世子！"

叶裳向外看了一眼，站起身，缓步出了水榭，向那门童问道："何事？"

门童小声说："刑部、大理寺、五城兵马司、府衙，一起来了好几位大人，求见您。"

叶裳挑眉："请他们到会客厅。"

"是。"门童立即去了。

叶裳回转头，看了一眼苏风暖和叶昔，一时半会儿二人也祛不尽毒，他吩咐千寒："你守在这里给他们护法。"

"是。"千寒应声道。

叶裳抬步向会客厅走去。

大理寺卿彭卓、大理寺少卿张烨、大理寺少卿朱越、刑部尚书沈明河、刑部侍郎陆云千、五城兵马司李可、京都府衙徐乾，还有几名官员和衙役，一起来了容安王府。

门童打开门，管家站在门口将一行人迎了进来。

彭卓问管家："叶世子呢？可还好？"

管家摇头叹气："世子刚刚回来，府中也出了大事，诸位大人来得正好，先前往会客厅吧，世子马上就出来见诸位大人。"

彭卓点头，立即问："容安王府内也出了大事？何事？"

管家也不隐瞒，将有大批贼人进容安王府劫尸体杀人之事说了。

诸人齐齐大惊。

沈明河惊怒道："贼人恁地胆大包天，竟然连容安王府也敢闯进来劫尸杀人了？这简直是没有王法了！"

几人也齐齐点头，的确是没有王法了。今日京中接连出了这么多大事，历来不曾有过。

一行人来到会客厅时，叶裳也从内院到了会客厅门口。

众人都看向叶裳，见叶世子脸色十分疲惫苍白，都想着他晚上在晋王府中了毒，解毒后回府又知道府中出了事，定然十分惊怒操劳，况且他早先在灵云镇东湖画舫沉船所受的伤虽然愈合了，但气血一直没养回来，如今又接连遭到伤害，就算是铁打的身子也受不住的。

众人齐齐暗想，到底是什么人，如此心狠手辣，非要置叶世子于死地？

彭卓对叶裳拱手："叶世子，如今已经夜深，本不该来府中打扰你，但我等觉得今日出如此大事，竟然有人敢堂而皇之地在京中蓄意谋杀你和苏三公子，实在藐视王法，必须要尽快查明。只能来叨扰你了。"

叶裳点头："诸位大人是为案子而来，说什么叨扰不叨扰的话。我即便疲乏辛苦，但也不至于倒下。自然要尽快查明此案，不让贼人逍遥法外。"话落，请众人进会客厅。

众人点点头，面色凝重地前后进了会客厅。

入座后，五城兵马司李可道："接到小国舅派人前去报案，我等便立即去了截杀苏三公子的巷子，那截杀之人什么也没留下，从苏三公子和小国舅口中的描述来看，那人兴许是江湖人，武功极高。"

叶裳没说话。

府衙徐乾接过话道："晋王府在案发当时，并没有立即报案，在世子您离开晋王府后，晋王府的人才去府衙报了案。我等早先没收到报案时，虽也听闻了世子在晋王府中毒之事，但也不敢擅闯晋王府查案。"

叶裳点点头，晋王在他中毒后，一心想着救他了，自然想不起来报案了。

徐乾又道："方才下官带着人去晋王府走了一趟，据晋王府的管家说，那给世子沏茶的女子是晋王府的老人了，入府已有五年。素日里，十分乖巧，侍候人有分寸，早先在晋王妃身边侍候，后来王妃得知她识些字，人又机灵稳重，便将她派去了前院的会客厅当值。端茶倒水，伺候王爷笔墨，往日里，没出过什么错，也不曾表露过害人之举，今日是第一遭。"

叶裳没说话。

徐乾又道："那女子据说是当初晋王府招人时，买回来的，据说她入府时，晋王府特意派人查了，她父母早亡，无姐无妹，只有一个祖母一起过活。因祖母年事已高，生病无医药费，她便卖身给了晋王府，一年后，她祖母到底是没扛住，去了。她便安心地待在了晋王府。"

叶裳依旧没言语。

徐乾道："那女子往日待人和气，与晋王府的下人们相处都不错，不曾与谁红过脸。所以，晋王府如今正在对所有下人进行盘查询问，看看她最近可有异常，与什么人接触最多，为何要害叶世子，哪里来的剧毒半步死。不过这件事，一时半会儿怕是也难以查明。"

叶裳依旧没说话。

徐乾觉得自己这边说得差不多了，便住了口，看向其他人。

朱越此时开口："听管家说，府中也出了事，世子可方便让我等去看一下案发之地？"

叶裳颔首："我表兄拦截贼人与之交手时，中了贼人的毒，如今正在水榭祛毒，不好打扰。"顿了顿，他道，"诸位大人稍等片刻，我表兄将毒祛尽，我便带诸位去安置易疯子尸体之地。"

众人闻言一惊，齐齐问："叶公子也中了毒？"

叶裳疲惫地点头："也是剧毒，名曰黑煞毒。"

朱越道："据说叶公子武功极高，连他都没有截住贼人，那贼人武功到底高到了何种地步？"

叶裳冷笑："贼人武功也不见得比我表兄高，只不过善于用毒罢了，且都是沾染不得的厉害之毒，表兄不敢硬碰硬，才使得贼人侥幸逃脱。"

众人闻言觉得有理。

几人又就今日之事商酌片刻，说起了今日之案怕是与灵云镇东湖画舫沉船、灵云大师被人暗中谋算是一个连环案，毕竟劫持走了易疯子这个东湖画舫沉船谋杀叶裳的关键人物，也杀死了与易疯子有牵扯的风美人。可见是有不可告人之秘密以及不可告人之阴谋。

大约过了两盏茶的工夫，千寒前来禀告："世子，叶公子的毒已经祛除了。叶公子说他先去风美人处看看，您可以先带诸位大人去安置易疯子处看看被破坏的现场。回头他在安置风美人的地方等您。"

叶裳点头应声，站起身，对众人做了个请的手势。众人齐齐起身，与他一起出了会客厅，前往后院。

苏风暖帮助叶昔将黑煞毒彻底祛尽后，收了功，站起身。

叶昔也睁开了眼睛，回头瞅了她一眼，道："谢谢师妹。"

苏风暖摇头，问："师兄既然与对方交了手，可看出了对方是什么来路？"

叶昔看了一眼地上的黑血，也站起身，摇头："他只与我打了个照面，过了几招，便下了毒手，大量的黑煞毒从他袖中撒出，我不敢不避，只能让他跑了。"

"他打出的是什么样的招式？"苏风暖问。

叶昔道："十分奇诡毒辣，修炼的像是邪功，不是正派的招式，这样的武功招式，我也是第一次见。"

"师兄可还记得他如何出招的？将他的招式打给我看看。"苏风暖是知晓叶昔在武学上的天赋的，与人交手，只要对方武功的路数在他面前过一遍，他便能依葫芦画瓢给画出来。

叶昔点头，退开些步子，手腕身姿以一种奇诡的招式袭击向苏风暖的要害。这招式十分狠辣凌厉，带着丝丝阴寒之风。

苏风暖撤身避过一招，对他展开反击。

二人转眼间便过了四五招，就在这时，叶昔袖中忽然卷出一阵风，苏风暖连忙避开数丈。

叶昔此时也顺势收了招，对苏风暖道："大体就是这样，你能看出什么吗？"

苏风暖凝眉，刚刚叶昔卷起的风若是大把黑煞毒的话，她也如叶昔一样，不能不避。她沉着眉目道："这招式虽然奇诡狠辣，不曾见过，但神似鬼山派的武功路子。"

叶昔也凝眉："你看着像是鬼山派？"话落，他琢磨了一下，道，"是有些神似，虽然招式殊途，但仔细想来，似乎与鬼山派同归。"

苏风暖眯了眯眼睛："据说，二十多年前，鬼山派出了一位武学奇才，改了鬼山派武学功法，鬼山派八位长老在与他较量时，被他毒辣招式所害，八位长老一夕死亡，宗主大怒，将之逐出了门外。自此，再不准任何人谈论鬼山派新功法。"

叶昔闻言道："是有这么回事，你觉得如今对方对我所用的这些招式，是那人所创？"

苏风暖点头："与鬼山派武功确实神似，定然与鬼山派的渊源脱不开关系。"

叶昔笑了笑："鬼山派在南齐和北周边境立派，算是邪派，虽然派系众多，武功毒辣，但也不敢在两国的正道人士面前太过嚣张，两国内鲜有鬼山派弟子出没。如今这人敢在京中如此不避讳，大行谋杀之事，连容安王府都敢闯了，若是与鬼山派有渊源，咱们可要好好地找鬼山派的宗主问问了。"

苏风暖哼了一声，向会客厅方向看了一眼，问叶昔："你回府后，可去看过风美人了？听管家说，她死了。"

叶昔摇头："我回府时，正赶上那批人和府卫杀在一起，后来染了些黑煞毒，便没来得及去看她。那个院子没有布置，风美人死了也不稀奇。"

苏风暖不再说话，二人出了水榭，叶昔临走时，对千寒吩咐了一句，千寒应是，前往会客厅而去。

苏风暖和叶昔很快就来到了叶昔的院子，也就是安置风美人的房间。

那间屋子亮着灯。

房门虚掩着，苏风暖推门而入，当看到里面的情形，顿时一怔。即便这些年，她在外面跑，江湖都被她跑遍了，见过的稀奇事不知多少，但还是被屋内床上的情形给震得惊了一惊。

叶昔慢了她一步，见她站在门口半晌没动，他看不见里面的情形，立即问："怎么了？"

苏风暖错开些身子，抬步进屋，让他进来。

叶昔跨入门槛，此时看到了屋内床上的情形也惊住了。

只见早先躺在床上的风美人此时已经是一副枯骨架子了！风美人死了，不仅仅被人杀死了，且还被化成了枯骨。

不是有血有肉的人，而是一副枯骨。

这样的情形，似乎是她被人用火给烤了，但偏偏烤完之后，枯骨灰烬不散，还是完整的。

这样的情形，不可谓不惊人。

苏风暖站在门口顿了一会儿，抬步向床前走去，没想到竟然是这副情形，风美人依然还保持着她离开前的睡姿，不过短短两三个时辰，如今她回来后，她便成了这副美人枯骨。若是拿手指轻轻一碰，她这副样子，估计就能化成灰，散成粉末。

她看着她，沉默了半晌，偏头看向叶昔："师兄，你能看出来，她是如何变成这副样子的吗？"

叶昔脸色难得沉凝："这副样子，像是江湖上失传的烈焰功所致。据说烈焰功能使人血肉成烟，白骨成灰。但骨灰不散，生前什么样，死后也是什么样。"

苏风暖面色霎时一沉："这样的邪火之功，难道这世上还有人修习，不曾失传？你觉得，可是与你交手那人？"

叶昔摇头："说不准。"

苏风暖当即道："我和叶裳回府时，府中的管家说他来看过风美人，只说她被人杀死了，但不曾说是这副样子。这副样子连你我见了都惊异，他为何半字未提？"

叶昔道："将他叫来问问。"

苏风暖点头，对外面扬声喊："可有人？来一个，去请管家来。"

府中的府卫伤亡有些重，早先聚到易疯子尸体存放处的府卫已经重新回岗。容安王府内的小厮本就不多，叶昔也是个喜欢清静的人，这院子里也没让叶裳安排小厮。这时，有一名府卫应声，立即去了。

苏风暖和叶昔便等着管家前来。

苏风暖又将这间屋子巡视了一圈，没有什么异常，她问叶昔："师兄，你的嗅觉虽然不及叶裳，但那与你交手之人若是带有什么特别的味道，你也能闻到吧？"

叶昔看着她，皱眉："特别的味道？"话落，他嫌恶地道，"满是黑煞毒的味道。"

苏风暖摇头："除了黑煞毒，还有呢？"顿了顿，她道，"比如花颜草的香味，有没有那么一丝？"

叶昔想了想，摇头："没闻到。"

苏风暖住了口，想着这世上怕是再也没有第二个如叶裳一样，有那般灵敏的鼻子了，甚至变态到比狗鼻子还灵的地步。师兄和她是习武天才，即便打通七窍，嗅觉较为灵敏，也不及他。

不多时，管家就匆匆进了院子，来到门口："叶公子，苏姑娘，您二人找奴才？"

叶昔应声："进来。"

管家推开门，走了进来，迈进门槛时道："您二人找奴才何事……啊……"他说着，忽然看到了床上的枯骨，顿时惊得大叫了一声。

苏风暖看着他，没说话。

叶昔见他险些瘫在地上，神色骇然至极。他道："我们叫你来，正是因为这事。你说你早先来这里看过，发现风美人死了。那时她可是这副样子？"

管家连连摇头："不是，不是这副样子……"

叶昔问："那你来看时，她是什么样子？"

管家立即白着脸道："奴才来时，她没了呼吸，胸前被人印了个黑掌印，显然是有人趁机下黑手，断了她心脉致命之处。那时的她……她就是死了而已，绝对不是这个样子啊。"

叶昔又问："你来这里时，是什么时候？"

管家道："也就半个时辰之前，府卫们虽然只有少数人丢了性命，但是大多数人都受了重伤。奴才和卫老一起带着人救治府卫，忽然想起风美人还安置在这院子里，奴才便带着人过来了一趟，发现她已经死了。"

"你带着谁过来的？"叶昔又问。

管家道："府中的一个小厮，叫小钱儿，跟在奴才跟前跑腿。"话落，他看了一眼苏风暖，"这小钱儿还是苏姑娘早几年送给世子的人，比千寒公子晚来府几年，也是个靠得住的，世子便将他交给我，让我带他，奴才总有老的一日，府中的管家的位子也不能交给不信任之人。"

叶昔闻言点头，又问："你看到了什么样的一个黑手印？"

管家道："就是寻常的手印，是黑色的，府中出了这么大的事，奴才本就心慌，也没仔细看。"话落，他向前走了一步，来到床前，看着风美人说，"如今这枯骨是黑的……自然……看不见那手印了。"

叶昔住了口，看向苏风暖。

苏风暖看着管家，这人是容安王和王妃在时的老人，看着叶裳长大的，这么多年，为府中劳心劳力，自然是可靠之人，不会说假话。小钱儿的确是她送给叶裳的，她道："你去将小钱儿叫来，我再问问他。"

管家立即说："姑娘是……不信奴才说的话？"

苏风暖摇头："小钱儿这孩子机灵，你没注意是个什么样的手印，那孩子兴许注意了，我叫他来问问。"

管家闻言宽了心，连忙点头说这就去喊他，转身出了屋子，离开时他的腿还在打战。

不多时，小钱儿就被叫来了，是一个十一二岁的少年，脸儿白净清秀，眉目机灵，一看就是个心眼多的孩子。

他见到了苏风暖和叶昔时，自然也看到了屋内那一具在床上躺着的枯骨，应该是在来的路上听管家说了，所以，较之管家惊白了的脸，他看起来好一点儿，对苏风暖说："姑娘，您若是问那手印的事，我记着的，我当时仔细地看了，可以给您画出来。"

苏风暖点头，对他说："那就画出来吧。"

小钱儿点头，找来纸笔，不多时，便画出了一个手印。画完后，他在纸上用自己的手比画了一下，然后对苏风暖说："大概就是这么大的一个手印。"

苏风暖拿过纸张，看了一眼，将自己的手放上去，比了比，又对叶昔说："师兄，把你的手也拿过来比一比。"

叶昔明白她的意思，将自己的手放在了手印上，也比了一下，道："这应该是女子之手，不过也难保会有男子的手比较秀气。"

苏风暖点头，远的不说，只说近的，叶裳的手就比较修长秀气。她道："虽然不能确定是男子还是女子，但可以肯定一点，就是这双手不干粗糙的活，应该也不握剑和兵器，没有起茧子变形，保养极好。"

叶昔点头。

苏风暖想着，她喜欢剑，虽然极其注意保养手，但是多年下来，还是有些薄茧的，不如寻常女子清秀。她师兄的手也是，他也喜欢用剑。而这双手，一定练的是内家功夫，不拿剑或者兵器的。

这时，小钱儿看着风美人又说："对了，姑娘，我想起来了，那个手印印在风美人身上时，她中指的指骨似乎有个棱，因为，那一块在中间的纹理处，没有黑色，那么一小圈。"说着，他拿过纸，在那个手印处比画了一下，"大概是在这里，这么一小处。"

苏风暖挑眉："你确定？"

小钱儿肯定地点头："确定确定，整个手印都是黑的，只有那一处是白的，没染上黑色，我看得仔细。"

苏风暖眯了一下眼睛，对叶昔道："这样说来，这个人的左手中指的中间纹理处，应该是受过伤留下了疤痕，那处不过气血，才这样。"

叶昔颔首："是这个道理。"

苏风暖冷笑："那人应该也发现了，所以，顺势催动了烈焰功，干脆焚烧了风美人的尸体。只不过烈焰功应该还差些火候，所以，不能顷刻间让一具尸体变作枯骨，需要些时候，但我们都在外面，等回来时，变成枯骨，也看不到了。"顿了顿，她道，"府中已经乱作一团，人心惶惶，既然风美人死了，别人就算来了，冷眼一看，就是一个黑手印，注意不到这一点，也就掩饰过去了。"

叶昔点头，看了一眼小钱儿，道："果然是个机灵的孩子，怪不得送来给表弟做管家培养。"

苏风暖不置可否，伸手拍拍小钱儿肩膀："这也算一个发现了，不错，回头让叶裳赏你。"

小钱儿挠挠脑袋，问："姑娘，有这一个发现，能找出凶手吗？"

苏风暖冷声道："天网恢恢，疏而不漏，即便躲过一时，也终究会找到的。"

叶裳带着刑部、大理寺、五城兵马司、府衙的众位大人到了安置易疯子尸体之处时，众人看到被激烈打斗破坏的院落，以及地上大摊的血水，还有容安王府受伤的府卫们，面色更凝重了。

管家从安置风美人处急急跑来，步伐踉踉跄跄，一边跑一边惊喊："世子，您快去看看吧，风美人她……她……"

他一连说了好几个她，也没说出后面完整的话来。

众人都看向这名管家。大家都知道，他是容安王府的老管家，容安王和王妃在世时，他就做容安王府的管家，这些年虽然叶裳纨绔胡闹，但容安王府内院也没乱了，井井有条，不得不说有一大半是这位老管家的功劳。如今他这般惊慌惶恐的样子，众人还真不曾见过。

叶裳倒是镇定，看着管家道："你慢慢说，风美人不是死了吗？难道死而复活了？"

管家停住脚步，喘了一阵粗气，白着脸摇头："不是，老奴早先去看时，她虽然死了，但还是个人，如今不知怎的，已然成为一副枯骨了，您快去看看吧。"

叶裳"嗯"了一声："怎么回事？"

管家摇头。

叶裳看着众人，道："众位大人与我一起去吧。"

众人齐齐点头。

一行人来到风美人的住处，苏风暖早已经先一步躲开了，只剩叶昔一人站在门口，见到朝中诸位大人，他拱了拱手。

众人也知道这位是江南望族叶家的嫡子，虽然叶家世代不入朝，但地位却是没有哪个大家族超越得了，甚至当今皇族，都没有叶家的底蕴，众人也对他齐齐拱手。

叶昔让开了门口，请众人入内。

进了屋子，众人自然都看到了躺在床上已然成了一具枯骨的风美人，都齐齐惊吓得变了脸色，有几名胆小的府衙官员顿时软了腿脚。

叶裳的脸色也有一瞬间变化，一双眸子看着变成这副模样的风美人冷了冷，回头对管家说："怎么回事？如实说来。"

管家此时已经镇定不少，便将经过对众人复述了一遍：叶裳被晋王请去后，先是来了一批黑衣人抢夺易疯子尸体，与府卫们打了起来，叶公子回来，与之交手，那黑衣领头人对其下毒离开。叶公子祛毒，他带着府中的大夫救治府卫时，忽然想起了这里的风美人，过来一看，她已经被人杀死了。等叶公子将毒祛尽后，再来看风美人时，便是这等模样了。

众人听罢，都觉得心惊，看向叶昔。

叶昔便又将黑手印之事与烈焰功之事说了说。

众人听后，都惊骇不已，没想到江湖上还有这样霸道歹毒的功夫，这和挫骨扬灰又有何不同？这具枯骨任谁都能看出来，若是手指头一碰，就能散架成骨灰。真是太残忍了。

叶裳拿过小钱儿画的手印看了一眼，对久久惊骇的众人说："众位大人与我一起进宫一趟吧，皇上此时估计也还没歇下，如此惊悚之事，当立即报与皇上。"

众人闻言点头，这样的事情，实在太过惊悚，是该立即报与皇上。

叶裳见众人不反对，当即出了房门，与众人一起，向府外走去，吩咐管家，备车进宫。

叶裳和众人离开后，苏风暖跳下房顶，蹙眉："如此深夜还折腾去皇宫，他的身体哪里吃得消？"

叶昔看了她一眼："师妹可真是宠着他惯着他，将他宠惯得没边了，半步死的毒他竟然也敢喝？你就不气他一气，竟然还好模好样地由着他折腾？有这次保不准就有下次。以身涉险，他哪来的自信你一定能救得了他？"

苏风暖伸手揉眉心："我自然是气的，只是背后之人连你我都利用上了，可见其本事手段之厉害、心之毒辣。若不尽快将之揪出来，怕是还有下一次，永无宁日。他也是迫不得已，才舍得拿自己下狠手。"

叶昔看着她的模样，听着她的话，叹了口气，伸手敲她脑袋："师父告诉我们，无论什么时候，任何事情，都不及命值钱。你学谋心之术，学兵伐之术，学权柄之术，学制衡之术……这些东西，你每年来京，也都教给了他，难道你教他之前，就没说师父的话？"

苏风暖无奈地道："说了。"

叶昔看着她说："既然都说了，那如今他以身涉险，不是你惯的，便是跟你学的。"顿了顿，他道，"我进京时，路上碰到了云山真人，据他所说，你为了那株玉蝉花，险些被毒蛇咬，坠下万丈山崖。这般不顾性命危险，可有想过你若是被毒死摔死，谁又护他惯他？"

苏风暖一时没了话，是跟她学的？她觉得头更疼了。

叶昔瞅着她，又敲了她脑袋两下："从小到大，你便不会爱惜自己，他学你，也不奇怪。"话落，他道，"你回去歇着吧。"

苏风暖摇头："我要去红粉楼一趟。"

叶昔想起了离陌，没想到他踏入京城，因此也丢了命，他点头："那你小心些。"

苏风暖"嗯"了一声，冷冽地道："我倒想有人能够截杀我，让我也见识见识邪功剧毒。"话落，对叶昔说，"师兄现在就出府，悄悄跟上叶裳和那些官员，你的武功混进皇宫应该也容易，我还是不放心他进宫。"

叶昔叹了口气："他没那么屡弱。行了，你放心去红粉楼吧，我去暗中跟着他就是。"

苏风暖越墙出了容安王府，向红粉楼而去。

叶昔也出了容安王府，追随在叶裳等人的马车之后，暗中尾随前往皇宫。

已经是深夜，街上无百姓走动，但巡城的士兵较寻常晚上多了三倍之多。

红粉楼不管风霜雨雪，门口的大红灯笼常年彻夜地点着，只是今夜，往日络绎不绝、宾客盈门的红粉楼，也稍显静寂了些。

苏风暖来到红粉楼，老鸨立即迎上前，脸色不好，眼圈红着，十分难过："姑娘，您来了？"

苏风暖点头："离陌安置在哪里？"

老鸨道："奴家带您去。"

苏风暖不再说话，跟着老鸨上了楼。

来到二楼一间客房，小喜站在门口，见苏风暖来了，眼圈也红红地见礼："姑娘，离陌哥哥死了。"

苏风暖沉着眉目点了一下头，小喜打开门，她走了进去。

离陌被放置在床上，周身血污已经被清洗，换了衣衫，脸也已经被洗净，脸上一条细细的刀口子已经凝了血，仅剩的一条断臂垂在身体一侧。

苏风暖在床前立了片刻，当年他一条手臂是因她失去的，如今性命也因她失去了。她闭了闭眼睛，心里难受得翻江倒海一般。

老鸨双手从苏风暖身后扶住她肩膀，低声说："人死不能复生，姑娘切莫伤心，离陌能为姑娘死，是无悔不惜的。姑娘如今该想着查出是什么人中途截杀他，给他报仇。"

苏风暖睁开眼睛，抿紧唇，从怀中拿出一块令牌，递给老鸨："涟涟应该在来京的路上，你今夜亲自出城，截住涟涟，将此物交给她，让她晚些时候进京，先去收杀手门。务必保全杀手门。"

老鸨惊讶："这是杀手门的门主令？风美人给了姑娘？"

苏风暖点头："风美人为了保全杀手门，将之交给我了。你要尽快出城，让涟涟尽快处置此事。耽搁的话，保不准杀手门便被人倾覆了。"

老鸨点头："姑娘放心，我这就出城。"

这时，小喜上前一步说："姑娘，出城的事交给我去吧。万一再有人如截杀离陌哥哥一样截杀妈妈，这红粉楼便无人主事了。"

苏风暖摇头："今日京中闹出这么多大事，背后之人要收拾残局，暂且不见得会抽出空闲来。截杀应该不会。我另外有要事安排你。"

小喜闻言住了嘴。

老鸨拿着令牌转身出去了。

苏风暖对小喜道："你去查查凤阳如今落脚何处，给他传个信，让他来这里一趟。"话落，道，"要隐秘些，如今京中各处监查得都极其严密。"

"是。"小喜应声道，转身去了。

苏风暖回身看着离陌，轻声说："我会为你报仇的。"顿了顿，她道，"亲自手刃。"

小喜离开后大约两盏茶工夫便回来了，凝重地对苏风暖道："姑娘，凤少主已经出城。今夜怕是抽不开身来找您了。"

苏风暖看着他："怎么了？他出了何事？"

小喜道："不久前，凤阳少主接到消息，盘踞在京城方圆百里的凤阳镖局两大分舵被人一夕之间尽数挑了。死伤甚众，不计其数。"

"什么？"苏风暖顿时惊了，看着小喜，不可置信，"确真？"

小喜沉重地点点头："凤阳少主大怒，刚刚出城。"

苏风暖面色微变，今日京中接连出了这么多大事，竟连凤阳镖局也被人动了手，且挑了盘踞在京城方圆百里的两大分舵。凤阳镖局盘踞京城多年，根底极深，不说呼风唤雨，但也是纵横黑白两道，皇室都礼让三分，就这么一夕之间被挑了？

她当即对小喜说："你留在这里，密切注意京中动向，一旦有变动，立马传信给我。"

小喜立即道："姑娘要出城？"

苏风暖点头："我怕这又是一个歹毒谋划，凤阳如今定然气血攻心，方寸大乱，他不能出事。"说完，她当即出了红粉楼。

第二十八章
铁券令符

凤阳虽然接手了凤阳镖局的大半权柄，但凤老爷子还没把他的掌权令真正交给凤阳。

也就是说，如今凤阳镖局真正的掌权人还是凤老爷子。但凤阳是他唯一的儿子，若是他在京城出了事，那么，以凤老爷子的脾气，定然誓不罢休，免不得也要牵连朝纲。

她总有一种感觉，这一系列的事件，怕都是为了倾覆朝纲而来。

内政不稳，边境岂能得安？更何况北周二皇子楚含还没撤离边境。一旦朝纲动乱，那么，说不定北周会趁机再兴兵进犯。届时，后援粮草、兵马、军械等物资跟不上，可就麻烦了。

这些阴谋，是冲着叶裳来的，是冲着东宫来的，也可能是冲着苏家来的。

她出了红粉楼，从马厩里牵出了一匹马，冲向城门。

城门早就关了。

今日守城尤其严。

苏风暖来到城门后，今夜正是郑中尉当值，有人大喝一声："什么人？"

苏风暖勒住马缰绳，有士兵聚过来，将她围住。

郑中尉上前，看了一眼，见是一个女子，极其美貌，他不识得，便皱起眉头："你是何人？城门已关，皇上有令，任何人不能擅闯城门。"

苏风暖想起上次她是易容进京，这人虽然拦过她一次，但如今并不认识她。上次是因为怕暴露她是苏府小姐，如今她自然不怕暴露了。今日全城戒严，她要想立即出城，势必要拿出能压得住他的东西。她犹豫了一下，从袖中拿出一块令牌，递给他看。

那人见到令牌后，大惊地看着她。

苏风暖沉声说："开城门，让我出去。"

郑中尉垂下头，十分恭敬地应是，对身后一摆手："开城门。"

士兵们齐齐一怔，立即打开了城门。

苏风暖问郑中尉："凤少主出城多久了？"

郑中尉立即回道："两盏茶工夫前。"

苏风暖再不耽搁，双腿一夹马腹，身下宝马冲出了城门。

郑中尉见她纵快马离开，挥手吩咐人关上城门，又嘱咐了几句，便骑马飞快地向皇宫而去。

郑中尉很快就来到宫门，对皇宫守卫轻喊："城门急报，下官急见皇上。"

看守宫门的侍卫向下看了一眼，应了一声，立即去通禀了。

皇宫内，今夜各宫都亮着灯火，御书房内，皇帝正在见叶裳和刑部、大理寺、五城兵马司等一众人。众人也是刚刚进宫不久，见了皇上叩礼后，还没说两句话。

听到城门急报，皇帝打住话，对外面吩咐道："让他来见朕。"

有人立即去了。

郑中尉不多时便匆匆来到了御书房外，冯盛将之请进御书房，郑中尉见了皇上，当即跪下，禀道："皇上，下官有要事禀告。"说完，看了御书房内的众人一眼。

刑部尚书立即拱手："皇上，臣等回避。"

皇帝摇头："不必回避了，郑中尉看守城门，定然是有人今夜出城了。凡今夜出城的人，都可能与今夜事情相关。早一刻是凤阳少主，这一刻是谁？"话落，他对郑中尉道，"但说无妨。"

郑中尉闻言垂下头道："有人持有铁券符，出了皇城。持有铁券符者，下官没权查验那人身份。"

"哦？"皇帝一怔，挑眉，"什么样的人？"

郑中尉道："一个女子，长得极美，极为年轻，骑快马，骑术很好。"话落，他恍然想起什么，补充，"那女子长得与苏夫人有几分相似。"

叶裳闻言转头看了郑中尉一眼，没说话。

皇帝闻言立即道："你说的人应该是她的女儿，苏风暖。"

郑中尉一怔，想着那就是传言中的苏府小姐吗？他的确不曾见过她，看来似乎与传言不同。

皇帝又问："你说她手里拿着铁券符？"

郑中尉十分肯定地道："是。"

皇帝点头，不做追问，摆手："行，朕知道了，此事不准对外提起。"

郑中尉一怔，见皇上似乎不准备如何，恭敬地应是，退出了御书房。

刑部、大理寺、五城兵马司等人都心里暗惊，那苏府小姐手里怎么会有太祖皇帝留下的铁券符？这实在是令人惊奇。

太祖建朝后，为了封赏居功至伟之功臣，用三种世间难寻的材料以特殊工艺打造了三枚令牌。第一枚就是这铁券符，第二枚是龙颜令，第三枚是丹书令。

铁券符，掌管天下兵马，南齐各州郡县，甚至皇城宫阙，只要持有铁券符，就能畅行调兵。

如此权力，相当于帝王九五之尊之权，等同与赐予者同坐江山。

当时铁券符一出，震惊天下。

第二枚是龙颜令，持有龙颜令者，可随时觐见皇上，可对国矿有部分开采权，可作南齐各州郡县通关文书，畅通无阻。

第三枚是丹书令，持有丹书令者，举南齐五品以下官员，见此令，听候调遣。

这三枚令牌持有者，可以不必向皇室成员行叩拜之礼。

据说，太祖将铁券符赐给了随他一同打江山，征战南北的亲兄弟肃亲王。后来，肃亲王死，觉得子孙无德，便将铁券符交还给了今上。

铁券符又回到了帝王之家，自此再没听说赐给谁。

龙颜令当时太祖赐给了凤阳镖局，至今，凤阳镖局留有龙颜令，但凤阳镖局也将自己调遣门主的凤行令作为承受帝王之恩的还礼，给了太祖一枚，寓意凤阳镖局依附南齐。太祖收了。

丹书令太祖赐给了江南望族叶家，叶家无人愿入朝为官，但也谢恩受了丹书令。

今儿苏府小姐竟然拿了太祖的铁券符，这实在是让人不由得震惊骇然。

众人都悄悄抬眼看皇帝，皇帝面色平静，似乎早就知晓，都齐齐屏息，即便心里翻江倒海地猜测，也不敢询问表现分毫。

皇帝扫了众人一圈，又看了叶裳一眼，见他还是一副疲惫懒散的样子，对众人道："刚刚之事，都给朕忘了。若是朕听到谁走漏出去丝毫风声，满门抄斩。"

众人齐齐"扑通"跪在地上，白着脸起誓都说已忘。

叶裳没表态，似乎这耳听那耳早就忘了。

皇帝摆摆手："都起来吧，继续说。"

众人哆嗦着起身，都不敢再想刚才那茬，又就今日发生的事禀告起来。

事情经过，以及揣测，还有现今拿到的证据，都递交给了皇帝过目，摆在了他面前。

皇帝听罢看罢，将卷宗等物放在了玉案上，对众人摆手："你们都先出去，叶裳留下。"

众人知晓皇上有话与叶世子私下说，都恭敬地退出了御书房。

皇帝看着叶裳："除了这些，你还有什么要告诉朕的吗？深夜拉了这么一大帮子人进宫，不该就这么点儿面上的证据和东西吧？"

叶裳点头，对皇帝道："不知我从晋王府离开后，晋王可进宫过？"

皇帝颔首："来过。"

叶裳道："那冯公公将您咳血之事……"

皇帝沉了眉目："禀了。"

叶裳看着皇帝，道："自古以来，皇上龙体为臣民所珍重关心，我听闻，今日上午时，皇上并无异常，怎么到了晚上，您就咳血了？"顿了顿，又道，"窥探圣体，实属大罪，但我差点儿因此丢命，皇上可不要隐瞒啊。"

皇帝抿唇，道："朕确实咳血了。"

叶裳一怔："您身体……"

皇帝看了一眼叶裳，道："请了御医，说最近郁结于胸，今晚又吃了不顺口的膳食，这一口血咳出来倒是好事，否则久郁于胸，才是坏事，并无大碍。"

叶裳眯了眯眼睛："因为您将御厨借去了苏府，膳食不顺口，就咳血了？"话落，他道，"我虽然不懂医术，但听着也着实荒谬。"

皇帝又沉了眼："此是秘事，冯盛是晋王提拔给朕的人，朕一直都知道，他悄悄禀告晋王，朕也知晓此事。"顿了顿，他道，"朕也料到晋王会找你，可却没想到有人要趁此害你。"

叶裳看着他："这我就不解了，您既然都知道，可是什么人趁机就利用上了此事？冯公公真的是晋王的人吗？"顿了顿，他道，"尤其是您咳血之事，您真相信是膳食不顺口？"

皇帝眉目染上青色："朕若愚蠢，早就坐不住这把椅子了。"

叶裳面容一凛："没想到连这皇宫，也不是安全之地。这背后之人连御膳房、皇上、冯公公、晋王都利用上了。"顿了顿，他道，"也利用上了苏府小姐，她刚要走了御厨，这便出事了，未免太巧了。"

皇帝看着他，忽然转了话音："你与朕实话实说，你与苏风暖这些年是不是背地里有来往？"

叶裳挑眉，忽然乐了："您指的是什么来往？"

皇帝冷哼一声："别以为朕看不出来，你虽然在外面嚷嚷着不喜她，但对朕给你赐婚之事并不反对，从一开始就没反驳。若不是背后有勾当，你小子能干？"

叶裳笑看着皇上："说勾当也太难听了吧。"话落，他拿出无赖的劲儿，散漫地说，"应该说是两情相悦，但也不敢拿明面上来，毕竟牵扯着皇亲宗室和将军府。轻则事关朝局，重则事关江山。我虽然姓叶，但身为皇室子孙，也不敢不顾及您老人家的宝座。"

皇帝闻言被气笑。

他瞪着叶裳："你倒是还觉得自己知事，还懂得轻则事关朝局，重则事关江山？"顿了顿，收了笑意，板起脸说，"你若是真知事，就不该逼朕，如今带着一帮子人逼到朕的皇宫来了。"

叶裳看着皇帝要动怒，无奈地扶额，依旧耍赖道："我的小命三番两次被人捏着，回回在鬼门关前转一圈，这滋味实在不好受。十二年前，我吃人肉活了下来，就觉得这辈子做个废物挺好，只要衣食无忧，做个闲散宗亲，也好过被人将刀架在脖子上，切菜一般地给切了。"话落，他叹道，"我吃人肉可是吃怕了啊。"

皇帝闻言隐隐要动的怒意顿时歇了。

叶裳继续道："我本不愿入朝，就算入朝，也没打算这么早，更没打算担个重担子。只想着担个闲散的职位，混混日子，吃点儿俸禄，也挺好。可是您要我入朝，还这么早就入朝，一上来就将那几件大案子都交给了我，也就把我推到了风口浪尖。东湖画舫沉船案有人杀我，为了祸引东宫，也就罢了。可是如今，这背后之人是真要杀我啊，半步死若不是及时拿千山雪莲解了，您现在就看不到我了。"

皇帝闻言怒意散去，面色稍缓："背后之人的确可恶，朕也觉得应该将他们碎尸万段。"他沉着眉目，"可是，若是动作太大，连天都翻了，朕怕……"

叶裳看着他，凛然地道："从灵云镇到京城，从江湖到朝堂，从我到太子到灵云大师，从我在晋王府遇害到苏青被人当街截杀，之后容安王府又闯入杀手，连我表兄都中毒了。我到宫门时，收到消息，就在今日夜晚，半夕之间，凤阳镖局便被人连挑了京城百里内的两大分舵，死伤者众，不计其数。凤阳便是为了这个出城，苏风暖也是为了这个出城。这些时日，南齐百姓一直人心惶惶，京城百里，商贾、百姓都不敢通行了。如今连您咳血都被利用上了。如此惊天的胆子和大案，您还觉得该任由其发展下去吗？"

皇帝脸色蓦然惊异："你说凤阳镖局被人连挑了京城百里的两大分舵？此事当真？"

叶裳道："千真万确，您派给我的轻武卫，被我安置在京城四处角落，得回的消息不会有误。"

皇帝终于动容，面色青紫，忽然一拍桌案，怒道："贼子胆大包天，其心可诛。"

叶裳道："如此已经被人翻天了，您若是不让我大查，不尽快揪出背后之人，那么，今日我中毒和苏青被截杀、我容安王府进贼人以及凤阳镖局两大分舵被挑的消息明日传开，这京城怕是百姓们都不敢居住，要外离逃散了。若是皇城成空城，当真让北周笑话了。"

皇帝闭了闭眼，深吸一口气，忽然对外面喊："冯盛，让他们都进来。"

冯盛一直守在门口，闻言立即请刚出外回避的诸位大人重新进了御书房。

皇帝看看众人，阴沉着脸道："给朕大查。"

众人听到他咬紧后两个字，齐齐心神一凛。

皇帝将玉案上那些卷宗递给叶裳，沉着脸吩咐道："传朕旨意，即刻彻查，皇宫以及当年赐给各府邸的岭山织造的沉香缎，留着的也就罢了，没留着的，踪迹去了哪里，必须查清楚。任何与此案有关人员，包括这皇宫中的任何人，只要有牵扯，都给朕查。"话落，对叶裳道，"此事全权交给你。"

众人齐齐大惊，震撼不已，皇上这旨意，可是连太后和皇后都算着了。

古往今来，有什么样的大案子连皇宫里的太后和皇后也大肆彻查的？不曾听闻过。

叶裳接过卷宗，垂首应是，沉沉道："叶裳接旨，定不辱圣命。"

众人都看向这位容安王府的叶世子，他坦然领命，似乎不知道手里接了什么样的旨。这样的权力，就是丞相、国丈都不曾有过。

皇帝又沉着眉目看了一眼众人，沉声道："刑部、大理寺、五城兵马司、府衙的人，陪同叶裳一起查案，不容有失。"

众人惊醒，连忙垂首领命。

皇帝又沉声对叶裳道："朕着禁卫军首领和御林军首领给你调配。"

众人又是大骇。

叶裳垂首应是，面无表情道："多谢皇上。"

皇帝看着他，沉声道："朕限你三日之内破案，若破不了此案，你的脑袋就自己悬去午门外吧。"

众人想着这样的连环大案，三日能查得出吗？

叶裳却不反驳，依旧垂首："好，我立军令状，三日之内，定给皇上交代。若三日之内查不出此案，我自己就去午门外悬头示众。"

众人的腿都软了软。

皇帝闻言，对冯盛吩咐："拿纸笔来，给他立军令状。"

冯盛连忙走过来，看了叶裳一眼，递给他纸笔。

叶裳接过纸笔，"唰唰"写了军令状，最后咬破手指，按了手印。

皇帝接过军令状，看了一眼，沉声吩咐冯盛："传禁卫军首领，御林军首领。"

冯盛连忙去了。

不多时，禁卫军首领和御林军首领来到了御书房。

皇帝对他二人吩咐："即日起，七日内，禁卫军和御林军听从叶世子吩咐调派，任何配合之处，不准不从。"

"是。"二人齐齐垂首。

皇帝摆摆手："都去吧。"

众人看了皇上一眼，见他面沉如水，都慢慢地退出了御书房。

叶裳是最后一个出御书房的，跨出门槛前，对皇帝道："若是我揪出了您极看重的人，也请您能如现在这般下得了决心惩处。"

皇帝抿着唇，对他疲惫地摆摆手。

叶裳毫不犹豫地出了御书房。

皇帝似乎泄了气，靠回椅背上，闭上了眼睛。他心中清楚，有人能将手插进皇宫，插进晋王府，敢闯容安王府，敢当街拦截杀人，敢动凤阳镖局，半夕之间挑了两大分舵；那么，一定是在这京城盘踞极深，甚至，就是他身边之人。

冯盛走上前，低声问："皇上，您可去寝宫里先歇歇，这样下去，您的身子熬不住啊。"

皇帝闭着眼睛摇头："叶裳那小子的身子比朕还差，他都熬得住，朕有什么熬不住的？"

冯盛连忙道："您要爱惜圣体……"

皇帝冷笑了一声，没说话。

冯盛看着他的神色，不敢再劝。

御书房内静静的，愈发衬托得外面宫中有着明显的动静。

过了片刻，皇帝又问："皇后和月贵妃这些日子都在做什么？"

冯盛连忙道："自从您将皇后关了禁闭，皇后好气了一阵子，日日砸东西。后来见太后都不管她了，便消停了下来。月贵妃从太子离京之后，被关了反省，哭了几日，后来听说太子没出什么事，也就安生了下来。这些日子，都未踏出宫门。"

皇帝点点头："太后呢？昨日回宫后，都做了什么？"

冯盛道："太后从金阙亭别了您和苏小姐，回宫后，好生气闷了一阵，觉得这苏小姐真不能娶。后来又听闻苏小姐在您面前舞剑，得您赐了御厨，又将凌云剑赐给了她，更是恼怒了。说您护着她，胡作非为，愈发不喜了，闷了一下午，直到晚上听说外面出了几桩大事，才转移了心思。"

皇帝点点头，不再问。

冯盛见皇上不再问，也就住了口，守在一边。

过了片刻，皇帝突然又问："你跟在朕身边多年，除了晋王，谁是你的主子？"

冯盛闻言脸一白，"扑通"一声跪在了地上："回皇上，奴才从来没将晋王当作主子。奴才的主子只有您一个啊。"

皇帝睁开眼睛，看着跪在地上的冯盛，挑眉："是吗？"

冯盛立即点头："奴才不敢欺瞒皇上。"

皇帝看着他："多年来，朕一直体格屡弱，太后虽然是朕生母，但朕自小是被先皇带在身边教养的。父皇去时，将朕托付给了晋王，晋王便扶持着朕登基，多年来，与太后和国丈府对峙。先皇本来给朕定下了王大学士的女儿，可是她死活不愿意进宫，心仪苏澈。朕不忍逼她，便成全了她。毕竟苏澈与朕的交情非同一般，他手攥着兵权，也是朕的依仗，朕便罔顾了先皇旨意。"

冯盛跪在地上，不敢言声。

皇帝继续道："王大学士的女儿不进宫，国丈便动了心思送女儿入宫为后，太后本是犹豫，但也怕自己老了在后宫没帮衬，便准了此事。推动之下，朕没反抗余地，便娶了皇后。自打皇后入宫后，国丈府一门出两后，起初有晋王府、容安王府盛华一时，牵制着，国丈府还未势大，十二年前，北周兴兵，边境一战，容安王、王妃战死，苏澈引咎辞官，皇室自此式微，外戚也就渐渐坐大了。"

冯盛依旧不敢言声。

皇帝看着他："你往日也不避讳跟朕聊这些，今日却不敢出声了？"话落，他忽然站起身，出了玉案，抬腿给了地上的冯盛一脚，将他踹翻在地，冷笑道，"朕知道你的主子是谁，不是晋王，也不是朕。"

冯盛被皇帝踹中了心口，疼得哀呼一声，仰倒在地，老脸顿时煞白。

皇帝站在他面前，脸色森然："朕本以为，只要不祸乱国之根本，朕便睁一只眼闭一只眼了。可是你的主子胆大包天，竟敢愈发过分了。真当朕愚昧可欺吗？"

冯盛心神俱震，跪地叩头："老奴……"

皇帝阴沉着眉目看着他："你还想说什么？"

冯盛闭了闭眼睛，将头埋在地上："求皇上念老奴侍候您一场，赐老奴一死。"

"死？"皇帝冷冷地看着他，"你这时候死了，岂不是便宜你的主子了？"话落，他道，"这三日内，你就给朕好好地活着，你若是敢死，朕就命人刨出你冯家祖坟，将你祖宗的尸骨全部扔到乱葬岗，狗都不吃，直到暴晒成灰。"

冯盛顿时跌坐到了地上，面如死灰。

能掐住一个太监的致命处，也就是他的祖宗了。

皇帝转过身，对他挥手："滚出去。"

冯盛已经没有劲儿站起来，便慢慢地爬了出去。出了御书房的门，萎在了石阶上。

叶裳与刑部、大理寺、五城兵马司的众人出了御书房后，大家都看着他，等着他示下。

谁也没想到，昔日容安王府内游手好闲、只懂吃喝玩乐、雪月风花、荒唐无稽、没人管教的纨绔公子，有朝一日有这么大的权柄。他至今无官位，只是世袭世子，但手里攥着彻查太后、皇后、贵妃以及朝中重臣大员府邸的大权。

虽然这权柄当下看来只有三日，但这三日里便可以翻一重天。

皇上将轻武卫调给了他一部分，如今又将宫廷禁卫军和御林军都指派给他调遣，这是个什么概念？等于皇上将手中的权力都给他了啊。

叶裳跨出御书房的门槛后，神色还是一如既往地漫不经心与散漫，他见众人都战战兢兢地看着他，笑了笑："众位大人从今日起，就真与我是一根绳子上的蚂蚱了。若是此案办不好，我也就是一个人的头颅悬挂午门，毕竟容安王府就我一个人。但众位大人可与我不同，怕是要满门抄斩的。"

众人身子齐齐一矮，霎时脸白腿软，面容惊惧。

他们都在想，叶世子是初生牛犊不怕虎，刚一入朝，就要做如此翻天大案，他怎么知晓朝局难混，官场难立？无论三日之后查出来还是查不出来，他都会将南齐皇城从皇宫到各大府邸的官员家眷得罪个遍。这翻天之人，势必会引起众怒，为人所不容。

他不怕，可是他们呢？他们怕啊！

叶裳目光扫了众人一圈，见只有朱越神色寻常，没被吓到，他笑了笑："我倒是希望三日之后，能与诸位大人坐在一起吃庆功宴，而不是喝断头酒。"

众人都不出声，想着就算能吃庆功宴，他们以后在官场上怕是也不好混。

叶裳看着他们，神色依旧散漫："众位大人年少时，或者初入官场时，想必都曾经有一番志向，无论是为了报国、为了立一番事业、为了行走出去能高人一等，抑或是为了搜刮些民脂民膏，总之，入得朝堂，做得官员，都是有目的的。不管是达成了，还是没达成，活着总比死全家的好，是不是？"

众人都看着他，一时都被他牵引，想起为何入官场来。不论是被人引荐，还是经过考场，还是捐官，自然都是有目的的。活着当然比死全家好。

叶裳慢悠悠地接着道："查不出此案，一个字，就是死。查出来的话，就算翻了天，皇上是九五之尊，总会稳得住的。如今我们手里拿着刀，若不查等死的话，那么，三日后，就等着别人拿刀了。我想众位大人都是明白人。未来如何，犹未可知。"

众人不由得都提起了些气，觉得叶裳说得有理。

叶裳见话说得差不多了，便转向身后跟着的禁卫军统领和御林军统领，这二人一个叫张林启，一个叫赵振匀。

他吩咐："张统领，你手下的禁卫军，吩咐下去，太后宫、皇后宫、月贵妃宫，百人一队，其他娘娘的宫外，十人一队，都保护起来，即刻起，任何人不准出入宫走动。"

"是。"张统领领命。

叶裳又吩咐："赵统领，调你手下的御林军，将国丈府、王大学士府、晋王府……"他顿了顿，忽然改口，"将京中三品以上官员的府邸都保护起来。"

"是。"赵统领顿时领命。

叶裳摆摆手，二人立即去了。

众人都震惊了，看着叶裳，他用的字眼是保护！有这样保护的吗？

叶裳淡淡一笑，拂了拂衣袖："众位大人，跟我一起去太后宫吧，先从太后宫开始查。从今日起，我们这些人，就要形影不离，为朝廷劳心劳力，吃住一块儿了。三日也很好熬的。我这副身子都能熬得住，众位大人素来体质很好，想必也能熬得住。"

众人无言，对看一眼，虽然人人心中惊悸，但事情已经开头，开弓没有回头箭，只能咬着牙跟着他查这翻天的大案了。

禁卫军十分迅速，一两炷香的时间，便按照叶裳的吩咐，保护起了各个宫殿。

御林军要稍慢一些，但也很快就调动分配妥当，小半个时辰后，也将京中三品以上官员的府邸保护了起来。

今夜虽然不平静，有不少人都没睡，但也没想到会出了如此大的动静。

太后宫、皇后宫、月贵妃宫，以及宫内有品级的妃嫔宫殿，人人惊惧不已。

宫外，三品以上大臣的府邸被御林军围住，水泄不通，也是人人惊惶，不知道突然之间自家发生什么事了。

　　太后本来刚刚歇下，被吵醒，听闻禁卫军竟然围了她的宫殿，勃然大怒，当即就要冲出去找皇上。她人还没冲出宫殿，叶裳便带着一群人来了。

　　太后见到叶裳，顿时大怒："叶裳，你大半夜的来哀家这里做什么？你这是要造反吗？"

　　叶裳从袖中抖出圣旨，身旁立即有人给他提过罩灯，他展开圣旨，借着罩灯给太后看，无奈地道："太后，就算借我天大的胆子，您觉得我敢造反吗？皇上命我彻查今日京中发生的大案，我不敢抗旨啊。"

　　太后凑到近前，见果然是圣旨，写得明明白白，皇宫到宫外，所有人接受彻查。她更是大怒："荒唐！祖宗建立江山至今，哀家就没听说过满京城彻查罪犯连太后的宫殿都要查的。皇上这是疯了不成？欺哀家年迈了吗？"

　　叶裳摇头："皇上也是无奈之举，京中出了连环大案，您想必听说了，皇上都自查了，您是太后，总要给后宫的娘娘们做个表率。况且，谁知道您的宫里是不是进了贼人，皇上也是为了您的安危着想。"

　　太后顿时抓住了字眼："皇上也自查了？"

　　叶裳点头，凑近她，低声说："您是太后，自小看着我长大，我才跟您说这么多。皇上身边的冯公公，您以后估计见不着他在您面前碍眼了。"

　　太后一怔："你说冯盛？"

　　叶裳点头，又压低声音说："今日皇上咳了血，皇上是您的儿子，他若是出了三长两短，别说这江山动荡，就是您的晚年……"他话语适可而止地顿住，"毕竟母子之情，大于旁的情。所谓不做亏心事不怕鬼敲门。我相信太后与这些案子都不曾有关，您不是心狠手辣之人，我查您也就做个样子。"

　　说完，他后退了一步，看着太后。

　　太后本来一腔怒火，叶裳三两句话下来，她便泻了火，听到皇上咳血，她更是面色大变。今日京中发生的事她早就知道了，也惊了个够呛。晋王府都有贼人敢下毒，容安王府都有贼人敢闯，连将军府的三公子都有人敢截杀，若非许云初遇到，她是不信的，以为晋王玩什么把戏，如今却是不得不信了。

　　皇上咳血，可是大事。

　　她就这么一个儿子了，若是他有个三长两短，那么她还能安稳地坐这太后的位置？

　　她挣扎着，见叶裳规矩地站在一旁等着她，与他同来的刑部、大理寺众人都垂着头不敢看她。过了半晌，她咬了咬牙，让开了路，对叶裳说："哀家准你查，查吧。"

叶裳微笑："多谢太后，我就知道您心里还是最顾着皇上的。"话落，他朝身后一摆手，淡若风轻地说，"查。"

太后宫里灯火通明，宫女、太监、嬷嬷、花匠、私库、内殿、厅堂，无一放过，都接受彻查。

半个时辰后，有人呈上一个锦盒，递给叶裳，叶裳打开看了一眼，顿时眯起了眼睛，看着一旁坐在榻上，虽然准了他彻查，但心里怎么都不舒服，沉着一张脸的太后，他问："太后，这是花颜草，您是怎么有一株这样的草的？"

第二十九章
查国丈府

太后一愣，看着叶裳手里的锦盒，似乎没什么印象，转头用眼神询问身旁的嬷嬷。

那嬷嬷走上前，看了一眼那锦盒，也对叶裳摇摇头："奴家不记得太后有过这个东西啊。太后的库房妆匣都是老奴在管的。"

叶裳闻言挑了挑眉，没说话。

太后看着叶裳，问："你刚刚说这里面装的是花颜草，这草怎么了？"

叶裳也不隐瞒，对太后道："今日截杀苏三公子的黑衣人身上便携带有花颜草的味道，这种草极其稀缺，当年边境那一片芳草坡被毁去之后，花颜草几乎在这世上绝迹了。"

太后面色微变。

那嬷嬷也脸色大变，"扑通"一下子跪在了地上，对叶裳道："世子，老奴用人头担保，这个东西定然不是太后她老人家的东西，我们慈安宫从来没有这种草。"

叶裳看了她一眼，不说话。

太后脸色也难看，看着叶裳："哀家不知道宫里何时有了这种东西，连这种草叫什么名字，哀家也不知晓。叶世子，难道你不相信哀家？"

叶裳看着太后，叹了口气："如今不是我相信不相信太后的事，而是这花颜草干系甚大，竟然从您宫里搜了出来。实在令我没想到。"

太后脸色一沉，东西的的确确是从她的宫里搜出来的，她一时也没了话。

叶裳偏头看了刑部尚书和大理寺卿等人一眼，道："当然仅凭这花颜草也不能就此结案说是太后背后所为，还是要查下去。"

太后闻言面色稍缓，看着叶裳，又扫了众人一眼道："哀家身为太后，没道理做损人不利己之事。皇上是哀家的儿子，哀家断然不会害他乱朝纲。这事自然要查下去。"

叶裳颔首："皇上给了我等三日的时间，还望这三日太后好生待在慈安宫，若此事不是太后所为，我定然查明，还太后清白。"

太后看着叶裳，想着这些年她虽然没待叶裳有多好，但看在已故容安王和王妃的面子上，也不曾亏待刻薄了他。但心里依旧没底，叶裳如今权柄可通天，他如今成了皇上手中的剑，保不住以此来斩断她的手脚拉她下马。想到这儿，她心里一紧，软声说："叶世子，哀家这些年待你不薄吧？"

叶裳微笑："太后待我自然是极好的。"顿了顿，他想起了什么，又笑着说，"那日太后召苏府小姐入宫，却在她入宫后，打发走了小国舅，以至于小国舅至今都没见着她，我便知晓太后跟皇上是一条心，心里还是属意我娶苏府小姐的。"

太后一怔。

叶裳不容她细想，便道："太后放心，诸位大人都跟着我一起办案，黑就是黑，白就是白。我定然会秉公办案，只要太后没做，自然是无须担心的，诸位大人都会与我一同公正办案。"

刑部、大理寺等人齐齐点头，保证秉公办案。

太后总觉得叶裳刚刚的话哪里不对，但也说不上哪里不对，她因在自己宫里找出一株涉案的花颜草而心里闹腾，见众位大人齐齐点头，便也只能如此了。

叶裳转过身，对众人一摆手，出了慈安宫。

因在慈安宫搜出一株花颜草，与此案有关，宫廷禁卫军自然不会撤走，即便叶裳和众位大人离开，也依旧将慈安宫围得水泄不通。

太后见叶裳离开，对跪在地上那嬷嬷恼怒道："哀家相信你，将妆匣都给你掌管着，你说，如何会有一株花颜草？"

那嬷嬷跪在地上脸色发白地摇头："老奴每隔一段时日就清点一次妆匣，最近一次清点妆匣是三日前，太后您当时也在老奴身边看着的啊，老奴真不知何时有这么一株花颜草混入了妆匣里面。"

太后闻言竖起眉："那个锦盒的花颜草总不能是凭空出来的吧？这三日，都有什么人来过慈安宫？妆匣还有什么人动过？你的钥匙什么时候可离过身？"

那嬷嬷跪在地上，惨白着脸说："容老奴仔细地想想，定是这三日哪里出了纰漏。"

太后也没办法，只能容她细想。

叶裳和众位大人离开太后的慈安宫后，便前往了皇后寝宫。

自从苏风暖第一次进宫的早上皇帝恼了皇后让其闭门思过后，这些日子以来似乎将她忘了一般，一直将她困在了皇后寝宫。

宫廷禁卫军围住皇后寝宫后，自然也惊动了里面的皇后和一众侍候的人，以为皇后犯了什么事，皇上竟然派了禁卫军前来。

叶裳手中虽然攥着极大的把柄，但也没堂而皇之地闯进皇后寝宫查案，毕竟是皇上的后宫，他站在宫门口，令人进里面禀告了一声。

皇后听说是查案，竟然查到了她的寝宫，她刚要大怒，但听闻太后宫已然首当其冲地查过了，便没了脾气，不再反对。

叶裳令人进入皇后寝宫，仔细地探查了一番。

从皇后宫里搜出了一件黑缎袍子的血衣，血迹依旧亮泽新鲜，显然是刚染上不久。

皇后看着那件从她宫中搜出来的血衣，骇然地道："我宫里怎么有这么一件……"

宫人们早已经被今日这半夜突然查宫的阵势吓坏了，人人惶然不知。

叶裳道："这是件男袍。"话落，他道，"皇后娘娘宫里竟然搜出了染血的男袍，而且血迹极新。"话落，他叹了口气，命人收好那件血衣，也不再多言，向外走去。

刑部、大理寺众人立即跟上他，人人感叹，今日查宫，竟然从太后那里搜出了一株花颜草，从皇后寝宫里搜出一件男子血衣，太后和皇后双双都被查出涉案之物。这实在是让人惶恐。

皇后见叶裳只说了这一句话就要走，顿时大喝："叶世子留步。"

叶裳脚步顿住，看着皇后："皇后娘娘还有何话要说？"

皇后怒道："本宫多日来一直被皇上关在宫中反省，不知这件血衣从哪里来的。叶世子可不能因此就断定本宫谋害人而冤枉了本宫。"

叶裳道："案子还是要继续查下去的。自然不能因为从皇后娘娘您的宫里搜出一件血衣而结案，但这血衣是从您宫里搜出的无疑。"

皇后一噎。

叶裳又道："我和诸位大人只负责查案，最后卷宗都会亲自递交给皇上，一切由皇上评断。若娘娘确实不知血衣从何而来，皇上圣明，定不会冤枉娘娘。"

皇后听闻此话，脸色一灰，怒道："皇上巴不得把本宫废黜，将那个贱人扶上本宫的位置，他能够圣明？"

叶裳闻言当没听到，出了皇后寝宫。

刑部、大理寺众人自然知道皇后口中的贱人是指月贵妃，都当自己耳朵聋了，随着叶裳出了皇后寝宫。

从皇后寝宫出来，一众人前往月贵妃寝宫。

月贵妃数日前一直忧心太子，据说日日以泪洗面，后来听闻太子安然无恙地回宫了，总算安稳了，但太子回宫后，皇上依旧没解了她的宫禁，她见不到太子，食不下咽，日渐憔悴。折腾了这么多天，身子骨终于受不住，病倒了，请了太医院的女医正看诊，女医正开的药方里有安神的药物，她早早便睡下了。

当禁卫军围困了月贵妃寝宫时，她被惶惶然的奴才喊醒，才勉强穿了衣服，带着一副孱弱的病容从寝殿内走了出来。

她似乎连发怒气恼的力气都没有了，听闻叶裳的来意后，便十分配合地点头，接受查宫。

一番仔细彻查后，月贵妃宫内少了一位嬷嬷。

那位嬷嬷是太子的奶娘，太子断奶后，月贵妃便将她养在了身边。

叶裳看着月贵妃，对其的态度比对太后和皇后的态度温和许多："娘娘可知道这人哪里去了？"

月贵妃坐在椅子上，气息虚弱，因喝了汤药，周身尽是浓郁的药气，但她长得极美，即便如今一脸的病容，也掩饰不住她的美貌。她道："太子回京后，本宫在反省，不能去看望太子，便遣了她去替本宫看望照料太子，如今在太子府。"

叶裳额首，对月贵妃恭敬地施了一礼："叨扰娘娘了，娘娘保重身体。"话落，对众人一摆手，同时吩咐禁卫军，"撤。"

禁卫军得令，立即撤出了月贵妃寝宫。

月贵妃虚弱地站起身，也以礼相送："叶世子和诸位大人慢走。"

叶裳带着众人出了月贵妃寝宫。

叶裳与众人出了月贵妃寝宫后，又查了其他宫，皆一无所获，一夜折腾天已经亮了，一行人出了皇宫，前往各大臣府邸彻查。

国丈府首当其冲。

古往今来，历朝历代，御林军围困朝中三品以上大员府邸之事前所未有，今日，也算是开了历史先河。三品以上官员府邸一时间人心惶惶，皆是惊惧不已。

王大学士府和苏府自然也在其内。

国丈在深夜得到管家惶惶然的禀告后，和许云初从书房出来，便看到了墙外肃杀林立的御林军。

国丈疾步来到门口，冷着脸气怒地看着里三层外三层的御林军，对御林军统领赵振匀恼怒道："这是怎么回事？皇上是要查抄老臣府邸吗？老臣犯了何罪？"

国丈毕竟是积威日久，他是太后的亲弟，又是当朝国丈，这一声质问极有气势。

赵振匀身为御林军统领，皇上直辖，自上任后，深得皇上信任，也查抄了不少大臣府邸，虽然国丈积威日久，但他还真不太惧。拱了拱手，他以公事公办的口气道："皇上下旨，命叶世子彻查近日灵云镇和京中发生的连环大案，上到皇宫、太后、皇后和一众有品级的妃嫔，下到朝野，三品以上官员的府邸，一律接受彻查。禁卫军和御林军听候叶世子差遣。"

国丈闻言更是震怒："叶裳一介毛头小儿，他能查出什么？自他上次接旨后，已经几日了？无甚作为。如今皇上竟然又让他不合礼制地查皇宫和朝中三品以上大臣府邸，这岂不是要祸乱朝纲？"

赵振匀道："下官只听命行事，还望国丈配合。"

国丈怒道："我要进宫。"

赵振匀看着国丈，寸步不让地拦着他："叶世子有命，任何人不得出入行走。宫中太后、娘娘已然配合，还望国丈大人不要让下官难做。"

国丈怒极，劈手就要打他。

赵振匀并未躲，国丈的手刚抬起，却被站在他身旁的许云初拦住了，他温和地对盛怒的国丈道："爷爷，三品以上官员都得接受彻查，并不只咱们府邸。近来京城内外多有流言，我们国丈府深受其害，若是叶世子能查清此案，也算是还了国丈府清白。"

国丈转头看许云初，见他眉眼温和，神色一如既往，安然稳当，对于外面长矛林立的御林军并不惶然，他突然有一种自己果真老了的感觉，这份镇定坦然，当下他不及自己的孙子。他压下怒意，放下手，一拂袖，一言未发地折转回府内。

赵振匀见小国舅一句话就将盛怒的国丈劝回府内了，暗想这小国舅果然不负盛名，国丈府大半的态势已然是他说了算了。

许云初看着赵振匀，微笑地问："如此大肆彻查，开古之先河，赵统领可否告知，皇上给了叶世子几日时间？"

赵振匀拱手道："三日。"

许云初向天看了一眼，天色漆黑，他收回视线道："三日时间想了结这么大的连环案，并不充裕。"

赵振匀也觉得叶裳头上是悬着一把刀的，点点头："叶世子在皇上面前立了军令状。若是三日后查不出此大案，便自请头颅悬挂午门外。"

许云初颔首，道："叶世子令人佩服，但愿三日内能了结此大案。"

赵振匀不再说话。

许云初也未回府内，便在门口等着叶裳到来。

天明时分，叶裳带着众人来到了国丈府，一夜折腾彻查，几乎将皇宫翻了个遍，刑部、大理寺等众人都面色困乏，一身疲惫。叶裳也好不到哪里去，走路都带了三分屡弱。

许云初见到叶裳，拱了拱手："叶世子和众位大人想必奔波了一夜，辛苦了，先入府休息片刻，再查不迟。"

刑部、大理寺众人都看向叶裳，想着国丈府和宗室素来不两立，不过近日叶世子查案以来，小国舅屡屡配合，关系便缓和多了。今日国丈府总归是攥在叶世子手里的，不知叶世子如何打算。毕竟太后和皇后宫里都搜出了涉案的物事，若是国丈府再搜出，这事可就不好说了。

对于小国舅的示好，他们都齐齐想着不知道叶世子给不给面子，接不接这个好。

叶裳似乎没多想，便承了许云初的好，揉揉眉心，道："我和众位大人确实累得很了，先歇息片刻也好。"

许云初侧身，做了个请礼。

叶裳和一众大臣进了国丈府。

许云初吩咐管家在会客厅摆了十几张软榻，众人落座后，才觉得奔波了一夜的腿脚总算能歇上一歇了。

叶裳落座后，并不客气，歪在软榻上，舒服地闭上了眼睛。

其余人自然不如他这般舒服，都齐齐地看着叶裳，想着叶世子这副样子，难道要在国丈府睡上一觉不成？

众人这样想着，几乎转眼间，便见叶裳似乎真的睡着了，均匀的呼吸声很快就传了出来。

众人齐齐愕然，叶世子睡得也太快了。

许云初似乎也没料到叶裳刚沾到软榻说睡竟然就睡了，他也愕然片刻，便失笑道："叶世子近来连番遭受大难，身体想必一直强撑着折腾了一夜，如今是支撑不住了。"顿了顿，又道，"众位大人也趁此歇上一歇吧。"

众人也确实疲乏了，有叶裳带头，自然也没了顾忌，齐齐点头，也都效仿。

不多时，会客厅内便睡倒了大半。

朱越却没有困意，接过国丈府婢女斟来的茶，一口一口喝着，杯盏拿得极稳当，不见失礼。

许云初看着朱越，笑道："朱大人不累？"

朱越摇摇头："也有些累，不过我自小便习些拳脚功夫，这点儿劳累还可以承受。"

许云初笑着点头，不再多言。

朱越见他不说话，自己也不说话，闲适地喝着茶。

半个时辰后，有些强撑着没睡的人也都熬不住困顿，相继睡着了。有几位大臣还打起了呼噜，朱越依旧没困意，稳稳当当地坐着。

许云初看着他，眸光不由得露出几分赞赏。

叶裳慢慢地睁开了眼睛，看了朱越一眼，又扫过许云初，在一片呼噜声中轻轻地说："小国舅可知道昨夜我等在宫中并不是没有收获，从太后娘娘的宫里搜出了一株花颜草，从皇后娘娘的宫中搜出了一件男子的血衣。"

许云初面色微动，看着叶裳，没说话。

朱越仿佛没听见，依旧安稳地坐着。

叶裳又补充道："从月贵妃的宫里什么也没搜出来，不过太子的奶娘不在月贵妃宫里，据说在太子回京后，便去了东宫伺候。"

许云初面色又动了动。

叶裳看着他，又道："宫中目前除了太后宫和皇后宫，其他地方都解了禁。"

许云初抿了抿唇，没言语。

叶裳又道："我在皇上面前立了军令状，三日之内，定给皇上交代。若三日之内查不出此案，我自己就去午门外悬头示众。如今已经过了一夜，查出了太后和皇后与此案牵扯，也不算没有收获。"

许云初看着他，知道他还有未尽之言，便等着他继续说。

叶裳果然又道："我对这条小命爱惜得很，小国舅素来聪明，你帮我推断推断，看看就目前的形势来看，我能保住这条小命吗？"

许云初闻言失笑："叶世子福禄绵长，吉人天相，保住命是一桩小事而已。"

叶裳笑了一声："我与小国舅也算是自小相识，但不曾深交，竟不知小国舅如此会说话。"话落，他慢慢地坐起身，双脚沾地，下了软榻，走到桌前，自己动手倒了一杯茶，端着并没有喝，而是晃着杯盏，对许云初道，"许氏一门出两后不易，国丈府有今日也不易。小国舅不如再说说，就目前的形势来看，国丈府还能走多远？"

许云初心神一凛，正色道："国丈府食君之禄，忠君之事，这些年，虽势大，但不曾害君半分，若我支撑国丈府门庭后，总能走得更长远一些。"

这话的言外之意说的便是他这一代的事了，国丈府改了支撑门庭之人，那么这南齐江山的帝王朝臣，也是以新代旧了。

叶裳微笑："我相信国丈府与这些大案无关，但查到此时，太后和皇后却由不得我不信查出了与此案的牵扯。也保不准国丈府再查出什么来。小国舅以为，在这国丈府，我能查出什么来呢？"

许云初看着叶裳，叹了口气："不瞒叶世子，我昨日晚上从晋王府回来后，便暗中清查了国丈府，并没发现什么，但今日我却也不敢肯定地说国丈府定然查不出什么。"顿了顿，他道，"叶世子只管查就是了。"

叶裳看着他："若是真查出什么，干系国丈府，事体极大的话……"

许云初眉目清明，也看着叶裳，一字一句地道："若有人将手伸入国丈府，连我也发现不了，当真厉害至极。叶世子若是就此结案，国丈府一门染血，那么也是国丈府活该运数尽了。"

叶裳闻言颔首，举着茶盏对许云初示意。

许云初伸手也端起茶盏，与叶裳隔着些许距离碰了碰。

二人茶盏碰完，都未饮茶。叶裳放下了杯盏，对朱越道："将诸位大人喊醒，查国丈府。"

朱越点头，站起身，逐一喊醒睡着的众人。

刑部、大理寺诸人被喊醒，便听到叶裳说了一个"查"字，齐齐心神一凛。

小睡了一觉，到底养回了几分精神，人人都觉得似乎回血了一般，打起了十二分精气神。

叶裳一声令下，御林军涌入，对国丈府大肆彻查起来。

国丈府极大，占地百亩，屋舍院落、亭台楼阁极多，一时间，便听到人声惶惶嚷嚷，事物叮叮当当，动静极大。

将自己关在书房里的国丈终于忍不住，在御林军敲书房门数次后，从里面怒气冲冲地冲了出来。

许云初先一步稳住国丈，压低声音说："爷爷，这些年，您心里也一直没忘君重臣轻，我们国丈府能有今日，是得沐皇恩。太后、皇后，两代至今，得先皇、皇上君恩，国丈府才顺顺当当，位极人臣。"

国丈一腔怒意，顿时暂歇。

许云初对御林军统领摆手，温声说："赵统领，查吧。"

赵振匀对国丈拱了拱手，带着人便进了国丈府书房。

半个时辰后，他从国丈的书房出来，拿出了一本奏折，递给了叶裳。

国丈见此，大怒："那是本官写给皇上的奏折，还未呈递上去。"

叶裳没说话，打开奏折看了一眼，眸光眯了眯，再抬头，却是目光清冷："国丈呈递给皇上的奏折里竟然放了半步死的毒药，是想毒死皇上吗？"

国丈大惊，继而大怒："叶裳，你胡说什么？本官怎么会毒死皇上？"

叶裳不说话，将奏折递给许云初。

许云初也愣了片刻，才上前接过，打开一看，面色大变。

这本奏折确实是国丈所写，是他昨日晚上写的，请皇上撤回叶裳彻查这些案件的奏折，字里行间，极其不满叶裳。里面的折页已经泛黑，那黑色不同寻常，是以赵振匀见了，立即拿出来给了叶裳。

许云初识得，这是半步死无疑，只要沾染上这毒，半刻之内，生命息止。

他面色变了几变，转头对盛怒的国丈道："爷爷，这上面的确涂有半步死。"顿了顿，他解释，"也就是和昨日叶世子在晋王府所中的剧毒一样。"

国丈也惊了，睁大眼睛看着许云初。

许云初对他肯定地点点头。

国丈顿时怒道："不可能，这奏折昨日我写时你也在的。除了你我碰过，不曾有任何人碰过。"话落，他立即摇头，猛地转向赵振匀，怒道，"是你，你刚刚在奏折上做了手脚，想害我国丈府。"

赵振匀冷着面容道："国丈请谨言慎行，我查国丈书房时，几位大人都跟着在下，亲眼所见的。众目睽睽之下，我怎么能害国丈？"

国丈一噎。

这时，后院又有人奔来，朱越手里拿着一件女子衣服和一方锦盒，他先将那件衣服递给叶裳，对他道："这件岭山织造的沉香缎做成的衣服是在国舅夫人厢房里找出来的。"

许云初又面色惊异地看向那件衣服。

叶裳接过衣服，伸手展开，只见裙摆处少了一片衣角，他从袖中拿出离陌死前攥着的那一块衣片，对接其上，竟然严丝合缝。

这衣片竟然真是这件衣服上的。

许云初上前一步，看着叶裳手里的衣片，问："叶世子，这衣片是哪里来的？"

叶裳对他道："昨日一名死者手里攥着的，他是我请进京来帮助查案的与易疯子一样的独臂人。被人杀了，死前就攥着这个。"

许云初点点头，不再说话。

叶裳将那件衣裳又递回给朱越，朱越接过，将他手里的一方锦盒递给叶裳。

叶裳打开那方锦盒，只见里面是一排穿骨钉，他挑了挑眉，问朱越："这两件物事都是从国舅夫人屋子里搜查出来的？"

朱越点头："正是。"

许云初想到了什么，面色忽然白了白。

国丈大怒："这一定是有贼人陷害我国丈府，老臣要进宫去求皇上做主。"

叶裳挥手拦住他，面容清淡地道："国丈要呈递给皇上的奏折里竟然涂抹了半步死，这着实吓人。幸亏昨夜皇上下旨，命我及时彻查此案，御林军封了国丈府，今日您才没办法上早朝。若是让您上朝的话，这本奏折此时早已经到皇上手里了，皇上看过您的奏折后，那后果才是真正的不堪设想。国丈想想，皇上此时会见你吗？"

国丈面色大变，气怒道："老臣多年来，从不曾做害君之事，老臣若是想害皇上，又何必等到现在？老臣早就……"

"爷爷。"许云初拦住国丈的话，声音依旧温和，"既然在咱们府中查出这些东西，多说无益。"

国丈看着许云初，抖了抖嘴角，面色一灰，几乎落下泪来。

他没想到昨日他在书房写的奏折竟然被涂抹了半步死，而许云初娘的院子里竟然搜出了涉案之物，岭山织造的沉香缎做的衣服与涉案之物严丝合缝，穿骨钉与谋害叶裳和灵云大师的物事一模一样。他几乎觉得突然之间天都塌了。

这么多年，皇帝大婚亲政后，一直受太后和国丈府压制，一晃二十多年。他心里清楚，皇上对国丈府势大已然不满，但依附国丈府的势力盘根错节，在此推动之下，由不得他退避，只能咬着牙支撑着。

他的儿子早死，但孙子俊秀出众，才华横溢，是支撑国丈府门庭之人，他就想把最好的国丈府交给他。他是怎么也没想到今日竟然在国丈府内搜出这些东西。

昨日许云初回府后，说了叶裳在晋王府中毒，京中有人作乱截杀苏青，有大批人夜闯容安王府，没有牵扯国丈府，他都没怎么当回事，想着皇上扶持宗室，扶持叶裳，实在可笑。叶裳连区区毒茶都躲不过，真是扶不起来，枉费皇上在他刚踏入朝局便交给了他这么大的案子。

他也没想到，半日之间，风云突变，国丈府便成了谋害皇上、谋害叶裳、密谋杀人之地。

他身子不由得哆嗦起来，又气又怒，几乎喘不上气，沉痛道："老臣一生，孤傲有之，奸诈有之，趾高气扬不将群臣看在眼里有之，但从不曾谋害皇上。"话落，他欲奔走撞墙，"皇天后土在上，老臣愿以死明志。"

他刚疾奔两步，还没撞到墙上，便被许云初纵身拦住，沉声道："爷爷，这些证物也还不足以结案说是我国丈府所为，此案未结，您便不能死。"

国丈看着许云初。

许云初挥手砍在了他脖颈上，将他劈晕了过去，随即伸手接住他的身子，看着叶裳道："爷爷一时受不住，晕过去了，叶世子若是安排处置，请容我与爷爷一起，就近照料他。"

叶裳看了一眼被许云初劈晕过去的国丈，面色淡然地点了点头，转身对众位大人道："国丈府搜出涉案之物，其中以奏折中抹有半步死谋害皇上之事尤其大，本世子以为，即刻将国丈府所有人押入天牢，听候庭审。众位大人以为如何？"

刑部、大理寺众人互相看了一眼，齐齐点头："叶世子言之有理，我等并无意见。"

叶裳看向许云初："小国舅还有什么要说的话，或者要禀皇上之事，本世子稍后进宫，可以帮你代传。"

许云初摇头："多谢叶世子了，我没有要说的话。"

叶裳额首，对赵振匀道："将国丈和小国舅押入一间牢房，吩咐下去，严加看管，不得懈怠。"

"是。"赵统领一挥手，御林军涌上前押人。

不多时，国丈府除去奴仆后，血亲旁亲嫡出庶出的所有人都被押解了出来，带走押入天牢。

许灵依是国丈府小姐，自然也不例外。她被押出来后，小脸发白，心惊不已，看着立在一众官员中间的叶裳，他有些疲惫，但依旧难掩风华，那容貌和风采真是举世无双，她不由得呼喊："叶世子！"

叶裳转头瞥了一眼，见到了花容失色的许灵依以及在她身边一起被押着的国舅夫人。

这位国舅夫人，是许云初和许灵依的亲娘，自从几年前国舅病死，这位国舅夫人便深居简出，不出府与京中各府夫人走动了。

叶裳记得上一次看到她，还是在一年前的宫宴上。

他只扫了一眼，便移开了视线，对赵振匀摆了摆手。

赵振匀一挥手，带着人将呼喊的许灵依拖了下去，同时，国丈府数十人，齐齐被押往天牢。

国丈府的仆从们没想到半日之间国丈府的天就变了，众人跪在地上，面如土色，生怕被殃及，也跟着主子们一起被押入天牢。

国丈府众人被押入天牢后，整个国丈府静了下来，一时间，偌大的国丈府，有一种衰败如山倒的感觉，凄清苍凉，还未入秋，风里便有丝丝的冷意。

叶裳倒是没为难国丈府仆从，对众人一挥手，带着人撤出了国丈府。

第三十章
表露心思

国丈府被查抄，国丈府众人被押入天牢的消息在叶裳迈出国丈府门槛后便传了出去。

京中顿时掀起轩然大波。

谁也没想到，半日之间，国丈府的所有人就锒铛入狱了。

朝中三品以下官员的府邸虽未被围困封锁，但同样人人自危，闭紧府门，不敢走动。京中百姓听闻国丈府被查抄、国丈入狱后，高兴者有之，悲伤者有之，惊诧者有之，恐慌者有之……

总之，这一件大事令京中再掀风云。

不过朝中三品以上官员的府邸都被御林军封锁包围，飞鸟难度，自然没得到消息。

叶裳等众人出了国丈府后，便前往丞相府。

御林军封锁的丞相府内，并不见惶惶乱象，丞相府府门大开，等着御林军进府彻查。

叶裳带着一众人来到丞相府后，便见丞相和孙泽玉站在门口，不等他说话，丞相便开口道："叶世子和诸位大人辛苦，不必耽搁工夫，尽快入府彻查吧。"

叶裳微笑拱手："多谢相爷配合。"话落，他对身后一摆手。

御林军鱼贯而入。

丞相府众人显然是早就得了丞相吩咐，所以，都极其配合，无人惊慌失措嚷叫。

丞相背手而立，看了片刻，对叶裳平和地道："皇上昨夜便下了圣旨，叶世子如今可有收获？"

叶裳也不隐瞒，道："太后宫里、皇后宫里、国丈府，均有收获，且收获不小。国丈府所有人已经被押入天牢。"

301

丞相一怔，平和的面色终于有了惊异之色，看着叶裳："国丈府所有人已经打入天牢？包括国丈？"

叶裳点头。

丞相立即追问："是皇上下的旨意？"

叶裳摇头："皇上全权交付给我查案，是我做主，将国丈府所有人押入天牢。"

丞相又是惊了惊："国丈府中查出了什么，竟然让叶世子将国丈府所有人押入天牢？国丈府根基极深，如今动了国丈府，万一京中动乱可怎生是好？"

叶裳道："国丈书房中搜出了昨夜国丈写的奏折，本来今日打算上朝呈递给皇上的，里面的折页抹了剧毒半步死。且从国舅夫人院落中搜出了与案件有关的岭山织造的沉香缎和穿骨钉。若非昨日皇上下旨令我查案，及时封锁了国丈府，今日国丈一早上朝，皇上看了奏折的话，便也会如我一般中毒，苏三公子手里只有一株千年雪莲，短时间再难寻一株千年雪莲解毒，后果不堪设想。"

丞相惊骇："原来如此！"

叶裳不再说话。

丞相看着叶裳，一时也没了话。他犹记得，当年叶裳被苏澈送回京时，不过是稚子之龄，没了容安王和王妃庇护，失怙之下，在京中渺小得几乎与尘埃等同。后来，他长大了一些，便整日里与一帮纨绔子弟胡闹贪玩，时常逛红粉香楼，不务正业的名声便传了出来。

这些年，几乎所有人都觉得容安王府这位小世子废了，可是，在众人看不见的地方，他今日竟然手握着通天的权柄，刑部、大理寺、五城兵马司、禁卫军、御林军都受他驱使，几乎一夕之间就将国丈府打入了天牢。

多年来，皇上一直想压下国丈府的势力，如今却是被他真正一踩到底了。

他心中既惊且叹，暗想着，国丈府若真是因此再无希望，满门抄斩的话，他可能震住那些国丈府根基下盘根错节的网不让其动乱？

孙泽玉也看着叶裳，他是真真正正被丞相教养的名门清流府邸的君子，虽然自幼与叶裳相识，但因他的教养与叶裳的没教养不同路，所以，也只是相识而已，并没有多少接触。

他今日看着叶裳，发现这位被传扬得名声无比不堪的叶世子，与以往所见，多有不同。他虽然依旧闲闲散散地站在那里，带着几分漫不经心和随意，但负手而立的身影却堪堪与他父亲平等比肩，周身的气度，丝毫不逊于他父亲在丞相的位置上坐了多年的气度。

这一点，他自认比不上。

叶裳自然看到了孙泽玉对他的打量和赞叹，他微微一笑，对他道："苏小姐日前与我说，泽玉兄的箫吹得是极好的，改日若是得闲了，我也想听一曲泽玉兄的箫。"

孙泽玉一怔。

叶裳依旧微笑，用很轻的声音道："难得听她夸谁呢。"

孙泽玉见叶裳眼睛里的笑容仿佛透进了光，那光尤其刺目，他不由得移开了眼睛，脑中有什么快速地蹿过。他忽然心神一凛，又转回头，惊疑地看着叶裳。

叶裳浅笑扬眉："不知泽玉兄赏不赏我这个脸？"

孙泽玉心中翻滚了片刻，几乎呼吸不稳，最后勉强稳住了心神，慢了半拍地说："叶世子相请，不过一曲耳，若是得闲，只要叶世子不嫌弃，自然好说。"

叶裳微笑："那就这样说定了。"

孙泽玉点点头。

孙丞相立在一旁，听着二人言里之意，言外之音，哪有听不明白的？一时间也不由得多看了叶裳两眼，心中暗想，原来皇上要赐婚苏府小姐，叶世子是同意的，枉他也听了不少他嫌弃苏府小姐的传言，当真也以为他厌恶苏府小姐，原来不是。

他又想到他的夫人似乎有意等太后和皇上的心思歇了替自家儿子求娶苏府小姐，如今看来，是别想了。

他又看了一眼儿子，见他与叶裳说完几句话后，便神色黯然，他想着，幸好与苏府小姐接触得少，希望他还没对那女子上心。只要不上心，便不至于伤了情。

遇到喜欢的东西，这叶世子向来是要想方设法弄到手的，有时候连皇上的好东西也要缠着淘弄到自己手里。如今，他对苏府小姐有心，且又站在了这么个有权柄的位置上，自然是不罢手了。

他暗想，此事一了，他一定要警告夫人一番，赶紧收了心思，切莫再做那个打算了。

半个时辰后，丞相府彻查完毕，并未发现有任何不妥。

叶裳笑着对孙丞相道："叨扰相爷了。"

丞相摇摇头："辛苦叶世子和诸位大人才是。"

叶裳挥手，吩咐道："撤！"

众人领命，封锁了一夜的御林军撤离了丞相府。

叶裳对丞相拱了拱手，带着一众大人告辞，前往下一处府邸。

御林军撤去封锁后，丞相府众人被解了禁，丞相目送叶裳和一众人走远后，对孙泽玉道："你回府安抚一番你娘和你妹妹，我进宫去见皇上。"

孙泽玉点点头。

丞相见他神色颇为黯然，伸手拍拍他肩膀，道："大丈夫何患无妻。苏府小姐是不错，但性子总归是太过随意跳脱了些，与你性情相差甚远，也不见得是良配。而且苏府攥着百万兵权，到底是个烫手山芋。叶世子对她有心，也顺了皇上的意，估计此事早晚会成。你万勿伤情，为父总会给你择一个如意的女子。"

孙泽玉被丞相说得有些窘迫，垂下头，低声说："爹爹不必宽慰我，儿子晓得。叶世子自幼失怙，无可依傍，十分不易，若他真心喜欢苏小姐，儿子自然不会再去劳神。"

丞相点点头，不再多言，出了丞相府，急急向皇宫而去。

孙泽玉在丞相离开后，抬起头，在门口站了片刻，怅然失笑，转身回了府内。

孙夫人和孙晴雪的内宅也被彻查过，虽然丞相早有嘱咐配合，让她们安心，但到底还是有些许紧张惶然，如今御林军撤退，母女二人总算松了一口气。

孙泽玉回来后，与母女二人说了一番话，二人在听说太后宫、皇后宫、国丈府都查出涉案证物，国丈府所有人被打入天牢时，都心惊不已。

最后，孙夫人又询问叶世子还说了什么时，孙泽玉犹豫了一下，还是将他提到苏风暖的事说了。

孙夫人听罢，愣了半晌，才问："叶世子的意思是……他喜欢苏府小姐？"

孙泽玉没说话。

孙夫人转头看向孙晴雪。

孙晴雪也正在愣神，见孙夫人看来，她琢磨了一番，有些可惜地道："叶世子这话说得明白，苏小姐对他夸了哥哥箫吹得好，他便要听哥哥吹奏一曲，显然是在意苏小姐。本来我很喜欢她，还想她做我的嫂嫂，看来是不能作此想了。"

孙夫人也道了一声可惜，看向孙泽玉，见他对此事面色似乎十分平静，便暗暗想着幸好她儿子只见了苏风暖一面，虽然有些好感，还不至于到伤心伤情的地步，便对孙泽玉保证："娘再给你另选一门好亲事。"

孙泽玉笑了笑："儿女婚事，本就该父母做主，娘看着选就是了。"

孙夫人闻言彻底放心了。

丞相府解了禁，丞相匆匆入宫时，叶裳带着众位大人继续彻查其余府邸。

王大学士府、苏府、晋王府、景阳侯府……

苏夫人趁着无人注意时，低声问叶裳："小裳，暖儿呢？"

叶裳压低声音回她："昨夜她听闻凤阳镖局被人挑了京城百里内的两大分舵后，便急追着风少主出城了。"

苏夫人一惊："她怎么会去追风少主？"

叶裳笑了一下："凤少主若是出事，不堪设想，她去追他是为了大局考量，伯母放心。"

苏夫人松了一口气的同时，又紧张起来："她会不会出事啊？外面如今这么乱。"

叶裳摇头："凭她的本事，要出事也只能是别人出事，伯母宽心吧。"

苏夫人见他说得如此肯定，如此相信苏风暖，又想到那小丫头在外面跑了这么多年，没见着她哪回吃过亏，这样一想，便放心了下来。

丞相匆匆来到宫门，只见宫门紧闭。

有人在宫墙上向下看了一眼，认出是丞相，拱了拱手："丞相大人，皇上有旨，休朝三日，谁也不见。"

丞相道："老臣有紧要的事，求见皇上。"

宫墙上那人道："皇上有旨，除非边关告急的军事，才可觐见，其余任何事，一律三日后再说。"

丞相无奈，看着那人试探地问道："国丈府所有人都打入了天牢，皇上可知？"

那人道："叶世子已经于一个时辰前命人禀告给了皇上，皇上自然知晓。"

丞相闻言彻底没了话，皇上既然知晓，又下令休朝三日，也就是说，任何事情都要留到三日后再决断了。他在宫门口站了片刻，只能折返回府。

丞相府马车刚离开宫门不远，又一辆马车缓缓而来，挂着东宫的车牌。

那辆马车来到近前停下，帘幕挑开，太子探出身子，喊了一声："丞相。"

丞相闻声吩咐车夫停下马车，撩开帘幕，见是太子，连忙拱手："太子殿下。"

太子倚着车壁，面色带了三分病态，见丞相府马车停下，他温声问："丞相是从宫中出来？可见到父皇了？"

丞相摇头："皇上说休朝三日，谁也不见。除非军情大事，其他事一律搁置。老臣没能进得了宫门，便被打发回来了。"

太子闻言似乎叹了口气："这样说来，父皇怕是连我也不见了。"

丞相看着太子，试探地问："殿下进宫是为了看望皇上还是……"

太子摇头："听说母妃病了，我是想求父皇准许我见见母妃。"

丞相闻言道："太子可以前往试试，皇上念太子殿下一片孝心，应会准许。宫中除了太后宫和皇后宫禁卫军未撤，其余宫都解了禁。"

太子点点头："我去试试，丞相慢走。"

丞相拱了拱手，落下帘幕，马车与东宫的马车错身而过。

太子来到宫门，守卫宫门的人见到他，依旧如丞相来时一般，言："皇上有旨，休朝三日，谁也不见。"

太子禀明来意，请人去通报。

守卫宫门的人犹豫了一下，还是去通报了。

不多时，守卫宫门的人回禀："皇上说了，月贵妃没事，已经命太医院的女医正仔细看诊了，身子并无大碍，太子请回吧。您身体不好，皇上命您仔细调理身子。"

太子默然地点了点头，驱车折返回太子府。

从国丈府所有人被押入天牢，京中掀起轩然大波后，无数双眼睛盯着下一个会如国丈府一般下场的府邸，毕竟多年来，国丈府积威已久，朋党众多，可是叶裳带着人一家家彻查过去，却都再无涉案关联，随着一家家府门解禁、御林军撤走，也将无数人心中的恐慌减去了大半。

两日后，随着最后一家三品官员府邸的府门解禁，所有人的目光又放回了国丈府。

还有一日，便是叶世子结案之期。

这时，几乎所有人都相信，东湖画舫沉船案、灵云寺谋杀案、晋王府投毒案、苏青截杀案、容安王府劫尸杀人案，都是国丈府所为。

国丈府多年来权势滔天，有实力为之，有动机为之，想要谋害皇上，谋朝篡位。所以，制造一系列事件害人，以乱朝纲。如今证据确凿，理当结案。

两日时间，京中喧喧嚷嚷，都视国丈府为大恶。

这两日，苏风暖离京后，杳无音讯，一直没回来。

第三日，到了叶裳军令状所立期限之时，宫门解了禁，朝中文武百官都早早地等在了宫门外，宫禁一解，便都前往金銮殿而去。

朝中大半依附国丈府的官员，这几日个个自危，虽然叶裳除了破案，并未彻查别的旧案，但他们想着皇上想除去国丈府之心已久，如今把柄在手，难保不借此机会连根拔起、朋党尽除。

早朝上，文武百官林立，往日国丈站的位置今日无人。

皇帝进入大殿，文武百官的目光"唰"地看了过去，只见皇帝面色寻常，看不出喜怒，他身后的冯公公低眉敛目，亦步亦趋地跟着，倒是与往常大不相同，连头也未抬。

皇帝坐去了金椅上，群臣惊醒，齐齐跪地朝拜，山呼万岁。

皇帝扫了一眼往日国丈所站的位置，神色动了动，随后移开，看着群臣问道："诸位爱卿，可有本奏？"

众人垂首而立，无人应答。

皇帝又问了一遍，依旧无人应答。

皇帝见无人奏本，便开口道："看来今日众位爱卿无本要奏，但朕却有一事要当殿来办理。"

众人闻言心神齐齐一凛。

皇帝开口道："宣叶裳和刑部、大理寺一干查案之人上殿。"

传旨的公公扬声高喊，一声声传了出去。

不多时，叶裳与一众人等进了大殿。

叶裳的手里拿了厚厚的一叠卷宗，进了大殿后，随意地扫了众人一眼，行止步履一如平日一般懒散随意，走入金碧辉煌的大殿就如走入自己家一样坦然。

众人的目光随着他的走近，都落在了他手里的卷宗上。都齐齐地想着，叶世子手里拿的这么多卷宗应该都是关于国丈欺君祸乱的证据。如此多的卷宗，怕是将国丈府满门抄斩亦不为过。迄今为止，宫里的太后和皇后依旧被禁卫军封锁着，并未撤离。

国丈府这回怕是真的要自此灭绝了。

有不少人想着，自家的闺女听说小国舅被押入天牢伤心伤情不已，那般文武双全的年轻男子，年仅弱冠，可惜了。

叶裳走到殿中，停下脚步，对皇帝叩拜之后，呈递上了卷宗："这是臣查出的涉案卷宗，请皇上过目。"

皇帝看了一眼，沉声道："呈上来。"

冯盛颤着身子下了台阶，接过叶裳手里的卷宗，又颤着身子上了台阶，颤着手交给了皇帝。

群臣齐齐地想着冯公公也老了。

皇帝接过卷宗，拿在手里，逐一翻过，随着他的翻阅，脸色也越来越难看。翻到最后一张时，竟然勃然大怒，劈手将所有卷宗摔在地上，怒道："欺朕好愚，其心可诛！"

群臣身子齐齐一哆嗦，更是头也不敢抬，不敢言声。

皇帝盛怒地看着叶裳："朕将此案交给你，你果然给朕查得好！"

叶裳面色不变，坦然地道："据实以查，不敢懈怠，不敢有负皇上信任。这些卷宗里所述，皆属实。人证、物证俱全。"

皇帝怒道："好一个人证、物证俱全，朕真没想到，诸多案子，竟然祸起于朕的后宫，着实可恨！"话落，他道，"来人，将月贵妃给朕拿来。即刻去！"

叶裳看着皇帝："月贵妃武功极高，去少了人怕是也不抵用。"

皇帝怒道："禁卫军、轻武卫，都去给朕拿人！"

"是！"有人领命，出了大殿。

群臣本来竖起耳朵以为会听到国丈的名字，可是没想到竟然牵扯出月贵妃，都齐齐惊讶地抬起头看着一脸盛怒的皇上。

月贵妃怎么了？

难道月贵妃勾结国丈谋反？

皇帝见群臣都露出惊讶之色，他怒极而笑："你们都没想到吧？这些日子，从灵云镇到京城，谋划诸多案子的背后之人，竟然是朕后宫的女人，是朕的宠妃。"话落，他咬着牙，"月贵妃，枉朕宠她。"

群臣齐齐心惊，有人忍不住脱口问："不是国丈？"

"国丈？"皇帝摇头，怒笑，"国丈也是被人陷害。"

群臣闻言一片哗然。

国丈府被搜出证物，搜出谋害皇上的证据，国丈府所有人被打入天牢，怎么到头来祸首却是月贵妃？

群臣都齐齐地看着皇帝。

皇帝看了一旁身子不停地颤抖的冯盛一眼，怒道："狗奴才，你将卷宗都捡起来，将月贵妃的十几宗罪念给众位爱卿听，让他们知道那个女人在背后都做了什么！"

冯盛"扑通"一声跪在了地上，颤抖着手捡起卷宗。

大殿中响起冯盛颤抖的声音：

"月贵妃买凶，雇江湖杀手门杀手易疯子于灵云镇东湖画舫谋杀容安王府世子叶裳。

"月贵妃为害叶世子，驱使凤阳镖局七十三分舵舵主冯超在灵云镇东湖里铺设铁网，派下杀手，使叶世子所乘坐之船沉船，意图谋害。

"叶世子大难不死，得凤阳镖局相救后，月贵妃一计不成，又驱使皇上身边的总管大太监……冯盛……对太子……"

冯盛念到此，白着脸抬头，看向皇上。

皇帝面色铁青："继续念，一字不差地给朕念。"

冯盛应了一声是，继续念道："对太子……下无伤花之毒，毁……太子之身。"

群臣听到冯盛的名字，齐齐睁大眼睛，不敢相信地看着跪在皇帝脚下颤抖地念圣旨的他。

王禄站在百官中，也跟众人一样，惊异地看着冯盛，当日太子中毒，这位冯公公快马回京禀告，连夜与他前往容安王府请叶裳出京去求云山真人，没想到下毒之人竟然就是他自己。

是了，太子外出，身边侍候的人只他一人跟随，五千御林军随护，将之保护得密不透风，只有他有下手的机会。

"灵云大师为太子解毒，月贵妃怀恨在心。灵云大师为叶世子配药，眼见药成，月贵妃为防灵云大师将药交给叶世子，趁灵云寺大做法事抽不开身时，设机关以穿骨钉谋害灵云大师。

"灵风大师酷爱钻研医术，月贵妃为防灵风大师坏事，便命人放出灵云寺山下有人出售凤灵草的消息，灵风大师抛下法事，寻下山去，错过了能给灵云大师医治的时间。但他也因此撞破了月贵妃的阴谋，被月贵妃派人残忍杀害，抛尸乱葬岗。

"易疯子本是月贵妃一母同胞兄长，为了不泄露月贵妃身份，易疯子自尽而死。

"易疯子死后，叶世子为引出幕后之人，请了江湖上一个独臂人来京相助，但是半途中消息走漏，被月贵妃派人截杀，死时手里攥有一片岭山织造的沉香缎。

"易疯子的老相好风美人在与易疯子相处之时，多少窥得些易疯子和月贵妃交情隐秘之事，月贵妃为了防患于未然，在叶世子命人将风美人带入京中之时，沿途大肆截杀，使得风美人重伤。

"风美人受重伤被带入容安王府后，月贵妃又设下连环计谋，驱使冯盛以皇上咳血为由，私下告知晋王，晋王请叶世子入府后，月贵妃埋在晋王府的暗桩趁机对叶世子下剧毒半步死。

"叶世子中毒后，苏三公子带着解药前往晋王府的途中，遭遇月贵妃亲自截杀。

"国丈府小国舅恰巧路过救了苏三公子后，月贵妃眼见截杀不成，便带着人闯入容安王府杀了风美人，又劫走了易疯子的尸体，重伤了公子叶昔。

"月贵妃有一同门师妹，是国丈府国舅夫人。岭山织造的沉香缎便是她所穿，截杀独臂人离陌的女子也是她。行凶后，她的证据便留在了自己的院中，以待彻查时，被翻出来，祸害国丈府。国丈书房里奏折上的剧毒半步死，也是她潜入涂抹，不惜毁了自己也要毁掉国丈府。

"太后宫里的花颜草是月贵妃所放，皇后宫里的血衣本是月贵妃所穿，意图嫁祸皇后。

"凤阳镖局一夜之间被挑了两大分舵，是因凤阳近日查太子中毒之事，查出了些眉目，查到了月贵妃身上，月贵妃便命人对凤阳镖局下了杀手，意图黑夜引凤阳出城，将之一并杀害。

"因三日前叶世子连夜进宫，请皇上下旨彻查，皇上准奏，叶世子第一时间封锁了后宫，月贵妃无法出宫，太子乳母独自一人未曾杀得了凤少主，被凤少主所擒。已招罪。

"天牢中，国舅夫人也已经招罪。

"月贵妃罪行累累，身为后妃，却不沐皇恩，身为太子亲母，却不视亲情，所行恶事，罄竹难书。"

……

大殿中落针可闻，冯盛颤抖地念着月贵妃所行之事。

满殿皆惊。

任谁也想不到，这些事情都是一介后妃所为，任谁也想不到，月贵妃竟然连太子也害。她害叶世子也就罢了，可是竟然连自己的亲生儿子都能下得了毒手。

为了什么？

所有人都心中暗问为了什么。

这些年，月贵妃护子是出了名的，生怕太子冷着冻着饿着累着，生怕他一不小心就被人害了，日日将他保护在东宫，几乎步不离地看顾着。所谓虎毒不食子，她护着太子有目共睹，可是为何竟然要害死太子？

无伤花之事，以前甚少人知晓，如今皇上不避讳地让冯盛将这一宗事公之于众，任人想破头也想不出来，月贵妃为何竟然歹毒地让冯盛给太子下剧毒无伤花。

所有人，不得其解，都看向大殿正中站着的叶裳。

叶裳面对众人看过来的目光，神色浅淡，随意道："月贵妃出身岭山，但自小拜入鬼山派习武。二十多年前，鬼山派出了一位武学奇才萧玥，改了鬼山派武学功法，鬼山派八位长老在与之较量时，被其毒辣招数所害，八位长老一夕死亡，宗主大怒，将之逐出了门墙。这个人就是女扮男装的月贵妃。

"二十多年前，因我父亲督办岭山织造的沉香缎，前往岭山，月贵妃从鬼山派出来回岭山当日与我父亲相遇，一见之下，自此心仪我父亲，但我父亲早有心仪之人，便是我母亲。他娶了我母亲后，月贵妃不甘心，入了宫。"

众人闻言都惊异地看向皇上。

皇上沉着眉目，没打断叶裳的话，意思是准了他继续往下说。

叶裳继续道："因爱生恨，十二年前，月贵妃勾结北周，暗中插手兵部，使得边境一战，我父王母妃战死沙场。苏大将军带我回京后，月贵妃暗中对我下了热毒。本以为我会毒发身亡，没想到我活了这么多年，我咬牙忍着没如她的愿，她便按捺不住，开始对我下杀手。

"从灵云镇到京城，环环相扣，步步相杀。为的便是除去我，让我陪我父王母妃一起去死。从她面前永远消失。

"因我母亲服食过花颜草，身上带有花颜草的香味，月贵妃便也服用了花颜草，但她为了在外人面前掩盖花颜草的味道，便常年以宫中的熏香熏衣掩盖。但当她动用武功时，花颜草的香味随着身体气血流动而外散，便无论如何也遮不住。

"三日前我前往月贵妃宫搜宫，因她刚带着人从容安王府劫了易疯子尸体出府，与我师兄动手，花颜草香味一时散不去，她便装病以浓郁的药味遮掩。

"她劫走易疯子尸体，是因为易疯子脖颈上佩戴了象征着与她一母同胞的玉牌，为防被认出。

"四年前，岭山瘟疫，月贵妃恨岭山族长不为她做主嫁给我父亲，便不顾亲情，暗中插手朝中官员不让其奏报，层层隐瞒，使得岭山瘟疫无人援救，整个岭山白骨成山，只一幼子存活。

"太子是她亲子没错，但是她置族中父母至亲枉死都不顾，又何谈骨肉至亲？她不惜下毒杀害太子，就是为了让皇室和国丈府两败俱伤，意图祸乱南齐。朝纲一乱，南齐必乱。

"她的目的就是想让九泉之下的我父亲看看他用命守护的江山最终败在了她手里。她就是想让我父亲看看，他娶我母亲是大错特错。他人虽然死了，她也不会放过他。"

群臣闻言大骇。

谁也没想到，月贵妃竟然有如此扭曲的心理，她杀叶裳，她害太子，她制造连环案，以致京城内外这些时日以来人心惶惶。这样说来，这一切便都有了解释。

群臣见叶裳笔直而立，说出这些话来，面色丝毫没变化，仿佛说的不是他父亲的事，不是月贵妃的事，不是他自己的事，而是旁人的事。

众人又去看皇帝。

皇帝面色十分难看，多少年来，朝臣们从来没从皇上的脸上见过这么难看的神色，几乎是乌云密布，笼罩得他整张脸如子夜一般黑沉。但他的一双眸子却前所未有地平静。

人越到怒极时，便越平静。

皇上是真的怒极了。

群臣屏息，一时间大气也不敢喘，都想着月贵妃稍后被擒来，皇上会如何处置她，又会如何安置太子。毕竟太子也是受害者，可怜了他有这样一个母亲。

又想着，既然国丈府是被月贵妃陷害，那么，国丈府如今一门都被押在天牢，是否会无罪释放？

一时间，群臣暗自揣测，心思各异。

大殿中静寂无声，落针可闻。

半个时辰后，殿外传来一声通报："皇上，月贵妃不伏法，她武功高强，出手狠辣，已经重伤禁卫军百人，禁卫军怕是擒不住她，请皇上定夺……"

皇帝腾地从龙椅上站了起来，面容阴沉："朕去看看。"

群臣大惊。

皇帝走下台阶，向外走去，同时对立在大殿两侧的群臣道："众位爱卿也随朕一起去吧。"

众人应是。

皇帝率文武百官出了大殿，前往后宫。

刚踏出大殿，便闻到空气中弥漫着浓郁的血腥味，皇帝闻到血腥味，脸色更是沉如冰霜。

不多时，众人来到月贵妃宫门前，便见宫中所有的禁卫军将月贵妃宫围困得里三层外三层，里面已经死伤上百名禁卫军，似乎将整个月贵妃宫当作了坟场。

因皇上下令缉拿，所以弓箭手虽有准备，但无人敢放箭。

皇帝来到后，禁卫军统领张林启面容严肃地跪地请罪："皇上，月贵妃武功十分厉害，卑职不敢命人放箭，上百人缉拿不住。皇上切莫上前，以免被她所伤。"

皇帝闻言冷笑："她入宫二十年，朕竟然到今日才知道她会武功，而且武功如此厉害。你们都让开，让朕看看她到底是长了一双什么样的杀人手。"

张林启犹豫道："皇上，月贵妃武功奇高，万一露出突破口，她伤了您……"

"让开！"皇帝沉下脸，不容反驳，"朕就是要看看她。"

张林启心神一凛，站起身，吩咐禁卫军让开了挡住的宫门口。

只见宫内已经血染一片，尸体横七竖八地倒在地上，有数十禁卫军正与月贵妃打在一处，可是每个人在她面前都过不了三招，便被她一掌拍死或者拍伤残。

血腥弥漫，那人武功诡异，如地狱修罗也不为过。

皇帝见了，眉目冷怒，大喝："月贵妃，你可知罪？"

月贵妃一改三日前叶裳查宫时的病容，衣袂翻飞，拳掌如刀，极美的容貌在阳光照耀下，透着丝丝盛气凌人，闻言扭头向宫门口看了一眼，扬声大笑："知罪如何，不知罪又如何？你不是早就不想忍让太后和国丈府的压制了吗？我帮你除去国丈府，你该谢我。"

皇帝大怒："死到临头，犹不悔改！"

月贵妃哈哈大笑："今日谁死谁活还不一定呢。"话落，她忽然飞身向门口而来，"皇上，你我夫妻一场，不如臣妾先送您上路。"

她说着，身形快速地向皇上冲来，禁卫军拦截不及，有人惊叫大喊："快护驾！"

可是月贵妃武功太高了，几乎顷刻间，便来到了皇帝面前，一掌对他拍来。

叶裳见此，猛地一咬牙，第一时间冲上前，挡在了皇帝面前。

"砰"的一声，月贵妃的掌风拍在了叶裳的身上。

叶裳顿时喷出了一口鲜血，身子晃了晃，向地上倒去。

皇帝大惊，猛地大喝了一声"叶裳"，伸手扶住了他要倒下去的身子。

月贵妃见叶裳竟为皇帝挡了一掌，顿时大笑，阴狠地道："叶裳，你知道本宫真正要杀的人是你，倒也识趣，凑上前来。也免除本宫费力气杀你了。你去地底下见到你父亲，替我告诉他，本宫……"

她话音未落，后方有两道身影来到了近前，一人粉色云裳，一人月白锦衣，正是苏风暖和叶昔，二人几乎同时而至。

苏风暖身形未站稳，便猛地对月贵妃挥出了一掌，声音带着凉入骨的冷意："你有什么话还是自己去地底下告诉他吧。"

这一掌看着绵柔，但只有月贵妃知道其中的厉害，她眸光一凛，顿时后退了三丈。

苏风暖脚尖落地，站在了皇帝身边，看了叶裳一眼，伸手扯过他的手，为他把脉。

叶裳气息奄奄，见到苏风暖，轻声对她说："我没事。"

苏风暖面沉如水，一言不发，手指按在他脉搏上片刻，撤回手。

皇帝多年来一直偏宠月贵妃，今日也没料到，她被揭穿罪行后，不只对禁卫军大下杀手，竟然对他也下杀手，毫不留情。若非叶裳替他挡下，如今受重伤奄奄一息的人就是他。见到苏风暖，忽然想起她自己说她会医术，立即托着叶裳的身子急声问："可还有救？"

苏风暖看了皇帝一眼，见他脸色青白交加，她抿了一下唇角，道："尽人事，听天命。"

皇帝面色一变。

苏风暖伸手入怀，掏出一个玉瓶，递给与她一同来到的叶昔，沉声道："师兄，这里面的所有药，都喂他服下。"

叶昔也如苏风暖一般，见叶裳如此，眉目沉沉，伸手接过瓶子，也一言未发，点了点头。

苏风暖不再看叶裳，拔出腰间的剑，正是皇帝赐给她的那柄凌云剑，她宝剑出鞘，平平伸出，剑指三丈外的月贵妃，声音清清冷冷："皇上，到如今这个地步，这个女人，您是想她死还是想她活，给我一句话。您想她死，我就替您杀了她；您想她活，我可以留她一命。"

皇帝抬眼去看月贵妃，额头青筋暴起，没答苏风暖的话，向月贵妃问道："二十年来，朕待你不薄，你这二十年来，一直在朕面前装柔弱，就是因为当年容安王不喜你，你便要让他死？他死了，你觉得还不够，还要杀他的儿子？杀他的儿子还不够，还要祸乱他为朕保下的江山？"

月贵妃嘲讽地看着皇帝，如看一只可怜虫一般，不否认地反问道："否则你以为凭你这个懦弱的皇帝，我为什么要委身于你，在这皇宫一待二十年？"

皇帝听她承认，死死地瞪着她："那朕问你，太子是你亲生儿子，你竟然连他也害，为了什么？"

月贵妃不屑地道："他是我亲生儿子又如何？我根本就不想生下他，若不是为了母凭子贵，让你扶我坐贵妃的位置，以便我能做我想做的事，我才不会生下他。他没用之时，自然就是该死之时。"

皇帝气急，看着月贵妃，听到她这样的话，恨不得撕碎了她，连声说道："好！好！好！虎毒不食子，没想到你这个女人还真是连畜生也不如，连亲生儿子也不放过。"话落，他对苏风暖说，"给朕杀了她。"

苏风暖得到这句话，顺着剑尖泛出的寒芒冷冷地看着月贵妃："十招之内，我取你性命。"

月贵妃闻言几乎癫狂大笑。

苏风暖目光如冰，清清透透，黑色的眸子透着无尽的冷意和寒凉，就那样举着剑，看着她笑，声音一如她的眸子般清冷："等你笑够了，我就动手。"

月贵妃止了笑，嘲讽地看着苏风暖，扬声道："苏风暖，在江湖上你能说一不二，大多数时候，靠的不是你的武功，而是你的狡诈。你是不是被人捧惯了，所以忘了自己几斤几两了，竟然敢如此大言不惭！"

苏风暖眯了眯眼睛，忽然卸去了一身冷气，一瞬间，身子变得懒洋洋的，语调也懒洋洋的："也许吧。鬼山派百年来唯一的鬼才，我今日也想讨教讨教。按江湖上的说法，你是前辈，明明天生的武学奇才，又生了一颗七窍玲珑心，纵观这些日子，前辈身在后宫却能搅动风云，险些倾覆朝纲。这般本事，本该活得一生精彩才是，到头来却为了一个男人，赔尽了自己的一生，我想问你一句，不觉得可惜吗？"

"可惜？"月贵妃又大笑了起来，笑罢，她音调尖锐，"我让刘煜九泉之下都不得安宁，有什么好可惜的？"

苏风暖听她说出容安王的名字，看着她癫狂的模样，又懒洋洋地一笑："既然前辈不觉得可惜，那我就动手了。十二年已经过去，容安王和王妃应该是早就转世投胎重新做人了。你就算到了九泉之下，也还是见不着他们。"

话落，苏风暖再不耽搁，凌云剑挽了个剑花，看着平平缓缓递出，实则第一招就迫使月贵妃又退了三丈。

月贵妃听到苏风暖的话，一双眸子已经火红，疯了一般地对苏风暖拍出一掌，她掌风如烟囱一般，出掌便是一股黑烟，几乎将苏风暖卷在了黑烟里。

旁观的人顿时齐齐提起心。

苏风暖避开黑烟，剑走偏锋，二人你来我往，转眼间，便是四五招过去。

文武百官看着打在一起的两道身影，很多人都没见过苏风暖，没想到她就是苏府小姐，他们早先是亲眼看到月贵妃如何杀禁卫军的，也亲眼见识过月贵妃冲破了禁卫军险些杀了皇上的厉害。如今见她说要十招之内杀了月贵妃，都觉得怕是不太可能。

一招，两招，三招……

八招，九招……

每出一招，苏风暖都喊一声。到第十招时，她喊声未落，剑已经刺入了月贵妃咽喉。

月贵妃睁大眼睛，不敢相信地看着眼前刺穿自己咽喉的剑，她的手掌只差一寸，便会拍在苏风暖的致命处。

所谓"差之毫厘，谬以千里"。

苏风暖将剑往里面推了推，将月贵妃脖颈穿了个透，才缓缓拔出剑，凌云剑虽然杀了人，拔出来后，却滴血不见。她看着死不瞑目的月贵妃，上前一步，用只有两个人能听到的声音说："容安王府的男人，确实有让人赔尽一生的魔力。可是痴心妄想与真心相爱，就如你这一掌永远也快不过我手中的剑。我想，我总不会如你一般的。"

月贵妃睁大眼睛看着苏风暖，一双喷火的美眸渐渐变成了灰色。

苏风暖说完这句话，退后了一步，看着她。

月贵妃张了张嘴角，忽然笑了，脖颈透风，声带尽毁，气息仅靠着那么一丝坚韧的念力支撑，才让她能够说出一句完整的话来："叶兰雪与刘煜倒是真心相爱……可是又如何……容安王府的男人……都心系天下……我等着……有朝一日，你也如我一般……下九重地狱……"

她这一句话，几乎只是唇瓣抖动，没有多少声音，别人自然听不见，但距离她最近的苏风暖还是听了个清楚，面色平静地看着她。

月贵妃说完一句话，用尽了最后一丝力气，身子轰然倒下，砸到了地上，彻底气绝。

苏风暖在她身子倒地的同时转身，走回皇帝面前，将凌云剑解下，双手捧着凌云剑，单膝跪地："皇上刚赐给我凌云剑，我便让它染了血，贵妃虽然该死，却不该是被我杀。风暖请罪，请皇上收回凌云剑。"

皇帝看着单膝跪在她面前的苏风暖，那一张他两次见都笑如春花一般的小脸，如今却是肃然端凝。他忽然想起，那一日，她以剑舞应和《将军曲》，铿锵杀伐，兵戈厮杀，铺开的画卷里，展示的是战场和硝烟。

他大为震撼，赐给她凌云剑。

凌云剑即便染血，也当饮沙场之血，才配得上壮志凌云，如今凌云剑染血，染的却是一个满腹算计，手段狠辣，险些颠覆朝纲的后宫妃嫔之血，是辱没了凌云剑。

他这一刻自然懂得面前这个小丫头的自请降罪和让他收回凌云剑的用意，他伸手接过凌云剑，沉声说："月贵妃意图弑君，人人得而诛之，你功过相抵，起来吧。"

苏风暖站起身，转头去看叶裳，他已经在叶昔的怀里昏死了过去。

皇帝也偏头看去，眉目一沉，立即对苏风暖说："朕记得你说过你通晓医术，快去给他诊治，无论如何，务必治好他。"

苏风暖点头："他受伤太重，我不能保证他一定不死，但定会尽力。"

皇帝闻言看着在叶昔怀里几乎没有一丝生气的叶裳，沉沉地点了点头。

苏风暖对叶昔说："师兄，带他出宫。"

叶昔颔首，抱着叶裳，与苏风暖一起，快速地出了皇宫。

二人离开后，群臣依旧回不过神来，看着已死的月贵妃，都没想到，苏风暖真的在十招之内将她杀了。而且，就这样轻易地将她杀了，干干脆脆，没留活路。

苏府小姐武功竟然如此厉害！

而且她还会医术，那么，她能救活叶世子吗？毕竟叶世子替皇上挡的那一掌声响如此之重，怕是心脉都震碎了。

皇帝在叶昔和苏风暖离开后，扫了一眼月贵妃宫，如屠场一般，满宫鲜血狼藉，他有天大的怒气，随着月贵妃的死，也消散了大半。他沉默地站在宫门口，看着他二十年来，来的次数最多的月贵妃宫。

文武百官站在他身后，与他一同沉默着。

谁也没想到，当年的容安王和王妃之死以及近些日子以来的连环案，都是出自一宫宠妃之手。尤其是这个皇上的宠妃还是太子生母，还是平时看起来柔柔弱弱，总是喜欢邀宠和动不动就以泪洗面，护着太子的那个让人看着楚楚可怜的女人。

不仅皇上被愚弄了，他们所有人也都被愚弄了。

皇帝沉默了许久，对一旁吩咐："来人，将这月贵妃宫……"他顿了顿，沉声吐出两个字，"焚宫。"

众人齐齐一惊，继而又可以理解，这月贵妃宫，皇上视为脏污之地，如今月贵妃死在了这里，如此大罪，自然不会允许她入皇陵了，但她毕竟是后宫妃嫔，是皇上的妃子，不能随意暴尸荒野，如今与她的宫殿一起焚毁是最妥当的处置之法。

有人应是，立即前去纵火。

不多时，整个月贵妃宫便燃了起来。

今日天色晴好，无风，月贵妃因极受皇上宠爱，她的宫殿是独立的宫殿，就算烧毁，也不会牵连别处。

皇帝站在原地，看着被大火焚烧的月贵妃宫，似乎也在焚烧他这二十多年登基执政的过往。虽说帝王博爱，但在帝王的心里，总会有那么一个或者两个人是他始终爱着并放在心上的，别的女人挤都挤不走。

诚如苏夫人，诚如月贵妃。

大火焚烧过半时，皇帝收回视线，对张林启吩咐："去将冯盛给朕带来这里。"

张林启应是，立即去了。

不多时，张林启拎着冯盛来到，回禀："皇上，冯公公已经气绝在金銮殿。"顿了顿，他道，"咬舌自尽。"

皇帝看了冯盛一眼，道："他倒是听话地活了三天，三天一到，死得倒快。"话落，摆手，沉声吩咐，"将他扔进月贵妃宫。"

张林启拎着他扔进了被大火焚烧的宫殿内。

皇帝回转身，看了一眼文武百官，目光最后扫过疲惫缺觉的刑部、大理寺众人，缓缓道："陪同叶世子查案，众位爱卿辛苦了。"

众人连忙摇头，直道不辛苦。

皇帝目光落在丞相身上，道："国丈既然是被月贵妃陷害，理当无罪，传朕旨意，国丈府所有人无罪释放，丞相代朕前往天牢，将国丈请回国丈府吧。"

"臣遵旨。"丞相连忙应声道。

皇帝又对张林启道："太后宫和皇后宫的禁卫军都撤了吧。"

"是。"张林启垂首应声道。

皇帝又对文武百官摆摆手："其余的事待叶裳醒来再议，你们都出宫吧。"话落，他抬步离开了大火已经燃着的月贵妃宫，脚步虚浮，似乎一下子老了许多。

群臣齐齐道："恭送皇上。"

不多时，皇帝走得没影了，群臣互相你看我，我看你，半晌后，都看向丞相。

丞相道："我前往天牢去接回国丈，众位大人有谁愿与我一同前往？"

众人对看一眼，都没说话。许多人心中都想着，国丈府半日之间，所有人便被押入了天牢，太后、皇后被禁卫军围困皇宫，这几日来，国丈府可谓一门倾覆。多年来，国丈府势力虽大，但如今看来，皇上的皇权动起真格来，国丈府也是不堪一击。依附国丈府的人这几日几乎吓破了胆，人人自危。如今国丈虽然无罪，但也保不准月贵妃的案子一过，皇上再次办了他。

于是，丞相问出这一句话后，无人应声。

丞相看向王禄。

王禄扫了一眼群臣，对丞相点点头，道："我与丞相一起前往吧。国丈这三日受委屈了，理当需要人好生地安慰一番。希望本官的三寸不烂之舌能管些用处。"

丞相点点头："王大人的三寸不烂之舌能把死人说成活的，自然管用，走吧。"

王禄笑了一声，不置可否，与丞相一起，向宫外走去。

二人离开，文武百官自然也不会再留在皇宫了，也都赶紧出宫。

坐在马车上，丞相对王禄私下道："王大人，你有一个好外孙女啊，苏家的小丫头不但武功高强，且懂得进退，杀月贵妃干净利落，杀人之后，自动请罪，不留一丝话柄，这些日子以来，外界传言那些，全部都是她伪装的吧？"

王禄闻言用鼻子哼了哼："她惯会胡闹，有点三脚猫的功夫，便自诩天下无敌了，哪里有打架斗殴，她就往哪里凑，算什么武功高强？月贵妃与上百禁卫军交过手，早已经筋疲力尽，她杀了她，不过是占了个便宜。至于进退，她懂个

318

屁。不过是觉得杀了皇上的贵妃，怕皇上盛怒之下将她怪罪罢了。那小丫头怕死得很。"

丞相闻言被气笑："你这个老狐狸，在我面前还一套套地胡说，我有眼睛会看！武功好就是武功好，什么叫作月贵妃快筋疲力尽被她捡便宜？月贵妃那武功，就是再有上百禁卫军，她也不会筋疲力尽。你这套说辞，糊弄得过别人，糊弄不过我。再说，苏家小丫头那性子，一看就是天不怕地不怕的，她会怕皇上怪罪？估计是觉得脏了那把好剑还差不多。"

王禄看着丞相，胡子翘了翘，道："女子该温婉端庄，她舞刀弄剑，半丝端庄没有，武功再高，除了会杀人，闹腾得厉害，让别人连娶也不敢娶外，有什么好处？"

丞相闻言失笑："谁不敢娶了？若非叶裳那小子早就定下了她，我家的小子就敢娶。"

王禄闻言奇怪地看着丞相："你家小子？"

丞相点点头："我和夫人都甚是喜欢苏家小丫头，奈何叶裳那小子前几日当着我的面对我儿子表示十分在意苏家小丫头。我家的小子便不作想法了。"话落，叹了口气，"他今日为皇上挡了一掌，那一掌将他伤得可不轻，苏家小丫头的医术当真好？不知能否救得好他。"

王禄道："祸害遗千年，哪会那么容易死？"

丞相闻言确实觉得叶裳也算是一个祸害了，感慨地道："叶世子这一案破得漂亮，先是将国丈府一门打入天牢，麻痹月贵妃，之后是搜集出月贵妃罪证，在朝堂公之于众。明明锋芒毕露，但今日替皇上挡了一掌，又锋芒尽收，若是能大难不死，以后的容安王府估计会荣华盛极似于当年。"

叶昔和苏风暖带着叶裳出了皇宫后，回到了容安王府。

进了内室，叶昔将叶裳放在床上，站在床前看着他，忍不住怒道："你这个混账，每次都受重伤，害人为你提心吊胆担心一番，若是哪一日师妹医术也救不了你，那么你死了也就让人省心了。"

叶裳眼皮动了动，慢慢地睁开了眼睛，看着一脸沉怒的叶昔和面色沉如水的苏风暖，咳嗽了两声，嗓子沙哑地说："我若是死了，你就娶了她不成？"

叶昔冷哼一声："你死了干脆，我又如何娶不得她？"

叶裳瞪着他，极其难受地对苏风暖伸手："你做梦，我是不会死的。"

叶昔劈手打开他的手，不客气地说："你三天两头不是受伤就是中毒，把阳寿折腾尽了，还能由得你？"

319

叶裳手被叶昔打得极痛，但不退缩，死死地对苏风暖伸着，嗓子极哑："暖暖过来。"

苏风暖本不想理他，但看着他这副样子，她心疼得不行，又如何能忍住不理？她暗自咬牙，上前两步，来到床边，任他攥住了她的手，又气又怒："那么多人，偏偏你冲上前为皇上挡掌，你嫌自己的命太长了吗？"

叶裳握住她的手，紧紧地攥住，似乎把身上的全部力气都用在了这一双手上，闻言哑着嗓子压制着难受，低声说："那么多人，也没有人能第一时间反应过来冲上前为皇上挡掌，难道我不去挡便眼睁睁地看着月贵妃那女人杀了皇上不成？"

苏风暖怒道："你的武功呢？你除了用身子去挡，就不会别的了吗？武功被你学了有什么用？"

叶裳摇头："人人都知道容安王府的叶世子是没有父母教养被养歪了的纨绔公子，善骑射不假，会些拳脚功夫不假，但也未必会真正的武学，我如何能在人前显露，尤其还是这般时候？"

苏风暖闻言虽然觉得他说得有理，但把自己伤成这副样子，还是让她气怒："月贵妃那一掌，没打死你算是便宜你了。"

叶裳失笑："她哪里是不想打死我？哪里是便宜我？"话落，他指指心口，"我戴了护心镜，不过估计给打碎了，你帮我取出来吧。"

苏风暖闻言伸手撕开了他的外衣，果然见里面绑了一块护心镜，这枚护心镜还是她送给他的，是用极其坚硬的材质打造，没想到他倒是提前给自己做了挡掌的准备，给用上了。看着碎裂的护心镜，她难以想象若是没有这块护心镜，他此时会有什么后果，估计已经踏入鬼门关了。

她取下碎裂了的护心镜，扔在一旁，恼怒地道："再有下次，可没有第二块护心镜给你用了。"

叶昔看了一眼被震碎的护心镜，啧啧了两声，接过话道："师妹，这护心镜天下只有一块，碎了可就再也补不上了。再有下次你应该说，直接替他收尸才对。"

苏风暖哼了一声。

叶裳看了叶昔一眼，摇头说："查月贵妃这一案，刑部、大理寺、五城兵马司、府衙受我驱使不说，皇上的禁卫军、御林军，都听我调派，我封了太后宫、皇后宫，朝中所有三品以上官员的府邸都调派了御林军封锁。这三日锋芒毕露，虽然最终在三日内让这一案真相大白，但案子真相大白之后呢，我也就成了众矢之的了。所谓'众口铄金，积毁销骨'，不是什么好事。替皇上挡这一掌，把锋芒尽数收了，病上几个月，才是最好。"

叶昔哼道："你倒是会算计，且算无遗漏，把前路后路都给自己铺好了。"话落，他对苏风暖说，"你看看，这么大的一盘棋，他下得游刃有余，把朝堂玩得团团转，你还担心他做什么？他好得很，根本就不需要你担心。"

苏风暖没好气地看着叶裳："我也觉得我是咸吃萝卜淡操心。"

叶裳见苏风暖要撤出手，立即攥紧，面上露出极难受的神色，低声说："我再会算计，也不能够让自己不受伤不让你担心。"话落，他咳嗽起来，"暖暖，我好难受……"

叶昔看着他，冷哼："你还难受？你吃了一瓶的护心丹。一颗价值千金，你吃了整整十颗，你还说难受？"

叶裳攥着苏风暖不松手，低低地说："就是难受。"

叶昔看着他无赖至极的样子，无语地转身，出了房门。

叶裳见叶昔离开，更是攥紧苏风暖的手，连声喊着"暖暖"。

苏风暖拿他没办法，又气又怒又是心疼，她心中清楚月贵妃的一掌拍在身上有多厉害，风美人受她一掌，半个时辰内变成了一具枯骨，他生生受了她一掌，连世上最坚韧的护心镜都给震碎了，虽然护住了心脉，让他性命无碍，但也受了极重的伤，这极重的伤即便服食了十颗护心丹，也要再拿上好的药养上一个月估计才能好。

不过也确实如他所说，为了破这一件大案，他实在太过锋芒毕露了，若不趁机收尽锋芒，别说满朝文武会将他当作众矢之的，皇上也会对他心有芥蒂。总归不是好事。这样为救皇上而受重伤，将自己摆在受害人的位置上，总比让人觉得他才是大害之人来得好，养伤几个月也是值得。

她叹了口气，再生不出恼火，看着他明明真难受得不行，却要装出要无赖的样子，瞪了他一眼："你松手，我去给你开药方子，别以为吃了十颗护心丹就没事了，你这样的伤，总要养上一个月。"

叶裳闻言看着她："你不生气了吗？"

苏风暖没好气说："跟你生气有完吗？"

叶裳露出微笑，慢慢地松开手，轻声说："缺了三日的觉，我困得很，你给我开好药方，熬好药，我若是睡了，你就喂我，好不好？这三日都在这里，别回苏府，好不好？"

苏风暖又气又笑："伤成这样了，要求还这么多。睡你的吧。"

叶裳闻言放心地闭上了眼睛，他是真的累极困极了，再也受不住，苏风暖的药方还没开完，他便睡着了。

苏风暖开完药方，看了他一眼，走到门口，对守在门外的千寒说："按照这个药方，尽快煎药。"

千寒接过药方，白着脸问："苏姑娘，世子他……"

"他没事。"苏风暖低声交代，"无论什么人来打探或者看望你家世子，包括皇上在内，都不见。就说你家世子依旧昏迷着，我正在施救。"

"是。"千寒放下心，点了点头，拿着药方去了。

苏风暖转身，看了一眼在外间画堂里坐着喝茶的叶昔，她走过去，自己给自己也倒了一杯茶，坐了下来。

叶昔看着她："查月贵妃一案，他将十二年前的旧事翻了出来，又将四年前岭山瘟疫之事也翻了出来。这两件事，仅凭月贵妃一人，自然做不到，当年她插手兵部，有官员与她私通，才造成了容安王和王妃之死。岭山尸骨遍野，也是因为月贵妃插手，层层隐瞒。月贵妃虽然死了，但是这两桩旧案，既然翻出来，便不能因为月贵妃死了就这么算了，势必要继续再追究一番。"

苏风暖捧着茶盏喝了两口，点了点头，眉峰沉冷："自然不能就这么算了，逝者已矣，但生者总要为逝者讨回公道。朝中有多少官员不顾江山基业，不顾百姓死活者，都是蛀虫，总要拔上一拔，就看皇上舍不舍得了。"

叶昔放下茶盏："大肆彻查，轻则动官员，重则动社稷。皇上若是就此算了，忠臣含冤，将士枉死，岭山埋骨无数，史书上总会给他记上两笔昏聩账；若不就这么算了，继续查下去，牵一发而动根本，多少官员牵扯在内，便不会如今日月贵妃之死这么轻易和简单了。动官场如动社稷，对皇上来说，这是个大难题。表弟这伤救了皇上且伤得好，这大难题便丢给皇上了。"

苏风暖也放下茶盏，不以为然地道："南齐的官风早就该整整了，皇上面软心善，才造成如此形势，宠妃祸国，外戚势大，官风不正，这难题是他坐上这把椅子后落下的，自然要他收场。总不能交给下一代吧？太子何辜？他即便没错，以后也坐不成那把椅子了，从年幼的皇子中，择一人选的话，又怎能稳固这满是蛀虫的江山？"

叶昔感慨："绕了这么大的一个圈套，一步一步引皇上入局，将国丈府也算计在内，打入天牢一回，让皇上不得不查十二年前的边境旧案和四年前的岭山瘟疫之案，表弟也是煞费苦心了。"

苏风暖笑容发冷："十里荒芜，白骨成山，战场上洒满将士们的鲜血，只要见过那一幕的人，永远都不会忘掉，何况吃了七天人肉而在那片死地活下来的叶裳？步步筹谋，寸寸算计，又有何妨？总有人要为别人的死而付出代价。为官者不清，不廉，不正，不为国，不为百姓，死多少都是死不足惜。"

第三十二章
闭门谢客

　　国丈这三日在天牢中过得极不好受，他是怎么都没想到自己有朝一日遭人陷害，弄到如此田地。反省这些年来国丈府势大若此，以为皇上不敢动他，可是到底还是将他动了，皇权就是皇权，无人能超越。许云初越是温声安慰，他越是觉得对不起这个俊秀出众的孙子。

　　这些年，他虽然自认害君之事并没有做，但是欺君之事他确实做了不少。他死了也就罢了，国丈府毁了也就罢了，可是他孙子的一生才刚刚开始，怎么能因此毁了？

　　国丈虽然悔恨不已，但是并不糊涂，追悔了两日后，便恍然记起，当日进出书房的人除了他的孙子许云初，还有他的儿媳，奏折不会是他的孙子动的手脚，定然就是他的儿媳了。

　　当日，许云初从晋王府回来，与他商谈之下，已经清查了一遍国丈府，唯有两处没清查到，一处是他的书房，另一处就是他娘的内室。偏偏就这两处出了事。

　　他看着对面关押女眷的牢房，对平静的国舅夫人怒问："许家哪里对不起你，你如此害许家？连自己的亲生儿女都不放过，你可有良心？"

　　许云初见他爷爷终于想到了，也抬眼去看他娘。

　　国舅夫人与许灵依关在一起。

　　许灵依除了当日被押入天牢时见叶裳冷心无情伤了好一番心，以泪洗面了半日后，便平静地接受了，再没哭泣，而她娘自始至终平静至极，像是早就预料到了一般。

　　这时，许灵依听到他爷爷的质问，猛地转头，也看向她娘，一双美眸里尽是不可置信。

　　国舅夫人闻言抬眼看向国丈，一张常年深居简出久不见阳光的脸十分白，她面无表情地道："公爹到现在还觉得国丈府没有对不起我的地方吗？"

国丈见她承认，更是气得大怒："你说，国丈府哪里对不起你了？"

国舅夫人冷笑："容安王为何死在了战场上？我丈夫自此后为何郁郁而终？公爹都忘了吗？"

国丈闻言气急："你就是为了这个？"

国舅夫人道："为了这个难道还不够？"

国丈额头青筋直跳："容安王之死与国丈府无关，我说了多少次了，那个逆子不信，你也不信，到头来就因此而害国丈府灭门，你们两个好得很。"

国舅夫人也怒道："国丈府一门龌龊肮脏，容安王战死后，这满朝文武，谁受益最大？当属国丈府。公爹背后做了什么？到如今地步，都不承认吗？怪不得丈夫临死都不愿入国丈府祖坟。既然他生前无力反抗你，那么，就由我来做，不如毁了国丈府。"

"你……"国丈伸手指着她，急火攻心，"孽子愚蠢，枉我自小宠他，他要娶你，我便让他娶了你，没想到头来，养了两个家贼……"

国舅夫人冷笑："公爹视我们为家贼，可是天下多少人视国丈府为窃国之贼！外戚坐大，处处压制皇权，多少人已然不满，国丈府落得今日这个下场，才是活该。"

"你……"国丈眼睛冒火，恨不得杀了国舅夫人。

"爷爷息怒。"许云初伸手扶住国丈，面容一如既往地温和平静，看着国舅夫人道，"娘错了，十二年前，容安王和王妃之死，确实与国丈府无关。若是要给国丈府定罪，顶多能定一个旁观之罪。身处爷爷的位置，知道有人要害容安王和王妃，也没理由出手相救。"

"你自小是被你爷爷养大的，忘了你是有父有母的吗？你爹是怎么死的，你亲眼见过的，如今跟我说什么与国丈府无关，说什么旁观之罪，你可真是我生的好儿子！"国舅夫人冷怒道。

许云初抿了抿唇，沉默片刻，方道："爹与容安王私交甚好，不能接受他战死的事实，认为是爷爷背后出手害了容安王，才过不去心里的坎，郁郁寡欢而死。娘爱爹，而您又是月贵妃师妹，当该明白真正害容安王的人是谁。当年边境通敌的那封信是谁传出去的，娘比谁都清楚。您只不过是承受不了爹将罪责加在您身上，所以，由着他误会爷爷和国丈府。害死爹的，不是爷爷，是您。"

国舅夫人面上的平静终于被打破，她腾地站了起来，发疯一般地怒喊："你都知道什么？你什么都不知道！你胡说什么！"

许云初平静地看着她，面容温和，但眸子冷然："月贵妃要容安王死，要容安王妃死，插手兵部，私通官员，暗通外敌，她在宫中与外界的引线便是您。您是她师妹，当年她被鬼山派除名，您也与她一起离开了鬼山派。当年在岭山，她看中了容安王，您看中了当时与容安王一起前往岭山的父亲。她没能让自己嫁给容安王，却帮助您达成了心愿，嫁给了父亲，所以，您念着她的姐妹恩情，便一心帮她做事。"

国舅夫人被戳破这些陈年旧事，一时难以平静，死死地瞪着许云初："这些事你是怎么知道的？"

许云初像是看陌生人一般地看着她："我是您的儿子，娘做的事情虽然隐秘，但我也不可能不察觉一二。您眼里只有父亲，父亲认为是爷爷做的，您也便顺水推舟蒙蔽他跟着他一起，时间一长，您也将自己给骗了，认为就是国丈府害死了容安王，进而害死了父亲。您眼里心里没有儿子女儿，但儿子眼里心里不能没有您，这么多年，从您与人来往的蛛丝马迹，我要想查，总能查出些东西。"

国舅夫人身子晃了晃，慢慢地跌坐到了地上，终于平静下来，像是第一次认识自己这个俊秀出众的儿子，好半晌，她才喃喃地道："是，师姐要杀容安王，说他有眼无珠，我便帮她，毕竟她帮了我，我是真的喜欢你父亲。可是你父亲与容安王私交太好，我心存愧疚，不敢让他知道这些事。他最终，以为是自己的父亲害了他的兄弟，郁郁而终……"

"你这个祸害！我要杀了你。"国丈大怒，目眦欲裂，因有铁栏杆挡住，他无论如何都冲不出去，只能狠狠地拍打着铁栏杆。

容安王死后那几年，他一直承受着来自儿子的怒火，到死他的儿子都不愿入许家祖坟，他把他教导成了真正的正人君子，他有一颗不染凡尘的心，到头来，却是害了他。

儿子到死，也不想和他这个父亲说一句话。

他最错误的事，就是由着自己的儿子娶了这个女人，如今她还在继续害国丈府，这么多年，他竟然被蒙在鼓里。

许云初看着国丈恨得几欲疯狂的样子，他能体会爷爷心里的感受，外人看许家一门出两后，风光无限，可是只有他知道，国丈府亲情寡薄，爷爷一个人支撑得好辛苦。

他为了国丈府一门荣耀，耗了一生心力。父亲死后，他全心培养他，那些以前他不让父亲接触的阴暗，自小便摆在了他的面前，他怕他再如父亲一般，步他后尘，国丈府门下后继无人。

他最受不了的，便是他被父亲之死冤枉之事。

这时，国舅夫人忽然看着许云初说："你既已经知道这些事情是师姐所为，为何还让国丈府弄到了如此地步？为何不早些揭穿？你想成全谁？"

许云初摇头，平静地看着她娘："我没想成全谁，您是我娘，是生我养我之人，再不对，我不能亲手揭穿您，国丈府到如此地步，也不是坏事。这里不是地狱，只是牢房而已。叶世子聪透，这些年，一直在查当年旧案，想必，他总能查个水落石出。皇上知晓国丈府被冤枉，总会让国丈府无罪释放。"

国舅夫人闻言收回视线，看向自己的手，半晌后，喃喃道："既是如此，到如今地步，我也算是报了师姐恩情，你爹在地下等我够久了，不知道他会不会原谅我，我总要去找他。"

"娘？"许灵依这时惊喊了一声。

国舅夫人转头看向许灵依，想伸手去摸她的头，手伸到半途，又作罢，对她道："容安王府的男人有什么好？师姐当年一见刘煜，一心便扎进了无底深渊。你第一次见叶裳，那时候他才多大，你就看上他想要非他不嫁了。听娘的，容安王府的男人，都是祸害，爱上他们，就是飞蛾扑火，将你焚得灰渣都不剩。收了心吧。"

许灵依顿时泪流满面，哭道："心早没了，哪里还能收得回来？"

国舅夫人看着她，目光露出怜悯，见她泣不成声，转回头，又看向许云初，道："你跟你的父亲不一样，他是真正的正人君子，而你不算。你总不会走他的老路的，我生你一场，今日，便全了你我母子情分吧，我死了，你也不必哭，不必守孝。"

话落，她收回视线，咬破自己的手指，撕了衣摆，以鲜血留了一封血书，便抬手拍在了自己的天灵盖上，顿时气绝。

国舅夫人留的血书是认罪书。

许灵依伤心欲绝，她总归是女儿家，不同于许云初自幼养在国丈身边，她跟在她娘身边的时间居多，她的偏执性情，多半也随了她。如今她就这样在她面前自尽而死，她如何受得住？

看着国舅夫人倒在血泊里，她也晕厥了过去。

国丈见国舅夫人自杀了，又听到许云初与她的一番对话，前因后果，清楚明白后，他一腔怒火便这样卡在了胸腹里，将他憋得几乎喘不上气。这个女人就这样死了，他觉得太便宜她了，可是她毕竟是自己孙子、孙女的亲娘，不这样便宜她又能如何？

他心里恨极，一时也晕厥了过去。

许云初料到事情到了这个地步，她娘只有一条自杀的路，可是即便料到，心里还是难受至极。看着倒在血泊里的娘，晕厥过去的妹妹和爷爷，他沉默了许久，才对外面喊道："来人。"

有人立即跑了过来，当看到相对的两间牢房内发生的事，顿时吓傻了，一时怔在原地："小国舅……这……这是怎么回事？"

许云初对他道："你将那封血书拿去，交给叶世子。若是方便，请传一句话，劳烦叶世子请个大夫来。"

那人早已经得了叶裳吩咐，特殊关照国丈府所有人，尤其是这位小国舅。闻言连忙依照许云初的话，拿了血书，匆匆去了。

半个时辰后，那人回来，带来了孟太医，对许云初说："血书交给叶世子了。"

许云初点点头。

孟太医赶紧给国丈和许灵依医治，许灵依是因为身体娇弱，不堪重负，伤心欲绝，短暂昏迷。国丈则是急怒攻心，胸腹郁结，导致气血逆流，比许灵依要严重些。

孟太医开了药，看守牢房的人得了叶裳交代，不敢怠慢，赶紧煎了药让二人服下。

一日匆匆而过。

第三日时，月贵妃一案告破，国丈府被人陷害，真相大白，皇上下旨，国丈府众人无罪释放。

消息一出，又是天下哗然。

丞相和王大学士前往天牢传旨接回国丈，到了天牢后，发现国丈依旧昏迷着，倒是省了三寸不烂之舌，轻松地接了人出了天牢。

许云初坐了三日牢房，姿容清减许多，跨出天牢大门后，问王禄："王大人，叶世子可还好？"

王禄叹了口气，摇摇头："月贵妃对皇上出手，叶世子为皇上挡了一掌，受伤极重，如今正在医治，不知道是否能有命活着看到明天的太阳。"

许云初闻言脚步顿住，看着王禄："可是孟太医在为他诊治？"

王禄摇头："我那外孙女，虽然说学了些皮毛医术，但她见多识广，比那孟老儿强些。皇上命她给叶世子诊治。"

许云初微怔："您的外孙女？苏府小姐？"

王禄点头，往前走，随意地说："嗯，就是那个野丫头，在外面跑这些年，别的没学好，杂七杂八的保命之道却学了不少。希望叶世子福大命大吧，能让她救回一命就是好的。"

许云初闻言点了点头。

丞相走在一旁，自然也听到了二人这一番话，偏头看了许云初一眼，见他没多少情绪，想着他至今怕是还没见过苏府小姐。应该还不知晓太后和国丈厌恶至极的女孩子，就是十招之内杀了月贵妃的人。

将国丈府众人送回国丈府，丞相和王禄便告辞了。

许云初先是安置了仍旧昏迷未醒的爷爷，又安置了虽醒来但依旧病着的妹妹，之后便叫来管家，询问这几日发生的事。

国丈府一门入狱，管家和奴仆吓破了胆，府中大半人弃府逃了，管家带着一批忠心的奴仆留守国丈府，如今见国丈和小国舅好好地回来了，几乎是抱着许云初大哭一场。

管家一边哭着一边将京中这三日发生的事都事无巨细地说了。

尤其是着重说了今日早朝后由宫里传出的消息。说叶世子当堂将月贵妃罪行累累的卷宗呈递给了皇上，皇上看过之后，龙颜大怒，公之于众。说月贵妃败露之后，杀了上百禁卫军，皇上带着文武百官去时，险些被她所杀，是叶世子替皇上挡了一掌。又说叶世子重伤后，苏府小姐和叶家公子出现在了皇宫，苏府小姐十招杀了月贵妃，之后奉了皇命，将叶世子带出宫医治。又说皇上下令焚了月贵妃宫，烧了冯盛。

许云初听罢，微愣："苏府小姐十招杀了月贵妃？"

管家连连点头："如今皇宫内外都是这么传的，文武百官亲眼所见，估计是真事，假不了。"

许云初凝眉："月贵妃师出鬼山派，青出于蓝而胜于蓝。她十招便杀了月贵妃，那岂不是……"

管家看着他："小国舅，岂不是什么？"

许云初似乎想到了什么似乎又没想到，沉默片刻，他摇摇头："没什么。"

管家见他不说，便也打住。

许云初又问他："皇上下令焚了月贵妃宫，烧了冯盛，可是其余人，如何处置？比如……"他顿了顿，道，"我娘。"

管家摇头："皇上未说。"

许云初抬眼向皇宫方向看了一眼，又沉默片刻，道："既然皇上没说如何处置，左右我娘也死了。你吩咐下去，命人搭建灵堂，尽快择日下葬吧。"

管家应是，连忙下去安排了。

许云初进了内室，换了一身衣服，之后吩咐人备车，前往容安王府。

容安王府大门紧闭，许云初的马车来到时，已经有几辆马车停在了门口，一辆是宫里的马车，一辆是苏府的马车，一辆是丞相府的马车，还有几人骑马而来，正是寻常与叶裳玩在一处的陈述、沈琪、齐舒等人，都被拦在了门口。

宫里来的人是皇上身边的以前跟随冯盛侍候皇上的太监小泉子。

容安王府的门童探出头，哭丧着脸对众人拱手："我家世子正在救治，至今依旧昏迷不醒，叶公子吩咐了，无法待客，诸位请回吧。"

小泉子拱手："皇上差奴才来看看叶世子如何了。问问苏小姐可能医治得了，是否需要请云山真人进京？"

那门童立即哭丧着脸回道："叶公子已经派人去找云山真人了，也遣人前往叶家给叶家主传信了，云山真人云游不知归处，叶家距离京城千里，一时也怕是没那么快赶来。叶公子说，苏小姐医术虽好，但奈何我家世子伤得太重，那一掌几乎震碎心脉，只能尽人事，听天命了。"

陈述闻言大急："让我进去看看，叶裳他一定会没事的。"

门童摇头："如今正是救治的关键时候，叶公子吩咐了，谁也不能打扰，哪怕皇上来，也不能打扰。陈二公子您还是别进府了，府中如今乱作一团，没人招呼您……"

"我不用招呼，我就进去等着，不打扰苏小姐救治。"陈述立即保证。

沈琪、齐舒等人也连连保证。

一旁的苏夫人也开口："我们都关心小裳，进去看看，就算看不到他，也要见见叶昔，问问他叶世子到底是个什么情况，有多危险。"

丞相夫人也连连点头："是啊。"

门童无奈："既然如此，小的再去禀叶公子一声。"

陈述等人连连点头。

门童匆匆去了。

陈述这才看向许云初："小国舅刚出牢房，怎么来了这里？"

许云初回道："听说叶世子受了重伤，我过来看看。"

"如今叶裳生死未卜，小国舅才出牢房，国丈府几日来一派乱象，我听闻国丈大人和小姐都病了，又听闻国舅夫人畏罪自杀了。虽然皇上没降罪国舅夫人，但想必国丈府也有一堆事等着小国舅处理，小国舅还是回去吧。"陈述又道。

许云初道："天牢这几日承蒙叶世子关照，我只进去看看，也不敢打扰，便会回府。陈二公子放心吧，我是不会害叶世子的。"

陈述自然知晓叶裳这三日在天牢里对国丈府一门的照顾，本来叶裳查案，将国丈府一门打入天牢，他还想趁机买通狱卒整整许云初，没想到叶裳将国丈府一门所有人保护得密不透风，他十分不解，也就作罢了。如今听许云初这样一说，便也住了口。

门童去了许久，才回来，打开了角门，请几人入内，同时道："苏小姐和叶公子正在为我家世子运功疗伤，房门关着，连千寒公子也不能进入，奴才刚刚禀了千寒公子，千寒公子说既然诸位都担心叶世子，便进府看看吧。"

众人闻言都想着叶裳的伤怕是真的重到难以救治的地步，一时间都白着脸进了容安王府。

千寒守在正院的屋门外，屋内帘幕落着，门窗紧闭，门口摆了四五个水盆，里面全是血水，那血水呈黑紫色，看着十分吓人。

苏夫人身子晃了晃，被丞相夫人托住，陈述惊骇地张了张嘴，到底记得不能打扰，没敢出声，一时眼睛泛红，几乎落下泪来。

千寒看着众人前来，张了张嘴，似乎极其难受，没发出任何声音。

许云初上前一步，低声问："月贵妃拍在叶世子身上的掌带有剧毒？"

千寒沉默地点了点头。

许云初面色一紧，看着紧闭的房门，一时没了别的话。

小泉子也上前一步，紧张地压低声音问："千寒公子，苏小姐和叶公子可说何时出来？"

千寒沉默地摇了摇头。

小泉子望向房门，门窗紧闭，什么也看不到，但却感受到了里面压抑的气氛，他拱了拱手："皇上一直担心叶世子，奴才这就回宫复旨，千寒公子，叶世子一有消息，你赶紧派人给宫里递个话。"

千寒又沉默地点了点头。

小泉子转身，匆匆走了。

陈述、沈琪、齐舒等人自然不走，便无声地陪着千寒守在门口。

许云初自然也没急着离开。

苏夫人看向一旁的丞相夫人，低声说："我在这里陪他们一起等着，孙夫人回吧，叶裳这孩子不是没有福气的孩子，总会平安无事的。"

丞相夫人摇头："皇上休朝三日，朝中堆了一堆朝务，相爷从天牢里接回国丈，便匆匆处理朝事去了，抽不开身，托我过来看看，我左右也无事，一起等着吧。叶世子吉人自有天相，相信老天爷不会让他出事的。"

苏夫人点了点头。

一个时辰后，房门依旧紧闭，里面半丝动静也无。

两个时辰后，门窗依旧紧闭，半丝声响也不闻。

三个时辰后，日头已经落了，房门依旧紧紧地闭着，不见动静。

陈述、沈琪、齐舒、许云初等人年轻，自然能撑得住，苏夫人和丞相夫人却是撑不住了。千寒忍不住开口："两位夫人，陈二公子，小国舅，你们先回府吧，我家世子一旦平安，我立即派人知会你们。"

陈述摇摇头。

沈琪、齐舒等人也齐齐地摇头。

许云初刚要摇头，有门童匆匆跑来，压低声音说："国丈府来人了，说是国丈醒了，请小国舅立即回府。"

许云初闻言看了一眼屋内，犹豫了一下，告辞出了容安王府。

苏夫人和丞相夫人虽然撑不住，但也并没有离开。

夜幕降临，天色将黑时，外面传来一声高喊："皇上驾到！"

苏夫人一惊，和丞相夫人对看一眼，齐齐站起身，向外迎去。陈述、沈琪、齐舒等人也连忙迎了出去。

千寒依旧守在门口，并没有动。

皇帝的车辇在容安王府门口停下，内侍挑开车帘，小泉子扶着皇帝下了车辇。苏夫人和丞相夫人等人迎到了门口，齐齐跪拜。

皇帝脸色极差，扫了几人一眼，摆手："都起来吧！叶裳如何了？"

苏夫人站起身，没说话。

丞相夫人连忙回道："苏小姐和叶公子在给叶世子运功疗伤祛毒，月贵妃那一掌带有剧毒，光血水就四五盆子。至今已经大半日了，还没动静。"

皇帝点点头，抬步进了容安王府内院。

众人齐齐跟在他身后。

来到正院门口，里面依旧门窗紧闭，千寒跪在地上，低声说："千寒叩见皇上。"

皇帝挥手，对千寒道："起来吧。"

千寒站起身，依旧如木桩子一般地挡在门口。

皇帝看着紧闭的门窗片刻，问："月贵妃的掌怎么带有剧毒？你可知道？"

千寒低声道："月贵妃师从鬼山派，除了武学奇诡阴邪外，还擅长用毒，以毒练功，她练的功法据说是烈焰功，烈焰功到一定的火候，能使人血肉成烟，白骨成灰。风美人就是死在她烈焰功的掌下。我家世子受她一掌，只怕是凶多吉少……"

皇帝恼怒，呵斥："不准胡说，叶裳受上天眷顾，一定会平安无事的。"

千寒闭了嘴。

皇帝脸色难看，又沉默片刻，道："他是为朕挡掌，若非他，如今躺着的便是朕了。"顿了顿，他问，"大半日了，半丝动静没有。没有动静，是不是说明，他至少目前还没事？"

千寒低声说："苏小姐和叶公子合力施救，运功为世子祛毒，护他心脉，没有动静，说明世子目前还有救，正在救……"

皇帝闻言面色似乎松缓了些："既然如此，就等着吧，朕也在这里等。"

千寒垂下头，不再说话。

苏夫人和丞相夫人对看一眼，也都没说话。

陈述、沈琪、齐舒等人更是不敢言语，皇上能亲自来此，守在这里，也算是对叶裳极其厚爱了。他们齐齐祈祷，只要他大难不死，定然有后福。

有内侍搬来椅子，皇帝缓缓落座。

皇帝刚坐下不久，太后宫里和皇后宫里派来了人询问叶裳是否平安，那二人见到皇帝，齐齐叩礼，皇帝摆摆手，道："你们回去告诉母后和皇后，有朕在这里，叶裳一定会平安无事的。"

那二人应声，立即折回了皇宫。

朝中众人听闻皇上出宫亲自到了容安王府，听闻叶裳昏迷了一日，至今仍在施救，都齐齐地捏了一把汗。

月贵妃宫被焚毁后，皇上回到御书房又下了一道圣旨，着太子闭门静养，不准吊孝。

月贵妃给太子下无伤花毒之事，已经公之于众，有知晓无伤花无解者，都觉得，这太子早晚都会被废黜。不能人道的太子，自然再做不了储君，可是谁来做储君呢？年幼的皇子倒是还有几个，可是都太过年幼，最小的牙牙学语，最大的不过稚子之龄。而皇上身体不好，估摸着挺不了几年。难道要从宗室里选同宗之人？

同宗之人，倒是不少，可是能担当大任者，寥寥无几。

凭借叶世子破月贵妃之案之能，自然能担当大任，可是他虽然是刘氏血脉，但是姓叶。自然不能选。

一时间，朝中人都觉得前路茫茫，不知其途在何处。

不过叶世子生死未卜，为皇上挡掌的功劳摆在这里，皇上对他厚爱器重，只要他这一次大难不死，再委以重任，是理所当然之事。他若是不死，向他靠拢，自然是最妥当之法。

于是，很多人都祈祷叶裳一定不能有事。

皇宫里，太后和皇后聚在一处，月贵妃一死，皇后也解了禁，她听说月贵妃是背后主谋时，惊得好半晌没回过神来，不敢相信地问太后："母后，月贵妃那贱人，真有这么大的本事？"

太后被禁卫军封宫的这几日郁结于心病倒了，不过听说国丈府众人无罪释放，月贵妃被苏风暖杀了，皇上将她的宫殿都焚毁了时，心下畅快道："她自然是个有本事的，否则如何会受宠这么多年？你若是有她一半本事，哀家也就不必担心我们娘俩在这后宫无依无靠了。"

皇后一时语噎。

太后见皇后不说话，也知道她闭门反省这些日子给关得几乎没了脾气，那三日被禁卫军封宫，搜出证据，又吓了个够呛，与她一样，算是同病相怜。她语气和缓了些："哀家没想到，一百多禁卫军都杀不了月贵妃，她最终却被苏风暖给杀了，那个小丫头片子，当真有那么大的本事？"

皇后哼道："苏将军本事大，据说他的儿女都自小习武，儿臣听说她竟然还在您面前和宫中的侍卫打架，丝毫不惧，想必是真有本事呗。"

"女人舞刀弄剑，再有本事，再厉害，有什么用？"太后没了谈苏风暖的心思，内心里对她实在不喜极了，即便她杀了月贵妃，也不能让她改观，便改口道，"哀家听说皇上下旨令太子闭门休养，到底还是他的亲儿子，月贵妃死了，他还是一样护着。"

皇后闻言说："不过是一个残废，早晚会被废黜，护着又有什么用？"

太后颔首："倒是这个理。"

皇后又道："叶裳不会真有事吧？若是他救不好，那皇上……"

太后瞪了她一眼："都说祸害遗千年，叶裳那小子就是一个祸害，他能这么容易死？哀家可不信。"

皇后道："都昏迷一日了，听人说受伤极重，又中有剧毒，还在救治……"

太后道："哀家没想到，这些年皇上对他好，他倒是个懂得报恩的，为皇上挡掌。若是他死了，只能说是可惜了。若是他大难不死，以后这福气啊，怕是要比天高。这一回他没趁机置国丈府于死地，国丈府总归是欠他一个人情。"

皇后低声说："哥哥当年和容安王交情甚笃，情同兄弟，容安王死后，哥哥郁郁而终，叶世子兴许是看在哥哥的面子上。"

太后道："不管是看在谁的面子，总归国丈府平安，你我有娘家支撑，才能有好日子过。"话落，她摆摆手，"听说你爹病了，皇上如今在容安王府，哀家准你出宫，去看看你爹吧。"顿了顿，又道，"顺便也去一趟容安王府，那女人死了，如今正是你和皇上修复关系的好时机，可别让别的女人趁机插进来，再夺走皇上的心。"

皇后闻言欢喜，她有许久没出宫了，遂点了点头。

第三十三章
辞官之心

　　国丈府内，国丈醒来后，听闻了这几日发生的事，便命人喊回许云初。

　　许云初回到国丈府，见国丈倚在床头，一旁的榻几上放了一只碗，碗里盛放着药，他急走两步，来到近前，端起药碗，试了一下温度道："这药已经凉了，我吩咐人热热吧，爷爷有什么话，先喝了药再说。"

　　国丈看了许云初一眼，点了点头。

　　许云初喊来人，将药端了下去。

　　不多时，药热好，那人又端了回来，国丈喝下药，许云初又端来水让他漱了口，国丈才缓缓开口："你从容安王府来？叶世子情形如何？"

　　许云初坐下身，摇头："苏小姐和叶公子一直闭门为他救治，至今没醒来。"

　　国丈看着他："这么说，你没见到他了？"

　　许云初摇头："没有。"顿了顿，又道，"除了我，还有苏夫人和孙夫人，安国公府二公子、景阳侯府的三公子、平郡王府的小郡王等人都在。我回府时，听说皇上此时也去了容安王府。"

　　国丈闻言道："叶裳的情形不容乐观？"

　　许云初点头："月贵妃师从鬼山派，据说习得了烈焰功，虽然不够火候，但以毒练功，拍在叶世子身上的那一掌十分毒辣……"

　　国丈怒道："真是一个歹毒的女人。"

　　许云初不说话。

　　国丈想起国舅夫人，又生起怒意："你娘呢？怎么安置的？"

　　许云初低声说："皇上未降罪，我在府中搭建了灵堂，尽快择日下葬。"

　　国丈看着许云初，到底是他的娘，为着这个孙子，他也不能将她尸体如何，人死了，生前的恶事也就一笔勾销了。他憋着气道："她尽管对不起国丈府，对不起你们兄妹，但对你爹，倒是真心，就让她和你爹安葬在一起吧。你爹生前既然不愿入祖坟，许家只当没有他这个子孙。"

许云初点头，没有意见。

国丈又道："我听说是苏风暖杀了月贵妃，这事是真的？"

许云初点头："外面都在传，朝中文武百官都亲眼所见，自然是千真万确的。"

国丈又问："你至今还没见过她吧？"

许云初慢慢地摇了摇头。

国丈道："我倒是没想到那个野丫头有这么大的本事，难道真是人不可貌相？"

许云初不说话。

国丈看着他，刚要再说什么，外面有人禀告，皇后娘娘回府了，祖孙二人一怔，国丈皱眉，问："她这个时候回来做什么？"

管家连忙说："据说是奉了太后懿旨，回来看望您。"

国丈闻言只能道："云初，你出去迎迎你姑姑。"

许云初点点头，出了房门。

皇后闭门反省多日，到底是抹掉了些暴躁的脾气，见到许云初后，温和地问了他几句话，看到了府中搭建的灵堂，她停住脚步，虽然心里有些恨，没想到她这个嫂嫂竟然是月贵妃那个贱人的师妹，但如今人死了，她还是上前给她吊唁了几张纸，才前往国丈住处。

父女二人叙了几句话，国丈才入正题，对她道："如今月贵妃死了，以前你与她争宠，导致后宫乌烟瘴气，以后，可要改改。你贵为皇后，母仪天下，应当做天下女子的典范。皇上是你的丈夫没错，但他也是一国之君。如今太子的身体与宝座已然无缘，年幼的皇子虽有几个，但短时日内扶不起来，你自此要懂得为君分忧。我们国丈府经此一难，太后和你也都该明白，我们的荣华是得沐天恩，没有天恩，也就没有荣华。知道吗？"

皇后受教地点了点头："爹，女儿知道了。"

国丈见她难得乖觉听话，欣慰地道："你娘死得早，这些年，爹又忙于朝务，你姑母那个人又是个争强好胜的，爹也不由得跟着她走了些歪拧的路。直到叶裳查案，国丈府顷刻间所有人被打入天牢，我在天牢中反思几日，才想通了，回过味来。"

皇后想起这几日自己在宫里惶恐不已，如今都觉得胆寒。

国丈看着她微变的脸，也知道她这几日受的惊吓同样不轻，继续道："皇上没因月贵妃一案牵连国丈府，也没因你嫂嫂而治罪国丈府，将国丈府众人无罪释放，是皇上仁厚。过两日，我身体好些时，便会递上告老辞官的折子……"

"什么？爹，您要辞官？"皇后大惊。

许云初也愣了一下，不过很快就了然了，国丈府一门出两后，爷爷又位居重臣之位，国丈府太过荣盛，如今经此一难，爷爷想通了退下来，不再与皇权抗衡，也未必是坏事。

"不用吃惊，你没听错，我是要辞官。"国丈道，"我一生为支撑许家门庭，光宗耀祖，如今很累了，我也该退下来享享福了。"顿了顿，他道，"更何况，我不退下，云初如何入朝？国丈府不收敛锋芒，退一步，自剪枝叶，皇上如何敢起用云初入朝？"

皇后看着国丈，又看看许云初："可是云初毕竟还年轻……"

国丈摇头："国丈府经此一难，我几乎支撑不住，就此倒下。可是云初临危不乱，沉稳有度，心中有数，比我强。有他入朝，知晓进退，国丈府的门庭便不会倒。太后老了，回头我会劝她，让她不要再什么事都掺和，更不要再压制皇上。至于你，你在宫里，只要稳稳当当的，把以前那些毛病都改了，不给云初添乱，云初定然能保你们姑侄安顺。"

皇后闻言看向许云初，这个侄子虽然年轻，但确实沉稳可信，她只能点头："听爹的。"

国丈见她听从，十分欣慰，对她摆手："你去容安王府看看叶裳吧，我们能无罪释放，也要承叶世子一个人情。他若是挺过这一关，此后怕是无人再敢小看。"顿了顿，又道，"听说皇上也在容安王府。"

皇后点头，告辞出了国丈府。

许云初本欲陪着皇后去，国丈却说："你身子再是铁打的也受不住连日忧思操劳，你去了也帮不上什么忙，不必去了，歇息一晚，明日尽快将你娘的后事料理了吧。"

许云初闻言点了点头。

皇后来到容安王府时，天已经彻底黑透了，皇帝听人禀告皇后也来了，蹙了蹙眉，倒也没将她赶回去，而是吩咐道："让她进来吧。"

皇后进了容安王府，发现这府中寂静，府门口若干马车若干马匹，就知晓这府中一定有不少人，可是进来之后发现，府中静得近乎压抑，落针可闻，可见叶裳还没脱离危险。

她来到正院，对皇上见礼。

皇帝看了她一眼，脸色不算好，但声音倒也没那么冷硬，摆了摆手："免礼吧。"

皇后道了谢,站起身。

苏夫人、孙夫人、陈述等人齐齐给皇后见礼。

皇后不若往日一般盛气凌人,今日十分温和,一手握住苏夫人的手,一手握住孙夫人的手,道:"听说叶世子还没脱险,两位夫人一直待在这里,本宫也过来看看,辛苦两位夫人了。"

苏夫人摇头道:"这孩子自幼失怙,将军最为惦记他,以前臣妇随将军在外,照料不到也就罢了。如今臣妇既然回京,自然责无旁贷。左右只能等在这外面,帮不上什么忙,不辛苦。"

孙夫人也摇头道:"相爷有朝事繁忙,脱不开身,否则便自己来了。我跟苏夫人一样,也只能等在这外面,帮不上什么忙,不辛苦。只盼叶世子能够平安。"

皇后闻言松开二人的手,看向紧闭的门窗道:"这些年,叶裳大病小灾的倒是犯过不少,也没见真出事。可见王爷和王妃在天上保佑着他呢。这一次也定能逢凶化吉。"

苏夫人和孙夫人齐齐地点头。

皇帝坐在一旁,听着皇后说的这句话还算可心,就问她:"你先去了国丈府,国丈身体如何?可无恙?"

皇后一听皇上这是在关心她爹,顿时心下一喜,连忙回话:"回皇上,臣妾去时,国丈还在床上躺着呢。不过与臣妾说了不少话,气色还好,喝着药呢,无大碍。"

皇帝点头,不再多问。

若是以前,他没话时,皇后也会找话继续与他说,如今见他不说,她便也住了嘴。

一时间,又安静了下来。

过了片刻,丞相夫人道:"皇上,臣妇和苏夫人在这里守着,一旦叶世子醒来,有什么需要的,臣妇二人就帮着办了。您要仔细龙体,还是和皇后回宫吧。"

苏夫人点头:"是啊,明日还要早朝……"

皇帝摇头:"朕就在这里等着。"

丞相夫人见劝不动,便也不再多言。

又等了半个时辰,夜深时,里面终于传来了动静,房门从里面打开,叶昔先走了出来,苏风暖落后他一步。二人脸色都异常地白,全身疲惫,走路时身子几欲跌倒。

皇帝腾地站了起来,急问:"如何?"

叶昔见皇上急问,他看了皇帝一眼,摇摇头。

皇帝面色大变："没救过来吗？"

叶昔依旧摇头。

皇后急道："你倒是说话啊！"

苏夫人这时也上前，一把扶住摇摇欲坠的苏风暖，紧张地提着心问："暖儿，怎样？小裳他……"

苏风暖整个身子的重量都靠在了苏夫人身上，看了皇上和皇后以及丞相夫人、陈述等人一眼，虚弱至极地道："娘，我已经尽力了，他身上的毒已经清除了，但心脉受伤极重，如今还昏迷着。若是这三日他能醒来，便是脱离了危险，能保住一条命，无大碍了；若是醒不过来，就是大罗金仙来了，也救不了。听天由命吧。"

苏夫人闻言，试探地问："也就是说，目前他还没事？"

苏风暖点头。

皇帝闻言心虽然依旧提着，但知道这不是最坏的结果，还是略微地松了一口气，问苏风暖："小丫头，如何才能让他醒来？"

苏风暖摇头："没办法，只能等着他自己醒。"顿了顿，她道，"比如说，他在这世上，有什么留恋的事，执着的事，总舍不得死的，有了牵扯，就能够醒过来。若是心存死意，便没救了。"

陈述这时大声说："有，他有。"

皇帝闻言立即转头去看陈述，沉声问："他有什么？"

陈述见皇上询问，众人也都看着他，他犹豫了一下，也顾不得了，大声说："他有一个喜欢的女子。"

"哦？"皇帝挑眉，"什么样的女子？那女子叫什么？"

皇后此时立即问："可是那红粉楼的瑟瑟？"

陈述听到瑟瑟的名字，心跳骤停了一下，立即摇头，否认道："不是她，是另外的一个女子。我不知道那女子叫什么名字，我问过多次，他也不说。那女子似乎不是京城人士，每年都会来京中几次，那女子来时，他就一直陪着，欢喜着，那女子一走，他就好些日子都缓不过劲来，害相思病。"

苏风暖嘴角抽了抽，撇开头，觉得无语极了。

苏夫人闻言看了苏风暖一眼，似乎也十分无语。

皇帝心底升起好奇："这事倒是稀奇，朕一直不曾听闻他有一个心心念念的女子。"话落，他忽然想起了什么，看向苏风暖。

苏风暖感觉到皇帝的视线，头皮发麻，虚弱地转移话题，拽住她娘的衣袖说："娘，我累死了，一身功力都用来给他祛毒了，如今我虚得很，走路都走不动了，快给我找个地方休息。"

苏夫人心疼苏风暖，但还是担心地说："那小裳……"

"我早就说了，尽人事，听天命。"苏风暖不满地道，"累死了大夫，便没人救他了。他一时半会儿醒不来，总得让我歇歇。"

苏夫人闻言立即道："好，好，小裳一时半会儿也醒不过来，我先送你回府。"话落，她看向皇帝，"臣妇先带暖儿回府，稍后再过来。"

皇帝琢磨了一下，道："容安王府偌大的地方，还能没有歇息之处？小丫头就在府中找一个房间住下吧。你是大夫，不能离开。苏府距离容安王府虽然不远，但总归是隔着两条街，一旦有急事，总要找你，现喊你恐怕也来不及。"

苏夫人听说让苏风暖住在容安王府，犹豫道："这……她一个未许婚配的女儿家，住在容安王府不太好吧……"

皇帝板起脸："朕本来早有打算给她和叶裳赐婚，只不过诸事太多，拖延了，如今婚事不提，只说她身怀医术，秉持医者仁心，住下来照看，也是正常。谁若是敢嚼舌头根子，朕就割了谁的舌头。"

苏风暖一听，立即说："皇上，您可不能害我啊，他要是死了，我的名声也就跟着他毁了。"

皇帝怒道："他不会死，你必须给朕住下来。"顿了顿，见她不满，补充，"这是圣旨。"

苏风暖无言，当皇帝都喜欢拿圣旨压人吗？她不服气地道："若是他死了，我名声也毁了，以后没人娶，嫁不出去，您最好也拿圣旨给我另外找个人赐婚。若那人死活不娶，您就诛他九族。反正圣旨对您来说，金口玉言，管用得很。"

皇帝一噎。

苏夫人气得瞪眼，伸手拍苏风暖脑袋："不许咒小裳。"

苏风暖被打得疼了，揉着脑袋说："您若是一巴掌把我拍死，更省心了，他救不活不说，还赔进去一个我。"

苏夫人一时也被噎住，拿她没办法，伸手嫌弃地推开她："都累成这副样子了，还贫嘴。"话落，她眼角余光瞥见皇后，忽然想起苏风暖还没见过皇后，立即正了神色说，"这是皇后娘娘，还不快拜见娘娘。"

苏风暖自然早就见到了皇后，她的容貌太像许家人的容貌，又是立在皇上身边，久居皇后宝座，即便不被皇上所喜，但也有着高于所有女子的尊贵威仪，想不认出她都难。她被苏夫人推开，身子没力气地晃了晃，对皇后打招呼："皇后娘娘长得可真美，您比我娘年轻多了，让人看着就赏心悦目。"

皇后在苏风暖从房内出来时，一直不错眼睛地打量她，见她明明一副快累晕了的样子，还贫嘴地和苏夫人撒娇，敢和皇上不顾忌地说话，没有太后说的那么惹人厌烦，顿时笑着温和地说："早就听闻苏小姐顽皮可爱，如今可算是见着了。这张小嘴可真会夸人，将本宫夸得不喜欢你都不行了。"

苏风暖对她眨眨眼睛："皇后娘娘比传言看起来温良许多，我才敢这么夸您。若是换作太后，我可不敢在她老人家面前放肆。"

皇后想起太后提到苏风暖时一副嫌恶气煞的模样，顿时笑起来："太后寻常待人也是温和的，不过最忌讳动手动脚打打杀杀的事，你以后见了太后只要不动手脚，她老人家还是好相处的。"

苏风暖无辜地道："可是我最喜欢舞刀弄剑了。"话落，她装模作样地叹了口气，"这就是所谓的八字不合吧。我和太后她老人家一定是八字不合。以后少见就是了。"

苏夫人又无语地拍她脑袋："八字不合是这么用的吗？你既累了，赶紧去休息好了。皇上说得有理，一旦小裳这里有急事，喊你的话，你也能立即过来，就歇在这里吧。"话落，她伸手招呼管家，"快给她找个地方，让她去休息。"

管家连忙应是，恭敬地说："苏姑娘，您随老奴来。"

苏风暖点点头，对皇帝道："皇上，夜里寒凉，您也别在这里耗着了，您身体不好，连日劳心劳神，我观您面相，您已经心火郁结，脾肾亏损极重，若是不尽快调养休息，万一再染了寒气，很可能会一病不起，后果不堪设想。叶世子若能醒来，他早晚会自己醒来；若是不醒，也就没救了。您若是病倒了，叶世子可就白救您了。江山大局为重啊。"

她说完这一番话，也不等皇上再多说，一步三晃，疲惫至极地跟着管家去了。

皇后被苏风暖的一番话倒是惊了个够呛，转头看皇上，见他无处不透着疲惫，连忙劝说："皇上，苏小姐说得对，您还是回宫吧。"

丞相夫人也连忙劝说："如今夜已经极深了，正是凉气重的时候，您再待下去，身体定然受不住。"

苏夫人也立即说："我家的臭丫头虽然爱贫嘴，但是医术的的确确是极好的，否则也不敢揽救小裳的这个活了。皇上还是快回宫吧，这里有臣妇在。"

叶昔一直立在门口，虽也看着疲惫，但比苏风暖略强些，闻言也道："皇上、皇后娘娘、苏伯母、孙夫人，你们都回府吧。这么多人留在这里，也是徒劳心神。"话落，他看了一眼陈述等人道，"几位兄弟若是不累，陪在这里就好。"

陈述、沈琪、齐舒等人齐声说："我们不累。"

皇帝确实也极累了，见众人都劝说，也知晓自己的身体再待下去会撑不住，他叹了口气，作罢，对叶昔道："你们别再劝说了，朕进去看一眼叶裳，便回宫去。"

叶昔闻言让开了门口。

皇帝抬步进了屋，皇后和苏夫人、孙夫人也都陆续地跟进了房间。

房间内，叶裳躺在床上，周身汗水淋漓，身子就跟刚从湖里捞出来一般，将锦被都泡湿了，脸上全无血色，呼吸微弱，看着这副样子，就跟真会醒不过来一般。

苏夫人眼窝子浅，几乎当时就落了泪："可怜的孩子，命这么不好，从小到大，遭了几次大难了这是……"

皇帝抿唇，脸色紧绷，沉默地看了叶裳片刻，掏出明黄的绢帕，给他擦了擦额头的汗，之后，绢帕没收回，便放在了他枕畔，回转头，对苏夫人道："他会醒来的，既然有念想，便舍不得死。南齐皇家的列祖列宗，都会保佑他。"

苏夫人心思一动，抬眼去看皇帝。

皇帝说完这句话后，已经转过身，踏出了房门，对门口的千寒说："他一旦醒来，立即派人知会朕。"

"是。"千寒应声道。

皇帝出了容安王府，与皇后一起，回了皇宫。

皇帝与皇后离开后，房中一时静寂。

苏夫人看着放在叶裳枕畔那一块明黄的绢帕，脑中深思皇帝刚刚说的那一句话。

有念想，便舍不得死？南齐皇家的列祖列宗，都会保佑他？

她一时觉得自己悟透了什么，又觉得什么也没悟透，十分模糊。直到孙夫人喊她，她才回过神，看着孙夫人疲惫的脸，道："我就住在容安王府了，一帮子孩子在这里，我还是不放心。孙夫人回府吧，免得相爷担心。"

孙夫人想着苏风暖住在了容安王府，苏夫人又如此关心叶裳，皇上今日又提了给二人赐婚的事。若是叶裳这一次大难不死，这婚事十有八九也就成了。她住在这容安王府，也是正理儿。便点点头："那我明日再过来。"

苏夫人颔首。

孙夫人便出了房门，也回了丞相府。

孙夫人离开后，苏夫人又在房中逗留了片刻，对叶昔、陈述等人说："既然一时半会儿醒不过来，便两个人一组，轮流照看着吧。"

叶昔点头："伯母去休息吧，管家给师妹安排的院子宽敞，您也住去那里吧。照看的事，我来安排。"

苏夫人颔首，见叶昔还算精神，便出了房门，找管家问明了给苏风暖安排的住处，便寻了过去。

她来到苏风暖的住处时，苏风暖已经躺在床上睡了，听呼吸声便知睡得极香。

苏夫人掌上灯，来到床前，伸手推她："臭丫头，给我醒醒。"

苏风暖被推醒，抬眼看了苏夫人一眼，又闭上，翻了个身，嘟囔："娘，您要问什么，简洁、快速、别啰唆，快些问，我又累又困……"

苏夫人闻言立即问："小裳是不是没有事？"

苏风暖"嗯"了一声："丢不了小命，也就养一两个月的伤。"

苏夫人松了一口气，坐在她身边，压低声音说："我就知道小裳没事，若是他真有事，你就没心思睡觉了，还不得彻夜守着他？"话落，双手合十，"菩萨保佑，他没事就好……"

苏风暖哪怕闭着眼睛，困得不行，也忍不住想翻白眼："什么菩萨保佑？是他带了护心镜，我早些年送给他的护心镜，这天下唯一一块用极其坚韧的材质打造的护心镜，被月贵妃那女人一掌给拍得粉碎，若没有那块护心镜，十个他也早去见阎王了，还等着我来救？还由得皇上跑来容安王府等着他醒来？早安排棺材了。"

苏夫人闻言一怔："他带的护心镜都给震碎了？"

苏风暖哼哼两声。

苏夫人沉默了片刻，又道："带了护心镜竟然还受了这么重的伤，养一两个月的话，不会落下病根吧？"

苏风暖又哼哼："有我在，不会，我学的医术又不是糊弄人的东西。"

苏夫人又松了一口气，试探地问："这么说，小裳是早有准备，是料到月贵妃会杀皇上，刻意为他挡掌的？那这孩子……为了什么？"

苏风暖本来困意深深，如今闻言被搅散了一半的困意，她睁开眼睛，看着被灯光熏黄了的棚顶道："查月贵妃案，是为了牵扯出十二年前容安王和王妃之死的旧案，也是为了牵扯出岭山瘟疫案。至于给皇上挡掌……自然是锋芒毕露后，要懂得收敛锋芒，大丈夫能进能退，能屈能伸，才能立得稳。官场如战场，官场若是杀人，比战场残酷得多，都是不见血的刀刃。他想立稳在官场，总要懂得去做这些，总要付出代价。"

苏夫人闻言彻底了然，心疼地说："这孩子可真不容易。"话落，她又感慨，"十二年啊，他能忍十二年，才有如今筹谋事成，何其不易！"

苏风暖笑了笑，正经的模样一改，懒洋洋地说："铲除旧的腐朽和官制，以及重整南齐国风，如何能容易得了？但总要有人来做。他是容安王府的世子，有资格，也有权力，更有立场来做。没什么不好。"

苏夫人闻言伸手点她额头，对她压低声音说："月贵妃一案，皇上将之大白于天下，没将太子之事再继续隐瞒下去，也就是说，太子早晚会被废。年幼的皇子不是牙牙学语，就是稚子之龄。那把椅子，以后到底谁来坐，恐怕是目前无数人心中的疑问。刚刚皇上离开时，看了小裳，将贴身的绢帕亲手给他擦了汗，又留在了他的枕畔，我怕皇上是有其心啊……"

苏风暖闻言沉默了一会儿，低声问："皇上除了给他擦汗，留了绢帕，还说了什么？"

苏夫人道："皇上说，他会醒来的，既然有念想，便舍不得死。南齐皇家的列祖列宗，都会保佑他。"

苏风暖闻言忽然笑了一声。

苏夫人伸手推她："你笑什么？"

苏风暖收了嘴角的笑，转过头，伸手轻轻拍了两下苏夫人的脸，软声说："娘，您也累了吧？快睡吧啊。想那么多做什么？皇上跟我爹同岁，没准还能活到抱孙子。朝堂天下，江山基业，百姓社稷，这些都是男人该想的事，跟我们女人没关系。"

苏夫人被气笑，扒拉开她的手："你个臭丫头，这时候倒是记得自己是女人了。我以为你这些年在外面疯跑，都把自己的性别混淆了呢。"话落，她站起身，一边卸朱钗，一边说，"不过你说得也对，娘想这些确实远了些，还是顾着眼前吧，小裳没事，我这心也就踏实了。"

苏风暖打了个哈欠，准备继续睡。

苏夫人简单地梳洗了一下，躺在了苏风暖身边，对她说："既然他没大碍，你和叶昔却隐瞒说他这伤严重到听天由命的地步，是为了什么？"

苏风暖困意浓浓地嘟囔："为皇上挡掌，哪能是那么轻易的事？若是如此轻易，谁都挡了。他舍了一块护心镜，总该换得皇上也跟着担一担心吧？不能白挡。"

苏夫人伸手拍她脑袋："你这孩子，惯会替小裳打算。"话落，又笑着说，"睡吧。"

苏风暖见她不再絮叨，便睡了下去。

苏夫人也确实累了，心底一旦放松，也很快就睡着了。

叶昔为了做全套的戏，自然没回自己的院子，而是在画堂的躺椅上歇了下来。陈述、沈琪、齐舒等人谁也不愿意去休息，便都守在了叶裳的房中。

一夜过得极快，很快就天亮了。

陈述见叶裳依旧没有醒的意思，从房中出来，叶昔听到动静，眼皮动了动，睁开了眼睛。陈述见他醒来，立即走近他说："叶昔兄，你可知叶裳他喜欢的女子是什么人？能不能动用你叶家的势力找到她，将她请来京城？"

叶昔看了陈述一眼，见他熬了一夜，眼圈极红，在与叶裳相交的这些人里，属陈述与他感情最好。他坐起身，道："他喜欢的女子就在京城。"

陈述一喜："你知道？那快把她请来啊。"

叶昔对外面说："千寒，你去看看师妹歇够了没有，将她请来。"

千寒应了一声是，立即去了。

陈述一怔，看着叶昔，小声说："可苏小姐不是叶裳喜欢的女子啊。"

叶昔觉得陈述实在可爱，径自倒了一杯茶，笑了笑说："伤者面前，喜欢什么的都不管用，还是大夫最管用。"

陈述闻言一时没了话。

苏风暖好好睡了一觉，神清气爽，见千寒来喊，便与苏夫人一起，来了叶裳的院子。

陈述站在门口，见苏风暖来了，立即上前说："苏姑娘，他还没醒来，你快进去看看吧。"

苏风暖点头，进了房间，给叶裳号了脉，对陈述说："脉象平稳，暂时无大碍。"

"那他什么时候能醒来？"陈述又问。

苏风暖摇摇头。

陈述看着她，还想再问，这时，外面有门童前来禀告，对叶昔说："叶公子，皇上派人来问世子醒了没有。"

叶昔走到门口，对他道："你回话，就说表弟还没醒。"

那人应声，立即去了。

那人刚走不久，苏青和刘焱一起来到容安王府。

苏青一身灰扑扑的衣服，灰头土脸，像是刚从外面回来，刘焱眼圈红红的，一双眼睛像是兔子眼。刚来到，便急着冲进去看叶裳了。

苏夫人看着苏青，问他："怎么脏成了这副鬼样子？"

苏青闻言拍拍身上的土，看了一旁的苏风暖一眼，没好气地说："早先得到妹妹传信，前去帮助凤少主收拾凤阳镖局的烂摊子，昨天听说叶裳出事了，我急着赶回来，骑了一夜的马，可不就成了这副鬼样子了吗？"

苏夫人闻言又问："既然如此，你怎么和晋王府长孙一起来的？"

苏青道："在门口碰到的。"

苏风暖看着他："凤阳呢？也回来了？"

苏青摇头："他本来是跟我一起回京的，途中却遇到了林家的小姐，被缠住了，我没等他，先一步回来了。"

第三十四章
夜半私会

林家小姐？

苏风暖想起与叶裳一起去请云山老道，途经文安县时，遇到的那位林家小姐林可岚，口口声声要找凤阳。她挑眉："那位林家小姐可是叫林可岚？"

苏青想了想，点头："好像是叫这个名字，我急着回来，没注意听。"

苏风暖看着他："除了她，还有什么人与她一起？"

苏青道："有林家的家主，林家的二公子、四公子，还有一个三小姐，林可岚好像排行第五，那林家的二公子喊她五妹。"

苏风暖若有所思："按林家到京城的距离来算，早在两日前就应该进京了，可是晚了两日，如今月贵妃案破了，林家才进京。你们是在哪里遇到的林家人？"

苏青道："在灵云镇，据林家人说，来京途中，也在彻查关于谋害叶世子和灵云大师的机关暗器与林家机关暗器手法太过相像之事，所以，耽搁了时间。"

苏风暖点头："这话倒也说得过去。"话落，又道，"他们如今在后面？"

苏青点头："我骑快马，凤阳伤得重，本来也与我一起骑快马来着，后来遇到那林家五小姐，那五小姐死活不让他骑快马，我只能先走一步了。"他看了一眼天色，"他们估计晌午时也能进京了。"

苏风暖颔首，想着她早已经传信给涟涟，接管杀手门，算一下时间，也该进京了。

苏青见苏风暖不再问，进了里屋，看过叶裳后，出来问苏风暖："他一直昏迷着？至今还没醒来？"

苏风暖点头。

苏风暖对苏青道："你快回去洗洗，这副脏样子，可真是有污眼目。"

苏青看了陈述、沈琪等人一眼，见一个个都熬得眼睛通红，通体疲惫，他打了个哈欠，不正经地道："叶裳福大命大，我看他不会有什么事，这么多人都守着他干什么？"话落，他往外走，"我回去了。"

叶昔此时对陈述等人道："几位兄弟也都回府休息吧，若是不回府，便在这府中休息也可。总不能一直这样熬着，否则他醒来，反而累垮一大批人。我和师妹歇了半夜，已经有了精神，守在这里就好。"

陈述向左右看了一眼，道："我就在这府里歇一会儿，你们回去吧。"

沈琪和齐舒见叶昔和苏风暖、苏夫人确实都很精神，他们熬了一夜，也的确累了，便点点头。有人留在了府中，有人出了府。

刘焱红着眼圈守在叶裳床头，不停地说："叶哥哥，你快醒来啊，昨天我就要过来，爷爷说我过来也帮不上什么忙，只会添乱，不让我过来。我想着我今天来你总也能醒了，怎么到现在还不醒啊？"

苏风暖向里面看了一眼刘焱，那孩子说着都快哭了，她想着叶裳像他这么大时，早已经不会流泪了，到底是被晋王保护得太好。

她正想着，有门童来报："叶公子，晋王和几位宗室的长辈前来看叶裳，小国舅也来了。"

叶昔闻言看向苏风暖。

苏风暖想着今日不比昨日，来看叶裳的人一定很多，毕竟昨日皇上在这里守了半夜，朝中人惯会见风使舵，叶裳破了大案，又为皇上挡了毒掌，如今已经与昔日不可同日而语，想闭门谢客是不可能的，晋王和宗室的人这么早就来了，接下来还会有人来。她可不乐意见人，尤其许云初又来了。她便站起身："我没睡够，继续回去睡了，今天来的人估计会很多，师兄好生招待着吧。"

叶昔有些嫉妒苏风暖一边演戏一边躲清静，他是叶裳表兄，容安王府没有主事人，他这个叶家的兄长却是躲不过去，无奈地点头："你去睡吧。"

苏风暖毫不客气地躲去睡懒觉了。

苏夫人没走，留在府内，帮着叶昔招待人。

晋王等人听闻叶裳至今还没醒，看过他之后，都不由得唉声叹气。

许云初观察得仔细，对众人道："我看叶世子虽然气息微弱，但面上还是有些许红润血色的，应该不会有大碍，早晚能醒来。"

叶昔看了许云初一眼，道："小国舅说得是，表弟定能醒过来的。"

许云初没逗留多久，今日要给他娘发表，坐了片刻，便匆匆回府了。

晋王和宗室众人多待了片刻，也都回府了。

他们离开后，果然不出苏风暖所料，陆续有人前来探望。一上午的时间，容安王府的门槛几乎被人踏破，门庭若市。

可惜，叶裳一直昏迷着，没看到府中这络绎不绝人来人往的盛况。

到了午后，连叶昔也不耐烦招待来的人时，宫里的皇帝下了一道圣旨，言：
"叶世子未醒来之前，一律人等，不准再去容安王府探望。"

圣旨一下，那些没来的人，顿时消停了，容安王府也清静了下来。

苏风暖吃了睡，睡了吃，一日就这样过去了。

天黑后，千寒来请她，小声说："姑娘，世子睡醒了，如今只有叶公子在，
没别人，请您过去。"

苏风暖躲了一天后，这才懒洋洋地去了叶裳的住处。

叶昔见她来了，敲她脑袋："你躲清静，让师兄受罪，没良心的小丫头。"
说完一句话，捶了捶自己的肩膀，将叶裳交给她，自己去歇着了。

苏风暖进了里屋，果然见叶裳已经醒来，身子半靠着软枕，她道："我以为
你总要睡三天，才两天就醒了。"

叶裳将苏风暖上上下下地打量了一眼，不满地说："没良心的女人，你是怎
么答应陪我的？食言而肥，自己躲到房里好吃好睡。"

苏风暖闻言翻了个白眼，坐在床头，看着他道："如今你可今非昔比了，想
照看你的人多了，不差我一个。从昨天到今天，多少人守着你，我如何陪着你？
我还不是你的谁呢，顶多是个大夫。"

叶裳闻言一把拽住她的手，恨恨地说："这么说来，我还是要尽快给你个光
明正大地陪着我的身份了？"

苏风暖往外撤手，被他攥住，撤不出，她用另一只手敲他脑袋："你把自己
这副身子糟蹋得不成样子，想我收你，就要养好了再说，否则你这浑身是伤的样
子，白给我也不要你。"

叶裳瞪着她："你这是嫌弃我？"

"嗯。"苏风暖郑重地点头。

叶裳气笑："不管我什么样，就算是个废人，你也不能不收，现在嫌弃早已
经晚了。"

苏风暖哼了一声，对他说："饿吗？"

叶裳摇头："不饿，你给我喂的药丸，我估摸着，能撑到明日中午。"

苏风暖闻言道："那你就明日中午再醒吧。昏迷三日，才更让人觉得你命大
福气大造化大，连阎王爷都不收你。"话落，看到了他枕畔的绢帕，她伸手拿起
来，瞅了一眼，上面绣着帝王的名讳，她道，"我听我娘说，这是皇上给你擦汗
后，留下的。"

叶裳瞅了一眼，面上没任何情绪地道："这些年，皇上待我不薄，但也只是

不薄而已，如今才算得上是厚爱了吧。"话落，他伸手拿掉苏风暖手里的绢帕，扔到了一旁，道，"多少厚爱也不及你护我一丝一毫。"

苏风暖轻哼了一声，对他说："林家的人今日下午进京了，据我三哥说，是因为途中彻查关于谋害你和灵云大师的机关暗器与林家机关暗器手法相像之事，所以，耽搁了时间。"

叶裳点头："倒是个冠冕堂皇的理由。"

苏风暖道："不管是什么理由，林家人素来不可小视。"顿了顿，又道，"今日皇上依旧没早朝，京中也极为平静，除了许云初葬了他娘外，没发生什么事。"

叶裳点头："皇上没怪罪国舅夫人，让许云初将之入葬，也是因为清楚，我之所以三日内破了月贵妃案，其中许云初也是功不可没，毕竟是他亲娘，便网开了一面。朝中正是用人之时，皇上早晚要起用许云初。"顿了顿又道，"只是不知道国丈府经此一难，想通没有。"

"据说国丈还病着。"苏风暖道，"皇上昨日和皇后回宫后，歇在了皇后宫。"

叶裳嗤笑了一声："皇上即便孱弱，也是浸淫帝王权术多年之人，月贵妃一案告破，国丈府无罪释放，满朝文武如今有一大半人估计还恐慌着呢，他恩宠皇后，一为安国丈的心，二为安朝臣之心，三则是为制衡朝局。"

苏风暖自然明白，也笑了笑："要不怎么说做皇帝不容易呢？"

叶裳瞅了她一眼，平淡地道："坐那把椅子确实不容易。"话落，问她，"月贵妃死前，与你说了什么？"

苏风暖眨眨眼睛："你怎么知道月贵妃死前跟我说了什么？"

叶裳道："她那样的女人，被你十招杀死，定然极不甘心，怎么能不与你说些什么？"

苏风暖想起月贵妃死前与她说的话，倒也不隐瞒，对叶裳道："她对我说，叶兰雪与刘煜倒是真心相爱，可是又如何，容安王府的男人都心系天下，她等着有朝一日，我也如她一般，下九重地狱。"

叶裳听罢冷笑。

苏风暖笑吟吟地看着他："你冷笑什么？"

叶裳看着她虽然听进去了，记住了，却没那么在意的样子，攥着她的手一紧："她这样说，你都不气，是不在意我，还是不在意她说的，嗯？"

苏风暖看着叶裳，想着他长大后可真是一点儿都不可爱了，对他道："我气什么？我不是将她杀了吗？人都死了，我何必为着她这一句不甘心的话给自己找气？"

叶裳盯着她："我想听的不是这个。"

苏风暖故意不解地道："那你想听哪个？"

叶裳瞪眼，攥紧她的手："你说我想听哪个？"

苏风暖怕他用力加重伤势，便没好气地道："心脉伤重自己不知道吗？较个什么劲？我何时不在意你了？你欺负我的时候，我都不还手，你自己忘了吗？若是换作别人，我一剑给他穿个透心凉。"

叶裳顿时笑容漫开，眸中冷意退去，松开手，看着她温温柔柔："你这样想真是再好不过。"

苏风暖哼了一声。

叶裳收了笑意道："她说容安王府的男人都心系天下，倒也没说错，不过那是父亲那一代以前。到我这里，门风早就改了。天下不止我一个人，重臣门第不止容安王府一门。我自小到大，心里眼里装的就是一个你。天下嘛……没多大的地方可盛。"

苏风暖看着他，一时眸光凝定，几乎被他笃定温柔的色泽侵蚀，过了一会儿，她伸手轻轻地拍了拍他的脸，笑着说："小裳好乖啊，这情话是哪里学来的？我可没教你这么哄骗女人。"

叶裳又气又笑，伸手拍掉她的手，羞恼道："你这女人，不解风情。"

苏风暖看着他难得羞恼，顿时大乐，顺势撤回手，站起身，对他笑着说："我解风情得很，这就打算去会会林家的二公子。你如今还是昏迷之人，自己好生休息吧。"

叶裳猛地拽住她的手，恼道："不准去。"

苏风暖见他因为用力以致脸色瞬间白了几分，顿时道："你不想好好养伤怎的？乱动什么？不知道自己不能用力吗？"接着，又安抚他道，"我是去探探他们的落脚之处，暗中查探一番，你当我真乐意去私会一个常年将我的画像挂在自己书房的男子？"

叶裳道："那也不准去，交给别人去做。"

苏风暖无奈："凭我的功夫，别人发现不了，我睡了一日了，总该活动一下手脚。"

叶裳霸道地说："那也不行，你在这里陪我。"

苏风暖见他执拗，看神色，无论如何也不让自己去了，只能作罢，重新坐下来："好，不去就不去，在这里陪着你。"

叶裳见她打消念头，面色才缓和下来。

苏风暖又陪着他坐了半个时辰，外面传来动静，陈述的声音响起："千寒，你家世子还没醒吗？"

千寒摇头，声音沙哑："回二公子，我家世子还没醒来。"

陈述道："叶昔兄呢？不在？"

千寒道："叶公子说穿了两日的衣服浑身黏腻，回院子里沐浴换衣服再过来。"

陈述道："我进去照看他。"

千寒立即说："我在这里就好，二公子今日也没多歇着，您还是去歇着吧。"

陈述摇头："我无碍，他不醒来，我心里不踏实，也睡不着。"

千寒只能让开了门口。

陈述进了房间，只见叶裳还是一动不动地躺在床上，他站在床头看了一会儿，走到桌前，将灯拿到近前，对着叶裳的脸照了片刻，对千寒说："千寒，你过来看，他脸色是不是红润了许多？"

千寒仔细地看了一眼，点了点头："似乎是。"

陈述大喜："我以为我看花了，你也这样看，说明他在好转，说不定很快就会醒来。"

千寒点头。

陈述将灯放下，在床头坐了下来，看着叶裳，对千寒道："我娘死得早，爹娶了后娘后，我就爹不亲、后娘不爱了。这些年，跟着你家世子混，我也没被后娘兄弟欺负过。他若是出事，我都觉得我也没什么滋味活着了。他能醒就好。"

千寒看着陈述，他自小跟在叶裳身边，知晓叶裳和陈述这些年往来之事，十分能体会。他不会宽慰人，只能道："世子一定会没事的。"

陈述重重地点头："我也觉得，他一定会没事的，从来没想过他能出什么要命的事，这一回真是吓死我了。"顿了顿，他说，"不是说祸害遗千年吗？对吧？"

千寒也觉得叶裳算是一个祸害，点了点头。

陈述又坐了片刻，对千寒道："听昨日皇上的意思，还是想给他和苏小姐赐婚，苏夫人看来也没意见，苏小姐对他也不跟别的小姐那般见着他绕道走，你说，他若是醒来，会娶苏小姐吗？"

千寒没想到陈述说这个，向屏风后看了一眼，又看了一眼床上躺着的人，咳嗽了一声："应该……会吧。"

陈述闻言道："可是他心里有喜欢的女子，怎么办？"

千寒想着世子隐瞒得太好，将这陈二公子瞒得苦，如今叫他怎么告诉他，他家世子喜欢的人就是苏小姐？他挠挠头，没说话。

陈述见他不说话，估摸着他也不知道怎么办，又道："男人自古三妻四妾，实属正常，可是也有那一生只娶一个妻子的人。比如容安王，比如苏大将军，连个侍妾也没有。我觉得，若是没遇见极喜欢、极上心、极爱慕的女子，三妻四妾也就罢了。但既然遇到了，总舍不得不给她唯一吧？"

千寒更不知道该怎么接他的话，于是依旧不说话。

陈述又道："我觉得，苏小姐很好，与传言很不一样，若是你家世子不喜欢她，却奉旨娶她，也是委屈了她。"顿了顿，又道，"她跟叶昔兄倒是相配呢。"

千寒猛地咳嗽起来。

屋中似乎进来了风，屏风的帘幕也晃动了那么一下。

陈述听到千寒剧烈的咳嗽声，转头看他，关心地道："你是不是连日连夜守着你家世子染了风寒？你去歇着吧，我在这里守着他。"

千寒看向他家世子，难为他听了这话依旧一动不动地忍着，他止了咳，摇头："在下无碍，熬得住。"

陈述见他脸憋得潮红，知道他自小跟在叶裳身边，感情非寻常护卫可比，即便染了风寒，熬着也不会去休息的，便道："我记得以前听他提起过，说你是别人送他的人，谁送的啊？"

千寒摇头："我那时候还小，不记得了。"

陈述点点头，似乎信了，又道："听说国丈府的许小姐今天也要来看望你家世子，国丈没准，她哭闹了一番，但国丈铁了心，说她怎么闹都没用。过些日子，就给她择人家嫁了。"话落，他道，"许小姐喜欢你家世子，几乎人尽皆知，谁会娶啊？"

千寒暗想陈二公子以前也不八婆啊，今儿这是因为世子昏迷了两天，他太寂寞了才这么絮叨吗？

陈述又道："沈琪的妹妹也喜欢你家世子，只不过据说胆子小得很，即便有心，也不敢表达。性子据说又太柔弱，同是嫡出小姐，却跟沈芝兰差出许多。他俩的性子一点儿也不配，你家世子肯定看不上，亏得沈琪还有这想法，打算把他这个对你家世子有心的妹妹给撮合撮合。"

千寒更没法接话了。

陈述又道："这样算起来，你家世子也没那么不招人待见，多多少少还有两三朵桃花的。若非他性子不讨喜，这几年刻意糟蹋自己的名声，凭着他这张脸，桃花早就遍地开了，定然比许云初讨人喜。"

千寒又咳嗽了一声："二公子，您要喝水吗？我给你倒点儿。"

陈述摇头："我不渴。"

这时，床上传来叶裳虚弱干涩的声音："……水……"

陈述一惊，猛地转头，只见叶裳依旧一动不动，他看了一会儿，又转向看千寒："你听到了什么吗？"

千寒装作大喜："世子好像说要水。"

陈述喜不自禁："是，我听着好像也是，快去倒水。"

千寒连忙去了。

陈述看着叶裳，急声说："叶裳，你醒了是不是？你要水是不是？千寒去倒了，你等等啊。"话落，他对外面喊，"快去请苏姑娘，叶裳醒了。"话落，他站起身，一边向外跑，一边对倒水的千寒说，"还是我去请苏姑娘吧，我腿快。"话落，他冲出了房门，"嗖"地跑了出去，很快就出了正院，没影了。

叶裳在他跑出去后，便睁开了眼睛。

苏风暖也从屏风后走出来，对着绷着脸的叶裳，一时间觉得又是好笑又是无语，学着陈述的话说："我竟不知你没那么不招人待见，多多少少还有两三朵桃花？若非性子不讨喜，这几年刻意糟蹋名声，凭着你这张脸，桃花早就遍地开了，定然比许云初讨人喜，是吗？"

叶裳无言片刻，也绷不住地被气笑了，咬着牙说："陈述这个八婆，我要跟他绝交。"

苏风暖大笑，笑够了之后想起陈述是去找她了，连忙出了房间，以比陈述快的速度先一步回了自己住的院子。

苏风暖进了她住的房间后，还忍不住好笑。叶裳本来打算明天醒，如今半夜便被陈述给絮叨醒了，这陈二公子委实也是一个难得的人才。

苏夫人被她笑醒，见她回来了，坐起身，问她："怎么了？你回来一个劲儿地笑什么？怪瘆人的。"

苏风暖没来得及跟她说话，外面便响起陈述大喊大叫的声音："苏小姐，快，快，叶裳他醒了，你快去啊。"

苏夫人一怔，立即下了地："小裳醒了？"

苏风暖整了整衣摆，打开房门，站在门口看着跑得上气不接下气的陈述，佯装没听清："二公子，你刚刚说什么？"

陈述停住脚步，气喘吁吁地说："我说叶裳醒了，苏小姐你快过去吧。"

苏风暖顿时露出喜色："他真醒了？"

陈述连连点头："我和千寒都听见了，他说要水。"

苏风暖提了裙摆往外走："这么说是真醒了，看来我死马当活马医也算是医对了方法。"

陈述连连点头，敬佩地道："你医术高绝，甩太医院的孟太医八条街。"

苏风暖闻言想起他早先在叶裳床前絮叨说沈芝兰甩沈妍八条街的事来，一时绷不住又好笑地问："我预计若是他醒来，总也要明日，没想到今夜就醒了。"

陈述闻言喜滋滋地道："你早先说准了，说他有念想舍不得死，我与他说了些话，应该是牵动了他的念想，他应该是听见了。"

苏风暖佯装好奇，看着陈述："哦？你与他都说了什么？"

陈述刚要说，忽然想起，这位苏小姐是皇上要给叶裳赐婚的人选，他说的那一堆话，除了叶裳的桃花还是他的桃花，还有他心中喜欢的女子，怎么好说给她听？他顿时尴尬地咳嗽了两声："也没说什么，就是我们兄弟以前相处的乱七八糟的浑事，苏小姐，咱们快点过去吧。你赶紧去看看，他这回醒来，是不是就没大碍了？"

苏风暖也知道他那些话不好说给她听，便笑着点点头，与他一起向正院走去。

来到叶裳住处，沈琪、齐舒等人已经被惊动了，躲清静去休息的叶昔也给惊动了，一众人都围在了叶裳床前，千寒端着水站在一旁。

见苏风暖来了，众人都齐齐让开床边。

千寒端着水说："苏姑娘，我家世子明明说是要水，如今又没动静了，您快看看。"

苏风暖点头，仔细地看了叶裳一眼，想着论高超的演技，戏子怕是也不及他万一，如今这么多人都在，他装得连睫毛都不颤一下，也是极有本事。

她来到近前，伸手给他把脉。

众人的眼睛都盯着她。

过了片刻，苏风暖放下手，对众人道："他是有醒来的迹象，应该是脱离生命危险了。"

众人大喜。

苏风暖转头对千寒说："昨日我开的药方，可以给他熬了服下了。"话落，又对陈述说，"陈二公子早先说是因为你与他说了些话，他才醒转要水，你的话想必是极管用的，若是你不累，可以在这里多与他说些话，他兴许能醒得快些。"

陈述大喜，连连说："好，好，我不累。"

叶裳听到苏风暖的话，睫毛终于忍不住颤了一下。

苏夫人这时也到了，惊喜地道："小裳有醒来的迹象就好，也就是说没事了。"话落，对叶昔说，"赶紧派人给宫里传个信儿，皇上想必还在等消息。"

叶昔点头，出去安排人了。

苏风暖打了个哈欠，拍拍陈述肩膀，语重心长地说："陈二公子任重道远，这里就交给你了。"

陈述还沉浸在叶裳醒来的喜悦中，没领会苏风暖话中的意思，连连点头。

苏风暖出了房门，回了自己的住处。

苏夫人没离开，与千寒一起，盯着人煎药喂叶裳喝水。

苏风暖回了房中，不理会正院那里一团乱糟糟，十分坦然地睡了。

叶昔派的人前往宫中传话，很快就将叶裳醒转的消息递进了宫里。皇帝还未歇下，闻言大喜，立即派了小泉子前来容安王府看望。

小泉子来了容安王府后，虽然没见到醒转的叶裳，但见府中众人皆面露喜色，围着叶裳，七嘴八舌地说着话。尤其以陈二公子为最，手舞足蹈，生怕少说一句叶裳便醒不过来。

小泉子看过了叶裳后，连忙回宫如实禀告，说叶世子还未真正醒来，但确实有苏醒的迹象，应该很快就会醒来了，苏夫人正盯着人为他煎药。

皇帝大喜，吩咐小泉子，将御药房里的所有好药，都择选一些，连夜送去容安王府。

小泉子连忙带着人去御药房取了很多好药，马不停蹄地装了两大车，送去了容安王府。

容安王府和宫里来往的动静自然惊动了朝中不少府邸，有人连夜择选府中的好药好东西，准备明日前去容安王府看望。皇上下旨说叶裳未醒来之前不准看望，没说醒来之后再不准去看望。

于是，这一夜京中各府甚是忙活。

皇帝担忧了两日，听闻叶裳脱离危险，也难得睡了一个踏实觉。

第二日，皇帝恢复早朝。

病了两日的国丈上了早朝，当堂递上了辞官的奏折。

国丈辞官，一时间震惊了文武百官。谁也没想到国丈从天牢里无罪释放，病了两日后上朝的第一件事就是辞官。

皇帝看过奏折后，摇头："多年来，朕一直仰仗国丈，国丈切莫因为天牢之事心生去意。"

国丈摇头："老臣不是因此事心生去意，而是经此一事，老臣觉得自己是真的老了，不能再为朝廷效力了，辞官之后，皇上可以提拔新人，更好地为皇上效力。"

皇帝依旧摇头："金秋科考在即，往年都是国丈主持，朕视国丈为股肱之臣，这些年，朝局安稳，确实离不开国丈之功。国丈若是觉得身体不好，朕可以准许你多加安养些时日。"

国丈摇头，十分执着，再三恳请："老臣已然老眼昏花，头脑不清，身体乏力。所谓岁月不饶人。皇上能感念老臣劳苦多年，月贵妃一案，没怪罪臣之儿媳，没降罪国丈府，老臣已然感激不尽。再不敢倚老卖老，耽误国政。"话落，诚恳地叩头，"金秋科考，老臣退下后，还有一众大人辅佐皇上，定然能择选出合适人选主持，老臣恳请皇上准许老臣辞官。"

皇帝见丞相去意已决，叹了口气："国丈这是非逼着朕准啊。"

国丈再叩首："老臣万分感念皇恩，请皇上恩准老臣辞官。"

皇帝沉默片刻，放下奏折，无奈道："也罢，国丈话已经说到如此地步，朕也不得不恩准了你。不过……"顿了顿，见丞相竖起耳朵，他笑道，"朕有一个条件。"

国丈连忙道："皇上请说。"

皇帝道："小国舅文武双全，既然国丈去意已决，朝中正是用人之际，便让他入朝吧。"

国丈闻言正中心中所想，连忙叩谢："多谢皇上厚爱，老臣没意见。"

皇帝笑道："既然你没意见，就这么说定了。"话落，又道，"小国舅是国丈的孙子，自小由国丈教导，对他最了解莫过于国丈。国丈以为他适合什么官位？"

国丈连忙道："云初虽有些才能，但毕竟是初生牛犊，怕是不知深浅。老臣以为，何处历练人便将他安置在何处，做个七品芝麻官好了。"

皇帝闻言大笑："国丈啊，你过谦了。小国舅的才华，朕多少也有了解，让他去做七品芝麻官，却是大材小用了。"笑罢，他摆摆手道，"散朝后，便让他进宫来见朕吧。朕与他叙叙话，再定安排。"

国丈闻言再叩首，点头应是。

震惊的众人回过神时，皇帝和国丈君臣二人已经就他辞官和他的孙子许云初入朝之事商定好了。

之后，群臣又陆续奏本，能当即决定之事，皇帝当堂便拍了板，不能当即决定容后再议之事，便推后。直到散了早朝，皇帝也未再提月贵妃一案中所牵涉出的十二年前容安王和王妃之案，以及四年前岭山瘟疫之案。当然，群臣也无人起头。

散朝后，许云初应召入了宫。

群臣都在猜测，皇上会给小国舅安置一个什么官位。

不得不说，国丈辞官，实在出乎众人意料，不过想着国丈府经此一难，国丈有这个举动，倒也是在情理之中。

这么多年，国丈府权势滔天，处处压制皇权，让皇上和很多朝臣都颇为不满。如今国丈辞官，算是外戚在皇权面前大退了一步，无论这一步退得甘愿还是不甘愿，显而易见，对南齐朝局来说，都是好事。

毕竟，多年来，皇室和许家的拉锯之战，总算以未造成两败俱伤的局面平和了。

其中叶裳破了月贵妃一案，为今日局面所做的暗中推动功不可没。

第三十五章
彻 查 旧 案

许云初安葬完国舅夫人，听闻皇帝传召，不敢耽搁，便立即入了宫。

皇帝在御书房召见他。

许云初叩拜之后，皇帝让他平身，在他直起身子之后，将他仔细地打量了一眼，平和地道："国舅夫人入土为安了？"

许云初点头应答："刚刚安葬完。"

皇帝缓声问："跟你父亲一样，没入许家祖坟？"

许云初又点头："是。"

皇帝看着他，见他眉心隐隐透着疲惫，但腰背挺得笔直，站在他面前，不卑不亢，沉稳有度，他问一句，他答一句，不该说的话绝对不多说一句。内外兼修，当之无愧的文武双全之人，许家有他，是许家的福气，也不愧是国丈十分看重的孙子，也难怪他为了他的孙子入朝而果断辞官。

月贵妃一案，虽然确实与国丈无关，但国舅夫人总归是国丈府的人，若是他真要计较，国丈府总归是躲不开要降罪的。如今他赦国丈府无罪，国丈若还是如以前一样想不开，看不透，不知进退，那么，他也不必再有顾忌。

外戚可以坐大，但不能真正养成猛虎。

幸好经此一难，国丈知晓进退收敛，辞官告老，退出了朝堂，总归是好事。

这样一来，许家还是可用的。

至于怎么用……

皇帝看着许云初，片刻后，温声问他："你知道朕为何没给你娘降罪进而加罪国丈府吗？"

许云初垂下头，中规中矩地道："皇上厚爱国丈府。"

皇帝大笑："云初啊，论起来，你要叫我一声姑父，但是自小，朕便不曾听你叫过。"话落，他道，"若是叶裳那小子，听到我这么问，定然会在我面前耍浑耍赖胡说一通了，但他定然不会说是我厚爱国丈府的话。"

许云初抬眼看了皇上一眼，微微一笑，温声说："云初不比叶世子，不敢在皇上面前放肆。许家规矩严苛，我羡慕叶世子的洒脱也是羡慕不来的，学不了他。"

皇帝闻言又大笑："你这话说得倒是极对，容安王府的规矩早就被他给吃了。他从小就没规矩，在朕面前，也做不到规矩。"话落，他又笑道，"你不用羡慕他，自然也不用学他，你生来国丈府便显赫，到如今，国丈府依然显赫。出身便注定了一个人如何生存，你就是你，他就是他。"

许云初郑重地点头。

皇帝看着他，又道："朕没有因为你娘降罪国丈府，不是朕没有想过趁此降罪，而是身为帝王，朕要权衡利弊，这些年来，国丈府虽然权势滔天，每每压制皇权，但到底没做什么大奸大恶的欺君之事。不得不说，国丈虽然奸猾，但是胆子却没那么大，没妄图欺朕至死，这也是朕能网开一面，觉得不能将国丈府用棍棒一下子打死，还是可用的原因。"

许云初又郑重地点了点头。

皇帝又道："与北周一战，国库耗损极大，北周兴兵，如今大败，必然不甘心，楚含一直留在边境，怕是还有兴兵的打算。月贵妃一案，叶裳破得好，破得痛快干脆，未曾在朝野掀起大的动荡，但是不代表这件事情就过去了。"

许云初看着皇帝，知道他今日单独召见他，必定已然在心里对他做出了安排，又点了点头。

皇帝继续道："十二年前容安王和王妃战死一案，四年前岭山瘟疫之案，朕都一直被蒙在鼓里。虽然如今不是再大兴彻查之时，但是却不能就此揭过。否则，朕对不起容安王和王妃以及当年埋葬在战场上的无数将士，也对不起岭山那些臣民，更不能让史书记载，朕不只屡弱，还是个昏庸无道的皇帝。"

许云初此时开口："皇上圣明。"

皇帝笑了一声："朕不圣明。朕若是真圣明，便没有这些事了。"话落，他看着许云初，"朕若是将这两件大案，交由你来彻查，你意下如何？"

许云初在皇帝刚刚开口时，便隐隐已经料到，闻言抿唇垂首道："十二年前容安王和王妃战死一案，月贵妃暗中插手兵部，经由……我娘之手，私通朝中官员，与北周通敌。四年前，岭山瘟疫之案，也是月贵妃暗中插手，官员层层隐瞒，岭山瘟疫无人施救，终于造成白骨成山。这两件大案，月贵妃虽然死了，但若是继续查下去，便会震动朝堂官场，不知道有多少人牵涉其中……"

皇帝颔首："正是。"

许云初看着皇帝："所以，皇上想让云初如何查？是大查以清官场，动国风，改官风，还是小查以警官员，稳朝局，养生息，以备北周再战？"

皇帝闻言笑道："你能问出这样的话，便不负你的才名，有人恃才傲物，有人学以致用。"话落，他正色道，"如果说，朕想两者兼顾呢？你能不能做得到？"

许云初闻言心神一凛，垂首，沉声说："臣尽力。"

皇帝点头，道："那好，朕暂且不封你官职，这两件大案，交由你彻查。当初叶裳查案，朕也未对他封一官半职，着刑部、大理寺全权配合他，朕也给予你这个便利。案子查得好，朕对你封官加赏，查得不好，朕也不会容情地对你降罪。"

许云初垂首："是。"

皇帝对一旁的内侍官道："拟旨。"

内侍官连忙拟旨。

皇帝将拟好的圣旨递给许云初，许云初接旨谢恩，皇上对他摆手："今日国丈辞官，太后心里想必不太好受，你去见见太后吧。"

许云初点头，拿着圣旨，告退出了御书房。

许云初离开后，皇帝对小泉子问："容安王府有什么消息？叶裳可真正醒过来了？"

小泉子摇头："据说还没醒，昨夜喂了水，喂了药，虽然洒出大半，但到底是进了些食。苏小姐说他今日就能醒来，不过……"

"不过什么？"皇帝立即问。

小泉子连忙道："苏小姐说了，叶世子心脉伤得太重，如今能醒来，已经是福大命大。恐怕要将养两个月，方能好转。至于落不落病根，就看病人是否乖乖养伤了。若是不乖乖养伤，以后就会落下心悸的毛病。"

皇帝闻言道："他敢不乖乖养伤？"话落，他问小泉子，"你可知道叶裳那小子最怕谁？"

"怕谁？"小泉子想了又想，说，"怕您？"

皇帝摇头，哼道："他才不怕朕。"

小泉子又使劲地想："晋王？"

皇帝依然摇头："他才不怕晋王。"

小泉子想破脑袋，又说："太后？"

皇帝笑道："他自小总是躲着太后，但那不是怕，是嫌弃太后盛气凌人。"

小泉子见他说了三人，都被皇上否决，摇头道："大家都说叶世子素来天不怕地不怕，既然他不怕皇上，不怕晋王，不怕太后，那奴才实在想不出来叶世子怕谁了。"

皇帝哼道："他定然是怕苏家的小丫头。"

"啊？"小泉子失声，惊讶地看着皇帝。

皇帝哼笑道："那一日，叶裳为朕挡掌后，那小丫头来了，那小子开口说过一句话，是对那小丫头说的，说他没事。朕听得清楚，也看得清楚，那小丫头面沉如水，理都没理他，看那神色，是怒极。之后，她问朕，是要月贵妃死，还是要月贵妃活，朕说要她死，她便干干脆脆，丝毫不拖泥带水地将月贵妃杀了。那一剑，从脖颈刺穿……"

小泉子当日也在，想起那日发生的事，至今都觉得心惊胆战。

皇帝继续道："之后，她和叶昔便带着叶裳那小子出宫回府医治了。你看那小丫头也惯会耍赖耍浑，细想之下，跟那小子像极了。"

小泉子抬眼看着皇帝，试探地问："这么说，叶世子和苏小姐……早就相识？"

皇帝道："自然。那小丫头说，十二年前，她也去了战场，自幼相识，两个人又都是小滑头，若是一直暗中有来往，情分自然非比寻常。"话落，他怒笑，"两个小混蛋，瞒得倒严实。"

小泉子感叹不已，想着叶世子和苏小姐既然自幼相识，又一直暗中有来往，那京中盛传的那些叶世子嫌弃苏府小姐的闲话，都是些什么事啊……

皇帝道："你再去容安王府一趟，守着叶裳醒来，待他醒来后，传朕旨意，让他好好养伤。他若是养好了身子，朕再考虑给他赐婚的事；若是他养不好身子，赐婚的事就别想了。"

小泉子连忙应是。

皇帝摆摆手，吩咐道："你现在就去吧。"

小泉子连忙出了御书房，前往容安王府。

国丈辞官，消息传到了后宫，太后一时愣住，以为听错了。

她怎么也没有想到，国丈会在这时候辞官，并且连商量知会她都不曾。她再三对传回消息的严公公确认，严公公连连说消息确实，国丈在早朝上再三恳请辞官，皇上同意了。

太后听到确实如此，一时恼怒："糊涂！不过是进了一回天牢，他就怕到这个地步了吗？连官都不做了？"

严公公见太后动怒，不敢言声。

太后心里实在气闷，一时间只觉得天都塌了，国丈府是她在后宫赖以生存的支柱，这么多年，因为有强大的家族做靠山，她才能挺直腰板坐在这太后的位置上跟已经成为皇帝的儿子理直气壮地说话。

如今国丈府险些遭逢大难，她只觉得完了，但没想到皇上将国丈府一门无罪释放，她觉得又活了过来，可是还没喘口气，便听说国丈辞官了。

他竟然辞官了！

那她和皇后呢？国丈自此不再管她们姑侄了吗？

她想起前日皇后出宫去看望国丈，后来听说是与皇上一起回来的，回来后，皇上歇在了皇后宫里。虽然没听说翻牌子行房事，但关系到底缓和了。她还没顾得上问皇后那日回国丈府见到国丈都说了什么，如今想起来，立即吩咐严公公："你去，快去请皇后来哀家这里。"

严公公应声，立即去了。

不多时，皇后被请来了太后宫，给太后见礼后，眉梢眼角都是婉约之色，和声问："母后您派严公公急急喊我来，可是出了什么事？"

太后看了她一眼，怒道："自然是出了事，出了大事。"

皇后吓了一跳："您可别吓儿臣。"

太后怒道："你爹辞官了，你可知道？"

皇后听说是为了这个，顿时松了一口气，笑着说："原来您急着喊我来，是为了这个。我知道。那日回府后，爹与我说了。"

"什么？"太后腾地站了起来，怒道，"你怎么没跟哀家说？"

皇后一怔，想起了什么，脸顿时红了："那日从国丈府出来，儿臣去了容安王府，后来与皇上一起回宫的。这两日，皇上都宿在儿臣宫里，儿臣一时忘了跟您说……"

太后伸手指着她，怒不可遏："你……你可真是气死哀家了，这么大的事，你既然知道，怎么能忘？你以为月贵妃那女人死了，就这么两夜，你就能拴住皇上的心了吗？糊涂！"

皇后听她提到月贵妃，顿时红了眼圈："是您说让儿臣趁此机会跟皇上缓和关系的，儿臣的确是不及那个女人惯会邀宠……"

太后怒道："现在不是宠不宠的事。帝王宠爱，焉能长久？娘家的支撑，才是我们在后宫生存的根本。你到底懂不懂你爹辞官意味着什么？所谓人走茶凉，他辞官，等于依附国丈府的党羽很快就会散架，我们娘俩没了娘家支撑，日子会不好过。"

皇后闻言立即说："爹说只有他退下，云初才能入朝啊，他一生为支撑许家门庭，光宗耀祖，如今很累了，也该退下来享享福了。国丈府不收敛锋芒，退一步，自剪枝叶，皇上也不敢起用云初入朝。"

太后一怔："是这样？"

皇后点头："爹是这样说的。"

太后想了想，依旧很恼怒："可是云初毕竟还年轻，将国丈府这么快就交给一个孩子，他支撑得起来吗？"

皇后道："爹说，国丈府经此一难，他几乎支撑不住，就此倒下，可是云初临危不乱，沉稳有度，心中有数，比他强。有他入朝，知晓进退，国丈府的门庭便不会倒。"话落，又道，"既然国丈府门庭不倒，那我们也就不必担心了。"

太后闻言总算缓和了些，但还是不甘心地道："话虽然如此说，但他辞官的动作也太突然太快了些。总要给云初铺铺路。"

皇后闻言也认同太后的话，也觉得国丈辞官实在太突然太快了，但既然官已经辞了，皇上也准了，也就没办法挽回了。

太后又问："皇上今日早朝准了你爹辞官，可说了给云初安排什么职位吗？"

皇后摇头。

太后又看向严公公："今日早朝，皇上准了国丈辞官后，可说了对小国舅如何安排？"

严公公连忙将国丈说给小国舅安排个七品芝麻官之事说了，但是皇上没准，说是大材小用。

太后闻言又说了一句"国丈糊涂"，便唉声叹气道："皇上这些年，一直不满许家一门太过荣盛。如今国丈即便退下，他让云初入朝，估计也不会给予重职。"

皇后点了点头，想着皇上待她比以前温和多了，对她来说，总归是好事。

姑侄俩一时对坐，各怀心思。

片刻后，外面有人禀告："太后，小国舅来了。"

太后一怔，看向皇后，皇后也有些怔，想着许云初这孩子似乎对太后宫和皇后宫自小就不喜。没有召见，轻易不来后宫，如今竟然来了，为着什么事？

太后立即说："快请他进来。"

严公公连忙出去请人。

不多时，许云初进了内殿，对太后和皇后见礼。

太后摆摆手："起来吧，没有外人，不必多礼。"话落，眼尖地看到了他袖中露出的圣旨，立即问，"你见过皇上了？皇上给了你什么旨意？"

许云初闻言也不多话，将圣旨递给太后。

太后接过，看罢，顿时大喜："皇上将这两件大案交给了你来彻查？与叶裳当初查案时一样的权力？"

许云初点头。

太后道："这是否说明皇上对你十分器重了？"

许云初微笑："皇上说了，案子办得好，封官加赏，案子办不好，会不容情地降罪。"

太后闻言看着许云初："你心里可有底？可能将这两件案子办得如叶裳一样干脆漂亮？"

许云初温和地道："此案与月贵妃之案不同，月贵妃案办得险，办得难，需要雷霆之势。而这两件旧案，皇上要清官场，动国风，改官风，又要警官员，稳朝局，养生息，以备北周再战。兼而顾之，不能以雷霆之势，需要以石磨刀，估计会颇费些功夫研磨。"

太后恍然，担忧地道："那这岂不是十分棘手难办？"

许云初点头："是不会容易。"

太后皱眉："那你可有把握？"

许云初保守地道："尚能一试。"

太后琢磨了一下道："叶裳初涉朝堂，便一举破了月贵妃一案，大展身手。虽然如今为皇上挡掌，尚在昏迷，但经此一案，朝中再无人敢小看他。他大难不死，以后官路，可谓畅通无阻。你也是初涉朝堂，皇上倒也不偏不向，对你委以重任。你这案子若是办好了，那么以后，许家门庭可就真正由你支撑起来了，也无人敢小看你的。"

许云初颔首："我定会尽力。"

太后看着他，将圣旨还给了他，语重心长地道："你这孩子，自小便行事稳妥，常常喜怒不形于色，如今你既然接了这圣旨，想必有几分把握。哀家本来担心你爷爷突然就这么辞官了，没为你铺好路，以后你的路不好走，如今看来，我的担心倒是多余了。"

许云初温和地道："我接下圣旨后，是皇上让我来宫里看看您。"

太后一怔，片刻后，恍然大悟："怪不得你今儿不请自来。"话落，她叹道，"皇上可真是哀家的好儿子，最了解哀家的心。"顿了顿，道，"哀家这些年为了国丈府，没少给他委屈受。难得他虽不满，但没记恨，这一次没趁机办了国丈府。"话落，她摆手，"罢了，你且去吧。好好办案，一定要把这案子办得漂亮，如皇上的意。"

许云初颔首，告辞出了太后宫。

许云初离开后，太后对皇后道："看吧，儿还是要自养啊，你若是有个儿子，哀家也不至于到了一把年纪还这般操心了。"

皇后黯然道："儿臣偏偏没生出儿子，又有什么办法？到如今更是不能生了。"

太后闻言叹气："你这也是命，这些年，后宫被你搅成了什么样子？妃嫔在你手中艰难度日，哀家睁一只眼闭一只眼地纵容你，导致皇上子嗣不旺，偏偏也没能让你怀个龙子，还祸害了皇上，使他至今膝下除了太子没有成年皇子。将来这皇位……唉……"

皇后也不由得忧心："母后说得是。"话落，她压低声音说，"儿臣左右也生不出来皇子了，如今月贵妃死了，太子又残废了，皇上总不能让一个残废之人登上皇位，早晚要废了他，儿臣想从妃嫔生养的皇子里择选一个年幼的皇子，过到我名下，您觉得这样行吗？"

太后闻言立即说："这事我以前也考虑过，只不过碍着皇上宠月贵妃母子，便没提，知道提了他也不准。如今嘛……"她想了想，摇头，"这事切不可操之过急，得再等等，看看皇上是个什么想法，毕竟如今那几个小皇子都太年幼了，不顶事……"

皇后闻言道："皇上还年轻呢，年幼的小皇子过继过来的话，自小在我跟前好教养，长大了也能知恩。"

太后颔首："这倒也是，不过还是不能操之过急，等等再说。"

容安王府内，昨夜叶裳从要了水后，又昏睡了过去。尽管陈述、沈琪、齐舒、刘焱等人七嘴八舌地围在床前说了许多话，但依旧没再说醒他。

天明后，陈述累得口干舌燥眼皮发沉，直接歪在他房中的矮榻上昏睡了过去。

齐舒、沈琪等人比陈述强点儿，没说太多话，但也是疲惫不堪，屋中没那么多地方可歪躺，几人便去了画堂外的躺椅上也都歪着昏睡了。

叶昔看着屋内屋外累得昏睡的几人，想着没亲兄弟，但有几个胜似亲兄弟的兄弟，倒也是叶裳的福气。这混账这么多年在京中果然是没白混。

他估摸着时候差不多了，刚要进屋喊醒叶裳，便见到管家带着小泉子来了，他见了小泉子，顿时笑了："也难为公公了，这几日，腿估计都跑细了，辛苦辛苦。"

小泉子连忙打了个千，扫了一眼累得睡在各处的齐舒等人，连连摇头："奴才不辛苦，顶多是跑了几趟腿，在这府中候着叶世子醒来的人才是辛苦，叶世子如今可醒了？"

叶昔摇头："还没醒。"

小泉子道："皇上听说叶世子今日一准醒来，便命奴才前来守着，等着世子醒来。"

叶昔笑着点头："皇上日理万机，还要牵挂表弟伤势。"话落，他请小泉子入内。

小泉子一边往里走，一边道："皇上最是放心不下叶世子，听说叶世子今日会醒来，皇上从昨夜到今日都心情极好。"

叶昔含笑："能让皇上挂怀，是表弟的福气。"

小泉子乐呵呵地说："的的确确是福气。"

管家闻言想着这福气可是用命换来的，世子代替皇上挨这一掌，险些丢掉一条命，但皇上能一日三问，如此关心，这般态度，总算没白挨。

小泉子进了内室后，便看到了昏睡在一旁的陈述，和依旧没醒来的叶裳，他瞧了一眼陈述，又仔细地看了一眼叶裳，道："叶世子虽然还没醒来，看这气色确实是好太多了，三日前见他几乎没了呼吸，如今总算大安了，可以放心了。"

叶昔点头。

小泉子既然是奉旨等叶裳醒来，见了叶裳后，便依照皇上吩咐，守在了房中等候。

他足足等了一个时辰，也听了陈述一个时辰的呼噜，见叶裳还没醒转，终于忍不住开口："这陈二公子年纪轻轻，怎么鼾声这么重？莫不是有什么病吧？"

叶昔好笑，摇头道："他昨夜一夜没住口，不停地在表弟床前说话，话说得太多，实在太累了，没什么病，歇过来就好了。"

小泉子闻言惊讶地道："说了一夜？叶世子听得到吗？"

叶昔笑道："应该能听得到，据说昨夜正是因为他说了一番话，表弟才醒来要水……"

小泉子点点头，顿时对陈述另眼相看了。

又过了半个时辰，床上的叶裳终于沙哑地开口："水……"

小泉子激灵一下子，几乎跳了起来，大声说："叶世子醒了！"

叶昔装模作样走到床前，向叶裳问："是醒了吗？是要水吗？"

小泉子见叶裳费力地在睁眼睛，他连忙道："是要水，奴才这就去倒。"话落，他站起身，连忙跑去了桌前倒水。

叶裳在他倒来了一杯水后，也终于睁开了眼睛，他刚醒来，那一双眸子，十分迷茫地看着眼前的小泉子。

小泉子端着水喜不自禁，连连道喜："世子您终于醒了，您都昏迷了三日，您再不醒来，皇上都担心得支撑不住了。"

叶裳眼神渐渐清明，对他伸出手。

小泉子伸手想去扶他，又想起他伤重刚醒，怕把他再碰坏了，一时手足无措地看着他："世子别乱动，您要喝水是不是？奴才这就喂您。"话落，他转头对叶昔道，"叶公子，是不是要赶紧把苏小姐请过来给世子看看？"

叶昔点头："既然醒来了，就是没大碍了，稍后再请师妹也不迟。"话落，他将小泉子手里的水杯拿过来，微微倾斜着，放了叶裳唇边。

叶裳看了叶昔一眼，就着他倾斜的弧度，一小口一小口慢慢地喝着水。

小泉子欢喜不已："世子感觉哪里不舒服？"

叶裳喝完一杯水，嗓子总算舒服了些，睡了三日，他觉得骨头都软了，着实不易。他虚弱地道："浑身都疼。"

小泉子连忙说："您受了那么重的伤，浑身疼是一定的。"话落，又连忙说，"皇上让奴才等着您醒来后给您传一句话。说让您好好养伤，您若是养好了身子，皇上再考虑给您赐婚的事；若是您养不好身子，赐婚的事就别想了。"

叶裳听罢挑眉："皇上真这样说？"

小泉子肯定地点头："这是皇上的原话，奴才半句没多加。"

叶裳失笑："皇上可真厚爱我，我的身体竟然跟婚事挂钩了。"话落，他虚弱地道，"你回去跟皇上说，就说我知道了。"

小泉子一怔，立即问："还有别的话吗？"

叶裳摇头，似乎刚醒来懒得说话："没了。"

小泉子琢磨着叶裳这句话，想着"知道了"是什么意思，是赞同皇上的话，乖乖养伤，还是不以为然，不当回事啊？他一时猜不透，便觉得自己果然没有冯公公心思玲珑，笨死了。不过想想冯公公玲珑过了头，暗中投靠月贵妃，落得那个下场，也就没什么好说的了。

他点点头，试探地问："那您可要好好养伤，奴才听苏小姐说，您虽然醒来，性命无碍，但这伤怕是要养上两个月才能好转，要想不落下病根，更要万分仔细。这两个月内，可不兴骑马狩猎杂耍喝酒那些事了。"

叶裳闻言笑着看他："不如你回去跟皇上说说，让皇上把你赐给我得了。"

小泉子连忙作揖："奴才笨手笨脚，可不敢伺候您，您就好好养伤吧。"话落，对叶昔说，"叶公子，奴才回去复旨了，您赶紧请苏小姐过来看看叶世子吧。"

叶昔点头："公公慢走。"

小泉子连连摆手："叶公子不必送了，奴才一日跑好几趟容安王府，熟得很了。"话落，出了房门，匆匆走了。

小泉子刚走，陈述便醒了过来，三步并作两步地来到床前，睁大刚睡醒的眼睛看着叶裳："老天保佑，兄弟，你总算醒了。"

叶裳想着他这一夜在他床前絮叨个没完，让他睡都不得好睡，便没好气地说："看你这副鬼样子，赶紧滚回去休息，别在这儿污我眼目。"

陈述顿时瞪眼："你刚醒来，怎么对我就没好话？"

叶裳闭上眼睛，哼道："絮絮叨叨跟个八婆一般，我以前怎么不知道你这么多话？"

陈述闻言一愣，随即一拍大腿，哈哈大笑："你果然都听进去了。这么说，你能醒来，我可真是功不可没了。"

叶裳哼了一声："少往你脸上贴金。"

陈述见他能不客气地嫌弃他了，证明真没事了，心中还是极其欢喜，这欢喜想掩饰都掩饰不住。他也不在乎他嫌弃他，凑近他说："你昏迷了三日，差点儿丢了一条命，据说你喜欢的女子就在这京中，她怎么都没来看你？"

叶裳又睁开眼睛："你几天没沐浴了？离我远点儿。"

陈述一噎，瞪眼："你几天没沐浴，我就几天没沐浴了，这几天，我都在你府中守着你了。"话落，他扯过自己的袖子，闻了闻，道，"没味道啊。"

叶裳道："我闻着有。"

陈述不满，退后了一些，嘟囔："你的鼻子可真不是人的鼻子。"话落，对他说，"你喜欢的那女子是不是不喜欢你啊？"

叶裳哼了一声，没说话。

陈述看着他，以为他为此神伤了，他如今刚醒，神伤对他身体可不好，连忙宽慰道："虽然那女子没来，但是苏小姐一直住在这府中照看你，苏夫人也在，对你照看得尽心尽力。若没有苏小姐，你的命可就玩完了，以后你可要对人家好些，就别想着那个女子了。我看苏小姐就很好。"

叶裳闻言忍不住笑看了他一眼："是吗？"

"是啊。我亲眼所见，不只我，齐舒、沈琪他们都在这里，都见过苏小姐。她医治你，每日要来三趟为你诊脉，大家有目共睹。"陈述道，"苏小姐容貌好，家世好，脾气好，武功好，医术好，简直处处都好。"

叶裳听他一连说了苏风暖好几个"好"字，顿时有些吃醋："别告诉我你打算抛弃瑟瑟，移情别恋。"

陈述顿时哀呼："娘哎，我就算看上苏小姐，她也看不上我啊。"话落，又立即道，"皇上是一心要给你和她赐婚，其余人都靠边站。还有，你这条命是她从阎王爷那儿抢回来的，你可要惜福啊。"话落，他见叶昔出去通知人了，便压低声音说，"你若是不娶，我估摸着你表兄一定会娶，等你表兄娶了，你可别后悔。"

叶裳闻言轻轻哼了一声，道："轮不到他。"

番外
小剧场之青梅竹马（二）

　　小小的人儿穿着素净的棉袍子，身上披着白狐皮的斗篷，通体上下与雪成一样的颜色。

　　这样的她，怪不得他早先没看见人影。

　　叶裳看着扑到他怀里的人儿，脑袋不停地蹭着他，随着她一阵乱蹭，她白狐披风领子上毛茸茸的软毛沾着的厚厚的雪都蹭到了他身上，然后顺着他的锦袍滑落。

　　他忍了又忍，才咬着牙开口："这么大的雪，你竟然还跑来这里？不怕被雪埋在半路上吗？"

　　苏风暖蹭了个够本，把自己身上头上的雪都蹭掉后，才仰起脸，看着叶裳，他的眉眼在银白的霜雪之光里精致如画，她痴了一瞬，然后嘻嘻一笑："这雪虽大，但是也埋不了我，我这么多年学的本事也不是吃干饭的。"

　　叶裳轻轻哼了一声。

　　苏风暖又用脑袋蹭了蹭他，软声软语地小声问："叶裳，你一年没见我了，想不想我？"

　　叶裳被冰雪冻得青白的脸微微一红，撇开了，道："我想你做什么？"

　　苏风暖又蹭了蹭："你不想我吗？可是我好想你啊。"

　　叶裳立即说："想我怎么今日才来？这一年你都做什么去了？"

　　苏风暖眨眨眼睛，看着他。

　　叶裳后知后觉地发现自己说出去的话像是埋怨质问，他顿时伸手推她，绷起脸低斥："松手，这里还有人在呢，不成体统！"

　　苏风暖自然在来时就瞧见了站在山门口的老人，她仿若未闻，依然抱着叶裳的腰，倚着叶裳，偏头对老人笑着打招呼："老爷爷好，我是叶裳的……"她顿了顿，转了一下眼珠说，"妹妹。"

老人还没从苏风暖的突然出现中回过神来，如今见她对他打招呼，那一张小脸，带着笑意，明媚至极，漂亮得像个小仙女，十分讨喜。他连忙乐呵呵地点头："原来是叶世子的妹妹啊，小姑娘好。"

叶裳闻言轻哼了一声，伸手推苏风暖："你是我哪门子的妹妹！"

苏风暖抱着他不松手："我比你小，自然是你妹妹。"话落，她不满地嘟嘴，"你总是推我做什么？我在雪中赶了好几天的路，冷着呢。找你取会儿暖不行啊？小气！"

叶裳一时被气笑，伸手强硬地拿开她的手，在她刚要耍赖时，先一步攥住了她的手，清声道："时辰已经到了，该关山门了，你若是想取暖，跟我回房去就是了。"

苏风暖立即问："回房后，你抱着我取暖吗？"

叶裳脸一红，拖着她迈进山门，羞愤地道："我房中有两个暖炉，都让给你！"

苏风暖摇头："我才不要，就要你帮我取暖。暖炉哪有人身上暖和啊？"

叶裳一噎，愤然道："你这一年，还没学会'羞耻'两个字怎么写吗？"

苏风暖摇头："没有呢！你这一年是不是学会了很多东西？那你教教我好了。"

叶裳怒："我以前不是教过你吗？"

苏风暖干脆地道："忘了！"